张志夫　著

风行谍影

远方出版社

图书在版编目(CIP)数据

风行谍影 / 张志夫著．-- 呼和浩特 ：远方出版社，2018.1

ISBN 978-7-5555-1035-2

Ⅰ．①风… Ⅱ．①张… Ⅲ．①长篇小说－中国－当代 Ⅳ．① I247.5

中国版本图书馆 CIP 数据核字 (2018) 第 020712 号

风行谍影

FENG XING DIE YING

作　　者　张志夫
策　　划　苏那嘎
责任编辑　于丽慧　董美鲜
责任校对　海　然
封面设计　杨　洋
版式设计　王改英
出版发行　远方出版社
社　　址　呼和浩特市乌兰察布东路666号　邮编 010010
电　　话　(0471) 2236470 总编室　2236460 发行部
经　　销　新华书店
印　　刷　内蒙古爱信达教育印务有限责任公司
开　　本　170mm×240mm　1/16
字　　数　465千
印　　张　27.5
版　　次　2018年1月第1版
印　　次　2018年2月第1次印刷
印　　数　1—5 000册
标准书号　ISBN 978-7-5555-1035-2
定　　价　56.00元

目录

Feng Xing Die Ying
风行谍影

第一章　少年轻狂

1931年秋。

几声狺狺犬吠之后，小城就在惯常的悄无声息之中沉睡了。

暗夜里，闪出几团黑影。郭世举带着姚远程和冯骥去街上张贴宣传抗日救国的标语。在抗日救国浪潮的冲击下，冯骥虽然已是热血沸腾，可还是第一次参与具体活动，不免心里有点紧张，老是东张西望的，刷糨糊的手也抖个不停。郭世举就鼓励冯骥道："在抗日救国的道路上，别看我们现在只是张贴一下宣传标语，但可以唤醒沉睡的广大民众，拿起枪杆子抗击日寇，其作用是不可估量的，这是一件多么有意义的事情啊！你等着看吧，早晚会有那么一天，我们会光复东北三省的。"郭世举的一席话，稳定了冯骥的情绪。冯骥在路过自己居住的院落门口时，还在大门一旁张贴了一幅标语。

次日一早，魏成栋、彭辉、冯骥和魏秋红出大门去上学，魏秋红不经意间发现大门一旁有一幅标语，就惊叫道："你们看，标语！"

魏成栋、彭辉和冯骥都止住了脚步。冯骥煞有介事地道："还真是的呢。"然后念道，"打倒日本帝国主义，誓死不当亡国奴！"

彭辉道："糨糊还没干呢，肯定是昨晚的事。"

魏成栋一挥手："管这么多干什么。走！上学去。"

冯骥道："万一日军打到我们这里来，你会怎么办？"

"到时候再说呗。"魏成栋继而骂道，"乌鸦嘴。"冯骥被骂，却也没还嘴，因为他也不想日军打到这里来。可是，他却一语成谶了。

这天夜里，沛县中学已经下自习课，同学们多已上床休息。可就在这时，沛县国民党宪兵队却悄悄地包围了沛县中学。凡能够走出人的大小门，或是能够跳出去的矮墙，都布置了严密的岗哨。突然，一阵吵嚷的声音从前院传来，国民党宪兵队破门而入，闯进了沛县中学。刀枪相撞的铿锵声、布置抓人的叫喝声，顿时使沛县中学陷入紧张的状态。

班长姚远程想到院子里看看动静，一开门，只见门口已被岗哨封锁。一个国民党宪兵用刺刀对着姚远程的胸膛道："退回去，任何人不准随便走动。"

姚远程和他争吵起来："我们是学生，这是我们的学校，为什么不让我们随便走动？"

那位国民党宪兵凶巴巴地道："不准随便走动就是不准随便走动，还有什么道理可讲？再乱动就把你们和郭世举一起抓走。"

这时，姚远程才明白，原来今晚他们是来抓郭世举老师的。

不大一会儿，几股分别抓人的宪兵在沛县中学礼堂门口的广场上集合了。姚远程看到，郭世举、校长苗帆、美术老师范烟雨，还有庶务主任杨桂星，相继被带到礼堂门口的广场上。这时，各个寝室的学生们不约而同地拥了出来，冲破宪兵的岗哨，集合在礼堂门口的广场上。姚远程质问他们："为什么要抓我们的老师和校长？"

一个当官模样的人道："因为他们是共产党，我们是奉命来抓他们的。"

姚远程义正词严道："日本鬼子侵占我东北三省，你们有枪怎么不去打日本鬼子，却要在手无寸铁的中国人面前逞强耍横？"

"和我们说这些没有用，你有本事去和蒋委员长讲理吧。"一个不耐烦的宪兵嚷道。

在蒋介石"宁可错杀一千，不要放掉一个"的剿共方针下，他们要抓什么人，要杀什么人，根本没什么道理可讲。后来大家才知道，原来庶务主任杨桂星是潜伏在沛县中学的国民党特务，由于他的告密，宪兵队才逮捕郭世举、苗帆和范烟雨的。他们之所以把杨桂星也抓了，完全是为了掩人耳目。

同学们看见郭世举在国民党宪兵的刺刀面前，表现出的那种大义凛然的神色和他临去时昂首阔步的身影，不由得失声痛哭。姚远程大声道："我们的老师和校长被国民党法西斯无缘无故地抓走了，他们的生命安全有什么保障？这到底是公理还是强权？”

同学们的哭声更高了。

姚远程大声疾呼：“同学们，哭有什么用，眼泪能救出我们的老师和校长吗？我们要组织起来，跟国民党沛县当局进行不懈的斗争。我们要到县政府、县党部去抗议，去要人。同学们，敢不敢去？”

“敢！我们要斗争！”全体同学几乎是一个呼声。

姚远程高声道：“我们要像前线抗战的将士那样，即便是抛头颅洒热血，也在所不辞。他们手里有枪，我们手里有童子军棍，我们要打出一条真理来！”

同学们义愤填膺，呼声震天。

这一整夜，全体师生都没有睡觉，全校陷入了激动、愤怒、紧张和动乱的气氛之中。

第二天一大早，学生会就宣布以班级为单位，拿起童子军棍，上街游行。被指定做宣传工作的同学们上街贴布告、刷标语，向全县人民宣布：沛县中学全体师生为了抗议国民党政府无理抓人而进行罢课。

因魏成栋、彭辉、冯骥和魏秋红是走读生，所以郭世举被抓的场面他们没有看到，但是，在冯骥的影响下，魏成栋、彭辉和魏秋红也都参加了这场为营救郭世举等人而进行的激动人心的罢课斗争。这时的冯骥虽然对这场斗争的实质和意义还似懂非懂，但只有进行斗争才能取得真理这种直观的概念，在他年轻的心灵里却也初具雏形了。

魏成栋平时就对学习不那么刻苦认真，现在有机会不上课了，自然开心，也想跟着看热闹，便唯恐天下不乱似的参加了游行示威活动。游行队伍刚上街，魏成栋就往林丽跟前凑了。也难怪，林丽大概得到了上天的眷顾，不但亭亭玉立，还有着倾世容貌。皓齿朱唇，细长的柳眉，秀挺的瑶鼻，如画的眉眼，如玉脂般的肌肤，一颦一笑皆动人。

魏成栋和林丽不是一个班的，平时也只能隔山隔水地感受一下林丽的美貌，偶尔和林丽擦肩而过的时候，也想搭讪几句，可林丽那冷美人的气质又让他没有底气。而事后，又后悔难当，那种落寞空虚的情怀，就会变成无可告慰的寂寞。有时他也奇怪，自己怎么会变得如此懦弱和猥琐了呢？简直不可思议！

脑袋掉了不过碗大的疤瘌，有什么可怕的！

于是，他凑到林丽跟前，像是不期而遇，又明知故问：“他们为什么要抓郭老师啊？”

林丽侧脸扫了魏成栋一眼，翘起嘴角露出一丝嘲弄的微笑：“你也是沛县中学的学生？”

林丽竟如此问，魏成栋不免有点汗颜，想着这丫头也太能装了！

魏成栋调皮捣蛋的名声在外，林丽怎么会不知道他呢？林丽很清楚，魏成栋是有意接近她的，又见魏成栋那尴尬的样子，忍不住会心一笑。

“在同学们的眼里你是冷美人一个，可在我眼里……”魏成栋就此打住，想故弄玄虚。

“我什么时候跑你眼里了？你的眼眶子能装一个大活人？”林丽才不上魏成栋的这个当呢，继而道，“魏成栋同学，玩点新鲜的吧。”说完，便加快了步伐，把魏成栋无情地甩在了后面。

魏成栋恼羞成怒，暗暗发誓：“林丽，我一定要把你搞到手！”

游行队伍冲进了县政府，可县长早不知道跑哪里去了，就连全副武装的国民党宪兵也不敢轻易碰同学们一下。魏成栋可是个唯恐天下不乱的主，趁机带头用童子军棍把县政府的大堂砸了个稀巴烂。冯骥见大堂上还悬挂着孙中山亲手写的“天下为公”的匾额，就讥讽道：“蒋介石背叛孙中山，现在哪里还有天下为公？只剩下天下不公了。”

天刚黑下来，忽然传来一道消息，国民党县政府要连夜把郭世举等人押送到徐州监狱去。已经游行呼喊了一天，显得有些疲惫的学生队伍，顿时又激愤起来。姚远程高声道：“我们决不能让国民党县政府把郭世举老师送到徐州监狱去，人一到徐州监狱，我们就无能为力了。”

冯骥高声道：“我们要组织一部分队伍设法阻拦汽车，在汽车出城后去救郭世举老师。”

快速吃过晚饭后，姚远程就带领一班人马到了南门外，布置在了公路两旁。

入夜之后不久，县政府押送郭世举的汽车果然出了县城。不是一辆，而是七辆，同学们也弄不清楚到底哪辆汽车上押有郭世举。

姚远程振臂一呼：“同学们！快卧倒，躺在马路上，看这些国民党恶棍敢轧死我们！”

于是，一百多个学生黑压压一片躺在了汽车前面的马路上。

这的确是一个妙招，汽车司机只能按喇叭，一步也不敢前进。最后，汽车队终于退了回去。

为了防止县政府押解郭世举等人的汽车突然冲出城，学生们二十四小时轮流值班守候在南门外，这一罢课和营救斗争，持续了一个星期，但最后，由于县政府押解人员抄小道离开县城，又被丰县县政府的汽车接走，郭世举等人还是被押解到了徐州监狱。沛县中学为了营救郭世举等人所进行的罢课斗争虽然失败了，但同学们的心血没有白费。经过这次斗争，大大提高了同学们的阶级觉悟，增长了斗争的经验，也初步显示了知识界青年一代的力量。

魏成栋没话找话骚扰林丽的事，不知被谁传到裘风的耳朵里了。这还了得！

裘风和林丽是一个班的同学，早对林丽垂涎三尺，但凡有人对林丽表现出好感，他都会重拳出击，俨然一个护花使者。裘风早想和魏成栋交手切磋一下了，可总感觉机会不佳。如今机会来了，岂能放过！这天下午放学后，裘风把魏成栋约到操场，道："听说那天游行时，你骚扰林丽了？你也不撒泡尿照照自己。"

魏成栋走到哪里都有一份狷介而立的自命不凡，此刻，见裘风一副兴师问罪的样子，笑眯眯地道："骚扰？我不知道骚扰是什么意思。"

"知道什么叫调戏吗？也就是那个意思。"

"原来骚扰和调戏是同义词啊！啧啧！你现在就是在骚扰我，我是不是可以认为你在调戏我啊？"魏成栋说完很夸张地大笑了起来。

"我调戏你？操！"裘风吐了一口唾沫。

魏成栋知道林丽不待见裘风，就讥笑道："是林丽告诉你的吗？"

"这重要吗？"裘风玩起了外交辞令，以攻为守。

"要是林丽告诉你的，怕你当时就来找我麻烦了，哪会拖到现在，并会以此为荣的。裘风，林丽对你不假辞色，这剃头挑子一头热的滋味不那么好受吧？"魏成栋脸上露出轻蔑的微笑。

"那是我的事，你管得了吗？"裘风有点恼羞成怒了，脸上突现杀机。

"你的事我管不了，也懒得管，可你也别六国贩骆驼管老子的事！狗拿耗子多管闲事！"魏成栋说完，拂袖而去。他哪里容得别人翻他的眼皮子。

裘风望着魏成栋摇头晃脑的背影，分明是牛梭头板不直，就恶狠狠地道："魏成栋，你他娘的活腻了！"

魏成栋可不是个省油的灯，也不尿裘风这一壶，就回头道："谁的裤裆破了,露出你来？你以为你是谁？别他娘的以为没有壶盖就没有盖壶的！"

裘风哈哈大笑："魏成栋你他娘的算是跟老子结下梁子了，骑着毛驴看唱本，咱走着瞧。"

魏成栋可不是个愿意落下风头的人，也想在士气上先胜一筹，就扯着嗓门道："到时候，你别他娘的张飞卖豆腐，人硬货不硬！"

晚上睡觉的时候，魏成栋就把和裘风在操场上斗嘴的事告诉给了彭辉和冯骥。

冯骥眉峰蹙起，面色严肃，忧心忡忡，声调深沉地道："裘风可不是个善茬子，有名的小混混，若是得罪了他，今后可就没有好日子过了。"

彭辉道："裘风还有'哼哈二将'，一个叫刘喜子，一个叫花勇。刘喜子刀子不离身，那花勇出手就把人往死里打，凶悍得很。"

"那天游行的时候，我也就和林丽讲了两句话，关他屁事！今天可是他裘风挑衅于我，而不是我无事生非。你俩怕他们，我可不怕！大不了和他们拼一个你死我活。"魏成栋一脸混世魔王的杀伐之气。

彭辉一副满脸不高兴的样子，道："看你这话说的，不是怕，是提醒你。其实，我早看那三个小子不顺眼了。"

此情此景，冯骥也不能示弱了，就硬着头皮道："兵来将挡，水来土掩。娘的！谁怕谁！"

魏成栋拍了一下冯骥的肩膀，兴致勃勃道："冯骥这话提气。人活着，就是不蒸馒头也要争口气。裘风不是依仗他爹是警察局局长嘛！老子打的就是他娘的警察局局长的儿子，别让人看我是吃柿子的，专捡软的捏。"

魏成栋的煽风点火起了应有的作用，彭辉侠肝义胆："是该有人杀杀那三个恶棍的威风了，别以为沛县中学就是他们三个人的一亩三分地。"

冯骥莞而笑道："我等不下地狱，谁下地狱。"

魏成栋一本正经地道："这好像是地藏菩萨的一句话。有些话，我们平时在嘴上说说很是轻松，当真身体力行的时候，就知道那分量有多重、内涵有多深，是多么不容易了。"

冯骥一拍胸脯，硬声硬气地道："成栋，你就放心吧，我和彭辉何时当过熊包？"

"打虎亲兄弟，上阵父子兵。这我当然知道！"

次日一早，魏成栋和彭辉、冯骥、魏秋红去上学，正好在学校大门口遇见了裘风和林丽。

魏成栋嬉皮笑脸地道："林丽，这是我妹妹魏秋红，请多关照。"

林丽也是为了气气裘风，就嘴角弯如弦月般微笑着道："秋红，你好。"

魏秋红不知道其中的奥妙，就拉住林丽的手，十分亲热地道："林丽姐，你可是我们学校的校花，能认识你我很高兴。"

林丽很友好地道："早就听说魏成栋的妹妹魏秋红冰雪聪明，学习成绩名列前茅，能够认识你我也很高兴。哪天我带你去我家玩。"

"那太好了。"魏秋红有点受宠若惊了。

魏成栋跟在林丽和魏秋红的后面，像是刚和林丽一圈圈套上的草帽亲戚一般，心中流动着一种翳然林水的欣喜，很是得意扬扬。

裘风跟在魏成栋后面恨得咬牙！

上完晚自习课，回到家里，冯骥道："成栋，你真的喜欢林丽吗？"

"你说呢？"魏成栋玩起了外交辞令。

"既然如此，何不把她弄到手？"冯骥也是个喜欢热闹的人。

"如何把她弄到手啊？"这正中魏成栋的下怀，戳到了他的痒痒处，立马来了精神。

"这不是刚一说嘛！哪能这么快就有主意了。"

"你可是我们三个人中的小诸葛，这个光荣的任务可就交给你了。哈哈！"

冯骥自言自语道："这得出怪招，剑走偏锋。"

魏成栋附和道："是这个道理。"

冯骥突然用右手打了一个清脆的响指，兴高采烈地道："有了！"

魏成栋眼瞪得跟牛蛋样："真的有了？"

冯骥像唱戏文一般，拿腔作势道："英雄救美！"

彭辉笑道："这可是一出好戏，可具体怎么唱啊？"

冯骥眯缝着眼睛，摇头晃脑，面授机宜。

彭辉拍着巴掌道："妙！妙！妙不可言。不要说，那个蒙面人非你莫属了。"为了坐实冯骥当蒙面人，他又道，"想当年，你为了让成栋抱青衣白莲花的腿，可是承诺过的，要是说话不算数就是个王八。"

魏成栋拖着长腔，慢条斯理地道："为了这，我可是挨了板子的。"

彭辉笑道：“还尿了裤子的。”

魏成栋很自豪地笑道：“可不是嘛！”

冯骥用铅笔的后头，在书本上顿了顿，道：“成栋，直到现在我还在纳闷呢，你怎么一挨板子就尿裤子啊？你胆子应该比豹子胆还大啊！”

“要不尿裤子，还不知道要挨多少板子呢。”魏成栋笑着一语道破天机，冯骥简直不敢相信自己的耳朵，惊诧道：“这么说你是成心尿裤子的了？”

魏成栋一副自命不凡，自鸣得意，自我陶醉的样子：“哈哈！不可以吗？虽然我比你们俩淘气多了，可我挨板子的次数最少。哈哈！”

彭辉乜斜了魏成栋一眼：“看你这德行，那是我爷爷怕把你打出病来。”

冯骥讥笑道：“成栋尿裤子原来是智慧的结晶，想不佩服都不行。”

彭辉道：“我挨板子的时候可想不起来尿裤子，一没有那个胆，二没有那么多裤子支持。”

三个人一阵哈哈大笑。魏成栋道：“我要不尿裤子，爷爷能把戒尺折了嘛！爷爷要不把戒尺折了，你们俩得多挨多少次板子！你们俩还没感谢我呢。”

冯骥和彭辉笑呵呵地异口同声道：“可不是嘛。”

魏成栋有预谋地感慨道：“那次和大老王干仗，是我们三个人最愉快的一次合作。”

冯骥和彭辉又异口同声道：“可不是嘛。”

魏成栋上学是要经过大老王家门口的。大老王家养了一条大黑狗，牛犊子一般，皮毛光亮。说也怪，只要魏成栋从此经过，大黑狗就要对他一阵汪汪叫。魏成栋本来就不是个省油的灯，不是拿砖头砸，就是拿棍与其对抗。那大黑狗也不示弱，龇牙咧嘴，硬是往魏成栋身上猛扑。虽然有彭辉和冯骥相佐，他们三个人还是多次被大黑狗追得屁滚尿流，狼狈不堪。

有一天冯骥眯缝着眼睛、摇头晃脑给魏成栋出了一个歪主意，魏成栋听后大喜。

那天，三个人吃过午饭说说笑笑又去上学，经过大老王门口时，那大黑狗又追着他们三个人一阵嚎叫。魏成栋又故意引逗，那大黑狗就越追越远。这时，魏成栋掏出一块滚烫的烧红薯，砸向了大黑狗。那大黑狗凶猛地就把那块红薯咬住了，可立马就嚎叫了起来，甩了半天头，才把那块红薯甩掉，然后嚎叫着逃跑了。回到家里，大黑狗依然嚎叫。大老王掰开大黑狗的嘴，见狗嘴里满是血泡，而且还有残留的红薯，就知道是怎么回事了，立马火气冲冲地去学校了。

彭道远把魏成栋、彭辉和冯骥叫了出来，魏成栋抹着腰，一副满不在乎的样子：“你家大黑狗被烧红薯烫了，关我们三个人屁事！难道大黑狗对你说是我们三个人干的了？”

大老王道：“刚才大黑狗可是追着你们三个人玩的，也就屁大的工夫就嚎着跑回家了，不是你们三个人干的能是谁？”

魏成栋一副得理不饶人的德行，反唇相讥道：“你家大黑狗追着我们三个人咬，原来你看见了？那你怎么不管呢？那是追着我们三个玩的吗？难道非要把我们咬伤了咬死了你才管？难道我们三个人的性命不如你家一条仗势欺人的狗来得金贵？”

彭辉起哄架秧子道：“狗仗人势呗。”

冯骥也跟着起哄架秧子道：“说真的，你家大黑狗还不如你可怕呢。”

彭辉道：“成栋，你要是扔几块现大洋估计没人找上门来。”

“可不是嘛！”

大老王道：“我看你们三个人狗嘴里吐不出象牙，好汉做事好汉当，不敢当，就别做啊！”

魏成栋才不买大老王的账呢，一副轻蔑的样子：“我们三个人怎么能跟狗一样呢！我们三个就要上课了，恕不奉陪！”

冯骥用右手打了一个清脆的响指，跟着魏成栋屁股后面走了。大老王也不是个熟柿子：“你小子不地道，我找你爹评理去。”

魏成栋扭头笑道：“你最好找我爷爷评理去。”魏成栋的爷爷已经去世两年多了。

大老王在回去的路上，居然把那块红薯找到了。路过自己家门时，他听见大黑狗仍在哀嚎，就更来气了，便大步流星去了魏成栋家，见到魏洪烈就问：“洪烈，你家烧红薯吃了吗？”

魏洪烈自然不知道其中的个案，纳闷道：“成栋要吃，倒是给他烧了一块。怎么了？”

大老王愤恨道：“不是你家成栋要吃，而是你家成栋想把我家的大黑狗烫死。”

魏洪烈一脸迷茫，道：“会有这种事？”

"我四十好几的人了，能给你胡说八道？你看看是不是这块？"

"都被狗咬成这个样子了，还真的不好说呢。这样吧，等他放学后，我问问再说吧。"

大老王气呼呼地又去了学校。彭道远又把魏成栋、彭辉和冯骥叫了出来。大老王道："魏成栋，我刚去了你家，你爹说了，吃午饭时你让家里烧了一块红薯，不是你，是哪个干的好事！要是我家大黑狗有个好歹，看我怎么收拾你。"

"吃午饭的时候，我的确让家里烧了一块红薯，我嫌不好吃，可又不敢在家里扔，就在上学的路上随手扔了，不可以吗？"魏成栋扭头又问彭辉，"是不是这样的？"

彭辉言之凿凿道："是！"

"冯骥，是不是这样的？"

"是！当时我还有点生你的气呢，你不想吃，给我吃啊！我可是最爱吃烧红薯了。"

魏成栋煞有介事道："你这家伙真是的，怎么不早说啊！要是让你吃了，怎么会出这档子事！"

冯骥气哼哼地道："这能怪我嘛！你说扔就扔了，连个机会都没给我啊！"

魏成栋油腔滑调道："晚上我让伙房多烧几块，让你吃个够。俗语道，心急吃不了热豆腐，岂止热豆腐，还有烧红薯呢。不信你试试，不把你的牙烫掉就是万幸了。"

冯骥咧嘴笑了笑，道："我还想留着一副好牙口吃烧饼卷狗肉呢。"

魏成栋在冯骥的脑门上戳一指头，嘻嘻哈哈道："看你这副馋样，人家大老王家的狗还没死，你就惦记着烧饼卷狗肉了？"

大老王傻在那儿了。

放学后，彭道远气呼呼地来到了魏家，要魏洪烈处理那公案。魏洪烈道："吃午饭时成栋让家里烧了一块红薯，谁承想是他拿去作恶呢！该打！"

"彭辉和冯骥是共犯，都该打！"彭道远说完就拿出戒尺，先打彭辉，又打冯骥，最后才打魏成栋。

魏成栋哭着又尿裤子了。

彭道远见魏成栋的裤裆湿了一片，愣了片刻，冷然把戒尺拦腰折断，愤然扔在地上，长叹一口气走了。

大黑狗再见魏成栋，掉头就跑。狗通人性，大黑狗心里说：“你是俺爹，俺惹不起你，还躲不起你嘛！”

魏成栋躺下不一会儿，就想起了他第一次挨板子的情形。

魏成栋七岁那年，他爹魏洪烈给他和他妹妹魏秋红请来了私塾先生彭道远，可魏成栋哪里坐得住，一上午得跑出去七八回拉屎撒尿，一个星期过后说上学不好玩。无论魏洪烈如何哄劝，他就是哭闹着不登那道门槛了。万般无奈，魏洪烈就让彭道远的孙子彭辉和账房先生冯大全的儿子冯骥伴读。

彭道远教的是四书五经，按照他当年当学生时先生的套路，先是领着学生背诵后讲解。一段课文，魏成栋要背好多天。他一天到晚想着法子玩，根本没心思学习，字写得也如同鬼画符一般。彭道远来向魏洪烈反应魏成栋的学习情况，魏洪烈就道：“有道是严师出高徒，你当先生的难道没有戒尺吗？”

彭道远苦笑道：“少爷可是我打的？”

“他在你那儿是学生，不是少爷，怎么打不得？照打不误！”魏洪烈黑着脸道。

魏洪烈和彭道远的对话被魏成栋听了去，也只是皱了皱眉头。

翌日，彭道远讲解《论语》：“《论语》是儒家学派的经典著作之一，是由孔子的弟子及其再传弟子编纂而成，大约成书于战国初期。它以语录体和对话文体为主，记录了孔子及其弟子的言行，集中体现了孔子的政治主张、伦理思想、道德观念及教育原则等。与《大学》《中庸》《孟子》《诗经》《尚书》《易经》《春秋》并称‘四书五经’。通体本《论语》共二十一篇。《论语》的语言简洁精炼、含义深刻，其中有许多言论至今仍被世人视为至理。”

彭道远讲到这儿，发现魏成栋目光游弋，就知道他又走神了，便提问道：“魏成栋，通体本《论语》共多少篇？”

冯骥见魏成栋未站起来，就用胳膊肘轻轻地捣了魏成栋一下，魏成栋这才回过神来，可也只能呆呆地站在那儿了。

彭道远又道：“魏成栋，通体本《论语》共多少篇？”

魏成栋自然答不上来，就站在那儿嬉皮笑脸地扤头皮。

“该打！”彭道远手握戒尺过去，抓住魏成栋的左手，就朝手心不轻不重地打了三下，没想到魏成栋却嘤嘤地哭了起来。

彭道远便道："你哭什么哭？难道不该打吗？"

这时冯骥道："先生，我怎么闻着魏成栋身上有股子骚尿味？"

彭道远见魏成栋哭得更凶了，就道："莫非你尿裤子了？"

魏成栋便连连点头。

"你这学生，快去找你娘换裤子吧。"彭道远又是摇头又是叹气。

魏成栋擦了一把眼泪，就跑走了。

放学后，彭道远找到魏洪烈，说起魏成栋挨板子尿裤子的事："他是不是一受惊吓就尿裤子啊？"

魏洪烈朝房顶眨巴眨巴眼，想了想："哪有的事！"

"上课前，他和彭辉还去了趟茅房呢，不可能是因憋尿受了刺激而尿裤子的吧？"

"这谁说得清呢，该打的时候，你尽管打，管他呢。三天不打，他就会上房揭瓦。"

"这小子可是天资聪明，等他换好裤子回来，我又把刚才讲解的内容重复了一遍，然后再问他，他居然回答得一字不差。"

魏洪烈扑哧一笑："看来这小子也怕挨板子。"

这是个风清月明的夜晚，林丽下课后走在回家的路上。路两边是错错落落窳劣的房舍。这时，一个蒙面人蹭的一声从一个墙头上跳下，正好落在林丽的面前。林丽被吓得惊叫了一声。那蒙面人凶巴巴地道："再叫唤小心我要你的命！"

林丽色厉内荏道："你想干什么？"

那蒙面人淫笑道："你这么漂亮，你说我想干什么？"

"我宁愿一死也不会让你得逞！"

"这可就不是你说了算的了。"

那蒙面人说完就把一条毛巾塞进林丽的嘴里。林丽想挣扎，还是被那蒙面人捆绑上了。那蒙面人扛起林丽正要走，就听得一声断喝："站住！"

那蒙面人就被镇住了，色厉内荏道："你想干什么？"

"把人给我放下！"那人声如洪钟。

林丽一看是魏成栋，就把心放下了。

那蒙面人凶相毕露道："你不想活命了？"

"少说废话，把人给我放下。"魏成栋的话掷地有声。

那蒙面人放下林丽就和魏成栋对打了起来，拳来脚往，直看得林丽心惊肉跳。一阵搏击，那蒙面人败下阵来，仓皇而逃。

魏成栋走到林丽跟前，愕然道：“怎么会是你。”然后就给林丽松绑了。

林丽从嘴里掏出毛巾，扔在地上，使劲跺了几脚，然后吐了几口吐沫：“王八蛋！”

魏成栋略带一种遗憾的口吻道：“要不是那混蛋钻空子逃窜了，看我怎么收拾他。”

“谢谢你了，成栋。”

这时，过来了几个学生，其中就有裘风。

裘风很不友好地质问魏成栋：“你在这儿干什么呢？是不是想做恶人？”

魏成栋得意扬扬，一副很有成就感的样子：“恶人刚被我打跑，不信你问林丽。”

林丽想赶快回家，就点了点头。

裘风道：“那我代表我们班同学和林丽谢谢你了。”

“你代表？你以为你是谁？”魏成栋拂袖而去。

裘风恶声恶气道：“我操！”

次日下午放学后，裘风又把魏成栋叫到了一边：“魏成栋，昨晚你可是上演了一幕英雄救美啊！”

魏成栋一脸不屑：“这与你好像没什么关系吧？狗拿耗子多管闲事。”

“这是一场精心策划的闹剧。而那个恶人就是冯骥，对吗？”

魏成栋虽被揭穿，也不气馁，更不示弱，便将话题一转，抄着裘风的话柄道：“笑话！这是我今年听到的最荒唐的一个笑话。你是不是没赶上那个机会，在嫉妒我？”

“我还没到那种卑鄙的份儿上。你住在学校的东边，林丽住在学校的西边，放晚自习后，你跑到学校西边干什么去了？”

“两条腿长在我身上，我爱去哪儿那是我的自由，你管得着吗？”魏成栋一脸不屑。

“你爱去哪儿我可以不管，可你捉弄了林丽，我就不能不管了。”裘风的神态是一惯的高傲、霸道、蛮横。

魏成栋用鼻子嗤了一下，冷笑里流露出他的不满和蔑视：“你是林丽的什么人啊？一个不知道天高地厚、恬不知耻的暗恋者？”

“那你呢？为了达到不可告人的目的而不择手段，你才恬不知耻呢。”裘风反唇相讥，毫不相让。

“你喜欢林丽，我也喜欢林丽，这都是无可非议的。至于林丽是什么态度，那是林丽的事，你老左右我干什么？你这不是六个手指头挠痒痒多一道子吗？”

裘风把压抑在心底的积郁一下子发泄出来：“你没有权利喜欢林丽，你也不配喜欢林丽。如果你再骚扰林丽，那我就对你不客气了！”这话里显然带着几分威胁的味道。

“奈我何？”魏成栋凛然不可侵犯的样子。

裘风恶从胆边生：“我们是该有个了断了。这样吧，明天晚上下课后，我们操场上见。”

魏成栋自然读懂了裘风话里的含义，咄咄逼人的气势尽显眉宇之间：“是一对一呢，还是群殴？”

裘风预热似的振着臂，底气十足道：“我有‘哼哈二将’刘喜子和花勇，你也有‘哼哈二将’冯骥和彭辉，那就三对三吧，也好体现一下团队精神。”

“一言为定！”魏成栋一字千金地说完，摇头晃脑地走了。

下课回到家里，魏成栋才把和裘风相约打架的事说出来。

冯骥道：“这一天总会有的，可我没想到会来得这么快。”

彭辉道：“难怪今天我的右眼皮老跳，原来如此啊。”

魏成栋冷然一声：“怎么办？”

事已至此，彭辉只好硬着头皮道：“还能怎么办？迎战就是了。”

冯骥忧心忡忡地道：“会是一个什么样的结果？”

魏成栋一贯心态很好，吃得饱，睡得香。此刻依然安之若素，他坦然道：“顶多两败俱伤嘛！他们不怕，我们也没什么好怕的。”

冯骥道：“两败俱伤那是肯定的，我是说会打到一个什么程度，是小打小闹还是拼个你死我活？”

彭辉道：“这可就难说了。他们三个可都是亡命之徒，嗜血成瘾，不把谁打个头破血流怕是完结不了的。”

魏成栋漫不经心地道：“吃过晚饭，我上街买了三把刀子。”像是说上街买了三串冰糖葫芦一样轻松。

冯骥就被吓了一跳，但想到打架已成定局，就道：“他们肯定会带刀子去的，到了那时，也没有别的办法，只能让手中的家伙说话了。如果我们不带，他们就会用刀子刺杀我们，他们见我们也带了，心存畏惧或许就不敢用刀子了，因为他们也是爹娘生的，也是肉长的。”

魏成栋拖着长腔道：“知我者，冯骥也。我之所以买刀子就是这个道理。”

冯骥肃然道：“但，不到万不得已尽量不用，一旦动了刀子，非死即伤，那问题就严重了。”

魏成栋撇开话题，道：“兵对兵，将对将。我来对方裘风那混蛋小子，你们俩呢？”

事已至此，冯骥见没有退路了，就一副豁出去的口吻：“不就是你死我活嘛，有什么放不下的，昨日如烟火，未来如流沙。不是说刘喜子刀子不离身嘛，老子这次让他的刀子派不上用场。”

彭辉硬生生地道：“天高高不过义字，地厚厚不过情字，谁让我们是亲兄热弟呢。只要花勇出手往死里打，老子就飞起一脚，把他的命根子踢下来，让他断子绝孙。”

“龙眼识珠，凤眼识宝，滴水见太阳，早知道你们俩够义气。”魏成栋一副大将风范，一字一顿地道：“不过，你们俩给我记住了，这愣的怕横的，横的怕不要命的。也就是狭路相逢勇者胜。”

彭辉点头之后就想起了爷爷彭道远的话，心里很不是滋味。

魏洪烈虽然是聘主，但对彭道远还是很尊重的。他让管家单为彭道远爷俩收拾好了一个房间，想让彭道远爷俩住在家里，免得成天跑来跑去的，可被彭道远婉言谢绝了。不光魏洪烈不理解，彭辉也不理解：在这白吃白喝白住不是很划算嘛！

回家的路上，彭道远告诉彭辉：“作为先生，要是寄人篱下，会被人看不起的。魏成栋可是个惹是生非的主，不知道哪天就闯大祸了。我也是怕你将来受制于魏成栋而跟着受连累。魏成栋家树大根深，一般的事都能扛过去，我们家就不同了，蓬门荜户，就怕遇到麻烦事。”

“爷爷，我记下了。其实，魏成栋对我和冯骥不错，从来没欺负过我们俩。”

彭道远幽然道：“孙子，你要记住，不要轻易欠谁的人情，因为我们除生命以外，无以报答啊。”

言者谆谆，听者藐藐：人情怎么会和人的生命相关联呢？

现在看来，爷爷的话还是很有道理的。

四个人进入沛县中学后，魏洪烈为了魏成栋、彭辉、冯骥和魏秋红在生活上不受委屈，就在沛县中学附近租赁了一个院落，还让彭道远前去照看。

彭道远留着一绺山羊胡子，仙风道骨，精神矍铄。这时，他来到了魏成栋、彭辉和冯骥的房间："你们三个怎么还不睡觉，在叽咕什么呢？"

魏成栋一副好孩子的面孔道："爷爷，我们在闲聊呢，这就睡。"

彭道远道："闲聊？闲聊还什么狭路相逢勇者胜？你们是不是要和谁打架了？"

魏成栋笑嘻嘻地道："好好的，我们和谁打架啊？自从来到县城，我们给你惹是生非过吗？"

"这倒没有。我听说警察局局长的儿子和你们是同学，那可不是个善茬子，虎须捋不得，你们最好离他远点儿。惹不过还躲不过嘛！"

魏成栋、彭辉和冯骥三个人排成一排，异口同声道："爷爷，您的话我们记住了。"

"记住就好，记住就好。你们赶快睡觉吧，明天还要上课呢。要是头天晚上休息不好，第二天可就没精神听课了。"彭道远踢踏着走了。

彭道远哪里知道，一场灾难就要降临了。

第二章　血沃忻口

1937年9月底，日本军部正式向华北方面军司令寺内寿一发布攻取太原的命令。以板垣征四郎统帅第五师团及关东军察哈尔派遣兵团之大部为北路，沿同蒲线为主攻方向，越内长城直取太原；以川岸文三郎率第二十师团之一部为东路，由石家庄沿正太线西进，策应第五师团，以实施两路分进合击太原之战略意图。

忻口，古为军事要地，在军事上是屏障太原的最后一道防线，可称之为战略咽喉要地。忻口的守与失直接关系到太原的安危。中国军队在忻口集结兵力，计划乘日军立足未稳，将板垣征四郎消灭于云中河谷。为确保山西要地，蒋介石令卫立煌率第十四集团军四个半师从河北星夜驰援忻口，并任命卫立煌为前敌总指挥，组织忻口会战。

前敌指挥部下辖第十八、第十四、第六、第七集团军，计划以三个集团军在五台山至宁武山一线，依托有利地形组织防御。其部署：朱德第十八集团军为右翼，在滹沱河东岸依托五台山组织防御，制止日军前进，并相机以主力挺进雁门关，威胁敌之左翼，形成包围日军之态势；卫立煌率第十四集团军居中央，在代县至原平公路正面实施防御，抗击日军进攻；杨爱源率第六集团军为左翼，在同铺路西侧组织防御，并准备以一部兵力挺进敌后，威胁敌之右翼，与右翼军东西呼应；由傅作义率第七集团军为预备队，集结在忻县、定襄一带，相机行动。

10月1日，华北日军主力板垣征四郎第五师团及关东军察哈尔派遣兵团第一、第二、第十五混成旅团、堤支队与特种部队等共三万余人，沿代县至原平公路发起进攻，忻口战役序幕拉开。日军以正面和迂回进攻相结合的战术，在猛烈的炮火、坦克和飞机支援下攻打崞县、原平。守军第十九军主力奋勇阻击直至白刃鏖战，坚守一周，战斗十分惨烈。驻守崞县西关独立第七旅马延守部刘连相团全部殉国，崞县陷落。9日，日军又大举围攻原平，第一九六旅全体官兵与入城之敌浴血巷战三天，最后旅长姜玉贞率二百余仅存官兵退守城东北角，与日军苦战肉搏，于11日全部阵亡。日军占领原平后，以第十五混成旅团等为右翼，第五师团主力为左翼，沿同蒲路左侧向忻口猛攻。卫立煌遂以忻口为轴心，以刘茂恩为右翼兵团指挥官，指挥第十五军刘茂恩部，第十七军高桂滋，第九十四师朱怀冰等部；以王靖国为中央兵团指挥官，指挥第九军郝梦龄部，第十九军王靖国部，第三十三军孙楚部，第三十五军傅作义部，第六十一军陈长捷部，晋军第三十八军之第五二九旅等部；以李默庵左翼兵团指挥官，指挥第十四军李默庵部，第八十三师刘戡部，第八十五师陈铁部，晋绥军第七十一师郭宗汾部，第六十八师孟宪吉部。在忻口以北龙王堂、界河铺、南怀化、大白水、南峪之线展开迎敌。

刘茂恩之第十五军，从西安附近曾开至平型关作战，后奉命撤回忻口附近，当卫立煌部由太原北进时，刘茂恩已在忻口东北东社、宏道镇附近山地占领阵地。该军原属第二战区司令长官直接指挥，隶属卫立煌后，任右翼之守备。

刘茂恩第五军辖第六十四师和第六十五师，第六十四师师长武清华，辖第一九一旅和第一九二旅，第一九一旅旅长邢清忠，第一九二旅旅长杨天民；刘茂恩兼第六十五师师长。

刘茂恩第五军负责滹沱河东岸灵山高地的防御任务，第六十四师为左翼，第六十五师为右翼，灵山高地归第六十四师。彭辉系第一九一旅第三八六团团长，负责灵山高地的防御。

彭辉团是10日上午8时进入阵地的。灵山高地五十米前有一个小土山，小土山和灵山高地之间有个干涸的水沟。彭辉勘察完地形，当即决定小土山作为前沿阵地，灵山作为二线阵地，加强纵深配备。要求防御工事战壕连通，人人有掩体，营连要有指挥所，指挥所（大掩体）要洞大口小，既能住几个人，还能存放弹药；并决定加深和加宽水沟，用以阻止迟缓日军猛攻的速度；主阵地设在山腰部，突出点有重机枪掩体，山顶有诱敌飞机和敌炮兵轰击的假阵地工事；各营还要在后山为一个连的预备队开挖掩体土窑。

彭辉团忙乎了一天一夜，基本把防御工事修筑好了。次日，敌机便来阵地上空盘旋侦察了，不一会儿，日军便炮轰了灵山高地。彭辉判断敌人很快就会发起进攻，遂命令部队进入阵地，做好战斗准备。然而，日军当天并没进攻。在接下来的几天里，日军依然仅仅是炮轰，这给彭辉团足够的时间修筑工事。

虽然战火还没烧到这里来，但彭辉的心情并不轻松。6 月 25 日，他给远在老家徐州沛县的魏秋红写了一封信，要她来西安完婚，之后，他就开始做结婚的准备工作了。租赁房屋，买床上用品……可是，7 月 7 日，日军在北平附近卢沟桥有意挑衅，驻军宋哲元部吉星文团的一个营奋起抵抗，于是揭开了为国家民族复仇雪耻、全国团结一致抗战的序幕。旋即，彭辉团奉命开赴了抗日的战场。结婚的事自然是泡汤了，彭辉立马给魏秋红拍了一封电报。可是，如果魏秋红接到信就来西安的话，他的电报算是白拍了，魏秋红肯定在路上了。魏秋红来到西安后自然找不到他……他不敢往下想了，可又不能不想。

要不是那个令人心惊肉跳的夜晚，或许他和魏秋红早就结婚了……

那天晚上下课后，魏成栋、彭辉和冯骥去了操场。片刻，裘风、刘喜了和花勇也过来了。

裘风站在刘喜子和花勇中间，魏成栋站在彭辉和冯骥中间。双方均杀气腾腾。

裘风抃着腰，摇晃着头颅道："魏成栋，你还有什么话要说吗？"

魏成栋盛气凌人道："我不是来斗嘴的，是来打架的！今天要不给你点颜色看看，就不知道道爷是开染坊的。"

"豆芽撑破天，还是小菜。小子，就你那样，放进眼里都不硌得慌，连毛加屎都打不起定盘星来，少拿大话吓唬老子，老子是属耗子的吗！你说怎么个打法吧。"

魏成栋拧了拧脑袋："兵对兵，将对将！"

"好！那就开始吧。"

彭辉道："花勇，你小子不是出手就要把人往死里打嘛！今天老子非让你明白秤砣是铁的不可。"

“我看你是站在树上说鸟语。”说时迟那时快，花勇一个封眼锤就过来了，彭辉一偏头，花勇的拳头就走空了。彭辉抬起右掌就给了花勇一巴掌。这一巴掌把花勇打得眼冒金星。花勇心里道：“吆喝！这也是个玩命的主。”之后，飞快地从腰间拔出了刀子。

彭辉飞起一脚就把花勇手中的刀子踢飞了。片刻，两个人就扭打了起来。

这时，冯骥和刘喜子也扭打在一起了。冯骥一边扭打一边笑道：“刘喜子，听说你个孙子刀子不离身，今天老子就是不给你孙子拔刀子的空，看你孙子的刀子还有什么用？”

刘喜子已经挨了几拳，早就想拔刀子了，可让冯骥近身纠缠得毫无办法。自然后悔没早早地拔出刀子来，要不刀子早见红了。

那边裘风和魏成栋都已是鼻青脸肿。裘风感到没赚到便宜就是吃亏，于是就想抽身拔刀子。魏成栋手疾眼快，先下手为强，从腰间拔出刀子朝裘风的大腿就是一刀。裘风刚惨叫一声，魏成栋又给裘风的左胳膊一刀，裘风又是一声惨叫。

裘风第一声惨叫，花勇和彭辉就停打了。当裘风第二声惨叫之后，花勇扔下彭辉边跑边声嘶力竭地叫喊着：“杀人了！杀人了！”

魏成栋见刘喜子愣在那儿了，过去就给刘喜子的肩膀一刀。刘喜子这才想起来跑走，也叫喊着：“杀人了！杀人了！”

魏成栋握紧刀子又来到裘风跟前：“你小子服不服？”潜台词是不服还得挨刀子。

裘风见孤掌难鸣，又挨了刀子，就有气无力地道：“有种你就把老子杀了。”

魏成栋凶神恶煞地道：“你当我不敢？”魏成栋说完又要动刀子，却被冯骥和彭辉拉住了。冯骥道：“我们快跑吧，等刘喜子和花勇叫来人，再想跑可就没机会了！”

魏成栋这才随冯骥和彭辉撒开腿跑走了。三个人气喘吁吁地跑回家中，彭道远见魏成栋身上血迹斑斑，就被吓了一跳：“成栋你？”

魏成栋把血衣服换下来，轻言轻语道：“爷爷，我们三个人和人打架，我把人给攮伤了，我们三个人可要跑路了。”

彭道远晃了几晃差点晕倒，老泪纵横：“成栋，你让我怎么跟你爹交代啊！”

魏成栋不以为然地道：“爷爷，你看你，多大的事呢……”

魏秋红就把彭辉拉到自己的房间里，急切地问道：“彭辉哥，你们怎么又和人打架了？是和谁打架的啊？”

“和裘风、刘喜子和花勇他们。”

“你们怎么会和他们三个人渣打架呢？这是为什么啊？”

“因为成栋游行那天找林丽讲了几句话，裘风就和成栋过不去了。秋红，我们跑路后，你也不要再上学了，回家到魏楼小学当个老师去吧！我一时半会儿怕是回不来了，你……”

这时，魏秋红投到彭辉的怀里哭诉说：“彭辉哥，我活是彭家的人，占一只台角，死是彭家的鬼，占一只地角。我等你……”

彭辉潸然泪下，百感交集，呜咽着道：“我对不起你……也请你放心，我非你不娶……”

彭辉和魏秋红可谓青梅竹马，两小无猜，可两个人私订终身时的气氛不但不浪漫，还极其狼狈。

这时，魏成栋和冯骥闯进来了。魏成栋手里拿着一根绳，道：“别黏糊了，逃命要紧！”

魏秋红唏嘘道：“哥，你除了会惹是生非，还会干什么？可也把彭辉哥给牵扯进去了……”

魏成栋有点不耐烦了：“行了行了，你就别哭天抹泪的了。彭辉，我们走！”

彭辉跟着魏成栋出了房间的门，边退着走，边道：“秋红，多保重！替我照顾好爷爷。”

魏秋红追着彭辉道：“彭辉哥，你就放心吧，别忘了给我写信哈！”

“我记住了。”彭辉已是泪眼蒙胧。

三个人来到了城墙根下，魏成栋上了那棵大柳树，把绳子一端系在树上，扯着绳子就下了城墙。等冯骥和彭辉也下了城墙，三个人就一溜小跑跑回了魏楼。

魏洪烈又气又恨道：“成栋，你可真是狗胆包天啊！连警察局局长的儿子你也敢攮！你一跑了事了，可我们这个家怎么办？你可是给我闯大祸了。”

魏成栋不以为然道：“多大的事呢，快把家里的现金都拿出来吧。”

“你可真是我的祖宗！我这是哪辈子作的孽养了你这么个儿子啊！”

骂归骂，魏洪烈说完就去拿钱了。

魏成栋拿到钱，一分三份，一挥手："我们走！"

魏成栋和彭辉、冯骥三人刚出村，裘风爹的人马就把魏楼包围住了，如铁桶一般。

彭辉道："若是晚一步，我们怕是被围住了，不伤筋动骨才怪呢。"

冯骥道："我们可真是闯大祸了。"

魏成栋不以为然地道："这话我可不爱听了，多大的事呢。我读书读腻歪了，早就想出去闯荡闯荡了。"

彭辉立马没好气地道："我可没读腻歪。"

冯骥苦笑道："有秋红陪着你，你当然没读腻歪了。"

彭辉长叹一口气："你只说对了一半，我可是要上燕京大学的。在我们班我的成绩可是名列前茅的，还是有希望的吧？"

魏成栋道："你们俩就别说没用的了，知道我现在在想什么吗？"

冯骥道："你说。"

"一不做二不休，我现在想返回县城去，把裘风和裘风的爹杀了，以免他爷俩欺负我爹。"

冯骥道："你这可就是玩火了。我们和裘风那三个混蛋小子打架，最多是拼刀子，势均力敌，狭路相逢勇者胜。可我们和裘风的爹玩，那就不对等了，可谓以卵击石。裘风的爹不玩刀子，玩枪，枪一举，一扣扳机，瞬间，一条鲜活的生命就没有了。单凭傻傻的勇气，是要吃亏的，吃大亏的。"

魏成栋深思了片刻："到了徐州，我就给裘风的爹写一封信，只要他敢玩阴的，我总有一天会要了他爷俩的狗命！"

冯骥道："震慑！这倒是个办法。"

彭辉也跟着附和。

魏成栋大喊一声："走！"

冯骥跟在魏成栋的屁股后："我们这一走，可就没谁敢跟裘风那混蛋小子争林丽了。"

彭辉道："林丽在我们学校可是当之无愧的校花，那眉眼，那小腰，那屁股，美轮美奂，风姿绰约。裘风现在要是知道我们三个出逃了，那身上的伤口或许就不会那么疼了，或许会有种因祸得福的窃喜也未可知。"

魏成栋骂咧咧的："娘的！馒头落地狗造化。"紧接着又恶狠狠道，"未必！”

彭辉和冯骥想到此时魏成栋内心深处的煎熬，就不再说什么了。

次日，三个人到了徐州火车站，魏成栋道：“上海是个花花世界，我要去上海，你们俩呢？”

彭辉道：“我要去西安，投奔我表叔当兵去。”

魏成栋道：“冯骥你呢？愿意不愿意跟我去上海打拼？”

昨晚血腥的那一幕历历在目，冯骥到现在还没回过神来呢，哪里还敢再跟爱惹是生非的魏成栋去上海打拼！好好的学业被魏成栋打拼掉了，到了上海说不定脑袋也会被打拼掉呢，于是道：“我还没想好去哪里呢。”

“人各有志，我就不强求了。”继而，魏成栋感慨道，“真的不知道我们兄弟三个人何时才能相见呢？”

冯骥道:“只要我们三个人都好好地活着,珍惜生命,会有相见的那一天。”

彭辉热泪盈眶，道：“我感觉我们三个人的缘分还未尽呢。”

魏成栋一只手搭在了冯骥的肩膀上，另一只手搭在了彭辉的肩膀上，硬生生地道：“好兄弟，我们来日方长……”

彭辉和冯骥学着魏成栋的样子,搭肩相拥,并异口同声道:“来日方长！”

偏偏这个时候，与彭辉相交甚善的三营长打断了彭辉的回忆，道：“也不知道嫂子这个时候是在西安逗留着呢，还是回你们沛县老家了？”

彭辉差点流出眼泪来：“这谁知道呢。”

“要是狗日的小鬼子不打过来，你们正在度蜜月呢……可是搅了你们的好事。”

“这子弹可是不长眼睛的，我若是在这儿为国捐躯了……”彭辉哽咽住了。

三营长把目光投向远方：“这场中日战争将会让多少生命灰飞烟灭，让多少爱情成为永远的相思啊！但愿你和嫂子能够早日团聚。”

彭辉幽幽地道：“但愿吧。”

如今日本人打到家门口了，作为一名军人，横刀立马，马革裹尸，报效国家与民族，这没什么好说的，可他现在还不想死，谁让魏秋红那么漂亮，那么楚楚动人呢。狗日的小鬼子，可真是搅了他和魏秋红的好事。

日军又开始炮轰阵地了，土窑上方便有些土屑抖落，土雾弥漫。

为了安全起见，彭辉把团指挥部设在了后山上一个新挖的土窑里。彭辉立即抓起电话，“李连长，是不是日军开始进攻了？”一营一连李成梁连长负责一线阵地小土山阵地的防御。

“报团长，敌人仍只是炮轰。一旦有敌情，我会立即报告给你的。”

“娘的！”彭辉大大咧咧地骂完就撂下了电话。

右翼兵团系五台山南麓，山峦重叠，地形于我有利，故日军对该方面似采守势，除以炮、空以及相当部队牵制和佯攻外，战斗不如左翼和中央之激烈。日军试图实行中央突破，因而以正面南怀化一带的争夺战最为激烈。16日，第九军军长郝梦龄，第五十四师师长刘家麒，独立第五旅旅长郑廷珍均在此殉职。

16日一大早，刘茂恩带着一帮人来灵山高地视察，对防御工事布置和挖掘给予了很高的评价。

彭辉道：“刘司令，我有一句话不知道当说不当说？”

“当说无妨！”

“连日来，日军与中央集团军围绕正面南怀化一二〇〇高地进行了拉锯式争夺，我军整团整团的人填进去了，伤亡惨重。左翼兵团有两个突出据点：大白水村和朦腾村。而朦腾村西边是高高的山地，与正面阵地互为犄角，无疑增加了日军的进攻难度。日军如果拿不下大白水村，则很难南进深入，即便夺了大白水村，如不能攻下朦腾村，日军则侧背将感受极大威胁。但日军欲同时进攻两村，则兵力分散，而我军可以相互支援，迫使日军难以兼顾。加之两村有宽厚的土围，其坚固犹如城墙，足以限制日军的战车冲击。而利用墙壁死角做纵深配置，可构成极多支点，即便日军集中炮轰，欲将大白水村夷为平地，则势所难能。这样的地势，诚可进可攻，退可守之好地势。但也有缺点，由于两村过于突出，前沿地形比较开阔，有利于诸兵种联合进攻。但，就忻口全盘态势来说，即便忻口被日军中央突破，如左翼大白水村和朦腾村屹然不动，则日军仍难取得胜利。而我们右翼有延亘的五台山麓，连山地带可以对敌夹击，形势甚佳，日军愈深入，不啻钻入口袋，危险愈大。所以，即便南怀化制高点失陷，对全局来说，亦影响不大。如能沉着应付，调集兵力，从左右两翼向突入之敌夹击，而不对南怀化一二〇〇高地反攻，则我军可避免无谓的牺牲，且能给予来犯之敌以重创和全歼。”

刘茂恩拍了拍彭辉的肩膀：“彭团长所言甚是，可卫立煌司令长官也不是吃干饭的，无奈，阎长官认为重奖之下必有勇夫，乃悬赏五十万元，声称谁能将忻口南怀化一二〇〇高地夺回，就奖励谁。卫立煌司令长官也就不好再说什么了。”从此，彭辉在刘茂恩心目中挂上了号，为他日后成为刘茂恩青睐的心腹爱将，埋下了契机。

就在这时，日军又炮轰小土山了。

刘茂恩便对手下的各位官佐道：“不久前，阎长官枪毙了弃守天镇的军长李服膺，希望各位不要以身试法，步人后尘。”言毕，便率众官佐撤离了灵山高地。

日军可能感觉到攻打正面很难奏效，就把战火烧到右翼这边来了。

日军这次把数以百计的炮弹落在了小土山，小土山顿时生起硝烟和尘土，天地失色。沙袋工事几乎全部被摧毁。日军在炮火的掩护下，以步兵推进，向小土山发起了凌厉的攻势，像蝗虫一样蜂拥而来。日军炮位不动，但射程随着步兵的前进而前移，直至把步兵掩护进冲锋准备位置。当其步兵发起冲锋时，炮兵即延伸射程又开始炮击灵山高地了。

虽然炮火密集，但由于工事做得好，士兵伤亡并不大，待敌军步兵冲到阵地前四五十米时，李连长便命令部队以轻重机枪集中火力扫射，同时投掷手榴弹。片刻，阵地前日军尸体枕藉。日军第一次进攻被打退后，又是一阵密集的炮轰，当步兵开始推进后，又飞过来五架三菱九三式飞机助阵射击。李成梁自然招架不住了,眼看本连官兵死伤大半,便把电话打到了团部，请求增援。彭辉就派去了一个连，并命令炮火支援。第三八六团虽有少数山炮，但由于制造条件落后，瞄准须先行试射，经校正之后始能行效力射击。有两个土窑里山炮刚打了几炮，对敌目标尚未行效力射击，由于敌人炮空联络密切，李连长他们的炮位很快就被发现了，立即招来日军十几炮毁灭性的打击。日军的德国产普福斯山炮瞄准精确，发射迅速，弹道低伸，侵彻力强，破坏力大，发射榴霰弹，杀伤力强，且炮射程远，不易被摧毁。

虽然日军这次进攻又被打退，但两个连的兵力也就剩下一个排的兵力了。

战斗结束后，彭辉就把前边的那两个连调在后边，重换一个连摆在前头，以保证充沛的战斗力。二营一连王连长进入小土山阵地后，清理完尸体，又连忙修复被摧毁的工事。彭辉士兵手里的武器中，连“中正式”步枪都很少，绝大多数还是汉阳造的笨重双筒步枪。傍晚时分，彭辉派了几十个人次，把阵地前日军尸体上的“香瓜手雷”以及枪支弹药都收集了过来。

彭辉让人数了数，一共一百二十一枚香瓜手雷，彭辉手拿一枚把玩道：“听说这玩意儿一炸几十个瓣，可是比我们山西造的手榴弹一炸三两个瓣厉害多了。一人一枚，大家都尝尝新鲜。可也别把这些玩意儿当卵子一样把玩，也要让小鬼子尝尝它们的厉害。”彭辉是想缓和一下绷紧的气氛。果然惹得大家哄堂大笑。

17日上午8时，日军又开始进攻了，但日军改变了进攻方式。当步兵冲到距阵地只有四五百米时，不再前进了，而是利用飞机和大炮的轮番轰击压制中国军队的火力，就地埋头筑起工事来，企图逐步逼近守军阵地。

彭辉从望远镜里远远地看到日军停下来挖掘战壕，而第三八六团的炮火被压制而无法进行射击，心里暗暗着急：“娘的！这还了得！”

一营二连二排一班长韩大栓长得愣头愣脑，又是个“陕西冷娃”，听说团长要晚上组织敢死队把日军修筑好的工事炸掉，主动请缨要当敢死队队长。敢死队组织好后，时至半夜，彭辉为十名敢死队队员亲自倒了一碗碗高粱酒，然后给自己也倒了一碗，说道：

“各位敢死队员们，我代表第一九一旅第三八六团的弟兄们首先表扬你们这种大无畏的精神。如果不及时阻止日军的对壕作业，前沿阵地就会逐步被日军蚕食压缩，其威胁是可想而知的，而我们怕是连打盹的空也没有了。所以，日军刚修筑好的工事必须炸掉！连日来，我团伤亡惨重，将士们的血花，正期待我等拼死奋战结成胜利之果，报慰英灵。”

韩大栓双手端着酒碗：“谢谢团长的壮行酒，我等十人生是三八六团的人，死是三八六团的鬼。”

彭辉跟敢死队每个队员都碰过碗：“来！喝了这碗壮行酒！”说完一饮而尽。

韩大栓撂下酒碗，带领敢死队，每人携带着炸药包，悄悄地从阵地潜出，爬到日军正在挖掘的战壕前面，乘敌不备，把炸药包塞进战壕和坑道掘进口。一阵震撼天地的爆炸后，日军白天的成果顷刻间化为乌有。

18日上午，日军又开始进攻了。飞机大炮、迫击炮又都使上了，灵山高地尘土飞扬，天昏地暗，弹片如雨，弥漫着死亡的气息。虽然日军几个波次的进攻被打退，可第三八六团也付出了沉重的代价，整个三营和二营一连几乎被消耗光了，三营长也殉国了。这下彭辉被激怒了，也是为没有结成婚出一口积压的恶气，他向旅部告急后就抱着一挺轻机枪亲临阵地了。

这时，飞机丢下两颗炸弹，先后在彭辉附近爆炸，掀起的泥土砸落在他身上，将他几乎掩埋在土里。几个士兵过来扒开他身上的泥土，七手八脚地把他拽了出来，所幸，他没有受伤，但泥土和汗水把他调和成了一个泥人。他用袖子蹭了一下脸："娘的！我们要是有防空火炮就好了。"当看到身边的两个士兵被炸得血肉模糊后，复仇的烈焰在他的胸中熊熊燃烧，他黑着脸道："弟兄们，血债要用血来还，杀一个够本，杀两个才算是为死去的兄弟们报仇了。"

新上任的排长韩大栓，默默地对着一个胸前挂着望远镜、挥舞着指挥刀的日军军官开了火，随着一声枪响，那个军官往后趔趄了几步就倒下了，指挥刀甩出去老远。

彭辉问排长韩大栓："大栓，上了几年学？"

韩大栓被彭辉这突如其来的一问问得有点蒙："高小毕业。"

"那你去一营一连当连长吧。"彭辉临阵封侯，这也不怪他心血来潮，一营一连的排长几乎都阵亡了。

韩大栓又放倒了一个小鬼子才道："是！"

彭辉为了躲避敌军普福斯山炮的轰炸，让炮兵不断变换放列线，然后炮轰，即用游击战法，瞅准时机，连发数炮，不计成效，立即转移至新的预备阵地。可到黄昏时分，日军还是占领了小土山。

刘茂恩要把彭辉团替换下来，彭辉却道："小土山若是不被日军占领，或许我可以撤下来，可现在……小土山不能丢在我手里，我也输不起，否则，将是我军旅生涯的极大耻辱。不把小土山夺回来，我宁愿战死在灵山高地。"

刘茂恩大为感动："彭辉，若我将士都像你这样报着必胜的信心，不愁打不垮小日本。"

今日，中央地区战斗呈间歇状态，日军分向左右两地区进行了猛攻。

天刚黑下来，第二〇一旅李钟颐第四〇一团的两个营接到陈长捷的命令便渡滹沱河驰援来了。半夜时分，彭辉分兵左中右三路，正面佯攻，左右两路负责包抄。彭辉把藏匿于土窑里的迫击炮全部拿了出来，大喝一声："娘的！把所有的炮弹都给我砸到小土山上。"

一阵炮轰，当真就把日军的注意力吸引到正面来了，左右两路到达预设位置之后，彭辉亲自带正面部队，向小土山发起了进攻。杀声、枪声和手榴弹的炮炸声惊天动地。

在拼刺刀的时候，彭辉的左臂被刺刀划破一个口子。经过一个小时的激战，小土山终于夺回来了。

10 月 19 日，太阳刚刚爬上树梢，十余架日军三菱九三式轰炸机犹如蝗虫一般飞临灵山高地的上空，掩护步兵冲锋猛扑。从飞机上倾泻下来的钢铁，把灵山高地炸得地动山摇，炸开的弹片和着冲天的泥土，像下冰雹一般不时散落到工事壕堑之中。顷刻间，灵山高地浓烟滚滚，一片火海。大地和天空，都被卷入一个疯狂的大旋涡、大风暴中，恍如火山爆发，大地眼看就要沉陷了。

由于中国军队没有防空能力，日军轰炸机异常猖獗，肆无忌惮做低空俯冲，对准灵山高地轰炸和扫射，飞机身上涂的猩红膏药旗肉眼可见。彭辉蹲在掩蔽的工事里，炸起的碎石和浮土几乎掩埋了他半截身躯，头上的钢盔不时被爆炸的气浪掀动着。透过呛人的硝烟，他眼睁睁看着自己阵地上许多官兵身上的棉衣被炮火撕裂成缕缕碎片。许多官兵还没出战就葬身于炸弹火海之中，作为一线指挥官，彭辉酸苦杂陈。

将有必死之心，士无贪生之意。团长身先士卒，负伤不退，裹伤犹战，榜样在前，官兵们无不感奋力拼。在彭辉的带领下，在血肉与泥土相互搅拌、相互渗透的土地上，官兵们向扑来的日军发起迎头痛击，高地上的迫击炮和轻重机枪以猛烈的立体火网，将日军的后继冲锋波次大力遮断，成功遏制住日军的进攻势头，稳住了阵脚。

当夜，八路军第一二九师第七六九陈锡联团赵崇德第三营，冒雨奇袭阳明堡日军飞机场，焚毁敌机二十多架。至此，忻口战役格局发生了变化，日军没有了轰炸机掩护，进攻的力度就小了许多。

这时的彭辉已经杀红了眼，受八路军釜底抽薪的影响，彭辉立意要把对自己的部队造成重大伤亡的日军普福斯山炮阵地炸掉。他把这个任务交给了韩大栓。刚刚当上连长的韩大栓，对彭辉的知遇之恩正愁没机会报答呢，就爽快道："团长，你就擎好吧。"

彭辉扦着腰道："老子要是不相信你，会让你当连长？"

在韩大栓的率领下，部队涉水过河，河水浅处没膝，深处及脐。上岸后，浸透了的棉衣好长时间还在淋淋淌水。日军的普福斯山炮阵地隐藏在一个洼地里，当部队行进到离洼地还有一百米时，看见日军三个哨兵夹着枪支踱来踱去。韩大栓派几个士兵匍匐过去，突然跃起，以迅雷不及掩耳的敏捷行动，抡起大刀将三个哨兵全部砍死。部队冲过去之时，大部分日军尚在酣睡中，少数日军虽然发觉，也是仓皇失措，乱撞乱窜。只听得一阵子手榴弹的爆炸声和震天动地的喊杀声，几十个日军全部被歼，九门普福斯山炮炮膛全部被手榴弹炸毁。韩大栓等仅以牺牲五个人的代价，胜利完成了袭击任务。

至此，彭辉面对日军的进攻变为守了。

彭辉打电话把这好消息告知给了刘茂恩，刘茂恩连说了几个好字，并要给彭辉记大功，彭辉暗自高兴。师长武清华却是从刘茂恩口中得到这个消息的，就有些不高兴，这就为不拘小节的彭辉埋下了隐患。

正当卫立煌向蒋介石请调两个师的兵力，准备全线反攻的时候，10月26日晚，平汉线日军川岸文三郎兵团攻破娘子关，平定相继失守，太原告急。而且，守卫在忻口的中国军队有被日军截断后路之虞，第二战区长官部决定放弃忻口，让部队向太原转进。

11月2日晚，彭辉奉命向太原撤退。

忻口战役结束后，第三八六团余部百余人，沿汾阳、孝义、临汾之线，转进到绛县休整待命。

第三章　兵败中条

中条山位于山西南部、黄河北岸，呈东北西南走向，与太行、吕梁、太岳三山互为犄角，战略地位十分重要。抗日战争全面爆发后，随着山西各主要关隘的相继失守，中条山的战略地位愈加重要。对中方来说，占之，即可以此为根据地，瞰制豫北、晋南，屏蔽洛阳、潼关。进能扰乱敌后，牵制日军兵力；退可凭险据守，积极防御，配合整个抗日战场。就日方而言，得之，即占据了南进北侵的重要桥头堡，既可渡河南下，问津陇海，侵夺中原；又可北上与其在山西的主要占领地相连接，解除心腹之患，改善华北占领区的治安状况。所以，中条山地区被视为抗日战争时期“关系国家安危之要地”。

中条山地区虽位于山西省境内，但在抗战时期却不是晋绥军的防区，亦不属阎锡山的第二战区管辖。驻守这里的是国民党中央军，在战区划分上则归之于卫立煌为司令长官的第一战区。1938 年春，山西境内的国民党军为减少正面损失，将十几万之众的部队分散于晋南地区，建立防御工事，开展游击作战。卫立煌将中条山分为东西中三段，分别由所部三个集团军把守。

东段：绛县至横岭关由刘茂恩第十四集团军驻守；

中段：闻喜至夏县一带由曾万钟第五集团军驻守；

西段：平陆一带由孙蔚如第四集团军把守。

彭辉到达绛县后，升任第一九一旅副旅长，兼任第三八六团团长。部队得到整编和补充稳定下来后，一方面构筑工事一方面进行军训。彭辉把这两项工作都交给了新调来的团参谋长缪敏负责。他现在一门心思想要找到魏秋红。他首先往老家写了一封信，另派他的卫兵去西安寻找魏秋红。不久，老家回信了，说魏秋红自从去西安后就没回来过，并让彭辉去西安一定要找到魏秋红。彭辉向第五军军长武清华请假去西安寻找未婚妻，武清华以大战在即，未予准假。彭辉又向刘茂恩请假，刘茂恩却准假了。彭辉去西安后，自然惹恼了武清华。在西安，彭辉找遍了各大小旅社，却是不见魏秋红的踪影。因日本人进攻中条山，彭辉被召回。离开西安的那一刻，彭辉望着低沉的天空，哀叹一声后潸然泪下。

1938 年 6 月东坞岭战役与徐州会战硝烟刚散，日军调集重兵分东、北两路向晋南及中条山区发起大规模的进攻，是要打通中条山这一屏障，占领黄河以北地区来策应即将爆发的武汉会战。

面对日军来势汹汹的进攻，卫立煌的策略是：迟滞从北路绛县向东进犯日军，集中优势兵力，趁东路日军孤军深入垣曲的西阳河谷后，将西阳河谷作为一个口袋，将日军聚而歼之。

驻扎在阳城县横河镇的赵寿山第十七师，接到了卫立煌的密电：

日军铃木师团两万余人配属步、骑、炮、特种兵和装甲车五十辆，在豫北新乡一带集结，企图打通济（源）垣（曲）公路，命令你师进驻王屋山和王屋山附近的贺粹之第八十一师，一同坚守阵地，阻击日军。

6 月 8 日，日军开始进攻，五十辆坦克和十余架飞机不断轰炸，第八十一师仓促构筑的防线很快被攻破，卒撤到第十七师防线。两师长亲临前线督战，多处阵地失而复得，达数次之多。因为伤亡惨重，第十七师预备队都投入了战斗。到次日午夜，日军死亡将近四百人，开始退却，战斗暂缓下来。是夜，赵寿山接到卫立煌急电：

第二战区决心将这股西犯之敌消灭在西阳河附近，已命令围攻侯马的李默庵的第十四军赶来增援，第十七师必须将日军阻击在邵源、崔家庄、蔡家庄附近，达到歼灭日军之目的。

次日拂晓，日军又向中国军队阵地发起猛攻，先是飞机轰炸，然后是山炮轰击。因为武器差距太大，人数又不占优，中国军队损伤过半，两师长商量后，决定渐次退却，将部队撤到邵源后再进行阻击。

6月13日，日军开始全线反扑，激战半天后，两师撤到了邵源镇，激战两日后已伤亡大半。如果继续坚持，就会全军覆没。后两师撤到邵源镇北的北寨村，经过一天的激战，中国军队又伤亡二百余人。

第十七师和第八十一师以伤亡大半的代价，为李默庵的中央军第十四军赢得了布防时间。6月16日中午，装备精良的第十四军进入阵地后，精疲力竭的第十七师和第八十一师拖着满身的鲜血，闪开了一条道路，让日军继续西进。日军就像一头凶蛮的牤牛，撞入了第十四军的包围圈。日军进入包围圈后,第十七师和第八十一师又立即占领了邵源镇,扎紧了口袋。这样，日军陷入了南北长二十里，东西长八里的西阳河谷。

中国军队尽管将日军诱入了这一狭长地带，可日军是一支作战主力部队，虽围攻十余天，中国军队仍无法将这伙日军咬死。战斗呈胶着状态。被围困在西阳河谷的日军铃木师团，一方面依靠空投补充装备，另一方面急盼北路日军从横岭关驰援与之会合。

横岭关是个很普通的关口，呈倒“八”字型，既无雄关之气势，更无古建筑之遗迹。然而，横岭关却是东进的隘口，横岭关下是四沟八梁一道岭，岭下有个村落叫横岭关村，现彭辉率第三八六团就驻扎在这个村庄里。

自从进入横岭关村后，彭辉一直没闲着，忻口战役让他深知日军炮火的厉害。他命令部队深挖村外围战壕，牢固工事。此村土围坚固如城墙，足以限制坦克的冲击。彭辉命令部队利用墙壁设置枪眼，利用墙脚挖成掩蔽部，以减少日军重炮火和飞机的轰炸。而因这里的房屋建筑极其牢固，彭辉又把墙壁死角作为纵深配置，构成极多支点。即便日军集中炮火猛击，要想将横岭村夷为平地，则势所难能。

7月3日拂晓，日军一混成旅团和一个联队经过几日苦战跌跌撞撞终于来到了横岭关下。为了解救铃木师团，天刚大亮，日军出动轰炸机五架，对四沟八梁一道岭各阵地进行了狂轰滥炸，各种火炮猛烈轰击，炸得地动山摇。而正面横岭关村的战斗最为激烈，村落以外工事极其交通壕全部被日军空军、大炮及坦克所毁；炮火炸得满村开花，子弹打得刷刷作响，带起的风声呼呼叫，村里的树木大都被拦腰打断。由于树枝厚厚一层，又相互交叉，被压在树面的士兵，又相互交叉，想爬起来都难，更别说救治了。

第三八六团伤亡惨重。

中午时分，日军三辆坦克掩护着几十个鬼子突入了横岭关村。巷战中，那几十个鬼子除少数退出村外，大部分被歼灭。虽然没有步兵跟进，那三辆坦克依然非常猖狂，可谓天不怕、地不怕。守军挖的工事浅，坦克钻下去，拱几下就拱过去了，一直冲至第三八六团团部附近。以机枪和炮塔的小炮来回射击，守卫团部警卫排的士兵，被坦克横过来竖过去地碾死不少。此时，第三八六团村内阵地秩序开始混乱。

彭辉对不吃子弹的坦克毫无办法，一再在电话里向第五军军长武清华请求将部队撤向第二线既设阵地，可武清华却道："汉将马援马革裹尸而还，魏将庞德抬棺决战，就是剩下一兵一卒也不能撤离阵地。"

武清华说得冠冕堂皇，彭辉只有叫苦连天的份了。他骂咧咧地道："娘的！要有一门战防炮就好了。"彭辉一拍后腚，急中生智，"娘的！有了。"

团参谋长缪敏说："有什么办法了？"

"坦克不是不吃子弹的钢铁家伙嘛！那就用山西产的大号手榴弹炸掉它们。给我组织十个胆大心细的敢死队队员。"

连长韩大栓再次请缨，彭辉道："韩大栓，你如果能把这三辆坦克搞掉，老子让你当营长。"

韩大栓一撸袖子，恶狠狠地吐了一口唾沫："团长，你就擎好吧。"

彭辉拍拍韩大栓宽厚的肩膀道："老子现在没有壮行的酒给你喝，庆功酒肯定少不了你的。"

韩大栓带着十个士兵，分三组携带大号手榴弹和油桶扑向了日军的三辆坦克。一个士兵刚爬上一辆坦克，就被另一辆坦克的机枪打了下来。韩大栓也爬上了一辆坦克，揭开盖子，把导火索引燃的大号手榴弹塞进了坦克，然后跳了下来。刹那间，那辆坦克里迸裂出几团火球，就被炸成熊熊燃烧的废钢铁。

一个士兵利用射击死角，把一个装满煤油的瓶子砸在了一辆坦克上，然后接二连三地往那辆坦克上扔手榴弹，很快将那辆坦克引燃成大火球，没过多久，就把坦克里的坦克兵烤出来击毙了。最后一辆坦克见势不妙，掉头沿原路逃到了村外。

韩大栓来到团指挥部复命，彭辉就重重地拍了拍韩大栓的肩膀，道："你小子干得好啊！老子说话算数，余缺就让你当营长。"

韩大栓却肃然道：“团长，可我只搞掉了两辆坦克，并没完成你交给的任务。所以，即便有缺，我也无功不受禄。”

彭辉一阵大笑，道：“你小子还是个犟驴脾气呢。知道吗？老子原来也是个班长，一仗下来，我们排就剩下我一个带长的了，也就成了排长。又一仗下来，我们连里的带长的都阵亡了，我又成了连长，后来我又啃了一个硬骨头，战功显赫，又成了营长。在一次战役中建制被稀里糊涂打乱了，我们旅部被围困，警卫连几乎被拚光，是我杀出一条血路，搭救了旅部，我又被提升为团长。团长就团长，没什么好说的，别人能干我也能干！不过，过去打的是内战，都是自己人打自己人，胜不足武，败不足惜。今天可就不同了，是打我们真正的敌人，民族的敌人，打的是日本小鬼子，这是保家卫国，是每个军人最荣光的事，就是战死在沙场上也值得。”

“团长，打小鬼子我不含糊，你指到哪我打到哪，没什么好说的。可我喝的墨汁太少了，真的怕辜负了你。你就不同了，有文化、有水平，团长当得风生水起，就是当个旅长师长也是绰绰有余的。”

“也别这样说，我们师长邢清忠还不如你文化高呢，可他久经沙场，经验丰富，有头脑，不也是个好师长！好好干吧，打跑小鬼子，说不定你就是个将军了。”

大概是因为横岭关村前突的重要位置，三个小时之后，日军又对横岭关村展开了凌厉的攻势。先以飞机投下重磅炸弹，并俯冲扫射，复以重炮先行射击，随后以野炮、山炮向横岭关村阵地猛烈集中射击，其目的就是摧毁守军的防御工事，大量杀伤中国士兵。不一会儿，大量日军黑压压地发疯似的攻入了横岭关村。

彭辉率领第三八六团官兵们与日军展开了巷战，短兵相接，逐院争夺，日军每进占一个院落都要付出很大的代价。

傍晚时分，全团就剩下四百多人了。战斗进入了最艰难的时刻。彭辉把剩余的官兵集中起来，固守村东南角的一个大院落。彭辉命令士兵爬上房顶墙头居高临下向日军射击。一部分士兵中弹摔了下来，另一部分士兵马上又英勇地爬上去继续战斗，官兵们前赴后继，以血肉之躯捍卫着阵地。

急于驰援铃木师团的这伙日军，眼看中国军队的阵地攻不下，为了摆脱困境，竟然下令施放毒气和凝固汽油弹。对付毒气，守军早有防备，一部分有防毒面具的自然是无所畏惧，没有防毒面具的也从训练中知道用湿毛巾护住口鼻，因此到没造成多大的伤害。倒是凝固汽油弹，让中国军队吃了大亏。日军用大口径迫击炮抛射凝固汽油弹，炮击过后，阵地顿成火海，躲避不及被溅上汽油的官兵一下就成了火人，除了马上倒在地上打滚自救外，旁边的人无法加以救助，而且大火也引起阵地存储的弹药爆炸，伤亡了不少官兵，也摧毁了官兵的意志。

而此时，参与围困西阳河谷的中国军队，因兵力枯竭，弹药匮乏，以无力再战，而横岭关阵地又被攻陷，战区命令围攻西阳河谷之李默庵部全部转移到垣曲西南山中柴火疙瘩、孟甲峪、马道玲一带，第十七师及第八十一师转移到阳城横河镇、黄背角、二里腰。

最终，横岭关东犯之敌，终于杀出了一条血路，与西犯西阳河谷之敌会师了。

这次战役十分惨烈，经过月余包围，西阳河谷之敌虽未能全歼，但死伤惨重，脚跟还没站稳，就被中国军队赶了出来。日军原想经过中条山，突破黄河防线，策应武汉会战的企图被彻底粉碎。日方把这次战役的教训写进了日本陆军教材，以免再次被中国军队“包饺子”。

经过忻口战役与横岭关阻击战，彭辉切实感到战争的惨烈，他觉得自己随时随地都有阵亡的可能，说不准，哪会儿日军的一颗子弹或一个炙热旋转的弹片就会要了他的命，若是和魏秋红结婚了，岂不害了她？从此，他的心里少了许多浮躁，多了些许沉稳。但，魏秋红现在是个什么情况，仍让他纠结。晚上，躺在床上，他做了许多有关魏秋红的梦，梦见魏秋红被一伙土匪绑架到一座山上被迫当了压寨夫人；梦见魏秋红被人诱骗到妓院当了妓女；梦见魏秋红生病了，已是奄奄一息……每次梦醒，他都是满头大汗。也后悔去西安找魏秋红时，没到各个医院或妓院找一找。

魏秋红，你究竟在哪里？

撤出横岭关后，韩大栓一语成谶，彭辉真的就当上了旅长，第一九一旅旅长。然而，彭辉并没高兴起来，一是魏秋红尚无下落，二是第三八六团自从参加忻口战役以来，官兵几乎伤亡殆尽，也就是说新的第三八六团换了一茬人。

一将成名，万骨枯。

在 1938 年至 1941 年初的四年中，日军为了固华北、抑洛阳、窥西安，曾十三次围攻中条山，企图打开这道黄河北岸的防线，向黄河以南进犯。日军的十三次进攻都在卫立煌较为灵活的战术和不断更换部队的办法面前碰了个鼻青脸肿，惨败而归。屡次进攻失败，使日军认为，中条山卫立煌指挥的约二十六个师的中国军队，成了扰乱华北，尤其是扰乱山西的主要根源，是华北日军腹中的“盲肠炎症”。为了割断这段“盲肠”，日军决心集中兵力进犯中条山。日军这一次也准备得相当充分，战前他们已经把中国军队的防御底细摸了个一清二楚，战斗尚未开始，日军就已经将特种部队空降到了中条山深处的中国军队指挥部附近，打算一旦战争打响他们就使中国军队的指挥系统先瘫痪。

华北日军在对太行山的八路军根据地进行了疯狂扫荡之后，迅速回过头来，集中七个师团的兵力，以华北方面军司令官多田骏中将为指挥官，总兵力约十万余人，与 5 月 7 日傍晚，由东、西、北三面以钳形并配以中央突破之方法进犯中条山区。中条山中国守军在主帅缺位的情况下仓促应战，中条山会战就此打响。

三百里中条山，每一寸土地都在燃烧，都在怒吼，都在淌血。

正在日军紧锣密鼓、精心策划进攻中条山之际，卫立煌因拒绝反共摩擦，不见谅于蒋介石，于 1941 年春，到重庆述职后，借故到峨眉山休养未归。中条山开战后，卫立煌火速从四川峨眉山赶回洛阳的长官部，力图扭转败局。

8 日黄昏，日军清水规矩中将指挥第四十一师及池之上贤吉少将指挥的独立混成旅第九旅约三万人，以中央突破之闪电战术，由横岭关方面向横亘大道西侧猛攻。他们在伞兵部队的配合下，占据了垣曲县城，使驻守中条山的中国军队被分割成东西两块，完全没有了相互依托的可能。

10 日，第八十军第一六五师师长王治岐和参谋长陈文杞及众官兵全部英勇战死。

同日，新编第二十七师副师长梁希贤，眼看手下官兵伤亡殆尽，他站在高高的悬崖上，纵深投进汹涌咆哮的黄河，壮烈殉国。

13 日，第三军军长唐淮源，在夏县的尖山，战至身边只剩下一名卫士，大雨滂泊之中，望着成堆的将士尸体，和血染的阵地，悲愤万分。他以保卫中条山职志未遂，举刀自戕殉国。该军第十二师师长寸性奇，在尖山以北的毛家湾水泉沟，左腿被炸断，血流如注，无法包扎，眼看敌兵将至，他毅然拔枪自尽。他身边的官兵亦无人离开，跟随寸性奇将军一起殉国。

忻口战役中，第九军军长郝梦龄与第五十四师师长刘家祺悲壮殉国，而今，唐淮源和寸性奇再次写就一军之中军长师长同时殉国的悲壮史诗。

5月17日，卫立煌见局面已无法收拾，中国军队在日军猛烈的攻击下，丧失了战斗意志，失败已成定局，再无力回天，最终下令部队化整为零，向黄河南岸突围。

5月18日，第十四集团军下辖武士敏的第九十八军、刘戡的第九十三军和武清华的第十五军，已经在日军第四十一师的包围圈里恶战多日，官兵伤亡近半，部队极度疲劳。此时，刘茂恩总司令接到卫立煌司令长官的电报，受命向黄河南岸撤退。为了缩小目标，乘虚转移，刘茂恩把集团军司令部的人员分为两部，分别由他本人和参谋长符新明率领突围。

5月19日，刘茂恩率部行至河南济源县龙岩镇，被紧追上来的日军包围，数次突围皆告失败。情况万分险恶，左右僚属苦劝他更换便衣，设法逃出。刘茂恩凛然道：

“我身为堂堂中国军人，沙场捐躯，死亦光荣，岂能求一时苟安，丧失民族气节，为人耻笑！生当作人杰，死亦为鬼雄！”说罢，刘茂恩拔出手枪要自杀，卫士急忙扑上去死死拉住，其他官兵也赶上前去，抱住刘茂恩号啕痛哭。

刘茂恩和残余官兵已弹尽粮绝，对突围绝望，已做好同敌人最后一拼，以身殉国的悲壮准备。

傍晚时分，奇迹出现。一时间，天气突变，雷电交加，风雨狂作，山洪滚滚，黄河之水掀起滔天巨浪。刘茂恩抓住这一时机，在黑暗和风雨的掩护下，顺利突出重围，冒险强渡黄河天险，抵达南岸，绝处逢生。

彭辉本是第一九一旅旅长，大战开始后，第六十五师师长邢清忠带重病在第一线作战，昏倒在战壕里，被送到后方医院就医，所以彭辉成了代理师长。该师仅第一九一旅，第一九一旅只有两个团。

跟随符新明一起突围的也只有彭辉这两个团。在浮山县境内，第三八五团在团参谋长缪敏的带领下在前面搜索前进，符新明和彭辉随第三八六团跟进。正在这时，一个联队的日军拦腰将两团斩断，并分割包围了起来。第三八五团被围困在一个山头上，经过一阵激战，团参谋长缪敏和众官兵被俘。

第三八六团也被围困在一个山头上，山头的北面是个缓坡，各种树木杂生，且有不少小山包，而山头的南面是悬崖峭壁，而峡谷里也是枪声不断。

此时的第三八六团几乎是弹尽粮绝，面对日军凌厉的攻势，彭辉心里很清楚，突围的可能性不大，怕是要长眠在这个山头上了。想到这儿，彭辉心里反而平静了下来，他指挥若定，打退了日军一次次的进攻。虽多次左冲右突，均告失败，而部队已经伤亡过半。

日军见第三八六团处于被围歼的险境，试图向彭辉招降。符新明问彭辉："怎么办？"

彭辉毅然决然道："还能怎么办，战斗到最后呗。"

符新明就不言语了。

这时，新任第三八六团二营营长韩大栓过来道："师长，全团也就二百发子弹了，手榴弹也只有十枚了，怎么办？"

"还能怎么办？打完子弹和手榴弹，不是还有刺刀吗？"彭辉锐气不减，满脸的杀伐之气。

韩大栓难得一笑："要说刺刀见红嘛，这个可是我的拿手好戏，我可是练就一身功夫的，三五个小鬼子不在话下。"

"去！给老子找一支步枪来，一会儿老子也要跟小鬼子过过招，娘的！小鬼子难道就不是血肉之躯？刺死一个够本，刺死两个就赚了一个。"

"一会儿我跟你背对背拼刺刀，要死我也要随你死在一起，也只有这样才能报答你的知遇之恩。"

"我可没让你报答什么狗屁知遇之恩，再者说了，为国捐躯难道不更光荣吗？"

"我只知道杀死一个小鬼子够本，杀死两个就赚了一个，可没想过什么光荣不光荣的事。"韩大栓话音刚落，日军又开始进攻了。韩大栓拔出手枪就离开了。

时值黄昏，大雨倾盆而下，一阵肉搏战之后，第三八五团又打退了日军一次进攻。

在黑暗和风雨的掩护下，彭辉带领仅剩下的二百多名官兵，沿后山的一个羊肠小道，撤出了阵地，侥幸突围。其间，有五名士兵不小心摔到了深谷里。

因山路崎岖，天黑伸手不见五指，部队迷失方向，钻进了深山，昼行夜宿。部队饥疲交困，官兵们只能靠野草充饥。

黄河沿岸已被日军封锁，到处都有大批日军活动。已是饿昏几次的符新明清楚，若再撞上日军，不免全军覆灭，而不敢向岸边靠近，只在日军圈子里打转转。行军中，符新明令官兵把帽檐一律向后，随时准备投降，以保全官兵性命。符新明这一决定，让彭辉为之一惊：“符将军，这可是有辱军人气节，你就没考虑你将军的名声？”

符新明叹了一口气道：“你以为我想这样？我这是为兄弟们着想，人的生命只有一次，不是韭菜，割了一茬还能再长一茬。将军的名声在生死面前又算得了什么呢？有道是留得青山在不怕没柴烧。”

彭辉满怀英雄末路的绝望和壮志未酬的悲凉，潸然泪下道：“我的手枪里还有一颗子弹，它是留给我自己的。彭辉难以从命，还请符将军见谅。”

“人各有志，我不拦你。不过，你得把军帽扔掉，以免影响了兄弟们的情绪。”见彭辉仍站在那不动，符新明上前就把彭辉的军帽脱掉扔在了地上。韩大栓却主动把军帽脱掉扔在了地上。有些许效仿的官兵，也把军帽脱掉扔在了地上。

符新明带领着部队终于钻出深山，渡过黄河，归回建制。

在渡过黄河后，符新明对他带出来的所有官兵道：“我之所以让兄弟们把帽檐向后，也不单单是为了我自己，也是为了保全兄弟们的性命！当时我们可是弹尽粮绝啊！现在我们已经安全渡过黄河，希望兄弟们把这事烂在肚子里。谁若是把这事捅出去，我受累不说，就是兄弟们的脸面上也无光。切记！切记！我符某拜托各位兄弟们了。今后若哪位兄弟找我符某有什么事，符某当在所不辞。”然后鞠躬施礼。

之后，符新明又对彭辉道：“只要你能封住兄弟们的口，我当力保你做少将师长。”

事已至此，彭辉只好点头应允。

符新明带领部队帽檐向后的事刘茂恩还是知道了，不禁勃然大怒，怒斥符新明丧失军人气节，并立即报请战区司令长官，将其撤职查办。

第六十五师师长邢清忠在医院听说中条山失守，愤然大叫：“国土丢失，何以见苍天？”他口吐鲜血，倒床气绝，含恨身死。

彭辉却被武清华软禁在副官处。

第四章　不白之冤

被软禁在副官处的彭辉，越想越窝囊，是符新明下了把帽檐一律向后的命令，他虽然没加制止，可也没执行符新明的命令，他的军帽不是被符新明脱掉扔在地上了嘛？不论他怎么想，也想不通他为什么就会被软禁在副官处。于是，他绝食，非要武清华给他个说法不行。可武清华哪里有什么说法，依旧让人把好酒好菜端给他。

第三天晚上，低沉的天空中下起了雨，韩大栓潜入副官处，三拳两脚把把守彭辉房间的两名卫兵打晕，就进了房间。

彭辉一看是韩大栓就愣住了："你怎么进来了？"

韩大栓喜形于色："两位门神被我收拾了，不就进来了。"

"你这可是给我闯祸了。你来干什么？"

"来搭救你啊！"

"来搭救我的？你是想让我逃跑？"

"可不是嘛！你以为武清华会放过你？"

"你可以证明啊！当时，我的军帽是被符新明脱掉扔在地上的。我又没丧失军人气节，武清华他能怎么着我？"

"怎么着你？现在不是把你软禁起来了吗？难道你还不明白，卫立煌对他不顾全军安危，率先脱阵过黄河大发雷霆，正在追查他呢，他是把你当'替罪羊'抓起来的。一旦卫立煌追急了，他就会把你推出去。"

"这个武清华也太阴险了。"彭辉愤恨地道。

"这是我平日里积攒的一点薪水，你拿着赶快逃跑吧。"

“我这样不明不白地逃跑了算是怎么回事？不知道事情真相的人还不当我是畏罪潜逃？一腚坐在黄泥上不是屎也是屎了。”彭辉说到此处，泫然泪下。

“你知道武清华会怎么处置你？别看现在有酒有菜的，到时候就怕你生不如死呢，岂不后悔晚也！三十六计走为上计。”

彭辉长叹了一口气：“也只好如此了。”

彭辉逃出后就后悔了：即便武清华要拿他当替罪羊，不是还有刘茂恩嘛！难道刘茂恩会只听武清华的一面之词，就不给他辩解的机会了？难道武清华能一手遮天？如此出逃，自己不顾生死已经打拼到代理师长的位置，岂不是付之东流了？岂不可惜？真乃小不忍则乱大谋也。

这时，他想起了刘茂恩。毕竟刘茂恩清楚他在忻口战役、西阳河谷战役以及横岭关战役上的表现。他想刘茂恩定会还他个清白的，于是，他就去了刘茂恩府邸，可看大门的卫兵说刘茂恩去重庆了，不知道什么时候才能回来。

他哀叹一声离开了刘茂恩的府邸。

彭辉出逃后，武清华很是高兴。为了搅浑这汪水，他即以“畏罪潜逃”的罪名派人追拿彭辉。

彭辉发觉武清华在抓他，就躲了起来。正好碰到一户好人家，让他在其家有吃有喝躲了几天，并给了他一身便衣。在一个风雨交加的夜晚，他怀揣着人家事先为他买好的火车票去了火车站。他发现进站口有几个士兵在盘查，就买通一个铁路工作人员，带他从一个小后门踏上了去徐州的火车。他现在十分恼恨符新明，要不是符新明贪生怕死，他现在怎么会到如此尴尬的境地！下了火车，他是在晚上去的魏楼魏洪烈家，他之所以这样做，是怕武清华派人到他家里守株待兔。

魏洪烈见到他就道：“前天，部队上来了四个人，说是来替你看望一下你爷爷的。怎么回事啊？”

彭辉红着眼睛道：“他们可不是来看望我爷爷的，而是来抓我的。”

魏洪烈大吃一惊：“怎么回事啊？”

彭辉就照实说了，魏洪烈听后便是一阵子唉声叹气。

彭辉急切地问起了魏秋红的情况，魏洪烈就道：“她连封信也没有，我也不知道她现在的情况，家里都急死了。”

彭辉禁不住泪水盈眶："怎么会是这样。不过，魏叔您不要担心了，她也老大不小了，应该知道好和歹的。"彭辉在安慰魏洪烈的同时，也是在安慰自己。他继而道："魏叔，我得在你家待一阵子，看看情况再说，行吗？"

"要不是你参加了忻口战役，你现在已经是我的乘龙快婿了，傻孩子，能不行嘛！"

魏洪烈把彭辉安排到一间客房里："你先洗洗，换身衣服，我去叫人炒几个菜，咱爷俩好好喝几杯。"

"魏叔，要不要把我爷爷叫过来？"

"万一来抓你的人还没走呢？过了半夜我让人去叫。小心没有过火的。"

"这样好，这样好。好几年没见爷爷了，真的很想他老人家了。他老人家身体还好吗？"

"和你走的时候没多大差别。"

"这就好。"

彭辉洗完澡，换了身衣服，就去陪魏洪烈喝酒了。"魏叔，现在成栋在哪里？在干什么呢？"

"唉！从你们那次出逃后就没有他的音信，也不知道现在是死是活呢。成栋和秋红可真是一奶同胞……就连冯骥也不知道在哪里。不提他们了，咱爷俩喝酒。"

过了半夜，彭道远过来了，爷俩相见，都激动得泪流满面。

当彭道远听罢彭辉回来的原因，就责怪彭辉不该偷跑回来，但又十分关切地问道："事已至此，你今后有何打算？"

"我离开洛阳前，让人给刘茂恩捎去了一封信，把当时的情况都讲了，只能等消息了。"

"孙子，你这封信算是白写了。两利相权取其重，两害相权取其轻。你想啊！如果你当初不出逃，刘茂恩还可以替你讲情，你这一出逃性质就变了。即使现在刘茂恩想帮你，可武清华好歹也是个军长，刘茂恩会因为你而得罪武清华吗？"

魏洪烈道："我看也是。"

一声绝望的悲叹飘出彭辉颤抖的嘴唇，道："在忻口，在西阳河谷，在横岭关，我算是白遭枪林弹雨了。"

"孙子，你怎么会这样看问题呢？你打日本鬼子，难道光是为了你自己吗？不是为了国家和民族？”

“当然是为了国家和民族了，可是……”彭辉苦不堪言。

“这只能怪你一念之差了。心中没鬼事，不怕鬼敲门，你说你当时跑什么跑啊！我不是一再告诫你嘛！遇事要三思而后行，谋定而后动，可你还是不改大大咧咧、耳根子软的坏毛病。看来当年板子是挨少了。记住这个教训吧，你这一生还长着呢。”

魏洪烈道：“成栋挨板子挨得少吗？不照样犯浑。”

彭道远道：“前天，部队上来了四个人，说是来替你看望一下我的，前方战事如此紧张，怎么会有四个人千里迢迢来看望我！我就感觉不妙了……还是出事了。”

魏洪烈道：“彭辉已经出逃了，他武清华还来追捕彭辉。由此看见，彭辉当时出逃是对的。”

彭道远道：“算了，不提这事了，闹心。你和秋红的事也让人闹心，你是怎么打算的？”

“我在西安找了秋红好多日都没找到……还能有什么打算，等呗。这个秋红，联系不上我，怎么着得给家里来封信啊！愁死人了。”

彭道远就不再说什么了。

魏洪烈慨然道：“我这双儿女可是让我操碎心了……”

这天，彭辉正躲在客房里看书，突然就闯进来四个人，其中一个人道：“彭辉，你让我们四个人好找啊！”

彭辉慢腾腾地放下书本，讪笑道：“功夫不负有心人，这不是找到了嘛。”

“不找到你，我们四个可就交不了差啊！”

“看来是武清华给你们下了死命令。”

“武军长说了，若是找不到彭辉，就甭回来了。”

彭辉讪笑道：“那我可要谢谢武清华的如此关照了。”

“谢不谢那是你和武军长的事，端谁的碗服谁管，我们四个人不得不服从命令啊。”

“如果我拒捕，你们会怎么样啊？”

“不是我们想怎么样，武军长来时安排过了，如果你拒捕，当场击毙。”

“其实，出逃后我就后悔了，我正想找武军长评评理去呢。你们四个人远道而来执行公务，辛苦了，请坐。我给你们沏杯茶。”

彭辉给四个人各沏了一杯茶，那人道："我姓刘，你就叫我小刘吧。你可是当过代理师长的人，要在当时，我可只有仰望的份儿。"

"你这么说我就更窝囊了。你们想啊！中条山战役的时候，枪声刚响，我们武清华军长就置全军于不顾，过黄河跑到洛阳去了。当时我还是第一九一旅旅长，我们第六十四师师长邢清忠有病昏倒在战壕里，我临危受命当了代理师长，是我带领兄弟们左冲右杀，刺刀见红，才突破日军的重重包围。在深山老林里，我们迷失了方向，且弹尽粮绝……"彭辉想起当时吃野菜野草、风餐露宿的情形，禁不住泪水在眼眶里打转。

彭辉抹了一把眼泪接着道："现在卫立煌长官要追查武清华及早过黄河的事，他武清华却拿符新明参谋长命令大家戴倒帽檐的事，把我当'替罪羊'软禁起来，意在搅浑这汪水，一旦卫立煌长官追急了，他就会把我推出去。让武清华把我弄得人不人鬼不鬼，你们说我冤不冤啊！"

见小刘不言语，彭辉道："冤！我他妈的比窦娥还冤！"

小刘道："你冤不冤，那是你的事，我们四个人是来执行公务的，请你配合我们的工作。"

"我就是再冤，也不是你们四个人造就的，所以，我对你们四个人没任何抵触情绪，这点请你们四个人放心。你们来了，正好，我们五个一同去洛阳，也好有个伴。"

这时,魏洪烈和彭道远过来了。彭辉道:"魏叔,这四位是我们队伍上的人，找我有点事。一会儿吃中午饭的时候，麻烦你热情招待一下。"

魏洪烈会意，煞有介事道："这是应该的，这是应该的，友情为重嘛。"

中午吃饭的时候，魏洪烈还真让伙房做了一大桌子菜，并请来了几个陪客的。

刚开始喝酒时，小刘还很谨慎，生怕出了差错，可耐不住好酒的诱惑，就放开了肚皮，一杯又一杯，大菜刚上来就已经酩酊大醉了，而那三个当差的也都喝了个东倒西歪，就都被人架到客房里休息去了。

魏洪烈道："彭辉，你打算怎么办？"

"还能怎么办，若是跟随他们去洛阳，肯定是凶多吉少。爷爷，你看这事？"

彭道远道："事已至此，也只能是远走高飞了。"

彭辉道："我若是趁这个机会走了，可就连累你们了。"

魏洪烈道："这里又不是他们的地盘，区区四个人，奈何不了我们。他们若是胡来，我让他们四个人出不了魏楼！"

彭辉道："只是秋红她……"

魏洪烈道："你也不要跑太远，等过三五个月再回来就是了。你呢，多和家里保持联系，一旦有秋红的消息，我们会及时告知你的。"

彭辉跪下给彭道远磕了个头："爷爷，我走了。"

彭道远老泪纵横："孙子，爷爷等你回来……"

"我一定回来。"彭辉又给魏洪烈磕了一个头，"魏叔，我爷爷可就拜托您老照顾了。"

"一家人不说两家话。"魏洪烈从口袋里掏出一沓钞票递给彭辉，"节省着花吧。"

彭辉背起一个包裹就离开了魏楼村。

小刘和那三个当差的一觉醒来，已是傍晚。哪里还见彭辉？小刘去问魏洪烈，魏洪烈道："彭辉是个急性子，已经先走你们一步了。"

小刘一听，顿时火冒三丈，掏出手枪就顶着魏洪烈的脑袋："彭辉跑了，我只能拿你去交差复命了。"

魏洪烈处事不惊道："小刘，你的枪里已经没有子弹了。要是我刚才想让你们四个死的话，你们四个现在已经在黄泉路上了。"

小刘这才感觉到手枪真的轻了些许，心里明白，强龙压不过地头蛇，再想拿魏洪烈去交差复命已经不可能了，心中连连叫苦，把枪收起来后，苦笑道："那我们现在就去追彭辉。"

"吃了晚饭再去追吧。"魏洪烈煞有介事地道。

这里是敌占区，各方力量交错，小刘怕出意外，哪里还有心思在魏家吃饭，接过魏洪烈给的一沓钞票，带着那三个当差的就悻悻地离开了魏家。

彭辉来到徐州火车站，他本想去西安的，因为那里不是敌占区，可火车是要路过洛阳的，真的怕节外生枝。正好有一辆去南京的火车就要发车，于是，他就踏上了去南京的火车。到了南京，他就在火车站附近找了一个比较便宜的旅店住了下来。

次日，他去玄武湖玩了一圈，又去鸡鸣寺看了看，回到旅店已是夜色苍茫。当发现房间已被席卷一空，彭辉就想去找老板，可又一想，就是去了也是自寻烦恼和徒劳无益，就没去。躺在床上，他掏出口袋里的钱数了数，最多也就够一个星期的开支了，而且还需买替换的衣服。他本想再去几个风景点浏览一下的，自然成了泡影，难免要后悔自己太大意了，怎么不把钱随身携带呢！

翌日，他想到街上找点活干。在一个巷子里，他发现一个汉子已经用刀子划开了一个少妇的提包。“小偷”他叫喊了一声飞身上前，就把小偷给抓住了。那女人这才发现自己的提包被划开了一个大口子，就出手打了那小偷一巴掌，说了句“讨厌”。

这时，过来几个汉子，抓住彭辉就打，直把彭辉打得头破血流、动弹不得了，又把那女人提包里的钱翻走才骂骂咧咧地扬长而去。

那女人掏出手帕，帮彭辉擦着嘴角上的血：“先生，为了我让你受委屈了。”

“昨天，我在旅馆开的房间被小偷席卷一空了，今天本想到街上找点活干挣口饭吃的，不曾想正碰到你被偷，我对小偷恨得咬牙切齿……”

“先生，在南京有什么熟人吗？”

彭辉叹了口气道：“举目无亲。”

那女人“哦”了一声后：“听你口音好像是徐州那片的人吧？”

“是的！你不也是徐州口音嘛！”

“是的！我们是老乡。唉！没想到我们会是这样认识的。我家开了一个饭店，正缺帮手呢！走吧，跟我回家。”那女人说着就把彭辉拉了起来。

路上，那女人道：“你来南京是做什么的？”

彭辉叹了口气道：“小孩没娘，说来话长……”彭辉简明扼要地就把这几年的经历讲给了那女人。

“难怪你气质这么好，原来还是个师长呢……可是蒙受不白之冤了。”

“谁说不是呢。”彭辉的眼里泪水打着转。

卢文娟家开的是一个中等规模的饭店，店名叫华都饭店。卢文娟的丈夫叫胡志平，在汪记国民政府里当差，是个甩手二大爷式的人物，店里的事几乎都是卢文娟打理的。卢文娟把彭辉安排在饭店后面的库房住了下来。卢文娟让彭辉在家养了几天后，就给了彭辉一个跟随她去市场买菜的差使。一旦店小二忙不过来了，彭辉也会主动帮着店小二去房间里送菜。这天晚上，彭辉去给一个房间里送一道叫“烧黄肉脊翅”的菜。坐在上首一个中年男人惊叫道：“这不是彭辉吗？”

彭辉就愣住了，抬起头来一看，只见出声者圆脸，长眉毛，眉梢稍向上挑起，标准的军人风度，颇有几分英武之气。彭辉惊喜道：“是你啊，郝教官。”

那郝教官哈哈大笑：“不是我会是哪个？你怎么在这儿啊？”

彭辉摇了摇头，苦笑道：“一言难尽。”

那郝教官给在座的介绍道：“当年我在西北陆军干部学校任学员第一大队长的时候，他是我的学员。这小子各科的成绩都很优异，可是学员中的佼佼者，我挺喜欢他的。”又转过脸来对彭辉道，“你什么时候离开的部队啊？坐下慢慢说。”

彭辉坐下后，又简明扼要地把自己的历经讲了一遍。那郝教官听后，义愤填膺：“这个武清华，也太不仗义了，怎么会拿手下当‘替罪羊’呢。要不是因为这事，你现在怕是师长了。”

彭辉只是一声叹息。

这个郝教官是谁？郝鹏举也。

郝鹏举1903年出生在河南省阌乡县城郝家巷，曾担任冯玉祥开办的西北陆军干部学校学员第一大队长，因受冯玉祥的赏识，不久留学到苏联基辅炮兵学校，以优异成绩回国后，担任冯玉祥部梁冠英二十五路总指挥部参谋处少将参谋处长。西北军被蒋介石击退后，梁冠英接受蒋介石的改编，为二十五路总指挥。不久郝鹏举又进陆大上学。1937年中日开战，中国留日青年学生纷纷归国，南京政府设有留日归国学生训练团以收容之。郝鹏举被任命为该团少将教育长，对留日学生进行爱国主义宣传和教育。郝鹏举才气颇佳，善辞令，教育有方，听其讲演者无不受感动，故颇得归国学生们的爱戴，因此也得到蒋介石之赏识。

有湖北籍女学生刘琼，特羡慕郝鹏举的才华和地位而追之。郝鹏举乃贪色之徒，两个人立马坠入了爱河。1937年冬，留日学生训练团撤销，郝鹏举被蒋介石任命为胡宗南部之参谋长赴西安到差。不久，刘琼嫁给了胡宗南部的一个上校团长，随夫也到了西安。此时，西安人口暴增，住房困难，刘琼夫妇求郝鹏举夫妇借宿，郝鹏举的老婆尚不知道郝鹏举和刘琼原是老相好，就答应刘琼夫妇在其家住了下来。刘琼的丈夫因经常住在部队，这就给郝鹏举和刘琼的不正当关系以很大的方便。不久，刘琼怀孕，刘琼的丈夫知道后大怒，随之诉诸胡宗南。本来胡宗南和郝鹏举的关系就不咋地，遂将郝鹏举囚禁了。期间，胡宗南屡次要杀郝鹏举，均未获得蒋介石的批准。刘琼在郝家生一子后，遂与丈夫离婚，抱儿子赴重庆考入中央大学学习。

1941 年 3 月，跟随郝鹏举多年的上尉文书毕书文，买通看管郝鹏举的胡宗南的少校警卫营营长刘伯阳将郝鹏举放出。郝鹏举带着刘伯阳和毕书文逃到了南京，经在苏联结识的旧友时任伪国民政府宣传部长林柏生推荐，投靠了汪精卫，在汪精卫创办的中华民国中央陆军将校团任中将教育长。郝鹏举安顿下来后，托人带信给刘琼，刘琼很快就从重庆过来了。

郝鹏举酒足饭饱后，就带着彭辉回家了。轿车在马路上行驶，车窗外，灯火如花，彭辉难免有些感慨。到了郝鹏举家，刘琼听了郝鹏举的介绍，连忙给彭辉倒茶、敬烟。彭辉一看，刘琼的确是个美人儿，算不上倾国倾城，也是女中花魁。刘琼忙完就上楼了。郝鹏举呷了一口茶，道："彭辉，过来跟我干吧，就别委屈在那儿给人端盘子端碗了，大材小用。"

彭辉摇了摇头："教官，我实难从命。"

"为什么？"郝鹏举有点错愕。

彭辉小声小气地道："郝教官，不瞒你说，我怕被人骂。"

郝鹏举也不避讳："被人骂为汉奸？"

郝鹏举一语中的，彭辉点了点头。

郝鹏举一脸不屑："汉奸？什么叫汉奸？不就是指汉族人替外族人办事嘛！当年爱新觉罗氏未一统江山时，人们称吴三桂是汉奸，后来有那么多人当了清朝的官，替爱新觉罗氏卖命，为什么又不称他们是汉奸了？"

"满人也是华夏子孙，岂可相提并论？"彭辉小声小气地道。

"怎么不能相提并论？我们不是说日本人是当年徐福率领童男童女去日本繁衍的后代吗？我们的孙大总统生前不也在日本讲，中日两国是同文同种的兄弟，中国是兄长，日本是弟弟，要兄弟相亲，共存共荣吗？既然做清朝的官不是汉奸，为什么与日本人合作，就要被骂汉奸呢？"

"郝教官，我知道你的口才甚好。你引经据典，有一点道理，但大多强词夺理了，我不与你争。现在替日本人做事就是汉奸，因为日本人现在是侵略者。"彭辉和颜悦色地道，"日本军队侵略中国，日本军人在残杀中国人，这你总不能否认吧？"

"侵略？三国时期，军阀混战时期，不也是你打我，我打你吗？不也是攻城略地吗？我们为什么不能借助于日本人的力量实现人生的价值呢？《红楼梦》中讲，只有'好风凭借力'，你才能上青天，修成正果，才能在中国这一大片土地上一扫群雄，卓然自立。”郝鹏举呷了一口茶，继续道，“中国有句名言：‘成者为王，败者为寇。’是不是汉奸，关键看你能否成功！你过去是个代理师长，是个叱咤风云的人物，现在呢？干的却是要饭的差使，一个在天上，一个在地下，相差甚远啊！”

郝鹏举最后那句话，打动了彭辉的心，但是，他的脸上却没有任何反应。他需要冷静地考虑，因为，这是举足轻重的一步路，一失足成千古恨的事情，历史上屡见不鲜。

彭辉起身站了起来：“郝教官，容我考虑考虑再说吧。”

郝鹏举把彭辉送到大门口，拍了拍彭辉的肩膀：“到我那以参军的名义享受月薪不好吗？一旦有机会了，我会让你东山再起的。”

彭辉还是那句话：“郝教官，容我考虑考虑再说吧。”

“我家的大门可是向你敞开的，你随时可以来玩。”

辞别郝鹏举，彭辉的心里十分沉重。回到华都饭店，饭店已经打烊。但卢文娟却在他的房间里。彭辉一脸错愕：“卢姐，你怎么还没回去？”

卢文娟却顾左右而言他：“郝鹏举是不是想让你跟他干了？”

彭辉点了点头。

“这可是个敲着木鱼也求不到的好事体啊！你答应了没有？”

彭辉摇了摇头。

“彭辉，那你就犯傻了。现在郝鹏举可是汪先生手下的红人一个，早晚会被重用的。他飞黄腾达了，你还不得水涨船高？”卢文娟见彭辉不作声，就又道，“将来我这个小店还得靠你支撑着呢。”

彭辉苦苦一笑：“卢姐，天晚了，你该回家了，别让志平哥为你担心。”

“他替我担心？鬼知道他现在在哪里寻花问柳呢。他要有你一角一棱，我就烧高香了。”卢文娟继而含情脉脉地道，“彭辉兄弟你天天一个人不寂寞吗？”

彭辉笑道：“心里有魏秋红，有什么可寂寞的啊？”

“可远水解不了近渴啊！魏秋红是不是很漂亮？”

“是很漂亮。”

“那你卢姐呢？”

“也很漂亮啊！”

“既然你这么认为，让卢姐来陪陪你，好吗？”

彭辉蓦地站了起 来："卢姐，这，这怎么能行呢？我不能做对不起魏秋红的事。"

卢文娟也站了起来，娇滴滴地道："现在就我们俩，天知地知，你知我知，你怕什么啊？"

"卢姐，这是万万使不得的。"

"你别以为卢姐我贱，想和我相好的人多了去了，可我只看上你了。"

"卢姐，你要是再逼我，我可就不在你这儿干了。"

卢文娟见彭辉一脸严肃的样子，就笑道："卢姐是跟你开玩笑呢，你还当真了！"

正在这时，胡志平闯了进来，气急败坏地道："好你个彭辉，我好心好意收留了你，你却昧着良心勾引我老婆……"说着就对彭辉动粗了。

彭辉挡住胡志平的巴掌，道："志平哥，你真的误会了。"

"误会，天这么晚了，你们孤男寡女在这儿干什么呢？"

彭辉气哼哼地道："那你问卢姐吧。"

卢文娟道："胡志平，人家彭辉可是个正人君子，哪像你啊！整天吃着碗里的看着锅里的，就知道寻花问柳。"

"卢文娟，你这是猪八戒倒打一耙，想蹚浑这汪水，草草了事是不？想得美！"

卢文娟道："胡志平你别闹了好不好，人家彭辉刚才被郝鹏举请到家去了，我能不给彭辉留着门？"

"他认识郝鹏举？"

"岂止是认识，郝鹏举过去是彭辉的教官，郝鹏举正要彭辉跟他干去呢。你得罪了彭辉，不就得罪了郝鹏举，看今后谁还到我们这儿吃饭。"

胡志平却道："就是饭店关门歇业，我也不能戴绿帽子。彭辉，你给我滚！"

彭辉把两件衣服往身上一搭，夺门而出。

街上，秋风瑟瑟，天光翳翳。

第五章　冤家聚头

1943年7月2日，伪行政院二百二十七次会议任命郝鹏举为苏淮特别区保安司令。彭辉、毕书文和刘伯阳等也偕同前往徐州。毕书文任徐州市市长，刘伯阳任少将参谋长，彭辉任少将保安处处长。彭辉上任后主要是帮助郝鹏举把散落在冀、鲁、豫、皖、苏等地的原西北军旧部串联起来，意在建立保安总队。

这天下午，已是夕阳西沉，彭辉正在办公室里忙碌，这时，有人敲门了。

彭辉道："请进！"

当敲门的人进来后，彭辉愣住了，缓缓地坐起来："成栋，怎么会是你？"说着离开了办公桌，跑过去，握着魏成栋的手，"可让我想死你了。"

魏成栋也紧紧握着彭辉的手，声调微微颤抖着："我也想死你了。"

"当年我们三个人在徐州火车站分手时，你还很感慨地说：'真的不知道我们兄弟三个人何时才能相见呢？'一晃几年过去了，我们俩不是又相见了吗？"因为激动，彭辉的声调比平时快了许多。

"你不是说，'感觉我们三个人的缘分未尽。'吗？看来缘分还真的未尽。哈哈！"

"冯骥说：'只要我们三个人都好好地活着，珍惜生命，会有相见那一天的。'可现在就缺冯骥了。"

"也不知道冯骥现在在哪里，在干什么？"

"我也不知道。不过，他的脑瓜那么灵光，估计也混不孬。"

"我也这样认为。"

“坐！坐！”彭辉说完，给魏成栋提瓶倒水。

魏成栋接过茶杯：“你现在可是郝鹏举手下的保安处长了。不错！不错！”

彭辉摇了摇头：“一言难尽。你现在是个什么情况？”

“我在上海听说你来徐州当苏淮特别区保安处长后，你前脚来，我后脚就撵来了。我现在是徐州警察局局长。”

彭辉苦笑道：“你也上了这条线！没想到我们成了一根绳上的两只蚂蚱。”

“可不是嘛！嘿嘿！我也是一言难尽啊！”

“也快下班了，走！我们喝酒去，边喝边聊。”彭辉说着就站了起来。

彭辉开车拉着魏成栋去了南关快哉亭公园附近的庆合园饭庄。彭辉要了两瓶酒，点了几道该饭庄拿手的好菜。于是兄弟俩就你一杯我一杯地喝了起来。两人各谈完自己的经历，自然都为魏秋红的失踪而纳闷。

此刻，彭辉已有些醉意，眼圈红红的，长叹一声：“秋红，你究竟在哪里啊？”

魏成栋却苦笑道：“好事多磨，你们会有见面的那一天。”魏成栋与其说是在安慰彭辉，倒不如说是在安慰他自己。毕竟他和魏秋红是一母同胞，现在魏秋红活不见人死不见尸，他能不着急！为了岔开话题，他道：“我可是好多年没回过家了，明天我们一起看看去吧？”

彭辉低沉的情绪还没缓过去：“去夸官亮职吗？”

魏成栋笑道：“你以为呢？”

彭辉一脸苦涩相：“你我现在干的是什么差事，你难道不清楚？”

“不是汪先生倡导的曲线救国吗？”

“不也叫卖国求荣吗？”彭辉有点喝高了。

魏成栋压低声音道：“你活腻了！”

彭辉自饮了一杯酒，感叹道：“我还真有点活腻了呢。”

“别说这些没用的话了，哪天我们一起回家看看去？”魏成栋也是想转移话题。

“要去你去，我可不去。”彭辉心里隐隐作痛，说完又自斟自饮了一杯酒。

“唉唉！几年不见，脾气见长了是不是？”这在魏成栋的心底撩起了一阵小小的不快，过去彭辉在他魏成栋跟前可是个顺毛驴。

彭辉没好气地道：“我又没让你抱青衣白莲花的大腿，为何听你的？”

“你是不是喝多了？”魏成栋的口吻里夹着骨头。

"几年不见，你还是这么横？"彭辉有点不买账了，索性趁着酒劲，把多年埋在心底的抱怨一吐为快，"要不是你当年和裘风争风吃醋捅了裘风两刀，我和秋红怕是早就结婚了。"

魏成栋虽然心里有些愧疚，但他不是个轻易低头的人，仍强词夺理道："那只能怪裘风狗屁不是，活该！兴他喜欢林丽，难道就不兴我也喜欢？再者说了，人家林丽也不待见他啊。他凭什么那么霸道，还不是因为他爹是警察局局长嘛！他爹若不是警察局局长，老子还不捅他呢。哈哈！老子一不留神现在也是警察局局长了。"

"裘风是癞蛤蟆想吃天鹅肉。你呢？叫剃头挑子一头热。乌龟莫笑鳖，你俩都是泥里歇。再者说了，人家裘风的爹是蒋记国民政府的县警察局局长。你呢？是汪记国民政府的市警察局局长，虽然你比裘风爹的官职大，可你们不是一条线上的啊！没什么可骄傲的。"

"兄弟，你这可是胳膊肘往外拐了哈！"然后，魏成栋嬉皮笑脸道，"哎！你说现在林丽在干什么？结婚了没有？"

"怎么，你到现在还贼心不死？啧啧！"彭辉一脸不屑。

魏成栋嘿嘿笑道："这几年可是做过好多次关于她的梦呢。"

彭辉没好气地讥讽道："不会是做梦娶她了吧？"

魏成栋心态很好："嘿嘿！这倒没有。"

"说不定，林丽早就是谁的孩儿他娘了。要是她中学毕业后就结婚的话，她的孩子也能打酱油了。"

"这话说得可就有点残忍了哈！"魏成栋嘻嘻哈哈道，"她只要不是裘风的孩儿他娘就行。"

"你出逃了，裘风再没有竞争对手了，馒头落地狗造化，还真说不准呢。"

魏成栋感觉彭辉在蓄意戳他的痛处解恨，赶紧撇开话题道："在外漂泊了这么多年，也不知道几位老人现在是什么样子，是该回老家看看去了。明天你跟我回老家，就这么定了哈！"

彭辉又扯起了那件西皮事儿道："我又没让你去抱青衣白莲花的大腿，为什么要听你的？"

"行了你！别闹了。酒足饭饱，我们走吧。"魏成栋说完就站了起来。

彭辉也站了起来："我是想冯骥了。"

次日，魏成栋开着一辆轿车，买了些礼品，拉着彭辉就回魏楼老家了。

回家的心情是急切的，在稀稀疏疏杂木相傍的土路上，魏成栋把轿车开得飞快，后面便扬起了一道浑黄厚重的土雾。

轿车停在了魏成栋家门口。当魏成栋下车后，看看自己家的大门，便有流泪的冲动。进了院子，看到魏洪烈就道："爹，我回来了。"

魏洪烈站在那儿，瞬间眼睛红了，鼻子酸了，眼泪掉下来了："儿啊！你还知道回来！"

"爹！看你说的，我这不是回来了吗？"看到魏洪烈苍老了许多，魏成栋的鼻子也酸了。

李翠花正在屋里做针线活，听到魏洪烈和魏成栋的说话声，丢下针线颠着小脚就跑出来了，看到魏成栋，叫了声"儿啊！"过去就把魏成栋抱住了，然后就是一阵子哭泣。

魏洪烈见彭辉提着大包小包的东西，就招呼道："彭辉，你也回来了。"

"我和成栋都到徐州工作来了。我们俩是昨天才见到的，今天就一路回来了。"

魏洪烈用手擦完眼泪，兴高采烈地道："秋红前天也回来了。"

彭辉有点不相信自己的耳朵，惊诧道："什么？秋红前天回来了？"

"可不是嘛！"

魏洪烈话音刚落，魏秋红就跑过来了："彭辉哥……"魏秋红的声音有点幽咽。

"秋红……"彭辉的声音有点哽噎，放下手中的东西，就迎上去把魏秋红忘情地抱住了。

"彭辉哥……"魏秋红把千言万语凝成了一声轻叫。

"秋红……"彭辉感慨万千，眼圈都红了。

魏洪烈见彭辉和魏秋红在诸人面前如此忘形，就咧着嘴笑道："好了，好了！都赶快到屋里说话去吧。"

魏秋红松开彭辉，走到魏成栋面前，撅着嘴嗔怪道："哥！这都是你干的好事。"

魏成栋用左手抓住魏秋红的右胳膊，捋了一下魏秋红蓬乱的头发："那都是哪年的事了，怎么还记恨哥啊？"然后笑道，"这些年，你在我的印象里仍然是个小丫头片子，现在抬眼一看都成大姑娘了，我还有点不适应了呢。"

李翠花眼睛里噙着泪花道："孩儿他爹，你还站在那儿傻愣着，还不去安排饭食？"

"可不是嘛！今天是个值得庆贺的日子。对了，还得赶快叫人去请彭叔。"

彭辉道："我去接爷爷。"

魏秋红道："我也去。"

魏成栋道："还是我开车去接吧。"

魏成栋走后，魏秋红就把彭辉领到了自己的闺房。两人又拥抱了一会儿，彭辉就急切地道："快说说你这几年是怎么回事？"

魏秋红片刻眼圈就红了："我接到你的信后，稍微准备了一下就去徐州火车站了。火车快到郑州时，我患了阑尾炎，当时疼得我虚汗直流，正好有一个大夫在我身边，就对我说，就怕我坚持不到西安了，要是阑尾穿孔可就有性命危险了，让我最好在郑州下车。听了那个大夫的话，我就在郑州火车站提前下车了。到了一家医院，医生就给我做了手术。事后医生说，幸亏我在郑州下车了，否则怕是活不到西安了。原来我的阑尾已穿了一个小孔，就这，医生还把我的肠子清洗了半天……"

彭辉接过话，心疼地道："真是不幸中的万幸了。"

"和我同住一个房间的是个十五岁的小女孩，也是阑尾穿孔。她爹叫王朗月，是个财主。我做完手术的第三天，我让王朗月帮我拍了两封电报，一封是给你的，另一封是给我家里的……"

彭辉急忙道："我没收到你的电报啊！"

"王朗月没给你拍，你怎么能收到！他同样也没给家里拍电报。"

彭辉气哼哼地道："这个王朗月真缺德。你怎么知道他没给我和你爹拍电报呢？"

"当我住院住到第七天时，我发毛了，不光没等来你，也没等来我爹。更让我发毛的是我所带的钱已经用完了。我出院时，是王朗月帮我支付的医疗费，他还让我到他家暂住一段时间，让我养好病再说。我当时在郑州举目无亲，就依他了。没想到他把我带到了郊区的一个别墅里，让我做他的姨太太。我自然不同意了，他就一直把我囚禁在那里。那时的我，可是叫天天不应叫地地不灵，眼泪都哭干了。就这样，我被王朗月囚禁了好几年。过去给我送饭的一直是一男一女，有一天却只来了一个女的。我就问她，那个男人怎么没来。她就说王朗月的父亲死了，他去帮忙了。于是，我就感到逃跑的机会来了。那个女人放下碗筷正要出门，就让我用碗砸晕过去了。于是，我就逃出了虎口……我给一户人家说明了情况，人家给了些钱我就回来了。”

彭辉已是泪水满面，咬牙切齿道：“哪天我过去，非把王朗月那狗东西宰了不可！”

这时，魏秋红道：“你们在徐州见到冯骥了吗？”

彭辉惊讶道：“冯骥？他也在徐州？”

“这么多年，他一直在徐州，可也没让家里知道。他前不久回来了一次。”

“他这么多年在徐州干什么呢？”

“他在淮海路上开了一家茂源绸缎庄。”

“好家伙，都成老板了。”

这时，大门外响起了汽车的喇叭声，彭辉就站了起来：“走！接爷爷去。”

彭道远没坐魏成栋的汽车，却是从家里拄着拐棍走着过来的。

彭辉和魏秋红刚把彭道远接到客厅里，彭道远就给了彭辉一记耳光，并满脸怒气地道：“你个浑小子，给我跪下！”

彭辉自然明白怎么回事，就跪下了。

彭道远气得手打战，脸铁青，话说得断断续续：“你！你！你……你太让我伤心了……你可是读过四书五经的，怎么就不知道礼义廉耻呢？”

魏成栋就和彭辉并排跪下了。

彭道远往地上捣了捣拐棍，气哼哼地道：“你魏成栋也是该跪在这儿的。”

魏洪烈过来，劝解道：“彭叔，你老也别太生气了，您坐下慢慢地说。我估计他俩也有他俩的苦衷……”

彭道远坐下后，用拐棍又捣了捣地，义愤填膺道：“难道你们不知道汪精卫是个卖国求荣的汉奸？难道你们不知道跟他做事也叫汉奸？”

魏成栋道：“爷爷，我和彭辉当时都是被逼无奈啊！就说我吧，若不跟他们干，怕是没命了。再说了，你是没参加淞沪抗战，你都不知道死了多少人！我亲眼所见，罗店都成血肉磨坊了……我认为，汪先生的和平运动还是有一定道理的。”

“大丈夫为了保卫国家，就当横刀立马，效命疆场，死亦为鬼雄！什么和平运动，那就是投降主义，出卖民族之精神！汪精卫可是和日本人穿一条裤子的，你不想想，能有中国人的好！可你们两个浑小子却狼狈为奸，替汪精卫卖命，羞辱先人呐！”彭道远拂袖而去。

彭辉爬起来，轻叫一声：“爷爷……”

彭道远头也不回：“我不是你爷爷，我也没有你这样的孙子。”

魏洪烈跑过去，拉住彭道远：“彭叔，他俩还是个孩子，不值当您老生这么大气，吃了饭再走！吃了饭再走！”

彭道远挣脱魏洪烈：“气都气饱了，吃什么吃！”

“你看，两个孩子都几年没回来了，你就……”

“道不同不相为谋。”彭道远说着已经走出了大门。

彭辉站在大门口，望着彭道远渐渐远去的背影，热泪盈眶。

草草吃过午饭，魏秋红又把彭辉叫到了自己的闺房。彭辉情绪依然不佳，连个象征性的拥抱也没给魏秋红。两个人默默坐了一会儿，彭辉幽然道：“今天这顿午饭本该开开心心的，也是我们谈婚论嫁的大好机会，结果却弄成了这样。”说完，便是一阵子唉长声叹长气。

魏秋红却冷不丁地道：“彭辉哥，我要跟你们去徐州，当个小学老师去。”

彭辉欣然道：“这样我们就可以经常在一起了。”继而忧心忡忡道，“我父母死得早，是爷爷一手把我拉扯大的。我若再去徐州，可怎么给爷爷一个交代呢！”

“你的确不能一走了之，应该去哄哄爷爷才是。”

“嗯！你先收拾一下吧，等我回来咱们就去徐州。”彭辉说完就离开了魏秋红的闺房。

回徐州的路上，魏成栋见彭辉抑郁寡欢，就道：“彭辉，秋红，你们两个打算什么时候结婚啊？”

魏秋红道：“现在这个乱世道，还怎么结婚啊！”

“世道是乱了些，可与结婚有什么关系啊？”

“没心情。”魏秋红回答得很干脆。

彭辉有点不高兴了，质问道：“秋红，你什么意思啊？我早也盼，晚也盼，终于盼到你了，你却不愿意结婚了？”

“彭辉，经过那个变故，我现在真的没心情结婚了。对不起！”魏秋红说完低下了头。

彭辉的脸色都变了，却小心翼翼道：“那个变故怎么对你会有如此影响？”

魏秋红不想触及那道伤疤，就闪烁其词道：“我也说不清楚。”这就给彭辉的心里蒙上了一层阴影：这几年，魏秋红到底是如何过来的呢？

此时，已是黄昏，许多人家已是炊烟袅袅。茂源绸缎庄正准备打烊。

魏成栋刚下车就嚷嚷开了：“冯骥！冯骥！你给我出来！”

冯骥正在柜台前拨拉算盘，忽听有人在大门外叫喊他，听着声音有点耳熟，但想不起来是谁了。等魏成栋、彭辉和魏秋红进门后，他就愣在那儿了。冯骥片刻跑出柜台，就把魏成栋和彭辉抱住了：“昨晚灯花爆了，我猜想今天准有贵客来，可想不到会是你们啊。我可想死你们了！”

彭辉和魏成栋异口同声道：“我们也想死你了。”

魏秋红站在一旁笑道：“冯骥，就不想我？”

冯骥这才松开魏成栋和彭辉，用手指点着魏秋红的脑袋，温馨地笑道：“好你个魏秋红，几年不见都成大姑娘了。”

魏秋红笑道：“再过几年不见，我可就成老太婆了。”

“那也是彭辉把你变成老太婆的，哈哈！哎呀！见到你们我太高兴了。对了！林丽！林丽，你看都是谁来了？”冯骥扯着嗓子吼着。

几个人都愣住了。

魏秋红纳闷道：“林丽也在这儿？”

冯骥笑呵呵地道：“她已经是这里的老板娘了，怎么会不在这儿？”

魏成栋、彭辉和魏秋红异口同声地惊讶道：“是吗？”

“是不是，你们问林丽啊！”冯骥笑容满面。

这时，林丽过来了，愕然道：“怎么会是你们三个？”

魏秋红笑道：“怎么就不会是我们三个？”

“这不是这么多年不见了嘛！而且，你们三个又是同时出现的。冯骥可是老念叨你们三个呢。尤其是念叨魏成栋和彭辉，狐朋狗友嘛。”林丽不咸不淡地笑着说。

魏成栋道：“他要是不念叨我们三个，那可就不是个东西了。哈哈！”

冯骥怕林丽给大家惹出不高兴来，就道：“走！我们到庆合园饭庄喝酒去。”

彭辉笑道：“谁请谁啊？”

冯骥一拍胸脯：“当然是我请你们了，不醉不归。”

魏成栋道：“你现在是阔老板了，不让我们吃大户也不行啊！”

当冯骥领着魏成栋他们出了大门，见门口有辆轿车，就问道：“这是谁开来的？”

魏成栋笑道：“我开来的。不可以吗？”

彭辉道：“成栋现在可是徐州市警察局局长了。”

冯骥惊讶道：“是吗？”

魏成栋道：“冯骥，你知道彭辉现在是干什么的吗？”

“我哪里知道啊？”

“他现在是苏淮特别区保安司令部少将保安处长了。”

冯骥又惊讶道：“是吗？”

冯骥见彭辉点了点头，笑道：“原来你们两个更出息了，还要吃我的大户呢。咱可把话说在前头，今晚这顿算我和林丽给你们接风洗尘了，今后再聚会可都是你们请了。哈哈！”

彭辉笑道：“冯骥，你可真成了锱铢必较的商人了。”

魏成栋笑道：“奸商！奸商！”

冯骥笑道：“无奸不商，无商不奸。”

几个人一阵大笑。

片刻，五个人都上了轿车，飞奔城南而去。到了庆合园饭庄，饭店老板却说没有包间了。魏成栋到各个包间里看了看，回来质问老板道：“你不是说没有包间了吗？三号包间怎么还空着？”

老板低头哈腰道：“已经被人预定了。”

魏成栋道：“要是预定的人不来了，你不是白瞎一个包间了吗？我们过去了。”

老板道：“这可是警察局特高科的人预定的。”

“老子是警察局的，抓紧给我们上菜吧。你有多少拿手的好菜都给我上来。”魏成栋说完，一挥手，“走！我们去三号包间。”

不一会儿，菜上来了，魏成栋摸着酒瓶正要倒酒，就听门外有人骂道：“娘的！这是谁这么霸道，敢占老子的包间？”

彭辉小声道：“听声音可是有点耳熟？”

这时，裘风就闯了进来，见是魏成栋他们就傻眼了，片刻就道：“原来是你们几个啊！真是山不转水转啊！幸会！幸会！”

冯骥站了起来，笑着说：“人生何处不相逢。裘风，我们又见面了。”

“都是老同学，我可就不见外了。”裘风说着就坐下了。

魏成栋黑着脸道：“裘风，我让你坐了吗？”

裘风立马就站了起来，怒气冲冲道：“魏成栋，你什么意思？”

魏成栋也站了起来，双臂交叉着道：“你难道听不懂人话吗？”

裘风麻利地掏出手枪，拉开枪栓就把黑洞洞的枪口对着魏成栋了：“我看你他娘的活腻了！”

彭辉也不含糊，在站起来的同时，也把手枪掏了出来，拉开枪栓就把黑洞洞的枪口对准裘风的脑袋了，厉声道：“你小子给老子老实点，否则，我让你脑袋开花！”

魏秋红的右手下意识地往腰间摸了摸，但片刻又放回了原处。

这时，杨培山从门外进来了，拱手作揖道：“误会！误会！裘科长，你刚出发回来，还不知道呢，这是我们市新调来的警察局局长魏成栋。”

裘风哼了一声：“是吗？”

杨培山又道：“魏局长，这是我们警察局特高科裘科长。”

魏成栋居高临下：“是吗？”

杨培山道：“裘科长，我们另找个饭店吃去吧？”

裘风收了枪道：“老子哪里也不去，就在这吃闯席了。”

彭辉也收了枪：“那就请坐吧。”邀请的声音干瘪瘪的，没有一丝热情。

魏成栋坐下，笑道：“裘风，要坐就坐吧。好歹咱们也是同学一场。”

冯骥掬着笑脸道：“裘风，快坐下吧。”

裘风就坐了下来，但仍然骂咧咧地道：“魏成栋，你他娘的鸠占鹊巢还有理了？”

魏成栋嘻嘻哈哈地道：“我们几个几年不见了，刚刚碰到一起就来这儿聚会了，却是没有包间了，你说扫兴不扫兴！一看这包间里没有人，这才这个，这个……不曾想，却是你小子预定的包间。也好，要不然，我们还碰不到呢。看来我们的缘分还没尽呢。”

裘风笑骂道：“是他娘的冤家路窄！”

魏成栋笑容可掬：“还是你他娘的话更贴切。”

裘风明知故问道：“彭辉，你小子现在干什么呢？”

魏成栋马上答道：“彭辉现在是苏淮特别区保安司令部保安处少将处长了。”

“是吗？可是比我出息多了。那冯骥呢？”

冯骥答道：“我嘛！那天晚上，我和成栋、彭辉连夜来徐州了。第二天，成栋去了上海，彭辉去了西安，我就留在徐州在茂源绸缎庄当起了小伙计，一干就是几年。徐州沦陷前夕，老板去大后方之前，把茂源绸缎庄低价盘给了我。”

“不错。那魏秋红呢？”

魏秋红答道：“还没有职业呢。”

裘风又问：“那林丽呢？”

林丽不苟言笑道：“不好意思，我现在是茂源绸缎庄的老板娘了。”

裘风简直不敢相信自己的耳朵，感觉林丽没瞎说，可还是凝视着冯骥的脸，问道：“是吗？”

冯骥轻轻地点了点头。

这时，裘风哈哈大笑，几乎笑出了眼泪：“魏成栋，当年你小子跟老子争林丽，都动了刀子，没想到却是鹬蚌相争渔翁得利了。”裘风之所以依然敢直呼魏成栋的大名，不仅是因为老同学关系，更重要的是他有佐藤惠的粗腿抱着细腰搂着，裘风会怕他魏成栋不成？

冯骥笑呵呵道：“不好意思，我自罚一杯。”然后端起一杯酒一饮而尽。

魏成栋笑道：“不管怎么说，肥水没流外人田。林丽跟谁不是跟？”

林丽乜斜了魏成栋一眼道：“魏成栋同学，你把我当什么了？”

魏成栋笑道：“冯骥是我哥，从现在起，我得叫你嫂子了。哈哈！”之后，拿起酒瓶，自言自语道，“来！我给大家斟酒，干一杯。”

同端一杯酒之后，裘风道：“彭辉，你和魏秋红结婚了吗？”

彭辉道：“我和秋红是今天才见到的，什么时候结婚还没定呢。不过，到时候少不了请你喝喜酒。”

“那是！那是！我一定拿个大头礼。”

冯骥道：“裘风，你结婚了没有？”

裘风饮了一杯酒：“我啊！还不知道丈母娘在哪里呢。冯骥，说说你是怎么样把林丽占为己有的？”裘风的舌头根子渗出了酸水。

林丽气咻咻地道：“什么叫占为己有？你说话怎么这么难听？”

裘风抱拳拱了拱手：“对不起！用词不当！用词不当！冯骥你说。”

冯骥就道：“这么多年，林丽一直在淮北一个叫陶庄的村子里当小学老师，因校长对她起了歹心，就来徐州找工作了。正巧在街上碰到了我，就被招聘到店里来了。日久生情，我们就结婚了。这凡事都有偶然，结果却又如宿命般必然。”冯骥皲而笑道，“这也叫有福人不落无福之地。”

林丽笑道：“同学们，可是他死缠烂打的，唉！端谁的碗服谁管啊！”

大家一阵大笑。

裘风道:“林丽,当年魏成栋跟你玩了个英雄救美,那个蒙面人可是冯骥。哈哈！”

林丽故作惊讶道:“是吗？当时可是把我吓死了。原来恶人是你冯骥啊！我要是早知道，哼！”

裘风笑道：“是不是就不跟冯骥结婚了？”

“这还用说嘛！我现在感觉像吃了一只红头苍蝇。”

冯骥笑道：“生米已经做成熟饭，晚了。哈哈！”

裘风一副酸溜溜的样子道：“唉！好白菜让猪拱了。”

林丽怒目而视，道：“裘风，你要不说人话，可别怪我跟你急了！”

裘风笑道:“在座的都是老同学,又没有外人,开句玩笑,活跃一下气氛,何必这么小气呢。”

林丽轻蔑地哼了一声。

晚上，魏成栋做了一个和林丽拜堂成亲的梦，伴郎是彭辉和冯骥。一时间，魏家人山人海，笼罩在鞭炮的硝烟里，锣鼓喧天，唢呐吹出了满天满地的喜庆。可当他醉醺醺地进入洞房时，却见盘腿而坐、一身红衣的林丽，驾着云头飞天了。一声大叫，梦醒后，魏成栋心里很不是个滋味。

第六章　金雕行动

次日，冯骥就把一份情报交给伙计黄献了。

冯骥代号“渔翁”，手下有三个情报站，分别是一号情报站、二号情报站和三号情报站。但冯骥却不知道这三个情报站在何处，站长是谁，只知道每个情报站几个人。他发布命令和接受情报都是通过黄献一人，从不和下面情报站发生任何关系。而黄献也只和一号情报站及潜伏在特高科的“船夫”联络。每一个情报站之间也都是单线联系的。

之后三天，魏成栋、彭辉和裘风各回敬了一场酒，陆陆续续也都把各自这几年的经历真真假假、虚虚实实地讲了一遍。魏秋红在青年路小学上班后，在附近租赁了一个小院住了下来。为了联系方便，彭辉还给魏秋红安装了一部电话。

郝鹏举住在中枢街公寓大院里。这天晚上，郝鹏举就把彭辉、魏秋红和魏成栋请到了家里，给魏秋红接风洗尘，作陪的有毕书文和刘伯阳等。

饭桌上，刘琼也问：“彭辉，秋红，你们两个打算什么时候结婚啊？”

魏秋红就道：“彭辉说现在太忙了，等忙过这阵子再说吧。”

郝鹏举道：“彭辉，你这可就陷我于不义了。这样吧，我给你一个星期的婚假，你们结婚，我喝喜酒。”

彭辉道：“我刚联系上西北军的几个老人，有许多工作要做呢，等忙过这阵子再说吧。”

毕书文道：“倒是船上不急，岸上急了。我祝你们俩早日完婚，早生贵子！来！干一杯！”

魏秋红随着彭辉端起酒杯，也把酒喝干了。

看着魏秋红在酒场上落落大方、应付裕如，彭辉就感觉魏秋红好像见过大市面似的。酒场结束后，彭辉开车送魏秋红回小院。路上，彭辉想借题发挥就道："酒场上，刘琼问我们俩什么时候结婚，你怎么不说你现在太忙了呢？"

魏秋红笑容可掬："我一个小学老师有什么可忙的？"

"可不是嘛。要是我，我也会追问的。"彭辉一语双关。

魏秋红笑道："所以……"

"我现在也不清楚你不想结婚的真正原因，这对我来讲是个谜。"彭辉刚才虚晃一枪，为的就是这句话。

"我就奇怪了，你为什么要把一件很简单的事，想得如此复杂呢？"

"你难道不会换位思考吗？"彭辉的神情很严肃，一副郑重其事的样子。

"山本无忧，因雪白头；水本无愁，因风起皱。真的没什么，你就别瞎想了。"魏秋红口吻很随意，意在表明所涉及的事也无关紧要。

彭辉揪住话题不放："天下本无事，庸人自扰之？"

"这可是你说的。呵呵！"魏秋红笑得有点夸张。

轿车刚停到了小院门口，魏秋红就道："我有点累，要休息了，你回去吧。"

彭辉本来是想进去玩一会儿的，见魏秋红已经下车，而且足音跫然，什么也没说，赌气开车走了。

魏秋红关上大门，进了堂屋，投到床上就是一阵号啕大哭："彭辉哥，钟表可以回到起点，但已不是昨天，我怎么能以残花败柳充春桃呢……"

次日傍晚，魏秋红刚下班回到家中，就接到了彭辉的电话，说是来吃晚饭。魏秋红就准备了四个小菜。不一会儿，彭辉开车过来了。等彭辉洗过手，入座后，魏秋红问："喝点吧？"

"这几天，天天喝酒，哪里受得了。"彭辉说完就抓起一块油饼吃了起来。

魏秋红吃着饭，道："你知道现今中国四大美男都是谁吗？"

这让彭辉感到有点突兀："怎么会问起这个？"

"这不是闲聊嘛！你是不是不知道啊？"魏秋红用了激将法。

彭辉哪里知道魏秋红肚里的花花肠子，轻描淡写地道："一说是蒋介石、汪精卫、周恩来和张学良，二说是汪精卫、周恩来、梅兰芳和孙中山。是不是啊？”

“我相信第一种说法。听说蒋介石英武肃然，挺拔潇洒，目光中自有一种不怒而威的摄人之气。人们对蒋介石政治得失的关注远远大于对其相貌的注意，因为在大多数人眼中，蒋介石一直是一个头顶光光的形象，难看得很，很难与美男子的形象相联系。听说，在蒋介石留日的西装相中，蒋介石戴金丝眼镜，目光迥然闪烁，而且神采飞扬，既有旭日初升的勃勃朝气，又兼文明洗礼的文雅之气，是一个标准的美男子。蒋介石的美，重在刚直勇毅。”

彭辉笑道：“真还不知道，蒋介石竟是你梦中情人了。”

魏秋红脸色绯红：“瞎说什么啊你，这不是闲聊嘛！你对汪精卫了解多少？”

“了解甚少。”

“那个早年因谋杀摄政王而入狱，写下‘引刀成一快，不负少年头’的汪精卫，面容清秀，棱角分明，目光清澈坚毅，没有一丝杂质。很多人都说他‘双目有侠气’，‘最耐看’。据说汪精卫这个人志大才也大，就是性格软弱，是个典型的‘妻管严’，哈哈！”

“看来，你对一些名人挺有研究的？”

“道听途说罢了。据说，汪精卫一次去北平，想起自己三十年前被清朝关在监狱时受到狱吏母子的关照，就让人找到这对母子。此时，狱吏的母亲已九十有余，白发苍苍。汪精卫问母子二人有什么要求，二人皆说没什么要求。汪精卫问，那为什么当初接济于我？狱吏母亲答道：‘那时你是革命志士，我们同情你，所以对你好。’汪精卫听后，号啕大哭。三十年前，自己身处牢狱，他人伸手相助，如今，自己做高官，荣华显耀，想要报恩，人家却不愿接受。此情此景，真是情何以堪！”

这个故事，让彭辉有点汗颜，还有半碗稀饭没喝，就把碗筷一推，点燃了一支烟。

“怎么不吃了？”

“吃饱了。”

“不会是因为汪精卫吧？”魏秋红话里有话，切入正题。

彭辉苦笑道：“还真有点呢。”

魏秋红故作惊诧道：“怎么可能？”

“汪精卫最近要来徐州视察，政务部长周佛海、宣传部长林柏生、江苏省主席李士群，还有上海梅机关机关长汪伪政府最高军事顾问影佐祯昭、汪伪特工总部后台老板晴气庆胤等一些要员都要随行的。我这个苏淮特别区保安司令部保安处长自然要担当安全保卫工作，到时候可是有忙活的了。”

“可不是嘛。你给汪精卫他们找好落脚点了吗？”魏秋红兜了一阵圈子，就是为了引出这个话题。对她来讲，还是个十分重要的话题。

彭辉不假思索地随口道：“这两天就去找。”

“彭辉哥，到时候，能不能让我看看汪精卫这个美男子啊？”

“你何时有的美男子情结啊？”彭辉的惊奇也仅仅是惊奇而已。

魏秋红嗔怪道：“瞎说什么啊！谁不想看个稀罕？”

“怕是没这个机会。”

“彭辉哥，你想个办法啊。”

“汪精卫自从经历了越南河内高朗街二十七号，朱培德公馆里发生的那一场风险之后，一直如惊弓之鸟，提心吊胆地过日子。到时候一定会戒备森严的。”

“人还能让尿憋死？”

“话可不能这么说。”

“你一个保安司令部保安处长要是没有办法，谁还能有办法？”

彭辉笑道：“成栋鬼得很，说不定他会有办法的。”

“他也负责这事？”

“确切地说，警察局是配合保安处工作。保安处负责全面工作，警察局负责外围工作。”

“那你还让我找我哥，这不是车轱辘话吗？”魏秋红一副不高兴的样子。

“关键是这不是去看一场电影，只要买一张票就能进去！知道吗？每一个接近那个圈子的人，都要经过严格审查的。”彭辉实话实说。

魏秋红赌气把碗筷一退，道：“反正我就要看汪精卫，若让我看不到，今后你就别来这儿吃饭了。”

彭辉苦笑道：“这哪跟哪啊！走！我带你看场电影去。”

魏秋红撅着嘴，赌气道：“不稀罕。”

“就稀罕汪精卫？”

魏秋红没好气道：“怎么了？不可以？”

彭辉坏笑道："这不会是你不想结婚的原因吧？"

魏秋红娇嗔道："去你的！这哪跟哪啊！"

"我今天就是为结婚的事而来的。我爷爷还等着抱重孙子呢。"彭辉又是一副郑重其事的样子。

"我不是给你说了嘛！没心情。"魏秋红说完低下了头。

彭辉一本正经道："我怎么感觉，你这几年好像换了一个人似的？"

魏秋红笑呵呵地道："过去是个毛丫头，现在还是吗？"

彭辉依然沉着脸，不打官腔，直捣黄龙府："你是不是心里又有人了？"

魏秋红睥睨彭辉，愤然道："你瞎说什么啊！怎么可能！"

彭辉想问个究竟，便揪着这个话题死缠烂打："我估计是了，否则……"

魏秋红怒不可遏："滚你的估计，滚你的否则。"

彭辉忍无可忍，蓦地站了起来，歇斯底里道："那到底为什么啊？"

魏秋红也站了起来，抱住彭辉："我想明年结婚。"说完，已是泪眼蒙胧了。

1938年秋天，特务处郑州办事处主任梁干乔，在郑州收容了八百多名从各地流亡来的青年，并向胡宗南要了八百多支枪和一些子弹，准备办一个训练班。此时，戴笠也正想在湖南办一个大规模的特务训练班，正苦于学生人数太少，听说梁干乔收容了八百多名青年，非常高兴，遂写了一封信，让沈醉带信给梁干乔，让梁干乔把这八百多名青年送到长沙去。

梁干乔原来是个托派分子，他叛变革命后，忠心耿耿地为戴笠工作，想取得戴笠的信任，可是戴笠对这样的叛徒总是不放心。

梁干乔看了戴笠的亲笔信，脸色渐渐阴沉下来。突然，他猛地把信件往桌子上一拍，顺手抓起一只茶杯，狠狠地摔在地上，脖子上的青筋暴突，紧握拳头捶着桌子喊道："不行！绝对不行！想挖我的墙脚？真是岂有此理！"沈醉也不好说什么了，只好给戴笠拍了一封电报，把情况向戴笠做了汇报。没几天，戴笠又派原南京警察厅保警大队大队长杨清植，拿着戴笠的另一封信来到郑州，一定让梁干乔把人交出来，否则要纪律处分。

那天，沈醉正在郑州中正中学帮助训练学生，梁干乔带着杨清植气急败坏地跑过来，铁青着脸，对沈醉大声喊道："滚！你们都给我滚！明天一起给我滚！"说完转身就走。也难怪梁干乔发火，他苦心收罗了八百多名青年，原想作为自己日后飞黄腾达的资本，而戴笠却要让他把人交出来，这岂不是釜底抽薪嘛！第二天，梁干乔就一个人打起背包，投奔胡宗南去了。

魏秋红给彭辉说的经历，半真半假。

魏秋红因阑尾炎穿孔的确在郑州火车站下车了，也的确做了手术，也的确把所带的钱用完了，王朗月也的确帮她支付了医疗费，王朗月也的确把她带到了郊区的一个别墅里，让她做他的姨太太，她不同意也是真的，王朗月把她囚禁也是真的。可之后的事，她魏秋红就给彭辉撒谎了。

一天晚上，王朗月还是把魏秋红强奸了。之后，魏秋红为了逃脱，就假惺惺地应付起了王朗月。在一个早晨，魏秋红用剪刀把王朗月刺死了。魏秋红跑出别墅后，正碰上杨清植和沈醉带着那八百多名学生上路去湖南长沙。魏秋红问了问情况，就义无反顾地入伙去了湖南长沙，后在常德专区北面的临澧县魁星楼中学内，参加了军统临澧特训班。

前不久，戴笠得到确切消息，汪精卫近期要出访徐州，又得知魏秋红的哥哥魏成栋将任徐州警察局局长，就派魏秋红带着一个行动组来徐州准备刺杀汪精卫，并把这次刺杀汪精卫的行动命名为金雕行动。

彭辉走后，魏秋红就去设在夹河街的联络点了。这是个花园式小院，两层欧式小洋楼，一楼是个大客厅，二楼有几间客房。

行动组由五人组成，两女三男。瘦高个陈川是副组长；矮个子高志典蹿房越脊最是拿手，是个梁上君子；大块头刘传钦一身武艺，拳打三五个人不在话下。张亚菲是个发报员，高挑的个头，风情万种，但杀起人来，连眼皮也不眨。

魏秋红进门后，这四个组员就都聚拢了过来。

张亚菲叼着烟卷："头！你可是好些天没过来了，光顾和你的青梅竹马幽会了？"说着把一杯红酒递给了魏秋红。

魏秋红接过酒杯呷了一口，但没接张亚菲的话茬："现在情况是这样的，汪精卫近期就要来访，由保安司令部保安处长彭辉负责全面的保卫工作，警察局负责协助保安处工作。彭辉这两天就要寻找汪精卫等人过来后的落脚点了。你们几个要轮流负责监视和跟踪彭辉的工作，一旦确定了落脚点，我们再制定切实可行的行动计划。彭辉的车牌号是：苏淮○一二五，我哥的车牌号是：苏淮○一三○。"

张亚菲笑道："要是彭辉逛窑子去了，我们是不是也向你汇报啊？"

魏秋红反诘道："你说呢？"

“不说吧，会感觉对不起你的；说了吧，你们肯定得闹气。真的不好拿捏。嘿嘿！”

魏秋红不苟言笑道：“行动在即，哪来的那么多废话！”继而对众人道，“你们一定要把彭辉给我盯牢了。”

四个组员异口同声地道：“是！”

次日，郝鹏举召开了一个由彭辉、魏成栋、宪兵队长小林、特高课课长佐藤惠和裘风等几个人的专题会议，研究对汪精卫一行人的保卫工作。郝鹏举道：“此次汪先生等要员出访来徐，估计也不是什么秘密了，军统和中统怕是不会放过这次机会的。所以，我们要以百倍的警惕和努力，确保汪先生一行的安全。保安处负责全面工作，警察局负责协同工作。首先要选好汪先生一行的落脚点，这个最为重要。落脚点的四周要尽量空旷，二百米之内要三步一哨，五步一岗，戒备森严。其二，对每一个接近那个圈子的人，都要严格审查，尤其是对服务人员。其三，对食品的购进和加工要多人跟踪检查，确保食品安全。其四，沿途要派足警力加强戒备，各个出入口要戒严，对夹道欢迎的人要实行实名制……哪个环节要是出现了问题，我可是要追究责任的，轻则革职，重则枪毙！”

散会后，在回特高科的路上，佐藤惠告诉裘风：“从今天开始，你要派人对彭辉和魏成栋实行二十四小时暗中监视。他俩和什么人接触过，都要一一记录在案，一旦发现有什么可疑情况要及时报告给我。”裘风点头应允。

对魏成栋和彭辉以及冯骥，裘风仍然耿耿于怀。独木不成林，裘风已把在沛县警备大队做事的刘喜子和花勇秘密拉拢过来了。一旦发现魏成栋和彭辉有什么问题，他会借助佐藤惠的力量，将他们置之死地而后快。对冯骥他更是怀恨在心。

警察局是个大院子，进大门往北大约五六十米有一个院落。两层小洋楼一栋，这便是警察局的所在地。大门西侧有个独院，独院里有一栋两层小洋楼，这便是特高科的所在地。大门东侧是一片空地，停放着警察局和特高科的车辆。大门由特高科的人把守。

回到特高科，裘风就让刘喜子监视魏成栋，让花勇监视彭辉。

上午开完会，下午彭辉和魏成栋就到街上给汪精卫一行找落脚点去了。两人看了几处公寓，终于选定了河清路路北的河清公寓。此公寓占地约十余亩，从大门到公寓楼约三十米，围墙高筑，站在公寓二楼上，整个院落可谓一目了然。而东西北三面都是低矮窳劣的民房，而往西一百米就是中山路，既交通便捷，又便于警戒。

彭辉和魏成栋拍了几张照片就回去了。

郝鹏举看过照片，又问了问周围的情况，就拍板定案了。

下午放学的路上，魏秋红被张亚菲拉到了一个幽静之处。张亚菲道："今天下午，彭辉和魏成栋到街上号房子，我们发现有人在跟踪他俩。不知道是哪方人士所为。"

"你是说既有人跟踪彭辉，也有人跟踪魏成栋？"

"魏成栋和彭辉在河清路路北的河清公寓拍完照片分手后，就有两辆车分别跟踪他俩。"

"你们记清那两辆车的车牌号了吗？"

"一辆车牌号是苏淮〇一八二，另一辆车牌号是苏淮〇一五五。"

"彭辉和魏成栋为汪精卫一行选定的落脚点是河清公寓？"

"从待在那儿的时间上来看，应该是。"

"螳螂扑蝉，黄雀在后。既然汪精卫一行的落脚点选好了，就没有必要再跟踪彭辉和魏成栋了。从现在开始，你们跟踪苏淮〇一八二和苏淮〇一五五那两辆车吧，看看是谁在跟踪彭辉和魏成栋，是出于何种目的。否则，我们的行动计划就要受到干扰。"

"明白。"

隔了一日，也是这个时候，张亚菲又把刚放学的魏秋红拉到了一个幽静之处，把跟踪车牌号为苏淮〇一八二和苏淮〇一五五轿车的一些照片拿了出来。魏秋红看过照片就愣在那儿了，怎么会是刘喜子和花勇呢？魏秋红有一种不祥的预感。

张亚菲道："这两个好像是特高科的人。"

魏秋红惊诧道："何出此言？"

"昨晚，这两个人和特高科科长裘风在一起吃饭呢。"

"这两个人，一个叫刘喜子，一个叫花勇，都是我中学同学。"

"这么说他俩也是彭辉和魏成栋的同学了？"

魏秋红点了点头，之后道："你现在就去保安司令部保安处，把这些照片通过门卫转给彭辉。"

刚才彭辉又去了一次河清公寓，并把四周的情况摸了摸，回来就画了一张草图。此时彭辉正在办公室里根据草图制定安保措施呢。当接到门卫转来的照片，也愣在那里了。好一会儿才抓起电话：“成栋吗？”

魏成栋道：“是！是不是想请客了？”

“你马上过来一下。”

对彭辉几乎是命令式的口吻，魏成栋有些愕然：“什么事啊？”

“你过来就知道了。”彭辉说完就把电话挂了。

对彭辉如此强硬的态度，魏成栋多少有些不适应，因为彭辉过去在他面前一直是唯唯诺诺的。这也让他感到肯定不是什么鸡毛蒜皮的小事。他叼着烟卷，松松垮垮地站了起来，嘴里仍然念叨着：“可是长本事了。”

不一会儿，魏成栋就过来了，进门就嚷嚷道：“什么破事搞得如此神秘？”彭辉也不搭话，只是努了一下嘴。

当看到彭辉办公桌上的照片后，魏成栋点燃了一支烟：“这两天，难怪我老感觉车后面好像有个尾巴似的，原来是这两个混蛋小子在作怪。不用说，这是裘风那厮让他们俩跟踪我们俩的。”

“我看也是。不过，裘风为什么要这样干呢？其目的是什么呢？”

魏成栋吐了一个烟圈，笑呵呵地道：“是不是当年挨了刀子，这口恶气还没出？”

彭辉赔笑道：“还真不好说呢。”

魏成栋满不在乎道：“当年裘风的爹是警察局局长，我不照样给裘风动了刀子，现在我就更不怕他了。兵来将挡，水来土掩，没什么好说的。”

彭辉笑道：“当年在沛县中学操场，当你攮了裘风第二刀子后，花勇就丢下裘风声嘶力竭地叫喊着‘杀人了！杀人了！’跑走了。当刘喜子也挨了一刀后，不也是丢下裘风叫喊着‘杀人了！杀人了！’跑走了嘛！由此可见，花勇和刘喜子也都是他娘的没有种的货色，没什么可怕的！”

魏成栋笑呵呵地道：“可不是嘛！裘风再启用他们俩，可真是瞎了左眼瞎右眼了。”

“关键是得弄清裘风为什么要让他们俩跟踪我们俩。仅仅是为了复仇吗？”

魏成栋又拿起办公桌上的照片看了看：“你这是从哪里弄来的照片？”

“门卫送来的。对了，我得问问是何人送来的。”彭辉说完就出去了。到门卫那儿问了问情况，彭辉回来就道：“是个打扮入时的高个年轻女子。

那门卫还说：‘那个女子不是那种看一眼就会让你惊艳的人，但如果你多看几眼，会发现她真的很漂亮。’想不到那个门卫还这么有意思。”

“你有这样的朋友？”

彭辉摇了摇头：“我刚来几天，怎么可能？”

“那个高个年轻女子是谁呢？”

“我怎么会知道。我也在纳闷呢。”

“真是咄咄怪事。”

“不会是秋红吧？可秋红不是高个头啊？”

“会不会是那个门卫在描述上有了误差？”

“肯定不会是秋红！秋红为什么要跟踪我们俩呢？没这道理啊？”

“也是！一定是那个高个年轻女子在跟踪我们俩时，发现了刘喜子和花勇在跟踪我们俩，这才有了这组照片。可那个年轻女子为什么要把拍到的照片交给你呢？”

“由此可见，那个年轻女子既不是我们的敌人，也不是我们的朋友。要是我们的朋友就不会跟踪我们俩了，要是我们的敌人就不会把这组照片交给我了。”

“我现在可以断定，跟踪我们俩的人肯定不光是那个年轻女子，一定是一个团伙。而且是与汪先生来徐州有关。”对魏成栋果敢做出的结论，彭辉惊讶道：“莫非是来刺杀汪先生的？”

“先不管那个团伙是来干什么的。现在，刘喜子和花勇一定在大门口的车辆上。走！我们俩会会他们俩去。”魏成栋说完就站了起来。

彭辉慢腾腾地站了起来，长出一口气：“看来和裘风又免不了一场恶战。”

“是福不是祸，是祸躲不过。”魏成栋一副满不在乎的样子。

“还是你心态好。”

这话听起来虽然有些许别扭，但魏成栋也没计较。魏成栋和彭辉来到大门口，魏成栋但见大门口停了十几辆小轿车，就高声道：“刘喜子，花勇，出来吧。别老龟缩在车里了，出来透透气吧！”

彭辉也高声道：“刘喜子，花勇，好歹同学一场，都到大门口了，还客气什么，进来喝杯茶吧！”见大门口依然静悄悄的，就又高声道，“刘喜子，花勇，既然你们俩不愿意下车，就别怪我礼数不到了。”继而对魏成栋道，“走！找冯骥喝酒去。”

“真是个好主意。走！”

两人进了大院，彭辉道：“你先走几分钟，我在后面撵。”

“哈哈！你也想玩一出螳螂捕蝉黄雀在后的把戏？不过，我估计他们俩现在不会再跟踪我们俩了。刚才，我们俩是在给他们俩传递一个信息：他们俩那点小把戏已经被我们俩看穿识破，也是间接告诉裘风，他们是斗不过我们的。”

“有一定道理。哈哈！”

果然，刘喜子和花勇没再跟踪魏成栋的车，彭辉把车开到半道，就去接魏秋红了。接到魏秋红，在去茂源绸缎庄的路上，彭辉就把高个年轻女子送照片的事，以及刘喜子和花勇跟踪他和魏成栋的事都告诉了魏秋红。

魏秋红故作惊讶，道：“裘风是不是因为当年挨刀子的恶气还没出？”

彭辉不置可否：“肯定有这方面的原因。”

“那你们三个可要小心点哈！”

“我和成栋倒是不怕，倒是手无寸铁的冯骥让人担忧。”

“可不是嘛！”

轿车转眼就到了茂源绸缎庄，冯骥和林丽已在魏成栋的轿车里等候了。魏成栋轿车在前，彭辉轿车断后，不一会儿，两辆轿车就到了庆合园饭庄。魏成栋点好菜，几个人就在一间客房里就座了。几个人吃喝一阵，彭辉就把汪精卫来徐视察的事，和那个高个年轻女子送照片的事，以及刘喜子和花勇跟踪他和魏成栋的事又说给了冯骥和林丽。

冯骥略一沉吟就道：“依我看，刘喜子和花勇来徐有可能是裘风把刘喜子和花勇找来的。也不仅仅是裘风因为当年挨刀子的恶气还没出，而是我们三个都到齐了，他身单力薄的心理上怎么会踏实呢！至于刘喜子和花勇跟踪你们俩，估计和裘风一样，只是个跑龙套的，插野鸡毛的不是他们三个，有可能是出自佐藤惠对你们俩的不放心或怕你们俩被什么人钻了空子而对汪精卫一行造成什么威胁。我在徐州的市面上混了多年，据我所知，共产党很少搞暗杀，乐于搞暗杀的不是军统就是中统。那个跟踪你们俩的高个年轻女子大概不是中统的就是军统的。也就是说，有人来刺杀汪精卫了。而那个高个年轻女子之所以把那组照片送给你们俩，是想把你们俩的注意力引向裘风，起到浑水摸鱼的目的。”

魏成栋和彭辉听后，两人面面相觑。

大风起于青萍之末，魏秋红暗自后悔不迭，多少有点引火烧身的感觉。

片刻,魏成栋笑道:“小诸葛就是小诸葛,经他这么一分析,可谓醍醐灌顶,顿觉大彻大悟。”

彭辉笑道：“可不是嘛！”

林丽笑道：“冯骥何时成小诸葛了，我怎么就没看出来呢？”

彭辉笑道：“所以你就稀里糊涂地当了老板娘。哈哈！”

大家一阵大笑。

魏成栋又把话题转到正题上：“彭辉，你明天是不是把那组照片交给郝司令看看？”

“有这个必要吗？”

“当然！到时候一旦出什么事了，也好找个替罪羊。先入为主，今后一旦我们和裘风有什么正面冲突，也好让郝司令站在我们这边说话。”

彭辉好一会儿才幽然道：“和裘风毕竟是老同学，这种窝里斗太没意思了。我对替罪羊这三个字特别敏感，要不是被武清华当替罪羊，我现在肯定是第六十四师师长了。说不定此刻正在某个战场上指挥作战呢。”彭辉的目光透过窗户，在远方凝神。

冯骥听出弦外之意，便投石问路道：“彭辉，怎么会有此感慨？你现在还不够春风得意的吗？”

彭辉苦笑道：“春风得意，我怎么一点儿都没感到？你看我像春风得意的样子吗？”

“苏淮特别区保安司令部保安处长也是少将级别！”

彭辉泪汪汪地道：“这能是级别的问题吗？心中大节已亏的一种屈辱感与犯罪感,经常在夜深人静的时候,从心底浮上来折磨我。今日实无所求,只期于辱中求不辱，于不辱中求光荣而已。”

魏成栋道：“彭辉，你可是喝多了哈！”

彭辉却是泪涕如雨。

一旁的魏秋红连忙掏出手绢给彭辉擦泪。

这让冯骥感觉到，彭辉身在曹营心在汉。

吃过饭，魏成栋回到警察局，有一份李士群发来的电报：

据可靠消息,军统已派出行动组到徐,行动代号为“金雕行动”,

意在刺杀汪先生，望你等尽快将其一网打尽为盼。

魏成栋看完电报就开车找张涛去了。

张涛是魏成栋暗中从上海带过来的顶级杀手，也被魏成栋隐藏得很深，且轻易不用。一旦张涛出场，便会上演一幕血腥剧。

第七章　河清公寓

在送魏秋红的路上，彭辉把车开得很慢。彭辉之所以在酒桌上泪涕如雨，多少也有魏秋红不愿意结婚造成的情绪失控因素。魏秋红说明年结婚，这在他看来，多是托词。魏秋红不愿意结婚，是因为他在为日本人做事是个汉奸了，还是因为这几年魏秋红她出现了什么变故？这是他最近一直在纠结的问题。

彭辉突兀地问："你当年在郑州，住的是哪家医院？"

魏秋红一愣神，马上警觉道："你怎么突然想起问这个问题？"

彭辉仍固执地问："是哪家医院？"

这就把魏秋红逼到了墙角，她只好道："是家小医院。"

彭辉有点不耐其烦了："小医院也得有个名字啊。"

魏秋红说了句车轱辘的话："这么多年了，我一时哪里能想得起来。"

"肯定离郑州火车站不太远吧？"彭辉提醒说。

"那是。你问这是什么意思啊？"

彭辉步步紧逼："王朗月的那个别墅你还记得在哪里吗？"

"你想替我报仇去？"

"那是当然的，可我更想知道事情的真相。"彭辉的口气很重。

魏秋红以攻为守："你难道不相信我？"

彭辉就默不作声了，直到魏秋红的小院门口。

魏秋红怕彭辉再纠缠个没完没了，下车后就对正要下车的彭辉道："天太热了，你就别下来了。"

彭辉复回座位就气哼哼地把车开走了。彭辉没把车子开多远就停在了路边，他点燃了一支香烟，猛抽了几口。此刻，他的脑子里乱糟糟的。他已隐隐约约感觉到，魏秋红这几年肯定有什么变故，而不单单是被囚禁那么简单。他想，无论如何得搞清楚魏秋红这几年的经历和变故！

想从魏秋红那儿找到答案一定很难，魏秋红可是连在哪里住院的和王朗月的那个别墅在哪里都不愿意说的啊！

那就从王朗月那儿找答案吧！

可是，王朗月是否真有其人呢？

如果，王朗月真有其人，又有别墅，那在当地也一定是个头面人物，想找到王朗月估计也难不到哪里去。于是，彭辉决定，等忙完这阵子就去趟郑州。

彭辉把烟蒂扔掉就把车子开走了。

这一夜，魏秋红彻底失眠了。

记得她上私塾的时候，平时就喜欢跟魏成栋、彭辉、冯骥他们三个在一起玩跳绳、踢毽子之类。她尤其喜欢和彭辉一起玩，一口一个“彭辉哥哥”地叫着。家里有什么零嘴，有她魏秋红的就有他彭辉的，就是吃只蚂蚱也要给彭辉留两条大腿。她若是独吃了，再见到彭辉，就会脸红。

她也想起了当年彭辉出逃的那个晚上……

她也想起了当年以孟姜女一般的气概，千里迢迢赶往西安寻夫……

她也想起了刺杀王朗月的那个早晨……

彭辉会不会去郑州找王朗月核实情况呢？从彭辉今晚的表现来看，是很有可能的。一旦彭辉核实了情况，可就没办法给他一个交代了，也就更不能和彭辉结婚了。

其实，她也没想和彭辉结婚，说是明年结婚，那只不过是个托词而已，组织上会让她和一个汉奸结婚吗？一旦刺杀了汪精卫，她就会给彭辉留下一封信说明情况而远走高飞的。

可是，若真有那么一天，她可以轻松地远走高飞吗？

“彭辉哥”她含泪轻叫了一声。

次日，彭辉就把那组照片拿给了郝鹏举。郝鹏举看了看，纳闷道：“这是什么意思？”

“袭风在派人跟踪我和魏成栋。”

“他为什么要让人跟踪你们俩呢？”

“我和魏成栋也不清楚是为什么。是不是想知道我把汪先生一行安排到哪里住了？”

“他如果想知道的话，不需要通过这种途径啊。”

“我也是这么想的。解铃还须系铃人，我是不是当面问问他去？”

“他是佐藤惠的人，还是别去找这个麻烦了。不过，你要把这组照片保存好，或许今后有什么用呢。”

彭辉正要离去，郝鹏举却道：“把这些照片翻拍一下，然后寄给裘风一份。让他知道，他玩得并不怎么高明。”

彭辉笑道：“可不是嘛！也杀杀这小子的威风。”

回到自己的办公室，彭辉感到翻拍那组照片有点多此一举。因为，昨天傍晚他和魏成栋在保安处大门口，已经间接向裘风示威过了。既然郝鹏举做了安排，那就照办吧。

就在这时，电话铃响了，彭辉拿起了话筒。“是我老同学。”竟是裘风打来的。

“是你啊，裘风。有什么事吗，老同学？”

“昨天刘喜子和花勇过来了，因我昨天太忙了，这才告诉你。晚上聚聚吧？”

“应该聚聚。估计我晚上也没有什么事，要是有事的话，我会提前给你打电话的。”

“他们几个就由你来通知了。”

“好的。”

“等我订好饭店再给你打电话。”

“好的。”

彭辉撂下电话，就给魏成栋打了电话。当魏成栋知道郝鹏举对那组照片的看法后，一阵大笑，当听说裘风把刘喜子和花勇拿出来“晾晒”后：“彭辉，裘风不是说晚上聚聚嘛，到半下午，你就给他打个电话，说晚上有事脱不开身，把聚会往后拖一拖。”

“你的意思是想杀杀裘风的威风？”

“可不是嘛。也让裘风知道，我们并没拿刘喜子和花勇当回事。”

“那就这么办吧。”

“不过，打一巴掌得给个枣吃，明天晚上我们来安排酒场。”

“好的。你说还让秋红和林丽参加吗？”

“这个，这个，还是让她们俩参加吧。否则，说不过去啊。”

“那就按你说的办吧。”多年养成的习惯，彭辉依然对魏成栋俯首称臣。

吃过晚饭，魏秋红去了夹河街公寓。

魏秋红极少来这儿。所以，大家一看魏秋红过来了，也都聚拢了过来。

魏秋红道：“汪精卫一行的落脚点已经确定，就是河清路北面的那所河清公寓。在饮食方面下毒的可能性不大，冒充服务员袭击的可能性也不会大。公寓都是有钱人住的，他们为了避免突发事件，能不挖个地道吗？”

张亚菲道：“可不是嘛！”

魏秋红道：“我刚才从门口过来时，见公寓里黑黢黢的，估计没住人。好像有个老头在看大门。那个看大门的老头肯定是那家主人最为信任的人，也最有可能知道地道的事。那就审问一下那个老头吧。给他一百块大洋，诱之以利不可，那就动之以害。”

高志典道：“这事就交给我和刘传钦吧。”

魏秋红道：“好的！时间紧迫，尽量在今晚突破。”

高志典道：“明白。”

魏秋红走后，刘传钦和高志典就出发了。

天幕上繁星点点，树枝头清风喧啸，河清公寓在惯常的熟睡之中。

两个人来到了河清公寓大门口，高志典就敲响了大门。看大门的老头六十出头，身材魁梧，客客气气道：“两位先生有事吗？”

高志典道：“无事不登三宝殿，有点事想和您老谈谈，可以吗？”

“你们是干什么的？”

“实不相瞒，我们是重庆方面的。”

“哦！”老头说着就打开小门，让刘传钦和高志典进来了，并把他们带进房间里，沏好茶，问道，“两位有何贵干？”

高志典问过老头姓氏，见老头神情自若，就知道是个见过世面的人，道：“袁大爷，您老知道军统吗？”见老头点了点头，就道，“我们俩就是军统的。是这样的，大汉奸汪精卫最近要出访徐州，保安司令部保安处的人号上这个公寓了，也就是说汪精卫要住在这儿。”

“你的意思我明白，可我能帮你们什么呢？”

“您能把公寓里的地道告诉我们吗？”

“你听谁说的公寓里有地道？”

高志典恳切地道：“我们可是冒着生命危险来刺杀汪精卫的，请您老给予帮助。”

刘传钦道：“只要你说出地道在哪里，我们就给你一百块大洋，够你下半辈子花销的吧？”

“你们是要炸掉这个公寓吗？”

刘传钦道：“那也不一定。是以搞掉汪精卫为目的。”

“汪精卫是该死，可我们家老爷所付出的代价也太大了吧？”

高志典道：“能把汪精卫搞掉，就是炸毁十处这样的公寓也值得。您老别担心，到时候我们军统会赔偿你家老爷的。”

“空口无凭啊！”

高志典就把军统的证件给老头了：“对不起，我们现在还不能给您老立字据，再说了，我们立的字据也不管用。”

“汪精卫卖国求荣当汉奸的确该杀！那一百块大洋你们还是留着办大事吧，走！我带你们俩看地道去。”袁老头说着就站了起来。

高志典满心欢喜，道：“袁大爷，那我们俩代表军统谢谢您老了。”

“别客气，你们这是为民除害，我理应帮一把。”

高志典是个心思缜密的人，路上，他望着到处都是黑黢黢的院落，听着树叶沙沙响，道：“袁大爷，如有人问我们俩今晚是来干什么的，就说我们俩是你东家的亲戚，是来取点东西的，一定不要说出我们来这儿的目的好吗？”

“好的。”

“若是有人刑讯您老呢？”

袁老头拍了拍胸脯，掷地有声：“相信你袁大爷的骨头是硬的吧！”

“我们俩没理由不相信。”

在一个黑暗的角落里，刘喜子和花勇注视着袁老头带着刘传钦和高志典去了公寓……

在一楼的一个房间里，袁老头打开大衣柜的门儿，轻轻按了一下暗钮，后挡板刷的一声移开了，挡板后面出现了一个小门。袁老头对上门上的锁号，一推，出现了一间地下室。袁老头伸手拉开电灯开关，关上地下室的门，就带着高志典和刘传钦下地下室了。大约走了五十多米，地道就到了尽头。刘传喜和高志典随袁老头出地道，就进了一个小院落。这个院落只有两间主房和一间偏房，住着一位和袁老头年纪差不多大的一对老夫妻，老头姓万，平日里和河清公寓里的人“老死不相往来”。

高志典抬头看看河清公寓，隐隐在树林的掩映之中。

袁老头把刘传钦和高志典介绍给老万时，只是说他们俩是老爷的好朋友，是可以随便进出地道的。那老万唯唯诺诺，点头称是。

刘传钦和高志典看完地道，离开河清公寓的大门不久，就感觉有人在后面跟踪。

高志典小声道：“你走前面，我在后面包抄。”

“好的。”刘传钦说完就拐进了一个小巷口。

当刘喜子和花勇发现高志典和刘传钦岔开后，怕遭暗算就没再跟踪，回去后就把蹲坑和跟踪的情况向裘风做了汇报。裘风又马不停蹄地去找佐藤惠了。

听了裘风的汇报，佐藤惠道：“军统派来‘金雕行动’组来刺杀汪先生了。那大个和小个是不是‘金雕行动’的成员还难说呢。我估计中统也会派来人的。”

“戴老板和徐老板一直是明争暗斗，争风吃醋的。戴老板派来了‘金雕行动’组，徐老板能甘落后？谁要是刺杀了汪先生，那在蒋委员长那儿可就是大功一件了。”

“你等着吧，这段时间徐州的上空可就忙乎了，还不得经常有一批批重要情报在一种云冉冉、水漫漫的氛围之中，沉静地传来飞去。所以，我们特高课反间谍机关新设了监听电台、测距仪和定向仪等一系列的仪器，截获到身份不明的密电码后，很快就能判断出电波发出的位置。”

“哈哈！那他们可就无处藏身了。对军统的特工我不敢说，对中统特工的活动套路、行为习惯、内部特点等我都极为熟悉，保证让他们有来无回。”

“这我相信。”

“要不要把河清公寓的那老头抓起来审问一下，他领着那大个和小个去河清公寓都干了什么。”

“这样会打草惊蛇的，也没有这个必要。汪先生即将来徐，那伙人肯定闲不住，一定会围绕河清公寓做文章的，如此也就给了我们一个又一个机会。我想把这伙人一网打尽。”说到这儿，佐藤惠已是凶相毕露。

今晚，张涛也在河清公寓蹲坑，高志典和刘传钦去河清公寓，以及刘喜子和花勇跟踪高志典和刘传钦的过程被他尽收眼底。魏成栋听了张涛的汇报，笑道：“原本名不见经传的河清公寓，因汪先生要在那儿栖身，不知道要引起多少人的关注呢。日本特工，军统特工，中统特工，还有我们汪记特工，哈哈！”

“接下来我们该怎么办？”

“还能怎么办？查找那个大个和那个小个呗。你对这两个人印象深吗？”魏成栋说完就给张涛递过去了一支香烟。

张涛燃着香烟，抽了两口才道：“再见到他们俩，我应该能认出来。”

“这几天你多在大个和小个消失的地方走动走动。”

“好的。”须臾，张涛又道，“这两天，裘风会不会也派刘喜子和花勇，在大个和小个消失的地方走动呢？”

“肯定会的。”

“刘喜子和花勇一看就是没经过特工训练的痞子，若不是他们俩跟踪大个和小个被发现，说不定我已经找到大个和小个的窝点了呢。”

魏成栋愤恨地道：“这两个狗东西真是成事不足败事有余。”

“河清公寓的那个看大门的老头，带那个大个和小个到公寓里待了好大一会儿子，你估计是情愿的呢还是被动的？”

“你能这样想很好。这也是问题的关键所在。若是被动的，那老头也只是带着大个和小个看了看公寓里的布局，这无关紧要，若是情愿的……”

张涛接过话茬道：“那公寓里的情况对大个和小个而言可就不是什么秘密了。”

“可不是嘛！公寓里会有什么秘密呢？”

“把那个老头抓起来刑讯一下不就知道了？”

“现在还不是时候，这样也会打草惊蛇的。我们要在汪先生到来之前把军统那伙人一网打尽！”

张涛自言自语道：“公寓里若有秘密，会是什么秘密呢？”

魏成栋灵光一闪，就脱口而出：“地道！”

“可不是嘛！”

“若公寓里真有地道的话，这可是个大隐患。”

“可不是嘛。几枚定时炸弹片刻就能让河清公寓化为乌有。”

魏成栋便是一身冷汗，他大口抽了几口香烟：“若公寓里真他妈的有地道，而那个老头又告诉给了那大个和小个，接下来，军统那伙人就应该处于冬眠状态了，静等汪先生的到来，到时候只要给定时炸弹定时，就大功告成了。一声惊天动地的爆炸声，河清公寓就像你所说的，立刻化为乌有，汪先生等要员也会命丧于此。”

“接下来我们该怎么办？”

“还能怎么办？查查公寓里是否有地道呗。明天晚上，我和裘风、刘喜子以及花勇在花园饭店聚会，到时候我把刘喜子和花勇都灌醉，你呢，趁机潜入河清公寓里，看看能查出来地道不。”

“好的。”

魏成栋抓起电话，想给彭辉打个电话，可想了想还是放下了。

次日傍晚，彭辉去青年路小学接魏秋红。在路上，彭辉远远看见魏秋红在和一个高个年轻女子擦前而过时放慢了脚步，好像还说了几句话。可当彭辉加快速度过去后，那个高个年轻女子已无影无踪了。那个高个年轻女子会不会就是送那组照片的人呢？若是，那魏秋红……彭辉不敢往下想了。当魏秋红上车后，彭辉道：“你刚才在和谁说话呢？”彭辉问完眼睛就死死地盯着魏秋红了，想从魏秋红的表情上发现问题。

魏秋红随口道：“哦！碰到了一个问路的女子。”

“那个女子可是比你高半头啊。”

魏秋红笑道：“怎么，对高个女子感兴趣了？”

彭辉笑道：“我哪里敢啊！”

魏秋红为了削弱彭辉的疑点，故意打趣道：“有贼心没贼胆是不是？”

“你何时变得咄咄逼人了？”

魏秋红煞有介事地道：“要是再碰到那个女了，我就帮你拉红说媒。”

彭辉笑道：“那你呢？”

“拱手相让呗。”

“你的姿态真高。”面对神情自若的魏秋红，彭辉刚才的怀疑，渐渐化为乌有，并感觉刚才自己有点神经质了。

“这是去哪里啊？”

“去接冯骥和林丽……”

“说真的，我可不想见他们三个混混，我估计林丽也不想。”

“不就是应付一下嘛！你以为他们还敢像过去那样张牙舞爪嘛！”

“来者不善，善者不来。别以为你们在一起喝两场小酒，一阵子称兄道弟就能化干戈为玉帛了，没那么简单。”

“即便你不说，我和成栋也都知道，还能让这蒙了眼睛，不过逢场作戏而已。”

说话间，轿车到了茂源绸缎庄。

林丽一听要和裘风、刘喜子和花勇在一起吃饭就直摇头。冯骥也怕刘喜子和花勇到时候问林丽这和那的，就道：“不去就不去吧。你们俩在这儿看弄点什么吃的吧。彭辉，我们走。”

彭辉等冯骥也上了车，就发动引擎把轿车开走了。

冯骥道：“那天你喝多了酒，一把鼻涕一把泪的，说什么‘今日实无所求，只期于辱中求不辱，于不辱中求光荣而已。’是什么意思啊？”

彭辉叹了一口气道：“虽然我现在是苏淮特别区保安司令部保安处处长，表面上看似挺风光的，可这是个汉奸差事啊！每每想起爷爷那因此而痛心疾首的样子我心里就饱受煎熬。”

冯骥恳切地规劝道：“说实话彭辉，这汉奸的名声的确不好听。日本人抢我山河、辱我妇女、欺我同胞，谁当汉奸都是狼狈为奸，助纣为虐，都是中华民族的公敌。爷爷是个正直的人，可想而知……”

彭辉已是浑身燥热，头皮发麻：“谁说不是呢。不过，至今我可没干一件对不起良心的事。”

冯骥旁敲侧击：“这我相信。虽然你深陷污泥，毕竟有一定的权力，仍可以做一些对得起民族和国家的事。”

“戴着一顶汉奸的帽子，不论我做什么，谁能给个公论啊？”彭辉有点泪眼蒙眬了。

“大丈夫做事，当仰不愧于天，俯不怍于人。只要你做的事都能对得起自己的良心，公论自然会有人给的。”

彭辉有气无力地道：“但愿如此。”

冯骥循循善诱道：“自从太平洋战争爆发以来，日本人节节败退，兵力不足，兵源枯竭，已见前途短峭与幽暗的颓势，估计兔子的尾巴长不了了。你是该审时度势了。”

彭辉长叹了一口气。

“最近郝鹏举在忙乎什么啊？”

“汪精卫之所以派郝鹏举身兼淮海地区的军政要职，其一是因为郝鹏举既有带兵的经历，也有办理军事教育的经验；其二是以这一地区的财力，便于扩建伪军，作为汪精卫今后的政治资本。所以，郝鹏举到徐州后，主要精力就是放在建军上，也是为自己捞取军权，以不变应万变，作为自己讨价还价的本钱。而日本人之所以对郝鹏举放松控制，任其扩军，正如你刚才所说，自从太平洋战争爆发以来，日本人节节败退，兵源枯竭，也想扩充伪军，去协助它维持摇摇欲坠的局面。郝鹏举在扩建和治军上，很有一套。他主要是培植亲信，重视实用骨干力量。郝鹏举对原有的老同事、老部下、学生，凡是有治军能力的均委以重任。他到任后，随机建立军事学校，就是干部教导团，自任团长，我被任命为副团长……”

两个人说话间就来到了花园饭店。

20 世纪 30 年代的大同街，是当时徐州城里最为繁华的街道。街的东端有座带花坛草坪的宽坦院落，里面耸立着一座浅赭色的西式三层楼房，那是当年全城建筑最新颖、设备最完善的花园饭店。徐州沦陷不久，日军便强占了花园饭店，开设了日式的鹤家屋旅馆，成了日军部队的一个高级招待所。常有一些日军官佐在此宴会联欢，一些身着锦绣花卉图案和服装、腰系红底金银丝织绣宽带、头顶文金高稻田式样发髻、浓妆艳抹的日本艺妓，扭着小腰，踩着小碎步也在此款款进出。

原本魏成栋是要把饭局安排到庆合园饭庄的，可裘风非要由他来安排不可。彭辉和冯骥刚下车，刘喜子就迎了上来，客套了一番就带着彭辉和冯骥进了房间。魏成栋已到，正在和裘风、花勇说说笑笑，相谈甚欢。花勇见彭辉和冯骥进来，连忙站起来客套一番。

裘风道：“魏秋红和林丽怎么没过来啊？”

彭辉道：“她俩又不能喝酒，又闻不得烟味，就没过来。可是让我和冯骥代问刘喜子和花勇好呢。”

刘喜子和花勇连忙道：“这就够了。都是老同学不必拘礼。”

裘风把彭辉、魏成栋和冯骥往主位上推，彭辉、魏成栋和冯骥当仁不让就坐到了上首。

冯骥道：“裘风，你知道吗，过去这个饭店可是徐州城里最好的饭店了。

从这个饭店走出来的人，大都红光满面、挺胸叠肚、趾高气扬的。”

裘风笑道：“有这么夸张吗？”

“老同学，你知道花园饭店曾有多少名人入住过吗？”

裘风摇了摇头。

“最先住进花园饭店的军阀就是那个辫子军头目张勋，他曾多次在该饭店宴请士绅名流，密谋策划复辟大业，但好梦不长，不久即兵败身亡；在军阀混战时期，张宗昌、楮玉璞、孙传芳等军阀头子都曾住过这里；国民党高级将领李宗仁、冯玉祥也都在此暂住过；冯玉祥与蒋介石拜把子就是在该饭店换的‘帖’。”

裘风笑道：“看来冯骥这几年在徐州城没白混。”

冯骥一脸谦和，笑着道：“略知一二，略知一二。”

刘喜子为在座的各位斟满酒杯。裘风道：“山不转水转，我们几个老同学又转到一起了。过去，我们都年少轻狂，说动手就动手了，咱也别说谁吃亏谁赚便宜，现如今也都不在话下了，还是老同学间的友情为重。度尽劫波兄弟在，相逢一笑泯恩仇……”

裘风的目光很柔和，嘴角衔着笑意，可在魏成栋看来，裘风在胡咧咧。老虎的笑容并不能说明它放弃虎性，不再吃人。魏成栋笑道：“当时要不是我先动刀子，挨刀子的恐怕就是我了。知道吗，我那三刀子下去，你裘风的老子可没轻饶了我家。我家老爷子可是坐了三个月的大牢，我家的家产可是毁了半拉。这是我前几天回老家才知道的。”魏成栋说完就后悔不该带最后一句了，有点此地无银三百两的意味。

裘风心里虽然一团怒火，可依然笑道：“谁让你动刀子的？不过，坏事变成了好事，你们三个现如今哪个不是混得人模狗样！”

冯骥笑道：“裘风，你小子可就没伸开舌头说话了，我可只是一个小店主，哪天不开张就得喝西北风去。今后还得仰仗你这个大神了。”

裘风道：“你可是谦虚了，你比我们在座的哪个人的腰都粗。别光顾说话，来！先干了第一杯。”

六个人都是一饮而尽。

刘喜子和花勇自知人微言轻，插不上嘴，也只有毕恭毕敬地给各位斟酒的份儿。

魏秋红之所以不愿意去花园饭店，不愿意去见裘风、刘喜子和花勇是真，也是想赶快去夹河街公寓。放学后，刚和张亚菲照面，就远远地看到彭辉的轿车过来了，也就随机把张亚菲指使走了。昨晚，刘传钦和高志典去了河清公寓，若没有什么紧急情况，张亚菲是不会和她见面的。是个什么情况呢？

彭辉和冯骥走后，魏秋红边帮助林丽做饭，边道："嫂子，你和冯骥哥怎么还不要孩子呢？"

林丽脸一红道："在这个乱云飞渡的社会里，大人的生命尚且不保，可谓是提着脑袋过日子，何必再生个小孩跟着活受罪呢！"

"也是。"魏秋红继而笑道，"上中学时，怎么也想不到你会和冯骥哥结婚。那时候你高傲得像个公主。"魏秋红的心里泛起了嘀咕：不想要孩子就不要了？除非……魏秋红不敢往下想了。

林丽讪笑道："我更没想到。唉！该跟谁刷锅洗碗那是老天爷注定的。"

"冯骥哥太有艳福了。"

"看你说的，我不就是个普通的女人嘛！"林丽岔开话题道，"秋红，你和彭辉什么时候结婚啊？我们可是等着喝你们的喜酒呢。"

魏秋红酸涩道："明年吧。"

"尽快结婚不好吗？"

这就把魏秋红逼到了墙角，魏秋红倒也干脆，道："彭辉在跟日本人做事啊！我要跟他结婚了，不就成汉奸婆了吗？"

"成栋不也是……"

"我管不了我哥，还管不了自己吗？"

林丽含糊其辞："人各有志。"

在林丽的心里，魏秋红这几年的经历是个谜。

两个人吃过饭，已是夜色苍茫。魏秋红帮助林丽洗刷完毕，就说要回家。林丽道："慌什么啊！你回到家里，连个说话的人都没有。"

"学生的作业我还没批改好呢。"魏秋红虚与委蛇，说完就走了。

魏秋红没走多远，林丽就跟在了后面。当发现魏秋红往回家的方向没走多远便西去后，就不再跟踪了。

魏秋红来到夹河街公寓后，高志典就把昨晚的行动情况做了汇报。当听说河清公寓的地道通往公寓北面的一个小院后，魏秋红不禁暗喜。可当听说有两个人跟踪刘传钦和高志典时，她心里又不禁一惊。魏秋红想到刘喜子和花勇，就道：“会不会是曾经跟踪彭辉和魏成栋的刘喜子和花勇呢？”

刘传钦和高志典都说像。

裘风先是派刘喜子和花勇监视彭辉和魏成栋，这又派刘喜子和花勇到河清公寓里蹲坑，一定如冯骥的判断，是佐藤惠怕彭辉和魏成栋被什么人钻了空子，而对汪精卫一行造成什么威胁。若过去是出于自然防范，那昨晚高志典和刘传钦在河清公寓出现以及被跟踪，一定会让佐藤惠印证有人来刺杀汪精卫了。而接下来，佐藤惠也一定会刑讯那个袁老头的，那个袁老头能招架的了吗？

魏秋红这样想的时候，心里就有些忐忑。

过了好一会儿，魏秋红道：“因为传钦和志典被刘喜子和花勇跟踪过，这几天你们俩就别出门了。这两天，陈川和亚菲要经常去观察一下袁老头那儿的情况，只要袁老头诚如他所说的是个硬骨头，不把地道口暴露给裘风他们，把汪精卫等大汉奸干掉就大有希望了。”

张亚菲叼着烟卷，道：“若是把汪精卫等大汉奸干掉，不说戴老板，怕是蒋委员长也要亲自接见你了。”

高志典道：“若是把汪精卫等大汉奸干掉，可是要改写中国的历史了。就是蒋委员长不想接见都不行。”

魏秋红神情自若：“我可没这么想过，能不辱使命我就谢天谢地了。”然后给各位倒了一杯酒，“革命尚未成功，同志仍需努力。来！大家碰一杯！”

几个人都相互碰了杯，一饮而尽。

此刻，花园饭店里彭辉他们已喝了三瓶酒，几个人已是搬脖子搂腰，称兄道弟。魏成栋的胳膊肘不经意间碰了一下刘喜子的腰间，感觉有件硬邦邦的东西，就道：“刘喜子，你腰间好像有什么秘密武器，能拿出来让大伙看看吗？”

于是，大伙都把目光投向了刘喜子。

“哪是什么秘密武器，是最原始的冷兵器。”刘喜子笑着就把刀子从腰间拔出来，放在了桌子上。

魏成栋把刀子拿在手中，晃了晃，刀子上光泽闪闪烁烁，试了试，刀子锋利无比，就道：“早就听说你刘喜子刀子不离身，果不其然。”

刘喜子解嘲道：“鄙人的确有此偏好。”

魏成栋讥笑道：“不是偏好，是时刻准备着和谁干一仗呢。正所谓身怀利器，杀心自起。”

刘喜子的脸就有些不得色：“魏局长，看你说的，我是那爱惹是生非的人吗？”

魏成栋黑着脸道：“你要不是，那在座的谁是？我看这酒就喝到此吧，万一大家喝高了，谁哪句话让刘喜子不如意了，他动起刀子来怎么办？”魏成栋说完就站了起来。

彭辉也站了起来：“散了吧。”

裘风依然坐在那儿：“冯骥身上有没有家伙我不知道，怕是我们几个身上都有比刀子更厉害的家伙吧？”

魏成栋一本正经道：“可是，刘喜子身上的刀子所带给我的恐惧要比手枪更甚。这大概就是在沛县中学时留下的病根。”

裘风笑道：“魏局长，这可就贻笑大方了。”

冯骥站了起来：“裘科长，我身上有没有家伙，你搜一下不就知道了？”

裘风谈笑风生：“冯骥老同学，你可真会出我的洋相，我现在哪有什么理由搜你的身啊！”

冯骥笑道：“要是街面上的人知道我和你是老同学，谁还敢招惹我！哪需带枪。确也没有枪可带。”

裘风笑道：“彭辉和魏成栋岂不更有威慑力？”

魏成栋一阵大笑：“各位老同学，今晚的酒场就到此吧。”说完嗖的一声把锋利的刀子甩插在桌面上，拔腿走人了。

插在桌面上的刀子颤动着，铮然有声，刀子上蓝幽幽的光泽在游走、闪烁。

冯骥拱拱手：“谢谢裘科长今晚的盛情款待，哪天我回敬一场。再会！”

冯骥和彭辉走后，裘风把一酒杯摔在了地上，恶狠狠地道：“娘的！骑驴看唱本咱走着瞧！”

刘喜子拔出刀子，在衣服上蹭了蹭，然后在眼前晃了晃，凶神恶煞地道：“魏成栋，老子的肩膀挨过你一刀，血债要用血来偿，这刀子就是给你准备的，不扒你一层皮熬你一锅油，算是便宜你了。”

第八章　咄咄怪事

出花园饭店，魏成栋道："彭辉，我们到冯骥那儿喝点茶水去吧？"

冯骥道："我那儿还真有点好茶叶呢。"

彭辉也想到冯骥家看看魏秋红是否还在，就爽快道："那就去吧。"

到了冯骥家，哪里还有魏秋红，彭辉就问正在织毛衣的林丽："秋红什么时候走的？"

林丽放下手中的活儿:"吃过饭就走了,说是学生的作业还没批改完呢。"想到魏秋红并没直接回家，就又道，"要不你给她打个电话？"

彭辉哪里知道林丽的用意，就道："又没什么事，就不打了吧。"

"市面上这么乱，你还是打个电话看看秋红到家了没有吧。"

彭辉真的就拿起了话筒，片刻:"我是彭辉，秋红，你怎么回去那么早？"

"回来批改学生的作业啊。你们喝得怎么样？"

"不怎么样，不欢而散。"

"怎么回事啊？"

"改天再告诉你吧。"

彭辉放下电话，冯骥已经把茶水沏好了。彭辉喝了几口茶水："成栋，哪天你也劝劝秋红……"

魏成栋还没有醒酒，歪头盯着彭辉："你让我劝她什么啊？"

"和我结婚啊！"

"她现在还是那态度？"

"她说是明年结婚，可我感觉是托词。"

“虽然我是她哥，可有些事……让林丽问问是怎么回事不是更合适吗？”

“可不是嘛！林丽，这事就交给你了。”

林丽道：“刚才我和秋红谈起过你们的事……”

彭辉急切地问：“她是什么态度？”

“她之所以说明年结婚，其实就是在拖延。其真正原因嘛……”林丽故意做出为难的样子，把话头打住了。

彭辉火急火燎地道：“你快说啊，卖什么关子？”

林丽皱了皱眉头：“不好说出口啊！”

魏成栋也耐不住性子了：“你只是重复她说的话，与你有什么关系！再说了，就我们几个，有什么不能说的啊？”

“可是你们俩逼我说的，你们俩听了若是不高兴可就怪不着我了哈！”

“你就快说吧。”魏成栋和彭辉异口同声道。

“秋红说‘我要跟彭辉结婚了，不就成汉奸婆了吗？’我说成栋不也是，秋红说‘我管不了我哥，还管不了自己吗？’”

魏成栋和彭辉顿时目瞪口呆。

好一会儿，彭辉长叹一口气：“我估计问题出在这儿，果真就出在这儿了。”说到这儿，苦笑了笑，然后又道，“秋红说得对着呢，她要和我结婚了，可就是汉奸婆了，也会被人骂的……”

魏成栋铁青着脸：“彭辉，你是不是喝多了，你怎么也跟着胡说八道呢？”

彭辉反唇相讥：“这怎么能叫胡说八道呢？上次我们回家，我爷爷骂我们俩的话你忘了？”

好半天，魏成栋气哼哼地道：“在全体国民眼里，尤其是重庆政府眼里，凡是在日本占领军统治区内，无论你是干什么行当，士农工商、文化教育，只要是和日本有交往，只要有利于日本人的占领统治，有助于日本人的治安秩序，不管是直接的或间接的，也不论是有意的或无意的，只要在实际上帮助了日本人，便都是汉奸！”说到这站起来就走人了。

林丽看看冯骥，见冯骥仍坐在那儿，就没起身。当听到汽车的引擎声响起来后，才去关门。

等林丽回来，冯骥问彭辉：“你们俩上次回家，爷爷是怎么骂你们俩的？”

彭辉就站了起来，学着爷爷的腔调和表情道：“大丈夫为了保卫国家，就当横刀立马，效命疆场，死亦为鬼雄！什么和平运动，那就是投降主义，出卖民族之精神！汪精卫可是和日本人穿一条裤子的，你不想想，能有中国人的好！可你们两个浑小子却狼狈为奸，替汪精卫卖命，羞辱先人呐！”

“爷爷就是爷爷，任何时候都让我佩服。”冯骥的话很是委婉。

一种悲伤的情绪袭来，彭辉泪水在眼圈里打转：“冯骥，林丽，你们说我该怎么办呢？”

林丽看了看冯骥立马道：“该怎么办？解铃还须系铃人，你该去问秋红。”

“我一旦辞去了保安处长，又当如何？”

林丽道：“这就是你和秋红的事了。”

“我只会带兵打仗，可国民党的军队已经容不下我了，再者说，国民党的军队太黑暗了，我也不想回去。八路军和新四军又不会要我这个汉奸，唉！”彭辉垂头丧气，情绪极其低落，头摇得跟拨浪鼓一样。

冯骥想到郭世举已经安排他和林丽策反彭辉，就道：“你又没和八路军、新四军联系过，怎么知道他们不会要你？虽然你现在头上戴着一顶汉奸的帽子，可也没做过对不起民族和国家的事啊！”

彭辉讪笑道：“这倒是。”

冯骥给彭辉倒了一杯茶后又道：“你不能光为了带兵打仗而打仗，你要考虑好是为谁打仗？打仗的目的是什么？”

彭辉小声道：“当然是为了民族和国家而打仗了，打仗的目的当然是为了消灭日本侵略军。”

冯骥在彭辉的肩头上拍了拍，语重心长地道：“你能这样认为很好。虽然你现在还戴着一顶汉奸的帽子，可我仍然认为你是个堂堂正正的中国人，是个有血性的汉子。”

“你能这样看我，我心甚慰。”

“我听说郭世举老师现在是新四军四师邳睢铜办事处处长……”冯骥说到这儿做了停顿，故作神秘状，意在看看彭辉的反应。

彭辉眼睛里放射出惊喜的光，声音略带沙哑：“是吗？这可是个不错的消息。”继而，“你和郭老师有联系吗？”

冯骥略一沉吟：“你若想和郭世举老师联系一下，办法嘛……”冯骥做了停顿，既是让彭辉对他的话有个吸收和消化的过程，也是想看看彭辉有什么反应。

“如果能联系上郭老师那太好了。只可惜我这段历史不光彩啊！真的有点无颜见郭老师了。”彭辉的眉头紧皱。

“在滚滚浊浪之中，个人微小的力量根本无力掌控、无力自拔。你这只能算是走了一段弯路，若是郭老师了解了内情，估计不会怪罪于你的。”

彭辉是个性情中人，很容易情绪化：“那你就帮我和郭老师联系一下吧。”

“这事我只能试试，是否能联系上，我也说不准，那就看你的造化了。”

“这事千万要小心，别走漏了风声，否则，我的脑袋可就要搬家了。”

冯骥信誓旦旦道：“天知地知，也就我们三个人知道。”

彭辉粗中有细：“这事非同小可，就是在成栋那儿也不能透露半个字，人心叵测啊！”

冯骥在彭辉的肩头上拍了拍：“这你尽管放心。”

林丽见彭辉和冯骥一时沉默，就道：“彭辉，秋红这几年到底是怎么过来的……”

“说真的，在我这儿也是个谜。”彭辉的样子很尴尬。

林丽趁机道：“秋红在这儿吃过饭后，说是回家批改学生的作业去，可她并没有直接回家。”

“所以，你刚才要我往秋红那儿打个电话？”

林丽笑了笑：“我是想证实一下。”

冯骥道：“彭辉，你应该和秋红好好谈一次……”

“我明白你们的意思，也知道该怎么做。”说到这儿，彭辉站了起来，“天不早了，我该走了。”

冯骥也站了起来，把右手搭在彭辉的肩头上：“彭辉，等你主意拿定了我再托人跟郭老师联系吧，毕竟这事非同小可，弄不好你的脑袋搬家不搬家我说不好，我的脑袋指定会搬家的。”

彭辉一脸严肃，声音低沉：“我知道这事的分量。”

送走彭辉，冯骥道：“魏秋红说明年和彭辉结婚在拖延时间，你说等到打跑日本鬼子再考虑我们的婚姻，我看也是在推辞。你和魏秋红出的是同一张牌，我和彭辉可是同病相怜了。”

林丽诘问道：“我和魏秋红出的的确是同一张牌，可是，你怎么会和彭辉同命相怜呢？”

冯骥却笑道：“不是吗？”

“人家冯骥和秋红要不是日本鬼子打过来，早就结婚了，怕是小孩都生出来了。秋红虽然拖延婚期，可毕竟还是彭辉的未婚妻。我和你关系倒是不少，什么同学关系、同志关系、工作关系，抑或是上下级关系，可就不是恋爱关系。我说等到打跑日本鬼子再考虑婚姻，这的确不假，可也不单单针对你啊，与你又有多少关系呢？所以对你而言，你连享受拖延的资格都没有。”

冯骥讪笑道：“在别人眼里，我们可是夫妻啊！”

林丽侧目而视，尖酸刻薄道：“实质上呢？”

冯骥顾左右而言其他，笑眯眯地道：“我们在一起生活这么久了，我对你还算不错吧？”

林丽挡不住内心的冷嘲热讽：“的确不错，那你向组织上邀功请赏去吧。”

一丝凄凉的苦笑在冯骥的嘴角一掠而过：“你就是一块石头，也该被我焐热了吧！”

林丽向前伸直两条平行的手臂，一针见血道：“薰莸不共器，枭鸾不比翼。在感情上，我们俩是两条永不相交的直线。”

“我的一腔热情又被你一下子抛进冰窖里了。二胡为何拉得那么悲，因为两根近在咫尺的弦却不能拥抱在一起。我就那么不遭你待见吗？”冯骥一脸无助的样子。

“你对组织上交代的工作兢兢业业，遇事有勇有谋，也算得上是个很不错的地下工作者，可在我眼里你仍然是个恶人。”

冯骥哭笑不得：“小时候我还尿过裤子呢，头上还被老人们扎过羊角辫呢。姑奶奶，你的记性可真好啊！那是哪年的皇历了？是不是该翻篇了？”

林丽神色肃然：“冯骥，你就不要再死缠烂打了，别影响了同志们之间的感情。否则，我可要向上级组织反映了。”

冯骥顿时蔫了，啥也不说了，摇着蒲扇，想起了1942年5月的一天。那天，郭世举带着一部发报机来到了茂源绸缎庄，对冯骥道：“为了及时传送情报，市工委给你搞来了一部电台。发报员是从延安刚过来的一位女同志，为了掩护你们的工作，你们要以假夫妻的面貌出现在世人面前。组织上对你还是十分信任的……”

“您就放心吧，我决不会辜负组织上对我的信任。可是，到时候还不得别扭死？”

“别扭那是肯定的。但是，你们一定要在世人面前，装得像一对夫妻，不能让人看出破绽来。否则，其后果可想而知。”

冯骥好奇地问：“那个发报员长得什么样子啊？”

“我也没见过，只是听说她也是徐州人。”

不久后的一天，冯骥正在店里打理生意，店里来了一位风姿绰约的年轻女子，略施粉黛，素装裹体，左手提着一个皮箱，右手的胳膊弯里搭着一件衣服，略显疲惫之态。冯骥打量片刻就惊喜地叫了一声：“林丽！”

林丽被这冷不丁的一叫吓了一跳，循声而去，当确认是冯骥时，一脸狐疑，就慢吞吞地道：“怎么会是你？”

冯骥雪白的牙齿间闪烁着兴奋的幽光：“不是我是谁！老同学可是多年不见了，还好吧？”

林丽阴阳怪气道：“托你的福，还活着。”

“看你说的。”冯骥赔笑道。

林丽板着脸道：“你是这里的老板？”

“是啊！”冯骥爽口答道。

林丽心里就有些不痛快，难道冯骥就是她要接头的人？就是她要朝夕相处的假夫君？于是，她道：“老同学，我是想做件旗袍呢，没想到转到了你的店里。你这儿有杭州产的鱼白色丝绸吗？”

“对不起！缺货有两个多月了。不！应该是有三个多月了。”冯骥的声音里裹挟着几分激动和兴奋。

“那为什么不进货？”

“主要是销量小，所以也没当回事。”冯骥心跳加速，声音有点颤。

“萝卜白菜各有所爱，销量小也不能断货啊。”

“你说得有道理，晚些时日我们就进货。”

对上暗号，冯骥就对伙计黄献道：“你照看一下。”又扭头对林丽道，“老同学快进家里坐吧。”然后出柜台帮助林丽提行李。

林丽极不情愿地跟随冯骥去了后院，像是被一根无形的绳子拖着去的。

后院是两层小楼，还有两间库房。一楼是客厅和厨房，二楼是卧室和书房。

林丽进楼房后，冯骥连忙让座，然后打来一盆水并放了一条新毛巾。林丽洗了洗脸，坐到沙发上，不苟言笑道：“万万没想到会是你……”

冯骥笑呵呵道：“我也没想到会是你……”

林丽用一种无奈的口吻道：“真是冤家路窄。”

冯骥强颜笑道：“这话从何说起？”

林丽一脸寒霜：“你装什么蒜！”

“你可是让我一头雾水了。”

林丽不打官腔，单刀直入：“你好像做过蒙面人吧？”

冯骥笑呵呵地道：“你这是听谁胡咧咧的啊？”

“醉死不认那壶酒钱？那天下课后我走在回家的路上，突然一个蒙面人蹭的一声从墙头上跳下，正好落在了我的面前。什么‘再叫唤小心我要了你的命！’然后还把一条毛巾塞进我的嘴里，我想挣扎，还是被那蒙面人捆绑上了，那蒙面人扛起我正要走，这时魏成栋过来了……这个情节你不陌生吧？”

冯骥只好把事情的来龙去脉讲了一遍。

林丽掩饰不住对冯骥的鄙夷：“听你的意思，那是一场精心筹划的‘英雄救美’了？”

冯骥赔笑道：“的确如此。”

林丽满脸不高兴，堵不住涌到嘴角的冷嘲热讽：“可我不这样认为。在我看来，你就是一个歹人，你想绑架我，你想糟蹋我，可没得逞！”

冯骥脸红脖子粗，窘得很厉害，怯生生地道：“你要是这样认为，我可就比窦娥还要冤了。”

林丽一剑封喉：“沛县中学校园群殴的事你参与过吧？”

冯骥结结巴巴道：“那是……那是魏成栋动的刀子……”

林丽咄咄逼人，尖酸刻薄，不依不饶：“那你怎么也出逃了？”

“……”冯骥眼皮眨巴，嘴角牵动，连张了几下嘴，终于吐不出一句话来，一副啼笑皆非的苦相。显然是招架不住了。

林丽目光犀利，道：“你就差放火了！”

冯骥额头上已经沁出了麻点细汗：“看你说的，严重了吧？”

林丽讽刺挖苦道：“就你这样的一个人，居然成了新四军地下党，还是徐州情报站站长，太不可思议了，太离谱了。”

“过去在魏成栋的教唆下，我的确干过一些出格的事，可那是过去。我是在郭世举老师的引导下参加革命的，这些年来我一直在为党的事业出生入死，郭世举老师可以作证。”

林丽讥笑道：“哦！原来是重新做人了。难得啊！”

“看你说的……”冯骥已是满头大汗。

“那你让我怎么夸你呢？浪子回头金不换？弃恶从善？迷途知返？”林丽依然得理不饶人，微笑里夹杂着厌恶和鄙夷。

“几年不见你的嘴巴还是那么厉害。”

“虽然是好几年过去了，可我一想起你塞进我嘴里的，那条毛巾的味道就想吐。当时，我可是真的吐了好几天。”

冯骥可怜兮兮道：“虽然现在说对不起已经很晚了，可我还要说声对不起！”

“这老天爷也真会捉弄人，居然让我和你做假夫妻，还让不让人活啊？”林丽说完就把头扭到一边了，泪蒙蒙的。

“不是老天爷，是党组织。”冯骥解嘲地笑道。

“幸亏是党组织不是老天爷，这样吧，你给党组织汇报一下吧，这份工作我做不了。”

冯骥急赤白脸道：“林丽同志，你对我有怨恨，我可以理解，可你不能把党组织交给我们的任务当儿戏，说撂挑子就撂挑子，这可是个原则问题。再者说了，你是从延安派来的同志，思想觉悟一定很高……”

林丽见冯骥在出神，就道：“你估摸一下，彭辉真要辞去保安处处长，秋红会是什么态度？”见冯骥半天不搭话，呵斥道，“我在和你说话呢。”过了一会儿，见冯骥仍不搭话，林丽又道：“我在和你谈工作呢，你不会公私不分吧？”

冯骥冷然道：“男子汉大丈夫，我会像你这么小心眼嘛！”

林丽懒懒散散地道：“那你让组织上给你换个大心眼的吧。”

冯骥明白，在这件事上和林丽斗嘴、纠缠，肯定是自讨没趣，自取其辱，于是道：“秋红不是因为彭辉是汉奸，才不愿意和彭辉结婚的嘛！彭辉不当汉奸了，秋红还有什么托词？只能是顺理成章和彭辉结婚了。”

“若是秋红不同意彭辉辞去保安处处长呢？”

“那可就是咄咄怪事了。”

“我跟踪秋红的时候，感觉她像受过训，走路的时候，以脚掌的外侧着地，一点声音都没有，轻得像只猫。”

冯骥立马低声惊叫道：“是吗？”

“事出反常必有妖。联想到秋红神秘失踪了这么多年，我……”

冯骥是个点眼就过的机灵鬼，此刻他道：“我明白你的意思了。”

“那你说，秋红会同意彭辉辞去保安处处长吗？”

“若秋红真的是军统或中统，应该不会。”

“我看也是。彭辉一旦辞去保安处处长的职位，她的情报来源就会受到限制。”

“若秋红既嫌弃彭辉是个汉奸，却又不同意彭辉辞去保安处处长这个职位，此举就成了试金石。”

“可以这样认为。狐狸的尾巴就要露出来了。”

“秋红早不回来晚不回来，汪精卫要来徐州视察她却回来了……”

林丽的眼睛瞪得大大的：“你是说她是来刺杀汪精卫的？”

“你说呢？”

“大有可能。”

“那秋红肯定有个团伙，而不是孤军奋战。”

“几年不见，秋红真的就成杀手了？”

“这谁能说得清呢？”

“当年在沛县中学的校门口魏成栋给我介绍她时，她还扎着羊角辫，说话奶声奶气的呢……”

“白云苍狗，时势造人。”

“那我们今后该怎么面对秋红？”

“还能怎么面对，一如既往呗。”

“这事说起来容易，做起来可就有些难了。”

“我们俩就因为秋红说了一句假话，走路像受过训，就怀疑她是军统或中统特工，是不是有点异想天开了？”

“这怎么能叫异想天开呢？做特工就应该具备这种见微知著的基本素质。”

“我给你说，或许有这样一种情况，秋红离开你时，原本是想回家批改学生作业的，可到了半道，因想起来某件事，才临时决定改道的，而不是给你说了假话，这不是不可能的。至于走路像受过训，你的感觉是否靠谱还有待于考量。”

“我的感觉没有错，对此，我很自信。”

“也就是说，你认定秋红不是军统就是中统了？”

“可以这么说。”

“对了，那次在庆合园饭庄裘风要和成栋动武，我发现魏秋红的右手下意识地往腰间摸了摸，但片刻又放回了原处……”

“秋红的这个动作我也发现了。由此可见，秋红不是军统就是中统了。”林丽兴奋地道。

“若秋红真是来刺杀汪精卫的，我可要为她捏把汗了。这能是一件容易的事吗？”

“没有金刚钻不揽瓷器活，没有三把神沙，不敢倒反西岐。说不定秋红他们真的就能做出一件惊天动地的事情来了呢。”

“那秋红可就成巾帼英雄了。”

“秋红是成栋的亲妹妹，是彭辉的未婚妻，彭辉和成栋是为汪精卫的到来负责安保工作的，秋红却是为刺杀汪精卫而来的，这可是一场好戏啊！”

“好戏？没准会演绎成一场厮杀呢。”冯骥绷紧的肌肉抽搐了一下。

“各为其主，这是不可避免的。只是残忍了些。”

“我们几个可都是从小一起长大的伙伴，我可不想看到这一幕。”

“这不是你想不想的问题，这要看他们是如何面对亲情的了。其实，历史的每一步进程，都要有人为之付出鲜血的。你我不都是推进历史进程的一分子嘛！”

“虽然如此，我不会作壁上观的。”

窗外一轮弯月。

此刻，彭辉正沐浴着这轮弯月的清辉。

彭辉出了冯骥的家门，就把车开到魏秋红住的小院附近停了下来。他没有敲响魏秋红的大门，而只是在大门口徘徊。他抽了一支又一支烟，实在受不住闷热的天气了，才上车走人。

次日傍晚，彭辉给魏秋红打了一个电话，说是要过去吃晚饭，还说要吃葱油饼，魏秋红爽快地答应了。彭辉到时，魏秋红已经把饭做好了，热腾腾、香飘飘的葱油饼，还有一荤菜一素菜。吃过饭，等魏秋红收拾完，彭辉点燃一支烟道：“秋红，今晚我是来和你商量一件事的。”

“什么事？你说吧。”其实，魏秋红已经做好了心理准备。

“上次回家，我被爷爷骂了，当时你也在跟前。最近几天，我越来越感觉到，爷爷骂得对着呢。汪精卫是个卖国求荣和日本人穿一条裤子的汉奸，跟他做事也叫汉奸……我可真是羞辱先人了。”

魏秋红见彭辉眼里有泪光，就安慰彭辉道：“也不能全怪你。要不是武清华把你软禁起来让你当替罪羊，你也走不到今天这一步。”

“当时，韩大栓去救我，虽然我什么也都考虑到了，可我没坚持。在南京，郝鹏举拉我下水，虽然我什么也都考虑到了，并且也拒绝了，可当我被卢文娟的丈夫胡志平赶出华都饭店后，我不该认为自己山穷水尽、走投无路了，更不该自暴自弃，上了郝鹏举的贼船。我现在肠子都悔青了。”

魏秋红掏出手绢，给彭辉擦了擦泪：“那你打算怎么办呢？”

“汉奸这顶帽子，我是不愿意戴了，太沉重了，压得人喘不过气来。”

“之后呢？”

“我打算明天就向郝鹏举辞职去，然后我带你回魏楼，我们俩再把魏楼小学办起来。可以吗？”

魏秋红故意做出想了想之状，然后才道：“依我看，还是过段时间再说辞职的事吧。”

“我爹娘死得早，爷爷一把屎一把尿把我拉扯这么大不容易。而且，爷爷就我一个亲人，我得尽孝道。我若继续跟郝鹏举干，指定爷爷又会骂我，估计连家也不让我回了。我真的不想惹爷爷生气了。”

“你的心情我可以理解。”

“如果我们俩再能尽快结婚，爷爷一定很开心。”

魏秋红小心翼翼地道：“这我能想象得到。”

彭辉喜上眉梢：“你同意了？”

“今天怎么这么闷热啊！”魏秋红说完，就拿起一把扇子扇了起来。

彭辉没好气地道：“我是说结婚的事，你不要跑题好不好？”

魏秋红嫣然一笑：“让我考虑考虑再说好吗？”

彭辉蓦地站了起来，气哼哼地道：“我就不明白了，这有什么好考虑的？如果不是日本鬼子打过来，怕是咱们的小孩都能打酱油了。”

魏秋红依然笑脸相迎：“这不是日本鬼子打过来了嘛！你要怪就怪日本鬼子去吧。”

彭辉一脚把刚才坐着的板凳踢到了一边，压低着声音道：“我已经决定不跟郝鹏举干了，不当狗汉奸了，你怎么还不愿意结婚呢？”

魏秋红依然坐在那儿，不怒不嗔：“弄这么大动静干什么啊？这么多年都过来了，等年后再商量这事不晚吧？”

彭辉凶巴巴地道：“你的意思是说年后还不一定结婚呢，是吗？”

魏秋红把彭辉踢倒的凳子放在她跟前，笑道：“你能不能坐下来说话？”

彭辉依然站在那儿，怒火万丈高：“我看出来了，你之所以一再推迟婚期，就没打算和我结婚！既然如此，那你怎么不提分手呢？不好意思提分手是不是？”

魏秋红泪眼婆娑，抽咽着道：“不是这样的好不好！”

彭辉追问道：“那是哪样的？”

魏秋红故作很委屈的样子：“你连个戒指都不买，有谁愿意嫁给你，你就找谁去吧。”

彭辉哭笑不得：“你就为这迟迟不答应结婚？”

魏秋红轻轻地哼了一声，没好气道：“不为这还能为什么？”

彭辉笑呵呵地道：“魏秋红啊魏秋红，你就这点出息啊？”

“你知道个什么啊！据说左手的无名指有一根血管直接与心脏连接，所以新人一定要把结婚戒指亲手戴在对方的左手无名指上，意思是爱在心里，情愿为对方的爱而受戒。”

“我哪里知道这么多啊。明天我就买一对去。”

“还是哪天我们一起去选吧。”

“也好。”

魏秋红故作突然想起来什么事的样子：“唉！有一件事你还没答应我呢。”

“什么事没答应你啊？我怎么一点印象都没有啊？”

“不是汪精卫要来徐州视察的嘛，我想看看这个美男子。”

彭辉皱着眉头：“一个大汉奸，有什么好看的！”

魏秋红笑道：“那就让我看看这个大汉奸的丑恶嘴脸吧。”

彭辉面有难色：“我过去不是给你说过嘛，戒备森严……”

“你要是让我看不到汪精卫，你也就别想结婚了。”魏秋红站起来，收拾一下碗筷就去厨房了。彭辉望着魏秋红出门后的背影，自言自语道：“这个秋红，何时变得这么霸道了。”

次日下午，彭辉开车路过茂源绸缎庄时停了车。冯骥不在，林丽让伙计黄献照看一下铺面，就和彭辉去后院了。林丽倒了两杯茶水，然后递给彭辉一把扇子，也坐下了。林丽估计彭辉是来谈论魏秋红的，可她不想主动引出话题，就陪着彭辉东一句西一句地扯闲篇。倒是彭辉耐不住性子，把昨晚和魏秋红聊天的内容如竹筒倒豆子一般，哗啦啦地全倒了出来。

“这可就是咄咄怪事了。”林丽呷了一口茶，然后接着道，“你过去提结婚，她嫌弃你是汉奸，可当你要去郝鹏举那儿辞职时，她却让你过段时间再说；你想尽快结婚，她却说要考虑考虑，好像还很慎重似的，我真的不知道她有什么可考虑的；你给她来急的吧，她又抱怨你没给她买戒指，就你们俩的关系，这是理由吗？还什么你不让她看到汪精卫就别想结婚，这扯得上吗？”

彭辉叹了口气：“我昨晚从她那儿回去后，辗转反侧不能入眠。回想她谈话时的神情，推敲她说过的每一句话，岂止是咄咄怪事，简直给我泼了一头雾水。我现在真的把不准她的脉搏了，如同再熟悉不过的陌生人。”彭辉说到这儿苦笑着摇了摇头。

“你感觉年后她会和你结婚吗？”

面对林丽如此尖锐的问题，彭辉有些茫然：“我感觉 1944 年的春节很遥远，遥遥无期。”

林丽敲边鼓道：“她对汪精卫怎么会那么感兴趣，居然能直接影响到你们的婚姻大事？仅仅因为汪精卫是个美男子吗？”

“这谁能说得清呢。”彭辉又是唉长声叹长气。

“我要是你，我就是不让她看到汪精卫，爱咋地咋地！”

“或许她在开玩笑呢。”

林丽没有赔笑，好一会儿才道：“但愿如此。”

林丽的凝重表情，让彭辉更加心事重重了。

彭辉走后不一会儿，冯骥就回来了。冯骥听说彭辉过来了，就问了个究竟，之后道：“看来魏秋红就是来刺杀汪精卫的军统或中统了。”

“可不是嘛！虽然我刚才一再点拨，可彭辉仍然执迷不悟，而我又不能给他和盘托出，真的是愁死人了。万一彭辉真的让秋红去看汪精卫了，秋红若是动手了，其后果不堪设想。”

冯骥忧心忡忡道：“是啊！秋红肯定是九死一生，也会连累彭辉和成栋的。”

“可不是嘛！我可是为他们捏着一把汗呢。”

“我前天晚上给你说过，我们几个可都是从小一起长大的伙伴，我可不想看到这一幕，更不会作壁上观的。”

“更何况彭辉是我们要争取的对象。”

“是啊！一旦把彭辉争取过来，既挽救了他，他也会为我们的事业做出不可估量的贡献的。”

“你说，秋红这样做，难道就没想到会连累彭辉和成栋？而彭辉和成栋是她什么人，她难道不清楚？”

“军令如山，她敢违抗？自己的生死都置之度外了，彭辉和成栋也就不算什么了。”

“是啊！这就是革命的残酷性。”

“汪精卫是个大汉奸，固然该杀！可也不能以牺牲秋红、彭辉和成栋为代价！汪精卫自有他的劫数。”

“那你打算怎么阻止秋红他们呢？”

冯骥叹了一口气，用十分低沉的语调道：“这可不是一件容易的事。”

林丽冷嘲热讽道：“他们不是说你是小诸葛吗？”

冯骥苦笑道：“他们现在还都认为你是我老婆、夫人、贱内、屋里头的呢，事实上呢？”

第九章　招降纳叛

9 月 8 日上午，郝鹏举接到了南京伪国民政府来电：

9 月 10 日汪精卫主席一行到徐，务必确保人身安全。

郝鹏举又把彭辉、魏成栋、小林、佐藤惠、裘风和保安大队长王勤刚等几个人叫过来开会，再次强调上次开会的安全保卫措施。散会后，彭辉即命令王勤刚带一个连的兵力对河清公寓周围实行戒严，二百米之内三步一哨，五步一岗。一时间，河清公寓被围得铁桶一般。

彭辉也怕河清公寓里有地道，就约魏成栋一起去检查。魏成栋虽曾派张涛深夜检查却无果，可还是随彭辉带着王勤刚等人去河清公寓逐房间进行了检查。在一楼的那个有地道口的房间里，魏成栋刚打开大衣柜的门，在另一个房间里一个士兵的枪走火了。魏成栋不知道发生了什么，掏枪就跑过去了。自然是虚惊一场。王勤刚平日里都是一副凶巴巴的样子，跑过来就给那个士兵两巴掌。

彭辉见那个士兵嘴角被打出了血，也不想让王勤刚不依不饶，就道："这要是在汪先生一行入驻后，你怕是没命了，快出去洗洗吧。"

那士兵给彭辉鞠了一躬就退下了。

中午放学后魏秋红去了夹河街公寓。张亚菲快言快语："头，你来得正是时候，河清公寓戒严了，我正想去告知你呢。"

"我正是为这事来的，看来汪精卫一行就要来了。他们再不来，黄花菜都凉了。”魏秋红说完，就让高志典给老万头打电话。

高志典打通了老万头的电话：“老万叔，我是高志典，听说河清公寓戒严了，你那边是个啥情况？”

“上午，保安大队的人对我们这里每家每户人员进行了登记造册，还都照了相，对不在我们这儿居住的人员进行了清理，即便是在我们这儿居住的人员出入时都要严格检查。不在我们这儿居住的人员想进来可就难了……”

魏秋红在一旁也听到了老万头的话，就道：“你和老万头编排一个亲戚关系和事由，看看能进去不？”

这对高志典来说是小事一桩，片刻就和老万头达成了“协议”。

魏秋红道：“志典，你进去后，再检查一下爆破装置，确保万无一失……”

“好的。”

“你现在就去试试吧。”

高志典就去了老万头家附近的一个路口哨卡。但见有四个当班的个个全副武装，毫不懈怠，鹰眼一般注视着每一个过往的行人。高志典神情自若地走到哨卡，给四个当班的每人都毕恭毕敬地上了一支香烟，问清谁是带班的，然后道：“李班长，我娘病了，我爹刚才打电话让我回来伺候几天，能行个方便吗？”

“你叫什么名字？你爹叫什么名字？你家住在哪里？”

高志典一一做了回答。

李班长派一位弟兄去查底子，回来说：“登记造册上没有你这个儿子。”高志典就苦笑着道：“看来我爹真的是老糊涂了，登记造册时怎么会把我给忘了呢？让我爹来领我行吗？”

李班长道：“既然万家登记造册上没有你，你从哪里来的就回哪里去吧。”

高志典哭丧着脸道：“我娘可是病得不轻，万一我娘有个好歹……”

李班长凶神恶煞道：“别废话了，快滚吧！”

“人命关天啊……”

“要是因为你出了什么事，我们哥们四个的脑袋得全搬家，不也是人命关天吗？是你娘的命重要还是我们哥们四个的命重要？”

“我可是身无寸铁的啊！”高志典现出一副可怜相。

李班长又凶神恶煞道：“别废话了，快滚吧！再不滚，我可要把你当嫌疑人抓起来了？”

高志典只好回去了。

魏秋红听完汇报，半天才道：“大家都动动脑子，看看如何进去吧。”

张亚菲对魏秋红道：“你去找一下你的情哥哥彭辉，看看通过他能让高志典进去不。彭辉可是汪精卫一行来徐州安全保卫工作的总负责人，保安大队的人哪个不听他的？所以，你托彭辉办这事自然是小菜一碟。”

魏秋红白了张亚菲一眼：“正因为这个关系，我才不能找他办这事呢，你不想想，一旦汪精卫一行真的让我们干掉了，上面一旦追查到是他放进去的人所为，会有他的好果子吃吗？说不定还会连累我哥哥的。毕竟我们三个人是这种关系。”

张亚菲笑道：“汪精卫一行可都是南京国民政府的大员，真的让我们干掉了，那南京国民政府还成其政府吗？还不得作鸟兽散？谁还有工夫来查这档子事？”

“你别忘了，南京国民政府可是日本人的傀儡政府，而且汪精卫一行中还有日本梅机关的大员，日本人能善罢甘休？”

“就算是我们不托彭辉，一旦汪精卫一行被我们搞掉了，彭辉也是脱不了干系的。一旦我们大功告成，你还不带着你的情哥哥赶快去重庆领赏？难不成还等着日本人来抓人？”

“这事非同小可，牵扯着彭辉哥的人身安全，不到万不得已，我是不会用他的。”其实在魏秋红的心里，已决意不用彭辉了，哪怕金雕行动以失败告终。因为她已经切身感觉到，一旦彭辉出事了，她的下辈子怕是没有什么好过活的了。所谓“不到万不得已”，那不过官腔而已。

“嘻嘻！彭辉要是我的情哥哥，我也会如此的。难怪你这段时间愁眉不展的。理解！理解！”

“在我看来,你和彭辉更像一对,哪天我让彭辉过来,举行个交接仪式？”

“头！你看看我张亚菲是夺人之美的人吗？追我的人可是排着队的。”

“我知道你的狗尾巴拖得很长。”魏秋红笑着说到这儿，“你还是想想怎么进入老万家吧。”

大块头刘传钦发话了，声音沙哑：“我和陈川穿上保安服，押着高志典过去，就说是高志典欠了我们若干现大洋，去高志典家追债呢。而高志典呢，最好扮成酒鬼。”

张亚菲道："可高志典没在老万那儿登记在册啊！到时候一查不还得露馅？即便是酒鬼也没用。"

瘦高个陈川道："可不是嘛。"

高志典骂咧咧地道："娘的！他们这一手玩得挺绝的。"

魏秋红马上黑着脸道："你嘴巴给我放干净点。"

张亚菲见高志典一脸懵懂的样子，用手指在他脑袋上戳了一指头："这一手显然是我们头的情哥哥玩的，你傻啊你？"

高志典就傻呵呵地笑道："头！我可不是故意和你过不去的哈！这还不是碰到难题了嘛。"

见魏秋红不吭声，张亚菲笑道："大家想想也怪有意思的，我们头两口子一个是摆龙门阵的，一个是闯龙门阵的，这是较的哪门子劲呢？头！你干脆把彭辉招降纳叛过来不就省我们这几个伙计的事了吗？而且还要冒着生命的危险呢。"

陈川道："万一彭辉不同意入伙，那我们岂不是暴露了！到时候岂不是前功尽弃了。"

魏秋红投给陈川赞许的目光，道："我也是这样考虑的。"

在魏秋红的眼里，虽然陈川平日里少言寡语，但每句话都能砸个坑。

高志典道："大家看看这个办法怎么样：我们三个男人都穿上保安服，陈川的官衔高点，然后开车冒充保安处的人去检查安全保卫工作。车从一处进去，从另一处出来。我呢，瞅准机会就下去了。"

张亚菲马上道："这个办法不错。"

高志典就有点得意之色，瞥了一眼魏秋红，见她面无表情就收住了，但在心里嘀咕着：冷美人，难不成你有更好的主意？

魏秋红似乎读懂了高志典的心理，就道："装扮成他们的上级去检查工作，这个主意嘛……"魏秋红略一沉吟，"这个主意嘛，应该存在着一个问题，负责戒严的可是保安处的人，而各个卡口又都是由头头脑脑的人带班，这就很容易被识破。而一旦被识破，能否全身而退不说，同时也就暴露了我们的目的。再想进入包围圈可就难上加难了。"

高志典就道："不是保安处和警察局两家负责安全保卫工作的嘛！装扮成警察局的人呢？"

魏秋红道："保安处负责全面工作，警察局负责协助保安处工作，这负责协助的检查负责主抓的，有点本末倒置了吧？再者说了，彭辉和我哥那可是铁哥们，有点风吹草动他们俩马上就会知道，这很容易败露的。”

张亚菲道：“装扮保安处的人不行，装扮警察局的人不行，总不能装扮成上海沪西极司非尔路七十六号的人吧？”

陈川道：“这更不行。七十六号的人来检查了，魏成栋能不作陪？”

张亚菲还有点不死心：“那装扮成宪兵队的人呢？保安大队的人应该怕日本人吧！”

魏秋红道：“若是装扮成宪兵队的人，能否通过岗哨也难说。即便当时硬性通过岗哨了，彭辉和我哥马上会知道的，一旦和宪兵队小林沟通，那问题就大了，一定会彻查的。到时候会不会给汪精卫一行换落脚的地方也难说。而一旦换了地方，我们之前的努力也就付之东流了，金雕行动就会严重受挫那也是可想而知的。”

张亚菲就有点着急了，道:“这办法也不行,那办法也不行,这如何是好？”

魏秋红心平气和地道：“这办法那办法，有打草惊蛇之疑就不是个办法。虽不能做到万无一失，但也得有一定的把握。这就需要我们认真地去评估和考量，把所有不利因素都要考虑进去，做到心中有数，并有应对的办法。也就是我们常说的谋定而后动。要学会自己给自己提问题，一旦别人提出的问题,你答不上来那麻烦就大了。若沉不住气,草率行事,只能是事与愿违,是否把生命搭上也未可知。众人拾柴火焰高，三个臭皮匠赛过一个诸葛亮，大家都动动脑子，办法总会有的。”

下午上班后，彭辉正准备去河清公寓那看看餐具、烟酒等一些招待用品购置的情况，魏秋红从家里打来了电话：“彭辉，今天我心情不错，晚上想做几个菜伺候你喝点小酒。”

“难得！难得！不过，这两天我有点忙，到时候是否有空，可是说不准的。”

“不就是汪精卫一行要来吗？”

彭辉惊愕道：“你怎么知道的？”

“河清公寓都被你们保安大队戒严了，一传十，十传百，可谓满城风雨，这谁不知道？”

“因为河清公寓被保安大队戒严了，就是汪精卫一行要来？”

“别人不知道，我还不清楚吗？”

“忘了，你可是个鬼精灵。”

“汪精卫一行哪天来徐？”

“你问这事干什么？”

“你说呢？”

“你还真想一睹汪先生的风采？”

“你说呢？”

“汪先生一行后天来徐，我争取满足你的要求吧。否则，过年时我可就结不成婚了。哈哈！”

“后天什么时间啊？”

“这也要问？”

“你要不想说就算了,我不勉强你,今后呢,你也别勉强我。都落个肃静。”

“看你这话说的,跟林丽接触多了,是不是也染上了刁钻古怪的毛病？”

“跟林丽有什么关系，我就这么个人，不想搭理我也不勉强。”魏秋红在丢松腔。

“越说越没劲了。后天具体什么时间，另行通知。”彭辉说完，又补充了一句，“我说的是实话。”

“我也实话告诉你吧，汪精卫是不是四大美男，和我一点关系都没有，我丝毫没有什么狗屁美男情结。我说要看看他，其实是想考验一下我在你心里的分量。”

“我们俩两小无猜青梅竹马还要考验吗？分量？在我心里，你比那秤杆子上的秤砣还压分量。”

“这话说得可就严重了。不敢当，真的不敢当！一别那么多年，你亦不是过去的你，我亦不是过去的我，所以，有些事还是别想当然为好。”

“魏秋红，你再这样阴阳怪气的我可要跟你急了！”彭辉真的上火了。

“那你晚上也不用来这儿了，就这么定了。”魏秋红说完就挂了电话。

话筒里传来了嘟嘟的声音，彭辉猛地把话筒一卡：“这个魏秋红……”脸气得铁青，坐下就开始抽烟。

这时，冯骥打来了电话：“彭辉，听说河清公寓被你们保安大队戒严了，是不是汪精卫一行要来徐了？”

“老同学，你怎么也关心起这事来了？”彭辉难免有点纳闷。

“听这话，关心这事的不光是我一个？是不是也包括秋红啊？”

“这可真是咄咄怪事了，你怎么会想到秋红？”

“秋红不是要看看汪精卫那个美男子吗？”

“这事你也知道？”

“听林丽说的。汪精卫一行哪天来徐？”

“后天。你是不是也有美男情结？”

“我要有美男情结，那你就更麻烦了。”

“你这话是什么意思？”

“美男情结或许就是一剂毒药……”冯骥说到这儿就挂了电话。

冯骥的话如同给彭辉泼了一头雾水。美男情结怎么会和“更麻烦”和“一剂毒药”联系在一起了呢？冯骥这葫芦里卖的是什么药呢？冯骥知道魏秋红有美男情结，还提醒说美男情结会让他更麻烦，还是什么“一剂毒药”，这不等于说魏秋红的美男情结会给自己惹麻烦吗？何止是麻烦，还起到“一剂毒药”的作用！

彭辉拿出纸笔，写道：魏秋红，汪精卫，美男情结，麻烦，一剂毒药。

原来冯骥提醒他魏秋红是来刺杀汪精卫的。此念头一闪，彭辉蓦然站了起来，且一身冷汗。

冯骥怎么会知道魏秋红是来刺杀汪精卫的呢？他想打个电话问问冯骥这到底是怎么回事，可转念一想，刚才冯骥突然把电话挂了，就是只想给个暗示而不想明说的，若是打电话过去那岂不是强人所难了嘛！

前段时间，魏秋红的的确确是想通过他达到见汪精卫的目的，而且很执着，甚至以婚姻要挟。如果魏秋红真的是想刺杀汪精卫，那她和汪精卫是有什么样的渊源呢？想想也只能是因为汪精卫是个大汉奸。若是这样，那魏秋红肯定不是单枪匹马一人，一定是个团伙，而这个团伙也一定是有背景的，不是孤立存在的。是共产党还是国民党？若是国民党，是军统还是中统？

刚才魏秋红就说了：“一别那么多年，你亦不是过去的你，我亦不是过去的我……”这话是什么意思呢？她和过去的根本区别是什么呢？联想到秋红神秘失踪了这么多年，这不是不可能的。

“我要跟他结婚了，不也成汉奸了吗？”彭辉想起了魏秋红曾经给林丽说过的话，可是，当他说要向郝鹏举辞职，然后带她回魏楼，再把魏楼小学办起来时，她却让他过段时间再说辞职的事。这又是为什么呢？正如林丽曾说过的一句话："你过去提结婚，她嫌弃你是汉奸，可当你要去郝鹏举那儿辞职时，她却让你过段时间再说；你想尽快结婚，她却说要考虑考虑，好像还很慎重似的，我真的不知道她有什么可考虑的；你给她来急的吧，她又抱怨你没给她买戒指，就你们俩的关系，这是理由吗？还什么你不让她看到汪精卫就别想结婚，这扯得上吗？"

真可谓旁观者清啊！

如果，魏秋红真的是来刺杀汪精卫的，一旦他辞去了保安处处长的职位，她的情报来源就会受到限制，这大概就是魏秋红一方面嫌弃他是汉奸，一方面又不想让他马上辞去保安处处长职位的根本原因吧。

前段时间，魏秋红还死活要见汪精卫，刚才却说："汪精卫是不是四大美男，和我一点关系都没有，我丝毫没有什么狗屁美男情结。我说要看看他，其实是想考验一下我在你心里的分量。"这又是为什么呢？

彭辉又点燃了一支烟，办公室里已是烟雾氤氲。

一旦汪精卫真的被魏秋红干掉了，上面一旦追查到是他彭辉把魏秋红带到汪精卫身边的，会有他彭辉的好果子吃吗？魏秋红是不是良心发现也想到了这一点？这也是情理之中的！他和魏秋红在魏楼重逢的那一幕，他仍记忆犹新，魏秋红对他的情感是炙热的……魏秋红会为了刺杀汪精卫而不顾他彭辉的死活吗？看来，魏秋红是放弃了让他把她带到汪精卫身边的念头了。估计魏秋红也考虑到了，即便她当场刺杀了汪精卫，她也会把命搭上的。只要还有一条路可走，谁也不会动用这下下策的。

那魏秋红又会选择怎样的方式刺杀汪精卫呢？

魏秋红是魏成栋的亲妹妹，是他彭辉的未婚妻。他和魏成栋又是为汪精卫的到来负责安保工作的。魏秋红若是为刺杀汪精卫而来，这可是真是一场好戏啊！

彭辉苦笑着摇了摇头。

这个时候，彭辉突然就想起了那个高个年轻女子，把刘喜子和花勇跟踪他和魏成栋拍下来的照片送给传达室的事，又想起了冯骥曾说过的话："……那个高个年轻女子之所以把那组照片送给你们俩，是想把你们俩的注意力引向裘风，他们好浑水摸鱼。"现在看来，如果那个年轻女子是魏秋红行动组的人，魏秋红不仅仅是想把他和魏成栋的注意力引向裘风，他们好浑水摸鱼，也是想暗中提醒和保护他和魏成栋。但，这只是猜测。

偏偏在这个时候，彭辉又想起来了另一幕：那天傍晚，他去青年路小学接魏秋红。在路上，他远远看见魏秋红和一个高个年轻女子擦肩而过时放慢了脚步，好像还说了几句话。可当他加快速度过去后，那个高个年轻女子已无影无踪了。当魏秋红上车后，他道：“你刚才在和谁说话呢？”魏秋红却随口道：“哦！碰到了一个问路的女子。”

送照片的高个年轻女子，和魏秋红擦肩而过而又有过交谈的高个年轻女子……彭辉用钢笔敲打了几下桌子，就断定这是同一个女子了。彭辉又想起了一幕：那次在庆合园饭庄裘风要和魏成栋动武，他发现魏秋红的右手下意识地往腰间摸了摸，但片刻又放回了原处……看来是摸枪的。之所以片刻又把手放回了原处，或是当时没带枪，抑或是感觉没必要，抑或是怕暴露身份。这一幕是否也被冯骥看到了呢？又联系到刚才冯骥的电话，彭辉就认定魏秋红的确是来刺杀汪精卫的了。至于是中统还是军统，抑或是哪个组织就不那么重要了。毫无疑问，那个高个年轻女子一定是魏秋红刺杀汪精卫行动组的组员了。

虽然这是个闷热的天气，可彭辉还是打了一个寒战。

彭辉恶狠狠地把烟蒂掐灭，在心里念叨：魏秋红，为了你，为了我，为了成栋，我一定不能让你们得逞！

如果不是冯骥的提醒，或许自己到现在还被蒙在鼓里呢。看来自己太木讷了。那这个行动组将会从哪里下手呢？彭辉在和汪精卫来徐后的每一个细节联系着……

傍晚时分，佐藤惠和裘风从安泰公寓出来，在外面吃了饭才回到佐藤惠的住处。佐藤惠去洗澡了，裘风闲来无事，就打开了留声机，片刻房间里就流淌出了周璇的《四季歌》：

> 春季到来绿满窗，
> 大姑娘窗下绣鸳鸯……

裘风正跷着二郎腿跟着哼唱，这时电话铃响了。电话是刘喜子打来的：“报告科长，我刚才在中山路和河清路的交叉路口，看到魏秋红坐着一辆黄包车去河清路了，当时我看了一下手表是 8：40。”

“那可是敏感地带，你怎么不跟踪呢？”

“当时路口正好没有黄包车，所以……”

“我知道了，你继续在那儿守候，看看她什么时候回来。”裘风放下电话自言自语道，“天刚黑下来，魏秋红这个时候去河清路干什么呢？”

过了一会儿，电话铃又响起来了，是花勇打来的：“报告科长，我刚刚在庆云桥附近看到魏秋红从河清公寓后街越过中山路去夹河街了。当时我看了一下手表是8：55。”

裘风看了看手表，现在是9：00，想责怪花勇为什么不跟踪魏秋红，转念一想：花勇及时报告远比及时跟踪魏秋红更为重要。更何况花勇的跟踪术让他不敢恭维，没准会打草惊蛇呢。

“这样吧花勇，你继续在那儿盯着吧，看看魏秋红什么时候回来。”

放下电话，裘风自言自语道：“8：40，8：55，相差一刻钟……”

这时佐藤惠洗完澡出来：“什么8：40，8：55，相差一刻钟的，你在嘟囔什么呢？”

“魏秋红8：40从中山路和河清路的交叉路口去了河清路，8：55从河清公寓后街越过中山路去了夹河街，两处相差一刻钟，由此看见，魏秋红仅仅是围着警戒圈转了一圈，其间没做停留。看来魏秋红是去警戒圈观敌瞭阵的。”

“从中山路和河清路的交叉路口去夹河街，可以直接沿中山街北去啊！她若不是观敌瞭阵，为什么要兜这么大一个圈子呢？她可是在敏感时间去了敏感地带啊！想不怀疑她都不可能！”

“事出反常必有妖。据我所知，魏秋红比我来徐州还晚了几天。”

“你的意思是说汪先生要来徐州视察的消息一经流出，她就来徐州了？”

“应该是这样。”裘风的口气很硬朗，继而道，“那次在庆合园饭庄我要和魏成栋动武，我发现魏秋红的右手下意识地往腰间摸了摸，但片刻又放回了原处……看来是摸枪的。之所以片刻又把手放回了原处，估计是当时没带枪。现在想起来当时的那一幕，感觉她是受过训的。至于是中统还是军统，那就不得而知了。”

“是中统还是军统，对我们来讲没什么区别，也不那么重要。重要的是这段时间我们没有白忙乎，终于有所发现了。我想着他们不会放过这个机会的，他们果然来了。”

“这就像浴池里泡澡，肚脐眼那儿总会冒个泡的。”

佐藤惠笑道：“裘风君越来越幽默了。”

裘风依然不苟言笑：“来者不善啊！想必过来的都是精英。”

佐藤惠的神色也变得凝重起来，道：“要是来的都是小鱼小虾，我还不待见呢。就像下棋，棋逢对手那才有意思，谁愿意和臭棋篓子下啊！”继而道，“你不会是怕了吧？”

裘风笑道：“抱着你的粗腿，我怕谁？”

佐藤惠笑道：“你抱着的可不仅仅是我的粗腿，还有我的女儿身，你就偷着乐吧。”

“那是！那是！哎！彭辉是魏秋红的未婚夫，魏成栋是魏秋红的哥，彭辉和魏成栋又是负责汪先生来徐视察安保工作的，而魏秋红却是来刺杀汪先生的，真是一场好戏啊！”

“可不是嘛！你说，一旦彭辉或魏成栋发觉了魏秋红的动机，会如何面对？”

“依我看，不论彭辉和魏成栋对汪先生是什么态度，他俩都不会让魏秋红得手的，因为一旦汪先生出事，他俩能脱了干系？”

“你的意思是说，彭辉和魏成栋既不会让魏秋红得手，也不会让魏秋红受到伤害？”

“这是肯定的。”

“如果魏秋红真的是来刺杀汪先生的，那她或许是金雕行动的成员，而那天晚上去河清公寓的大个和小个自然就是她的同伙了。”

裘风点了点头：“不知道为什么，最近刘喜子和花勇没有发现那大个和小个。”

“或许是阴错阳差吧。你说彭辉和魏成栋会对魏秋红的组织拆皮伤骨地下毒手吗？”

“这就难说了。以不让魏秋红出事为原则。”

“知道吗？一旦让我抓住魏秋红的尾巴，我会逼着彭辉和魏成栋对魏秋红动刀子的。”

“这也符合你的性格。是龙早晚会露出犄角的，是蛇早晚会露出尾巴的。真到了那一天，可就有好戏看了。”

“换位思考，如果我是魏秋红，现在该如何忙乎呢？”

“你是说她从哪里下手吧？”裘风见佐藤惠点了点头，又道，“当然是围绕汪先生的活动转了。首选应该是河清公寓。河清公寓，哈哈！”裘风笑得很诡异。

“哈哈！”佐藤惠笑得很灿烂。

“魏秋红们又是如何围绕河清公寓做文章的呢？”

“你这个问题提得很好。找到了这个问题的答案，魏秋红的组织也就成囊中之物了。”

裘风在客厅里踱来踱去，道：“首先是进入警戒圈，然后抵近河清公寓，最好能成为河清公寓里的一员，一旦机会来了就动手……”

“这应该算是常规做法。而且，打进去的那个人必须做好同归于尽的准备。”

“或许魏秋红是在彭辉和魏成栋不了解她真正意图的情况下，通过彭辉或魏成栋的渠道让他们的人混进去也是大有可能的。”

“如果常规做法行不通，他们会采取什么样的非常规做法呢？”

“这需要好好研究一下河清公寓的地理环境……”

“如此说来，排查河清公寓里的人就变得非常重要了，这或许就是个切入点呢。”

“那我们就两手抓吧，一是重点排查河清公寓里的人，二是派几个精干人员二十四小时监视魏秋红，顺藤摸瓜挖出的她的组织，然后一网打尽！而后者尤为重要。”

“好！那你马上去安排监视魏秋红的事宜吧。”

裘风笑道：“马上？怕是马上不了吧，我还没洗澡呢，好几天都没和你在一起了……”

佐藤惠莞尔一笑：“馋猫！”

“等一会儿我们忙乎完去河清公寓吧，查一查每个当差人员的底细。说是帮帮场子也行，说是凑凑热闹也中。”

“裘风君越来越幽默了，我想不喜欢都不行。”

“那敢情好了。”

“我突然想起来了一件事……”

“你说。”

“当年在沛县中学读书时，你不是因和魏成栋争风吃醋打起群架了嘛，你还被魏成栋捅了两刀子……”

“你怎么想起来问这事了？”

“那个叫林丽的女人现在在哪里？”

“你也在争风吃醋？”

“突然就想起来了，不能问问吗？”佐藤惠莞尔笑道。

“当然能。而且，那个叫林丽的女人就在徐州市里，我跟你来徐州后，还和她一起吃过饭呢。”

“是吗？”佐藤惠的眼睛瞪得大大的。

“当时我们不是三对三对阵的嘛！他们那边一个是魏成栋，一个是彭辉，还有一个叫冯骥的，现在是茂源绸缎庄的老板了，而那个叫林丽的女人已是冯骥的女人了。”

“哈哈！正所谓鹬蚌相争，渔翁得利。那你和魏成栋岂不是傻眼了？”

“我有什么可傻眼的，失之东隅，收之桑榆，我不是有你了嘛！而魏成栋现在却是孤家寡人，傻眼的应该是他。”

“哪天有空，我当去茂源绸缎庄，会会那个让你和魏成栋不惜动刀子的女人。”

“如果是我，我也会去的。嘿嘿！”裘风用狞笑掩盖着内心的复杂。

“快去洗澡吧。”

“好嘞！”

第十章　斗而不破

魏秋红坐上一辆黄包车围着河清公寓戒严圈看了看情况，之后才去夹河街公寓，魏秋红刚进夹河街公寓，张亚菲就快人快语：“头，我们几个考虑了一下午，也没想出什么好的办法，都急死人了。你呢？”

魏秋红道：“刚才我坐黄包车围着河清公寓戒严圈转了一圈，那里又增加了一支流动的小分队，在外围不停地转悠。这无疑给高志典进入警戒圈又增加了难度。办法嘛！虽然用上次的办法没进去，但我认为，只要避开李班长那伙人或原来的路口，仍不失为一个好办法。志典，你和老万头在电话里多编排一下，确保口径一致。”

高志典点了点头。

张亚菲却道：“这个办法倒是不会打草惊蛇，让进就进，不让进拉倒。可是，万一再受阻呢？”

魏秋红道：“汪精卫一行后天才到，我们至少还有一天多的时间呢，我就不相信我们几个人连一个切实可行的办法都想不出来！”

张亚菲笑道：“可不是嘛！都吃了这么多年的鱼了，还能是猪脑袋！”

就有了一阵低沉的笑声。

正在这时，发报机的信号指示灯闪了几下，张亚菲连忙接收信号，片刻，对方便把电报发了过来。她急忙抄收，然后等待对方重发一次，进行核对，便发出了再见的信号。

张亚菲很快破译好了电报内容：

汪一行将于本月10日晚8时到徐，务必做好接待工作。雨农。

魏秋红看完电报，给陈川、高志典和刘传钦传阅。等他们都看完后刘传钦就把电报烧了。

魏秋红道：“戴老板的电报大家都看了，什么叫务必做好接待工作？伙计们都清楚，那就是务必把汪精卫干掉！养兵千日用兵一时我就不说了，军统的家规伙计们也同样清楚，更何况我们这次行动可谓壮举，担负着为民除害、为国除害的重任，即便抛头颅洒热血也应在所不辞。我已抱定不成功便成仁的信念！”

张亚菲一挺胸：“头，我这次跟随你来徐，也不说为民也不说为国，就是来报答你的救命之恩，不是你，我这条命早没了。就当我这些年多活了。”

魏秋红道：“张亚菲，你今后再也不要提报答不报答的事了，当时我救你也是为了自救。你此次来徐，是为了完成上峰交给的任务。你应该这样看问题。”

张亚菲很干脆：“行！你说怎么看问题就怎么看问题吧。说到生死，不是说生死有命，富贵在天嘛，我相信这个。”

高志典道：“汪精卫是谁？南京伪政府的一号头目，也是头号大汉奸，刺杀他，我感觉是件伟大的事，也是件非常刺激的事。所以，我来了。”

刘传钦道：“我曾经让我的一个顶头上司欺压得透不过气来，要不是受纪律约束，我早砸他的黑砖了。我做梦都想做他的顶头上司，看看他在我面前是如何摇尾巴的。不做出骄人的成绩，怎么能梦想成真！所以，我来了。”

张亚菲道：“传钦，你给我说那狗娘养的是谁，看老娘回去后怎么收拾他！”

“我自己的事自己处理。要是让一个娘们给我报仇雪恨，让人知道了会贻笑大方的。我可丢不起那个人。”

张亚菲笑道：“半夜里跑个驴，我看你是不知道好歹。”

陈川道：“人生一世，草木一秋，早晚都是个死，自从进了军统的门，我更是把生死置之度外了。我若能一枪让汪精卫毙命，毫无疑问，将能青史留名，不枉来世上走了一遭。我是奔这个来的。”

高志典笑道："陈川兄可是把生死看透了。"

陈川神色凝重："瓦罐不离井边破，干我们这一行的，谁不是把脑袋别在裤腰带上的。街死街埋，路死路埋，倒在洋沟里就是棺材。"

张亚菲已倒好五杯红酒："我们几个就别死啦活啦的了，多没劲！来喝酒。"

高志典笑道："这个主意不错。"说完就去端酒。

五个人各端了一杯酒，五个杯子相互碰撞了一下，然后都默默地喝掉了。

回家的路上，魏秋红走得不紧不慢。河清公寓防范得那么严丝合缝，高志典这次去，能否进入警戒圈可是两说着呢，只能说是谋事在人，成事在天了。这次若是再进不去，又当如何呢？是啊！都吃了这么多年的鱼了，还能是猪脑袋！她既坚信自己不是猪脑袋，可又想不出好办法来，难免有点失落感，着急更是难免的。汪精卫一行的落脚点是河清公寓，此次来徐不可能只龟缩在河清公寓里，一定会有其他外出活动的。万一真的进不去河清公寓，也只能是在汪精卫一行外出的活动地点上下手了。所以，事先搞清楚汪精卫一行都有哪些外出活动就变得非常重要了。而有什么外出活动事先都会有安排的，现在想想下午给彭辉打电话问汪精卫一行什么时候来徐时，彭辉就有点怀疑，如果再打电话问这事，无疑会引起彭辉的猜疑。如此一来，要问也只能是问她哥魏成栋了。她想回去就给魏成栋打电话问问情况，也就快走了几步。可转念一想，这个时候打电话问这事，无疑有点唐突，目的性太强了。只能是见面的时候，用闲聊聊出来。

就在离家不远的一个无路灯的小巷里，冷然窜出个醉汉来，高高大大地站在了魏秋红的面前，然后嬉皮笑脸道："小姐！我有的是钞票，我们找个地方快活快活好吗？"

与此同时，特高课反间谍机关截获了戴笠发给金雕行动组的电文，佐藤惠就命令手下尽快破译出来。

魏秋红从醉汉身上闻到了一股浓浓的酒气，就厉声呵斥道："喝多了就回家休息去，休要撒野！"

"知道吗？我最讨厌……讨厌谁教训我了，撒野，撒……野又怎么了？你小丫头能怎么着大爷我？"

"你是不是活腻歪了？"魏秋红的话里夹着骨头棒子。

"呦！给自己壮胆呢？大爷我可不吃你这一套。要是乖乖地让大爷我享受了，啥事没有，要不你就要遭受皮肉之苦了。”醉汉说着就上前抓魏秋红。

魏秋红把醉汉的胳膊化开后，随手就给了他一巴掌。直把他打得倒退了两三步，并眼冒金花。醉汉晃了晃脑袋：“呦！没想到小丫头片子你还真有两下子呢。”之后就一拳朝魏秋红的胸部打来，魏秋红急以右手化开。这个醉汉会些拳脚，使出怪招，脚、拳、肘交互出击，急风暴雨般地进攻，步步紧逼，而魏秋红闪展腾挪，身捷如燕，以柔克刚，脚踏实地，步步生风，见招拆招，一招一式尽显功力。

躲在暗处的彭辉屏息敛声，目不转睛，都看傻眼了。

这时，魏秋红抓住那醉汉一个破绽，一个箭步上去，对着那醉汉的裆下飞起一脚，就把那醉汉踢倒了，见那醉汉哎哟哎哟地在地上疼得打滚，才扬长而去。

等魏秋红消失在夜幕里，彭辉才走出来，关切地道：“怎么样？没事吧？”

徐仪铭疼得龇牙咧嘴：“彭处长，我怕是要断子绝孙了。”

彭辉笑了笑：“哪有的事，危言耸听了吧！”说完就把哼哼唧唧用手依然护着裆的徐仪铭拉了起来。两个人上了轿车，徐仪铭道：“我算是明白了，下次再和女人过招一定得把裆护好……”

“哈哈！这也叫吃一堑长一智。你感觉这个女人身手怎么样？”

“不错啊！不过呢，我让了她三分。”

“你让了她三分这的确不假，可她那一脚的空当可就不是你让出来的了。”

“彭处长，这个女人好像在庆合园饭庄和你一起吃过饭吧？她是你什么人？”

彭辉叹了一口气：“她嘛！是我刚联系上的同学。”

“彭处长，你这是演的哪一出？”

“斗而不破！”

当天下午，彭辉和保安大队长王勤刚去了河清公寓，就如何做好安保工作又做了些调整，并增设了一支小分队，负责警戒圈外围的巡逻任务。在河清公寓吃过晚饭，彭辉开车就去了魏秋红那儿。却是铁将军把门，彭辉心里就咯噔了一下。彭辉又想起了那一幕：那次在庆合园饭庄裘风要和魏成栋动武，他发现魏秋红的右手下意识地往腰间摸了摸，但片刻又放回了原处……彭辉想证实一下魏秋红否是受过训，就开车走了。不一会儿就把保安大队的徐仪铭叫上了轿车，一番安排后，就拉着徐仪铭来到了魏秋红住处的附近。把轿车隐藏好，就在一处隐蔽了起来。当魏秋红出现在他们的视野里之后，彭辉再次交代徐仪铭一定不要伤着魏秋红了，才让徐仪铭下车。

试过魏秋红的身手，也就印证魏秋红是受过训的了，也是来刺杀汪精卫确定无疑。回到宿舍，彭辉洗完澡就上床了，可辗转反侧不能入睡。在彭辉看来，既然确信魏秋红是来刺杀汪精卫的，就不难寻找到她的同伙，而寻找到了又当如何呢？把他们一网打尽？这是不可能的，虽然现在已经确定魏秋红的身份，可他依然爱着魏秋红，即便是魏秋红的一根汗毛他也不想伤害。如果只是把魏秋红的同伙拿下，估计魏秋红的日子也不好过，她的上级组织会怎么看这个问题？岂不怀疑魏秋红出卖了同伙？岂不拿魏秋红是问？岂不变相害了魏秋红？而如果不把魏秋红的同伙揪出来，万一惹出什么事来，岂不又会牵扯到魏秋红？肯定也会把他牵扯进去，那魏成栋还能脱离干系吗？真乃是一枝摇百枝动，牵一发而动全身。

而如果把魏秋红一伙一网打尽了，军统会放过他吗？毕竟军统是来刺杀大汉奸汪精卫的，那他岂不是助纣为虐了吗？到那时再想摘掉汉奸的帽子就更难了,或许会招来军统的报复而一命呜呼呢。到那时,他怕是死不瞑目。就是在他看来汪精卫也该杀，可他却又为了汪精卫的到来而精心地做着安保工作，想到这儿，他头都大了。

他想就这事和魏成栋一起商量商量，可又知道魏成栋不是省油的灯，说不定就会闹出什么乱子来，想来想去还是自己处理这事为好。可又如何处理呢？

魏秋红把那醉汉一脚踢倒后，并没有走远，她还真怕把那醉汉踢出好歹来呢，就停在了一个暗处想看看情况。没想到眼前的一幕把她惊呆了：一个她熟悉的不能再熟悉的身影出现在了那醉汉身边——彭辉。而且彭辉和那醉汉的对话也飘进了她的耳朵里。当看到彭辉开车消失在苍茫的夜色之中后，魏秋红傻傻地在那站了好大一会儿。回到家中，魏秋红依然没回过神来，她洗了一个澡，才躺在床上。现在看来那醉汉要流氓，其实是彭辉导演的一场戏，意在试探一下她的身手。彭辉为什么要这样做呢？一定是她在某个环节上引起了他的怀疑和猜测。究竟是哪个环节出现的问题，她思来想去找不到答案。其实，找到答案和找不到答案已经不那么重要了，反正是她在彭辉那儿露出了破绽。可是，彭辉肯定不会是仅仅为了确认她是否会些拳脚那么简单，一定另有所图。彭辉会不会怀疑她是来刺杀汪精卫的呢？

如斯念头一闪，魏秋红顿时心惊肉跳起来。如果，彭辉真的怀疑她是来刺杀汪精卫的，只要彭辉这些天顺着她这根藤摸瓜，那金雕行动组或许已经暴露在他的掌控之中或枪口之下了。可不是嘛！最近她可没少去夹河街公寓，今天就去了两次。虽然她每次去都是小心翼翼的，生怕有人跟踪。如果，金雕行动组已经暴露在彭辉的掌控之中或枪口之下了，无疑金雕行动已是寿终正寝了，即便她的伙计们个个自命不凡，都是军统的精英，也已经是人为刀俎，我为鱼肉了。想想高志典他们正想方设法进入警戒圈，可谓贻笑大方了。

魏秋红长长地叹了一口气。

现在的彭辉还会把她看成未婚妻吗？可以想象，此时的彭辉一定很伤心。是啊！换成谁都会泪流两行的。毕竟过去的她是那么善良和清纯啊！而现在的她……简直换了一个人！

十年河东，十年河西。

突然一个念头在魏秋红的脑子里一闪：为什么她的金雕行动组至今仍然安然无恙呢？为什么彭辉今晚才试探她的拳脚和身手呢？由此可见，彭辉才刚刚嗅到一点气味而已。即便现在通过试探了她的身手，确认她是来刺杀汪精卫的，可金雕行动组尚未暴露，而彭辉又会拿她怎么样呢？

如此说来，金雕行动组仍有周旋的余地，这才让她舒了一口气。

高志典和老万头打了一通电话，就去了老万头家附近的那个路口哨卡，幸好不是李班长那伙人。依然是四个全副武装的人员在严阵以待。

高志典急匆匆地走到哨卡，给四个当班的每人都毕恭毕敬地上了一支香烟，问清谁是带班的，然后道：“田班长，我娘病了，我爹刚才打电话让我回去伺候几天……”

田班长道：“你叫什么名字？你爹叫什么名字？你家在哪里住？”

高志典一一做了回答。

田班长派一位弟兄去查底子，回来说登记册上没有他这个儿子。

高志典就苦笑着道：“看来我爹真的是老糊涂了，登记造册时怎么会把我给忘了呢？让我爹来领我行吗？”

“既然万家登记造册上没有你，那就别怪我不近人情了。回去吧。”田班长手摆得一如荷叶。

高志典哭丧着脸道：“我娘可是病得不轻，万一我娘有个好歹……”高志典说着掏出一沓钞票：“这么热的天，蚊子又这么多，弟兄们如此辛苦，这点小意思给大伙买包香烟抽抽吧……”说着就递到了田班长的面前。

田班长接过那叠钞票：“这叠钞票是不少，可也买不了我们兄弟四个的人头。所以，我们不能放你过去。无功不受禄，你还是把钞票拿回去吧。”抓住高志典的右手，就把钞票还回去了。

正在这时，佐藤惠和裘风开车过来了。他们把车停下，但没有下车。

“这！这！这……”高志典正不知如何是好，但见老万头快步过来了，就叫了一声：“爹……”

只见老万头过来后，给四个当差的鞠了一躬：“四位老总，这是我儿，我老伴病了，是我打电话让他过来的，给个方便吧？”

高志典道：“田班长，我没骗你吧？”

田班长道：“你是不是他的儿子，不能因为你叫了他一声爹我们就相信了。登记造册时怎么就没有你这个儿子呢？”

老万头道：“他又不住在这儿，再说了你们也警戒不了几天，就随便报了我和我老伴俩，谁想到会有这档子事。唉！”

田班长道：“你老伴不是病了嘛，让你儿子在这等着，你去把你老伴带过来，你和你老伴爱去医院还是去你儿子家，我们就管不了了。这样呢，也不为难我们四个了，也算给你们行了个方便。”

老万头道：“我上午已经带我老伴去过医院了，我身体也不好，我是让他过来帮我照看一下他娘的。请四个老总给个方便吧？”

正在这时，老袁头过来了：“老万，在这干什么呢？”等老万头说明了缘由，就又道，“四位老总，我是河清公寓看大门的老袁头，我可以证明他俩是亲爷俩，而且我也知道老万的老伴身体一直不怎么好。请给他爷俩行个方便吧？”老袁头说到这儿就掏烟给田班长他们。

“就是你不自我介绍，我也知道你是河清公寓看大门的老袁头，我不是拨你的面子，这里是个什么情况我想你是知道的。所以啊！登记造册上没有的人是绝对不让进去的。谁让进去了，一旦出了问题……”田班长做了个切脖子的动作，“明白了吗？”

老万头道："既然田班长都把话说到这个份上了，那志典你就回去吧。"

高志典叹了一口气，给老袁头打了个招呼就走了。

这一幕正好被坐在轿车里的佐藤惠和裘风看在眼里，佐藤惠道："裘风，你感觉那个人像是老万头的儿子吗？"

"长得可是不像，或许像老万头的老伴也未可知。"

"我有个预感，他肯定不是老万头的儿子。"

"你是说，他是重庆方面过来的人？"

"是不是，只要问问老万头周围的人就知道了。"

"那我马上让人查查去。"

"还是不要打草惊蛇为好。只要把他监视起来就行了。"

"不久前的一个晚上，刘喜子和花勇跟丢两个去过河清公寓的人，其中一个人的特征就是矮个，鹰钩鼻子……"

"花勇现在不是在庆云桥附近嘛！开车，越过他，让花勇辨认一下不就水落石出了嘛。"

"你开车前去联系花勇，我下车去跟踪那小子，万一他半路上变道了呢。"

佐藤惠投过赞许的目光："可不是嘛！"

等裘风下了车，佐藤惠就开车西去了。车开到高志典跟前时，透过车窗，佐藤惠撇了高志典一眼，果然是鹰钩鼻子。

此时的彭辉从床上爬了起来，然后拿起了电话。

魏秋红刚睡着，忽地电话铃声响起，她稳了稳神才抓起电话："哪位？"

"彭辉。休息了吗？"

"这么晚了，有什么事吗？"

"没有事就不能打个电话了？"

魏秋红对彭辉刚才的行为如鲠在喉，没好气道："你要没事我就挂了。"

"今天晚上怎么吃的？"

"半夜三更的打电话就为了问这？"

"不会是吃的枪药吧？"彭辉笑道。

"无聊。"

"吃过晚饭都忙了些什么？"

"你吃过晚饭都忙了些什么？"

“我到河清公寓那儿看了看，然后就回来了。你呢？”

“我到附近转悠了一圈就回来了，然后洗澡睡觉。有什么问题吗？”

“看你说的，我是随便问问。是这样的，汪先生不是要来了嘛……”

魏秋红插话道：“是不是想安排我见见汪先生？”

“瞎说什么啊！是这样的，虽然汪先生是个……这我就不说了，你也明白。可是，如果我保证不了他的安全，我怕是难辞其咎，会有人把账算在我头上的。到时候，我可就吃不了兜着走了。不光是我，还有你哥魏成栋，我们俩是一根绳上的两只蚂蚱，跑不了我，也跑不了他。这两天，我老感觉重庆方面会派人来刺杀汪先生，可我过去是带兵打仗的，从来没做过安保工作。所以，想请你帮我出出点子，如何做好安保工作。”

“你可真会找人。我一女流之辈，又是教书育人的，怎么可能懂那些打打杀杀的勾当？”

“听听！一副拒人千里之外的口气，这哪里还有点未婚夫妻的味道？”

“未婚夫妻都是啥味道啊？说来我听听？”

“离了张屠夫，难道还吃带毛猪不成？没有你魏秋红给我出点子，我照样能做好安保工作。重庆方面不就是来了几个人嘛！即便他们个个身怀绝技，又能成什么气候？只要我愿意，我准能把他们一窝端。”

“说是找我帮你出出点子如何做好安保工作的，转眼就是这口气了，换了一个人似的。我又不是重庆方面派来的人，你向我示什么威啊？”

“事不关己，高高挂起，看你一副局外人的口气能不来气！”彭辉笑道。

“既然你都知道重庆方面来人了，一定是有什么线索了，那顺藤摸瓜就是了，还有什么好说的？”

“那是我不想与重庆方面为敌。”

“为什么？”

“我还没傻到为南京政府生死而不顾的份儿。”

“那这就难办了。”

“说难办也难办，说不难办也不难办。如果我提醒他们，他们收手了，那我就与他们相安无事，大路朝天，各走一边。如果他们还不收手，恣意妄为的话，那就别怪我不客气了。人不为己，天诛地灭啊！”

“但愿重庆方面的人能知道你的良苦用心。”

彭辉笑道：“你要是重庆方面的人，不要我说也肯定知道。”

“彭辉，你不会怀疑我是重庆方面的人吧？”魏秋红以守为攻。

“魏秋红，你今天这是咋了？神经不正常？我怀疑谁也不会怀疑你啊！我们可是从小一起长大的，小的时候家里杀鸡你都不敢看，还敢杀人？能的吧你！”

“天不早了，我不跟你啰嗦了，明天还要早起上班呢。晚安！”魏秋红说完就放下了电话。躺下后，她在思考怎么给夹河公寓打个电话，不通报今天晚上发生的事不行，通报了又怕引起负面影响，也想问问高志典今晚行动的情况。这时，电话铃又响了，她刚要去接，电话铃却戛然而止了，也就响了两下。

这是谁打来的呢？既然已经打通了，为什么欲言又止呢？魏秋红是何等冰雪聪明，片刻，就知道是彭辉干的勾当了。

刚才彭辉找了一个“醉汉”试了试她的身手，就能断定她是受过训的，想到她一再打探汪精卫的行程什么的，就能估摸到她最近来徐州是干什么的，而且，刚刚把什么都挑明了。彭辉再次来电话，并不是和她想聊什么，而是想知道她的电话是不是在通话中。一旦她的电话在通话中，彭辉就能判断她是在第一时间给她的同伙通报和他谈话的内容，然后商讨应对的措施。如此，彭辉将会进一步确定她是来刺杀汪精卫的了。

在她魏秋红的印象之中，魏成栋是个敢惹事而又不怕事的主，敢作敢当，鬼点子也不少；冯骥呢，精明老成，思维缜密，深藏不露；彭辉呢，忠厚老实，为人仗义，粗中有细。可现在的彭辉，也会玩阴的了，而且还是针对她魏秋红。真是十年河西，十年河东了。

可是，再狡猾的狐狸也斗不过好猎手，你彭辉的狐狸尾巴不是露出来了嘛！有道是有来无往非礼也，她拿起话筒，也给彭辉打起了电话，也是只响了两下。

“给我玩伎俩，哼！”

可片刻，恐惧侵袭魏秋红全身，连彭辉都觉察到她的身份了，那日军徐州特务机关特高课课长佐藤惠呢？徐州警察局特高科科长裘风呢？是否也发觉了她的蛛丝马迹？这不是不可能的！这段时间只想着自己该干什么，忘记别人在干什么了。佐藤惠和裘风这段时间难道光顾睡大觉了？

彭辉不难对付，因为他不可能对她痛下杀手，毕竟未婚夫妻的关系在那儿呢，即便彭辉不再拿这种关系当回事了，可两人那么多年的交情在那儿呢，还有他爷爷彭道远、她爹魏洪烈、她哥魏成栋在那儿摆着呢。可裘风就不会对她那么客气了，在生与死的断杀面前，那点同学之间的友情就显得微不足道了。更何况他还挨过她哥魏成栋的刀子呢！这种仇恨是刻骨铭心的。现如今的交往，你好我好哥俩好都是为了麻痹对方而暗中较劲，逮住对方的把柄，致命一击才是终极目标。逮不住她哥魏成栋的把柄，一旦逮住她魏秋红的把柄，一样会落井下石，置之死地而后快的。至于佐藤惠，那就更不必说了。

接下来，彭辉派人对她跟踪那是可想而知的。那佐藤惠和裘风呢？

这让魏秋红感到，今晚对她来说太重要了。虽然家里的电话是现成的，可她从来不用家里的电话给夹河街公寓打电话，都是去公用电话亭。可天这么晚了，即便找到公用电话，有些事电话里也说不清楚。想到今后已经不方便去夹河街公寓了，可今晚发生的事又必须尽快让伙计们知道，她就决定马上去夹河街一趟。于是她开始摸黑起床了，把那身夜行衣拿出来穿在身上，等束扎停当，就悄无声息地闪出堂屋门了。她来到大门后一侧的墙角，慢慢探出头来，她不想看到的一幕出现了，有两个黑影在不远处的大柳树下抽烟呢。毫无疑问，这两个黑影就是监视她的人。是何方人士呢？她就不得而知了。

她退了回来，然后翻墙而出。

第十一章　引火烧身

高志典辞别老袁头西行，出于职业习惯，他回头看了看，发现有个黑影在他身后松松垮垮地走着，他一闪念："这是不是跟踪我？"于是，他放慢了步伐，发现后面的那个黑影也放慢了步伐，他加快了步伐，发现那个黑影也加快了步伐。他想道："娘的！果然是跟踪老子的。"

他来到一胡同的拐弯处，掏出飞爪百练索，甩到墙头上抓稳，噌噌刷刷地就上了墙头，转眼就落在了一个院落里。

裘风跟踪高志典也到了胡同的拐弯处，但见胡同里空空荡荡的，哪里还见人影！便知那矮个翻墙遁去了。再看看胡同两侧的墙头高度，就他这身高，徒手也是难以攀越的，看来那矮个是借助飞爪百练索翻墙逃遁的。裘风望墙兴叹，只好慢步西行了。

裘风到了庆云桥，见到佐藤惠就摇了摇头，佐藤惠便知跟丢了，依然笑着对裘风道："根据我对那个矮个形态的描述，花勇很有把握地说，他就是那天晚上去河清公寓的那个矮个。"

裘风仍然没从跟丢人的沮丧中走出来，只是点了点头。

看到裘风情绪如此低落，佐藤惠道："你啊！没必要灰心丧气，你虽然跟丢他了，可也让我们理出了一条线索，老万头和老袁头是那个矮个的共犯。那个矮个虽然暂时逃遁了，可老万头和老袁头没跑。有老万头和老袁头还愁找不到那个矮个？"

"是这个道理。可现在还不是动老万头和老袁头的时候，一旦这条线索断了，可就不容易挖出那个矮个和他的同伙了。不论他们怎么折腾，反正都是白忙乎，那就让他们尽情地折腾去吧，折腾得越厉害，线索就越清晰。”裘风说完就先上车了。

佐藤惠也上了车：“围绕河清公寓还是多派几个暗探吧，也要把老万头和老袁头监视起来。”

裘风嗯了一声就把车开走了。

佐藤惠道：“刚才魏秋红是西去夹河街的，而那个叫志典的矮个也是往西去的。或许是因为发现你跟踪他了，才半路逃之夭夭的。这是不是可以说夹河街里有他们的窝点？”

“可以这么说。”

“那夹河街就应该成为我们排查的重点了。”

“我回去就安排这事。”

轿车到了河清公寓的大门口，大门紧闭，有四个荷枪实弹的士兵在站岗。裘风懒懒地说：“还有必要进去吗？”

“那个叫志典的矮个想进去而没能进去，这或许能说明里面还没有他的同伙，而他们呢，肯定还会想方设法、不择手段打进去的，这也就是说公寓外面才是问题的关键。如此一来，我们去里面还有什么意思呢！我们就去街上兜兜风吧。都立秋了，天还是这么闷热。这要在我们北海道……”

裘风打断了佐藤惠：“或许那个叫志典的矮个这会儿还没绕到夹河街呢，不如到那里看看去，或许能有所收获呢。”

“那就去夹河街吧。”

裘风启动引擎，就把轿车开走了。

此次去河清公寓行动的不光是高志典，还有大块头刘传钦。只不过，刘传钦没出面，而是躲在一旁看风呢。当裘风下车跟踪高志典时，刘传钦也把裘风跟踪上了。正所谓，螳螂捕蝉，黄雀在后。当时，刘传钦曾想着把裘风的脑袋拧下来当夜壶，可又怕弄出麻烦来影响了金雕行动。不能因小失大，这也是魏秋红反复交代的。在刘传钦的眼里，魏秋红不仅漂亮，且是巾帼英雄，别看她平时话不多，可每句话都有分量，让他言听计从，佩服得五体投地。

刘传钦前脚刚回到夹河街公寓，魏秋红后脚也过来了。当刘传钦把和高志典去河清公寓的行动情况汇报一遍后，魏秋红好一会儿沉默不语。倒是张亚菲沉不住气了：“苏淮〇〇七六那是裘风的车牌号，车上的女人一定是佐藤惠。娘的！为什么裘风下车跟踪志典，而佐藤惠却开车走了呢？”

魏秋红道：“这正是我在考虑的问题。按说佐藤惠和裘风已经对志典有了怀疑，他俩对付一个志典应该没什么问题，当时就可以把志典抓起来啊。要是不想费那神，一枪就可以把志典打残，那志典只能是在劫难逃了。我感觉这里面一定另有隐情。”魏秋红稍一沉吟，又道，“肯定是想落实志典的落脚处，把我们一网打尽。至于佐藤惠开车走了……”

张亚菲道：“志典和传钦上次去河清公寓曾被刘喜子和花勇跟踪过，这事刘喜子和花勇一定给裘风汇报过。裘风此次跟踪志典是不是想确认一下去河清公寓的矮个和今天的矮个是不是同一人呢？那找谁确认去呢？只能是刘喜子和花勇。当时佐藤惠开车走了，看来是刘喜子或花勇在前面呢。”

魏秋红道：“这很有可能。在今天傍晚我来这儿之前，我就没发现有人跟踪过我，可就在刚才我从家里出来的时候，发觉大门口有两个人为我站岗放哨了。这两个人是何方人士呢？我过来的路上反复考虑了，一定是裘风的人。裘风为什么要派人监视我呢？一定是我傍晚的时候，坐黄包车围绕河清公寓戒严区转悠了一圈被刘喜子或花勇发现了。那可是个敏感地带啊！而且又是在敏感的时间段里。裘风能不产生怀疑？这才派人去我家大门口为我站岗放哨的。”

张亚菲道：“这推理能站住脚。”

魏秋红叹息一声道：“现在看来，我引火烧身了。”

刘传钦笑道：“智者千虑，必有一失。你也是为了工作，没必要自责。”

陈川也笑道：“可不是嘛。”

正在这时，高志典回来了。见魏秋红在，就惊讶地道：“头！你怎么又过来了？”

魏秋红给高志典倒了一杯凉开水，递给高志典后道：“幸亏你有两把刷子，否则，问题可就大了。”

高志典笑道：“不是我有两把刷子，是飞爪百练索起了作用。幸亏我带着它呢。”片刻，高志典话锋一转，“虽然我安全回来了，可我也惹麻烦了。”

张亚菲急忙道：“怎么了？”

“我回来的路上，发现裘风的车在夹河街那儿停着呢，他肯定怀疑我在这片落脚了。”

魏秋红点了点头，然后也把彭辉试探她身手的事，以及彭辉给她打电话的事也说了。当看到在场的人无不目瞪口呆时，又道："彭辉是不会对我们产生什么威胁的，这点请大家放心。"

张亚菲笑道："你这么漂亮的小媳妇，彭辉当然不敢得罪你了。"

魏秋红道："虽然如此，可我们也要格外注意了，无论如何也不能让彭辉知道我们之间的关系。否则，肯定会影响金雕行动。我估计裘风会监听我家的电话，所以今后你们再不能往我家打电话了。"

张亚菲道："那我们今后该如何保持联系呢，特别是在紧急的情况下？"

"你们在我上班的时候可以往我学校打，也可以到学校找我，但一定要格外小心。有些事，你们四个商量一下就可以定了。现在要考虑的是志典如何进入老万头家，这才是问题的关键呢。"

"对！"刘传钦很是佩服魏秋红临危不乱的大将风范。

魏秋红围绕河清公寓的地理环境画了一张草图，各个巷口和围墙都标得清清楚楚，希望能找到突破口。张亚菲他们也都围过来了。

魏秋红审视了一会儿草图，然后用铅笔比画着："这段围墙成一个钝角三角形，顶角部位有个岗哨，如果能把这个岗哨的人吸引到一端来，就基本解决了这条线被监视的问题，也就有了空档。你们看，这是个路口，陈川和亚菲在这个路口假装夫妻吵架。吵什么呢？就吵陈川在外面另有女人了，这样最能吸引人。志典呢，就埋伏在这儿，一旦钝角三角形顶角岗哨人被吸引过来了，就翻墙头过去。这可是你志典最拿手的好戏。"

高志典道："问题的关键在于陈川和张亚菲是否能演得热闹。"

大块头刘传钦笑道："陈川兄对这个角色可是乐此不疲了。"

陈川瞥了刘传钦一眼："乐此不疲？你以为是个好差事？要不你去？张亚菲这泼皮到时候还不得把人整死？"

刘传钦笑道："秋红让你当这个差事是因为你们俩看起来更般配些。"

张亚菲给了陈川肩膀一拳头，怒不可遏："你说谁是泼皮？我怎么着你了？"

陈川笑道："我是说，你要不当泼皮，指定吸引不过来人。"

张亚菲可不是饶人的善茬："装泼皮和是泼皮能一样吗？你可以少言寡语，但不能忘了说人话！"

魏秋红冷然道："跑题了哈！书归正传。"

顿时，鸦雀无声。

魏秋红道：“刚才志典说得对着呢，问题的关键在于陈川和张亚菲是否能演得热闹。只有热闹起来了才能吸引人的眼球，才能勾起周围人看热闹的心情。”

高志典道：“让我说，陈川外面有人了不如张亚菲外面有人了更具噱头。陈川当众揪着张亚菲厮打，把张亚菲的衣服撕扯破，该露的露出来，那细皮嫩肉的不招来旁观者才怪呢。嘿嘿！”

张亚菲怒骂道：“高志典，你他娘的真歹毒！”

高志典赔笑道：“这不是为了工作嘛！”

“依我看，不如把你老婆空运过来，让她跟陈川睡被我抓了个现行，然后让我在街上殴打她，把她的衣服全撕扯下来，连裤衩都不剩，这样岂不更能招来旁观者？”

高志典笑道：“张亚菲，你还说我歹毒，你可是有过之无不及。我老婆？怕是我丈母娘还没出生呢。”

张亚菲笑道：“就该如此。”

魏秋红又冷然道：“行了！别闹了，离汪精卫过来的时间不多了，再一个，裘风已经察觉到我们的行动了，若不抓紧时间，进去的机会会更少、更难！所以今晚还得有所行动，而且还得争取突破。我感觉那些负责警戒的士兵不可能一夜不换班吧，换班的空当或许就是个机会。再者说了，老虎也有打盹的时候，一旦瞅准了，这或许就是个乘虚而入的机会。”

高志典道：“那我和传钦一会儿再去。”

魏秋红道：“辛苦你们了。去的时候换上他们的军装。”

刘传钦道：“明白。”

魏秋红道：“我傍晚的时候来过夹河街，志典辞别老万头和老袁头也是往西走的，这大概就是裘风把车停在夹河街的原因。也就是说，裘风已经意识到我们的落脚点在这里了。这可是个很危险的信号，说不定明天会搜查这一带的。”

张亚菲道：“刚才志典和传钦出去执行任务的时候，我和陈川就琢磨了，河清公寓有地道，难道我们住的这个公寓就没有？于是，我们就寻找地道口了。娘的！居然就让我们俩找到了。你过来后这事那事的，我和陈川都忘记给你汇报了。”

魏秋红道："是吗？"

高志典道："我是这样想的，亚菲和陈川对外扮作夫妻，我和传钦呢，就当是陈川做生意的朋友，一旦搜查的过来了我和传钦就下地道，毕竟我和传钦被跟踪过。现在陈川和张亚菲可是各睡各的房间，白天可是要合床摆放床上用品的。麻烦是麻烦了点，可小心没有过火的。所幸，我们在这儿也待不了几天了，都是权宜之计。"

张亚菲对着陈川笑着摇了摇头："陈川，我们行动组一共三个男人，你可是瘸子里选出来的将军啊！"

陈川笑道："你虽然风情万种，可杀起人来连眼皮也不眨一眨，万一我哪天得罪你了，我脑袋可就要搬家了。所以啊！我可不敢和你假戏真做。"

张亚菲撇嘴道："美的你不轻。本姑娘再不济，也不会犯贱到你身上。三个碌石滚都压不出一个屁来。所以啊，你就别自作多情地拿着不是当理说了。"

"都像你啊！老婆嘴，不说不说百十句。"

魏秋红冷然道："好了，好了，别闹了。我要说的是，这个地方你们不能再待了，得马上搬到预置的文亭街三十六号住去。搬家后志典和传钦可要好好休息一会儿，半夜还有苦差事呢。我就不帮你们收拾了，走了。"

陈川道："头！天都这么晚了，我送送你去吧？"

张亚菲道："头，我想去把你大门口的那两个看门狗收拾掉。就是要让裘风那小子知道知道，徐州城并不是他家的一亩三分地。"

魏秋红站了起来："裘风现在还没有把我抓起来而只是监视，说明他还没有抓住我的什么把柄而只是怀疑，如果你把他的两个人杀了，傻子都知道是怎么回事，岂不是授人以柄？我严格要求大家，汪精卫来徐州之前，如果不是危及个人安全了，如果不是危及金雕行动这个终极目标了，谁也不准开杀戒、惹是生非。"说到这儿，直视张亚菲。

张亚菲很活泛，立即表态："头，我听你的。"

魏秋红翻墙进入自己的院落后，去看了看那两个人是否还在那儿站岗放哨，只见那两个人在抽着烟走动着。那么多蚊子还没把他们咬跑，虽然敬业，可也只是聋子的耳朵，这让魏秋红觉得好笑。其实，她也不乏把那两个人干掉的想法，但她很清楚，那是不可以的。魏秋红比谁都清楚自己，一旦杀起人来，一点也不比张亚菲手软。

佐藤惠和裘风刚从夹河街回到佐藤惠的住处，特高课反间谍机关就把刚截获的一个不明身份的密电码交给了佐藤惠，佐藤惠道：“锁定目标了吗？”

来者就在地图上画了一个圈：“应该在这一片。”

“那我马上带人过去。”裘风到特高科就召集手下集合了。等集合完毕，裘风亲自带队出发了。到了目的地，裘风就让手下实施包围了。之后，裘风就命令刘喜子和花勇各带几个人对圈入人家进行逐家逐户“治安检查”了。不一会儿，刘喜子就检查到了老刘家。老刘家三间正房，东西各两间配房，东边两间是一间厨房和一间杂物间，西边是两间客房，用作出租挣几个零用钱。刘喜子先检查了正房，见没有问题就去检查西边的两间客房了。客房里有五个人，说是做生意的。刘喜子一一看了他们的良民证，并进行了简单的交谈，就离开了老刘家。

客房里住着的五个人是中统过来刺杀汪精卫的行动组。刘喜子等人离开后，行动组组长老潘道：“我感觉这几个人来者不善，或许是我们刚才给总部发报招来的麻烦。”

发报员郭明泰道：“是不是他们引进了监听技术？”

老潘道：“应该是。你出去看看情况吧。”

郭明泰出去后马上就回来了，着急道：“我扒着墙头看了看，外面全是人。看来我们是被‘包饺子’了。”

老潘出去看了看也马上回来了：“是的，我们真的被包围了。”

郭明泰道：“那我们怎么办？”

老潘道：“西南角人多些，东北角人少些，趁现在他们对我们还没采取有效行动，我们现在就从东北角突围吧，以免坐以待毙。”

几个人商量片刻，就决定从东北角突围了。收拾片刻，五个人就来到了东北角的墙头跟前，有两个组员刚跳下矮墙，就被乱枪打死了。郭明泰依墙蹲下，急切地道：“老潘，看来我们是突围不出去了，怎么办？”

“还能怎么办？跟他们拼了，打死一个够本，打死两个赚一个。”老潘说完就往墙头外打了两枪。有一个黑影应声栽倒了。

郭明泰想试探一下老潘，也是想给老潘提个醒：“难道就没有别的出路了？”

“你想投降？”老潘呵斥道。

“我是想……我们不如把老刘头两口子劫持了，让他们给我们在城外准备一辆车，再把我们安全送到城外……”

“老刘头两口子的命在他们眼里能值几个钱？要是把裘风劫持了还差不多。可这可能吗？”

“那就听你的，和他们拼了。打死一个够本，打死两个赚一个。”郭明泰的声音有点发飘。

老潘恶声恶气道：“当然，谁要是想当孬种，别怪我不客气。”

小黄道：“老潘，你放心，我决不当孬种。”

这时，四周想起了缴枪不杀的喊声。

郭明泰道：“我到西北角看看去。”

老潘道：“好的。冷不防打几枪，说不定也能干倒几个。”

郭明泰刚走几步，转身就对老潘和小黄开枪了。

“你……”老潘死不瞑目。

郭明泰见老潘和小黄已死，就高喊道：“就剩我一个人了，我投降！我投降……”

就有人高喊道：“打开大门出来。”

“好的。”

郭明泰出大门后就被人控制住了。

裘风来到了院子的东北角：“你叫什么名字？”

“郭明泰。”

“你们是中统过来的人吧？”

“是。”

“一共来了几个人？”

“五个。”

“这两个人是你打死的吧？”

郭明泰点了点头：“他们俩不识时务，我又不想把性命白白地搭进去，才不得已而为之的。”

“你们来多久了？”

“五天。”

“这几天你们是如何活动的？”

“主要是寻找汪精卫一行的落脚点。”

“你们寻找到了吗？”

“安泰公寓。”

“你们搞错了。汪先生一行的落脚点不是安泰公寓，是河清公寓。密电码本呢？”

郭明泰指了指老潘：“他是组长，在他身上呢。”

刘喜子就从老潘身上搜出了密电码本。

郭明泰为了活命，居然枪杀同伙，裘风感觉留着他或许是个祸根，甩手就是一枪。

次日一早起来，魏秋红一如往常，去厕所，刷牙，洗脸，梳头，然后做早饭，还故意把锅碗瓢勺弄得山响。吃过早饭，看看上班的时间快到了，脱掉睡衣,换上出门的衣服,就款款去开大门了。但见大柳树下还站着两个男人，也不管是否昨晚值班的那两个人，可看看手表快上课了，就径直回学校了。快到学校大门口的时候，她碰到了一个送学生的家长，在攀谈之中，不经意回头看了看，但见那两个人尾随过来了。到了学校，她见校长办公室敞着门，且校长也不在，就给彭辉打了一个电话，寒暄两句后，说：“彭辉，说句不客气的话，你有点不地道。”

彭辉以为魏秋红指的是昨晚的事，就笑道：“这大清早的怎么说这没头没脑的话？”

“你就给我装吧。”

彭辉依然笑道：“我跟你还需要装吗？”

“从昨天晚上，到我现在来学校上班，一直有人监视和跟踪我。是不是你派来的人？”

彭辉残存在脸上的笑容僵住了：“我对自己的未婚妻进行监视和跟踪，这不是笑话嘛！更何况我没有监视和跟踪你的理由啊？要是你移情别恋了，或许我会让人监视和跟踪你，挖出你跟谁……”

魏秋红打断彭辉的话：“彭辉，你少给我胡说八道，我魏秋红是啥人你难道不清楚！”

“那你现在仔细想想，会是什么人监视和跟踪你的呢？”

“这我哪里知道？”魏秋红回答得很干脆。

“那你昨天都干了些什么？”

“也就是昨天晚上因感到闷热，我坐黄包车到街上兜兜风去了。”

“就这些？”

“你以为我能干什么？”

“你沿哪条线路兜风的？”

“坐上黄包车，车夫问我去哪里，我说到街上兜兜风去，车夫说既然你是上街兜风的，那我就拉着你顺便到戒严的地方看看热闹去。当时我也希望能在那儿见到你，就没吭声。”

“整个过程没出现什么意外吧？”

“回来的小路上，碰到了一个酒晕子欺负我，乘机把他推倒后我就跑走了。”

“你还挺厉害的。”

“不是我厉害，是他喝多了。”

“你是怎样发现有人监视和跟踪你的呢？”

魏秋红就如实说了。

“你要知道，你兜风去的地方正是在戒严的地方，也是最为敏感的地带，所以，你被人怀疑上也是在情理之中的。昨天晚上是保安大队长王勤刚在那儿值班，刚才我还和他通话呢，他没说派人监视和跟踪谁的事啊！如此说来，这一定是裘风那小子干的好事。”

“这个裘风真是长本事了，居然派人监视和跟踪起老同学了。那你说该怎么处理这件事？”

“这有什么难处理的。你呢，该上班的时候就去学校，放学后你就回家，能不上街就不上街，更不要去是非之地。如果你真的需要上街了，就给我打电话，我陪你去。”

“哼！这还需要你交代啊！”

“至于监视和跟踪你的那两个小子呢，就交给我来处理吧。”

“你打算怎么处理呢？”

“怎么处理，至少得让裘风感受点疼痛的味道吧！”

“也别太过分了，点到为止。”

“知道了。”

“昨天晚上那一阵枪声是怎么回事啊？”

“听说裘风端了中统的一个窝点。”彭辉放下电话，就点燃了一支香烟。他本想给魏成栋打个电话的，可又怕他出手太重了。直到香烟几乎燃尽，彭辉才给保安大队长王勤刚打了一个电话。

魏秋红放下彭辉的电话，正要给文亭街三十六号打个电话，正巧校长和几个校干进屋了，就不好再打了。离开校长室，她就有点后悔自己主次不分没先给文亭街三十六号打电话了，不知道高志典现在是个什么情况。

监视和跟踪魏秋红的那两个便衣汉子，正在青年路小学大门口一个卖茶叶蛋的老太婆摊子那儿坐着抽烟，这时过来一个络腮胡子要给其中的一个便衣汉子借火抽烟，那便衣汉子就把香烟递给了那络腮胡子，那络腮胡子就道："你都这么大人了，怎么不懂瞎屁？别人借火都是给火柴，你怎么给烟头？你就不怕给别人传染上什么病？"

那便衣汉子腾地站了起来，怒火冲天："好心当成驴肝肺。你他娘的说谁不懂瞎屁？还怕我传染给你什么病？我看你他娘的欠揍。"说着就给了那络腮胡子一个拳头。那便衣汉子被蚊子咬了半夜，正没地方泻火呢。

虽然两打一的架子已经拉开，可那络腮胡子一点也不含糊，出手就是一巴掌。片刻，这三个人就扭打了起来。就在这时，冷然过来一伙人，不由分说，抓住那两个便衣汉子就是一顿暴打，直把那两个便衣汉子打得皮开肉绽了才随络腮胡子扬长而去。

正是课间休息的时间，就有学生把校门外打群架的事告诉给了魏秋红。于是，魏秋红就知道是怎么回事了，这正是她想要的结果。她之所以给彭辉打那个电话，就是想间接地把自己置于怀疑圈子里，这样反而会让裘风产生错觉。

在她看来，既然裘风已经怀疑且派人监视和跟踪她了，即便她什么都不做想洗清自己也没那么容易了。而一旦教训了那两个监视和跟踪她的家伙，就会让裘风心里打问号：魏秋红为什么让彭辉收拾监视和跟踪她的人呢？这不是不打自招了嘛！裘风或许就会把她和彭辉当作工作的重点，而高志典他们或许就能有机可乘了。即便裘风把矛头指向她和彭辉了，又能奈她和彭辉何！虽然她是金雕行动组的头儿，可只是个幕后策划者，一般不参与具体行动，也就不会再让裘风抓住什么把柄了。即便昨晚高志典行动失败，可下一步该怎么做已无须她操心了。更何况一旦金雕行动结束，她就会远走高飞。而裘风更不可能抓住彭辉什么把柄，因为彭辉不是金雕行动组的成员，且是为汪精卫一行的到来兢兢业业做安保工作的。本来裘风和彭辉就尿不到一个壶里去，而因此产生矛盾，也就无足轻重了。

魏秋红让彭辉派人教训那两个监视和跟踪她的家伙的另一原因，是想通过不怕惹是生非这点来向佐藤惠和裘风证明她不是重庆方面派来的人。所谓反其道而行之。

当裘风听说他派去监视和跟踪魏秋红的两个人挨打后，脑子里立马出现了两个问题：一是谁打的？二是为什么被打？根据汇报的情况看，那个借火抽烟的人其实就是去找茬的，而后面去的那伙人其实是埋伏好的。也就是说，这是一起有预谋的行动。这显然是魏秋红让彭辉派人采取的行动，因为魏秋红是不会轻易把她的同伙暴露出来的。而彭辉是不是知道魏秋红被监视和跟踪的真正原因那就不得而知了。

魏秋红能发现被人监视和跟踪了，说明她心里有鬼，而一般的老百姓是没有这么高的警惕性。这更证实了他的猜测。

魏秋红为什么要对他派去的人采取行动呢？这才是问题的关键。既然他已经派人对她进行监视和跟踪了，说明她已经被怀疑，她现在应该成为惊弓之鸟才对，哪里还敢如此嚣张？难道魏秋红就不怕引火烧身？是不是因为身为苏淮特别区保安司令部保安处长的彭辉是她未婚夫，身为徐州警察局局长的魏成栋是她哥，她才有恃无恐？这个因素肯定有，但占多大比例就难说了。而这只能算是魏秋红敢于对他派去的人采取行动的砝码，不影响行动的进程才是她的真正目的。

可是，既然你魏秋红已经被我怀疑上了，靠间接地收拾我派去监视和跟踪你的人就能解决问题了？这只能是适得其反！你以为我怕魏成栋和彭辉吗？我要怕他们俩就不来徐州了，置之死地而后快呢。你魏秋红不是怕人监视和跟踪嘛，那我们就骑驴看唱本走着瞧吧！

佐藤惠听说裘风派去监视和跟踪魏秋红的人挨打了，就打电话问裘风是怎么回事，然后问道："你打算怎么应对？"

"打我派去监视和跟踪魏秋红的人一定是魏秋红指使彭辉干的，就算是把那几个人找出来也于事无补。他们可以不承认打架的事，即便承认打架的事了，也不会承认是彭辉指使的。所以，我现在先把这事放一边了。他给我一巴掌，我记下了，我坚信，会有那么一天，我会给他两巴掌、三巴掌的。"

"接下来呢？"

"我刚刚又派四个人去监视和跟踪魏秋红了，我倒要看看魏秋红是否还会让彭辉派人过去动手。我对那四个人已经吩咐过了，有人敢对他们动手，就可以开枪。”

“你这样做的目的是不是想让彭辉对魏秋红打个大大的问号，裘风为什么要死死地监视和跟踪魏秋红呢？”

“知我者佐藤惠也。一旦彭辉怀疑上魏秋红的真实身份，那这场戏就好看多了。”

“戏是要看的，可是，如果你把过多的精力花在看这场戏上，这或许正是魏秋红所希望的……”

“明修栈道，暗度陈仓。我知道魏秋红在用声东击西、出奇制胜的谋略。”

“是啊！魏秋红可不是为了演戏给你看的，她的真正目的是来刺杀汪先生的。”

“这我当然知道了。她给我摆迷魂阵，以其人之道还治其人之身，我也在给她摆迷魂阵呢，这就是我为什么继续派人监视和跟踪魏秋红的另一个原因。这也叫一箭双雕。暗地里呢，我围绕着河清公寓编织了一张大网。”

“我是这样认为的，”佐藤惠对裘风一直是彬彬有礼的，且疼爱有加，“你派去监视和跟踪魏秋红的人，不能当样子货，要实实在在地把魏秋红控制住，死死地缠住她，让她动弹不得。汪先生一行后天晚上就要过来了，对魏秋红一伙来说，行动在即，她指定会铤而走险的。一旦抓个正着就痛下杀手，就是彭辉和魏成栋联手也救不了她。鉴于此，仅仅派那四个明哨是不够的，应该再派四个暗哨过去。不是明枪好躲，暗箭难防嘛！”

第十二章　杀父之仇

昨晚高志典是否得手了？一上午在魏秋红的脑海里不知道冒了多少个大问号。放学后，走在回家的路上，魏秋红就发现有四个男人在明目张胆地跟踪她了。魏秋红心里明白，这四个人一定是裘风派来的，可为什么要毫无掩饰地跟踪呢？裘风玩的是什么鬼花招？但不论是什么鬼花招，裘风现在是不会动她一根汗毛的，因为裘风至今尚未抓住她一点把柄，仅仅是猜测而已。

在舒展的云朵下面，魏秋红的步履依旧很轻盈，对那四个跟踪她的人可谓视若无睹。

进家后，魏秋红就把大门关上了。进房门，她环视一下四周，虽然没感到有什么异样，还是把电话机检查了一下。没发现什么监听的装备。想到大门口那四个人的存在，也想给文亭街三十六号打个电话，她就给彭辉打了一个电话。

彭辉正准备去食堂吃饭去呢，接到魏秋红的电话就赶来了。刚把车停在魏秋红的大门口，就发现了那四个人。他立马明白了，这四个人肯定又是裘风派来监视魏秋红的。这让他恨得咬牙。下车后，他缓缓地过去把大门打开，径直进了院子，见到魏秋红就道："要不是顾及你的态度，我进门前就把那四个人放倒了。娘的！"

魏秋红一笑："放倒他们四个人干什么，又不影响我什么，说不定别人还以为是我的保镖呢。这多好玩啊！"

"好玩？你难道就没有心理压力？"彭辉一语双关。

魏秋红当然听出了彭辉的弦外之音，淡然道：“我只是个小学老师，又没招惹谁，能有什么心理压力？裘风愿意折腾就让他继续折腾好了，早晚会有那么一天，他会知道这是一场误会。”

“即便裘风那小子确是误会你了，我也是忍无可忍，一会儿我再派人来收拾他们四个人。”

“你收拾了裘风两个人，他就派来了四个人，你若收拾了那四个人，他说不定会派来八个人呢。到那时，别人怎么看我、想我？指指戳戳的，还不把我当成话柄？”

“特高科也就几十个人，就让他成倍地派人来好了，要不了几天我就给他收拾干净了。”

“有句话叫狗急跳墙，你兵权在握裘风怎么不了你，吃柿子捡软的捏，说不定会拿我下狠手呢。到那时，你后悔可就晚了。也别说裘风怎么不了你，他可是有佐藤惠那娘们的日本大粗腿抱着呢。岂止是大粗腿。”

彭辉惊诧道：“裘风和佐藤惠的那点破事你也知道？”

“徐州城就巴掌大的地方，知道又有什么稀奇的。”魏秋红笑道。

“既然你不想收拾大门外的那四条狗，那我们就出去吃饭吧。”

锁上大门，魏秋红谈笑风生地上了彭辉的轿车。彭辉启动汽车的引擎后，魏秋红笑道：“这四个人应该感谢你，是你给了他们吃饭休息的机会。”

“裘风肯定没想到你会给他来这么一手，他显然是失算了。”彭辉说完开车走了。

魏秋红鼻子不是鼻子，脸不是脸地道：“我这两天怎么老感觉你说话阴阳怪气、旁敲侧击的，什么意思啊你？”

“是吗？你怎么会有这种感觉？”

“是啊！连我都有点莫名其妙，怎么会有这种感觉呢？不对啊！这是你给我的感觉，还问我？你应该从自身找答案。”

“我也就随便那么一说，哪里有什么答案不答案的。你神经过敏了吧？”

“汪先生一行就要来了，而你又是做安保工作的负责人，这细节那细节的，这措施那措施的，是不是因为压力过大，产生了满眼都是和你作对的人的幻觉？”

“我这人没心没肺的，饿了吃饭，渴了喝水，困了睡觉，从来就没感觉到有什么压力，也就不可能产生什么幻觉了。哎！听你的话音，你是不是怀疑我对你有什么敌意了吧？”

“这可能吗？你是我的未婚夫啊！”魏秋红又拿出了撒手锏。

“难得你还记得我是你的未婚夫，不胜感激。”彭辉把腔调拉得很长，也很玩味。

“还感激涕零呢。真正聪明的人，往往聪明得让人不以为其聪明，这才是一种高明的处事艺术。”

“我要是个聪明的人就不会从洛阳逃出来了，也不会上郝鹏举的贼船，以至酿成今天的苦果了。往事不堪回首啊！”

“要说苦果，还真是呢，虽然你贵为苏淮特别区保安司令部保安处长，好似风光，可毕竟是顶着汉奸的帽子。”

“谁说不是呢。”

“而且是一顶摇摇欲坠的帽子。据说日本内阁和天皇最早制定的 A、B、C 三个英文字母的发展计划还是比较符合日本国情的。A. 占领朝鲜；B. 占领满洲；C. 占领西伯利亚。有了这个半弧形地区，已经完全可以解决日本人口和土地以及资源的困难，而且不会招致国际上大的反对，这一点在实行 A、B 计划中已经可以证明，可是，到了该走第三步的时候，军方由于看到蒋介石的软弱，和内战频仍，而野心膨胀，他们放弃了进军苏联的远东计划，把锋芒转向了中国内地。可他们忽略了，日本兵源枯竭，一旦战场的面铺得太宽，兵力投入太多，国内就根本没有办法在军队伤亡比较大的情况下提供后备兵源。战斗部队得不到补充，士兵得不到休整，战争局面可想而知。人心不足蛇吞象，最终会被撑破肚皮的。”

“可不是嘛！”

“到那天，你的命运将会是什么，我想你是可想而知的。”

“臭名昭著，死无葬身之地。”

“既然能想到后果，为什么不迷途知返呢？”

“我过去给你说过想辞去现在的工作，和你一起去魏楼教书去，可你……反倒怪罪起我来了。真是的。”

“大丈夫应该横刀立马，驰骋疆场，报效国家和民族才是。”

“我也有过想拉一竿子人马，占山为王，专打日本鬼子的想法……”

魏秋红打断彭辉的话：“为何不投奔国军去？”

“国军，我可是从国军逃出来的。不是国军我还到不了今天这个地步呢。”

“那么多国军将领，有几个武清华？”

说话间，饭店到了。简单吃过饭，彭辉要送魏秋红回家，魏秋红却说要到街上转悠转悠去，彭辉只好开车走了。彭辉也想跟踪一下魏秋红，看看她到街上转悠什么去，可转念一想，万一让魏秋红发觉就不好了，再者说了，也没这个必要。

魏秋红在饭店里给文亭街三十六号打了一个电话。接电话的是高志典，一听是魏秋红就用低沉的声调说行动失败了。“别泄气，不是还有办法嘛！”魏秋红说完就挂了电话。然后她在心里道：“彭辉，行啊你！

魏秋红又给魏成栋打了一个电话，然后上街给魏成栋买了一件衣服，就去警察局了。

魏秋红坐上一辆在饭店门口歇脚等生意的黄包车，刚到警察局大门口，就碰到了裘风。裘风笑道：“老同学，真没想到会在这里见到你。”

魏秋红笑道：“这里又不是龙潭虎穴，有什么想不到的。”

“即便这里是龙潭虎穴，对老同学你来讲又有何惧哉！”裘风说罢，往大门口看了看，心想：跟踪魏秋红的人呢？

“你说的也是，因为我老同学裘风在这里是个了不起的人物。只要我打出你是我老同学这张王牌，谁还敢惹我？”

“这你可就言过其实、夸大其词了。你哥魏成栋可是徐州市警察局局长，你未婚夫彭辉可是苏淮特别区保安司令部保安处长，他俩谁跺跺脚都能在徐州市里引起地震。就我这顶乌纱帽，在他俩面前可就是小巫见大巫了。你拿我当王牌，岂不是贻笑大方了？”

“话可不能这样说，假如你想和我过不去的话，他俩也是爱莫能助的。”

“我们是老同学，一辈子同学三辈子亲，我为什么要跟你过不去？”

魏秋红笑道：“我是在诠释你的能力，或许我用了一个不恰当的比喻。”

裘风硬生生地道：“不过，话又说回来了，假如你是重庆方面派来的人，或许如你所说。”

魏秋红装憨卖傻道：“重庆方面派来的人？派来的什么人？”

“问你哥魏成栋去吧。我还有事，就不邀请你去我办公室喝茶了。改天我请老同学们吃饭。再见！”裘风笑着走了。

“裘风，我可是好久没到过饭店吃饭了，正盼望着谁请客解馋呢。那我可就搬着小板凳坐在家里等你请客了。”

裘风住脚，转脸狞笑道："小板凳哪里有老虎凳舒服啊！"说完又往前走了。

"裘疯子，你给我站住，啥叫老虎凳？"魏秋红追着裘风不依不饶。

"我看你是揣着明白装糊涂。要是真的不知道的话，可以问你哥魏成栋去！也可以问你未婚夫彭辉去！"这次裘风连脸也没转。

虽然裘风已经拐弯不见了，魏秋红依然大喊道："裘疯子，你要敢戏弄我，你给我小心点。"

从刚才和裘风的对话来看，魏秋红已经闻到来自裘风身上那浓浓的火药味，无异于公开叫板了。魏秋红心想：又没抓住我什么把柄，叫板又能怎么着我？而采用那种明目张胆的跟踪，又能解决什么问题？愚蠢至极。到了魏成栋办公室，魏秋红就把衣服拿出来了。魏成栋试了试，挺合身的，就道："给彭辉买了吗？"

"没有。"

"怎么没给他买？"

"他又不是我亲哥。"

"这话说得。你和彭辉打算什么时候结婚？你也老大不小了。"

"你当哥的都还没结婚呢，我慌什么啊！"

"你和我不同，我这还不是没找到嘛。"

"现在这个时局，谁知道彭辉会到哪一步？"

"在你眼里，现在是个啥时局？"

"你以为小日本还能在中国坚持多久？"

"这还真不好说呢。"

"一旦小日本垮了，你和彭辉可是戴着顶汉奸帽子的，到时候再想摘掉可就难了。所以，你和彭辉应该早做打算，迷途知返。"

"彭辉现在是什么态度？"

"他早就身在曹营心在汉了。他想和我一起去魏楼教书去，也有想拉一竿子人马占山为王，专打日本鬼子的想法。他对工作早就疲于应付了，可谓当一天和尚撞一天钟。我现在担心的不是他了，而是你。"

魏成栋沉默不语。

"上次我们回魏楼，当爷爷知道你和彭辉哥的差事后，可是痛心疾首的。爷爷的话我仍然记忆犹新……"

魏成栋点燃了一支香烟，道：“我现在不也是在摆摆样子，虚应一个卯名嘛。”

这就给魏秋红的脸上抹上了几分苍凉的喜色，可感觉现在不是纠缠是是非非的时候，就开始为来这儿的目的拐弯抹角了，道：“我想家了，我们明后天约彭辉回魏楼吧？”

“这两天不行。”

“为什么？”

“汪精卫一行这两天要来视察，我和彭辉负责安保，脱不开身的。”

“汪精卫一行能在徐州待几天？”

“最多两天，中秋节快到了啊。”

“他们来干什么的？都有哪些活动？”

“听说要成立淮海省，至于哪些活动……你问这么多干什么？”魏成栋警觉了起来。

“这不是随便问问吗？”

魏成栋直视着魏秋红道：“不那么简单吧？”

魏秋红笑道：“能有多复杂？”

魏成栋掸掉一截烟灰，话锋一转：“工作还顺心吗？”

“挺好的。中秋节，我们三个回魏楼吧。”

“等送走汪精卫一行再说吧。”

魏秋红见在魏成栋这儿也得不到有用的信息就告辞了。出了警察局的大门，她上了一辆黄包车，片刻就发现有两个人也坐上黄包车跟踪她了。她明白，这是裘风临时安排的人员。她想戏弄一下跟踪她的人！可看看手表快到上课的时间了，就径直回学校了。到了学校大门口，就发现了上午跟踪她的那四个人，笑笑就进去了。

送走魏秋红，魏成栋回到办公桌坐下，又点燃了一支香烟。那次在庆合园饭庄要和裘风动武，他也发现秋红的右手往腰间摸了摸，但片刻又放回了原处。由此可见秋红也是玩枪的人，又联想到秋红的一些言辞和那么多年的失踪经历，他感觉秋红不是重庆方面的人就是延安方面的人。可见秋红刚才送衣服是假，来打探汪精卫一行的消息才是其真正目的。也肯定不是为了打探消息而打探消息的，一定是为了配合某种行动。刺杀汪精卫！他打了个寒战。由此判断，秋红也只能是重庆方面的人了。中统过来的人已经被裘风连窝端，由此可见，秋红是军统的人。军统，他苦涩地笑了笑。过去，他可是军统的精英啊，想不到如今他却成了军统的对头。更想不到的是，妹妹秋红也是军统的人，毫无疑问，也是金雕行动的成员了。无疑，他和秋红就成了理论上的对头，而秋红和彭辉也是理论上的对头，而他和彭辉又是为汪精卫一行来徐负责安保工作的，想想这三者之间的关系，可真是一场好戏啊！虽然他和彭辉不愿意陪秋红演这场戏，更不想枪口对枪口，可是……想到这，他头都大了。这时，电话铃响了，是张涛打来的："刚才秋红从警察局出来后，我发现有两个人跟踪她，应该是裘风的人。"

"裘风真是越来越胆大妄为了，居然敢派人跟踪老子的妹妹，若不给他点颜色看看，岂不反了他了……"

张涛骨子里有种嗜血的渴望，可是个杀人不眨眼的魔鬼，连忙接过话茬："你的意思是把那两个跟踪秋红的人干掉？"

"我送你四个大字，悄无声息。"魏成栋说完就放下了电话。裘风为什么要派人跟踪秋红？看来秋红在裘风那儿也露马脚了，又是如何露马脚的呢？虽然他现在和秋红是对头，可他更是她哥，既要和她对着干，也要保护好她。

裘风，你敢动老子的妹妹一指头，老子就让你死无葬身之地！

想到裘风派人跟踪秋红的事应该让彭辉知道，魏成栋摸起了电话。可片刻就又放下了。当彭辉知道裘风派人跟踪秋红后，会怎么想、怎么做？会不会影响和秋红的未婚夫妻关系？今天晚上，有没有必要和秋红谈谈，一针见血地指出她的身份和所面临的问题？可又一想，依照秋红的性格，怕是谈不拢的。更何况，军统的纪律在那儿呢。

于是他又摸起了电话："彭辉，我找你谈谈秋红的事，你看在哪里见吧？"

"那就去冯骥家吧。"

"为什么去冯骥家？"

"因为我知道你要谈什么事。而且，冯骥也略知一二。"

魏成栋惊讶道："是吗？"

"其实，我早想找你谈谈秋红的事了，可一直犹豫不决。"

"犹豫不决？"

"见面再谈吧。"彭辉说完就放下了电话。

魏成栋对此大为恼火。

是魏成栋先到茂源绸缎庄的，冯骥和林丽把他招呼到后院，林丽倒了三杯茶水。魏成栋道："再倒一杯吧，彭辉马上也过来了。"话音刚落，彭辉就过来了。

等彭辉坐定，魏成栋就黑着脸道："彭辉，你现在撂电话可是越来越利索了……"

"肯定是你想多了。"彭辉一笑后，呷了一口茶，"我们还是直奔主题吧。"

张涛坐着黄包车行进在一个小巷里。就在这时，他发现刚才那两个跟踪魏秋红的人坐着黄包车喜笑颜开地迎面而来，他前后看看小巷里也没几个人，很快就把飞镖准备好了。和那辆黄包车刚一交错，他就刷刷地把飞镖打出去了，那两个人哼也没哼就死于非命了。那个黄包车夫来到了警察局大门口才停车，扭头一看傻眼了，但见他车上的两个人咽喉上都插着一把飞镖，鲜血依然流淌着，片刻大声呼救了起来："杀人了！杀人了！"

这就惊动了警察局大门口的四个岗哨。带班的岗哨见状就跑着去裘风的办公室了。裘风来到那两具尸体面前，问黄包车夫："你叫什么名字？"

"大家都叫我钱老二。"

"钱老二，这两个人是在哪里上车的？"

"就是在这大门口上车的，到了青年路小学门口就折回来了。"

"你看看这两把飞镖，可是从正面打到他俩咽喉上的，这说明凶手和你们是擦肩而过的，你好好想想，有什么可疑的地方吗？"

钱老二用手指了指："在那个小巷子里，迎面过来一辆黄包车，车上坐着一个二十来岁的年轻人，大眼睛，我们交叉路过时，我倒是听到了两声刷刷的声音，可我也没当回事啊。"

"如果再见到那个人，你还能认出他来吗？"

"差不多吧。"

"今后，你不管在哪里见到那个人，都马上到我这里报告。"裘风掏出了五块银圆，"你先拿去花着。一旦你帮我找到了那个人，那就是二十块银圆了。"

钱老二接过银圆，点头哈腰："谢谢老总，我一定尽心尽力。"

裘风拔出了那两把飞镖，掏出手绢擦了擦，但见每把飞镖上都印着一个"涛"字，心里顿时一惊：原来杀害父亲的凶手就在徐州市啊！

他让人把这两把飞镖收起来后，就开车去了青年路小学。到了大门口，但见他派来监视魏秋红的四个人都在，就问带班的黄三：“魏秋红进学校了吗？”

“报告科长，魏秋红上课前是坐黄包车来的。”

“你们发现谢运来和王胡子跟踪魏秋红也过来了吗？”

“谢运来和王胡子也是坐黄包车过来的，见魏秋红进学校后，和我们几个点了点头就回去了。”

“中午放学后，你们四个好像把魏秋红跟丢了？”

“放学后，我们四个跟踪魏秋红到了她家门口，不久魏秋红就被彭辉用轿车接走了，所以……”

裘风劈脸就给了黄三一巴掌，凶神恶煞道：“为什么不及时报告给我？”

黄三虽然感觉嘴角在流血，可也不敢擦：“报告科长，我打你办公室电话了，可没人接。”

裘风从口袋里掏出烟包，给黄三一支，然后自己点燃了一支。是谁把谢运来和王胡子收拾了呢？一定是与魏秋红有关的人在暗中保护魏秋红。彭辉的人？魏成栋的人？魏秋红的人？他咬着牙在心里道：杀父之仇，焉能不报！

过了一会儿他才对黄三道：“你们四个现在去抄魏秋红的家，一定要仔细搜查，不留死角。”

下午放学后，魏秋红来到了大门口，发现那四个跟踪和监视她的人依然在，又发现彭辉的车在那儿停着呢，就上了彭辉的车：“你怎么来了？”

“接你去冯骥家吃饭，成栋也在。”

“今天怎么这么齐全？有事吗？”

彭辉笑道：“不是没有裘风他们三个嘛，没有啥事，也就是聚聚。”

魏秋红只是一笑，在她的脑子里一直盘旋着一个问题：那四个跟踪和监视她的人会不会抄她家呢？

彭辉道：“你在想什么？”

“我想回家换件衣服去。”魏秋红似乎有了某种预感。

彭辉就把车开到了魏秋红家门口。但见大门依然锁着，当打开大门后，却发现堂屋的门敞开着，彭辉道：“你怎么没锁堂屋的门？”

魏秋红大步流星地走着：“锁了啊！”两人进屋后，都被眼前的一幕惊呆了，屋里被翻腾得乱七八糟。于是，两个人都知道是怎么回事了，但谁也没点明。

片刻，彭辉道：“看看少什么东西了没有？”

魏秋红打开抽屉：“少了一个项链，还有一些钞票。”然后就默默地收拾衣物了。

彭辉点燃一支烟：“有道是贼不走空，可我感觉他们不是真正意义上的贼。”

“你的意思是那四个跟踪和监视我的人？”既然彭辉已经把话挑明，魏秋红索性顺水推舟了，或许彭辉能帮她什么呢。

“秃子头上的虱子明摆着呢。”

“裘风为什么要这样？”

“这就得问你自己了。你不会是揣着明白装糊涂吧？”彭辉笑道。

“就因为我昨天晚上去警戒圈那儿转悠了一圈？”魏秋红一副无辜、无奈的样子。

“刚才听魏成栋说，你中午从警察局出来后就被人跟踪了，是他派人把那两个跟踪你的人干掉的。”

“啊！会有这事？”这的确是魏秋红没想到的，难免有些惊诧。

“我只是教训了一下跟踪和监视你的人，成栋却动了杀机。”

“这就是你和我哥的区别。”

彭辉盯着魏秋红：“他过去可是军统的人，你难道不清楚吗？”

“哦。有空再收拾吧，我们走。”魏秋红可不想彭辉老在这个问题上纠缠她。

坐在轿车里，隔窗看着街面上熙熙攘攘的人流，魏秋红在想着如何应对即将要面临的一些问题。可到了冯骥家，吃饭、扯闲篇，谁也没提及裘风派人跟踪和监视她的事，好像他们几个都与那事无关抑或根本不知道似的，这反而让她感觉不正常了。在她来这儿之前，他们几个一定对她的事开过碰头会，交换过意见，可对她为什么要三缄其口呢？他们几个这是演的哪一出？是不是在等她主动“交代”？因为在他们眼里惹麻烦的是她，而魏成栋和彭辉都暗中帮过她，她应该领情。可是，在她看来，魏成栋派人把那两个跟踪她的人杀了，纯属多此一举，这样只会把事情弄得更复杂、更糟糕，矛盾更加尖锐，这又能解决什么问题？这对她的金雕行动是否有影响她现在还说不清楚呢。提起金雕行动，她还真有点犯愁了。明天汪精卫一行就要过来了，可高志典至今尚未突破警戒圈进入老万家，那放置在河清公寓下面的定时炸弹就有可能成为废铁疙瘩，而又没搞到汪精卫一行来徐后的活动轨迹，金雕行动搁浅的可能性就很显然了。一旦汪精卫一行在河清公寓入驻后，警戒级别就会提升，到那时，再想进入老万家怕是难于上青天了。显然，金雕行动是否能成功，基本上取决于高志典今晚能否进入老万家了。而高志典能否进入老万家又取决于陈川和张亚菲戏演得如何。这个时候她蓦地感觉到，高志典能否进入老万家应该不是她现在要考虑的问题了，她该考虑高志典万一进不了老万家，接下来行动组该怎么办。

这时，林丽道："秋红，你在那发什么呆？"

魏秋红反应很快："中秋节就要到了，想家了呗。"

"可不是嘛，中秋节说到就到了。"

魏秋红说完用目光扫了扫在座的每个人："我想回魏楼过节去，你们呢？"

"说真的，我还真的想爷爷了，当然想回家过节了。可是，如果汪精卫一行在徐州出事了，想回回不去是小事，会不会掉脑袋可就难说了。如果我真的掉脑袋了，秋红，我爷爷可就拜托给你了……"虽然彭辉话里有话，但他仰天长叹，故意避开魏秋红的审视。

林丽笑道："彭辉，这算不算临终遗言？"

彭辉叹了一口气道："如果这作为临终遗言，那也太过于简单了吧，我现在正式给大家做个临终遗言……"

魏成栋不耐其烦地道："行了！行了你！我看你是吃饱撑的。即便重庆派来的那几个特工个个身手不凡，可河清公寓被你的人马围得铁桶一般，他们还不得望洋兴叹？即便他们使命在身，个个有英雄情结，难道他们明知不敌还要以卵击石？更何况他们也都是爹娘一把屎一把尿拉扯大的，难道就不考虑白发人送黑发人的凄迷？识时务者为俊杰的道理，谁都懂。"

彭辉积极配合，敲着边鼓道："在我眼里，你魏成栋骨子里有种嗜血的渴望，就是个热衷于打打杀杀的人，几年不见，居然也有温存的一面了。只不过，你可别寄希望于你的敌人也有温存的一面。否则，你会输得很惨！"

魏成栋直言不讳地道："我现在的敌人只有一个，那就是裘疯子。你说，我会对他手下留情吗？会给他展示温存的一面吗？同样的，裘疯子也一定把我当作敌人了，如果，我寄希望于他也有温存的一面，那我确实会输得很惨。”

魏成栋言之凿凿，不由人不相信。在场的人都知道魏成栋今天下午已经对裘风的人下手了，那裘风会吃这个哑巴亏？岂不是蓄势待发！

这个时候冯骥发话了：“我说你们俩别在这儿死啦活啦的好不好？有这空不如去河清公寓转转去，免得出现什么问题让裘风抓住你们俩的辫子，到那时候就被动了。对于裘风，他显然不仅是你们俩的敌人，而是我们在座的所有人的敌人，因为我们几个抱团取暖，一荣俱荣，一损俱损。至于如何对付裘风，不是一朝一夕的事，要以静制动，还要有个度，切勿争强好胜，更不要动不动就动杀机，以免裘风反咬一口，伤着谁了。”

这个时候，魏成栋毫无表情地站了起来：“彭辉，走！我们去河清公寓转转去。”

彭辉立马站了起来：“秋红，你是跟我一起去河清公寓还是等我回来接你？”

林丽道：“秋红，我今天有点累，就不留你在这儿玩了，改天我好好陪你。”

魏秋红站了起来，笑道：“既然林丽下逐客令了，那我只好告辞了。”

林丽道：“秋红，不好意思了哈！”

“跟我还客气！”

到了大门口，彭辉为魏秋红打开车门，魏秋红却故意道：“我也有点累了，想及早回家休息，你们忙你们的去吧。”

彭辉道：“天这么黑，你一个人回去我怎么能放心？跟我转悠一圈吧，也要不了多大会儿。”

于是，魏秋红就上车了。

魏成栋在前，彭辉断后，向河清公寓驶去。

在不远处，有一辆轿车闭着灯尾随其后。

第十三章　定时炸弹

坐在副驾驶位置上的魏秋红在沉思：彭辉为什么要带她去河清公寓呢？真的是不放心她一个人回家吗？就现在的情形，也算是情理之中的。可是，有没有其他目的呢？如果有的话，是不是含成栋、冯骥和林丽的意图？于是她道：“上次去那儿附近兜风，惹出了那么多麻烦，现在跟你去那儿转悠，会不会惹更大的麻烦？”

“就因为你上次去那儿夜探军营，把我和成栋无形之中都牵扯进去了，希望类似的事情再也不要发生……”彭辉目视前方，根本就不在乎魏秋红的反应。

魏秋红气咻咻地道：“什么？兜风怎么就变成夜探军营了？纯属无稽之谈！”

“我也认为你去那儿是兜风，可裘风却认为你是去夜探军营，否则，他怎么会派人跟踪和监视你呢？”彭辉不失时机地敲打魏秋红。

魏秋红没好气地道：“他是神经过敏。”

彭辉装腔作势道：“他一定是把你看作军统的人了。”

“军统的人？军统是干什么的？”

“我对军统也不大了解，但我知道这次军统派来了刺杀汪精卫的人。”

“也就是说，在裘疯子眼里，我是来刺杀汪精卫的人了？”

彭辉毫不含糊地道：“应该是这样。”

“你也这样认为？”

彭辉可不想惹恼魏秋红，但也想趁机表明自己的态度，就笑着说：“这重要吗？”

“你们可是高看我了。既然你也认为我是军统的人，是来刺杀汪精卫的人，那你为什么还要带我去河清公寓那儿转悠呢？你就不怕引火烧身？”魏秋红硬是咬碎银牙坚持不予承认。

“依你的智商应该能考虑到其中的奥妙。”

“其中的奥妙？”

“秋红，你注意到没有，后面有辆轿车好像在跟踪我们。确切地说是跟踪你。”彭辉的口吻像说闲话一般，就是想让魏秋红接受他的善意提醒，而又不会对他产生逆反心理。

魏秋红扭头往后看了看，还真有辆轿车跟在后面呢，却道：“心里没有鬼，不怕鬼敲门？谁爱跟踪谁跟踪好了。无聊之人的无聊之举！”

两人说话间，轿车已经进入了警戒圈。但见三步一岗，五步一哨，士兵们个个荷枪实弹，如临大敌。

魏秋红一副若有所思的样子：“奥妙！其中的奥妙！你带我来这儿转悠，是不是你们几个下午给我设计好的智力游戏？”

彭辉顾左右而言他：“裘风之所以派那四个人明目张胆地跟踪和监视你，是想让我和成栋知道他在跟踪和监视你。我和成栋就会考虑，裘风为什么要跟踪和监视你。如此一来，我和成栋就会考虑你的真实身份，而一旦确定了你的真实身份，不同阵营的人，即便是兄妹，即便是未婚夫妻关系，不斗也得斗！而裘风呢，就会隔岸观火，托着下巴看好戏。其实，我不说你也能明白。”

“裘风也真够阴险的。可是，我们三个人会让他失望的，因为我的真实身份就是一名青年路小学的老师。我现在明白了，你带我去河清公寓那儿转悠，其实是演戏给裘风看的，但又不是裘风想看的戏。这就是你所谓的奥妙？”

轿车已经进入河清公寓后街。

“谁要说我未婚妻是傻子，那才是真正的傻子呢。”彭辉话音刚落，前面就传来了嘈杂声。须臾，魏成栋的车停在了路边，彭辉也把车停在了路边。魏秋红下车后，但见一群人在围着两个吵闹的人，就随魏成栋和彭辉过去了。其实，魏秋红心里很清楚，那一定是陈川和张亚菲在那儿闹腾，心里便七上八下的。

果真是陈川和张亚菲在那儿闹腾，在昏暗的路灯下，张亚菲蓬头散发，左手抓着陈川的衣襟，吵闹着："……天天不见你的人影，就知道你外面有骚货，我以为是多俊的娘们呢，眯缝眼，肿眼泡子，头发弄得跟鸡窝样，也就她娘的骚情，就这样的一个女人你也上，恶心不！我承认隔锅的饭香，你要找个仙女，我也认了。找这样的一个骚货，连我都看不起你……"

彭辉见不远处一个站岗的士兵走过来了，突然从人群中闪出来，就过去一顿训斥。魏成栋见状，就对张亚菲恶狠狠地道："你们两口子给老子滚一边闹去，再在这儿闹腾，老子这就叫人把你们俩抓起来。"然后一挥手，恶狠狠地道，"都给老子马上散开，不然的话，一起抓。"

张亚菲却抓住了魏成栋的胳膊，可怜兮兮道："老总啊！你可得给我做主……"

魏秋红见有些看热闹的人已经离开，就道："要闹回家闹去，在大街上闹不怕丢人吗？"

张亚菲就哭哭啼啼地走开了，围观者也都散去。

这时，彭辉来到魏成栋面前道："后面一辆轿车，应该是跟踪我们的，估计是裘风的人，你说怎么办？"

魏成栋笑道："怎么办？来的都是客，不款待一下岂不失礼！尤其是裘疯子的客人更不能怠慢。"

"怎么款待？"在魏成栋面前，彭辉总是懒得动脑子拿主意。

"送他们上西天给裘疯子取经去。"魏成栋说完就要掏枪，却被魏秋红按住了："哥，你就知道杀人。"

魏成栋道："那你说怎么办？"

魏秋红道："裘风不是在找军统的人嘛，或许后面车上的人就是军统的人呢。你们俩何不做个顺水人情，帮裘风这个忙呢？"

魏成栋笑道："玩猫捉耗子的游戏？好主意，真是好主意啊。"

魏成栋话音刚落，彭辉一挥手，就过来几个站岗的士兵，然后手一指："去！把那辆车上的人给我带过来。"

那几个站岗的士兵，过去就把那辆轿车上的两个汉子揪过来了。

魏成栋道："搜搜他俩身上有没有家伙。"

魏秋红用眼角的余光扫了一眼四周，高志典呢？这可是个好机会啊。

士兵们在那两个人身上各搜出了一把"王八盒子"。

彭辉道："你们俩是干什么的？"

高个道："我们俩从这儿路过，也跟着看起来了热闹……"

彭辉训斥道："难道你们俩听不懂人话吗？你们俩是干什么的？"

高个道："我们是警察局特高科的。"

魏成栋道："我怎么不认识你们俩？我看你们俩是冒牌货。"

彭辉见流动小分队的人马过来了，就道："这两个人可能是军统的人，给我押回去好好审讯审讯。"

"魏局长，我们俩真的是警察局特高科的人，不信你们把裘科长叫来证实一下……"

魏成栋掏出手枪，用枪口顶住高个的脑门："别这么硬气，识趣点，小声点，要是让我的枪声惊动了这片已经沉睡的居民，你怕是没有命了。"

那高个头浑身筛糠，结结巴巴道："不，不，不敢了。"

彭辉一挥手，流动小分队的人就把那两个人押走了。

彭辉和魏成栋两人相视笑了笑，彭辉道："真的没想到裘风的跟踪级别陡然提高了。那辆车怎么办？秋红，你会开车吗？"

"早知道会有今天，我早就该学开车了。改天你教我吧？"魏秋红心里说，"就你那车技，哼！"

"改天解决不了今天的事，那就把车扔在这儿作为事发现场吧。"

魏成栋道："彭辉，刚才那对夫妻在这儿吵架，我感觉有点不对劲……"

"可不是嘛！这个时间，这个地点……而且，那个女人我好像，好像，好像在哪里见过。"

"哦！"魏成栋警觉地望了望四周，"刚才那对夫妻在这儿吵架，可能是假，打眼罩子才是真呢。"

彭辉打了一个激灵："你是说刚才那对夫妻在这儿恶作剧，是为了吸引大家的注意力掩护其他人进入警戒圈？"

"应该错不了。你看啊！这段路是个钝角三角形，只要把顶角那几个岗哨吸引过来，另一边上岗哨就成聋子的耳朵了，军统的人就可以轻松翻墙进入警戒圈。"

"可不是嘛！"彭辉叫来一个岗哨，"刚才那对夫妻，在我们来这儿之前闹腾多大会了？"

"也就几分钟。"

彭辉挥手让那个岗哨走后道："估计问题不大。"

魏成栋道："那我们去河清公寓吧。"

魏秋红道："我就不去了。那天我从河清公寓大门口路过，感觉里面阴森森的，有点恐怖，我希望你们两个也少去里面。"

彭辉道："你不会是话里有话吧？"

"话里有话？真的不知道你想哪里去了。大概是我最近看《聊斋》看多了吧。也别说，或许里面真的有鬼呢，女鬼。哈哈！"

魏成栋道："瞎闹什么啊！既然秋红不愿意去河清公寓，这样吧，彭辉，我送秋红回家休息去，你去派人查查那个女人的去向吧。"

"好的。"

魏秋红上车后，魏成栋就把车开走了。魏秋红本以为魏成栋要跟她谈心的，可魏成栋一句话也没有，一种旁若无人的冷漠。是无话可说，还是有话不好说，还是有话没必要说？或许这种状态是一种最好的交流！心照不宣！

到了魏秋红家门口，魏成栋把车停下了。魏秋红刚打开车门，正要下车，魏成栋道："小心点。"

魏秋红点了点头就下车了，望着魏成栋的轿车渐行渐远，感觉魏成栋的话有点一语双关的味道。回到家里，她把房间又收拾了一下，洗漱一番后，就上床休息了。可当想到今天所发生的事，却怎么也睡不着。更让她睡不着的是，汪精卫一行明天晚上就要过来了，金雕行动却一点进展都没有。

魏成栋和魏秋红走后，彭辉虽然答应魏成栋去查那个女人的去向，可他却在那儿抽了好几支烟没动身。因为他清楚，等他招来人马那个女人早不知道跑哪里去了，等于是瞎折腾。在他看来，金雕行动的成员想进警戒圈，肯定在警戒圈里有他们的落脚点，否则，是站不住脚的。查出和他们里应外合的人家，或许就可以挖出金雕行动的成员。想到这儿，他才把车开到河清公寓。他要保安大队长王勤刚查查从设立警戒圈以来，有多少人要进入警戒圈，都是要到谁家去的，有多少可疑的地方。王勤刚是个细心人，对这些问题都做了记录。彭辉拿着笔记本一页一页地认真翻阅，并不停地问这问那。翻到记录老万家的那一页时，彭辉读出了一些问题。老万头的老伴病了，他儿子两次要回家，都因登记册上没有他儿子而未能进去，第二次看大门的老袁头还出面说情。彭辉让人把正在值班的田班长叫来了，通过询问得知，老万头的儿子和老万头长得一点都不像。老万头细高个，而老万头的儿子是矮个，且略有点鹰钩鼻子，好像也不是本地口音。彭辉让人把登记册拿了过来，看了看老万头和老万头的老婆的相片，都不是鹰钩鼻子啊。于是，彭辉就怀疑那个叫万志典的人很可能就是个冒牌货。

彭辉给魏成栋打了一个电话，魏成栋很快就过来了。魏成栋把彭辉叫到一边，讲了一件令彭辉目瞪口呆的事：今天傍晚，他的一个手下偶然发现裘风和佐藤惠进了日本人戒备森严的安泰公寓，就有些纳闷，于是就在那儿盯了一会儿。没多久，有一辆卡车进去了，有三个厨师打扮的人卸下了许多盘子、碗，还有杀好的整猪整羊等，而且，还放了好多暗哨。于是，他断定，安泰公寓才是汪精卫一行下榻的地方，而河清公寓只不过是个诱饵而已。

彭辉道："狡兔三窟。"

魏成栋道："这样也好，我们倒是省心了。"

"现在还不是长舒一口气的时候，我们得给秋红一个交代啊。"接着，彭辉就把这里的情况给魏成栋讲了。彭辉马上命田班长把老袁头带过来了。

彭辉道："老袁头，说说老万头的儿子万志典吧。"

袁老头眨巴着惺忪的眼睛："说他什么？"

"他小名叫什么？"

"我只知道他的大号。"

"你们这么多年的街坊邻居了，能不知道他的小名？"

"真不知道。"

"万志典具体在哪里住？"

"我只知道在西边住，具体在哪里住，我就不知道了。"

"他是做什么的？"

"过去聊天的时候他倒是说过，做那个什么的来？我年事已高，想不起来了。"

"万志典好像不是本地口音。"

彭辉叼着烟卷，一副懒懒散散的样子，老袁头却有点招架不住了："怎么可能？"

"那我实话告诉你吧，万志典根本不是老万头的儿子，他是军统的人。"

"不是老万头的儿子？是军统的人？军统是干什么的？"

“我再告诉你，刚才我们问了好几个街坊邻居，他们都说老万头没有一个矮个头、有点鹰钩鼻子和略带外地口音的儿子，这你该给我作何解释？”

“这怎么可能？”老袁头见被戳穿，声音发飘了。

“能不能告诉我，那天晚上你为什么作伪证？你和万志典是什么关系？”彭辉见老袁头低下头了，就道：“其实，特高科的人也知道了你那天晚上带万志典和另外一个大块头进了公寓，他们现在还没把你抓起来，估计是怕打草惊蛇。抓你是迟早的事，你一旦到了特高科，不死也会脱层皮。如果你现在如实交代了，我们可以放你一条生路，帮助你和老万头远走高飞，如果你不交代的话，或许我们会把你交给特高科。即便我们不把你交给特高科，从那天晚上起，你的一举一动都在特高科的监视之下了，就靠你的能力，想逃跑简直是妄想。”

袁老头低头不语，彭辉又道：“其实，汪精卫一行的下榻处不是在这儿，而是安泰公寓，这儿只是个诱饵。所以，即便你想死心塌地地帮助万志典他们也是徒劳无益的。我该说的都说了，何去何从你考虑考虑吧。”

“汪精卫真在安泰公寓下榻？”

“我这就让人带你去那儿看看，回来你再决定说与不说好吗？”

彭辉见老袁头不语道：“说吧，你说出来后，明天一早我派人把你和老万头送出城。”

老袁头怯生生地道：“此话当真？”

彭辉道：“君子一言，快马一鞭。”

“那我交代。那天晚上，高志典和另外一个大块头来到了门卫，他们说自己是重庆军统的人，是来刺杀汪精卫的，逼着我带他们去公寓里看看，他们看过公寓，要我给他们推荐一家可以隐身之处，我就给他们推荐了老万头一家，老万头也是被逼无奈……”

“你这就不识抬举了，我们在好心帮你，你却说点皮毛糊弄我们。其实我知道，从这个公寓里有一条通往老万头家的地道，这也是那两个军统的人最近千方百计想去老万头家的原因。”

老袁头已是满头大汗。

彭辉感觉已经切中要害，就趁热打铁道：“刚才我已经告诉你了，汪精卫一行下榻的地方是安泰公寓，而不是这里，所以，你就没必要做无谓的抵抗了，我们之所以要你交代地道，仅仅是出于好奇心。如果你不想交代的话，我也不难为你，你现在就可以走了。因为我可以在老万头和他老婆那儿满足我们的好奇心，只是我们没有送你出城的义务了。”

老袁头擦了擦头上的汗，苦笑着道：“公寓里的确有一条通往老万头家的地道……”

魏成栋和彭辉从地道里出来，就让老袁头回门卫了。彭辉道：“感觉公寓里有地道，没想到真的就有地道。那天我们这么多人居然没查出来地道口，要是裘风知道了即便不告我们失职，也会嘲笑我们的。”

“那天我已经打开那个大衣柜的门了，可就在这时，另一个房间里有个士兵的枪走火了，我当时不知道发生了什么，掏枪就跑过去了。如果没有这一幕，或许我就找到地道口了。”

“没想到秋红她还真有两把刷子呢。”

魏成栋笑道：“你也不看看是谁的妹妹。”

“秋红不会是金雕行动组的头头吧？”

“这就不得而知了。不过，你想想，这么重要的行动，会让她一个丫头片子当头头？”

“即便不是头头，能参与金雕行动，说明秋红也不简单了。”

“这也难说，或许是因为秋红和我们俩的关系便于搞情报，才被派过来的也未可知。”

“那我们现在该怎么办？”

“现在就把我们查出地道的事告知秋红，免得她的同伴们再瞎折腾。然后再到佐藤惠那儿邀功请赏也不迟。”

彭辉把烟卷掐灭就给魏秋红打电话了：“秋红，我是彭辉。”

“什么事啊都这么晚了还打电话，我都睡着了。”

“是这样的，刚才我和成栋在河清公寓查出来地道了……”

“是吗？”魏秋红惊得立马坐了起来，忽地感觉口气不对，就又轻声道，“就不能明天打电话给我说？再说了，我对这事也不感兴趣啊。”

“你不知道，地道里有四枚定时炸弹，要是今晚我们查不出来，那明天晚上汪精卫一行人驻后，说不定要做土飞机上天了。”

“可不是嘛。”魏秋红附和道。

“地道通北边的老万头家，什么老万头的老伴有病，什么老万头的儿子万志典，什么小两口吵架，都是金雕行动组的人为了去老万头家折腾出来的把戏。”

魏秋红装腔作势道:“幸亏你们防范得密不透风,否则,可真要出乱子了。”

“这可不是一般的乱子，是大乱子。而我是负责安保工作的，到时候日本人还不得扒了我的皮！唉！”

“可不是嘛。日本人好不容易培植出这么多大汉奸，让人家一窝端了，能不收拾你！”

“你怎么老把汉奸二字挂在嘴上？故意气我呢？”

“随口一说，忘了矮子面前不说短话了。”

“你刚才说河清公寓里面阴森森的有点恐怖，并希望我和成栋少去里面，你是不是预感里面有问题了？”彭辉不依不饶。

“我当时不是说了嘛，是我最近看《聊斋》看多了。”

“你说里面有鬼，还真有鬼呢，你一语成谶了。”

“你继续忙吧，我要继续睡觉了。”魏秋红说完就挂电话了。可她哪里还能睡得下。显然，这不是彭辉杜撰出来的，也的确放了四枚定时炸弹，看来地道真的被彭辉发现了。这就意味着,金雕行动组那么多天的努力泡汤了。如果在知道汪精卫一行下榻在河清公寓并又掌握地道之后，立即派高志典潜伏在老万头家待机行动，就不会有今天的失败了。大意失荆州，后悔药没处买啊！而要继续金雕行动，必须重搭台子另唱戏了。

9 月 10 日，一早，佐藤惠收到了一封电报：

昨日，江苏省主席李士群客死苏州，汪已取消去徐计划。

佐藤惠看完电报,就打电话把裘风叫过来了。裘风看过电报,哈哈大笑:“运去黄金失色。没有了权势庇护的魏成栋，其吠声不比一只癞皮狗好听。他的警察局长也该当到头了吧？”

佐藤惠笑道:“虽然你没说过,可我知道,你心里一直惦记着这个位置呢。”

“确切地说，是我无法忍受他那种趾高气扬、飞扬跋扈的熊样子。”裘风继而恶狠狠地道，“看老子怎么收拾他！”

佐藤惠道：“想收拾魏成栋，现在只能拿他妹妹当突破口。趁现在李士群的死还是个秘密，我们应该马上收网，宪兵队配合特高科一起包围夹河街，挖出金雕行动组其他成员。一旦证实魏秋红也是金雕行动组成员，收拾魏成栋那不就是易如反掌了嘛！”

“好！我马上带人过去。”兴奋洋溢在裘风的脸上。

很快，夹河街那片区域就被包围得如铁桶一般。宪兵队配合特高科逐家搜查，每一个房间都不错过，包围圈越来越小。当搜查到夹河街公寓时，已是人去楼空。火盆里，还有没燃尽的电报纸的边边角角，毫无疑问，这里就是军统金雕行动组的住所。裘风气咻咻地道：“看来，金雕行动组提前接到了李士群客死苏州的消息。否则，他们就插翅难飞了。”

佐藤惠道：“你就别怨天怨地了，还不马上带人抓捕老袁头？”

送老袁头和老万头出城的车尚未走远，老袁头隔着车窗，看到一辆轿车和几辆电驴子急刹车停在了河清公寓大门口，一伙人火急火燎地下车后就把门卫的门踹开了……他含泪别过了头。

再次扑空，气得裘风七窍生烟，他叫来监视老袁头的两个特务，却言不知道老袁头的去向。气急败坏的裘风，就每人抽了一个大嘴巴。这时，有人来报告，说是昨天晚上负责监视和跟踪魏秋红的李福顺和王联合不见了，车停在了河清公寓后街上。裘风马上带人去了事发地点。可不是嘛，车在人不在。裘风叫来一位在附近站岗的哨兵问情况，那位哨兵说，他是半夜换岗的，到岗后就看见那辆车停在那儿了。这让裘风马上意识到，李福顺和王联合是因为监视魏秋红出事的。

宪兵队和特高科联合搜查夹河街区域刚一开始，彭辉就得到了消息，难免要为魏秋红的金雕行动组捏把汗，一旦裘风抓住了金雕行动组的成员，就很有可能危及魏秋红。这时，彭辉接到了郝鹏举的电话，说是李士群昨日客死苏州，汪精卫取消了来徐州的计划，让彭辉去河清公寓做善后工作。

放下郝鹏举的电话，彭辉就打电话给魏成栋了。魏成栋先是一愣神，马上问道：“李士群是怎么死的？”

“郝司令接的是电报，估计他也不知道。”

魏成栋满腹疑问，有点像自言自语：“怎么说死就死了呢？”

“这我哪里知道。宪兵队和特高科正在搜查夹河街区域呢，我刚给秋红打了一个电话，没想到她是一副无所谓的态度。”

“估计是因为佐藤惠也接到了李士群昨日客死苏州的电报，怕金雕行动组也得到这一消息后远走高飞，才来这一手的。既然秋红是一副无所谓的态度，说明她的同伙已经撤出原来的住处了，那不是更好吗？这不是我们想要的吗？”

“可不是嘛，我们俩也算解脱了。我最近一直为她捏着一把汗呢。”

“说解脱还为时尚早。”

“也是。没有了任务，秋红她会远走高飞吗？”

“这我哪里知道。既然汪先生一行不来了，还是及早转告秋红吧，免得他们再瞎折腾惹出不必要的麻烦。”

“可不是嘛，还是你想得周到。”可片刻彭辉却道，“我马上去河清公寓做善后工作，人一撤走，秋红的同伴们能不知道？”

“也是。李福顺和王联合呢？”

“昨晚经过严刑拷打，他们俩已经承认是军统的人了，并且已经签字画押。”

“那好。你先把这事给郝司令汇报一下吧，等裘疯子找上门来，就让他找郝司令要人好了。”

“还是你馊主意多。”

彭辉放下电话就去郝鹏举那儿汇报情况，可走到半路就回来了。在他看来，李福顺和王联合两个人本来就不是军统特务，是他们想戏弄裘风才把李福顺和王联合屈打成招的，如果让裘风找郝鹏举要人，裘风就会把魏秋红牵扯出来，就会引起不必要的麻烦。

彭辉开车去河清公寓的路上，但见宪兵队和特高科的人正在撤回，看这阵势，宪兵队的人全员出动了。佐藤惠和裘风铩羽而归，这口怨气又该如何发泄呢？正在这时，一辆轿车按了一声喇叭停在了彭辉的车前面，后面还有几辆电驴子。彭辉见状就把车停下了，看车牌号便知是裘风挡道的。

是裘风先下车的，彭辉缓缓下车后：“老同学，是你啊。”

“正好有事要找你呢。”

“我有点事正想找你呢。”

“啥事？”

“你先说找我啥事吧。”彭辉掏出了一支烟点燃了。

“我的两个手下昨晚去执行任务，他们的车不知道为什么停在了河清公寓后街，居然在岗哨的眼皮底下失踪了。帮我问问你的人，当时他们俩下车的时候是个什么情况？”

“是不是李福顺和王联合啊？”

“正是。”裘风的眼睛突然就睁大了。

“我找你也是因为他们俩的事。”彭辉说得很轻松，就像在谈一件鸡毛蒜皮的事。

“是吗？”这就让裘风纳罕了。

“是这样的，昨晚我和成栋在冯骥家吃过晚饭去河清公寓那儿巡视，就发现有一辆车跟踪我们，正好前面有一对夫妻在吵架，我们就停了下来。跟踪我们的车也停下来了，但人没下来，这就引起我们俩的怀疑，我就让岗哨上的人过去把车上的人叫下来了。是两个人，一搜他们俩的身，都带着家伙呢。我问他们俩是干什么的，他们俩就说从这儿路过，也跟着看起了热闹。在我的逼问下，他们俩说是警察局特高科的，我心里想，特高科的人跟踪我和成栋干什么，就认为他们俩是冒牌货，让我的人把他们俩抓了起来。经过审讯，他们俩居然承认是军统派来刺杀汪先生的人，真是踏破铁鞋无觅处，得来全不费工夫啊。”

“他们俩怎么可能是军统的人呢，一定是你的人刑讯逼供了。”

“怎么不可能是军统的人呢？你以为你的队伍很纯洁吗？说不定里面还有共产党呢。刑讯逼供？难道你审讯室里的刑具都是聋子的耳朵？娘的！在徐州城里居然还有敢跟踪我和魏成栋的人，这不是半夜里拾粪找屎嘛！”彭辉装腔作势，一副火冒三丈的样子。

“那你打算怎么办？”

“这不是正想找你商量了嘛。”

“那就请你把他们俩交给我审讯一下吧。”

“老同学这个人情我能不卖嘛，多大的事呢。”

“那就谢谢老同学了。”

“中秋节就要到了，我们几个同学聚聚吧？”

“那当然好了，我本来就欠秋红一场酒的，我来安排就是了。”裘风坏笑道。

“你欠秋红一场酒，我怎么不知道？”

“你有的是机会问她。再见吧，老同学。”裘风说完就上车，瞬间就把车开跑了，几个电驴子紧跟其后，扬起了一道浑黄的土雾。

魏成栋放下彭辉的电话就去找张涛了。他要张涛马上去南京再回上海，搞清楚李士群是怎么死的，以及特工总部和警政部的人事变动的情况。因为这对他来讲太重要了，关乎着他的前途和命运。

在回去的路上，魏成栋想起了被李士群诱降的那一幕。

魏成栋出逃到上海后，灯红酒绿，十丈软红，鬼混了一段时间，就把钱用光了，以至于吃、喝、住都成了问题。经一个朋友介绍，他参加了复兴社在杭州警官学校办的特训班，因戴笠兼任特派员，经常去那里办公，就少不了与戴笠有些接触。特训班结业后，魏成栋被分配到上海法租界情报组。“八一三”淞沪抗战落下帷幕后，上海就在凄雨中沦陷，戴笠留下周伟龙负责上海沦陷区的潜伏工作，魏成栋等也在其中。

这天，魏成栋刚刚用完早餐，便接到了陈明楚的电话，约他上午去法租界的洪福饭店二〇二号房间碰头，商量刺杀李士群的工作。此时，魏成栋已是上海区行动大队的一个分队长。魏成栋按时赶到饭店，刚推开二〇二号房门，茶几上的电话便响了起来。环视室内无人，他只好急走几步，拿起了听筒。

“魏老弟，久违了，请稍等片刻，我马上就过来。”

听筒里传来的并非陈明楚的声音，魏成栋一怔：“你是谁？”

“魏老弟，我是李士群。”

“啊！”魏成栋愣住了，他知道，自己已经落在李士群的手里了。

原来，李士群已候在斜对面的二〇一号房间，透过房门上的小孔注视着二〇二号房间。见魏成栋到了门口，便在自己房间里拨通了二〇二号房间的电话，使魏成栋在心理上产生一种神秘难测的感觉。

“魏老弟，你真是守信的人哪，一分钟也不差。”就在魏成栋惊魂未定之际，李士群笑容满面地走了进来。

魏成栋曾看过李士群的照片，就问道：“是谁把我出卖给你的？”

李士群煞有介事地道：“王天木、陈明楚和万里浪前几天刚过来，就缺你了。”

王天木和万里浪投奔了李士群，魏成栋是知道的，也立即换了住处，但万没想到陈明楚也叛变投敌了，看来是陈明楚出卖的他。

“士群兄，恕我直言，这戴汉奸罪名的事情，别说戴笠知道了绕不过我，以后做人，也有亏自己啊！”魏成栋实话实说。

“魏老弟有所不知。”李士群又开始了拉人下水的那一招，鼓起如簧之舌，一副推心置腹的样子道，“当初我和默邨兄走这一步棋，也是权衡再三的。说到底，是利用日本人的金钱、军火，趁着这乱世，干一番自己的事业，而决不会替日本人卖命！要说利用外国人的力量就是汉奸，那么，老蒋利用美国人，又算什么呢？”

魏成栋一味苦笑。

“魏老弟，天木兄与戴笠是同窗好友、儿女亲家，尚且义无反顾加入了我们‘和平运动’的组织，你和戴笠非亲非故，何苦为他卖命？”

李士群见魏成栋沉默不语，就毫不拐弯抹角，直抒胸臆：“我与丁默邨兄发起这个组织，在近期将有大变化，成为中国的第三种势力，与蒋介石、共产党逐鹿中原，一争长短。依你老弟的才干，过来之后一定大有作为！”

李士群见魏成栋依然沉默不语，就想继续说服魏成栋能够站到他这边来。这样做，不仅彼消此长，而且关系到如何对军统特工进行分化瓦解这样一个战略性问题。于是就又道：“你我素昧平生，前世无冤，今世无仇，你若不愿意跟我干，尽可以大路朝天，各走一边，你走你的阳关道，我走我的独木桥，我决不难为你。”

魏成栋皱皱眉头，踌躇有顷，一咬牙终于开口道：“既然士群兄如此厚爱，我过来就是了。”继而笑道，“就好比猪八戒跟着唐僧西天取经，好歹也去修个正果。”

李士群笑道：“我若有出头之日，自然与兄弟你有福同享，魏老弟尽管放心就是了。”

魏成栋离开后，张涛收拾一下行李就出来了，到路口就上了一辆黄包车。

黄包车车夫钱老二道：“先生，去哪里？”

“火车站。快点。”

“好嘞。”钱老二说完就撒开腿跑了起来。没跑多远，就感觉车上的人在哪里见过，似乎有点面熟。他猛然间就想起来了，这不就是用飞镖杀了特高科的谢运来和王胡子的那个人嘛，也就想起了裘风的托付，一旦帮裘风找到这个人可是奖励二十块现大洋啊！他一年起早贪黑也挣不了几个现大洋。而这个人就在他的车里，想不让他激动都不可能。

钱老二道：“先生，你这是去哪里啊？”

“不是给你说了嘛，去火车站啊。”

“我不是这个意思。”

“哦！去南京。”张涛随口道。

“我都活小四十了,可还没去过南京呢。那可是个好地方,六朝古都啊。”

张涛感觉这个黄包车车夫有点面熟，可也想不起来在哪里曾经坐过他的车了。“秦淮河、夫子庙、玄武湖，那可都是好玩的地方。有机会去玩玩啊。”张涛敷衍道。

“去玩玩？我可没那个闲钱，我一天不跑车全家人就得挨饿。”

到了火车站，张涛下了车付了款就去售票处了。

钱老二收好钱，就去附近的电话亭了。接电话的正好是裘风：“你是哪位？”

“裘科长，我是钱老二啊。”

“钱老二？”

“你不是让我帮你查找那个用飞镖杀死谢运来和王胡子的人吗？”

“哦！想起来了，现在有那个人的下落了吗？”

“我刚刚把那个人拉到火车站，他去南京。”

“你现在哪里？”

“就在火车站广场北边的电话亭那儿呢。”

“好！你在那儿等着吧，我这就带人过去。”

裘风撂下电话就去集合人，片刻，他开车带着摩托车车队就出发了。在火车站广场北边的电话亭见到钱老二，就一同去候车室了。

火车已经启动，坐在窗户旁的张涛，突然看见裘风带人飞奔而来，但片刻就垂头丧气地站在那儿了。张涛蓦地看见那个黄包车车夫，就知道问题出在他身上了。刚才还感觉他面熟呢，在哪里见过呢？张涛突然就想起来了，当时拉谢运来和王胡子的黄包车车夫不就是这个人嘛。

“娘的！你小子活腻了！”张涛恨道。

裘风从火车站回来后就去找佐藤惠了，把刚才的情况说了说后道：“汪先生一行不来徐州了，军统金雕行动组的行动也就无疾而终了，上火车的那个人应该是军统金雕行动组的人。换句话说，应该是魏秋红的同伙在渐次撤走。”

佐藤惠点头称是。

“过去我以为是魏成栋杀害的我爹，现在看来是魏秋红所为。好你个魏秋红……”裘风牙咬得咯嘣响。

第十四章　猫捉耗子

彭辉到了河清公寓，就让王勤刚把站岗放哨的保安人员撤走了，但他没让厨师和几个头头脑脑的弟兄撤走，为了招待汪精卫一行准备了那么多好菜，山珍海味，飞禽走兽，一应俱全，能不饱餐一顿嘛！有如此好事，当然忘不了冯骥夫妇、魏成栋和魏秋红兄妹。

中午快放学的时候，彭辉去接魏秋红，刚把车停在学校大门的一侧，就想起了曾经和魏秋红擦肩而过的那个高个年轻女子，不就是昨天晚上在警戒圈那儿吵架的小媳妇嘛！也就是说，昨天晚上，那对夫妻在那儿吵架，正如魏成栋所言，吵架是假，打眼罩子才是真呢。看来，那个小媳妇和魏秋红同属金雕行动组的成员，否则，那个小媳妇也不会那么听魏秋红的话。

那对夫妻在那儿吵架是假，说不定夫妻也是假的呢。

现在看来，那个往保安处门卫送照片的高个年轻女子，就是那个小媳妇无疑了。

正在这时，那个高个年轻女子出现在了学校的大门口，虽然换了装束，还是被彭辉认出来了。彭辉马上拿出照相机拍了两张照片。毫无疑问，她是来和魏秋红接头的。这个时候来和魏秋红接头，应该与河清公寓有关。或许金雕行动组也接到了因李士群客死苏州，汪精卫取消来徐计划的电报了呢。

彭辉警惕地看了看四周，有几十个接孩子放学的家长，有无监视魏秋红的人还真难说呢。为了看到那个高个年轻女子和魏秋红接头的一幕，也想看看有无监视魏秋红的人，彭辉把车倒到了一个小巷子里。

青年路小学放学的钟声响了。片刻，学生们吵吵嚷嚷地涌出来了，有些小学生被家长陆陆续续地接走了。这时，魏秋红出现在了大门口，她看到了张亚菲,但片刻就把视线转到一边去了。等魏秋红离开大门有个七八步，张亚菲就跟过去了，就在和魏秋红擦肩而过的那一瞬间，往魏秋红的手里塞了个什么东西，之后很快超过了魏秋红。但没走多远，又折了回来，再次和魏秋红擦肩而过时，却是形同陌路，连对视的目光都没有。

在这个过程之中,彭辉发现有一个男人本来是和魏秋红一个方向走的，看到那个高个年轻女子折回来了，也跟着折回来了。彭辉马上意识到，这个男人本是跟踪和监视魏秋红的，大概也看到两个女人接头的那一幕，这才转过来跟踪那个高个年轻女子了。

彭辉背对着那个高个年轻女人站在那儿，当感觉她来到他背后时，立马蹲下装作系鞋带，并小声道："后面有人跟踪你。"

张亚菲似乎没听见，依然径直往前走，刚拐进一个偏僻的小巷口里，就把绑腿上的匕首抽了出来，有一道寒光闪过。当跟踪者过来后，又是一道寒光闪过，那个跟踪者还没"啊"出声来，就被抹了脖子，然后身体倒在了地面上。

张亚菲振振有词："你看见我的真面目了，所以，不是你死就是我亡。"然后把匕首在那个跟踪者身上蹭了蹭，就又插在了绑腿里，扬长而去。

此刻的魏秋红已经在家看过张亚菲传过来的电报，且已经烧掉。脸上刚绽放出久违的笑容，就听到彭辉在外面叫她了。她连忙去开大门，见到彭辉就笑道："又来蹭饭呢？"

彭辉也笑道："不高兴了是不是？"

"巧妇难为无米之炊，你来得不是时候啊！"

"赶快锁门走吧，冯骥他们正在河清公寓等着我们呢，再晚去一会儿黄花菜都凉了。"

"那不是在戒严吗？"魏秋红这样说完，都感到好笑了。

"你少给我装蒜，赶快锁门走吧。"彭辉说完就上车了。

魏秋红上车后，仍然一副傻乎乎的样子："你说我装什么蒜了？"

"河清公寓几个小时前就解除警戒了。"

"今天一上午我又没出学校的大门，怎么会知道？"魏秋红有点逗彭辉玩的意思了。

彭辉懒得给魏秋红磨牙，就息事宁人道："也是。"

"为什么解除警戒啊？"魏秋红明知故问心里却说："汪精卫不来徐州了，真好！"

"汪先生怕你，听说你在徐州，就不敢来了。"彭辉说完，忍不住笑了起来。

魏秋红笑容可掬："我又不是三头六臂，又有你这个彭大处长带着那么多人荷枪实弹地保护着，他怕我一个弱女子什么啊？"

"你还没弱到弱不禁风吧？"

"乱波纷披已打岸，弱云狼藉不禁风。"

"拿杜甫的诗句来糊弄我了？"

"我怎么敢糊弄你彭大处长呢。"

"看来你今天心情不错。"

"我现在可是赴宴去啊，而且是去吃为汪先生准备的佳肴，能不丰盛！肯定是饕餮大餐。我口水都快流出来了，而刚才我正愁不知道吃什么呢。"

"几个小时前，我碰到裘风了，他怎么说欠你一场酒呢？"

魏秋红反应极快："你别听他胡说八道，他怎么会欠我一场酒呢。"

彭辉语重心长地道："有些事还是不隐瞒我为好。"

"那是当然了。"魏秋红来了个顺水推舟。

虽然魏秋红回答得很干脆，可彭辉心里依然没有底。

轿车进了河清公寓，魏秋红四下看了看，确是警戒解除了。几个小时前，她却因为高志典迟迟进不到公寓下面的地道而愁容满面，现在呢？她却成了这里的客人，太不可思议了。

彭辉把魏秋红领到一间客房里，冯骥、林丽和魏成栋已经就座，而且，凉菜已经上桌了。彭辉和魏秋红入座后，彭辉给所有人的酒杯里斟了酒，然后当仁不让，举着酒杯道："汪先生一行本来是今天晚上来徐州视察的，可因为江苏省主席、警政部部长、南京政府特工总部主任李士群昨日客死苏州，汪先生才取消了来徐州的计划。汪先生一行不来徐州了，这为他们准备好的好吃的、好喝的不能浪费啊，这才有了我们几个人的口福。算是我借花献佛了，来！大家干一杯！"

几个人都一饮而尽，然后摸筷子吃菜。

彭辉又给大家倒酒。

彭辉又举起了酒杯："大家都知道这里已经戒严多日了，也都知道这里是汪先生一行来徐后下榻的地方，其实呢，这里只是个诱饵，是用来诱捕刺杀汪先生的军统的人。那汪先生一行真正下榻的地方在哪里呢？在安泰公寓。也就是说，汪先生一行来了我是白忙乎，不来了我更是白忙乎了。现在想想也不是白忙乎，要不，我们几个怎么会在这里聚会呢！别辜负了这桌好酒好菜，来！大家再干一杯。"

几个人又都一饮而尽。

彭辉又给大家倒酒。

彭辉又举起了酒杯："虽然我和成栋昨晚才知道汪先生真正下榻的地方是安泰公寓，可我一点也不感到窝囊，而是一身轻松，真的是一身轻松啊！因为啥麻烦事也没出，而且我们几个还能一个不少地聚在这儿共享美味佳肴。为此，来！大家再干第三杯！"

魏秋红就有些激动，首先端起酒杯，满面笑容："来！大家再干第三杯！"

于是，几个人都端起了酒杯，相互碰了一下就都一饮而尽了。

魏成栋放下酒杯就点燃了一支香烟："彭辉，你现在真的是一身轻松吗？"

彭辉一愣，纳闷道："这还有假？"

"可在我看来，你轻松得有点早了。裘风的人挨揍的挨揍，死的死，伤的伤，他会善罢甘休？或许现在正磨刀霍霍呢。有道是明枪好躲，暗箭难防，小心驶得万年船。"

"刚才我去接秋红的时候，发现有个男人在偷偷地跟踪秋红呢。"

魏秋红惊讶道："是吗？"

彭辉道："这还有假！"

魏成栋道："你是不是放过那个跟踪者了？"

"你还记得昨晚在北边吵架的那个高个年轻女子吗？"

魏成栋点了点头。

彭辉道："那个高个年轻女子当时也出现在了青年路小学的大门口，本来那个男人是跟踪秋红的，后来改为跟踪那个高个年轻女子了，我给那个高个女子提醒了一下就去接秋红了。"

魏秋红相信彭辉说的话不假，但仍然道："会有这样的事？彭辉，你不会是神经过敏了吧？"

“嘁！你以为呢？”

魏成栋道：“彭辉，我现在告诉你，只要发现再有人跟踪秋红，你就给我干掉。”

冯骥道：“成栋，现在还有这个必要吗？如果你和彭辉对跟踪和监视秋红的人置之不理，我估计裘风过一段时间也就没这个兴趣了。”

彭辉道：“我认为冯骥的话有一定道理。若是把裘风逼急了，他也会出手伤人的。兔子急了还蹬鹰呢。我可不想我们在座的哪位受到伤害。上午，裘风在路上截住我，给我谈起了李福顺和王联合的事，我就答应把李福顺和王联合交给他了。他说谢谢，我就说中秋节就要到了，我们几个同学聚聚吧，他说他来安排酒场。”

冯骥笑道：“软刀子一样能杀人。”

“别光说话，大家吃菜啊！”魏秋红说完就拿起筷子，连吃了几口才放下，然后道，“中秋节就要到了，每逢佳节倍思亲，我们几个一起回老家陪老人们过节去吧？”

彭辉笑道：“你就不怕老人们把我们俩的婚事提到议事日程上来？”

魏秋红笑道：“能比裘风可怕吗？”

“好像是不可同日而语吧。”

“既然如此那我回老家陪老人们过节去。你去吗？”

彭辉四下看了看：“我们几个一起回去好吗？”

魏成栋笑道：“彭辉，你就不怕回去挨骂？”

“兼听则明，偏信则暗。多方面听取意见，才能明辨是非；单听某方面的话，就愚昧不明。爷爷要是不骂我，说明爷爷的心死了。这是我最不愿意……”彭辉说不下去了。

魏秋红道：“周公恐惧流言日，王莽谦恭未篡时。向使当初身便死，一生真伪复谁知？当年周公辅佐成王的时候，当有流言说他怀有篡位的阴谋时，也会感到恐惧。而当年王莽辅佐西汉平帝，尚未篡汉时又表现得谦恭敦厚，礼贤下士。如果周公和王莽都在大家没弄清楚真相的时候就去世了，那么他们真正为人处世的品格就没人能够知道了。”

“秋红，你的意思我明白，这也一直是我最为担心的问题。我们都是从中国传统文化思想中汲取营养长大的人，国家和民族的利益在我的心中有多少分量，我是十分清楚的。难道我彭辉是个毫无肝胆，甘做羞辱祖宗的汉奸吗？”彭辉说到这儿，端起一杯酒一饮而尽，“会有那么一天，我会弃暗投明，把我蒙羞含垢之身洗白刷清的。”

魏成栋终于被彭辉这番推心置腹、披肝沥胆之言感染了，但只低声道：“那我也回魏楼过中秋节去。冯骥和林丽呢？”

“我和冯骥必须留下来一个照看生意，我们比不了你们。”林丽说完，瞅了一眼冯骥。

冯骥心领神会，马上道：“那你留下来照看生意吧，我和他们一起回去。”

“好的。”

魏秋红道：“嫂子，即便你们是做生意的，也不差这一两天啊？还是和我们一起去凑个热闹吧？”

林丽道：“秋红，你或许不知道，我多年养成的习惯，喜欢安静，不喜欢热闹。对不起，让你失望了。”

“独在异乡为异客，每逢佳节倍思亲。遥知兄弟登高处，遍插茱萸少一人。嫂子，到了八月十五的晚上，朗月高挂，你一个人独守那爿店铺，或许会对王维的这首诗有个全新的理解的。”

林丽笑道：“又不是回家过九月九重阳节。”

冯骥道：“大家别光说话，来吃菜，吃菜。这清蒸鳜鱼做得真不错，我可要多吃几筷子了。哈哈！”

这在魏秋红心里打了一个很大的问号：林丽不愿意回老家，冯骥支持，作为小两口这合乎常理吗？

魏成栋跟随冯骥吃了几口菜，然后叼着烟：“裘疯子不是说要同学聚会嘛，聚会的时候我要给他上上课。”

彭辉笑呵呵地道：“你要给他上什么课啊？”

“到时候你就知道了。把李福顺和王联合交给裘风的时间地点定了吗？”

“都还没定呢。”

“我想捉弄一下裘疯子。”

“如何捉弄？”彭辉似乎来了精神。

魏成栋吐了一个烟圈，眉头一皱便计上心来：“这样吧，让你的人给李福顺和王联合制造一个巧妙的逃跑机会，让他俩自己跑回去。”

“裘疯子可是知道他俩关在我那儿的，他要是继续跟我要人怎么办，岂不是作茧自缚了？”

“他俩一旦大白天跑出去了，还能不去特高科？你暗中派人跟踪，多拍几张照片不就得了。到时候裘疯子真要给你继续要人的话，还不是搬起石头砸自己的脚，自取其辱？”

“关键是就这样把他俩放走了，啥意思啊？”

“要说是啥意思，还真没啥意思呢。但到裘疯子那儿就一定有意思了，他能不瞎琢磨？鬼知道他会把这没啥意思的事赋予什么厚重的内涵？”

“可不是嘛，摊谁谁都会瞎琢磨的。成栋，你要是因此让我们的老同学深陷其中而不能自拔，最后变成神经病，可是罪莫大焉了。”

餐厅里爆发出了一阵朗朗笑声。

魏成栋止住笑声：“我就是要让裘疯子摸不准我的脉搏，洞察不到我的内心世界。我还要把他玩弄于股掌之间，而且还要让他触摸不到我的一鳞半爪。”

此时的佐藤惠和裘风正在安泰公寓里，也在享受着为汪精卫一行准备的美味佳肴。正在这时，有人来报告，说跟踪魏秋红的封新阳被人抹了脖子。裘风说知道了，那人就下去了。

裘风仰面对着天花板长叹道：“先是跟踪魏秋红的两个人挨揍，后是谢运来和王胡子被飞镖所杀，接着是李福顺和王联合被抓，还被彭辉定性为军统的人，封新阳这又被人抹了脖子。我本以为我出手就够狠的了，可和他们一比，算是温良恭俭让了。他们欺负我，也算是欺负到家了。窝囊啊！”

佐藤惠笑道：“这段时间，我们一直把魏秋红视为军统的人，并且纠缠不放，到头来人家魏秋红一根毫毛也没伤着，倒是我们的人死的死、伤的伤。我们不是要抓军统的人吗？人家就给我们变两个军统的人出来，而且还是我们的人，你找人家要人吧，人家还卖你个人情，还让你感恩戴德地请人家吃饭。他们跟我们玩的可是猫捉耗子的游戏啊！”

“奇耻大辱啊！”裘风说完把一杯酒一饮而尽。

“可不是嘛。”

裘风阴着脸道：“中国有句古话：不怕你现在闹得欢，就怕将来拉清单。”

“中国还有句古话：秋后算账。现在可是秋高气爽的好时节啊！”

“可不是嘛。哎！封新阳被人抹了脖子，你说这是谁的人干的？”

“或许是彭辉的人干的，或许是魏秋红的人干的。”

“如果是魏秋红的人干的，说明金雕行动组的人还没完全撤走。”

“魏秋红的人也一定知道我们已经怀疑魏秋红是军统的人了，能不留下人来暗中保护她？”

“那魏秋红还能在徐州待多久？”

佐藤惠冷笑道：“或许会和彭辉缠绵一阵子的。”

“这也不好说，军令如山，或许一纸电文就会让魏秋红远走高飞了呢。”

“那你打算怎么办？”

“如果我再不出手的话，特高科的弟兄们怕也咽不下这口恶气了。”

“咽不下这口恶气事小，怕是人心散了。”

“岂止是人心散了，现在派谁去跟踪和监视魏秋红都攮鼻子。心不狠，站不稳！娘的！我现在虽然动不了魏成栋和彭辉，难道我动不了她魏秋红？魏秋红可是他们俩的心头肉，那我就拿魏秋红开刀，也得让他们感受一下痛的味道。否则，太窝囊了。”

“你的意思是给魏秋红来个秘密抓捕？”佐藤惠也是一点就透的机灵鬼。

裘风点了点头：“他们跟我玩猫捉耗子的游戏，如果我们不回敬一下岂不显得失礼和无能了！”

“这件事非同小可，一旦魏成栋和彭辉发觉魏秋红失踪了，一定会把账算到你头上的。以魏成栋和彭辉在徐州城的影响力，要是操作不好的话，一定会出大乱子的。所以，你要有足够的心理准备。”

“虽然魏成栋和彭辉在徐州城很有影响力，可他们抓不住我的把柄又能奈我何？到了那一天，晾他们俩也不敢对我玩硬的，因为他们怕我撕票。”

“那就对魏秋红实施秘密抓捕吧，出了事，我给你兜着。”

“正所谓一日夫妻百日恩，听你这话真提气，来！干一杯。”

佐藤惠也举起了酒杯：“干！”

裘风放下酒杯：“你刚才不是说，他们给我们玩的可是猫捉耗子的游戏嘛……”

佐藤惠眨巴着眼睛道：“是啊。”

“中国不是有句古话嘛，请神容易送神难。彭辉把李福顺和王联合当成军统的人抓了起来，然后再把李福顺和王联合还给我，那我怎么处理这两个已经被彭辉定性为军统特工的人，给世人一个交代呢？可谓左右为难。

彭辉想把烫手的山芋扔给我，我呢，就给他来个黑不提白不提，我倒要看看彭辉怎么处置李福顺和王联合。”

佐藤惠满脸笑容：“好主意，可真是个好主意啊。就要让彭辉喉咙里卡块老牛筋，吐不出咽不下，满眼都是泪。”

裘风倒了两杯酒：“来！再干一杯。”

佐藤惠饮毕放下酒杯：“本来我理应帮你一把的，可最近太田中将要对新四军所辖区域来次大扫荡，要我务必摸清新四军驻地的基本情况，所以，我的人都派下去了。”

“你能有这个心就够了，这点事，我自己也能办好。”

这时有人来报告，说是封新阳大概是因为跟踪一个高个年轻女子才被抹脖子的。裘风说知道了，那人就下去了。

佐藤惠道：“高个年轻女子？肯定是那个高个年轻女子在给魏秋红接头的时候被封新阳发现了，封新阳才反过头来跟踪那个高个年轻女子的。”

裘风点了点头：“那个高个年轻女子应该是去和魏秋红接头，或是给魏秋红传递汪先生撤销来徐计划这个信息的，抑或是传达撤离徐州的指令。”

“那就在秘密抓捕魏秋红之前，把魏秋红看得死死的，让她插翅难飞。”

“一旦秘密抓捕了魏秋红，那她的同伙怕是暂时走不脱了，还不得想方设法搭救魏秋红？到那时候主动权就掌握在我们手里了。”

“那是当然的。”

吃过饭，彭辉把魏秋红送到学校，就回保安处让人冲洗照片了。照片冲洗好，他亲自送到了门卫，门卫证实，这照片上的女人就是之前送照片的高个年轻女子。但这对彭辉来讲仅仅是为了进一步确认一下罢了。回到办公室，彭辉对是否给李福顺和王联合制造一个巧妙的逃跑机会，让他们俩自己跑回去很是纠结。他感觉魏成栋的招数有点邪乎，一旦被裘风识破，不知道会如何发飙呢。而裘风一旦出手，就目前的情况来看，也一定是剑指魏秋红的。魏秋红对回魏楼过中秋节去很是积极，是不是就要回重庆复命了呢？这是大有可能的！想到这儿，彭辉便不停地抽烟。

9 月 11 日，裘风刚在佐藤惠那儿吃过早饭不一会儿，就接到了刘喜子打来的电话，说李福顺和王联合偷跑回来了。裘风放下电话边穿衣服边对佐藤惠道：“我去问问情况。”

佐藤惠慢条斯理地道：“偷跑回来的？会有这种可能？我看里面大有

文章。”

“我也这样认为。还是问问具体情况再说吧。”

“我和你一起去。”佐藤惠说完就去卧室里换衣服了。

裘风和佐藤惠到了裘风的办公室，果真就见李福顺和王联合正坐在那儿呢，两个人见裘风和佐藤惠过来了，马上站起来，泪水禁不住从脸上滑落。

裘风坐下后：“你们俩坐下，说说是怎么逃出来的吧。”

李福顺坐下后道：“我和王联合先是被关进大牢里，昨天晚上又被押送到了一个院落里，有三间正房，我和王联合是被关在东间里的。今天早上，有一个人来给我们送饭，把饭撂下后连门也没关就走了。我到门口看了看，院落里没有人，但听到西间有几个人在闲扯，就和王联合悄悄地逃了出来。出了大门不远，正好有两辆黄包车停在那儿呢，我们俩上了黄包车就回来了。”

“花勇，你带他们俩去医治医治吧。”三个人走后，裘风又道，“我敢说，他们俩不是逃出来的，是被彭辉故意放出来的。”

佐藤惠点了点头道：“问题是彭辉为什么要这样做呢？”

“昨天中午，魏成栋、彭辉、魏秋红、冯骥和林丽在河清公寓里一起吃饭呢，这或许是魏成栋那小子出的主意也未可知。魏成栋的招数我是领教过的，不按套路出牌，且有几分邪乎。”

“不论是彭辉的主意还是魏成栋的主意，一定是他们俩形成共识后才这样做的。”

“是啊！问题是他们俩为什么要这样做呢？”

“大概是他们俩也懂得请神容易送神难的道理，怕你来个黑不提白不提不要李福顺和王联合了，把这烫手的山芋扔给他们俩。”

“仅此这一个原因吗？”裘风想到魏成栋的歪点子多，心里就有点不踏实。

“是不是为了避免交人时的尴尬？”

“至少魏成栋不是这号人。”裘风不加思考地道。

刘喜子道：“既然彭辉已经承认李福顺和王联合是被他抓走的，我们暂且不问魏成栋和彭辉是出于什么原因把李福顺和王联合故意放出来的，可彭辉毕竟没有把李福顺和王联合亲手交到我们手里啊！那我们就有理由继续向彭辉要人。”

裘风道：“如果李福顺和王联合真是彭辉和魏成栋故意放出来的，那彭辉和魏成栋一定会给自己留一手的，能不防备我们继续跟彭辉要人？我敢说，停在那儿的两辆黄包车就是彭辉和魏成栋预设的。而且，彭辉和魏成栋有足够的证据证明李福顺和王联合进了特高科。我们找彭辉要人，岂不是自取其辱！”

刘喜子道：“这么说，这是彭辉和魏成栋给我们下的一个套？”

“可以这样认为。魏成栋这个人，傲气凌人，小处聪明，点子多而险，这应该是他出的馊主意。”裘风打消了刚才对彭辉的怀疑，认定这事就是魏成栋出的主意。

刘喜子附和道：“我看也是。那狗小子可是邪恶的聪明。”

裘风又道：“魏成栋生性调皮捣蛋，喜欢喧拳勒臂、打架闹事，而且不赢不休，骨子里有种嗜血的渴望。”

佐藤惠道：“虽然我和魏成栋没打过多少次交道，但我能感觉到他是一匹不易驾驭的顽劣光脊的烈马。如今李士群死了，树倒猢狲散，魏成栋将何去何从呢？”

裘风恶狠狠地道：“魏成栋反骨天生，绝不忠诚。”

佐藤惠点了点头。

刘喜子道：“既然我们已经识破魏成栋的阴谋诡计了，该如何应对呢？”

裘风想了想，瞅着刘喜子道：“这样吧，你开车到关押李福顺和王联合他们俩的小院那儿，看看现在是个啥情况。”

刘喜子出去不一会儿就又回来了：“娘的！那个小院已是铁将军把门——上锁了。”

裘风恶狠狠地道：“你去派人把那个小院给我烧掉。”

刘喜子正要出门，听佐藤惠一声不可就又折回来了。

佐藤惠道：“裘风，你这样做会因小失大的。”

裘风捶了一下桌子：“娘的！真让人咽不下这口气。”

“冲动是魔鬼。你若连这口气都咽不下，可真就是个酒囊饭袋了。成大事者必有静气，泰山崩于前而色不变，麋鹿兴于左而目不瞬。魏成栋是想给我们下套呢，可被我们识破了，我们不往里面钻，那还是个套吗？”

“那我们该怎么办呢？以不变应万变？装着跟没事人似的？”

“你就装着跟没事人似的，就当世界上从来没有过李福顺和王联合这两个人。而且右嘴角保持三十度上扬，且看魏成栋和彭辉如何收拾这一闹剧。

你不是要请他们几个吃饭嘛，赶快订饭店请啊！你就高高兴兴地和他们叙叙老同学之情。”

“你的意思我明白。不过……”

“不过什么？”

裘风生性多疑：“李福顺和王联合会不会被他们策反了呢？”

“这可就难说了。”

“不得不防啊。”

下午，裘风去了茂源绸缎庄。林丽正在拨打算盘，抬头见裘风进来了，就笑道：“是哪阵阴风邪气把我们的裘大科长刮来了？”

裘风坐在茶几那儿，嬉皮笑脸道：“阴风？你拿我当鬼了？我要是个鬼就好了，这样就能时刻附在你身上了。”

“狗嘴里吐不出象牙。”林丽合上账本，就过来给裘风沏茶了。

“冯骥呢？”

“吃过中午饭说出去一下就出去了，我也没问干什么去。”

“趁冯骥不在我说句实话，你越来越有女人味了，只可惜……”裘风笑着做了停顿。

“都这么多年了，你怎么还阴魂不散呢？佐藤惠没有女人味吗？”林丽又使出了尖酸刻薄的看家本领。

裘风半开玩笑半认真地道：“你是我的初恋情人，那份情愫是刻骨铭心的，也是无可替代的。”

“当年你可是小混混一个，就会惹是生非，好多女同学躲你还唯恐不及呢。”

“你注意没注意，小时候本分的孩子，长大后有几个出息的？如果不是那次校园群殴，彭辉会成为苏淮特别区保安司令部保安处长吗？魏成栋会成为徐州市警察局局长吗？冯骥会成为徐州市茂源绸缎庄的老板吗？”

“这么说他们三个还得感谢你呢？”林丽堵不住涌到嘴边的冷嘲热讽。

“魏成栋那小子当年也不撒泡尿照照自己，他配追求你吗？真是癞蛤蟆想吃天鹅肉。咱们一桩好婚配活生生被魏成栋搅黄了。”

“你说魏成栋当年不撒泡尿照照自己，你当年呢？”

裘风嬉皮笑脸道：“我当年是英俊少年啊。”

“啊呸！半夜里抱着沙缸啃，你咋光知道脆咋就不知道碜呢？”

“女同学，你这张嘴可是越来越尖酸刻薄了，一句话噎死人不偿命。毒舌妇，毒舌妇。哈哈！”

“我想骂人，但不想骂你。”

这就让裘风招架不住了。正在这时，冯骥回来了。见裘风和林丽坐在那儿聊天，连忙和裘风打招呼：“老同学，你可是稀客啊。”

“吃粮当差忙啊！”

冯骥也坐下：“忙点生活充实。”

“再忙也不能忘了和老同学们忙中偷闲喝二两啊。中秋节就要到了，我刚才在花园饭店预定了一桌饭，晚上请我们几个老同学聚聚呢，请你们两口子务必赏脸。”

冯骥道：“老同学，看你这话说的，能吃你的请，那是我们两口子的荣幸。”

裘风站了起来：“这样吧，魏成栋、彭辉和魏秋红由你来通知，刘喜子和花勇由我来通知，咱们 7：00 见。”

冯骥和林丽也站了起来，冯骥道：“好的，好的。”

晚上，花园饭店。

裘风把魏成栋、彭辉、魏秋红、冯骥、林丽、刘喜子和花勇带到一个单间里。魏秋红道：“裘风，你怎么不把佐藤惠小姐也请过来啊？说句实话，你们俩的关系已是公开的秘密，全徐州城谁人不知谁人不晓，还藏着掖着干什么啊？快去打个电话把她请来啊！”

林丽道：“秋红说得对着呢，裘风，快去打个电话把佐藤惠请来吧，大家在一起也好凑个热闹。”

裘风道：“你们可是乱点鸳鸯谱了，我和她只是上下级关系。我们这是老同学聚会，而她又是局外人，也就更没道理请她了。”

魏成栋笑道：“裘风，你别忘了，我也是搞情报出身的。抗战初期，你背井离乡，跑到重庆去了，刚参加中统不久就干了一件大出风头的事，以至于让徐恩曾都刮目相看。有一次，你和一个叫路玉刚的训练班同学去南京执行一项任务，两人晚上住在了一家宾馆里的同一个房间里。晚上，路玉刚做梦，迷迷糊糊用日语说了一句话，这就引起了你的注意。次日，路玉刚说是要去看望一家亲戚，就单独出去了。你跟在了其后。路玉刚鬼鬼祟祟去了湖南路的一家公寓，半天才出来。你出差回来，就把路玉刚报告给了徐恩曾。

徐恩曾让人去南京查了一下湖南路的那个公寓，原来是一家日本情报机关。于是，路玉刚是日本特工的事就浮出了水面。国民党党政机关转移到大后方重庆后，调查统计局也撤走了。但调查统计局毕竟不同于一般党政机关，为了支撑局面，临时组建了一个五人留守站，你被任命为南京留守站少校站长。在一幢小洋房里，对外挂了一个贸易公司的招牌，以便掩人耳目，长期潜伏。不久，你在舞厅认识了一个叫封美娟的女人，你们俩可谓一见钟情，很快就坠入了爱河。有一天，你偶然看见封美娟去了湖南路，路玉刚曾去过的那家公寓，这才知道封美娟是日本间谍。可你既没有把封美娟交给徐恩曾立大功，又不忍心把封美娟秘密处死。可是一日夫妻百日恩啊！封美娟的真实姓名叫佐藤惠，真实身份是日本陆军徐州特务机关特高课课长。在她的撺掇下，你跟随她回徐州任特高科科长。裘风，我说的对吗？”

裘风干笑了两声：“魏成栋，你狗小子就会出我的洋相……大家抓紧坐吧。”说完就近坐下了。

魏成栋坐下后道：“裘风，不是我要出你狗小子的洋相，是你在老同学面前太不诚实了，而且嘴还那么硬。话又说回来，人家佐藤惠小姐，官至中佐，年轻美貌，难道不配你吗？依我说，佐藤惠小姐是一朵鲜花插在牛粪上了。”又耳语道，“人家还是个海货呢。”

裘风笑道：“魏成栋，你真的是狗嘴里吐不出象牙。书归正传，书归正传。中秋佳节即将到来，我们八位老同学能相聚在这里，让我倍感亲切，来！大家干一杯。”

大家都干了。

魏成栋放下酒杯：“我从认识裘疯子到现在，头一次听他说人话。难得！实在难得。为此，我和裘疯子单喝一杯。”

裘风道：“那是因为你长得不是人耳朵。喝就喝，谁怕谁。我来倒酒。”

两人同端了一杯酒，魏成栋道：“今天晚上，我要和裘疯子切磋切磋酒艺，摸摸他到底能喝多少酒。或许先醉倒的是我也未可知。在我喝醉前，我想说句话……”

裘风讥笑道：“都是老同学，有话就说有屁就放，又不是临终遗言，弄这么严肃干什么？”

魏成栋道：“那我就说了。我们几个既然是老同学，又在同一个城市混事，理应同舟共‘济’，而不能同舟共‘挤’。我这样说，只是给大家善意地提个醒，绝无他意。”

裘风道：“魏成栋同学，还没开始喝酒你就胡言乱语了，要是喝醉了还不知道你这乌鸦嘴会说什么呢。我们几个虽然几年不见了，或为生活奔波，或为事业忙碌，每个人的经历不尽相同，境况各异，可唯一不变的是我们同窗两年结下的情谊。以往的一切，无论是对还是错，现在想起来，却是那么美好和亲切。这是一种记忆，也是一种财富，值得我们一生去珍惜。俗话说：一辈子同学三辈子亲。今天我们几个能在此相聚，清茶淡饭也是情。”

魏成栋带头鼓掌，然后笑道：“裘疯子，这话要是出自彭辉之口，我感觉再正常不过了，因为他是高才生。可这话居然出自你之口，就让我感觉不可思议了。听说每次国文考试，郭世举老师都是睁一只眼闭一只眼让你抄袭别人的，否则，那就是一个硕大的鸭蛋，基本上能炒一盘下酒的菜。哈哈！”

裘风道：“狗眼看人低，有道是士别三日当刮目相看。我走南闯北这么多年，你以为我是白混的？”

魏成栋道：“那年我们沛县中学闹学潮，郭世举老师被抓到徐州后，我就再也没听到过他的消息了。谁有他的消息吗？”

在座的几个人只有裘风没摇头，彭辉道：“裘风，你知道郭世举老师的消息？”

裘风慢条斯理地道：“我也是最近几天才知道的。郭世举老师怎么出狱的我不知道，西安事变国共第二次合作后，国民党派李宗仁坐镇徐州任第五战区司令长官，共产党派郭世举老师等人出任第五战区动员委员会的工作。现在郭世举老师任淮北区党委城工部领导下的徐州市工委书记，对外称为新四军四师邳睢铜办事处处长。也就是说，是郭世举老师在领导徐州市地下党开展工作的。”

在座的几个人无不瞠目结舌。

彭辉道：“裘风，这消息可靠吗？”

“千真万确。魏成栋同学，有何感想？”

“我刚听到这消息，还来不及感想呢，你都知道好几天了，肯定有感想了吧？”

裘风笑道：“我很想和郭世举老师喝几杯。你作陪吗？”

彭辉一语双关：“别以为你是徐州市警察局特高科科长，就了不起。就怕你请不到郭世举老师。”

“或许。”裘风也是一语双关。

魏成栋道：“裘风，听说你前不久连窝端了一个中统的行动组，说说你是如何破获的。”

裘风眨巴一下眼睛才道：“你想啊！我是从中统过来的人，对中统的行动套路自然很熟悉了，就像你对军统的行动套路很熟悉一样。”

“老同学，你这样讲可就是言三不着四了，等于什么都没说。”

“老同学，你怎么会这样认为呢？来！喝酒。”

第十五章　秘密抓捕

离开花园饭店，走在回家的路上，冯骥看看前后左右没有人：“林丽，你对今晚的酒场有何看法？”

林丽略一沉吟：“这段时间裘风的人死的死，伤的伤，有的还被打成军统特工，能不窝囊！可他今晚却表现得跟没事人似的，而且还大打老同学这张牌，和大家套近乎，我感觉有点不大正常，不大对劲。”

冯骥叹了一口气，忧心忡忡道：“正因为我有这种感觉，所以才想求证一下的。听了你这番话，就更令我担惊受怕了。”

“是不是裘风要出手了？”林丽的声音很低沉。

“就目前的情况来看，裘风一旦出手，也一定是剑指秋红的。”

“这是肯定的。”

冯骥抬头望着深邃的夜空，若有所思道：“汪精卫一行不来徐州了，那秋红的刺杀行动无形之中也就终结了。是不是该回重庆复命了？”

“应该是这样。这或许就是秋红积极回魏楼过中秋节的原因。”

“算是临行前的作别吧。”

“裘风也能想到秋红该回重庆复命了，要出手的话也就这几天了。”

“我看也是。这得给彭辉提个醒。”

“裘风居然知道了，是郭世举老师领导徐州市地下党开展工作的，他这是从哪里得到的消息呢？”

“这谁知道。不过，他也无意中提醒了我们，今后要格外小心了。”

“也得给三个情报站提个醒。”

“当然。”

“吃饭的时候，成栋问裘风是如何破获中统行动组的，我看裘风眨巴了一下眼睛才回答成栋的，而用成栋的话说裘风是言三不着四，我感觉裘风是在闪烁其词。”

“是啊！当时我也有这种感觉，你不说我都忘记了。看来今后和他们在一起吃饭真的不能喝这么多酒。”

“裘风是如何破获中统行动组的，这对我们来讲依然很重要。”

“这是当然的。明天让黄献通过‘船夫’调查一下。”

林丽见两道强光从身后由远及近，就挽住冯骥的胳膊往路边靠了靠，亲热得像一对情侣在漫步街头。当一辆轿车驶过，林丽想松开手，冯骥却收紧胳膊笑道：“这样不是很好嘛！”

林丽幽幽地道：“你说好就好呗，我懒得跟你抬杠。”

两人回到家里，冯骥拨打彭辉办公室和宿舍的电话，均无人接听。

在花园饭店和众人分手后，彭辉就开车送魏秋红了。到一个交叉路口，彭辉把车停下了。魏秋红就问：“怎么停车了？”

彭辉点燃了一支香烟猛抽了两口后道：“往右拐是送你的方向，往左拐是去保安处的方向，你说我们去哪里呢？”

魏秋红扭头望着彭辉道：“你这不是去送我吗？怎么，喝多了？”

彭辉抛开喝多喝少的问题，直奔主题：“过去我们几个老同学在一起喝酒，多是剑拔弩张，在经过了那么多的打打杀杀之后，今晚却是一团和气，这正常吗？”

“你是说，今晚是裘风为了掩盖某种即将采取的行动而故意放的烟幕弹？”

“你能这样认为说明你没喝多。”

“这段时间裘风一直在找我的麻烦，最敏感的应该是我。”

“我估计裘风也清楚你在徐州待不几天了，所以这几天你的安全就成了大问题。”

“有那么可怕吗？”魏秋红心里也没有底了。

“这不是可怕不可怕的问题。我给你讲个故事：英国伊丽莎白女王一世甄选全英国最好的马车夫。最后有三个人被带到女王面前，由女王亲自挑选。女王只问了他们一个问题：‘若是我的马车要经过一个悬崖边，你们如何保障我的安全？’第一个人说：‘陛下，我驾驶的马车只离悬崖边一尺，也绝不会有事。’第二个人说：‘陛下，我驾驶技术更好，马车离悬崖三寸远，也不会翻落。’第三个人说：‘陛下，我不走悬崖边，我绕道走大路以保障您的安全。’结果第三个马车夫获得了工作。聪明的女王知道，保障安全的最好办法，不是靠陷于险境时的解围技巧，而是避免置身险境。圣经上说：‘不要给魔鬼留余地，就是不要让自己置身险境。’跟我去保安处住，应该比你回家去住安全多了。另外，你上下班我车接车送。”

魏秋红顿觉温情满怀，含情脉脉道：“彭辉，我现在好想让你抱抱我。”

彭辉没有去抱魏秋红，却把车开往保安处的方向。

魏秋红见彭辉没有抱她，心里说不出是个什么滋味，就再没有说什么了。在保安处附近的一家店铺，彭辉给魏秋红买了牙刷、牙膏、毛巾、拖鞋和一瓶雪花膏。魏秋红见状却笑道：“怎么没买口红呢？”

“还香水呢,可这里不卖。”彭辉笑着说完就把车开到了保安处的大门口。保安一看是彭辉，就把大门打开了。彭辉进了保安处的大院，把车停下，却没有马上下车，而是点燃了一支香烟，猛抽了两口：“那个曾经往门卫送照片的高个年轻女子，就是那天晚上在河清公寓后街撒泼的女人吧？”

“也是在青年路小学大门口，你曾经提醒过有人跟踪她的高个年轻女子。”魏秋红说完就下车了。彭辉也跟着下车了，提着刚给魏秋红买的日用品，把魏秋红带到了三楼自己的宿舍里。彭辉倒了两杯茶，递给魏秋红一杯：“你还是第一次来我宿舍呢。”

魏秋红一笑：“这能说明什么？”

“说明我们之间隔着一堵墙。”彭辉笑道，然后端起了茶杯。

魏秋红见彭辉拉开了促膝谈心的架势，就道：“彭辉，你该回办公室休息去了。”

彭辉笑道：“你不是想让我抱抱吗？”

“那是刚才，不是现在。”

“你的意思是过期作废了？”

“你可以这样认为。”

“你这人……”

“彭辉，我有点累了，想休息……”

“那好吧。”彭辉放下茶杯就出去了。

彭辉进办公室就开始抽烟了。彭辉很明白，魏秋红之所以下逐客令，是怕继续上楼前的话题，而一旦继续那个话题，就势必要触及魏秋红如何加入军统组织和今后他们婚姻的诸多问题。而在他看来，魏秋红加入军统组织一定与郑州那个叫王朗月的男人有关系，也肯定不是魏秋红说的那么简单。再者说了，魏秋红在徐州的行动已间接取消，是去是留也不是她魏秋红能说了算的。这或许就是魏秋红下逐客令的原因吧。彭辉很清楚，此时魏秋红的心情也一定和他一样好过不到哪里去。

这时电话响了，彭辉接过电话，原来是冯骥打来的。

打发走彭辉，魏秋红洗洗刷刷就躺下了，可一股浓郁的男人的味道让她迟迟睡不着，勾起了对旧时的回忆。

不知道是何时，魏秋红做了一个梦，梦见自己身穿结婚的盛装，头顶着红盖头，在众人的簇拥下上了一乘花轿，吹鼓手吹出了漫天漫地的喜庆。那几个轿夫也真的是坏，把她晃得有点晕晕乎乎，可她一点儿也不讨厌他们。她掀开红盖头，撩开花轿上的窗帘，看到彭辉骑着一匹高头大马，头戴一顶礼帽，胸前挂着一朵缎子被面结成的大红花，英气逼人……魏秋红放下窗帘，放下红盖头，舒心地笑了，笑得那么甜蜜。在三老四少面前，她和彭辉拜堂成亲后，彭辉把她抱入了洞房，又用一根红棍挑下了她的红盖头，这让她看见地下满是玫瑰花的花瓣，空中满是高高挂着的大红灯笼……就在这时，王朗月飞身把她抱走了。她挣扎着，呼喊着彭辉的名字，从梦中惊醒。她拉亮电灯，发现自己满头大汗，就下床去卫生间洗了一下脸，之后就再无困意了。她发现彭辉有几件衣服和两双袜子扔在那儿呢，就起床洗了起来。

9月12日早上，彭辉回宿舍，宿舍的门半掩着，就知道魏秋红已经起床了。果真如此，魏秋红正在那儿梳头呢。彭辉道："我来刷牙洗脸，然后带你去餐厅吃饭。"

"餐厅就别去了吧。那么多人要招呼，多麻烦啊！"

彭辉笑道："你不是怕麻烦，而是怕难为情。"

"你要是怕出去吃饭花钱，我请你就是了。"

"看这话说得……"彭辉猛然看到挂在那儿的，已洗过的衣服，啧啧感叹道，"屋里有个女人就是好。"

魏秋红帮彭辉往牙缸里注满水，挤好牙膏，笑道："没发现你的嘴臭烘烘的吗？还不快去刷牙！"

魏秋红见彭辉刷好牙洗好脸："你说我住在这儿算什么呢？"

"你要是嫌住在这儿名不正言不顺，那我们明天就结婚。"

"我是说裘风知道我住在这儿会怎么想呢？"

"他怎么想重要吗？昨天晚上我回到办公室后，就接到了冯骥打来的电话……"

"都这么晚了他还打电话，能有什么事？"

"他从昨晚的饭桌上感觉裘风有点不正常，说是裘风很可能要对你下手了，让我把你保护起来。我说秋红这会儿估计已经在我的宿舍里睡下了，他说了句晚安就把电话挂了。"

"我都把他当亲哥了，他心里能没有回数？"魏秋红心里暖暖的，兴致勃勃地道，"走！我们出去吃饭。"

彭辉和魏秋红下楼后，徐仪铭马上从车里出来，打开了车门，低头哈腰道："嫂子好。"

魏秋红点了点头就上车了，等彭辉也上车后，车子就开走了。这时，魏秋红道："彭辉，我怎么感觉这位师傅这么面熟呢？"

彭辉笑道："真的想不起来了？"

魏秋红想了想，突然道："醉汉。"

彭辉和徐仪铭就哈哈大笑了起来。

之后，彭辉把一把手枪和两个弹匣递给了魏秋红："谁要找你麻烦，你就用这把手枪招呼；谁要问这把手枪是哪来的，你就说是我给你护身的。"

吃晚饭的时候，裘风对佐藤惠道："昨天晚上，魏秋红是在彭辉的宿舍里住的，而且，今天魏秋红上下班也都是彭辉和彭辉的保镖徐仪铭两个人接送的。这是彭辉感觉魏秋红身处险境了，还是魏秋红自身感觉到了才如此这般的呢？"

"是不是你昨晚的言行举止造成的？"

"这怎么可能！只能说明他们心中有鬼，不打自招了。"

"也是，这段时间他们让我们的人死的死伤的伤，而这一切又都是因魏秋红而起，能不防备我们对魏秋红采取报复行动嘛！"

"这是情理之中的事。中秋佳节就要到了，我估计魏秋红要走也得等到节后。"

"可不是嘛。每逢佳节倍思亲，估计魏秋红会回魏楼探望和作别她父母。"

“虽然彭辉把魏秋红保护了起来，可老虎还有打盹的时候呢，我就不相信没有下手的机会。”

“中国有句古话：谋事在人，成事在天。”

好一会儿，裘风突然放下碗筷，笑道：“山人自有妙计。”

9月13日，中午放学后，魏秋红来到了大门口，猛然间发现陈川也在接学生的家长行列里，可转脸又见彭辉和徐仪铭已经等在那儿了，就只好上车了。陈川应该是来通知撤离的，这样想的时候，魏秋红暗自叹了一口气。

转了几家商店，魏秋红就把给几个老人要买的东西买齐全了。这时，魏秋红道：“走，彭辉，我给你买件西装去。”

“我有两件西装啊，怎么还要买？”

魏秋红的样子显得很陶醉：“佛靠金装，人靠衣裳。我就喜欢看你穿西装的样子，有风骨有分量，举手投足之间尽显优雅的绅士味道。”

彭辉浅笑道：“也就你这么说。”

魏秋红半真半假道：“要是哪个女人也这样说，我还得掂量掂量是什么用意呢。”

西装买好，在街上吃罢饭，就要到上课的时间了，彭辉和徐仪铭又把魏秋红送到了学校。

下午3：00，彭辉接到了宪兵队小林队长的电话，要他去小林的办公室一趟，彭辉问什么事，小林说来了就知道了。彭辉进了小林的办公室，宪兵队的几个头头脑脑均在，还有魏成栋、裘风、刘喜子、花勇、佐藤惠等十几个官僚。

这时小林发话了：“今天是我二十六岁的生日，也是一个值得感恩的日子。感谢父母的养育之恩，让我走过二十六年如歌人生，感谢在座的诸位，都曾给予我的工作很大的帮助和支持。我把大家从百忙之中邀请来，是想和大家一起去云龙山上狩猎，然后在篝火旁喝美酒吃野味，畅谈大东亚圣战，让这个特别的日子更具纪念意义。不知诸位意下如何？”

裘风首先发话了：“小林队长，这就是你的不对了，你过生日应该提前给大家言语一声，也好让大家准备点礼物以表祝贺，你这样做不是让大家失礼了吗？”

就有些附和声。

小林道：“敝人虽凡夫俗子，可对这礼节那礼节不耐其烦，何不活得简单、洒脱一点呢！”

“恭敬不如从命，大伙随你去云龙山狩猎便是。”裘风带头走出了小林的办公室，众人鱼贯而出。彭辉出来就上了魏成栋的车。魏成栋开车出了宪兵队的大门道：“你怎么没开车过来？”

“我让徐仪铭开车送来的，不知道会在这儿待多久，怕耽误了接秋红，就让徐仪铭回去了。”

“接秋红？接她干什么去？”

“秋红在这儿估计也待不了几天了，为了安全起见，从前天晚上起我就把宿舍让给她住了，我住办公室。她上下班也都是我和徐仪铭车接车送的。谨慎能捕千秋蝉，小心驶得万年船。”

“小心没有过火的，这样也好，裘疯子可是个什么事都能做出来的魔鬼。”

彭辉望着街上熙来攘往的人流，若有所思道：“裘风今天好像很活跃？”

彭辉的话让魏成栋感同身受：“岂止是活跃，我感觉他在和小林一唱一和。”

“不会有啥猫腻吧？”

魏成栋想了想：“能有啥猫腻？”

“或许是我多疑了。”彭辉虽然这样说，但心里仍不踏实。

不一会儿，所有的车辆都来到了云龙山的北门。众人下了车，就尾随小林说说笑笑上山了。翻过第六节山头到南山腰时，众人便拉网式展开，相距三五米不等。这时，裘风发现一只野鸡在一棵松树的枝丫上，就指给了小林，小林举枪就把那只野鸡打了下来。

裘风带头喝彩。

已是夕阳西沉，众人依然雅兴不减，因为大家都有所斩获，或野鸡，或野兔，经过众人合围，还猎到一头野猪。

这时，彭辉快步来到魏成栋面前，耳语道：“秋红肯定出事了……”

魏成栋惊愕道：“你怎么这样说？”

“我刚才感觉快到秋红下班的时间了就看了看手表，抬头却发现裘风也在看手表，之后竟然瞟了我一眼，我便有一种不祥的预感袭来……”

“这么说小林来这狩猎过生日是个阴谋，是佐藤惠和裘风玩的调虎离山计？”

彭辉边点头边道：“十有八九。”

“难怪你来的路上怀疑有猫腻。”

“怎么办？”

“我去给小林队长告个别。”

“我也去。”

魏成栋和彭辉来到小林队长面前，魏成栋道：“小林队长，郝司令傍晚有个会议，我和彭处长得回去了。”

彭辉补充道：“我们来的时候怕扫你的兴致就没说。”

小林满脸不高兴：“你们继续陪我狩猎，再说也该进行篝火晚宴了，有啥事我回去给郝司令说。”

彭辉道：“小林队长，你要是能在郝司令开会之前给我和彭处长请下假来就没问题了，郝司令的脾气你是知道的，这先斩后奏的罪过可不是谁都能担待得起的。对于我和魏局长而言，这端谁的碗得服谁管。”

小林骄横道：“你们郝司令也得听大日本皇军的。”

魏成栋笑道：“我们郝司令是听大日本皇军的，可不是听你这个大日本皇军的。”

彭辉道：“小林队长，你这是私事，又不是公务，这要是让太田中将知道了会是个什么结果呢？孰轻孰重你不会分不清吧？”

这时，佐藤惠过来了：“小林队长，魏局长和彭处长也是公务在身，就让他们提前回去吧。”

“不送。”小林说完又去狩猎了。

到了该接魏秋红的时间还不见彭辉，也不见彭辉的电话，徐仪铭就独自开车去青年路小学了。魏秋红上了车，道：“仪铭，彭辉怎么没来？”

“在宪兵队开会呢。”

魏秋红想去文亭街二十六号，就道：“我想到街上转转去，你回去吧。”

“那可不行，万一你出了什么事，我可担待不起。”

魏秋红从包里掏出手枪，笑道：“危言耸听了吧？你不知道我有这个吗？”

“你单枪匹马的不怕碰到一群狼？我来的半道上还后悔没多带两个人来呢。”徐仪铭说完就把车开走了。

魏秋红仍在纠缠：“我一女流之辈，又没惹是生非，谁会跟我过不去？”

“这话回头你给彭处长说去吧。彭处长这样做肯定有他的道理。”

车开到半道上，徐仪铭发现前面过来一辆独轮车，独轮车上有两个柳条框，一个汉子挂着袢掌把推着，一个汉子在前边用绳拉着，还不停地吆喝着："卖梨了，砀山的酥梨，又脆又甜……"

轿车刚离独轮车有三四米远的时候，那独轮车突然歪倒了，两框梨滚得满地都是，挡住了轿车的去路。那个前边拉车的汉子还骂咧咧地道："你他娘的是怎么掌把的？"

那掌把的汉子满脸怒气："你他娘的嘴巴干净点，刚才我让你掌把你怎么不干？"

"我怎么知道你这么没用？"

徐仪铭见两个人越吵越凶，就下车了："事已至此，吵也没用，还是收拾收拾吧。"说完就帮着捡梨。

魏秋红在车上蓦地发现那个拉车的汉子在虾腰捡梨时露出了手枪，就大叫道："徐仪铭，快上车！"

魏秋红话音刚落，就有四个汉子从路两旁窜出来，有两个汉子上车就用短枪把正要从提包里掏枪的魏秋红控制住了。

徐仪铭正要掏枪，就被一个汉子用枪口顶住了后胸："少安勿躁。"

另一个汉子过来就把徐仪铭的枪下了，然后掏出匕首就刺向了徐仪铭的胸口，随着血液的喷涌，徐仪铭委顿下去倒在了地上，片刻又被人拉到了路边。

这时，过来一辆无牌照轿车停在了路边，把魏秋红五花大绑押上车，嘴里塞条毛巾，套上头套后就开走了。剩下的人片刻就消失得无影无踪。

彭辉开车刚进保安处的大门，就见王勤刚火急火燎地带着几个人要外出，彭辉立马下车问："王队长，你们这是干什么去？"

"彭处长，你可回来了，徐仪铭在青年路上出事了，我这正带人去现场呢。"

彭辉啥也没说，上车后调转车头就把车开走了。王勤刚几个人立马开车跟上了。

此时天已黑了下来，三辆车开着车灯飞速前行。

坐在副驾驶座上的魏成栋黑着脸一言不发。

仍有些人在徐仪铭出事的地点围观，彭辉下车后，见自己的车停在路边，路上满是抛洒的梨，躺在路边的徐仪铭胸口满是血迹，已咽气。而魏秋红却活不见人死不见尸。

彭辉把徐仪铭的眼合上，脱掉自己的外衣给徐仪铭蒙上头，就命人用担架抬走了。

王勤刚道："彭处长，我这就去布置全城戒严……"

彭辉摆了摆手："徐仪铭身子都凉了，哪里还有这个必要。你带人去附近调查一下目击证人吧。"

就有几个围观者七嘴八舌地把当时的情况说了出来。彭辉听后，拍了几张照片，对魏成栋道："走！我们去冯骥那儿。"

彭辉开车在前，魏成栋开车断后，不一会儿就都停在了茂源绸缎庄门口。彭辉叩门，来开门的是冯骥，一见是彭辉和魏成栋就笑道："这个时候你们俩不是来蹭饭的吧？"又见魏成栋和彭辉谁也不搭话，径直往里走，就又道，"这是怎么了？"

魏成栋和彭辉依然不搭话。

林丽见魏成栋和彭辉面色凝重进来后就坐在沙发上了，连忙沏茶。

冯骥也坐下了："是不是秋红出事了？"

彭辉点头后就把事情的来龙去脉简明扼要地说了一遍。

冯骥听后蛮有把握地道："秋红显然是被裘风绑架的，应该不会有生命危险。"

彭辉道："秋红肯定不会承认自己是军统特工，那裘风会不会命令他的手下给秋红用刑呢？"

冯骥道："我敢说裘风暂时是不会的，这是为什么呢？如果搞清楚裘风为何绑架秋红，就不难回答这个问题了。首先，裘风之所以绑架秋红，醉翁之意不在酒，是想拿秋红当诱饵，把秋红的同伙一网打尽，这个时候的秋红自然是安全的。而一旦把秋红的同伙都一一揪出来了，秋红才会有生命危险，这个时候怕是裘风都左右不了形势。其次，这段时间你们俩让裘风的人死的死伤的伤，裘风能不想着报复？而这又都是因秋红而起，秋红遭绑架就在所难免了。可是，裘风又碍于彭辉是保安处处长、成栋是警察局局长的影响力，能不瞻前顾后？有着既怕又不怕的矛盾心理，给秋红用刑的可能性就小了。"

林丽道："我感觉冯骥分析得很有道理。"

彭辉道："道理是这个道理，可眼下我和成栋总不能袖手旁观吧？"

冯骥道："当然不能袖手旁观了，可也得有个度，那就是不能逼着裘风对秋红下手。俗话说：兔子急了还蹬鹰呢。不妨派些人暗访一下秋红的下落，切勿兴师动众。"

彭辉道："你估计秋红现在是在城外还是城里呢？"

冯骥道："这个我可就不好说了。警察局警务科可是负责城乡交通路口检查工作的。成栋是警察局局长，问问警务科这段时间都有哪些车辆出城了或许能找出答案呢。"

彭辉见魏成栋一直坐在那儿端着茶杯喝茶，自始至终没说一句话，就道："成栋，都火烧眉毛了，你怎么还这么镇定？"

魏成栋放下茶杯："冯骥，我和彭辉还真的是来蹭饭的，我这肚子都咕咕叫了。"

"这好办。"冯骥说完就给斜对面的小餐馆打电话要了几个菜。

彭辉苦笑道："成栋，你真的能吃下？"

魏成栋笑道："吃饭皇帝大，天大的事，饭后再说。"

彭辉知道魏成栋鬼点子多，就道："成栋，你肚子里到底拧的是啥麻花？"

"我也认为冯骥分析得很有道理，我也认为冯骥的方法切实可行，要说暗访，我下面可是有现成的腿子，由点到面，很快就能铺开到各条街道、各家各户。所以这暗访的事就交给我吧。你问我肚子里拧的是啥麻花，我马上就让你知道。"魏成栋说到这儿就摸起了电话……

魏成栋和彭辉下山不一会儿，佐藤惠和裘风也下山了。裘风开着车对坐在副驾驶座上的佐藤惠道："彭辉和魏成栋刚才是怎么回事啊，怎么说走就走了，而且还那么蛮横？"

"一旦彭辉和魏成栋感悟到我们给他俩玩的是调虎离山计了，魏秋红危在旦夕，能不蛮横！"

裘风笑道："可以理解。"继而，"也不知道秘密抓捕魏秋红是否成功？"

"你注意到了吗？这夜幕下的徐州城好像和往日没什么区别。"

"是啊！为什么还那么宁静呢？"

汽车停在了特高科的门口。裘风进了办公室就摸电话，佐藤惠也过来了。裘风拨通了一个秘密电话，对方用沙哑的声音向他报告了秘密抓捕魏秋红的过程，而且还告诉他，魏成栋和彭辉的轿车现在正停在茂源绸缎庄门口。

裘风放下电话："彭辉和魏成栋估计已到过事发现场了，既没进行全城戒严,也没进行全城大搜捕,却去茂源绸缎庄找冯骥了,看来是去商量对策的。”

“从事发到他们俩赶到事发地点已经有段时间了，若进行全城戒严和大搜查，岂不是黄花菜都凉了！再者，彭辉和魏成栋也估计到是谁干的了，就更没那个必要了。彭辉和魏成栋居然去茂源绸缎庄商量对策，看来你那个叫冯骥的老同学不简单啊！”

“岂止不简单，在我印象中他城府极深，一般人很难洞察到他的内心，如今在我眼里更像个神秘人物了。”

“冯骥的神秘面纱必须撩开，但现在要考虑的问题是你那三个老同学会如何出招，这样我们到时候才不会乱了阵脚。”

“这是肯定的。不过……”

“不过什么？”

“不怕出山狼，就怕藏家鼠。”

“你还是怕李福顺和王联合被彭辉策反了？”

“这一直是我的心病。”

“那你何不借助于魏秋红来个一箭双雕的计划？”

裘风一点就通，笑道：“可不是嘛。”

这时，电话铃响了，裘风拿起话筒就道：“哪位？”

“魏成栋。我是抱着试试看的态度给你打电话的，你什么时候回来的，怎么没在云龙山上享受篝火晚宴？”

“还篝火晚宴呢，你和彭辉一走，小林队长雅兴顿失，你们俩前脚走，他后脚就往回赶了，谁也拦不住。你们散会了？”

“别提了。”

“怎么了？”

“我陪彭辉到保安处拿材料，却听说彭辉的保镖徐仪铭在接秋红放学回来的路上被人杀害了，秋红活不见人死不见尸，看样子是被绑架了。”

裘风装神弄鬼道：“你小子不会是拿我穷开心的吧？”

“我会拿这事开心？你小子不会是幸灾乐祸吧？”

“我的个天，谁这么胆大包天居然在光天化日之下绑架警察局局长的妹妹，而且还是保安处处长的未婚妻？”

“这人确切地说是胆大妄为，不过我相信他是不会动我妹妹一根手指头的，你想啊，他能不掂量掂量后果？这徐州市警察局局长和苏淮特别区保安司令部保安处处长能是吃素的？”

“人家要是把你这个徐州市警察局局长和苏淮特别区保安司令部保安处处长彭辉当回事，就不会绑架秋红了。绑架秋红的人指定是一群不计后果的亡命之徒，所以说你也别自我感觉良好。”

“绑匪不就是为了钱财嘛，刚才郝司令电话里说了，要多少给多少，你说我还担心什么？”魏成栋在虚与委蛇，也是在给裘风展示一个良好的斗智斗勇的心态。

裘风顺水推舟：“那敢情好了。”

“真的没想到秋红会遭这一劫……你妹妹玉荣现在是个什么情况？”魏成栋口吻很是轻松，像是拉家常一般。

“这个时候你怎么会想到我妹妹玉荣？”

“玉荣现在肯定是平安无事的，可我妹妹秋红却被人绑架了，这人不能比人了。裘风，我和彭辉现在在冯骥家呢，冯骥刚打电话跟饭店要了几个菜，你过来喝几杯吧，也好帮着理理头绪，看怎么办好。”

“我手头上还有点事没处理好，你们不要等我，先进行着，等一会儿我看看情况再说吧。”

“好的。”魏成栋说完放下了电话。

冯骥道：“你玩的这是敲山震虎，不战而屈人之兵。”

彭辉道：“成栋，你可真是邪恶的聪明啊！无形之中给裘风定了调子。”

魏成栋却道：“我敢说裘风肯定不会过来喝酒的。”

冯骥道：“这还真的不好说呢，裘风可不是个胆小鬼。”

彭辉道：“或许还在琢磨成栋刚才的电话呢。”

林丽道：“我看我们倒是该考虑考虑如何对外解释秋红被绑架的事了。”

冯骥道：“虽然我们明明知道是裘风所为，但对外最好就是一问三不知，因为我们现在还没掌握证据。”

彭辉叹了口气道：“可如何尽快找到秋红呢？”

无人应答。

彭辉好一阵子才道：“唉！明天我们可是回不了魏楼了。”

一阵子沉默。

裘风果然没来吃饭，吃过饭送走彭辉和魏成栋，冯骥就决定明天让“船夫”查查秋红的下落。

第十六章　装神弄鬼

王勤刚等几个保安大队的副大队长、中队长、排长、班长正在彭辉的办公室里吞云吐雾呢，一见彭辉回来了，都连忙站了起来。彭辉招呼大伙坐下后，就从抽屉里掏出两包烟招呼大伙抽烟。王勤刚猛抽了两口烟："彭处长，兄弟们一致认为是特高科那帮孙子绑架的秋红嫂子，要不是我这会儿好劝歹劝，兄弟们早把特高科拿下了。"

中队长于保全道："就特高科那几十号人，还不够我们保安大队塞牙缝的呢。"

排长李新志道："我早就看特高科那帮孙子不顺眼了，正愁没机会教训他们呢，彭处长，你发话吧。"

大伙群情激昂，异口同声道："彭处长，你发话吧。"

彭辉却道："谁有确凿的证据证明是特高科的人绑架的秋红？既然没有，那就别让特高科的人反咬一口而惹是生非了。如果有用得着兄弟们的时候，我会召集的。天不早了，大伙都回去休息吧。"

大伙见彭辉很是疲乏，且又下了逐客令，就都知趣地走了。

彭辉抽了一支烟才回宿舍，但见中午魏秋红给几个老人买的衣服和礼品搁置在那儿，还有给自己买的西装，不觉泫然泪下，躺在床上久久不能入睡。

这时，特高科方向响起了密集的枪声，彭辉连忙爬起来开车去了。果真是王勤刚正带着保安大队的兄弟们攻打特高科。彭辉对王勤刚训斥道："王勤刚，你这叫鲁莽行事，谁给你这么大的胆子？"

王勤刚用手枪口顶了顶帽檐："彭处长，刚才有确切情报说裘风正在审讯室审讯秋红嫂子，我们几个兄弟一商量，怕你不允许，就私自来攻打特高科救嫂子了。”

“拿下特高科很容易，可宪兵队那帮孙子能不来打增援？”

“事已至此，就别说那些没用的了，只求速战速决了。”

彭辉拔出枪，就把性命压上了。

几分钟后，彭辉带领人攻进了审讯室，躲在暗处的裘风见大势已去，就对绑在十字架上遍体鳞伤的魏秋红开枪了，魏秋红胸口便有血浆喷涌。彭辉说时迟那时快，对着裘风就是几枪，裘风的胸口被打成了筛子，倒了下去。彭辉跑过去为魏秋红解绳索，然后把魏秋红抱在怀里。魏秋红奄奄一息，断断续续道：“彭辉……下辈子……我……再做你的……”话未说完，身子一软，撒手人寰了。

“秋红，魏秋红……”彭辉声嘶力竭地呼喊着……

猛然间，彭辉坐了起来，才知道自己是在做梦。

次日是 9 月 14 日，也是中秋节。太阳虽然树梢子高了，街上依然有些许空旷。这时，一个报童的吆喝声把街道渲染得热闹了起来：“卖报！卖报！特大新闻，特大新闻，警察局局长的胞妹、保安处长的未婚妻被绑架……”

裘风在办公室看了看报纸，笑意写在脸上，对佐藤惠道：“我裘风一般不惹事，一旦惹了，那就不叫事了，叫新闻。等着吧，好戏还在后面呢。”

佐藤惠能理解裘风现在的心情，但也怕裘风得意忘形，就提醒道：“魏成栋和彭辉看了这则新闻会如何应对呢？”

“我听说一大早四个警察分局的人就开始明察暗访魏秋红的下落了，看了这则新闻还不是一个样，继续呗。”

“如果查不到魏秋红的下落，魏成栋又当如何？”

“以其人之道还治其人之身，说不定魏成栋真的就把我妹妹玉荣给绑架了呢。魏成栋出手可比我狠。每当我洗澡触摸到魏成栋留给我的伤疤时，心中就燃烧起一团怒火，就想宰了那小子。”

“除此之外，魏成栋还会有什么招数？”

“这个问题我在绑架魏秋红之前就考虑了，知己知彼方能百战不殆嘛。可我毕竟不是魏成栋肚子里的蛔虫，他魏成栋也不是我肚子里的蛔虫，现在主动权在我们手里，我们为何不牵着魏成栋的牛鼻子走呢？”

“有道理。那魏秋红的军统同伙们看了这则新闻又会如何应对呢？”

“我还怕他们不作为呢。只有他们动起来，我们才有机会。”

这时，保安司令部参谋处来电话了，要裘风和佐藤惠去参加郝鹏举召开的会议。

佐藤惠道：“估计是关于魏秋红被绑架的事。警察局局长的胞妹、保安处长的未婚妻被绑架了，作为他们的顶头上司能不亲自过问？要我们俩过去开会，还不是要我们俩帮着魏成栋和彭辉寻找、搭救魏秋红。”

“魏成栋和彭辉不气得吐血才怪呢。走！我们看戏去。”裘风笑着站了起来。

佐藤惠和裘风到达会议室时，保安司令郝鹏举、市长毕书文、少将参谋长刘伯阳、保安处长彭辉、总参议戈定远等已经到位了。魏成栋是最后一个到达的，等他坐下后会议就开始了。

郝鹏举道：“今天这个会议是有关魏成栋局长的妹妹和彭辉处长的未婚妻魏秋红被绑架的事。刚才听彭辉处长介绍了一下情况，佐藤惠小姐和裘风科长虽然晚来了一步，但昨晚就已经知晓了，我就不再重复事发的情况了。我现在要说的是，这是何人居然在光天化日之下绑架警察局局长的胞妹、保安处长的未婚妻？这不光是对魏成栋和彭辉两个人的挑衅，也是对我这个苏淮特别区行政长官的挑衅，这还了得！简直是无法无天！我们现在就成立以我为组长，以书文为副组长，以保安处、警察局、特高课和特高科领导为组员的913绑架案领导小组，各部门要密切配合，积极排查线索，在确保魏秋红生命不受到威胁的情况下，尽快破案。”

裘风干咳了一声后道：“我和彭辉、魏成栋和魏秋红都是老同学，俗话说：一辈子同学三辈子亲。于私于公，搭救魏秋红都是我义不容辞的责任……”

这时，魏成栋站了起来：“郝司令，如果我要知道您今天是开这个会，我就不让你开了。”

大家都把疑惑的目光投向了魏成栋。

郝鹏举道：“这是为什么？”

“被绑架的是我妹妹，而我又是警察局长，如果让别人帮助我破案岂不是贻笑大方了嘛！我这样说在座的各位领导或许会认为我很狂妄，其实不然，因为我知道是谁指使人绑架的我妹妹。我都把话说到这个份上了，这个会还有开下去的必要吗？”魏成栋说到这儿就走人了。

不要说别人了，就是彭辉也愣在了那里。

大家见郝鹏举默不作声地走了，也都默不作声地相继离去。

在回去的路上，佐藤惠道：“刚才魏成栋已经用眼神间接地告诉大家是你绑架的魏秋红了。”

裘风道：“这我知道，魏成栋那胸有成竹的样子也是想用气势压倒我。”

“我不得不承认，我们的对手的确不简单，有两下子。”

“休要长他人志气，灭自己威风。”裘风一脸不服气的样子。

“很显然我不是这个意思。你内心一直很强大，这我知道，而且我从来就没怀疑过你的能力，在我眼里你永远是个优秀的特工。这也是我甘为你的女人的一个重要原因。”

“有你这句话，我裘风活值了。走！我们去咖啡店喝一杯去。”

裘风把轿车停在了欣欣咖啡店门口，然后去为佐藤惠开车门，佐藤惠下车后就挽着裘风的胳臂，一副小鸟依人的陶醉样子。两人坐定要了两杯咖啡，闲聊了几句又把话题切到绑架魏秋红这件事上了。裘风道：“……既然魏成栋在会议上坦言他知道是谁指使人绑架的魏秋红，那我们不妨让记者们采访采访他，第一个问题：魏秋红为何遭绑架；第二个问题：他是如何知道是谁绑架的魏秋红；第三个问题：他将如何搭救魏秋红。”

佐藤惠竖起了大拇指，笑道：“你这一手实在是太高明了。毫无疑问，魏成栋肯定不会说魏秋红遭绑架是因为魏秋红有军统特工的嫌疑，否则，可就引火烧身，惹大麻烦了。魏成栋也肯定不会接受采访的，因为他现在啥也不能说。”

“越是这样，我们就越让记者们死死缠住他，在报纸上连续大篇幅地报道他的一举一动，让他心烦意乱，让他不能正常思考，没准就乱了方寸。”说到这儿，裘风忍不住笑了起来。

佐藤惠笑容可掬：“但愿如此吧。”片刻，“这段时间一直没能抽出空去茂源绸缎庄，会会那个让你和魏成栋不惜动刀子的女人。你不是说冯骥如今在你眼里是个神秘人物嘛，那我更得去茂源绸缎庄一趟了。走！我们现在就去。”佐藤惠说完就站了起来。

裘风依然坐在那儿：“现在去是不是不是时候？”

“我去只是为了满足一下好奇心，可到了魏成栋和彭辉那里或许就不是这个意思了。让他们摸不准我们的脉搏才好呢。”

“恭敬不如从命。”裘风笑着站了起来。

轿车开到茂源绸缎庄门口停下了。裘风刚下车，就听冯骥道：“老同学这是哪阵风把你吹来的？”

“佐藤惠小姐想做件旗袍，我就把她带到这里来了，肥水不流外人田嘛。”裘风笑着说完就去给佐藤惠开车门。佐藤惠下车后，裘风道：“老同学，这是特高课佐藤惠课长。”

冯骥连忙道：“你好佐藤惠小姐，您能光顾小店不胜荣幸。”

裘风又道：“佐藤惠小姐，这是我老同学冯骥，茂源绸缎庄的老板。”

佐藤惠彬彬有礼：“你好冯老板，请多关照。”

“来的都是客，里面请。”

冯骥带着佐藤惠和裘风进店后，裘风又介绍佐藤惠和林丽相互认识了。佐藤惠道：“早就听说茂源绸缎庄的老板娘是个大美人儿，一笑倾城，再笑倾国，今日一见，我这做女人的可真的就一败涂地了。”

林丽一边沏茶，一边道：“佐藤惠小姐真会开玩笑，就我这样的还大美人儿呢，要是传出去，还不知道要笑掉多少人的大牙呢。要说大美人儿，你可是当之无愧。”

佐藤惠笑道：“我承认我还是有点姿色的，可在你面前就相形见绌了。据说当年你可是沛县中学的校花，裘风和魏成栋可是没少对你献殷勤。”

林丽莞尔一笑：“裘大科长，现在想想你当年可笑不可笑？”

回答可笑和不可笑都不对，裘风就笑道：“我今天可不是为回答你这个问题而来的。秋红被绑架了，我作为老同学昨晚本应该过来的，可等到处理完事天已经很晚了，所以就没过来。成栋和彭辉没怪罪我吧？”

冯骥道：“你没能过来指定是被啥事缠身了，都是老同学还客气什么。喝茶，喝茶。”

裘风假惺惺道：“我真闹不明白，秋红一个小学老师，稳稳当当的，谁绑架她干什么呢？”

冯骥隐忍满腔怒火，跟着裘风装神弄鬼，道：“就是啊！真是咄咄怪事。”

裘风一副关切的样子道：“有啥线索了吗？”

冯骥道：“我尚未听说。”

裘风就把刚才会议的情况如实说了一遍。

“成栋这样说这样做肯定有他的道理。不过，能有特高课和特高科帮一把不是更好嘛，人多力量大啊。”

表面文章已经做完，又见冯骥说的都是些车轱辘话，裘风说了句成栋越来越让人难以理解了，然后一扭头，话题一转："佐藤惠小姐，你不是要做身旗袍嘛，让林丽帮你选选……"

佐藤惠选好料子要付款，林丽说什么也不要。裘风道："今天是中秋佳节，晚上我安排个酒场，我们几个老同学聚聚吧？"

佐藤惠假惺惺道："过去你们老同学聚会不叫上我也就算了，今晚我可是要参加的。"

林丽道："我们也都知道你和裘风的关系了，所以每次老同学聚会我们都想让他叫上你，可他就是不听，也不知道他肚子里拧的是啥麻花！"

冯骥怕林丽口无遮拦凭空惹出事来，连忙道："今天有幸认识佐藤惠小姐，我当然希望能和佐藤惠小姐共进晚餐了，但不知成栋和彭辉是否有这个心情？"

裘风道："还是你考虑得周全。那你们忙吧，我们走了。"

送走裘风和佐藤惠，林丽愤然道："两个狗男女，一对黑夫妻。"

冯骥气不打一处来，道："什么玩意儿！"

彭辉是最后一个离开会议室的，没在办公楼停留就开车上街了，他希望能在街上找到魏秋红的同伙——那个高个年轻女子。他可不想裘风把秋红的同伙都一一揪出来。

可是，他围绕青年路小学附近的大街小巷，反复转悠了两个多小时也没找到那个高个年轻女子，才把车停在了魏秋红的家门口。他掏出钥匙打开大门，院子里空荡荡的；打开房门，房间里静悄悄的。虽然地面很干净，他还是拿起扫把把室内扫了一遍，想离去可又恋恋不舍，就在床上和衣躺下了。他想着或许自己的车停在大门口能被魏秋红的同伴发现而主动和他联系呢。

魏成栋在会议上的举止恰到好处，也很有魄力，让他很是佩服。他既间接地告诉大家是裘风绑架的魏秋红，也是让大家知道警察局长有信心、有能力解救人质，更是警告裘风不要胡来。可这样就能把魏秋红解救出来吗？显然不行！还是得弄清楚魏秋红被藏匿在什么地方了。

大概是因为昨晚没有休息好，不一会儿他就睡着了。

下午1点多，他才从熟睡中醒来，魏秋红的同伙没来找他是可以理解的，可连电话也没有就让他有点失望了。本想再待一会儿的，可细一想，魏秋红的同伙和不和他联系还两说着呢，毕竟是理论上的对头。他又饥肠辘辘，就起身离去了。

魏成栋离开会议室后就回警察局了。不一会儿，警务科科长姚树进来汇报说，从魏秋红被绑架到天黑那段时间，没有轿车出城。又过了一会儿，四个警察分局的局长相继过来，都没有暗访到魏秋红的下落，魏成栋就说这事不是一时半会儿能解决的事。

该吃午饭了，魏成栋开车出去吃饭，刚到大门口就被一群记者堵住了，哪里出得去！他只好下车了。

一个记者问:“魏局长,我是徐州日报的记者,请问魏秋红为何遭绑架？”

魏成栋就有些不耐其烦:“对不起,案件正在侦破,恕难回答你们的问题。”

又有一个记者问道：“魏局长，你是如何知道是谁绑架的魏秋红？”

“我再说一遍，案件正在侦破，恕难回答你们的问题。别强人所难，请各位记者自行散去吧。”

另一个记者仍不依不饶地问：“魏局长，你有多大把握能把魏秋红解救出来？”

“有多少绝境，就有多少柳暗花明。”魏成栋见有几个警察过来就摆了摆手。几个警察连推带攘就为魏成栋的车劈开一条道，魏成栋连忙上车把车开走了。不一会儿，他把车停在一个较为偏僻的小巷口里，下车徒步十几分钟就进了一家小饭馆。刘喜子正在一个单间里坐着，见魏成栋进来，连忙起身让座。桌面上已摆放着四碟凉菜和一壶酒。

魏成栋坐下：“老同学，让你久等了。”

刘喜子一边斟酒一边道:“魏局长客气了,下属等上级那是天经地义的。”

魏成栋笑道:“你小子何时变得这么乖了？这好像不符合你的性格吧？”

“我们是先谈事还是先喝酒？”

“我看你小子有点神经过敏了，我啥事都没有。上午不是碰到你了嘛，今天不是中秋节嘛，就想和你喝几杯，可又怕给你惹麻烦，所以就选了这么个偏僻的地方。虽然这个饭馆小了点，还是有两道拿手的好菜，一个是热猪蹄，另一个是荷叶麻鸭。来！先干一杯。”

两人碰过杯，刘喜子就把酒干了：“没想到魏局长如此体恤下情，让我受宠若惊了。”

魏成栋笑道：“老子请你喝酒，你小子居然阴阳怪气的，是不是又欠收拾了？”

刘喜子当真不当假地道：“你给老子肩膀上的那一刀，老子还没找你算账呢。”

魏成栋一边斟酒一边笑道：“你小子别好了伤疤忘了疼。说真的刘喜子，打起架来你不如我心毒手狠，只要动起手来吃亏的指定是你，所以你还是别再想着找我算账为好。别旧恨不去又添新仇，还是冰释前嫌吧！来来来！咱老同学俩再干一杯！”

刘喜子一拍桌子，勃然大怒：“魏成栋，我看你小子不是来请我喝酒的，是来羞辱我的。”

魏成栋自饮一杯酒，一副三娘教子的口吻：“我说刘喜子，你吃了这么多年的鱼，怎么还是猪脑袋？怎么就听不出好孬话了呢？你说我羞辱你，那我问你，我为什么要羞辱你？羞辱你的目的是什么？”魏成栋见刘喜子不语，又道，“刘喜子，你也别不服，当年裘风在沛县中学里那叫一个横，有几个敢惹他的？老子就敢！之后我去了大上海，曾经在十里洋场厮混过，后来参加了军统，经过严格的训练，深得戴老板的信任和栽培。在租界里我绑架过人，在淞沪战役打响不久，我带领一个潜伏组潜入日本人集中居住的虹口地区，炸掉了日本人的一个军火库，又被戴老板派作战地调查组带队去了罗店。调查组的任务主要是深入前线，了解部队对日作战的情况、伤亡实数和阵地变动情况；同时还要监视部队，防止部队投降或是长官玩忽职守。那些师长旅长的哪个在我面前不客客气气的？我目睹了罗店争夺战之惨烈，中日双方均死伤两万余人，当时一发炮弹就落在我附近，险些要了我的命……在我这些阅历面前，你刘喜子不服成吗？”魏成栋摆出一副历经世事的样子。

刘喜子气消了一半，但仍嘲讽道：“看来你很留恋往日的辉煌？”

“你不要断章取义，我说的是阅历。”

“远的不说，你现在是徐州市警察局局长，属于重量级的人物，而我只是你手下的一个副科长，能不服吗？”刘喜子没好气地道。

“刘喜子，你这就是嘲笑老子了。虽然我是警察局局长，你也只是警察局下面的副科长，可我管不了你，所以你才口口声声要找老子算账。其实这是一笔糊涂账。当时我和裘风矛盾尖锐，不管如何解决，那是我们俩的事，你说你掺和进来干什么？离近了就有可能崩身上血，掺和进来就有可能挨刀子。你挨刀子了，那也是为裘风挨的刀子，所以你应该找裘风算账去。要说找我算账，我家老爷子可是坐了三个月的大牢，我们家的家产可是毁了半拉，你说我是赚便宜了还是折本了？”

刘喜子笑道：“还真是一笔糊涂账。”

魏成栋要的就是这个结果，心中暗喜：“那我们就喝酒吧。来！碰一杯。”

几杯酒下肚，两个人越来越投机。魏成栋一声叹息道：“我们俩在这吃喝郎当，还不知道我妹妹秋红在哪里遭罪呢。”

刘喜子已是脸红脖子粗，道：“你不是知道是谁绑架的秋红嘛，咱这就带人裂他个孙子去……”之后，刘喜子就趴在桌子上了，片刻就打起了呼噜。

魏成栋付过账，让伙计收拾好桌子沏好茶，就坐在那儿抽烟了。刘喜子一觉醒来已是一个多小时之后，见此情景连忙道歉：“真不好意思，让你久等了。”

魏成栋笑道：“不等不行啊！万一你一觉醒不过来，在裘风眼里那就是谋杀，这个罪名我可担待不起。这是你醒了，若是再不醒的话，我可要给你灌水了。”然后用手指了指，“快把这杯茶喝了吧。”

刘喜子端起茶杯就一饮而尽了，放下茶杯，用手抹了抹嘴：“我斤把的酒量，一般酒场我没怯过，没想到你居然把我喝成这个样子，还是你厉害。”

魏成栋一副不以为然的样子：“老同学，这也叫厉害？哪天你请客，我玩两斤给你看看。”然后站起来一声长叹，“本打算今天和秋红一起回老家过中秋节的，秋红却被绑架了，这叫啥事。我们走吧。”

刘喜子也站了起来：“听说你知道是谁绑架的秋红，你告诉我是谁，我去搭救秋红？”

魏成栋拍了拍刘喜子的肩膀：“老同学，看来你还没醒酒，谁绑架的秋红不是秃子头上的虱子明摆着嘛。走吧，我们走吧。”

刘喜子眨巴眨巴眼睛：“你是说……”

魏成栋点了点头：“我先走一步了。”

离警察局还有一段距离，魏成栋就发现警察局大门口又有几个记者在那儿耗着呢，本想开过去的，又一想这何时是个头，就把车停在大门口了。不出所料，那几个记者蜂拥而至，又把他堵住了。他打开车门，款款出来后就把车门关上了，然后依着车门点燃了一支香烟。

一个记者道："魏局长，我是徐州日报的记者，请问魏秋红解救出来了吗？"

魏成栋一看又是上午提问他的记者，就黑着脸道："真是皇上不急太监急。魏秋红是我妹妹，我还没急呢，你急什么？"

"不是我急，是读者急。"

魏成栋厉声道："我也是读者中的一员，我急了吗？"

"我说的是大多数读者。"

"你什么时候做的调查？你调查多少读者得出的结论？"

"魏局长，你没必要跟我们这些记者过不去吧？"

"呦！恐吓我呢？你们几个若再纠缠我，今晚可要在警察局的大牢里度过了。这八月十五的大月亮透过铁窗也能欣赏到，你们几个愿意去吗？"魏成栋见几个人灰溜溜地走了，又道，"谁在背后指使的你们，我心里清楚着呢。"

于是，那几个记者便四处逃散了。

傍晚，黄献去跟"船夫"接头的时候，魏成栋和彭辉相继来到了茂源绸缎庄。几道菜已经上桌，几个人便边喝边聊了起来。冯骥说起了裘风和佐藤惠来店里的事："裘风说是佐藤惠想做件旗袍，还假慈悲了一阵。我感觉佐藤惠是来会林丽的。"

魏成栋笑道："这也是可以理解的。林丽可是我和裘风不惜动刀子的女人，佐藤惠和裘风狼狈为奸，能不过来看看林丽有何等魅力？"

林丽白了魏成栋一眼道："行了魏成栋，你现在还有心思开玩笑？"

魏成栋道："其实，这也不算开玩笑。因为我感觉裘风和佐藤惠来店里不单单是做表面文章的，或许另有隐情呢。"

林丽道："裘风是想安排个酒场让老同学们今晚聚会。"

彭辉道："聚会，聚会，我看他是想看我们几个笑话的。还是说说正事吧。散会后，我开车在街上转悠了好长时间也没碰到秋红的同伙，我还真怕他们盲目采取啥行动呢。在我看来，靠暗访怕是很难找到秋红的，秋红能是轻易找到的？解铃还须系铃人，只能是从特高科打开缺口了。"

魏成栋道："中午我请刘喜子吃了顿饭，可以断定，刘喜子没有参加绑架秋红这件事。看来绑架秋红的那六个人就是在特高科内部也是个秘密，而看守秋红的人，也一定是绑架秋红的那六个人。如果找到那六个人当中的其中一个人，问题不就迎刃而解了嘛。”

冯骥点了点头。

此时的裘风在忙碌着。

公明街十五号是个一拉两进院。裘风把李福顺和王联合及另外两个人安排在大门那，又把另外四个人安排在二道门里。不一会儿，裘风和几个日本人押着一个五花大绑戴头套的女人进了院落，去了后院。进了堂屋，裘风就把佐藤惠的头套扔掉了，然后给她解绳索。

过了好大一会儿，裘风来到大门楼子下训斥道：“李福顺，押进来的是谁，我想你们是清楚的，好好看守吧，要是出现差错那可是要掉脑袋的。明天这个时候会来人换班的。辛苦你们啦。”裘风说完走人了。刚出巷口，佐藤惠翻墙也过来了。两人上了车，裘风就把车开走了。

裘风和佐藤惠刚回到佐藤惠的寓所，特高课反间谍机关就有电话打了进来：“云龙山下一刻钟前发现一个不明电台。”

裘风道：“对方指法有什么特点？”

“指法流畅，中规中矩，像是受过训的。”

“发报员是男性还是女性？”

“指法偏轻，应该是个女性。”

裘风放下电话道：“真是事不凑巧，我们要是早回来一刻钟就好了。这应该是金雕行动组向军统总部通报魏秋红被绑架的消息。”

佐藤惠倒了两杯酒，递给裘风一杯：“应该是吧。刺杀汪先生军统总部才派来一个小组，那搭救魏秋红又能派几个人来呢？”

裘风呷了一口酒：“军统总部又不是不知道魏成栋是魏秋红的哥，也一定知道彭辉是魏秋红的未婚妻，魏成栋和彭辉缺人手吗？而且，魏成栋和彭辉在徐州又是重量级的人物，他们俩若是搭救不出来魏秋红，就是再派两个行动组过来也难奏效。综上所述，我感觉军统总部是不会派人来的。”

文亭街三十六号是个大杂院，住着好几户租住的人家。张亚菲单住一间，陈川、刘传钦和高志典同住一间。早上张亚菲上街买菜，一听报童的吆喝就赶紧买了一份报纸。一看报纸就被吓了一跳，折身就回来了。陈川、刘传钦和高志典看过报纸面面相觑，如拉石灰车遇到倾盆雨——心急如焚。倒是张亚菲耐不住性了：“你们三个大男人这是怎么了？都哑巴了？”

高志典黑着脸道：“这一定是裘风那小子干的好事。”

刘传钦道："裘风为什么要绑架秋红呢？"

高志典道："裘风这段时间一直在怀疑秋红的身份，当然也会猜到她是为什么事来徐州的，这汪精卫不来徐州了，也就意味着我们的行动不了了之了。这段时间裘风的人可是死的死伤的伤，能不怄火！而我们一旦撤离了，他找谁出气去！绑架了秋红，也就等于把我们几个也拴在这儿了。项庄舞剑意在沛公，裘风是想把我们几个引出来一网打尽。"

张亚菲道："我赞成志典的分析。"

刘传钦道："裘风会不会对秋红动酷刑呢？"

张亚菲道："你是担心秋红经受不起酷刑而把我们几个供出来？"

刘传钦苦笑了笑："我可不是这个意思……"

张亚菲道："裘风给没给秋红动酷刑我不知道，至少秋红现在还没有把我们几个供出来，否则，我们几个能在这儿平安无事吗？依我对秋红的了解，我坚信秋红是不会背信弃义的。"

刘传钦道："那我们该如何搭救秋红呢？"

陈川一向少言寡语，见大家都把目光投向了他，而自己又是行动组副组长，这才道："要说如何搭救秋红，这得请示戴老板。可戴老板身在重庆，鞭长莫及啊！让他派人来，可魏成栋和彭辉缺人手吗？秋红到现在还没有被解救出来，显然不是人手的问题。我赞成志典的分析，裘风绑架秋红就是为了把我们几个一网打尽。虽然我们认识到了这一点，可我们也不能畏首畏尾，更不能袖手旁观，是不是？"

张亚菲道："这还要说嘛！否则不就成见死不救了！更何况秋红是我们的头儿。你就说我们该怎么办吧！"

陈川道："要想搭救秋红，必须得知道秋红被藏匿在什么地方，这是问题的关键。可如何找到秋红被藏匿的地方呢？解铃还须系铃人，我看只能是从特高科下手了。"

大家就都不吭声了。过了一会儿，张亚菲道："我们有没有必要和彭辉沟通一下？"

陈川道："虽然彭辉是秋红的未婚夫，我们和他可是理论上的敌人，别弄巧成拙了。"见张亚菲不言语了，又道，"虽然戴老板身在重庆，鞭长莫及，可秋红被绑架了，又是我们的头儿，还得及时向戴老板禀报。"

张亚菲道："那就等晚上向重庆发报吧。即便是晚上发报，电码的敲击声都难隐蔽和控制，只要一按动电键就会惊动周围的人。所以，这得到一个相对僻静的地方去发报，而且还得偏远，防止敌台监听、定位和迅速行动等问题。”

到了晚上，刘传钦和高志典各找了一辆黄包车，刘传钦拉着张亚菲，三人一同去云龙山了。到了云龙山下，留下刘传钦看黄包车，高志典和张亚菲就上山了。到了一个僻静处，刘传钦站岗放哨，张亚菲架好电台，接通电源，调整到指定波段，发出呼叫信号，过了几分钟，回电信号指示灯闪了几闪，她就按事先准备好的加密电文开始发报了。为了便于对方核对，张亚菲又重复了一次，才发出再见的信号。关闭电源，张亚菲就快速地拆装电台了，不一会儿就离开了发报地点。到了山脚下，汇合高志典后就马不停蹄地原路返回了。

发报台发出联络呼叫讯号，一定要等叫到收发台的接收信号才能向外拍发电报内容，这一呼一应，有时要五六分钟，有时要八九分钟。

特高课反间谍机关侦听组，由于监听及时，在张亚菲发出呼叫的时候就收到了信号，可没联系上佐藤惠和裘风，就错过了这个抓捕机会。这是张亚菲意想不到的巧合，以为这次安全发报得益于八月十五的大月亮呢。

次日傍晚，电话铃响了，魏成栋接过电话，对方道：“是我。”魏成栋就给姚树进摆了摆手，姚树进离开后：“你什么时候回来的？”

“刚回来不一会儿。”

“那老地方见吧。”魏成栋放下电话就开车出门了。

不一会儿，魏成栋和张涛会面了。

张涛道：“我今天下午刚踏进徐州城，就听说秋红被绑架了，现在是个什么情况？”

魏成栋道：“先说说李先生是怎么死的吧。”

“好的。据说10月5日晚上，日本上海宪兵队特高课课长冈村中佐在百老汇大厦私邸宴请李士群，让李士群吃了含有阿米巴菌的牛肉饼，让李士群患上了极其稀有的‘败血性毒素食物中毒’的不治之症。这种菌是以患霍乱的老鼠拉出的尿培养出来的细菌，只要你吃进一个，一分钟就培植一倍，在培植期间一无征象，也丝毫无异样的感觉。培植到了一个饱和点，便突然爆发，上吐下泻，完全是一种霍乱症状。到了这个地步，已是无法挽救。因为细菌在人体内专起破坏白细胞的作用，使人体内部的水分，通过吐泻排泄殆尽，所以死后的尸体缩小得会像猴子那么大。这种病从发病至死亡的发展过程最多不超过一个星期。果不其然，李士群10月9日下午就死亡了。”

魏成栋有气无力地道：“继续。”

“李士群大殓之日，汪先生派行政院秘书长、内侄陈春圃去苏州代他致祭，并赉来一方田黄印章坯及汪精卫亲题墓碑字。赏赐给李士群作为陪葬品的田黄印章坯，乃汪精卫珍藏多年的国内稀有珍宝。据蜚声江南的书画金石鉴赏大师吴湖帆考证，这方大田黄印章坯，国内仅存两方。今用以赏李士群作殉葬物，足见汪精卫对李士群的爱重。10月13日，南京政府为李士群举行公祭，然后举行大出丧，落葬于上海西郊万国公墓。”

魏成栋叹了一口气：“继续。”

“尽管治丧委员会发布的讣告中明确宣称李士群死于疫症，然而李士群被日本上海宪兵队特高课课长冈村中佐毒死的消息，仍然传遍了宁、沪、杭乃至华中、华南、华北的日占区。人心惶惶，日本人连李士群那样的人都要毒死，何况别人呢？更让人气愤的是，日本派遣军总部对汪精卫施加压力，要求他彻底追查李士群被毒死的传言根源。而且，在一个晚上，苏州的日本宪兵队队长把在苏州的七十六个头脑以及江苏省政府的一些官员召至李士群家中，由宪兵严守大门。逼着李士群的老婆和众人签名承认李士群是因病死亡，并无别的缘故。”

魏成栋点燃了一支香烟，无限悲凉地道：“这让我想起了两年前上海原市长傅筱庵的临死真言：‘日本鬼子不是东西，没有一个好人。他们满口仁义道德，共存共荣，其实男盗女娼，满腹杀机。他们都是一些杀了人的头，还不许人家流血的魔鬼！’”

“那我们今后怎么办？”

“李士群北倚共产党，怀抱汪精卫，远交蒋介石，利用小鬼子，想打造中国第三种力量的霸王美梦破灭了。成王败寇，他没能修成正果，带着永远洗刷不清的满身污垢撒手西去了，可也把跟随他的人害苦了。我们这些跑龙套的还能怎么办？树倒猢狲散呗。要说往后的日子，车到山前必有路，人还能让尿憋死！”魏成栋越说越低沉，两眼暗淡无光。

“手把猪头不愁找不到上供的庙门。”张涛叹了一口气，“若没有李士群，你现在在军统不知道该有多么神气呢。”

“此一时彼一时。别说这些没用的了，你今后打算怎么办？”

“反正我是跟定你了，你说怎么办就怎么办吧。”

“谢谢！”

“秋红肯定是裘风绑架的吧？”

“是的。”

“我能为你做点什么？”

“需要你的时候，我自然会找你的。”

辞别魏成栋，张涛上街找到了黄包车车夫钱老二，那钱老二就死在张涛的镖下了。

第十七章　插翅难飞

这时，彭辉接到一个电话："你是彭辉吗？"

彭辉感觉这声音很陌生，又是直呼他的名字，就有点纳闷："我是彭辉，请问你是哪位？"

"我是哪位暂时还不能告诉你，我要告诉你的是，魏秋红在我手里，你准备一千块现大洋吧。"

彭辉刚想问魏秋红还好吧，那边已经把电话挂了。

彭辉点燃一支香烟，心想：魏秋红明明是裘风绑架的，怎么会出现这样的一个绑架勒索电话？裘风玩的是什么鬼花招？彭辉也想知道魏成栋怎么看待这个问题，就拨了魏成栋的电话。恰巧，魏成栋辞别张涛刚回到办公室，就说："裘风或许是想戏弄我们，也或许是想把我们的注意力从他身上移开。我正想给你打电话呢，裘风在公明街十五号设了一个秋红被囚禁在那里的套，估计是针对秋红同伙的，你想办法找到那个高个年轻女子吧。"

彭辉感慨道："过去我们想抓军统来刺杀汪精卫的人，现在却要保护他们，真的是白云苍狗，世事难料啊。"

魏成栋不喜欢扯闲篇，就道："裘风这小子可是越来越鬼了。"

"魔高一尺，道高一丈，我们还怕他不成！"

"这话听起来提气……"

裘风刚安排好监视李福顺和王联合的事宜，刘喜子带着酒意就进来了："裘科长，现在外面风言风语说是你绑架的魏秋红，是真的吗？"

裘风从刘喜子的脸上似乎看出点兴师问罪的意思，可也只能是一杆子到底了。裘风给刘喜子倒了一杯茶，才道：“魏秋红是谁？徐州市警察局局长魏成栋的妹妹，苏淮特别区保安司令部保安处长彭辉的未婚妻，而且魏成栋、魏秋红和彭辉又都是你我的同学，我怎么可能绑架她？即便要绑架她，这么大的事我能不找你这个特高科副科长商量？”

刘喜子抓着头皮：“所以，不论谁说你绑架了魏秋红，我都说不可能。”

这就让裘风有点不好意思了，但仍神情自若道：“你去问问花勇，看看他知道不知道我有没有绑架魏秋红？”

“既然你说没绑架魏秋红，哪里还有必要问花勇去，我能不相信你？我还有一个问题，从昨天晚上到现在，李福顺和王联合等好几个人干什么去了？”

“哦！是这样的，不是有人怀疑是我绑架的魏秋红嘛，我就将计就计来了一个浑水摸鱼的计谋，看看能不能把魏秋红的同伙一网打尽。”

“怎么个浑水摸鱼？”

“在公明街十五号，我派去了李福顺和王联合等好几个人去那里把守，或许魏秋红的同伙会认为那里就是看押魏秋红的地方呢。一旦魏秋红的同伙采取行动，自然是自取灭亡。”

“既然大家都认为是你绑架的魏秋红，那魏秋红的同伙自然也会这样认为，就会从特高科寻找突破口，李福顺和王联合等人或许就把魏秋红的同伙引向公明街十五号呢。裘科长，请君入瓮，这可真是一着妙计啊！想不佩服都不行。”

裘风得意之色现于眉梢：“是不是妙计，还得看魏秋红的同伙配合不配合了。昨天晚上也是这个时候，发现了一个不明身份的电台，当时我就认为是金雕行动组在向军统总部通报魏秋红被绑架的消息，果不其然，刚才钱老二死于镖下，飞镖上印着一个‘涛’字，这个人显然是回来搭救魏秋红的金雕行动组成员，来得好快啊。”

“来者不善，善者不来。谢运来和王胡子可是死在这个人的镖下。”

“飞镖不过是一件暗器、小玩意儿，又不是飞机大炮，有什么可怕的！”

“也是。你估计是谁绑架的魏秋红？”刘喜子说完就用眼睛死死地盯住裘风了。

裘风一脸愤懑：“我想帮助魏成栋和彭辉查一查吧，可人家魏成栋不稀罕，真是好心当成驴肝肺了。”

“如果魏成栋和彭辉也认为是你绑架的魏秋红，我们该怎么办呢？”

裘风反问道：“你说我们该怎么办？”

刘喜子一拍胸脯，豪言壮语：“兵来将挡，水来土掩，谁怕谁！”

“喜子，你这话让我提气，说明你还没忘记我们身上刀疤的耻辱。有仇不报非君子，现在有强大的日本人给我们撑腰，此仇不报等待何时！”

“就是。”

特高科的人去公明街十五号换班，被盯着特高科的张亚菲和陈川发现了，他们便尾随其后。等换班结束，他们俩又仔细看了看那个一拉两进院和四周的地形才返回。把高志典和刘传钦招呼过来，陈川就把发现的情况说了个详细。

刘传钦道：“我敢断定，那就是藏匿我们头的地方，娘的！终于让我们找到了，大家商量商量看如何采取行动吧。”

高志典脑子活，转得快，反应也灵敏，道：“人家可是有十几个人呢，而且还有日本宪兵，又在暗处，即便是突然袭击也无胜算，何况枪声一响，特高科的人要不了十几分钟就赶到了……”

刘传钦一听就来气了：“那就不救了？”

高志典苦笑道：“我说不救了吗？难道我说的不是实情吗？我们只有四个人，总不能蛮干吧？”

刘传钦急切地道：“那你赶紧想个办法啊。”

高志典道：“我又没有太上老君一气化三清的能耐，办法要大家一起动脑子想，说不定你一言我一语就有了。你千万别急，你一急该有的办法或许就被弄丢了。”

刘传钦道：“亚菲，陈川，你们俩也说说啊。”

陈川道：“秋红必须救，而且还得确保救出来。我认为志典说得对着呢，就我们四个人，真的不能蛮干，于事无补。也就是说，救秋红只能智取，不能强攻。”

高志典道：“亚菲，你是急惊风，平时最不喜欢温吞水。今天是怎么了？该你说说了。”

张亚菲清了清嗓子道：“从公明街回来的路上到现在我一直在考虑一个问题，秋红是不是真的被囚禁在那里？”

陈川、刘传钦和高志典都瞪大了眼睛，流露出静候下文的期待之色。

张亚菲接着道：“绑架秋红是佐藤惠和裘风所为。魏成栋和彭辉在徐州可是重权在握、举足轻重的人物，佐藤惠和裘风能不考虑绑架秋红的后果？能不把秋红囚禁在一个极其秘密的地方？而公明街十五号就在公明街一旁，而且还有那么多人看守，还近似明目张胆地换班，有那么多人参与，难道佐藤惠和裘风就不怕人多嘴杂走漏了风声？综上所述，我感觉秋红并没有被囚禁在公明街十五号。公明街十五号那是佐藤惠和裘风给我们下的套，一旦我们对公明街十五号采取行动，正中佐藤惠和裘风的下怀，必然是自投罗网。”

陈川、刘传钦和高志典点头如鸡啄米。张亚菲继续道：“我们能想到从特高科寻找突破口，那魏成栋和彭辉呢，也一定能想到。我们能发觉公明街十五号，魏成栋和彭辉的人也会的，那魏成栋和彭辉会不会采取行动呢？”

高志典道：“那你可就是咸吃萝卜淡操心了，这与我们有关吗？”

张亚菲道：“公明街十五号我们是没必要管它了。依我看，要想找到秋红还得继续从特高科寻找突破口，干脆抓个舌头审问审问，或许就审问出来了呢。”

高志典道：“这倒不失为一个好办法，但这个舌头必须是特高科的核心人物。”

陈川点了点头。

次日，在徐沛公路上，魏洪烈骑着一匹枣红马行色匆匆。到了庆云桥卡口，就被站岗的哨兵拦住了。魏洪烈款款下了马：“我是来找魏成栋的。”

一个哨兵问：“你是魏局长什么人？”

魏洪烈用左手懒洋洋地搓着脖子：“我是他老子，他是我儿子。”

两人说话间，带班的从岗楼子里出来了，打量打量魏洪烈，和魏成栋稍加比对，连忙给魏洪烈上了一支香烟，然后从魏洪烈手里接过马缰绳：“老爷子，我叫杨越新，你上马，我带你去见魏局长。”

魏洪烈上了马，舒心地吐了一口烟雾：“你们魏局长最近忙什么呢？”

“警察局这么大的一摊子，当局长的能不忙？”

“我问的是他最近忙什么呢？”

杨越新快人快语：“老爷子，你好像还不知道吧，秋红她被人绑架了。”

魏洪烈差点从马背上掉下来，一脸惊恐：“啥？秋红被人绑架了？”

“我敢捉弄你嘛！八月十四傍晚，彭辉处长的保镖徐仪铭开车去接秋红下班，在回来的路上，徐仪铭被歹徒用匕首刺死，秋红被人绑架走了。”

“我说他们几个怎么不回家过八月十五呢，原来秋红她被人绑架了。搞清楚是谁绑架的了吗？”

“应该没有吧，要是知道谁绑架的秋红，那倒好办了。”

“秋红可是受苦了……”魏洪烈潸然泪下。

“老爷子，你也别太担心了，依魏局长和彭处长的能耐还能救不出秋红来？”

魏洪烈一声迭一声地道：“但愿吧！但愿吧！”

杨越新牵着马不一会儿就到了警察局的大门口，正好碰到裘风外出，就和裘风打了一个招呼。裘风见状：“杨越新，你这是演得哪一出？”

“哦！这是魏局长的老爷子，刚从老家过来。”杨越新转脸朝着魏洪烈，“老爷子，这是魏局长的同学裘科长。”

裘风想不和魏洪烈打招呼都不行了，只好道：“老爷子，你好！我是成栋的老同学裘风。”

到了警察局大门口，魏洪烈本来就要下马的，又碰到成栋的同学和他打招呼，就连忙下马了：“裘科长，你好。”

魏秋红刚被绑架，魏洪烈就过来了，裘风就感到有些蹊跷，便随口一问：“老爷子，这是哪阵风把你老吹来的？”

“过去成栋、秋红和彭辉都远在天边，不回家过八月十五也就算了，可现在在徐州啊！八月十五晚上，家里弄了一大桌子菜，左等右等最后还是没有等来他们，成栋他娘这两天右眼皮子老是跳，就让我过来看看是个啥情况呢。这进了城我才知道原来秋红被绑架了，唉！”

正在这时，魏成栋从外面开车回来了，见状，把车停在大门口的一旁，连忙下车：“爹，你怎么来了？”

魏洪烈见是魏成栋，立马老泪纵横：“成栋，你妹妹秋红真的被人绑架了？”

魏成栋点了点头：“爹，这不是说话的地方，走！跟我去办公室吧。”

裘风道：“成栋，这就该吃午饭了，老爷子大老远地来了，我安排个场给老爷子接风洗尘，再把彭辉、冯骥和林丽叫来……”

魏成栋暗自咬了咬牙，才一语双关地道：“老同学，甭客气，现在还不是麻烦你的时候。”然后对杨越新道，“这马就交给你了。”

“魏局长，这你就放心吧。”杨越新说完牵马走了。

魏成栋拉着魏洪烈的手：“爹，我们走吧。”

魏洪烈扭过头来：“再见！裘科长。”

“再见！老爷子。”裘风很礼貌地摆了摆手。

魏成栋把魏洪烈领到办公室，让魏洪烈洗了洗脸，安慰了几句魏洪烈，给彭辉和冯骥打过电话，带着魏洪烈，就开车去了冯骥家。冯骥和林丽刚把魏洪烈迎接到小楼里，彭辉就过来了。魏洪烈自从见到魏成栋就给魏成栋说过一句话，无论魏成栋和他说什么，他都一声不吭。彭辉来了，他照样如此，就坐在那儿一支接一支地抽着烟。林丽给他倒的茶，他连看都不看。饭店送来了酒菜，不管谁劝他既不讲话也不入桌。

倒是魏成栋生气了：“爹！你这是干什么？你这样又能解决啥问题？”

魏洪烈啪的一拍茶几，站了起来，愤懑道：“一个是堂堂的警察局长，一个是堂堂的保安处长，居然连秋红都保护不好，你俩是干什么吃的？酒囊饭袋？尸位素餐？要是秋红有个好歹……”说到这儿，魏洪烈泫然泪下。

冯骥见魏成栋和彭辉都低下了头，就道：“魏叔，您老人家也别着急上火，您尽管放心，秋红虽说被绑架了，但不会出啥事的，或许过三两天就回来了。”

冯骥一言既出，在场的人都愣住了。魏洪烈连忙道：“此话当真？”

冯骥道：“魏叔，我们边吃边聊好吗？”

魏洪烈这才坐在饭桌上，其他人也都众星捧月般坐下了。冯骥给各位斟好酒：“魏叔，八月十五前，我们几个就商量好一起回魏楼过中秋节的，说真的，我们几个都想家了。今天您老人家来了，我们爷几个可要好好喝几杯。来！先干一杯。”冯骥说完就带头端起了酒杯。

魏成栋、彭辉和林丽也都端起了酒杯，唯独魏洪烈仍坐在那儿一动不动。

魏成栋道：“爹！你这又怎么了？”

魏洪烈坐在那儿沉默不语。

冯骥放下酒杯，笑道：“魏叔，三杯酒后咱爷儿几个再说事好吗？”

魏洪烈端起酒杯就一饮而尽了。

冯骥等也都端起酒杯一饮而尽了。之后，冯骥拿起筷子道：“魏叔，咱吃菜。”

魏洪烈又坐在那儿一动不动了。

冯骥就把筷子放下了："魏叔，我刚才之所以说秋红过三两天就回来了，是这么回事，成栋，彭辉，今天我通过关系得到这么一条信息，特高科里有个叫沈化强的，这两天无人见其踪影。我怀疑他参与了绑架和看守秋红的事情。他住在奎西路十二号，他老婆现在怀着六七个月的身孕，一旦家里捎信说他老婆身体不舒服，他肯定会回家的。抓住他一审问，不就知道秋红关在哪里了吗？"

彭辉点了点头，道："这两天我一直在考虑裘风把秋红藏在哪里了，来这儿之前我似乎找到答案了……"

魏成栋插话道："是吗？我似乎也找到了。林丽，你去拿纸笔来。"

林丽会意，就拿了两支笔和两张纸，分别给了魏成栋和彭辉。魏成栋和彭辉接过纸笔，就各自速写了起来。两人写好，就同时放在了饭桌上，皆是"安泰公寓"四个字。

彭辉道："成栋，你怎么会想到是安泰公寓的？"

魏成栋道："我刚才从河清公寓大门口路过时，蓦地就想起了河清公寓里的地道。河清公寓有地道，安泰公寓里也会有的。安泰公寓可是佐藤惠和裘风准备接待汪精卫一行用的地方，目前那里已成为特高科的秘密据点，所以，我估计秋红有可能被藏在地道里了。彭辉，你怎么会想到是安泰公寓的？"

彭辉端起酒杯道："魏叔，咱边喝酒边聊天好吗？"

魏洪烈端起酒杯又一饮而尽了，然后拿起筷子就吃了两口菜。

彭辉把酒杯里的酒喝干，拿起筷子吃了一口菜才道："我和成栋想到一块去了。"

魏洪烈道："难怪刚才在警察局大门口，我听到裘风二字就有点耳熟呢。我家可是被他爹毁了半拉，他怎么还没解气呢？"

魏成栋笑道："心眼小呗。"

"刚才那狗小子还给我装模作样呢，再见他看我不扇他。"

魏成栋道："现在可不是扇他的时候，而且还要和他跟没事人似的。"

彭辉恨不能马上就把魏秋红解救出来，道："既然我们怀疑秋红被藏在安泰公寓的地道里，那我们今晚就采取行动吧？"

冯骥道："秋红被藏在安泰公寓的地道里，也只是个猜疑，又有几成把握呢？如果秋红没藏在安泰公寓岂不是打草惊蛇？搬倒树摸老鸹，审问一下沈化强岂不更牢靠！”

彭辉道：“也好，这事就交给我了。”

魏洪烈扯来酒瓶，自斟自饮了一杯酒。

临近傍晚的时候，排长李新志化装成老百姓来到了警察局大门口，说是来找沈化强的。正在这时，花勇从外面过来了，用疑惑的眼神盯着李新志道：“你找沈化强有啥事？”

“老总，是这样的，我是他邻居，他老婆现在有着六七个月的身孕，上午身体还好好的呢，半下午就发热了，他娘让我过来通知他赶快回家。”

花勇问：“沈化强多高？”

“和我差不多高？”

“沈化强多大了？”

“我们俩同岁，都二十五岁。”

“沈化强家住哪里？”

“奎西路十二号。”

花勇见李新志对答如流，这才道：“行了，你回去吧，我马上通知他回家。”

“多谢了，老总。”李新志鞠了一躬才离开，不觉脊背上汗津津的，幸亏彭辉粗中有细，让他去奎西路问了问沈化强的一些基本情况。

李新志没走多远就拐进了一个小巷子，等他上了一辆轿车，那辆轿车就去了奎西路，并把轿车停在了十二号的巷口一旁。

大概过了半个小时，沈化强骑着一辆自行车匆匆忙忙地过来了，刚要进自家的巷口，就被从轿车上下来的三个人用黑洞洞的枪口挡住了去路。沈化强色厉内荏道：“你们是干什么的？”

李新志道：“请你不要害怕，我们只是向你打听点事。”

沈化强火急火燎地道：“我媳妇正在发热呢。”

李新志道：“那是我给你捎的信。你媳妇在家好好的呢。上车吧。”

沈化强只好上车了，片刻就被两个人夹在了中间，还套上了头套。轿车开到云龙山的山脚下停了下来。李新志坐在副驾驶的座位上，让人给沈化强去掉头套，这才扭过头来问：“沈化强，你是想死想活？”

沈化强见这儿是在荒郊野外，马上道：“我当然想活了。”

“只要你配合，我用人格保证，你连一根毫毛都少不了。”

“我保证配合。”

“我来问你，魏秋红被你们绑架到哪里了？”

“安泰公寓。”

“具体什么地方？”

“下面的地道里。”

“有几个地道口？”

“我只知道安康公寓楼里面的一个。”

“有几个人在看守魏秋红？”

“两个人一个班。”

“你们对魏秋红用刑了吗？”

“不但没用刑，吃的喝的一应俱全。”

“沈化强，得委屈你一会儿了。”李新志说完就让人复又给沈化强套上了头套。

“你问啥，我都一一回答了，你不会出尔反尔吧？”沈化强的声音有点瓮声瓮气。

“君子一言，快马一鞭。”李新志又一摆手，司机就把轿车开走了。

轿车开到保安处楼下，李新志独自下车上楼了。到了彭辉办公室，就把审问沈化强的情况向彭辉、魏成栋、王勤刚和于保全汇报了一遍。王勤刚问李新志道：“沈化强就知道一个地道口？”

“是的！一个还不够用的吗？沈化强就在楼下的轿车里，让他带着我们过去不就行了吗？”

彭辉摇了摇头：“这样动作太大了，容易出现变故。”一转脸又道，“成栋，河清公寓的另一个地道口在老万家，那安泰公寓的另一个地道口有没有可能和河清公寓一个模式？”

魏成栋道：“安泰公寓围墙后面也是有一条路，路北里有两户人家，或许呢。”

彭辉站了起来道：“那就从那两户人家入手吧。李新志，你带一个班的人开车过去，若能从那两户人家找到地道口，就直接下去。如果在那两家找不到地道口，再让沈化强带人过去也不迟。于保全，你集合一个排的兵力在卡车上待命，一旦李新志那有情况，确保马上出击。好了，你俩各自准备去吧。”

半个小时后，李新志带着一班全副武装的士兵，乘一辆卡车闭着灯衔命而去。刚把车停在目的地附近，远处就传来了几声清脆的枪声，手下人问怎么办？李新志就道按原计划进行。

到达那两户门口，他们就对那两户进行了逐个搜查。其中一户一对夫妻三个孩子，是家豆腐坊，搜索了一会儿也没找到地道口。另一家锁着大门，几个人翻墙入院后，见堂屋里依然是铁将军把门，就用铁棍把锁撬开了。几只手电筒把室内照得通亮，不一会儿就找到地道口了。

“留下四个放哨的，”李新志一挥手，“其余的跟我来！”说完就先下地道了。

夜幕降临之后，高志典和刘传钦把轿车停在了离警察局不远的一个巷子里。尾灯闪了几闪，张亚菲和陈川过来就上了轿车。

高志典道：“你们发现目标了吗？”

“哪那么容易发现。开车，到警察局一旁等着去吧。”

高志典把轿车倒出来，就把轿车停在了警察局的一旁。

花勇正要和他的两个保镖去伙房吃饭，见裘风和佐藤惠从外面回来了，就跟随裘风和佐藤惠进了裘风的办公室。裘风洗了洗脸，坐到办公桌上：“我和佐藤惠小姐也没吃呢，稍停片刻，我们出去喝点。”

“好的。”花勇满心欢喜。

裘风饮了一口茶：“李福顺和王联合有没有问题？”

“派去监视他俩的人刚才来报告说，从昨天晚上到现在他俩没什么可疑行为，应该没什么问题。要不是这事，我早吃饭去了。”花勇说到这儿，起身把门关上，然后点燃一支香烟，压低声音道，“我说头，我刚才还在琢磨呢，我们就这样天天好吃好喝地侍候着魏秋红，还得专人看管，何时是个头？还有在公明街十五号布的那个局，这得耗费多大的精力啊？”

裘风小声道：“你是啥意思就直接说吧。”

“我们为何不审问一下魏秋红呢？说不定她会把她的同伙交代出来呢。”

佐藤惠道：“如果魏秋红死不交代呢？”

“那就用酷刑啊！我就不相信她是铁打的！”

佐藤惠心平气和地道：“虽然魏成栋和彭辉到现在还没抓住我们绑架魏秋红的把柄，可也知道是我们绑架的魏秋红，依魏成栋和彭辉的身份，说不定哪天就到了必须放出魏秋红的时局，到时候我们岂不是一点退路都没有了？凡事不能做绝，光棍不打九九，还是留个转圜的余地为好。”

这时，过来一个特高课的人把佐藤惠叫走了。

花勇道：“佐藤惠也怕魏成栋和彭辉？”

“怎么可能！她是从大局出发考虑问题的。”

“我看她是站着说话不怕腰疼，她和魏成栋他们又没有血海深仇。伤其十指，不如断其一指。依我看，干脆把魏秋红干掉算了。”

花勇的话把裘风的怒火点燃了：“那个杀害我爹的镖手，应该是魏秋红的人。如今魏秋红在我们手里，那就用她的血来祭奠我爹的神灵吧。”

花勇不想担责任：“佐藤惠小姐要是知道了，别……”

裘风没理解花勇的意思：“管不了那么多了，先斩后奏吧。”裘风略一沉吟，“到时候就说魏秋红要逃跑……”

“那什么时候动手？”

裘风一咬牙，恶从胆边生：“夜长梦多，就今天晚上吧。”

“好的！”

“安泰公寓那儿没啥情况吧？”

“一如往常，没啥情况。”片刻，花勇又道，“还真有点小情况呢。临近傍晚的时候，沈化强的邻居过来了，说是沈化强老婆现在怀着六七个月的身孕，上午身体还好好的呢，半下午就发热了，沈化强的娘捎信让沈化强赶快回家。我简单地审问了一下捎信的人，见没啥问题，就通知沈化强回家了。”

“沈化强可是参与了绑架和看守魏秋红这件事，现在魏成栋和彭辉的人，还有魏秋红的同伙可是在挖空心思、钻空子寻找知道魏秋红下落的人呢，你怎么只是简单地审问一下那个捎信的人，就让沈化强回家了呢？万一那个捎信的人有诈，那问题可就严重了。”裘风说到这儿站了起来，“这样吧，你赶快带人去沈化强家看看情况，只要沈化强老婆没有太大的问题，让他马上归队。”

经裘风这么一分析，花勇也感到问题严重了，立马站了起来：“好！我这就带人过去。”出了裘风的办公室，叫上他的两个保镖，花勇就开车出发了。

陈川见有一辆轿车从警察局快速驶出来，就让高志典开车跟上了。

高志典见前面的轿车停在了奎西路的一个巷口那儿，就把轿车停在了不远处。陈川见前面的轿车里下来三个人进了巷口，就道：“传钦和亚菲，你俩赶快下车，看看他们去了哪家。”等刘传钦和张亚菲下车后，陈川就让高志典把轿车开过去了，然后调转车头就停在了不远处。也就几分钟的时间，刘传钦和张亚菲又回到了车上。

张亚菲道：“他们三个去了第五家。”

陈川道：“等他们三个出来，你们俩就去那家看看情况，说不定秋红被藏在这里呢。我和高志典继续跟踪他们三个。”

大概过了一刻钟，花勇带着两个保镖就回到了车上，调转车头就又快速地开走了。

刘传钦和张亚菲刚下了车，高志典就把车开走了。刘传钦和张亚菲手挽着手来到了沈化强家门口，张亚菲见巷子里前后没有人，猛地一跃就趴在了墙头上，但见堂屋敞着门，灯光昏暗，小院子里乱七八糟地摆放着物什。这时，一个老女人道：“咱娘俩又没让人捎信让化强回家，咋就出来一个让化强回家的捎信人了呢？”

一个年轻的女人道：“孩他爹肯定是遇到麻烦事了，要不然他的头儿也不会来家里找他……”

张亚菲听到这儿就下了墙头，摇摇头走了。

花勇回到裘风办公室，就喘着粗气道：“头！麻烦了，沈化强家里有个怀着六七个月身孕的老婆不假，可家里没人捎信让他回家，他也没有回家。”

裘风腾地从椅子上站起来：“立即集合人马去安泰公寓。”

一阵急促的哨声之后，或轿车或摩托车或卡车开出了警察局。把车停在警察局大门口旁的陈川和高志典见状，便知道特高科有大行动，就尾随其后了。

陈川道：“特高科这次大行动，一定跟刚才那三个人去过的奎西路那户人家有关。如果与秋红有关的话，我敢断定秋红一定不在奎西路那户人家，而是在这队人马要去的地方。或许是有人在搭救秋红了。”

高志典道：“你的意思是说，我们俩该帮帮场子？我们俩只是怀疑特高科这次行动与秋红有关，万一无关，我们俩岂不是多此一举了？”

“反正与特高科对着干错不了！娘的！我这几天被压抑得快要疯了，前面就是十字路口，你开车，我开枪，撂倒几个摩托车上的小子就开溜。”

“好！那就这样定了。”

高志典见车队前面几辆车到了十字路口继续径直前行，就加速超过了后面的三辆摩托车。早已做好准备的陈川，举枪便射击，那三个骑摩托车的人均被击中，有两辆摩托车翻车了，有一辆摩托车撞到墙上起火了。

裘风听到枪声，就把车停了下来，后面的车也相继停了下来。裘风刚下车，就有人跑来报告：“报告科长，刚刚有一辆轿车尾随我们的车队，对我们后面的三辆摩托车开火后就往西逃之夭夭了。”

裘风一挥手，大声道：“继续前进！”之后就连忙上车了。

坐在裘风轿车里的花勇，见裘风黑着脸把轿车开得飞快就感觉自己真的是惹祸了，他只能寄希望于魏秋红仍然被关押在安泰公寓的地下室里。

裘风把车开进安泰公寓大院后，停下车就跑进了公寓，花勇紧跟其后。裘风进了其中一个房间，见地道口把守的人仍在，就急切地问：“这里没出啥事吧？”

一个叫王本林的值班人员道：“没有啊。”

裘风喘了一口气：“你俩赶快下去，看看魏秋红还在不在？”

等值班的那两个人下去后，裘风好像想起来了什么：“花勇，你赶快带人去后院。要是发现魏秋红在逃，就两个字：干掉！”

“好！”花勇说完立刻出去了。

李新志带着几个人摸黑顺着地道走不多远就出现了亮光。李新志在地道拐弯处举着手枪探头一看，就见两个人把守着一个门。李新志做了瞬间的评估：也就七八米的路程，如果飞快地跑过去，那两个看守即便迅速反应过来再掏枪也迟了。于是扭头对后面的人道：“大家注意了，我喊一二三，喊到三，大家就往前冲。一，二，三！”李新志带头跑过去了。

那两个看守听到跑步声后再掏枪已经晚了，片刻就做了俘虏。

李新志见门锁着，就对一个俘虏用低沉的声音呵斥道：“快把门打开！”那个俘虏只得掏出钥匙把门打开了。李新志见床上躺着一个人，就道：“是秋红嫂子吧，我们来救你了。”

躺在床上的魏秋红也听到外面的动静了，但以为是裘风的人就没动，当听到李新志的声音后立马下床了，出了门，从李新志腰间拔出匕首就把那两个看守的脖子抹了，动作之娴熟，让李新志目瞪口呆，忽听魏秋红一声“我们快走”，这才回过神来在前面带路了。几个人爬出地道就来到了院子里，就有两个人翻墙头过去了。李新志弓下腰：“嫂子，快踩我肩膀上去。”

魏秋红来到墙根下一提气，纵身一跃就爬上了墙头，片刻就软着陆了。

李新志见所有的人都翻墙过来了，就道：“我们走！”

李新志刚离开那个小院没几步，花勇就带人来到了小院的门口。

王本林和他的同伴刚下到地道里，就闻到了一股子热烘烘的血腥味，举枪走到关押魏秋红的房间门口，但见两个看守倒在地上，已被人抹了脖子，且房间门已经敞开，又见房间里的人杳无踪迹，就连忙上去了。裘风一听这报告，就随王本林下到了地道里，果真就见那两个看守死在了关押魏秋红房间的门口，而且血还在咕咕地流淌着，就掏出手枪，一挥手喊了声“跟我来！”就带着几个刚下到地道里的人等追魏秋红去了。

花勇刚带人开门入院，就见从房屋里跑出来两个人，以为是搭救魏秋红的人，开枪就把那两个人打倒了。

随后从地道里钻出来的裘风，见前面的两个人被打倒，就知道是花勇带过来的人闹误会了，连忙躲在门后大声道：“花勇，我是裘风。”

花勇一听是裘风，就惊叫了一声：“我的个天，怎么会是你？”

正在这时，不远处传来了汽车的轰鸣声，裘风叹了一口气道：“我们晚来了大概有三两分钟，魏秋红被救走了。”

花勇气愤地道：“娘的！要是半路上没人捣蛋的话，魏秋红怕是插翅难飞。”

裘风有气无力地道：“半路设置人捣蛋不过是整个捞人计划的一个环节，虽然只让我们耽搁了几分钟，却恰恰起到了决定性的作用。什么也别说了，活该魏秋红被救出去。花勇，这里死了两个，地道里死了两个，还不知道十字路口死了几个呢，你做善后处理吧。”说完就走人了。

第十八章　同床异梦

李新志把卡车开到保安处大院子里就看见彭辉等一干人在楼下等候了，一支蓄势待发的队伍旁边还停放着三辆卡车，不用问便知这是用来打增援的。李新志下车后跑到彭辉面前，打了一个敬礼："报告彭处长，秋红嫂子被我们救出来了，而且无一伤亡。"

彭辉还了一个礼："弟兄们辛苦了。"

此时魏秋红已经跳下车，跑过来投到彭辉怀里，眼圈一热，有泪在滚动，哽咽道："彭辉哥，我回来了。"

彭辉的泪水也在眼睛里打转，拍着魏秋红的后背，一声迭一声地道："回来就好，回来就好。"

魏秋红突然想那院子里还有那么多人呢，就闪开了。

彭辉道："李新志，刚才那前后两次枪响是怎么回事？"

"前一次枪响是我们刚下车，后一次枪响是我们刚上车，哪里知道是怎么回事。"

"这就奇怪了。后一次枪响也就响了两声，否则我就让于保全带队打增援去了。"

沈化强被人押了过来，于保全道："彭处长，沈化强怎么处置？"

彭辉还没有发话，魏秋红倒是发话了："把他的头割下来，去祭奠徐仪铭。"

沈化强腿一软就跪在了地上，哭泣着道："秋红姐，我虽然参与了绑架你这件事，可徐仪铭不是我杀的。我老婆有六七个月的身孕，秋红姐，你宰相肚里能撑船，大人不记小人过，你就饶我这条狗命吧。"

彭辉道：“秋红，他老婆的确有六七个月的身孕，而且他还有立功表现，就饶了他吧。”

沈化强叩头如捣蒜：“谢谢彭处长，谢谢彭处长。”沈化强一阵千恩万谢才走。

魏秋红看着沈化强的身影渐渐远去，这时，她一个箭步到李新志跟前就拔佩枪，却被手疾眼快的彭辉上前制止住了：“秋红，你这是干什么？”

魏秋红哭泣道：“就这样让他走了，也太便宜他了，我要打断他一条腿。”

魏成栋厉声道：“秋红，听彭辉的。让裘风收拾他不是更好嘛！”

彭辉见魏秋红仍在挣扎，就道：“秋红，魏叔今天来了，这会儿在冯骥家呢，你不去上楼打个电话报个平安？”

“你咋不早说。”魏秋红说完就快步上楼了。

彭辉道：“兄弟们辛苦了，去食堂喝酒吧！”

有人兴奋地吹起了呼哨，有人高兴地吆喝着：“去食堂喝酒去了。”

呼啦人散去了，魏成栋也开车走了。

正在打电话的魏秋红听到门吱的一声，回头一看是彭辉进来了，就道：“爹！那我们就明天见吧。”放下电话，挟风携闪地跑过去就投到了彭辉的怀里，万般柔情，一声轻叫，“彭辉哥——”

彭辉紧紧地抱住魏秋红，探下头寻找到魏秋红的唇，就疯狂地亲吻了起来……

天黑下来之后，刘喜子来到了一个小酒馆里，要了四个菜就独自喝了起来。虽然昨天裘风矢口否认绑架魏秋红，但他仍认为是裘风绑架了魏秋红，也是因为他想不起来会有第二个人绑架魏秋红。想想这几天花勇神神秘秘的样子，感觉花勇参加了绑架魏秋红的行动。虽然他感觉裘风绑架魏秋红是一个壮举，但他却怎么也理解不了裘风对他的隐瞒，这不是不相信他了嘛！他越想越来气，这才一个人来酒馆借酒浇愁的。刚才街上两阵枪响他都听到了，作为特高科的副科长，当一天和尚撞一天钟，也理应回特高科的，可他两耳不闻窗外事，一心只品杜康酒。眼看一瓶酒喝一多半了，正在这时，过来三个汉子，嚷嚷着要酒要菜。刘喜子感觉有点耳熟，就撩开了布帘子，然后道：“你们三个小子怎么到现在才来吃饭？”

甲道：“咦！刘科长，你在这儿喝酒呢？”

“正找不到替老子买单的人呢，算你们三个小子倒霉。快过来陪老子喝点吧。”刘喜子说完就放下了布帘子。

甲撩开布帘子，等乙和丙进来后，自己才进来。

刘喜子大声道：“老板！再加四个菜两瓶酒。”

“好嘞。”一个爽快的声音。

跑堂的送来三套餐具和两瓶酒。

甲摸起酒瓶就倒了四杯酒，然后端起自己的酒杯：“刘科长，今日有酒今日醉，明天是死是活可就不知道了。来！咱们四个共同喝一个。”

四个人碰一下酒杯就都一饮而尽了。

刘喜子放下酒杯，看着甲悲壮的样子，又见乙和丙情绪低沉：“你们三个小子不会是刚从阎王爷那儿跑回来的吧？”

甲道：“还真让你猜准了。你难道没听到刚才的两阵枪响吗？”

刘喜子一脸不知情的样子：“没听到啊！怎么了？”

甲就把刚才他们三个人跟着裘风去安泰公寓路上和地道里的遭遇说了。

刘喜子道：“裘科长是如何知道有人要搭救魏秋红的呢？”

甲道：“这就不知道了。”

此刻，刘喜子说不出心里是什么滋味，表情微妙。

裘风回到办公室，命人把公明街十五号的人撤回，就脱掉上衣，往沙发上一躺，用上衣蒙住头了。不一会儿，佐藤惠进来了，掀开蒙在裘风头上的上衣，关切地道：“这样睡觉会受凉的，快起来吧。”

裘风坐起来，揉揉惺忪的眼睛才把上衣穿上。

佐藤惠关切地问：“还没吃饭吧？”

裘风摇了摇头。

“胜败乃兵家常事，没必要和自己的身体过不去。走吧，我陪你出去喝点去。”

裘风无声地站起来，深深地叹了一口气才随佐藤惠出门。佐藤惠刚开车到大门口，就听到一声马嘶。佐藤惠就把车停下了：“这院子里怎么还有马匹？”

“这是魏成栋的老爷子今天上午骑来的马。”裘风冷笑一声，“这老头来的可真是个时候。”

佐藤惠又把轿车开走了。裘风突然道：“停车！”

佐藤惠就来了个急刹车，纳闷道：“怎么了？”

“沈化强这小子，”裘风停顿了片刻才恶狠狠地道，“该死！”

“吃过饭让人把他干掉就是了。”佐藤惠继续开车道。

此时，彭辉和魏秋红正在彭辉的宿舍里喝酒，桌上的一瓶酒所剩无几。彭辉略带几分酒意：“秋红，汪精卫不来徐州了，你也被搭救出来了，世上事，了犹未了，终以不了了之。你什么时候回军统复命去？事到如今，我想你再没必要隐瞒什么了吧？”彭辉说罢就目光灼灼地看着魏秋红。

魏秋红想到那天陈川去学校找她，应该是通知她回重庆的事，就道：“如果不是被裘风绑架了，或许这个时候我已经在重庆了。”

“你什么时候加入军统组织的？”

魏秋红自饮了一杯酒：“我因阑尾炎穿孔的确在郑州火车站下车了，也的确做了手术，也的确把所带的钱用完了。那个叫王朗月的人也的确帮我支付了医疗费，也的确把我带到了郊区的一个别墅里，让我做他的姨太太，我不同意也是真的，王朗月把我囚禁起来也是真的。可之后的事，我给你撒谎了。一天晚上，王朗月还是把我强奸了。之后，我为了逃脱，就假惺惺地应从了他。在一个早晨，我用剪刀把他刺死了。我跑出别墅后，正碰上杨清植和沈醉带着八百多名学生上路去湖南长沙。我问了问情况，就义无反顾地入伙去了湖南长沙。后在常德专区北面的临澧县魁星楼中学内，参加了军统临澧特训班。这次来徐州，我的确是来刺杀汪精卫的，但你有所不知，我是金雕行动组的组长。前段时间你一次再次地追问我们什么时候结婚，虽然在梦中我不止一次地与你拜堂成亲，成双成对入洞房……可每当梦醒时分，我都是泪水洗面。我怎么能以残花败柳充春桃呢！再者，我是军统的人，你是汪精卫的人，又是对不共戴天的仇敌，你说我们还能结婚吗？”魏秋红说到这儿已经是泪光莹然，继而趴在桌子上嘤嘤地哭了起来。

彭辉坐在那儿也是一任泪水滑落，好一会儿才道：“如果你不干军统特工了，我们不就能结婚了吗？”

魏秋红抬起头来，已是梨花带雨：“这你就不知道了，一旦进了军统的门，只能是站着进来，横着出去。再者说了，我已不是……”

“你为什么拿别人的错折磨自己呢？岂止是你自己，还有我呢。”

“我还没给你说呢，最近几天我已经做好了打算，一旦我脱离了裘风的囚禁。等我们打跑了日本鬼子，我就远离世俗，皈依佛门，削去青丝，落发为尼，潜心修学佛法。”

彭辉气急败坏地道："那我呢，你就不考虑考虑我的感受？"

"你是我爱过的唯一的男人，我怎么能不为你考虑呢。你长得一表人才，而且又是这样风流倜傥，爱你的女人多了去了，你定能找到一个称心如意的女子，对此，我毫不怀疑。"魏秋红咧嘴一笑，但笑得很勉强。

彭辉过去，用手指点着魏秋红的脑袋道："魏秋红，我不想再听你胡说八道了，我现在郑重其事地告诉你，你活是我们彭家的媳妇，死是我们彭家的鬼。"说完拂袖而去，并把门关得山响。

魏秋红趴在桌子上哭得昏天黑地。

次日一大早，魏秋红被街上报童的吆喝声惊醒"卖报！卖报！特大新闻，特大新闻，警察局局长的胞妹、保安处长的未婚妻于昨晚被成功救出……"

"这可是条不错的新闻，陈川他们可以睡个懒觉了。"魏秋红自言自语后就开始起床了，然后到卫生间里刷牙、洗脸、抹雪花膏。

上午，彭辉接待完一批又一批来道喜的同僚和朋友，处理完手头上一些应急事务，就和魏秋红一起下楼了。他把车钥匙交给魏秋红，就坐在副驾驶的座位上了。魏秋红也不含糊，开车就去冯骥家了。魏洪烈见到魏秋红眼圈都红了。听魏秋红说没掉一根毫毛，又见魏秋红兴高采烈的样子，这才缓过劲来。

临近中午的时候，饭菜刚上桌，魏成栋就过来了。林丽解下围裙："魏成栋同学，你可是踩着饭点过来的，真是有福之人不用忙啊！"

"嘁！不就是七个碟子八个碗嘛，又不是满汉全席，矫情什么啊！"魏成栋笑着说完就坐到饭桌上了。

林丽道："魏叔，你看成栋，连手都不洗就坐下吃饭，是不是该给他找个媳妇管教管教他了？"

魏洪烈叹了一口气："你婶子可是经常念叨这事呢，早就想抱孙子了……"

魏成栋起身："我去洗手。"

魏洪烈就此打住了。

魏成栋坐回原位，冯骥举杯道："昨天晚上，当我听说秋红被成功解救后，鼻子一酸，差点流下泪来，毕竟是吃一个锅里的饭长大的。本打算在饭店安排一桌为秋红压惊的，可魏叔说饭店里太吵了，不如在家里吃得肃静吃得舒服，恭敬不如从命，那就在家里吃吧。来！为秋红的平安回来干一杯。"

大家干杯后，冯骥又道："或许大家还不知道呢，秋红差点遭遇不测。"

大家几乎是异口同声："怎么回事啊？"

"我刚才去市场买菜的时候，听一个特高科的人说，昨天傍晚时分，裘风也不知道从哪里判断出有人要解救秋红，就叫上人，轿车、卡车和摩托车一窝蜂开往安泰公寓……"

大家听完，几乎又是异口同声："可不是嘛。"

冯骥道："是谁安排人在半路上捣蛋的呢？这一手来得漂亮！"

魏成栋和彭辉都摇头。

冯骥纳闷道："这就怪了。"

彭辉道："会不会是秋红的人？"

魏洪烈惊诧地道："秋红也有人？"

魏秋红瞪了彭辉一眼，然后一语双关："这怎么可能？"

彭辉马上笑道："听说秋红的同事里有玩枪的，或许是他们呢。"

魏洪烈这才缓过神来，道："成栋，彭辉，今后你们俩怎么和裘风那狗东西共事呢？"

魏成栋一副吊儿郎当的样子，道："裘风又没动秋红一根寒毛，这有什么难的，就当什么事都没发生，和过去一样就是了。"

魏洪烈一副忧心忡忡的样子，道："裘风可是死了人的，不会像你这么轻松，一定会怀恨在心的，有道是明箭好躲暗箭难防，你们可要倍加小心啊！"

彭辉点了点头。

冯骥举起酒杯道："来！来！边聊边喝酒。"

吃过饭，魏洪烈要回魏楼，彭辉、魏成栋和魏秋红就把魏洪烈送出了警察局大门口。魏洪烈刚要上马，正巧碰到裘风从轿车里下来，见此情景就道："老爷子，你这是去哪里啊？"

魏洪烈也不含糊："大侄子，我这是回家呢。"

裘风道："老爷子，你好不容易来一趟，我还没来得及陪您老人家吃顿饭呢，要不你明天走吧？"

"谢谢你。家里该掰棒子了，得走了。"魏洪烈说完就上了马，一声"驾"，那马就撩开了蹄子。

裘风转过身来："秋红，今天早上看报纸才知道你昨天晚上被解救出来了，可喜可贺啊！我晚上安排个酒场给你压压惊吧？”

魏秋红笑道：“还是老同学给面子，不过，我现在仍然惊魂未定，等过十天半个月再说吧。趁人不备捅人一刀，还要跟着发丧。”

裘风笑嘻嘻地道：“秋红，你这张嘴何时变得尖酸刻薄了？”

“十年河东，十年河西的道理你不懂吗？”

“既然你不领情，那我们就各忙各的吧。”裘风尴尬地笑了笑，给魏成栋和彭辉摆摆手就过去了。魏秋红被解救出来，沈化强举家也逃跑了，连个出恶气的人都没有，这让裘风很是憋气。

魏秋红上了彭辉的轿车，彭辉道：“去哪里？”

“去我家里看看现在是个什么情况吧。”

彭辉就把车开到魏秋红的家门口停下了。魏秋红道：“你进去休息一会儿吧，我开车出去办点事。”

“我知道你去干什么。”彭辉笑着说完就下车了，似乎懒得管魏秋红的事。

魏秋红不一会儿就把轿车开到了文亭街三十六号，然后款款地下了车。张亚菲见魏秋红进屋了，先是一愣，片刻就扑上去把魏秋红抱住了：“秋红姐……”

陈川见魏秋红进了张亚菲的房间，就把刘传钦和高志典带过来了，张亚菲这才从魏秋红的怀里闪出来：“秋红姐，你受苦了……”

魏秋红笑道：“我可没受什么苦，我那老同学裘风很讲究的，清早是小米稀饭、鸡蛋和花卷，中午和晚上都是四菜一汤，我是吃了睡，睡醒了吃，要是再过段时间不出来的话，我怕是胖得浑身出油走不动路了。大家都还好吧？”

张亚菲道：“大家都好着呢，就是担心你。”

魏秋红问起昨晚向摩托车开火的事，高志典就如实说了。魏秋红道：“就是因为你们俩近似冲动的行动，让裘风的车队停下来几分钟，无形中帮了解救我的大忙，否则，我现在说不定还被裘风囚禁着呢。”

陈川和高志典自然是喜笑颜开。

张亚菲道：“头！你还不知道呢，裘风在公明街十五号设置了一个你被囚禁在那里的圈套，引我们上钩，可被我们识破了。”

“裘风好阴险啊。”魏秋红继而道，“戴老板让我们何时返回复命？”

张亚菲道：“戴老板让我们几个就地留下来，成立军统徐州情报站，你是站长。而且还给我们下达了策反彭辉和魏成栋的命令。头！大概是戴老板不愿意棒打鸳鸯，才下的这步棋吧？”

“我哪里知道，这你得去问戴老板。”魏秋红话题一转，“你们几个得抓紧时间找个职业作掩护了……”

一阵子沉默。

魏秋红急于把她不回重庆的事告诉给彭辉，就道：“这也不是三天两天的事，大家考虑稳妥后再说吧。我还有点事，就不在这儿停留了。”

魏秋红开车路过青年路小学时在大门口停了一下，看着熟悉的校园，有想进去的冲动，但还是把车开走了。进家后，见彭辉坐在床上看书，就道：“彭辉哥，在中山路和青年路交叉的十字路口向摩托车开枪的还真是我的人呢。”

彭辉笑道：“还真让我猜对了。”

“我再告诉你一个好消息，我不回重庆了，戴老板让我们几个就地潜伏下来，成立军统徐州情报站，我是站长。”

彭辉就把双手搭在了魏秋红的双肩上，定定地看着魏秋红，眼中闪烁着热情，呼吸也变得急促起来。在捋了捋魏秋红的秀发之后，蓦地就把魏秋红推倒压在床上，一阵子疯狂的亲吻之后，就开始解魏秋红上衣的纽扣。魏秋红声音颤抖着道：“彭辉哥，不行，真的不行！”

彭辉喘着粗气，极端任性地继续解着魏秋红的纽扣：“不行？啥不行？要是不出现那档子事的话，我们的小孩都能打酱油了。当了那么多年的未婚夫，一点实际内容都没有，我早就当够了。”

魏秋红气喘吁吁道：“彭辉哥，不是我不想给你，是我……”

彭辉沉闷而又恶狠狠地说：“你给我闭嘴，再也不要说这混账话了。”

彭辉把魏秋红的衣服全部脱掉后，趴到魏秋红身上便是一阵子手忙脚乱……当狂热挥霍殆尽，彭辉揽着魏秋红静静地躺在那儿，是一种心满意足的安然。

“彭辉哥——”魏秋红的声音满是柔情蜜意。

“有话你就说。”

“我这次是带着任务留下来的。”

“啥任务？”

“戴老板让我给你和我哥做工作，加入军统。”

彭辉一脸玩世不恭:“你们戴老板可真会来事,有利可图,还落个大人情。”

“你这样看问题也很正常，可我却感觉到，这是戴老板给你和我哥机会呢。有道是良禽择木而栖，贤臣择主而事。见机不早，悔之晚矣。”

此刻，彭辉的眼前浮现出郭世举的身影，就道：“这事非同小可，等我考虑考虑再说吧。”

“你来徐州后和郭世举老师联系过吗？”魏秋红的声音绵里藏针。

“你来徐州后和郭世举老师联系过吗？”彭辉把皮球踢给了魏秋红。

“没联系过就好。”魏秋红态度明朗，无形中给彭辉定了调子。

彭辉听出弦外之音：“郭世举老师就这么令你讨厌吗？”

“郭世举老师在共产党领导下的新四军队伍里，和国民党是两股势力。道不同不相为谋。”

“现在不是国共合作了吗？”

“现在的确是国共合作了，那是因为出现了共同的敌人，可也是貌合神离，同床异梦。一旦日本人被打跑了，国共合作的局面还能继续下去吗？到时肯定要兵戎相见！因为一个国家只能有一个领袖，一种主义。”

“到那时，岂不又是天下大乱，铁骑遍野，山河变色？”

“历史的每一个进程都必然要经过战火与鲜血的洗礼，付出生灵涂炭的代价。每一次历史的变迁，都是一部惊心动魄的血泪史。所以，没必要大惊小怪。”

彭辉也说不出是哪里不对劲，就深深地叹了口气。彭辉哪里知道，就他这一声叹气，让冰雪聪明的魏秋红感觉到，彭辉或许已经直接或间接地和郭世举老师有过联络了。上中学的时候，彭辉可是郭世举的跟屁虫。如今面对爱情，彭辉站在人生的十字路口了。这怎么能行！她必须赶在郭世举之前牢牢地把彭辉抓住，让他死心塌地地和她一起站在军统的旗帜下双宿双飞。

魏秋红道：“彭辉哥，我不打算去青年路小学上班了。”

“为什么？”

“当时有徐仪铭保护我，都被裘风钻了空子，你总不可能派一队人马天天接送我上下班吧？”

“你是如何打算的？”

“去你的保安处办公室上班不行吗？”

“你是不是为了便于那个什么？”

“有你这个志同道合的保安处长做夫君，我还有那个必要吗？”魏秋红说完就吻了一下彭辉。

彭辉迟疑了片刻：“让我考虑考虑再说吧。”

“这也需要考虑？真是的。唉！我想明天回趟魏楼，你陪我去吧？”

“快哉亭公园里，有一栋新建的三层楼房，原准备作图书馆用的，最近郝司令为了医治伤员，要将其改建成彭城医院，让我抓这项工作呢。这两天就要招聘医务人员了，实在脱不开身。等我忙过这阵子再陪你去好吗？”

“我刚才还让我手下的四个人找个职业作掩护潜伏下来呢。正好他们中间有个上海医科大学的毕业生，你给安排进去吧。算是你帮我的忙，我帮你的忙，两便了。”

“不会是那个高个女人吧？”

“还真是她呢。你们俩可是打过交道的，那个女人挺漂亮吧？”

彭辉嗯了一声。

“追求她的人可多了，可她硬是没看上一个。她人品不错，就是嘴泼了点。我想把她介绍给我哥当女朋友，你看怎么样？”

“你是想用美人计策反成栋？”

“看你说得多难听。我不否认有借此策反我哥的想法，可我也不会拿我哥一辈子的幸福作筹码。你不认为他们俩很般配吗？”

“你不是想明天回趟魏楼嘛，让她陪你去也能让两位老人把把关。”

“你陪和她陪能一样吗？”魏秋红把脸紧紧地埋在了彭辉的胸口。

“说真的，我也想爷爷了……”彭辉的声音有点哽咽。

傍晚时分，魏成栋开车刚离开警察局不远，正好碰到刘喜子，就道：“喜子，上车。”

刘喜子看看周围没什么人就上车了：“魏局长，是不是又想请我喝酒啊？”

魏成栋把车开走了，笑道：“确切地说是我觉得一个人喝酒没意思。”

“你小子就别贫嘴了，上次喝酒是你掏腰包，这次该我了。”

“张飞卖豆腐，人硬货不硬。就你那点薪水，怕是连个蚂蚁也淹不死。”

“你是大局长，当然比我腰粗了。”

“也比你粗不了多少，所以……”

“所以什么？吞吞吐吐好像不是你的性格。”

“还是等一会儿喝着小酒再聊吧。”

“幸好，我不是个急性子。”

这次魏成栋是把轿车停在那个小饭馆门口的。两人进了一个包间，要了几盘菜和两瓶白酒，就你一杯我一杯地喝了起来。

刘喜子道：“所以什么，你现在是不是该说了？”

魏成栋笑了笑：“刚才还说自己不是个急性子呢。”

“喝酒我是喝不过你，那是肯定的了，一旦我喝多了，你再说岂不是嘴上抹石灰白说了嘛。我这是为你着想呢。”

“万丈红尘三杯酒，千秋大业一壶茶。这事一会儿谈也不迟。我们先谈点别的，记得上次我们在这个酒馆喝酒的时候，你还问我是谁绑架的秋红，现在你应该知道了吧？”

“再不知道那不成棒槌了嘛。”刘喜子自饮了一杯酒。

“现在知道了，你不觉得有点晚吗？”

“换个话题，换个话题。”

“你想知道我现在是如何看待这个问题的吗？”

“我又不是你肚子里的蛔虫，怎么知道？”

“你也知道，我不是鼠蛇两端的软弱个性，裘风他居然敢绑架我妹妹，这要是在过去，我早就和他拼小刀了，可我现在却装着跟没事人似的。我之所以这样做，就是间接地告诉裘风，我放他一马了，我们都是老同学，就别再干这窝里斗的把戏了，我们自伤神不必说，也让别人看笑话。”

“可不是嘛。”

魏成栋压低声音：“你说我们窝里斗都是为了谁？还不是为他娘的小日本嘛！”

刘喜子被吓了一跳，立马出包间四处看了看才回来：“你小子说这话就不怕我告密？”

魏成栋一副十分自信的样子，道：“你小子是啥人，我还能不知道。”

“这话我爱听。”

“让你爱听的话还有好多呢。”魏成栋自饮了一杯酒，“你说小日本是谁，是他妈的异族，是他妈的烧杀咱中国人的倭寇。可我们呢，却给他们卖命，我们这叫什么？助纣为虐。”

“别说得这么难听好不好。我可是为了混碗饭吃的。”

“那就说点好听的。据我所知，小日本的兔子尾巴长不了了。”

“是吗？”刘喜子往前探了探身。

“当然。去年 7 月，英美盟军在西西里岛登陆，攻入意大利本土。9 月，意大利宣布投降，德、意、日轴心国集团开始瓦解。11 月，蒋介石辗转印度赴埃及开罗代表中国政府与罗斯福、丘吉尔举行三国首脑会议，发表了共同对日作战、坚持日本无条件投降的《开罗宣言》。今年 6 月，盟军在法国西海岸诺曼底半岛登陆，开辟了西方第二战场……我这是听一个外国佬说的，人家言之凿凿，我没理由不相信。你或许也有耳闻，此时的中国抗日战争已进入反攻阶段，自古以来，成者为王，败者为寇，谁又能预测自己的明天如何呢？江山易主，春秋更迭，我们如何立于不败之地呢？我们得从长计议，换个活法。”

“换个啥活法？”刘喜子往前探了探身子，急求下文。

“我看你是猪油蒙心看不透，白在江湖上混了。首先一条是不能再给日本人卖命了，否则，那就是汉奸，死了都进不了祖坟。现在全国抗战的情绪这么高昂，若是哪天挨枪子了岂不亏死，更何况我们的父母还需要我们给他们养老送终呢。”

刘喜子点了点头：“是这个理。”

“这光有孝心没有钱同样也不行。最简单的例子，我们现在喝酒没钱能行吗？我们想养个女人没钱能行吗？树老生虫，人老生病，没钱能行吗？所以，我们现在得利用手中的权力大捞一把，挣它个盆满钵满。”

“娘的！有钱能使鬼推磨。那你说我们该怎么办吧！”刘喜子的热血也开始沸腾起来。

“原来大马路那儿有个红玫瑰舞厅，徐州沦陷之前老板跑了，那栋楼房至今闲置在那儿呢，我想和你合伙再把它开起来，你台前，我幕后，挣的钱二一添作五。你看如何？”

“好是好，可我没本钱啊。”刘喜子面有难色。

“你啊！啥都好，就是有点死心眼，街面上那么多商铺，你去收点保护费，我睁一只眼闭一只眼不就有了嘛。哪里需要我们什么本钱！”

“要是商铺拒收保护费怎么办？”

“你吃了这么多年的鱼，怎么还是猪脑袋？有几家商铺会高高兴兴交保护费的？这得有计策。”魏成栋想了想，道，“要是哪家不交保护费，就派人半夜里把那家的招牌给摘走。再不行，在那家客流量多的时候，派人去打架，把那家的东西砸个稀巴烂就走。再不行，欲加之罪，何患无辞，去抓地下党啊！你们特高科下三烂的招数还少吗？”魏成栋说完，忍俊不禁，怕刘喜子产生逆反心理，又连忙道，“说白了，就是要摁住牛头喝水，让人家从腰包里掏钱。”

“你可是一斧头砍到墨线上了，稳准狠。听君一席话，胜读十年书。今后你就是我亲哥了，我唯你马首是瞻。”刘喜子可是听到心里去了，才不在乎下三烂不下三烂呢，差点做水浒式的纳头便拜。

“来！咱哥俩喝杯满的。”

刘喜子豪气冲天：“好！”

魏成栋干了杯中酒，放下酒杯：“喜子，我是拿你当老同学，当兄弟才给你掏心掏肺讲这么多的，你不会……”在魏成栋看来，下面的话说与不说都是一样的，也就做了省略。

刘喜子扭头叹气之后，倒了两杯酒：“成栋，你就把心放狗肚子里好了，我刘某人还是知道好歹的。来！咱兄弟俩干了这杯酒。”

这天上午，陈富贵进了裘风的办公室就叫嚷道：“表哥，我可找到你了。”

裘风抬眼一看是陈富贵就站了起来：“富贵，你怎么找到这里来了？快坐。”然后给陈富贵倒茶。

陈富贵一腚坐下：“我听说你在这儿当情报科长了，就赶紧过来投靠你了。表哥，你可是混发达了，看看这办公室，多气派啊！”

裘风顾左右而言他：“姨妈还好吧？”

“好什么好，就差喝西北风了。表哥，我早饭还没吃呢……”

裘风看看手表：“这都该吃中午饭了，走！我们吃饭去。”裘风出了办公室的门，叫上刘喜子和花勇，还有裘风的两个保镖，开两辆轿车去庆合园饭庄了。几个人进了一个包间，裘风把菜单交给陈富贵，陈富贵接过菜单就是一阵海点。裘风笑道：“富贵，你点这么多菜，就是再过来几个人也吃不完。”

陈富贵嬉皮笑脸地道：“表哥，你没看我都瘦成皮包骨了，借机补补，借机补补。”菜上来后，陈富贵便是一阵狼吞虎咽。裘风看陈富贵吃得打饱嗝了才道："富贵，能说说湖西八路军驻地的新鲜事吗？"

"湖西八路军驻地的事我知道不少，但对你来讲是不是新鲜事就不好说了。去年湖西地委成立了自卫团，各个村也都相应成立了自卫团，每个村都有湖西独立团特务连的两个流动哨兵，也都有两三个本村民兵配合，担负站岗放哨、维持地方治安、打击什么敌伪和顽固分子，并配合县区武装作战。娘的！老子还被迫进了村自卫团呢……"

吃过饭出来，在回特高科的路上，坐在副驾驶座位上的陈富贵突然对裘风道："表哥，前面那个戴礼帽的人刚才一扭头，我怎么看像湖西八路军作战参谋胡传领啊。"

"什么？"裘风把车停下，见前面那个戴礼帽的人还真有点军人的姿态呢，但仍然问道，"富贵，你认准了吗？"

"应该没错。"

裘风一挥手："抓他！"说完就打开车门跳下去了。他的两个保镖和陈富贵也紧跟着下车了，后面车里的刘喜子和花勇见状也下车了。裘风又一挥手："给我上。"

胡传领听到后面传来了急促而沉重的脚步声，就转脸看了看，见状，撒腿就跑。片刻耳边就有子弹嗖嗖的声响。他也掏出了手枪，一边打枪一边撤退。

街上爆市了，做生意的人和来往的行人东跑西颠，混乱不堪。

裘风见胡传领拐进了一个胡同，就令他的两个保镖继续在后面追，自己却带着刘喜子、花勇和陈富贵去了另一个胡同。

胡传领跑跑停停，转身击中了裘风的一个保镖。那个保镖就横死街头了。胡传领刚跑进另一个胡同，就被陈富贵冷不丁猛扑过去扑倒在地了。刘喜子和花勇上去就每人抓住了胡传领的一只胳膊。

胡传领被捕了。

胡传领被押到了审讯室。审讯室里面阴气森森的，腥臭味扑鼻。皮鞭墙上挂着，吊人的绳索当头悬着，各种刑具应有尽有。几个特务在一旁站着，一个个凶神恶煞。

此时，胡传领已经被捆绑在了一个十字木架子上。

裘风正襟危坐："富贵，他可不叫胡传领，而是叫姚远程，还是我沛县中学的同学呢。"然后望着姚远程道，"老同学，多年不见了。这样招待你，真的有点过意不去了。”

姚远程没吭声。

“老同学，你曾是湖西八路军作战参谋，现在是干什么的我就不得而知了，或许是潜伏在徐州市里的地下党也未可知。这只是我的猜测，还需你来交代。老同学，能配合一下吗？”

姚远程抱着“哑巴不开口，神仙难下手”的宗旨，依然没吭声。

裘风笑道：“老同学，水深则流缓，语迟则人贵，这道理我也懂。可是，这里是徐州市特高科审讯室。你知道我不是个有耐心的人，性格很狂躁。如果你继续沉默不语的话，或许这里的刑具会帮我撬开你的嘴。你看看周围的刑具，哪样都能要你的命。既然我把你抓来了，不撬开你的嘴，你想想我能善罢甘休吗？对你来讲，已经深陷囹圄，只有老老实实交代问题才可以走出这个牢笼。否则，那就是一个字，死！如果一个人能痛痛快快地死了，也算是有福气，可好多人生不如死。有的人还有选择的余地，有的人可就没有这么好的运气了。说真的，老同学，我怕死，更怕生不如死。你呢？”

姚远程闭上了眼睛。

“有人说人死了之后还有来生，我感觉这是胡说八道。在我看来，人的生命只有一次，一旦死了，这个世界就再也没有你了。阳光、花朵、美女、佳肴、亲情，所有美好的东西，也都与你毫无关系了，徒留一个缥缈的传说。每每想到这儿，我就怕死得很。不怕你笑话，我这人做不了英雄，我所做的一切都是为了更好地活着。人各有志，如果老同学愿意做英雄，我想我会成人之美的。老同学，意下如何？”裘风见姚远程依然不语，就又道，“看来我有些絮叨了。来啊！给我用刑。”

杨培山挥舞起了皮鞭，不一会儿就把姚远程抽得遍体鳞伤，死去活来。裘风见姚远程仍然不招供，就又让姚远程上了老虎凳。姚远程这次终于招架不住了，把湖西根据地在徐州市的地下组织和盘托出。

坝子街昌盛粮行的会计沈某在逃脱时被乱枪打死；

云龙山中学的教师辛某在逃脱时被乱枪打死；

黄包车车夫李某被枪杀在街头。

裘风带人回到了办公室：“娘的！可让我出了一口恶气！”

傍晚，彭辉去了茂源绸缎庄，冯骥便知道下午几处枪响是怎么回事了。彭辉十分可惜地道：“真没想到湖西根据地的情报站就这样毁于一旦了。

那可是一股抗日的力量。”

冯骥幽幽地道：“我和姚远程跟着郭世举老师还贴过抗日标语呢。没想到他竟然是个软骨头。”

彭辉只是一声叹息，

冯骥道：“据说，目前湖西根据地正处在相当困难的时期，根据地局限于单县以东、金乡县以南和丰县以北的狭长地带，周围不是敌占区就是顽占区。敌我渗透，顽我渗透那是可想而知的。选派根据地的某个熟面孔来搞地下活动，随着时间的推移和工作的进展，早晚暴露那就不足为奇了。社会关系既能‘载舟’也能‘覆舟’。不注意这个特点并加以适当防范，那就是指导思想上的失误了。”

彭辉道：“现在湖西根据地肯定还不知道姚远程叛变投敌的事，更不知道姚远程是因为陈富贵而叛变的，如果让他俩继续活着，不知道还会有多少湖西根据地的人遭殃呢，你有湖西根据地的联络方式吗？”

冯骥摇了摇头：“我怎么会有他们的联系方式呢？”此刻，冯骥已经决定动用自己的力量除掉陈富贵和姚远程了。

彭辉好像还不死心，就又问道：“你能否通过郭世举老师联系一下湖西根据地的人？”

“忘记告诉你了，我和郭世举老师联系上了。”

彭辉眼睛一亮：“这可是个好消息。”

“郭老师说你曾是他的得意门生。”

彭辉叹了口气：“我真的是愧对郭老师了。”

“郭老师听说你有投奔新四军的想法很高兴，说大门永远给你敞开着。”

“可我现在的情况真愁人啊！”彭辉眉头紧皱，片刻，“你联系郭老师，郭老师再联系湖西根据地的人，这不成弯弯绕了嘛！再说了，郭老师能否联系上湖西根据地的人还两说着呢。这样吧，就让我替湖西根据地的人除掉陈富贵和姚远程这两个狗东西吧。反正这事对我来讲小菜一碟。”

冯骥趁机笑道：“你这是出于正义感，还是想送给郭老师一个见面礼？”

彭辉哈哈大笑：“都有吧。”

彭辉话刚落音，林丽进来了，连忙给彭辉续茶。彭辉呷了一口茶水，道：“今天我来也是想和你们俩商量点事的。”

林丽笑道：“秋红又给你出难题了？”

彭辉点了点头：“前几天我和秋红长谈了一次，她不但承认是军统特工，而且还是刺杀汪精卫一行的行动组组长。你们俩也没想到吧？”

林丽啧啧感叹：“真的没想到。”

冯骥道：“原以为秋红不过是个组员呢，看来我小看秋红了。”

“还有你们俩想不到的呢，秋红她不回重庆了，军统戴老板让他们几个就地潜伏下来，成立军统徐州情报站，秋红是站长。”

林丽笑道：“这你可得感谢军统戴老板……”

彭辉抢过话：“感谢就免了。戴老板可是让秋红带着任务留下来的。”

冯骥道：“不会是让你加入军统组织吧？”

“戴老板的胃口可没有这么小。”

冯骥道：“还有成栋？”

彭辉点了点头。

冯骥道：“你是如何考虑的？”

“说真的，我不想加入军统组织，可我一旦投奔新四军了，那就等于和秋红一刀两断了。想到和秋红这么多年的感情，我又不忍心。你们俩替我考虑考虑，该怎么办？”

冯骥也不好照直说，就顾左右而言他：“刚才忘了告诉你了，郭老师为了便于和你联络，想在你手下安插两个人，不知道你意下如何？”

“郝鹏举在苏联留过学，领教过‘契卡’的厉害手段。他在西北军中也接触过公开的和秘密的中共党员，投靠蒋介石后，他和军统、中统、复兴社、蓝衣社等特务组织打过交道，吃过他们的苦头，也研究过他们的活动方法。他到徐州后，为了把部队牢牢抓在自己手里，采取了一系列措施防止日本和国民党特务染指，以及共产党地下工作人员的打入。他对所有排长以上军官都一个个亲自考察。我只能是试试看吧。对了，秋红想到保安处办公室工作，我还没答应她呢，你看？”

林丽道：“为了避免麻烦，我认为她还是继续做老师比较好。”

彭辉点了点头。

这天傍晚，蒙蒙细雨，不一会儿，就有涓涓细流在低洼处汇集，积成形状各异、大大小小的水泊，倒映着路灯昏暗的亮光。李新志带着两个人已经在洪顺酒馆一旁等候好大一会儿了，雨水在他们的雨衣上发出沉闷的声响，绽放着无数清澈的水花。当陈富贵、姚远程和两名特高科的特务酒足饭饱走出酒馆后，就同时被射中，瞬间就都倒在了血泊之中。之后，李新志带着人扬长而去，片刻就消失在雨雾里。

裘风正在办公室里和花勇说话，忽听西北方向传来几声枪响，就知道去洪顺酒馆吃饭的陈富贵和姚远程出事了，连忙带队过去了。果不其然，陈富贵、姚远程和两名特高科的特务横尸街头。

裘风叹了口气："军统的特工还没收拾掉，这湖西根据地的特工又闪亮登场了，这来的都是客啊！"

次日傍晚，彭辉和魏秋红开车去快哉亭公园门口接张亚菲。张亚菲上车后，彭辉笑道："我们又见面了。"

"可不是嘛，姐夫。上次在青年路小学门口，若没有你善意的提醒后果不堪设想，我还没机会感谢你呢。"其实，张亚菲当时也发现跟踪者了，但她仍然笑着这么说。

张亚菲叫他姐夫，彭辉很是高兴，就笑道："我没能让你进入包围圈，算是将功补过了。"

"姐夫还挺幽默的。那天晚上可是让你见笑了。"

"演技还是不错的，可谓以假乱真。"

"不还是让你识破了吗？"

"不是我，是魏成栋。一会儿你罚他三杯酒。"

张亚菲莞尔笑道："我怎么能送他这样的见面礼呢。"

说话间，轿车停在了庆合园饭庄门口，三人下车进入包间，魏成栋、冯骥和林丽已经在那儿等候了。彭辉见冯骥在大家习焉不察中投来赞许的目光，只是会心一笑，一切都在不言中。

魏秋红一番介绍后，饭局就开始了。自然是魏秋红致开场白了："我哥和张亚菲一个是孤男一个寡女，男大当婚，女大当嫁，而在我眼里，他们俩又挺有夫妻相的，所以我就保了这个媒，希望他们俩能结为秦晋之好。为此，大家干一杯吧。"魏秋红的语气里充满着自信、霸道和愉悦。

大家碰杯后都把杯中的酒干了。

魏成栋放下酒杯，笑意写在脸上道："听秋红讲，张小姐是上海医科大学的毕业生，又长得如花似玉，能和张小姐认识我不胜荣幸，如果能结为秦晋之好那我也太有福分了。"

冯骥笑道："秋红为自己选的嫂子自然错不了。"

张亚菲落落大方，道："来徐州之前，我就久仰各位的大名了，今日相见倍感亲切。至于我和魏局长，这个，这个，那要看缘分了。"

魏成栋一声迭一声地道："那是，那是。"

冯骥道："成栋，好多天不见你了，在忙乎什么呢？"

魏成栋就说起了和刘喜子办红玫瑰舞厅的事，并道："现在这个时局，挣银子才是王道。"

彭辉笑道："成栋，你既把刘喜子拉拢了过来，又能挣银子，可谓一箭双雕啊！"

魏成栋笑道："过去，刘喜子和花勇可是裘风的左膀右臂，我这一刀下去，即便没把刘喜子砍下去，刘喜子也不会再为裘风死心塌地卖力气了。"

冯骥道："在我眼里，花勇是只忠实的狗，而刘喜子是头狡猾的狼。所以，你还是小心点刘喜子为好。"

魏成栋点了点头："英雄所见略同。"

第十九章　坐地侦探

姜唤新是佐藤惠手下的一名坐地侦探，在东升烟酒店路对面开了一个理发铺。这些天，姜唤新隐隐约约地发现一个高个男人，偶尔会光顾路对面的东升烟酒店。每次都是从西边来，好像每次去都是为了买一包烟，之后再赶回去。一次偶然的机会，他知道那个高个男人是茂源绸缎庄的伙计黄献。东升烟酒店西边不止一个烟酒店啊！为什么要舍近求远呢？是否和老孔沾亲带故有什么关系？

这天傍晚，姜唤新远远地看见那个高个男人又从西边过来了，就及早地去了东升烟酒店，想探个究竟。老孔和姜唤新可是熟人，老孔每次理发都是去姜唤新的理发铺，姜唤新买烟酒什么的也都是去老孔的商店。

老孔见姜唤新过来了，免不了要寒暄几句。姜唤新买了一包哈德门香烟之后并没有要走的意思，要了二两散酒和一包花生豆，喝着，吃着，抽着便和老孔闲聊了起来。

不一会儿，黄献过来了，当发现一个男人在那儿一边喝闲酒一边和老孔闲聊，好像还不是一时半会的事儿，就道："老板，买一包哈德门。"

老孔拿出哈德门，黄献付过款就走了。

从表面上看，黄献和老孔是不熟悉的，只不过是一般的买卖关系。这就让姜唤新起了疑心。

次日傍晚，姜唤新见黄献到东升烟酒店又是为了买一包烟，且做了短暂的停留，就断定东升烟酒店是中共地下党的一个地下交通站了。

姜唤新是个聪明人，也具有一定的胆识和远见，此刻高兴归高兴，可他还不想现在就把东升烟酒店这个中共地下党的交通站报告给佐藤惠。如果这伙就是刺杀陈富贵和姚远程的湖西根据地的地下党，等哪天这伙地下党又干出某一惊天动地的事之后，佐藤惠急于或悬赏要抓捕这伙地下党时，再把这伙地下党交出来，到那时，自己的身价可就倍增了，什么金钱美女，什么飞黄腾达，全不在话下。

他要把这伙地下党卖个好价钱！

奇货可居，他在等待把这伙地下党卖个好价钱的火候！

梁延敏二十四五岁，中等个，二五分式头，常梳理得油光淌亮，在英士街开了一家风华照相馆。这天晚上，梁延敏正在暗室里冲洗胶卷，忽然听见外边窗户闸板响起有节奏的敲击声，见是用暗号叫门，就把门打开了，让鹿大刚进来后就把门关上了。鹿大刚说完事，又在这儿玩了一会儿，当梁延敏开门送鹿大刚走时，发现有几辆摩托车开着大灯飞驰而来，恰好就停在了门口。

鹿大刚一看情况不妙，急走几步拐进一个胡同，拔腿就跑。

佐藤惠见状连忙下车，追了十几步，眼看鹿大刚要翻墙逃跑，抬手就是一枪。鹿大刚胳膊受伤，应声倒下了。抓住鹿大刚，佐藤惠大喝一声："快！赶快包围照相馆。"

梁延敏一看摩托车队停在了门口，就知道大事不好了，连忙把大门关上，又赶紧把灯关了。他从照相馆窗户缝往外一看，照相馆已经被封锁，几个黑影直扑店门而来，心里明白，情报站已经暴露，必须马上撤离。忽听一声枪响，就知道鹿大刚凶多吉少，可也顾不得了，迅速打开后窗户就跳出去了。按照早已设计好的撤离路线，连翻几家院墙，就消失在一个小胡同里了。

梁延敏来到汇源粮栈门口，正好碰到桑洪瑞从外面回来。桑洪瑞，四十出头，中等个，鼻梁上架着一副金丝腿儿、日本水晶石的无框眼镜，头戴礼帽，身穿黑色风衣，很有派头。桑洪瑞听梁延敏耳语说三号情报站暴露了，大吃一惊，连忙把梁延敏拉进来关上大门，带到了一个房间里。听了梁延敏的汇报，桑洪瑞道："三号情报站暴露的原因有两种可能：一是你发展经营小百货的挨门邻居老辛造成的，二是因鹿大刚暴露被盯梢了。"

梁延敏连连点头。

"你手下还有谁，赶快通知到。"

"传递员老齐前天回根据地了，估计这几天回不来。"

“那好！你休息吧。”

桑洪瑞离开后，梁延敏仍心有余悸，所幸自己没被抓到。舒了一口气，然后脱衣上床，躺下后，不一会儿就进入了梦乡。

这一夜对鹿大刚来说可就不那么轻松了。

次日一大早，桑洪瑞就去了东升烟酒店，要老孔马上把三号情报站暴露的事报告给渔翁。桑洪瑞走后，老孔就去了茂源绸缎庄。黄献见老孔一闪身就走了，便知道有情况，就跟了过去。在一个偏僻的地方，老孔把三号情报站暴露的事告诉给了黄献。

傍晚，黄献快走到东升烟酒店时，发现路对面理发铺门口，有一两道异样的眼光在打探着他，就警觉了起来。黄献还是进了东升烟酒店，见店里只有老孔，就道：“渔翁让三号情报站站长先在二号情报站待几天，等风声过后，再让他回根据地。”接着就把刚才发现的那两道异样的眼光讲给了老孔。

老孔用不经意的眼光往对面理发铺看了看：“那个人叫姜唤新，虽说我和他平时有些来往，可我也号不准他的脉，应该引起注意。一会儿你不要按原路返回，看看他的反应。如果他跟踪你，我就把他干掉。”

黄献点头后，掏出钱，买了一包哈德门香烟就离开了老孔的商店，往东走不多远，就进了北去的一人巷。

当老孔发现姜唤新真的跟过去后，就把一把匕首掖到了裤腰里。

姜唤新发现那个常来东升烟酒店接头的人，没有习惯性地按原路返回，就认为或许预示着有什么新情况要发生，也许他是去另一个地下交通站接头呢。他想着若能再发现一个地下交通站……想到这儿，姜唤新忍俊不禁，于是就尾随在黄献身后了。

姜唤新光顾尾随在黄献后面躲躲闪闪了，万没想到螳螂捕蝉，黄雀在后。天下之事大都被曹雪芹一语道破：机关算尽，反误了卿卿性命。

当老孔确认姜唤新是来跟踪黄献的之后，瞅准机会，一个箭步上去，照准姜唤新的后心“扑哧”就是一刀，黑暗中只见幽光一闪，如流星飞过，连刀带柄也扎了进去……

姜唤新喉咙里发出一声惨叫之后，本能地扭过已变形的脸来，眼瞪着老孔：“你……”

老孔粲然笑道：“你怎么不认识我了？东升烟酒店的老孔啊！”

黄献听到后面似乎有什么东西倒塌的声音，生怕老孔出问题，就跑回来了。见老孔一旁躺着一个人，就知道是怎么回事了。看看匕首刺的深度，确信姜唤新必死无疑，就拉着老孔往回走了。

残月如钩，夜色如染。

佐藤惠和裘风刚从花园饭店吃饭回来，听说一人巷有人被暗杀，就派了两个人去看情况。过了一会儿，当佐藤惠听说被杀者是理发铺的姜唤新时，“噌”的一声从座位上站了起来，似乎有点不相信自己的耳朵：“确认是姜唤新吗？”

当得到肯定的回答后，佐藤惠就傻在那儿了。

姜唤新是个坐地侦探，一直深藏不露，可谓闲棋冷子，以他的职业，按说不会和谁结下如此大的仇恨，怎么就被暗杀了呢？是不是他发现了什么秘密，在跟踪时因不慎而惨遭杀害？

如果是辛玉奎被暗杀，她还有可能怀疑到新四军特工头上去，可被暗杀的是姜唤新啊！

裘风道：“这段时间也就新四军特工猖獗，说不定还是他们干的呢。”

六天之后梁延敏被送出了徐州城，但他没回根据地，而是回到了夏镇老家。

梁延敏本想回家看看老婆孩子就回根据地的，这天晚上他刚来到住处附近，就被突然窜出来的几个黑影抓住了。他被毛巾堵住嘴，被绳子捆绑住，之后又被装进一个麻包里，片刻就失去了自由。

梁延敏被捕了。

凌晨四点，桑洪瑞被捕！

此时，桑洪瑞被押在摩托车的挎斗里，晨风扑面而来，街上的店面和路边的树木飞驰而过。桑洪瑞有点纳闷，一直以来，他都是和梁延敏单线联络的，如今梁延敏已经回根据地了，他是如何暴露的呢？

抓捕梁延敏和桑洪的行动，杨培山都参与了。当裘风去审讯室审问桑洪瑞时，他就溜了出来，飞快地跑到黄献的住处，把梁延敏叛变和桑洪瑞被捕在审的事在气喘吁吁中讲了一遍，就又跑了回去。

黄献不敢怠慢，连忙去了东升烟酒店。

老孔睡得正香，猛然间听到了有节奏的敲门声，就打了一个激灵，连忙起床去开门。

黄献进门后就把门关上了，然后气喘吁吁地道："三号情报站的鹿大刚是个软骨头，死前叛变咬出了站长梁延敏，梁延敏叛变又咬出了二号情报站站长桑洪瑞，桑洪瑞被捕在审，他能不能挺过去也难说，你赶快躲到预设地点去吧。"

"好！我马上转移。"

黄献闪出一道门缝，见门口没情况，就大步流星地走了。

桑洪瑞被押到审讯室，裘风道："火凤凰，是否想到你也有今天？"

"请问你是谁？"

"不好意思，忘了给你介绍了。我是特高科科长裘风。"

"久仰大名，原来你就是裘科长啊！我只是个商人，请问你为何抓我？"

"我看你是不见真菩萨不肯献真形。我折腾一晚上了，有点困了累了，就不陪你捉迷藏了。花勇，你去把梁延敏押过来。"

梁延敏随花勇进来后，见桑洪瑞被捆绑着就低下了头。

桑洪瑞冷笑道："梁站长，幸会啊！"

梁延敏结结巴巴地道："对不起，桑站长，我没有经受住酷刑……"

裘风坐在一旁一阵子大笑。

桑洪瑞看到梁延敏身上伤痕累累，就道："只要能保住活命，当叛徒就当叛徒呗。"

梁延敏唉声叹气道："事到如今，你也认命吧！"

桑洪瑞怒形于色："要不是看在曾经共事的面子上，我现在就能一脚把你踹趴下！"

梁延敏一副可怜兮兮的样子。

桑洪瑞慨然长叹："三号情报站居然出现了两个叛徒，真是我这个二号情报站站长的耻辱，也是新四军共产党的耻辱！"

这个时候，裘风打了一个哈欠道："火凤凰，我折腾一夜了，也累了，你废话少说，快交代一号情报站吧，还有你们的老板渔翁。"

桑洪瑞铮铮铁骨："你想把新四军徐州情报站一网打尽啊？痴心妄想！"

裘风气急败坏地道："火凤凰，难道你活腻了，想以身试法？"

桑洪瑞一阵哈哈大笑："火凤凰是世界上最美的鸟，当它自觉自己处在美丽的巅峰，无法再向前飞的时候，就火焚自己，然后在灰烬中重生。"说完，猛地一头撞到了墙上。血流如注。

梁延敏想哭，却又不敢，就在那儿闷头站着。

裘风见桑洪瑞已死，不无惋惜地道："这样的英雄好汉不为我所用，真是可惜了。桑洪瑞要厚葬之！"

花勇在特高科的门口大声道："杨培山，杨培山呢？"

杨培山从厕所里走出来："花队长，我在这儿呢。"

"都出去这么大会子了，莫非你小子掉茅坑里了？"

"也不知道是怎么回事，肚子突然疼了起来，疼得我一身大汗。"

"快去审讯室吧，裘科长叫你呢。"

"好的！我这就去。"

杨培山进了审讯室，看到现场，便知道桑洪瑞是如何死的了，心里一阵紧缩，但马上恢复了正常，虾腰就帮着抬桑洪瑞的尸体了。

裘风回到办公室，对花勇说："天明后，你去办两件事：一是给桑洪瑞选块墓地，要有便于埋伏的地方。二是让人买口上好的棺材，再买几挂鞭炮，尽量把桑洪瑞的丧事办得隆重些。"

"明白。那怎么处置梁延敏呢？"

裘风好一会儿才道："让他在你手下挂个副职吧。"

花勇大惑不解："让他在我手下挂个副职？"

"不过一个诱饵而已。"

花勇笑道："裘科长可是处处皆文章，佩服！"

裘风打了一个哈欠："这叫卖啥的吆喝啥。天快亮了，你也去休息一会儿吧，白天还得继续折腾呢。"裘风说完就躺在沙发上了。

次日早饭后，彭辉来到茂源绸缎庄时，林丽正拿着鸡毛掸子扫柜台，黄献正在理货，冯骥正在往砖块铺就的地面上洒水，一如往常。一阵子寒暄过后，冯骥就带着彭辉去后院了。

彭辉刚坐下就道："冯骥，我刚听说裘风昨天晚上在夏镇抓捕了新四军在徐州的三号情报站站长梁延敏，梁延敏叛变咬出了二号情报站站长桑洪瑞，桑洪瑞撞墙而死。裘风不但任命梁延敏为特高科侦缉队副队长，今天下午还要厚葬桑洪瑞，真是不可思议。"

冯骥却故作惊讶："是吗？难怪成栋叫他裘疯子。"

"裘风不是说是郭世举老师在领导徐州市地下党开展工作的嘛，如果他没说错的话，那对郭世举老师的打击也太大了。可我们又能为郭老师做点什么呢?

冯骥闪烁其词:“你就为这事过来的?”

彭辉掏出佩枪往茶几上一放:“冯骥,我想替郭老师清理门户,你看如何?”

冯骥笑了笑:“郭老师可没让你纳投名状,我相信郭老师会处理这件事的。”

“虽然郭老师没有让我纳投名状,可我也得拿份厚礼去见郭老师啊!可以想象,郭老师在徐州城里的地下组织现在是身单力薄,操刀这事无疑会有些力不从心,可这事对我来说那就是动动嘴皮子的事了。”彭辉说完,把佩枪装回皮套就站了起来。

二号情报站和三号情报站惨遭破坏,而一号情报站又只是个一人的联络站,冯骥刚才还在为清理门户犯愁呢,也是为了策反彭辉,站了起来:“既然你意已决,我就不阻拦你了。”

送走彭辉,林丽随冯骥来到了后院,冯骥道:“我过去由于经常去汇源粮栈买粮食,和老板桑洪瑞,还有他的两个伙计秦大江和罗培新都很熟的,做梦也没想到桑洪瑞居然是我们的二号情报站站长。只要我一闭眼,他的音容笑貌就会出现在我的眼前,多好的一个同志啊就这样没了,真的是太可惜了。这也是我们徐州情报站的一大损失,我们失去了一位好同志,我们的党失去了一个好党员。改天我得到他的坟上祭拜祭拜去。”冯骥的眼圈红了。

林丽愤恨地道:“我们徐州情报站怎么就出了梁延敏这么个败类。他不仅牺牲了桑洪瑞同志,也让我们徐州情报站蒙辱。”

“不仅如此,二号情报站一共三人,桑洪瑞同志牺牲了,另外两位同志也就和我们失联了,想知道他们俩是谁难,想找到他们俩怕是更难。”

“真是一只老鼠瞎了一锅汤。不论困难再大,梁延敏必须清除。”

“他把我和郭世举老师细心经营的徐州情报站毁了半拉,我恨不能把他碎尸万段。”冯骥把拳头砸在了桌子上,一只茶杯被震落,随着“啪”的一声脆响,碎片满地。

林丽无声地拿起扫帚把玻璃碎片扫走了。

少顷,冯骥道:“徐州情报站出了这么大的问题,得电告郭世举老师。”

林丽点了点头:“可是,裘风是如何破坏中统行动组的,船夫至今没有查出来是怎么回事。会不会是中统行动组发报时被特高课反间谍机关监听到了，而又很快地判断出了电波发出的位置？”

“这我哪里知道。如果是这样的话，那我们的电台岂不是形同虚设了？”

“怎么可能！总会有办法的。”林丽信心满满的。

冯骥沉吟了片刻道：“彭辉刚才说裘风今天下午要厚葬桑老板……”

“这可是个机会。你上楼去拟电文稿吧，尽量短点。”

下午，一阵鞭炮声之后，从警察局大门里驶出一队人马，摩托车开道，一辆卡车拉着一口棺材，后面跟着几辆轿车和卡车，穿越人流如织的街道，不一会儿就到了云龙山后山，又是一阵鞭炮声。

裘风站在一个新鲜的坟头前，周围是青松翠柏：“我想大家都已经知道，桑洪瑞是新四军潜伏在徐州市里的二号情报站站长，毫无疑问，他是我们的敌人，死不足惜。可我为什么要厚葬他呢，是因为我十分佩服他忠贞不渝的气节和把生死置之度外的大无畏精神。如果我们的人都能像他这样，何愁剿灭不了军统的特工和新四军的地下党！”

裘风刚从桑洪瑞的墓地回来，就听佐藤惠道：“半个小时前，特高课反间谍机关截获一个身份不明的密电码，电波发出的位置大概在茂源绸缎庄附近。你怎么看待这个问题？”

裘风冷笑道：“这个擦边球打得可真是巧妙。虽然如此，不还是露出马脚来了嘛。正所谓有所得必有所失。”

“你不是说冯骥在你眼里更像个神秘人物嘛，依我看他就是个神秘人物。”

“你怀疑他就是渔翁？”

“你想啊，三号情报站站长叛变了，二号情报站站长英勇就义了，面对如此严重的问题，作为新四军徐州情报站负责人的渔翁能不向他的上级汇报？”

“你分析得很有道理。我相信，当撩开冯骥神秘面纱的那一刻，一定振奋人心。”

“冯骥是渔翁，那林丽呢？”

“也一定是冯骥的同伙。”

“林丽可是你的初恋情人，到时候……”佐藤惠把目光投向裘风。

裘风笑道：“我怎么闻到了一股老陈醋的味道？”

次日吃过早饭，冯骥给彭辉打了一个电话："彭辉，你上午有空吗？"

"你有啥事吗？"

"既然桑洪瑞是郭世举老师的手下，又是一个值得敬仰的人物，你想为郭老师做点什么，说实话，我也想。我刚才准备好了祭品，想替郭老师去桑洪瑞坟上祭奠祭奠，你去吗？"

"你稍等，我马上开车去接你。"彭辉说完就放下了电话。

冯骥坐上了彭辉的轿车刚走不一会儿，黄献接到了一个神秘电话，给林丽打了一声招呼就出去了。也就一刻钟的时间，黄献就返回店里了，对林丽耳语道："船夫刚传来消息，说裘风在桑洪瑞的墓地设了埋伏。他们俩会不会有危险？"

林丽忧心忡忡："这可就难说了。他俩可是开车去的，没办法阻止了。"

"你说我们该怎么办啊？"

黄献的话提醒了林丽，她摸起电话就拨魏成栋办公室的号码……

此时，彭辉和冯骥已经进入云龙山的后山，在一条蜿蜒的小路上颠簸行驶，小路两边是稠密的树林，间或荆棘丛生。这时，不远处突然传来了激烈的枪声，彭辉就来了一个急刹车，把车停下来后，就把腰间的手枪抽了出来，咔嚓上了顶门火。

枪声越来越近了……

这时，有两个人边打边撤退……当冯骥看清楚这两个人是桑洪瑞的两个伙计时，从车窗伸出头来就大叫一声："秦大江、罗培新快上车。"一颗子弹擦着冯骥的耳朵呼啸而过。

秦大江和罗培新上了轿车，彭辉把轿车调过头来，就开走了。

一时间轿车后面枪声大作。

轿车拐过两道弯，冯骥才道："你们俩这是怎么回事？"

秦大江气喘吁吁道："我们俩去给桑老板上坟，不成想特高科的人在附近打了埋伏。冯老板，要不是你，我们俩肯定没命了。谢谢！"

"我们都是老朋友了能见死不救嘛，客气什么啊！念桑老板也是我的老朋友，又是个大英雄，我也是去给桑老板上坟的。"冯骥用试探性的口吻道，"你们俩今后有什么打算？"

秦大江道："桑老板的血总不能白流吧？"

冯骥道："不过……"

这时，彭辉见魏成栋的轿车飞驰而来，按了几声喇叭就把轿车停在路边下车了。

魏成栋把轿车停下来，也下车了："没事吧？"

"没事。回吧。"彭辉摆了摆手。

魏成栋满脸不高兴："你们俩真是吃饱撑的。"上车后一甩车门就把车开走了，还有一辆轿车尾随其后。

彭辉上车后也把车开走了。

此刻，冯骥蹙着眉头：刚才秦大江和罗培新被追的那一幕是不是裘风设置的陷阱？转念一想，这是不可能的。因为他知道秦大江和罗培新好多年前就跟桑洪瑞当伙计了，不可能是裘风的人。即便是裘风的人，可也不知道他和彭辉会在那一时刻到达桑洪瑞的坟地。他知道二号情报站一共三个人，看来秦大江和罗培新是二号情报站的人确定无疑了，没有组织的领导，他们俩会不会干傻事呢？既然认定他们俩是自己的同志了，必须加以保护和领导，可又不能亮出自己的身份。茂源绸缎庄可是郭世举老师和他苦心经营多年的新四军在徐州唯一的情报站，再不能有半点闪失。可如果不亮出自己的身份，他们俩不知道哪会儿就会成为裘风的盘中餐呢。孰轻孰重，他有点拿捏不准了。

到了一个路口，秦大江和罗培新要下车，冯骥跟彭辉说有点事也下车了。见彭辉已经远去，冯骥才把秦大江和罗培新招呼到附近的彭城茶馆里。在一个单间里，冯骥呷了一口茶："你们俩不但是桑老板的伙计，还是一伙的吧？"说完，做了一个四字的手势。

秦大江："冯老板，你这就让我们俩为难了……"

"你们俩今天的行为也令我钦佩，还有，我听说我尊敬的郭世举老师是淮北区党委城工部徐州市工委书记，也就是新四军徐州情报站的领导人，我岂能做对不起郭世举老师的事！所以你们俩不要紧张，也不要有什么顾虑。"

秦大江压低声音："冯老板，你不会是渔翁吧？"

冯骥故作惊讶："渔翁？啥意思？"

秦大江和罗培新对视了一下，秦大江道："渔翁是新四军徐州情报站站长。"

冯骥只是意味深长地"哦"了一声。

秦大江道："冯老板，既然你是郭世举的学生，又去给桑老板上坟，我就不瞒你了。二号和三号情报站崩塌的第一块砖，起始于英士街风华照相馆的老板梁延敏，发展挨门店铺经营小百货的辛玉奎为地下党。我们怀疑辛玉奎不是佐藤惠的坐地侦探就是裘风的坐地侦探。"

"原来是这样。"

罗培新咬着牙道："辛玉奎和梁延敏死定了。"

终于入正题了，冯骥道："就你们俩能行？"

秦大江一副信心满满的样子道："虽然我们俩势单力薄，乘其不备一样能行。"

冯骥知道彭辉会对梁延敏下手，就道："听说梁延敏现在是特高科侦缉队副队长了，搞定他可不是那么容易的。倒是辛玉奎……不过……"

秦大江道："不过什么？"

"你们俩应该能想到，裘风都在桑老板的坟地设埋伏了，会不会也在辛玉奎那儿设埋伏呢？既然辛玉奎的身份已经暴露，昨天傍晚我从他的小百货店门口路过，可是见他仍跟没事人似的照常营业呢，这里面一定有猫腻。"冯骥一副不容置疑的样子。

秦大江道："冯老板，你分析得很有道理。可老虎也有打盹的时候。"

"今天我们三个能在这喝茶聊天，算是有缘人，今后有什么需要我帮忙的，我会不遗余力的。这样吧，为了便于我们之间的联系，逢五逢十下午3：00，我们都在这儿碰头吧。"

秦大江道："这样太好了。"

"今天我们就聊到这儿吧，我还有点事就先走一步了。"冯骥说完就站了起来。

罗培新和秦大江站了起来："冯老板，你慢走。"

冯骥刚打开半扇门，就又折回来了，小声道："佐藤惠进来了。"

秦大江和罗培新刚要掏家伙就被冯骥制止住了，然后从门缝里往外看。不一会儿，就见辛玉奎进来了。冯骥坐回原位，小声道："佐藤惠和辛玉奎来接头了。"

秦大江压低声音道："这可是个好机会，要不要干一票？"

冯骥道："干掉了他们俩，我们三个人就别想从这里活着出去了，佐藤惠会单独行动？"

罗培新道："就是。"

"我认为干你们这一行当的，不怕死是难能可贵的，但也不能蛮干。只有保护好自己，才能更好地消灭敌人。"冯骥故意露出了点尾巴。

花勇从桑洪瑞的坟地回来就对裘风道："刚才有两个人去给桑洪瑞上坟，在对他们俩进行围捕的时候双方交火，本来他们俩是跑不掉的，不知道怎么回事过来一辆轿车，硬生生地把他们俩接走了。一看车牌号，居然是彭辉的轿车，真是咄咄怪事。"

裘风惊诧道："彭辉的轿车？你们看准了吗？"

"彭辉的车牌号是苏淮〇一五五，在场的人又不只我一个，错不了。"

"这可真是咄咄怪事了。"裘风好一会儿才又道，"汇源粮栈的两个伙计秦大江和罗培新不见了，刚才去给桑洪瑞上坟的说不定就是他们俩呢，如果是的话，彭辉怎么会和他们俩搅到一起了呢？秘密调查一下吧。"

第二十章　挑拨离间

这天傍晚，天上飘起了蒙蒙细雨。

宪兵巡逻队过去不久，智益电影社就散场了。

从智益电影社出来向西去的人不多，那三个并行的男人就显得很抢眼。充当保镖的两个人似乎嗅到了空气中弥漫着的肃杀之气，都就下意识地把口袋里的手枪握紧了，且很警觉地关注着周围的动静。

那三个人刚走到一个岔路口，伴随着几声枪响，就都倒在了血泊之中。

梁延敏正在裘风的办公室里说事，听到那几声枪响，就预感肖允烈出事了。在感到庆幸的同时，却也说不出心里是个什么滋味，连忙跟着裘风去了事发地点。果不其然，肖允烈出事了。

梁延敏叛变之后很清楚，终有一天渔翁会找他算账的，所以处处很谨慎，住在特高科里，轻易不出门，只要出门，两个贴身保镖不离左右。虽然如此，心里仍不踏实，老感到背后有个黑乎乎的枪口在对着他。有道是明枪好躲，暗箭难防啊！

一天，他无意间翻出来了他和他姨表弟肖允烈前两年的合影，简直判若一人。也就在这个时候，他灵光一闪：何不让肖允烈当自己的替身呢！于是，他就把在乡下当小学教员的肖允烈秘密“请”了过来。按他常穿的衣服，依葫芦画瓢，给肖允烈置了一身，还给肖允烈秘密租赁了一个小院，好吃好喝地供应着，平时是不准肖允烈出门的。他知道肖允烈是个书呆子，投其所好，就给肖允烈送去了好多书籍。肖允烈捧着书本，哪里还能放下！乐此不疲。他找替身的事和肖允烈的住处没有几个人知道。偶尔，他会让他的两个保镖保护着肖允烈，像模像样地出门走一遭，以此试探一下情况。

肖允烈不知道梁延敏的用意，结果，就这样糊里糊涂地做了替死鬼。

裘风用手电筒照着，看了看三个人的尸体："从这三个人的中弹点数可以断定，这应该是一伙人干的。"

梁延敏道："渔翁手下现在不可能有这么多人，要有也是新四军刚派过来的人。"

裘风略一沉吟："会不会有其他可能？"

"其他可能？"梁延敏想了想，"这可就难说了。"

裘风启发道："你大胆设想一下？"

"给桑洪瑞上坟的那两个人不是被人救走了嘛，会不会……"

"哦。"片刻，裘风又道，"梁队长，这样吧，你负责善后工作，我先回去了。"

裘风去了佐藤惠那儿，简单地介绍了一下情况，道："幸亏梁延敏多了个心眼子，否则今晚可就死于非命了。这次梁延敏虽然幸免于难，可想要他性命的人会善罢甘休？显然不会。这对我们来说可就是个机会了。"

"那就精心做好梁延敏这篇文章吧。"

"那是肯定的。你认为今晚这事是谁干的？"

佐藤惠想了想道："前几天你去云龙山后山埋桑洪瑞，渔翁不是发了一个电报嘛，所以我感觉这事应该是新四军新派来的人干的，而并非梁延敏大胆设想的那样，是彭辉指使人干的。"

裘风仍然坚持梁延敏的观点，就道："如果冯骥是渔翁的话，彭辉和冯骥走得那么近，且彭辉又是郭世举的得意门生，或许郭世举已经通过冯骥和彭辉暗通款曲也未可知。"

"魏成栋不也是郭世举的学生？不也和冯骥打得火热？"

"他们三个虽然是铁哥们，可秉性大不相同。魏成栋过去可是干军统的，理论上那可是和共产党不共戴天的，手上是否沾满共产党的鲜血也未可知。所以，魏成栋不可能与郭世举有联系。我们不是认定魏秋红是军统嘛，要是魏成栋和魏秋红有染还差不多。"

"照你这么说，彭辉跟随冯骥成了共产党，魏成栋跟随魏秋红成了军统，那彭辉和魏秋红的关系岂不是微妙了？"

"魏秋红按说早该回重庆复命去了，怎么迟迟不走呢？不会是因为彭辉吧？”

“这几天我也在考虑这个问题呢，我认为因为彭辉的可能性不大。或许是军统把魏秋红他们留下来继续搞情报呢。”

“徐州绾毂南北，襟带苏鲁豫皖诸省，实为华北咽喉，华中要冲，京北门户，在此设立个情报站这不是不可能的。徐州以南又是新四军的地盘，说不定军统戴老板让魏秋红他们留下来，其中一个原因就是为了搞新四军的情报呢，国共的关系你又不是不知道。”

“今后我们可是有得忙乎了。”

“难道你不觉得好戏还在后面吗？在我看来，就像喝茶，才刚品出点味来呢。”

次日上午，船夫与黄献接头。

船夫不无遗憾地对黄献道：“昨天晚上你们猎杀梁延敏，死的是梁延敏的替身肖允烈。这也不怪你们，听说梁延敏和他姨表弟肖允烈像极了，而且保镖也是梁延敏的那两个保镖。”

黄献就愣在了那里：“我们没对梁延敏采取行动啊！”

船夫也愣在那儿了：“这是怎么回事啊？不会是老家人干的吧？”

“老家人不可能撇开渔翁单独行动，这或许是二号情报站失联的两个同志干的。”

“裘风当时在现场上却说：‘从这三个人的中弹点数可以断定，这应该是一伙人干的。’”

“这我就糊涂了。”

黄献回到茂源绸缎庄不一会儿，彭辉就过来了，与黄献打过招呼就随冯骥去后院了。彭辉刚进门就兴高采烈地道：“昨天晚上听到枪响了吗？”

“是你……”

彭辉点了点头：“我替郭世举老师清理门户了。”

冯骥摇了摇头：“死的是梁延敏的替身和梁延敏的两个保镖。”

彭辉的笑意僵在了脸上：“死的是梁延敏的替身？”

“梁延敏姨表弟肖允烈和他长得极像，梁延敏就用肖允烈当了替身。”

“这个梁延敏也真够卑鄙的。”彭辉一愣神，“你怎么知道得这么清楚？”

冯骥笑了笑：“这有什么奇怪的。我在市面上混这么多年了，三教九流，五行八作的人还是认识一些的。”冯骥说完拿茶叶和水杯泡茶。

“也是。梁延敏躲过了这一劫，肯定会成为惊弓之鸟的，岂不更加谨慎！”

“他谨慎管什么用，他又左右不了自己的命运，在佐藤惠和裘风眼里，他只不过是棋盘上的一枚棋子而已，为了把新四军情报站的人引出来一网打尽，能不拿他当诱饵！这虽然有风险，可也有机会不是！”

彭辉义无反顾地道：“不管佐藤惠和裘风拿不拿他当诱饵，他都死定了。”

冯骥把茶杯放在彭辉面前：“喝茶。”

彭辉呷了一口茶，然后叹了口气：“这几天秋红老是给我做工作，让我加入军统组织，我的耳朵都快起茧了。”

冯骥道：“你这样苦撑着也不是个办法，只要你是真心投奔新四军的，应付她一下又何妨？”

“本来我也是想应付她一下的，军统就军统，反正我只是挂个名，可又怕郭世举老师误会，又听她说军统徐州情报站其中一项任务是搞新四军的情报，所以我迟疑了。”

冯骥气愤地道：“现在国难当头，别管你是啥党派，有无党派，一致抗日才是大道理，把日本鬼子赶出中国才是大道理！搞新四军的情报？啥意思？难道新四军不是抗日的力量？兄弟阋墙还外御其侮呢，都到这个时候了还搞窝里斗，真乃国之不幸，百姓之不幸。”

彭辉没好气地道：“日本鬼子还没打跑，老蒋就考虑下一场战争了，真乃深谋远虑。”

“有句话叫多行不义必自毙。”

“那你说我还参加不参加军统？”

“如果我是郭世举老师，会让你参加的。知己知彼，百战不殆。”

这天晚上，是红玫瑰舞厅开业的日子。在这之前的两天里，刘喜子以他的名义发出了不少请柬，并在大街小巷张贴了许多广告。天刚黑下来，就涌来了不少对男男女女。裘风和佐藤惠自然要来捧场了，裘风做了简单的致辞，一阵鞭炮声后，舞厅里就流淌出舒缓的慢三步舞曲了。于是，一对对舞伴款款进入了舞池，伴着优美的旋律，相拥而舞，灯光闪闪烁烁，幽幽暗暗，扑朔迷离。

魏成栋和张亚菲也进入了舞池，可谓翩翩起舞。舞曲刚结束，裘风就鼓着掌来到了魏成栋和张亚菲的面前：“老同学，你和这位小姐可谓舞姿优美，动作娴熟，拔头筹了。”

魏成栋道：“老同学，过奖了，你和佐藤惠小姐那才是风度翩翩，天造地设的一对呢。”

这时候，佐藤惠过来了，笑眯眯地道：“魏局长，又在背后说我啥坏话了？”

魏成栋笑道：“你就是借我十个胆子，我也不敢在背后说你坏话，再者说了，你有啥不是可说的？”

佐藤惠笑道：“魏局长真是能言善辩，佩服！佩服！”

裘风道：“老同学，这位小姐是？”

魏成栋笑道：“裘科长真是处处不忘老本行啊！那我就满足一下你的好奇心，也省得你瞎折腾，她叫张亚菲，是我的女朋友，上海医科大学毕业，刚来徐州几天就被我安排到彭城医院上班了。还有什么不明白的，你可以继续发问，我保证有问必答。”

裘风就给了魏成栋一锤：“猪拱地瓜嘴好使，你小子说啥鬼话呢，你要不是我老同学，我才不管她是谁呢。既然你小子的女朋友来了，你看哪天我给她接接风吧？”

魏成栋喜笑颜开：“你裘大科长可是个大忙人，致力于中日友好亲善，我怎么好劳驾你呢。再说了，你小子口蜜腹剑的，我还是少和你打交道为妙。”

“魏成栋，我哪次骑你没下驴？我这可是好心被当成驴肝肺了。”

佐藤惠笑道：“你们两个老同学只管闹，可是忽略了我和张小姐的存在，不够绅士了吧？”

魏成栋笑道：“可不是嘛。张小姐，这位是佐藤惠小姐，特高课课长。”

张亚菲道：“很荣幸认识佐藤惠小姐，请多多关照。”

佐藤惠道：“不客气。走！我们喝酒去。”

四个人刚找个桌子坐下，刘喜子就过来了：“不好意思，怠慢四位了。我已经安排人上酒了。”刘喜子话音刚落，就有一个服务员用托盘托着五杯酒过来了。

刘喜子坐下：“魏局长，你的女朋友可真的是如花似玉啊，羡慕，羡慕。”

魏成栋笑道：“刘喜子，裘风的女朋友不漂亮吗？”

刘喜子连忙道：“当然漂亮了。可谓沉鱼落雁，闭月羞花。”

佐藤惠笑道：“中国古代四大美人传统上指西施为沉鱼，王昭君为落雁，貂蝉为闭月，杨贵妃为羞花，刘桑，我可哪个都比不上，就是在张小姐面前我也是自叹不如。”

张亚菲道："佐藤惠小姐，我可不敢当。我能从你身上感受到一种内在的坚强和冷傲，一种不可言说的精神，令人不得不为之油然而生出敬意。"

刘喜子道："成栋，彭辉和秋红，冯骥和林丽呢？"

魏成栋道："哦！是这样的，冯骥和林丽两个人不会跳舞也就没来，彭辉和秋红呢，秋红刚刚被解救出来，惊魂未定呢也就没来。不过呢，也都让我替随了份子钱。"

"改天我得弄个酒场谢谢他们四个人。来！咱们喝酒。"刘喜子说完就把酒杯端了起来，意在岔开话题。

魏成栋喝过酒，刚放下酒杯又一首舞曲就响起来了。一个妖冶的女子，舒展着水蛇腰，风情万种地在那唱《花好月圆》：

浮云散，明月照人来。
团圆美满，今朝醉，
清浅池塘，鸳鸯戏水。
红裳翠盖，并蒂莲开，
双双对对，恩恩爱爱。
……

佐藤惠看着魏成栋和张亚菲在那儿跳舞道："裘风，会看的看门道，不会看的看热闹。虽然魏成栋和张亚菲都是舞林高手，可你仔细看看，他们俩跳得默契吗？"

裘风叹了一口气："这不会又是一团迷雾吧？"

佐藤惠道："刘喜子，你挣点钱养家糊口我不反对，但你不能影响工作。知道吗？"

刘喜子点头哈腰："当然知道。没有你和裘科长罩着，我这舞厅也开不起来啊。"

佐藤惠道："知道就行，你忙吧，我和裘科长回去了。"

"那我送送你们俩。"

"不必了,你还是留下来照顾客人吧。"佐藤惠朝魏成栋的方向努了努嘴。

"我明白。"

佐藤惠和裘风走后，刘喜子就把佐藤惠的怀疑讲给了魏成栋。魏成栋好一会儿才道：“知道不，汇源粮栈改姓裘了。”

“是吗？”

“这还能骗人。我们要是晚觉悟一步，说不定这个舞厅会是他裘风的呢。”

“可不是嘛。”刘喜子恍然大悟。

“即便跟着别人出生入死，又能挣几个钱？想挣钱，想挣大钱还是自己当老板！”

“你这可是地地道道的硬道理，你就放心吧，我会把这个舞厅经营好的。”

挖出新四军二号和三号情报站，佐藤惠奖给辛玉奎二百块大洋。这年月，苏北的熟地价值十块大洋一亩，这些钱对一般老百姓而言可是个天文数字。可辛玉奎明白自己干的是提着脑袋过活的营生，心里仍然如十五个吊桶打水——七上八下的。这些天，他的警惕性不亚于一只阅历丰富的美丽银狐。

梁延敏虽然极少出门，即便出门也是贴身保镖不离身，结果还是差点死在新四军特工的刀下。这次侥幸脱逃，可下次还会有这么好的造化吗？辛玉奎心里比谁都明白，新四军特工也一定会追查三号情报站遭到破坏的起始原因。虽然他和佐藤惠是单线联络的，可是，破了这么大的一起案子，难免会走漏风声。听说渔翁麾下的新四军特工无孔不入，没准消息已传到新四军特工的耳朵里去了。若是这样，就是他长了十个脑袋也不够新四军特工砍的。闲棋冷子的姜唤新不明不白地死了，也让辛玉奎物伤其类，兔死狐悲，风声鹤唳。

三号情报站出事，梁延敏怕受处分，给桑洪瑞说是因为鹿大刚暴露造成的。虽然梁延敏咬死口给佐藤惠和裘风这样说，可他仍然担惊受怕。如果梁延敏给佐藤惠和裘风说了假话，而实际上已经把情况报告给了桑洪瑞，那就是想给他挖个坑，让新四军的特工埋了他。因为梁延敏走到现在这一步都是发展他为地下党造成的，能不恨他？出了这么大的事，时隔多日，桑洪瑞不可能不报告给渔翁。

佐藤惠之所以在他这儿设置埋伏，也间接说明在佐藤惠眼里，新四军特工会找到他这里来。而他又不敢给佐藤惠说一个不字，这就让他风声鹤唳，惶惶不可终日了。

秦大江和罗培新在辛玉奎的店铺对面小楼的二楼上租赁了一间房屋，

两个人轮流监视辛玉奎。三四天过去，他们俩就搞清楚辛玉奎店铺里埋伏着四个特高科的人。这四个人出去上厕所，或出去买饭，都是一个一个地单独出入，周围还有两处暗哨。这就让他们俩迟迟下不了手。

这天傍晚，秦大江道："这些天我一直在考虑一个问题，冯老板不承认他是渔翁，可如果你回忆回忆那天的整个过程，想不把他当渔翁都不行。"

"即便冯老板不是渔翁，那也是个进步人士。"

"可我认定他就是渔翁了。"

"虽然冯老板没承认他是渔翁，可也起到了渔翁的作用。要不是他提醒，说不定我们俩已经进了袭风在这里设下的圈套了呢。"

"还真说不定呢。"

这时起风了，且来势凶猛，一时间尘土飞扬，黑云压顶，一场暴风雨即将到来。英士街本来就不是主街，也到了吃晚饭的时候，哪里还有过往的行人！

秦大江发现那两处暗哨撤岗了，不一会儿又发现有两个埋伏的人结伴出去了，就感到机会来了。

这时，辛玉奎正要打烊，秦大江就进来了，问："有菜刀吗？"辛玉奎就拿出几把菜刀让秦大江挑选。秦大江一会儿摸摸这把刀，一会儿摸摸那把刀，迟迟没选中哪把。

正在这时，罗培新进来了，给秦大江使了一个眼色，秦大江飞起菜刀朝辛玉奎的脖子就是一刀，辛玉奎喷涌着鲜血倒下了。说此时那时快，罗培新也抄起了一把菜刀和秦大江一起冲进了里屋。两个特高科的人似乎听到了外面的动静，正要掏枪，就被秦大江和罗培新砍瓜切菜一般干掉了。两个人腰间又都多别了一把手枪，把血衣脱掉扔在一个角落里，出了店门，见无人发觉，关上店门，便扬长而去了。

风在混沌的雨夜里呼啸。

一个小时后，佐藤惠才得到辛玉奎死亡的消息，带人到了店铺里，问了问情况，掏出手枪就把剩下的那两个特高科的人干掉了。佐藤惠蓦然发现对面小楼二楼上有一扇窗户开着，就带人上去了。但见房间里有两张床，地下有两个碗，上面放着两双筷子，还有几个空酒瓶和满地的烟蒂。佐藤惠心里明白，这里就是那两个凶手的瞭望哨。的确，站在窗口，辛玉奎的店铺一览无余，而她布置的两个暗哨也在其视线之内。现在看来，是她忽略了这个点的存在。她让人把房东找来，问了问租房人的情况，就断定这两个凶手是秦大江和罗培新无疑了。

次日下午，彭辉路过茂源绸缎庄下车了。冯骥陪着彭辉去了后院小楼，彭辉喝着茶告诉冯骥昨天傍晚辛玉奎和两个特高科的人被暗杀，以及后来佐藤惠发雌威的事。冯骥道：“这应该是秦大江和罗培新干的。”

“看来这两个人挺有血性的，也很有智谋和胆识。”

“如果桑老板地下有知也能闭眼了。”

“听说佐藤惠和裘风撒开了一张大网，意在缉拿秦大江和罗培新。”

“那秦大江和罗培新可就危在旦夕了。怎么办？我们俩总不能见死不救吧？”

“他们俩可是郭老师的人，救当然要救了，可也得先找到他们俩啊！”

“如果找到他们俩了，就安排到保安大队吧。这也符合郝鹏举的扩军政策。”

“嗯。”

冯骥沉吟片刻：“听说你把秋红安排到保安处办公室了？”

彭辉解嘲一笑：“还不是被她缠得没办法！”

“你答应秋红加入军统了吗？”

“答应了。”彭辉懒洋洋地道。

“成栋现在应该知道张亚菲的底细了吧？”

“或许一开始就知道了。”

“也是，因为秋红的底细在那儿呢。我估计成栋加入军统也是迟早的事。”

“成栋鬼着呢，能不给自己找条后路？现在又有张亚菲的诱惑，这自然是一拍即合、顺理成章的事了。”

“也好。如此一来你们俩都甩掉了汉奸的帽子。”

彭辉的脸就有些不得色：“我啥时候是汉奸了？”

冯骥尴尬地笑了笑：“也是。我可以给你作证。”

“郭世举老师不是要我给他安排两个人嘛，我已经想好了两个位置。一个是干部教导团上尉书记官，另一个是干部教导团中尉文书。”

冯骥笑道：“你这干部教导团的副团长没白当。为了替郭世举老师谢谢你，我一会儿向饭店要几个菜，你叫上秋红、成栋和那个张亚菲，晚上我们几个喝点。7：00吧，早来我不一定有空陪你们。”

“那好吧。”彭辉说完就站起身走了。

送走彭辉，冯骥把林丽叫到小楼里：“刚才我叫彭辉通知他们几个7：00来家里吃饭，我们提前半个小时发报，你明白我的意思吗？”

林丽点了点头：“那你去写报文吧。”

6：30，林丽已安装好电台，戴上耳机就开始发报了。冯骥让黄献在店铺门口望风，自己却在店铺里喝茶。

这时，特高课反间谍机关又发现了那个不明身份的神秘电波，电台测向车很快就从一个秘密车库里出发了。佐藤惠和裘风带着一队人马紧跟在电台测向车后面，杀向了茂源绸缎庄方向。

6：55，魏成栋和张亚菲，彭辉和魏秋红四人刚进茂源绸缎庄，佐藤惠和裘风的人马就把茂源绸缎庄团团围住了。佐藤惠一挥手：“给我搜。”就有十几个人在刘喜子和花勇的带领下冲进了茂源绸缎庄。魏成栋见状：“佐藤惠小姐，裘科长，你们俩这是玩的哪一出？”

佐藤惠不苟言笑道：“魏局长，我们在执行公务，打扰了。但你必须配合！”

“配合，我肯定配合，就是让我参与都没问题。”魏成栋说得跟真的样。

“这次就不劳驾你了。”

彭辉大声道：“请问裘科长，你们在执行什么公务？”

裘风有种即将水落石出的兴奋，就大大咧咧地道：“我们刚刚监测到一个神秘的电波，这里就是我们锁定的位置。”

彭辉满脸狐疑：“你是说这里有人在发报？”

裘风带着几分调皮：“可以这么说。”

冯骥却神情自若地道：“成栋，你带裘风和刘喜子去里面搜查吧，我在这里陪佐藤惠小姐。”

魏成栋向裘风一挥手：“走吧裘大科长，还有刘副科长。”

“恭敬不如从命，那就走吧，老同学。”裘风就跟随魏成栋去了后面的小楼，但见林丽正围着围裙，手里还拿着一根葱走出厨房。林丽见裘风后面跟着一队人马过来就道：“裘风老同学，你带这么多人是来干什么的？不会是你们特高科闹饥荒了，来我这里蹭饭吃吧？”

裘风笑道：“林丽，真的没想到你心态还这么好。难能可贵。”

魏成栋阴阳怪气道：“特高科可是肥得流油，怎么会来这儿蹭饭呢。

是来搜查电台的，就是用来发报的那玩意儿。”

“裘风，家里有客人，我还得做饭，那就两便吧。”林丽说完就进厨房了。林丽也想冷嘲热讽裘风一阵，可她感觉于事无补，而激怒裘风也没啥好处。

魏成栋望着刘喜子道：“这里怎么会有电台呢，笑话！不会是有人别有用心吧？”

刘喜子听出了潜台词，但也只是一笑。见裘风脸一黑，一挥手，就带几个人上楼了。

有几个人分别去了一楼的储藏室和卧室。

魏成栋见茶几上已经摆好饭店送来的菜，就对刚进来的彭辉道：“彭辉，来陪我喝酒。”坐在沙发上就打开了酒瓶，呼呼啦啦倒了两杯酒。

彭辉坐在了魏成栋对面的沙发上，就默默地饮酒吃菜，表面上看似很平静，其实心里火急火燎。在他眼里，冯骥是新四军的地下党那是确定无疑的了，现在裘风带人来查电台，显然不是空穴来风，看来冯骥就是渔翁无疑了。但现在要考虑的问题是裘风万一查出来电台该怎么办？眼睁睁地看着冯骥和林丽被捕？

魏成栋见裘风在客厅里来回走动就道：“裘疯子，你小子晃来晃去的让我头晕，你就不能消停一会儿吗？”

裘风笑道：“你们俩吃喝，我给站岗放哨不好吗？”

魏成栋一脸不屑，道：“裘疯子，你出息了，除了会给老同学们添乱添堵你还会干什么？你站在这儿就不感到难为情吗？”

“端谁的碗服谁管，我相信这个道理你也懂。”裘风振振有词。

魏成栋笑道：“可我却感觉你这是在公报私仇！是不是每到阴天、下雨天身上的刀口就痒痒啊？”

裘风被激怒了，一手掐腰一手指着魏成栋道：“魏成栋，你这是啥意思？”

“裘疯子，你过去可是说过，什么‘山不转水转，我们几个老同学又转到一起了。过去，我们都年少轻狂，说动手就动手了，咱也别说谁吃亏谁赚便宜，现如今也都不在话下了，还是老同学间的友情为重。度尽劫波兄弟在，相逢一笑泯恩仇……’你说得都比唱得还好听，让我好一阵子感动，没想到你却是变本加厉地祸害老同学了。置之死地而后快。”

“魏成栋，你小子这是在满嘴喷粪，胡说八道……”

“裘疯子，过去你小子还给同学们留半个脸，现在可是彻底撕破了……”

这时，刘喜子带着几个上楼搜查的人下来了，报告说楼上没搜查到电台。

搜查一楼储藏室和卧室的几个人也出来报告说没搜查到电台。

林丽从厨房端着一盘炒菜出来：“裘风，刘喜子，还有厨房没搜查呢。”

裘风气急败坏地一挥手：“走！”

魏成栋道：“裘风，刘喜子，不送了，慢走哈。”

冯骥、魏秋红、张亚菲和黄献四人坐在沙发上，被两个持枪的特高科的人看守着，佐藤惠在看裘风的人翻箱倒柜。张亚菲道：“佐藤惠小姐，我昨天和前天晚上都去红玫瑰舞厅了，怎么没见你去啊？”

佐藤惠松松地道：“干我们这个差事的哪里像你活得这么轻松啊！”

“佐藤惠小姐，你们是来搜查电台的，我前脚刚到你后脚就跟过来了，你的人这样用枪口对着我，是不是有点城门失火殃及池鱼之嫌？”

魏秋红没好气道：“亚菲，你以为就你认识佐藤惠小姐？我和佐藤惠小姐还在一起吃过饭呢。搜查还能用多大会儿，你就别矫情了。”

佐藤惠笑道：“还是魏秋红小姐懂事。”

张亚菲道：“佐藤惠小姐，我想出去透透气可以吗？”

佐藤惠道：“你是谁啊？我们魏局长的女朋友，当然可以了。”

张亚菲笑道：“秋红你也出去透透气吧？”

魏秋红道：“我在这儿陪佐藤惠小姐说说话，就不陪你出去了。”

于是，张亚菲哼着小调出门了，但见门口有特高科的岗哨，不远处有一辆卡车，卡车的车篷顶有旋转的天线，就知道这是啥货色了——电台测向车。既然是出来透气的，就做几个扩胸运动吧。

佐藤惠见花勇带人在店铺里没有搜查出电台，又见裘风带人空手过来了，就有点不服气，亲自带人去了小楼。但见魏成栋和彭辉在那儿饮酒吃菜，就道：“两位倒是很自在啊！”

魏成栋和彭辉立马站起来。魏成栋道：“自在倒是谈不上，是不想给你们添乱。佐藤惠小姐，要不你也来两杯？”

“本人公务在身，就不便陪二位饮酒了，请见谅。”佐藤惠说完就带人上楼了，又是一阵翻箱倒柜，但依然没有找到电台。佐藤惠带人下楼后，又搜查了储藏室、厨房和卧室，依旧没有搜查到电台。这就奇怪了，电台藏在哪里呢？佐藤惠心里想。

这时，佐藤惠道：“裘风，沙发检查了吗？”

在彭辉看来如果茂源绸缎庄有电台的话，那就是藏在沙发里了，于是站了起来，黑着脸道：“佐藤惠小姐，我感觉你们不是来查电台的，是来找茬的，是来和我们过不去的。”

“彭处长，你这是什么意思？”

“我们不就是几个老同学，几个发小在这儿喝点小酒联络一下感情嘛，碍你们什么事了？”

“彭处长，我们是在执行公务，你难道看不出来吗？”

“我当然看出来了，可你却没有看出来，你被人利用了。”

“我被人利用了？笑话！我被谁利用了？”

“还能是谁，裘风呗。”

裘风厉声道：“你胡说八道。”

佐藤惠道：“裘风，你不要插言，我倒要听听我是如何被利用的。”

彭辉道：“佐藤惠小姐，你也知道，我、魏成栋、冯骥、林丽、魏秋红、裘风、刘喜子还有花勇都是沛县中学的同学，可因为魏成栋和裘风同时喜欢上了林丽，我们打起了群架，结果，裘风和刘喜子挨了魏成栋刀子。我和魏成栋远走他乡，冯骥滞留在徐州市在茂源绸缎庄当了伙计，而魏成栋家也被裘风的老爷子毁了半拉，魏成栋的老爷子还差点死在大牢里。按说这事过去这么多年了，裘风他也该心理平衡了，可是不，他一回到徐州就派刘喜子和花勇跟踪我和魏成栋，这事郝鹏举司令可以作证。而对魏秋红不仅仅是跟踪，还采取了绑架。这是不争的事实吧，全徐州市的人还有不知道这事的吗？同时，全徐州市里的人都知道你和裘风的关系，可是裘风他依然对林丽念念不忘，确切地说是旧情复燃，时不时地到这里来骚扰林丽一番。林丽，我说得对吗？”

裘风恼羞成怒，拔出手枪就对着彭辉的脑袋：“你他娘的再胡说八道，老子我枪毙了你。”

魏成栋瞬间拔出手枪指向了裘风的脑袋：“我看是你他娘的活腻歪了。”

佐藤惠断喝一声：“把枪都给我收起来。”

魏成栋见裘风收枪了，在手里打了个旋才收枪。

佐藤惠醋意大发道：“林丽，裘风他真的骚扰过你吗？”

林丽低着头装腔作势道：“我不敢说，怕裘……”

佐藤惠道：“有我在，你谁都不要怕，你说吧。”

“还是不说了吧，我和冯骥开这个店铺也不容易，谁都得罪不起……”林丽越说声音越低，一副饱受惊吓的样子。

魏成栋道：“佐藤惠小姐，我能替林丽说吗？”

佐藤惠点了点头。

魏成栋显然是受了彭辉的启发，变本加厉地说：“虽然林丽和冯骥结婚了，裘风也有你了，可裘风他仍想吃着碗里的看着锅里的，想把冯骥置于死地，从而达到霸占林丽的目的。真是狼子野心！”魏成栋说完还啐了裘风一口。

裘风怒不可遏，用手点着魏成栋、彭辉和林丽道：“你们三个是想搅浑这汪水是不？我告诉你们，这是不可能的！因为佐藤惠小姐不是三岁小孩，有分辨是非的能力。”

这时，有一个特高课的人过来了：“报告佐藤惠课长，太田中将要你马上过去。”

“好戏还在后面呢。”佐藤惠说完就走了。

此刻裘风心里明白，魏成栋、彭辉和林丽如此闹腾就是为了搅浑这汪水而阻止检查沙发，而如果能从沙发里搜查出来电台的话，那冯骥必死无疑，再收拾魏成栋和彭辉那就易如反掌了。而佐藤惠也就不会相信他们三个挑拨离间的妖言了。再者说了，开弓没有回头箭，成败在此一举。佐藤惠虽然走了，可他依然人多势众，想到这儿，裘风一挥手道：“给我检查沙发。”

魏成栋拔出手枪就对准了裘风的脑袋，恶狠狠地道：“你他娘的真活腻歪了？”

彭辉道：“裘风，你是不是觉得人多势众想欺负人？别忘了，我彭辉好歹也是苏淮特别区保安司令部保安处长，手下的人可是比你的多多了，我一个电话过去，要不了几分钟大队人马就会过来，你小子的这几个人还不够塞牙缝的呢。还不给我滚！”

这时，刘喜子道：“裘科长，我们回吧。”

裘风解嘲地笑了笑：“好！收队。”

魏成栋道：“滚快点。”

裘风拱手道：“后会有期。”说完就走了。

裘风带人撤走后，冯骥就把大门关上了，带着魏秋红和张亚菲去了后院的小楼。但见魏成栋和彭辉正坐在那儿吃喝，酒瓶子里的酒少了三四两，就笑道："任凭风浪起，稳坐钓鱼台。你们俩行啊。"

魏成栋笑道："这还不是用来戏弄裘风的。"

彭辉道："这个裘风可是一点人情味都没有了，算了，不提他了，大家快坐下吃饭吧。张小姐，你坐。"

冯骥却道："今晚我们打了一个胜仗，这桌菜呢，不但有佐藤惠的吐沫星子，也有裘风的，晦气！走！我们到庆合园饭庄庆贺一下去，我请客。成栋，你带张小姐先去，我和林丽在家收拾一下再坐彭辉的车去。"

彭辉立马嘻嘻哈哈地道："成栋，可是吃大户，多点几道硬菜哈！"

魏成栋笑着点了点头就带着张亚菲走了。

彭辉又对魏秋红道："我们到外面等着去。"等魏秋红先出去后，又和冯骥耳语道，"抓紧时间，佐藤惠和裘风别再杀个回马枪。"

第二十一章　危机四伏

张亚菲出了大门把魏秋红拉到一边耳语一阵才上车走了。彭辉和魏秋红就在车上等着了。

魏秋红道：“你怎么看今晚的事？”

彭辉揣着明白装糊涂：“啥事？”

“佐藤惠和裘风来这儿搜查电台的事啊。”

“哦！”彭辉轻描淡写地道，“是裘风来找茬的，刚才被成栋骂了一顿。”

“你感觉茂源绸缎庄里藏有电台吗？”

“我不是说了嘛，是裘风来找茬的。怎么可能有！”

“不见得！”魏秋红一副神秘的样子。

“你是说冯骥是某组织的人？”

“应该是地下党。”魏秋红一副蛮有把握的样子。

“你怎么不怀疑他是军统或中统的人？”

“肯定不是军统的人，看做派也不像中统的人。”

“就因为刚才佐藤惠和裘风带人来查电台？不是没查到电台嘛！”

魏秋红用手指了指：“刚才在那儿有一辆卡车，卡车的车篷顶有旋转的天线，那是电台测向车。里面装有收发报机，监听电台，测距仪，定向仪等。该车能根据电波发出的位置判断出其方向和与本车的大致距离。”

“难怪刚才裘风说刚刚监测到一个神秘的电波，这里就是锁定的位置。可是，不是没搜查到电台嘛，所以，你的推断是错误的，冯骥也就不可能是地下党了。”

“冯骥过去可是和郭世举老师走得很近。”

彭辉为了打消魏秋红的念头，笑道：“你那天还怀疑我和郭世举老师有联系呢。”

“是冯骥和林丽把电台藏得很隐蔽，还是茂源绸缎庄根本就没有电台？”

“当然是后者了。”

“要是刚才佐藤惠和裘风在这儿搜查出来电台，你该怎么办？”

“因为我坚信佐藤惠和裘风不可能搜查出来电台，所以当时就没考虑这个问题。”

“现在让你考虑这个问题呢？”

“只能是眼睁睁地看着冯骥和林丽被捕了。”彭辉这样说完，心里很不是滋味，好像被一把无形的刀戳了一下。

“这说明你成熟了。”继而，魏秋红又道，“我们得想办法搞掉电台测向车，否则……”

正在这时，宪兵队队长小林和裘风带着一队人马杀气腾腾地过来了，后面跟着好几辆摩托车和小轿车。彭辉见状下了车，讥笑道：“裘风，轻车熟路了？”

“这可就不能和你比了。”裘风说完就进茂源绸缎庄了。

彭辉和魏秋红想跟着进去，却被两个宪兵挡住了去路。急得彭辉一头大汗。

冯骥和林丽正准备外出，林丽见裘风带人闯进来了就道：“老同学，你这又是哪一出？”

“两位老同学，对不起！佐藤惠小姐让我们来检查一下这两个沙发，不得不来啊！魏成栋和张亚菲呢？”

“你是来检查沙发的，又不关他们俩啥事，就请吧。”

“也好！那就直奔主题吧。”裘风说完一挥手，就有几个人过来检查沙发了。

裘风又道：“怎么不在这儿吃了？”

“菜都让成栋倒掉了，还怎么吃？”

“为什么倒掉？”

“说饭菜里有你的吐沫星子，晦气。”林丽没好气地道。

裘风解嘲地笑了笑："你们这是去哪里？"

"民以食为天。这个点还能去哪里，饭店呗。"

沙发被弄了个稀巴烂也没搜查到电台，裘风又命人把小楼搜查了一遍，见依然没搜查到电台，只好无功而返。

林丽满脸不高兴道："裘风，你又得让我收拾半天。"

裘风拱了拱手："两位老同学，真的不好意思了。哪天我弄个酒场谢罪。"

林丽放狠话了："你最好别弄酒场，你一弄酒场，我和冯骥离上断头台就不远了。裘风，今后要杀要剐你随便，这也比你老同学长老同学短地叫着让人起鸡皮疙瘩好受。"

裘风一脸无奈："端谁的碗服谁管，这也是没办法的事。"

"理解，别说你今晚带人把我家抄了个底朝天，你就是刀架在我脖子上我也理解。"

"林丽，你也别冷嘲热讽了，这要是换了别人，肯定会把你们俩带到特高科审讯室里去的。"

"有道是进了特高科审讯室不死也得脱层皮。这么说我们俩该弄个酒场感激你了？"

"我也不弄酒场谢罪了，你们俩也别弄酒场感激我了，大家都忙，还是两便吧。"

"恭敬不如从命，那就听裘科长的吧。"

裘风出了大门，见彭辉和魏秋红在那儿站着，也没打招呼就上车走人了。回到办公室，就躺在沙发上了。这时，佐藤惠过来了："怎么还躺上了？"

裘风坐起来就一声叹息。

佐藤惠道："今晚去抄你初恋情人的家肯定很不是个滋味吧？"

裘风苦笑道："不是个滋味的应该是你吧？"

佐藤惠惊诧道："岂有此理！怎么会是我？"

"彭辉不是说你被我利用了嘛，不是说我依然对林丽念念不忘嘛，还什么旧情复燃嘛，还什么时不时地到茂源绸缎庄骚扰林丽一番嘛。你听了能是个滋味？"

"你到底去没去茂源绸缎庄骚扰过林丽？"佐藤惠一脸严肃。

"我又没吃豹子胆，怎么敢？再者，还有必要吗？"裘风也是一脸严肃。

"你有没有去茂源绸缎庄骚扰过林丽我没直接证据，但我也知道彭辉、林丽和魏成栋是为了搅浑当时的局面。”

“什么我对林丽旧情复燃了，什么我有想把冯骥置于死地而达到霸占林丽的目的，简直就是一派胡言。一旦查出冯骥是地下党的话，那林丽能脱了干系吗？你还不得把林丽置于死地而后快，而我还怎么霸占林丽？”

“得不到的永远在骚动，被偏爱的都有恃无恐。”

“或许你还不知道呢，刚才我和小林队长又去了一次茂源绸缎庄。”

“怎么回事？”

“你离开茂源绸缎庄后，我本来是想搜查那两个沙发的，可魏成栋拔出手枪就对准我的脑袋，恶狠狠地骂我活腻歪了。而彭辉说他是苏淮特别区保安司令部保安处长，手下的人可是比我的多多了，他说他一个电话过去，要不了几分钟大队人马就会过来，说我手下的那几个人还不够塞牙缝的呢。我只好收队了。可回来后，老感觉电台就藏在沙发里，你想啊！电台测向车离茂源绸缎庄越近，电波的信号就越强，茂源绸缎庄能没有电台吗？魏成栋和彭辉不是厉害吗？我只好叫上小林队长带人一起去了。沙发是检查了，可里面没有电台，你知道是怎么回事吗？”

“怎么回事？”

“是因为电台被转移走了。”

“冯骥和林丽会当着魏成栋和彭辉的面把电台转移走？”

“我和小林队长带人再次去茂源绸缎庄的时候，魏成栋和张亚菲已经不在了，而且，彭辉和魏秋红是在茂源绸缎庄的大门外，等着冯骥和林丽去哪个饭店吃饭呢。”

“这么说冯骥和林丽有个单独在一起的过程？”

裘风点了点头：“这就给了冯骥和林丽把电台转移走的机会。”

“本来他们几个是在茂源绸缎庄吃饭的，而且菜也都上桌了，怎么又改为去饭店吃饭了呢？看来茂源绸缎庄真有问题了。”

“那就把它监视起来吧。”

“最近我发现梁延敏整天猫在特高科里，连大门都不敢出，这怎么能行，必须让他动起来。这样吧，就让他带人去监视茂源绸缎庄。”

“渔翁一定在想方设法除掉梁延敏，而我们呢，也在想方设法除掉渔翁，那就让梁延敏当诱饵吧。舍不得孩子套不住狼！”

“这可是个不错的主意。那就精心做好梁延敏这篇文章吧。”

“嗯！我这就把梁延敏叫来，我们俩一起和他谈。”

“好的。”

梁延敏被叫来，佐藤惠道：“是这样的，我们怀疑茂源绸缎庄是湖西根据地的情报站，我和裘科长商量了一下，打算让你带人去暗中监视，你看怎么样？”

梁延敏只好道：“行。”

裘风巧言令色，说了句拉大锯的话：“你也该找两个贴身保镖了，你看李福顺和王联合合适吗？”

梁延敏想也没想：“合适。”因为在他看来，合适不合适都得说合适，自己的小命在人家手心里攥着呢，想活命就得乖巧。

“给你十个人，你拿个行动方案吧。”

“好的。”梁延敏的脸上透出一抹耐人寻味的笑意。

梁延敏离开后，佐藤惠道：“说是让他亲自抓这件事儿，那不过是表面文章而已，这还得你暗中掌控。刚才看他接受这个任务时有点勉强，想必他已悟出了其中的玄机。这就需要你派两个得力的干将，暗中监视他的一举一动，切勿让他因感到危险而逃匿了。”

裘风呷了一口茶：“他的上两个贴身保镖同时也是监视他的人。”

“你说他对这件事会是什么样的态度？”佐藤惠对这个问题很感兴趣，往前探了探身子，一副急于得到答案的表情。

老于世故的裘风字斟句酌地道：“不热不冷。”

佐藤惠一阵笑：“这可是一出好戏啊！”

梁延敏回到办公室，心情十分沉重。他心里很清楚，渔翁和佐藤惠、裘风都在帮他做噩梦。而他呢，犹如猛虎卧荒丘，只能蜷伏爪牙忍受。在他看来，叛变投敌只是暂时保住了性命，现在渔翁的人不是腾出手索命来了吗？即便把这伙地下党一网打尽，还会来第三伙第四伙的，不把他杀掉是决不会罢休的。新四军地下党能是他杀完的？即便他处处小心翼翼，如履薄冰，可谁知道哪会儿就被钻空子了呢？

不怕贼偷，就怕贼惦记。一个人哪里会是新四军地下组织的敌手呢！

看来他这条性命迟早是要交给渔翁的，渔翁在向他报仇的同时，也是为了杀一儆百，以儆效尤。这就是他必死无疑的宿命。仁者不以盛衰改节，义者不以存亡易心。想到这句话，追忆桑洪瑞的亡灵，他也就自认倒霉了。

更让他可悲的是，现在佐藤惠和裘风为了找到渔翁，居然拿他当诱饵投石问路了。

司马昭之心路人皆知。

还有谁能比他对这更敏感呢！

如果佐藤惠和裘风要投放诱饵的话，还有谁比他更合适呢，可谓投其所好，对症下药。想到这儿，他哑然失笑，继而泪水濡濡。这时，他用手抹了一把泪，念念有词：娘的！既然老子到了妗子不疼舅舅不爱的地步，何必在这儿苦撑着呢？何必在此坐以待毙呢？

三十六计走为上策！秉承“君子不立危墙之下”的古训，远走他乡，隐姓埋名。

他拿定了主意。

他很清楚，裘风对他一直放心不下，他原来的那两个贴身保镖无疑也是裘风的耳目。李福顺和王联合也不例外，怕他的一举一动也会在裘风的掌股之中，尤其在这个特殊的情况之下。因而，逃离徐州也就不是一件容易的事了。但不管有多大的困难，势在必行，求生的欲望无疑是人的本能。

渔翁能是容易找到的吗？佐藤惠和裘风折腾这么久了，其结果不过如此！本来他对是否能找到渔翁还有压力，想到这儿，他一身轻松。人生如戏，这戏码虽然在佐藤惠和裘风手上，可是呢，唱本却在他的心里。那就做做样子给佐藤惠和裘风看吧，如何趁机逃离徐州那才是根本呢。确也得做做样子，毕竟他的姨表弟是因他而死的，如果不拿出点“态度”来，招来别人的闲话事小，岂不让佐藤惠和裘风狐疑？到那时，就更难寻机逃离徐州了。那就挂羊头卖狗肉吧。娘的！不是拿老子当诱饵嘛！老子就故作愚钝，端出一副被重用而受宠若惊的样子去办案，尔虞我诈，没什么好讲的。想到刚才接受任务时的勉强表现，就有些汗颜，感觉自己还没修炼到处变不惊的老成地步。

可当想到辛玉奎被他挖的坑埋了，心里又有几分得意。

裘风带人走后，冯骥和林丽房间也懒得收拾，就上彭辉的轿车去庆合园饭庄了。

魏成栋见他们四个人进了房间，就抱怨道：“你们四个人真能拖拉，我和亚菲都等你们好半天了。”

彭辉坐下笑道：“给你们两个说悄悄话的机会不好吗？”

魏成栋一歪头："喊！好像我们两个没有说悄悄话的机会似的。"

冯骥道："张小姐，让你久等了，真的不好意思。不过，我们也是没办法，裘风带人二次去茂源绸缎庄抄家了。"

魏成栋愤恨道："他抄家还抄出瘾了？"

"我看裘风是想用莫须有的罪名把我和冯骥推到风口浪尖上，大有不把我和冯骥置于死地誓不罢休的味道。茂源绸缎庄素日的平静不在了。"林丽话中有话。

彭辉听出了林丽的弦外之意，也想帮村一把，也想改变魏秋红刚才的态度，就一唱一和道："裘风此举不是单独对付你们两口子的，是在向我们在座的几位挑战呢。"

魏成栋凶神恶煞："我看是他活腻了。"

张亚菲冷不丁来了一句："先下手为强，后下手遭殃。"

魏秋红只是乜斜了张亚菲一眼。

冯骥摇了摇头："这可使不得，一旦把裘风干掉了，那佐藤惠还不得发疯发狂？到那时我们几个怕是谁也别想有好日子过。裘风他不是没在我家查出来电台嘛，还能怎么着我和林丽！那就继续保持这个状态吧。有道是退一步海阔天空，忍一时风平浪静。容忍别人其实就是放过自己。大家吃饭吧。"

魏成栋偏偏啪的一声把筷子撂下了，满脸怒气："裘风可是骑在我们的脖子上拉屎了，是可忍孰不可忍。"

冯骥道："那你想怎样？"

"裘风不是气焰嚣张嘛，可我永远都不会在他那儿落下风。骑着毛驴看唱本，咱走着瞧。"魏成栋的话掷地有声。

冯骥明知挡不住魏成栋，可还是意味深长地轻叫了一声："成栋……"

魏成栋自然明白冯骥的意思，却用一种不耐烦的口吻道："你听我的还是我听你的？"

魏成栋掏出了撒手锏。

很久以前的一天，彭道远对魏洪烈说："如今要进身，光念私塾不行，这儿不过是打个国学底子。现在，新式教育业已盛行，由学堂毕业间作事者日渐增多。你等着吧，今后在外面混世可是需要有正规学校文凭的。成栋该去县立高级小学读书去了。"

魏洪烈苦笑道:“就他那泼皮,在我眼皮子底下都放心不下,若去了县城,还不得要了我的命!”

“不能因此耽误了他的好前程啊!”

“谁说不是呢。”魏洪烈一阵唏嘘,“可是愁死人了。”

“我倒有个办法,不知道可否?”彭道远小心翼翼地道。

魏洪烈是个急性子:“那你老快说啊!卖什么关子。”

“你能不能在魏楼建一所小学,这样成栋既不耽误学业,不又在你眼皮子底下了嘛!而且,周围村庄的子弟们岂不念你的好?”

魏洪烈大喜:“姜还是老的辣,是个好主意。修桥补路建设学校,这可是一件积德行善、得人心的事,我干!”

“天下事任劳非难,任重为难,任重而能持之以恒,则尤难。盖任劳而后可以作事,任重而后可以成事,任重而能持之以恒,始可以永久而不敝。呜呼难矣!”

魏洪烈点了点头:“先生的话,我记住了。”

魏洪烈是个雷厉风行的人物,更不是个守财奴,也想赚足十里八乡人的口碑,选好地址,说干就干,鸠众动工,不到两个月的时间,建造了两排十七间房子,外修墙垣以备不虞。不但办公室、教室很好,连厨房、餐厅、宿舍、图书馆、门卫室、厕所、花园、门楼都很像样,桌椅板凳均是由上好木料打就。门楼上“魏楼小学”四个大字是彭道远请当地著名书法家张敬斋所书,风骨遒劲,蔚为壮观。

很快远近的村民也都知道了,魏楼小学原来是大地主魏洪烈的儿子魏成栋调皮捣蛋捣出来的一所学校,也都佩服魏洪烈为了培养儿子的苦心造诣。

魏楼小学建成,魏洪烈请来了梆子剧团,上演的是《贵妃醉酒》。大幕拉开,锣鼓响起,青衣白莲花出场,只见她台风优美,扮相妩媚,嗓音圆润,唱腔婉转,自然赢得了不少喝彩声。

冯骥见魏成栋把巴掌拍得山响,就笑道:“成栋,你若把白莲花娶过来当媳妇,还不是想什么时候听戏,就什么时候听戏?”

魏成栋笑嘻嘻地道:“可不是嘛!”

冯骥笑道:“你敢上去抱她的腿吗?”

“我要是上去抱了,怎么个说法?”

冯骥信誓旦旦道：“从今往后，你让我干什么，我就干什么！”

“要是说话不算数呢？”

冯骥就用手做出了一个王八的动作。

“彭辉，你可作证？”

彭辉笑道：“我作证。”

魏成栋一拍大腿：“我这就去。”

魏成栋真的就去了台角，冷不防跑到台上就抱住了白莲花的一条腿。

白莲花对着魏成栋抬手要打，领班连忙呵止：“不能打，这是魏财主家的少爷。”

白莲花打既不能打，唱又不能唱，又见台下人哄堂大笑，愧怒交加，十分狼狈，扑通一下坐在台上大哭了起来。

魏成栋像是受到了惊吓，撇嘴大哭。

整个舞台算是被魏成栋戳翻了老鸹窝。

领班跑过来，一边哄魏成栋，一边劝白莲花，一边向观众解释道歉，忙得不可开交。

魏洪烈和彭道远在台下是挨边坐的，魏洪烈道：“彭叔，你上去把那混蛋给我拉下去，好好打他几板子，娘的！无法无天了。”

彭道远硬着头皮只好上台：“教不严，师之惰。我在这里向大伙道歉了。”把魏成栋拉下台，什么也不问，什么也不说，拿出戒尺，朝魏成栋的左手心就是三下。

魏成栋哭着又尿裤子了。

倒是彭道远束手无策了。恰逢魏成栋的娘李翠花过来，给彭道远说了声又给您老惹麻烦了，就领着魏成栋走了。彭道远摇了摇头，又去看戏了。

那白莲花下台后，说什么也不愿意再上台了。魏洪烈掏出一叠票子给了白莲花，白莲花这才补妆上台。

锣鼓又响起了……

海岛冰轮初转腾
见玉兔
玉兔又早东升
那冰轮离海岛

乾坤分外明

皓月当空

恰便似嫦娥下九重

清清冷落在广寒宫

……

冯骥尴尬地笑了笑:“听你的,听你的还不行嘛。不过……”冯骥欲言又止。

魏成栋目光凌厉,口吻生硬道:“不过什么?”

冯骥饮了一口酒,一种十分庄重的神态:“佐藤惠的存在是不可小觑的。你要想打败裘风,首先得学会维持双方的‘均势’,扮猪吃虎。否则,只会适得其反。”

彭辉也不想让魏成栋漫无目的地大开杀戒,道:“我认为冯骥说得有一定道理。是该采取一种屏气凝神的守势。”

魏成栋嘴角突然现出一抹神秘莫测的笑意,转瞬即逝。恰巧这一幕被冯骥看在了眼里,便知道自己嘴上抹石灰白说了,因为他太了解魏成栋那争强斗狠、誓死不服软的性格,就默默地低头喝了杯中酒。

次日吃过早饭,裘风把梁延敏叫到办公室:“行动方案拿出来了吗?”

“拿出来了。我去茂源绸缎庄踩了一次点,你看,这是茂源绸缎庄附近的草图,我准备在茂源绸缎庄斜对面这个位置,设一个两个人经营的铁器摊点,用来暗中监视茂源绸缎庄的人。铁器摊点后面是孙家小院,可以租下来,我带人就驻扎在里面,到时候,一旦铁器摊点发现情况,我们就能马上采取行动。另外,我将派四个弟兄游动在茂源绸缎庄两侧,以便随时参与行动。你看这个方案怎么样?”

裘风点了点头:“很不错,有了孙家小院既具隐蔽性又具灵活性,尤其是派了机动人员,应该更具杀伤力。除了李福顺和工联合做你的保镖,你再挑选八个人吧。”

“好的。我一会儿去把那个小院租下来,明天就入驻。”

“好的。为了配合你的行动,我已经让人把茂源绸缎庄的电话监控了起来……”

潜伏在特高科的船夫杨培山,也被梁延敏选中参与监视茂源绸缎庄的行动组了。他听梁延敏说茂源绸缎庄是湖西根据地的情报站,可在他看来,如果茂源绸缎庄是个情报站的话，也一定是新四军的情报站，因为他的单线联络人黄献就在茂源绸缎庄里当伙计。昨晚裘风带队去茂源绸缎庄搜查电台他也参与了，但他负责的是外围警戒。他也知道是因为电台测向车的出现，才去搜查茂源绸缎庄的。由此可见，茂源绸缎庄应该有电台，至于为什么没搜查出来，那就不得而知了。大概是隐藏得好吧。如果茂源绸缎庄是新四军的情报站，而又有电台，那茂源绸缎庄也一定是渔翁的所在地，那冯骥老板一定是渔翁。虽然他没和冯骥打过交道，但知道冯骥是茂源绸缎庄的老板。可现如今他知道了，冯骥就是他的老板，代号渔翁，就有了从陌生人到亲人的跨越。可是，茂源绸缎庄现在已经被特高科监控了起来，电话也被监控了。可渔翁还不知道茂源绸缎庄已是危机四伏，朝不保夕。他必须把情报尽快送给黄献，确保渔翁的安全。可临来的时候，裘风给他们开了一个会，要二十四小时盯住茂源绸缎庄，行动组的人不准离岗。

吃过中午饭不久，他就号叫着肚子疼，梁延敏是泥菩萨过江自身难保，这个时候才不愿意得罪谁呢，就让他去医院了。他稍微化装了一下就去了兴盛商店，摸起公用电话，用一种假音道：“是茂源绸缎庄吗？”

“是！你找哪位？”

“我上周预定的一百二十米白布到货了吗？”

“对不起，还没到货呢。”

“我可是急用呢。有点现货吗？我先用着。”

“对不起，没有。但我们会尽快想办法的。”

“那谢谢了。”

杨培山放下电话就去了接头地点。

黄献放下电话就离开了茂源绸缎庄，船夫可是要紧急约见呢。但他也知道，这次约见有一定的风险。果不其然，离开茂源绸缎庄不久，他就发现了尾巴，但很快被他甩掉了。到了接头的地点，杨培山已经在了。

接头完毕，杨培山就急急忙忙地回监视点了。梁延敏问他去了哪家医院看的，他说哪家医院也没去，半路上拉了一次就好了。梁延敏就道：“大家吃的是一样的饭，就你肚子娇气。”他只是笑了笑。正在这时，两个跟踪黄献的人回来了，说是跟丢了。梁延敏似乎大人有大量，说了句下次小心点就过去了。

此刻，花勇带人去了刚才杨培山打电话的兴盛商店，把打电话人的相貌问得水清。然后就去了梁延敏蹲点的地方，这才知道茂源绸缎庄的伙计黄献在接过电话后就出去了一趟，而且被自己的人跟丢了。

花勇回到特高科就给裘风做了汇报，裘风反复播放着杨培山和黄献的录音，越听越感到是在用暗语对话："你的判断是正确的，黄献应该是出去和那个往茂源绸缎庄打电话的人接头去了。"

"很可惜，黄献被跟丢了。"

"这更能说明黄献有问题。"裘风稍一沉吟又道，"看来茂源绸缎庄的老板，我们的老同学冯骥就是渔翁无疑了。"

花勇附和道："我看也是。"

"可我们现在还没有直接证据，一旦有了，哼！"裘风凶相毕露。

黄献辞别杨培山后，去了一家商行要了一单账才回茂源绸缎庄。冯骥在小楼里听完黄献的汇报就道："上午不是有两个人在我们店的斜对面摆了一个铁器摊点嘛，这早不摆晚不摆，偏偏是昨晚裘风带人搜查电台后摆上的，我就感觉有点不对劲，又见摆摊的那两个人在老是往我们这儿贼眉鼠眼，就知道是裘风的人了。让我没想到的是裘风居然派梁延敏带队过来监视我们，而且还租下了孙家小院，架势拉得不小啊。"

"看来裘风是和我们死磕上了。"

"那就让他死磕吧，我们呢，还和过去一样，就当对面没有铁器摊点，就当梁延敏没有躲在暗处，该干什么就干什么，让裘风瞎子点灯白费蜡。"

"好的。"

"你刚才不是被跟踪走脱了嘛，他们肯定还会跟踪你的，所以你就不能把电台藏在家里了。"

"昨天晚上，我从小楼后面拿走林丽绱下的电台，考虑到我是店里的一员，怕他们哪天也会抄我家，就放到我姐家了。"

"那我就放心了。"

黄献走后，冯骥就在小楼里踱来踱去了。昨晚他通过电台告诉郭世举，让彭辉安排两个人的事已经敲定，估计这三两天郭世举就会派员来茂源绸缎庄直接和他接头，可郭世举哪里知道茂源绸缎庄已经被监控起来。冯骥有一种不祥之感。

半下午的时候，冯骥骑自行车去彭辉那儿，后面就有了两个坐黄包车的尾巴。甩掉后面的尾巴应该不是个问题，可他感觉没必要，就径直去了保安处。

彭辉一边给冯骥倒茶一边道："是哪阵风把你吹来的？"

"秋风，也是裘风。茂源绸缎庄的电话被裘风监控了，我们就不能在电话里说事了，所以我亲自来告知你一声。"

彭辉讥笑："这个裘风还挺能折腾的。"

"梁延敏带队在茂源绸缎庄斜对面租下了孙家小院，还在路边摆了一个铁器摊点，可是要正儿八经地监视茂源绸缎庄了。"

彭辉疑惑道："你怎么知道得这么详细？"

"参与行动的人员当中有我的一个好朋友。在我来你这儿的路上还跟来了两个尾巴呢，估计现在还在大门口呢。"

"我要不要关照一下他们俩？"

"怎么关照？"

"拿他们俩当可疑人关起来。"

"没这个必要，就当是身后的影子吧。如果收拾了那两个人，屁股上坐了黄泥，不是屎也是屎了，岂不是引火上身！"

"梁延敏带队监视茂源绸缎庄，那好啊！我正愁没机会干掉他呢。"

"他们一共十一个人，其中包括我的那位好朋友。"

"可我也不知道哪位是你的好朋友啊。"

"所以你只能动梁延敏，其他人必须放过，以确保我那个好朋友的安全。"

彭辉笑道："明白了。"

"裘风是拿梁延敏当诱饵的，肯定会打埋伏的，你可要小心啊！"

彭辉沉思了片刻："这样吧，后天傍晚，你和黄献分别外出，把梁延敏的人引开几个，这样梁延敏身边就没有几个人了，我的人再伺机行动。这样或许就不会弄出太大的动静了。你看这样行吗？"

"你可要把裘风打埋伏的因素考虑进去。"冯骥再次提醒。

"当然。我会把周围的环境搞清楚的。"

"就用梁延敏的人头祭奠桑老板吧。"

"好的。"

这时，魏秋红一身戎装敲门进来了，见冯骥在就笑道："冯骥哥，哪阵风把你吹来了？"

冯骥笑道："秋红，你和彭辉可真是一对。"

"这话从何说起？"

"我刚进来时，彭辉也是这样问的。"

彭辉笑道："这是巧的爹碰巧的娘了。"

"你们俩的婚事啥时候办？等到奉子成婚？"

魏秋红道："确切地说是等到我们俩把这身衣服脱掉。"

冯骥道："我是路过这儿顺便上来看看的，你们忙吧，我回去了。"

彭辉道："我让人开车送你回去，让跟你来的那两个尾巴继续在大门口等你吧。"

冯骥笑了笑："正合我意。"

魏秋红道："冯骥哥，裘风派人跟踪你了？"

"是啊！他真无聊。"

魏秋红道："依我看，不如教训一下大门口的那两个小子，让裘风的人知道，谁跟踪你都没有好果子吃。"

"你就别给我添心思了，还是让人送我回去吧。"

送走冯骥，魏秋红问彭辉："冯骥真的是路过这儿顺便上来看看的吗？"

"这有什么可怀疑的吗？"

"我感觉你们俩有什么事在瞒着我。"

"我们俩能有什么事？神经兮兮的，我看你是犯职业病了。可能是他发现有人跟踪他后，要我帮他戏弄一下那两个尾巴才来这儿的。"

"也不知道怎么回事，我越看冯骥越像个地下党了。"魏秋红望了望窗外飘逸的云朵，幽幽地道。

"看来过去你和地下党没少打交道，手上沾过地下党的鲜血吗？"彭辉谈笑风生。

魏秋红满脸不高兴："现在可是国共合作共同抗战时期，你这样说是什么意思？"

彭辉笑道："我也就随口这么一说，你怎么就上纲上线了？那今后我还能和你说什么？"

魏秋红哼的一声出去后，彭辉就打电话把大队长王勤刚、中队长于保全、排长李新志叫来了，简明扼要地说明他们几个校园群殴的起因和结果后道："过去，我们都年少轻狂，说动手就动手了，谁吃亏谁赚便宜，现如今应该都不在话下了。可是，裘风却暗地里磨刀霍霍，想置我们几个于死地而后快。先是绑架了魏秋红，这又对冯骥下手了，以莫须有的罪名，昨晚带人突查了茂源绸缎庄，抄了个底朝天。今天又派了十几个人对茂源绸缎庄进行了监控。真是欺人太甚！”彭辉说完用拳头猛地捶了一下办公室，这下把兄弟们的火都激起来了。

王勤刚道：“彭处长，你打算怎么办吧，只要你一声令下，兄弟们上刀山下火海在所不辞。”

中队长于保全道：“就特高科那几十号人，还不够老子的保安中队塞牙缝的呢。”

排长李新志道：“我越看特高科那帮孙子越不顺眼，正愁没机会收拾他们呢，彭处长，你发话吧。”

彭辉道：“前段时间，不是有个叫梁延敏的从新四军徐州情报站反水投靠裘风了嘛，他现在成了裘风的侦缉队副队长，事事争当裘风的急先锋，就是他主动请缨带队折腾茂源绸缎庄的。娘的！他以为茂源绸缎庄好欺负呢，岂不知，哼！”

李新志道：“那就送他上西天吧。”

彭辉点了点头：“我现在要说的是，这次只对梁延敏下手，因为跟随梁延敏行动的人当中有我们潜伏在特高科里的一个弟兄，可我现在又不方便说是谁，别误伤了他。梁延敏已经在茂源绸缎庄斜对面的孙家小院安营扎寨了，还在路边摆了一个铁器摊点。我估计裘风还会在孙家小院附近设埋伏的。所以，在我们采取行动之前，务必搞清楚裘风在哪里设的埋伏。”

李新志道：“这个任务就交给我吧。”

“记住，后天傍晚采取行动。”

“没问题。”

“刀不磨生锈，水不流发臭。就当我们是练练兵吧。”

王勤刚、于保全和李新志走后，魏秋红就过来了。彭辉嘴角挂着一丝“料定”的笑容道：“魏秘书大驾光临，有何见教？”

魏秋红展眉一笑：“彭处长可是明知故问，揣着明白装糊涂了。”然后走到窗台前，把窗打开，“烟味太重了。”无异于提醒这不是一个人吸烟造成的。

“之前之所以迟迟不想让你来这儿当秘书，就是怕这事那事的让你操心。”彭辉在给魏秋红打马虎眼。

魏秋红坐下，跷着二郎腿：“行了你，废话少说，你让他们三个干什么来了？”

“也就是随便聊聊。”彭辉举起双手，攥着拳头，伸了一个懒腰。

“有李新志参与，我就知道要有什么行动了。”魏秋红目光如炬，逼着彭辉说出真情。彭辉只好把要对孙家小院采取行动的原因说了。

“刚才我说你和冯骥有什么事在瞒着我，你不但矢口否认，还说我神经兮兮地犯职业病。彭辉，你瞒我这事有什么意思吗？”魏秋红满脸的不快。

彭辉笑嘻嘻的：“我哪里知道这事也属于你操心的范畴？”

“你和冯骥还有多少事在瞒着我？”

彭辉绷紧了脸：“秋红，你这就过分了哈。”

“如果你这样认为的话，那我们就换一个话题。裘风监视茂源绸缎庄为什么动用这么大的人力呢？”

“解铃还须系铃人，你去问裘风吧。”

魏秋红换了一个姿态，笑道：“你的口风很严。”

“世上本无事，庸人自扰之。”

“你即将对裘风的人采取行动了都不算作个事，彭处长可是宰相肚里能撑船了。”

彭辉讪笑道：“小婿不才让你见笑了。”

魏秋红板着脸道：“如果夫妻同床异梦那就没有意思了。”

彭辉一副恭听佳人教诲的谦虚样子：“下不为例可好？”

魏秋红嘴角挂着笑意：“这还差不多。”脸色突然急转直下，“你不是说后天傍晚要对孙家小院采取行动嘛，那好，到时候我可要帮帮场子。”

“这里的人还用不完呢，要你帮什么场子？”

魏秋红直抒胸臆：“知道吗，我的胸口上一直压着一口恶气呢。”

“是因为裘风绑架过你？”

魏秋红点了点头。

第二十二章　兴师问罪

出了保安处的大门不一会儿，冯骥就下车了，然后步行回到了茂源绸缎庄。铁器摊上的人见冯骥回来了，就去禀告梁延敏。过了好大一会儿，不见跟踪冯骥的人回来，梁延敏就有点坐不住了："老梅和大刘这是怎么回事啊？不会出什么意外吧？"

李福顺叹了一口气："这可就不好说了。"

梁延敏皱着眉头道："你是说老梅和大刘两个人有去无回了？"

李福顺道："还真不好说。先是跟踪魏秋红的两个人挨揍，后是谢运来和王胡子被飞镖所杀，接着是我和王联合被抓进保安处的大牢，还被严刑拷打了一顿，差点把小命丢在那里，还被定性为军统的人。还有封新阳，在一个小巷子里被人抹了脖子。不信你问问王联合？"

王联合道："可不是嘛。要说我和李福顺还算幸运的呢。"

杨培山道："跟踪魏秋红没有好果子吃，跟踪冯骥也怕是凶多吉少。"

跟踪冯骥的老梅和大刘到了傍晚才回来。梁延敏问道："冯骥早就回店里了，你们俩是怎么回事？"

老梅纳闷道："冯骥进了保安处大院就再没见出来啊！"

杨培山幽幽地道："师公斗法小鬼吃亏。你们俩能活着回来就不错了。"

杨培山一句话让老梅不禁打了一个寒战："可不是嘛。"

梁延敏故意道："我们干的就是脑袋掖在裤腰带上的营生，不是杀人，就是被人杀。所以，是死是活听天由命吧，也没有什么好怕的。"

"今后大家小心点就是了。"杨培山表面上是在关心大家，其实是在煽动大家的恐惧情绪，也是想给自己制造更多外出的机会。

梁延敏投以赞许的目光：“培山兄弟说的是。”

吃过晚饭，梁延敏躺在床上突然灵光一闪：佐藤惠说茂源绸缎庄是湖西根据地的情报站，可他却感觉，茂源绸缎庄如果是个情报站的话，应该是新四军徐州情报站总站，而冯骥自然就是渔翁了。佐藤惠之所以这样移花接木，显然是别有用心，应该是怕自己有心理障碍。能没有心理障碍嘛！虽然他和冯骥从来没打过交道，可他毕竟曾是自己的老板啊！而且是个很不错的老板，若用两个字表达，那就是“佩服”。这么多年来，新四军徐州情报站在冯骥的领导之下，既没有过什么闪失，而且给新四军根据地提供了大量有价值的情报，至于什么发报机用的电池，什么印刷用的油墨，什么药品，什么布匹，那就不计其数了。想到布匹，梁延敏更加相信冯骥就是渔翁了。因为，徐州情报站给新四军根据地提供的布匹不但次数多，而且数量大。这是不搞布匹的人难以企及的。

可如今，佐藤惠和裘风却让他带人监视茂源绸缎庄，这不是往他伤口上撒盐嘛！自己叛变投敌虽然实属无奈，可毕竟把渔翁的脸抹黑，对不起渔翁了。即便渔翁要锄奸要除掉自己，难不成还要再做对不起渔翁的事嘛！

他更应该感谢渔翁，替自己除掉了老辛，让自己出了一口恶气。

下午，冯骥去保安处找彭辉，而且甩掉了他派去跟踪的人，这意味着什么呢？他过去好像听桑洪瑞酒后说过，特高科里潜伏着一个代号“船夫”的自己人。如果真如桑洪瑞所说，那现在自己躲在孙家小院监视茂源绸缎庄的事，渔翁也一定知道了。现在二号情报站和三号情报站已经毁于一旦，渔翁要采取行动，怕是力不从心了。可彭辉是冯骥的发小和老同学啊！两个人好得穿一条裤子还嫌肥，冯骥会不会借助彭辉的力量铲除自己呢？如果彭辉愿意帮冯骥这个忙的话，就算自己像猫一样有九条命也不够彭辉砍的。他表弟肖允烈和他过去的两个保镖可是被乱枪打死的，是一伙人所为，是不是彭辉的人可就难说了。李福顺和王联合这两个保镖，哼！

星星还是那些星星，月亮还是那个月亮，虽然这样的一个夜晚很稀松平常，可自己还能活多长呢？可谓死亡在即。早知如此，还不如死在裘风的刀下呢，也能青史留名。如果死在了渔翁的手下，那叫罪有应得，遗臭万年。

原本死是大不同的。

可摸摸自己的心口窝，却还是那样蓬勃有力地跳着。如此鲜活的生命，怎么能轻易随谁的心，如谁的意呢！

梁延敏近乎咬牙切齿：我必须活着，活着才是一条颠扑不破的硬道理！

这天吃过早饭，于保全和李新志来到了彭辉的办公室，李新志道：“彭处长，经过抵近侦查，我们发现孙家小院南面有一栋小楼，站在二楼的窗户下，可将孙家小院尽收眼底。裘风在那儿潜伏了七八个人，一旦孙家小院有情况，举枪就能射击，而且两三分钟就能进入孙家小院。”

彭辉笑道：“看来裘风是花了大心思了。”

于保全道：“魔高一尺，道高一丈，刚才我和新志商量了一下……”

彭辉听完于保全的计谋，就甩出了大拇指。

半下午时分，彭辉接到冯骥打来的电话，要他马上去茂源绸缎庄一趟。冯骥说得很轻松，没有一丝慌乱，可彭辉心里明白，一定不是小事。这时，魏秋红过来了：“你这要去哪里？”

“哦！到街上有点事。”

“啥事？我陪你去吧？”

彭辉笑道：“你是办公室的秘书，不是我的私人秘书。所以，你还是留在办公室吧。”

魏秋红哼的一声从鼻孔里喷出一股冷气：“可我是陪你上床的办公室秘书。”之后，啪的一声甩门走了。彭辉把轿车开到茂源绸缎庄门口停了下来，看看马路斜对面，还真有一个铁器铺在那儿呢。他进了茂源绸缎庄就随冯骥去后院了。

尾随而来的一辆轿车停在了不远处。

冯骥倒了两杯茶，等彭辉坐下就道：“刚才听几个客户说，梁延敏暴死在悦来酒家附近，还有跟随他的两个人，三个死尸已经被抬到特高科了。彭辉，我们不是说好晚上行动的吗？我不是给你说了嘛，跟随梁延敏的人当中有我的一个好朋友，万一……都急死我了。”

彭辉却慢吞吞地饮了一口茶：“我临来的时候，听执行晚上行动的排长李新志给我说，梁延敏在悦来酒家附近不知道被什么人刺杀了。至于你的好朋友是否做了陪葬我就不知道了。”

冯骥傻眼了，好一会儿才道：“这就奇怪了，这就奇怪了……”

“秋红听说我今天晚上要对孙家小院采取行动，还说要帮帮场子呢。这都省事了。”

“秋红要采取什么行动？”

“她好像对特高课的电台测向车很感兴趣。”

“秋红总令人刮目相看。不愧是巾帼英雄。”冯骥算是间接默认了魏秋红的行动。

彭辉却站了起来：“行了，不管是谁刺杀的梁延敏，也不管人家是出于什么目的，反正是梁延敏死了。只可惜，白瞎了我的中队长于保全和排长李新志的好计谋了。人算不如天算呐！”出了茂源绸缎庄，彭辉见马路斜对面的铁器铺正在收摊，笑了笑才上车。

临近中午的时候，梁延敏像想起来什么似的：“都忘了，前天下午冯骥去保安处的事和冯骥被跟丢的事，应该去给裘科长汇报一下。”

杨培山道：“可不是嘛。”想说梁队长你该亲自去，可没说出口。

梁延敏想让杨培山跟他去，可被杨培山婉拒了，只好叫上李福顺和王联合出门了。走在回特高科的路上，梁延敏毛骨悚然，老感觉四面八方有黑洞洞的枪口在对着他。李福顺和王联合也是提心吊胆。

到了特高科，梁延敏才舒了一口气。裘风听完梁延敏的汇报，就夸梁延敏警惕性高，给他提供了一个很有价值的情报。梁延敏本打算告诉裘风特高科里潜伏着一个代号为“船夫”的新四军徐州情报站地下党，可又不知道是谁，等于隔靴搔痒，估计也难改自己当诱饵的厄运，而万一让船夫知道了，岂不是更危险！想到这儿就没搭那口热气，缄默其口了。

裘风要留梁延敏一起吃午饭，梁延敏婉言谢绝了。出了警察局的大院不远，就是一条小巷子，有一幅幌子在飘扬——悦来酒家。

梁延敏道：“福顺，联合，到饭点了，你们看我们是回孙家小院吃呢，还是去悦来酒家解解馋？”

李福顺和王联合喜笑颜开，异口同声道：“当然是悦来酒家了。”

梁延敏爽口道：“走！我请客。”

三人进了悦来酒家，点了四凉两炒一大菜两瓶烧酒，就吃喝了起来。两瓶烧酒快喝完的时候，李福顺和王联合脸红脖子粗都有了醉意。这个时候梁延敏道：“我得出去尿一泡。”就摇摇晃晃地出了包间。他见李福顺和王联合都没跟出来，便疾步跑走了。

鳌鱼脱却金钩去，摆尾摇头再不来。

梁延敏穿街走巷，眼看着就要出城了，猛然间却被两个大汉挡住了去路。

其中一人厉声道：“梁副队长，你这急急忙忙地去哪里啊？”

梁延敏心中暗自叫苦，可还是笑脸相迎：“随便转转。”

“你这也叫转转？你好像比兔子跑得还快。”

梁延敏马上一副醉态：“这是哪里啊？出来尿泡尿怎么跑这里来了？悦来酒家呢？”

“走！我们俩带你回去。”那汉子说完，就一手抓着梁延敏的脖子，一手抓着梁延敏的手腕了。

“这太好了。我们走！”梁延敏故意走得踉踉跄跄，深一脚，浅一脚。

三个人到了悦来酒家，但见李福顺和王联合还在包间里说笑呢。蓦然间见梁延敏身后的两个大汉，顿时傻傻地站了起来。

一个大汉道：“梁副队长差点跑出城去，你们两个人是怎么当的保镖？”

李福顺点头哈腰：“对不起，我们俩错了。”

王联合道：“梁副队长，你这……这……这不是害我们俩嘛。”

梁延敏却吼了一嗓子：“老板，给我们这桌再上一瓶酒两个菜。人生难得几回醉，莫待醉后心已碎。”

一个大汉道：“梁副队长，你太客气了。你们三个人继续喝，我们俩还有公务在身就不奉陪了。临走小弟提醒梁副队长一句话：再乱跑小心丢了性命。再见！”

梁延敏低眉顺眼：“那是！那是！”

送走那两个大汉，梁延敏回到包间坐下，抓起酒瓶又要倒酒，却被李福顺夺了去：“梁副队长，要是再出现什么差错，我和联合可担当不起，我们回孙家小院吧。”

王联合附和道：“可不是嘛。你刚才要是跑丢了，我和福顺怕是要掉脑袋了。”

“好汉做事好汉当，我不连累你们俩。我再喝杯酒咱就回……”

李福顺就把酒瓶交给了梁延敏。梁延敏倒了一小碗酒，一饮而尽，之后大吼一声：“老板结账。”

王联合道：“梁科长，特高科的人在外面吃饭哪有结账的例子。你不会是……”

梁延敏手摆得如荷叶样，打断王联合的话：“人家的酒菜又不是大风刮来的，不给钱哪能行。”

梁延敏结过账，三个人打着饱嗝踉踉跄跄地出了门，没走多远，刚拐进一个空旷的巷子，就听身后传来极具穿透力的声音：“酒足饭饱好上路！”

梁延敏、李福顺和王联合几乎是同时驻足扭过来头，但见一个汉子相距四五步远，冷峻的脸上充满着杀机。三个人本能地要掏枪，可哪里还能来得及，三道寒光嗖嗖嗖地逼过来，直取咽喉，片刻三个人就都倒在了血泊之中。

那汉子压低了一下帽檐，扬长而去。

送走彭辉，林丽把冯骥叫到小楼里：“你还记得吗？跟踪秋红的谢运来和王胡子就是被飞镖所杀，今天梁延敏也是被飞镖所杀，我真的搞不懂这个杀手的来路了。”

冯骥道：“谢运来和王胡子被飞镖所杀，是因为他们俩跟踪了秋红，由此可以推断这个杀手是秋红的人，也有可能是成栋和彭辉的人。刚才彭辉来过，已经证实不是彭辉的人了。要说是秋红或成栋的人吧，可又没来由为我们锄奸。真是咄咄怪事。”

“或许那个杀手只是为了刺杀特高科的人，而歪打正着地帮我们锄奸了呢？”

冯骥灵光一闪，顿时如释重负：“我现在知道杀手是谁的人了。”

“谁的人？”

冯骥小声道：“魏成栋。”

“魏成栋？”林丽简直不敢相信自己的耳朵。

“那天傍晚，裘风不是来这儿搜查电台嘛，之后我们几个人不是去庆合园饭庄吃饭了嘛，我不是要成栋学会维持双方的‘均势’嘛，冯骥不是说我说得有一定的道理嘛，我发现成栋嘴角突然现出一抹神秘莫测的笑意，转瞬即逝。我就是从成栋的那一抹神秘莫测的笑意里破题的。”

“我当时也发现了，成栋笑得很诡异，也可以说是神秘莫测。不过，至于杀手是不是成栋的人，对我们来讲就没有多大的意义了。”

“这话可不能这样说，杀手要是成栋的人，成栋至少是在给我们打抱不平。或许是成栋在替我们锄奸呢。”

“成栋又不是我方人士，不大可能吧？”

“成栋又要和裘风对着干，又要为我们打抱不平，估计也怀疑我们的身份了，只是心照不宣罢了。于是，一不做二不休，干脆投其所好算了，梁延敏也就一命呜呼了。”

“成栋会来邀功请赏吗？”

“依成栋的性格，应该不会。”

林丽略带讽刺的口吻：“成栋成无名英雄了？”

“我和魏成栋、彭辉三个人可是过命的好兄弟，谁帮谁一把那还不是情理之中的事嘛！”

“过命的好兄弟？你不说，我差点忘了你们三个人和裘风、刘喜子、花勇三个人在沛县中学操场群殴的事了，我呸！一帮子臭流氓。”林丽转身去门市了。

冯骥只是原地解嘲地笑了笑。

此刻，裘风正在佐藤惠的办公室里踱步打圈子呢。此刻他强压怒火幽然道：“梁延敏就这样死了，却连新四军徐州情报站地下党的一根毫毛都没有碰到，又搭上了两名弟兄，真是赔了夫人又折兵。如此鲜活的诱饵啊！真是可惜了。”突然止步，“谢运来和王胡子被飞镖所杀，那是因为他们俩跟踪了魏秋红，由此可以推断这个杀手是魏秋红的人，也有可能是魏成栋的人。我为什么不说是彭辉的人呢，因为彭辉在我的印象中是个正直正派的人，是不可能养杀手的。可是，梁延敏也被飞镖所杀就让我想不明白了，因为梁延敏原是新四军徐州情报站的人，要说徐州情报站锄奸吧，也轮不到魏秋红和魏成栋啊！可梁延敏偏偏又被这个杀手的飞镖所杀。难不成这个杀手是徐州情报站的人？可徐州情报站的人会刺杀跟踪魏秋红的谢运来和王胡子吗？直觉告诉我，那是不可能的。地下党隐蔽那么深，会无事生非？冯骥更是个不显山不露水的人。那杀手是哪方人士呢？”

“会不会是个职业杀手，谁出钱就帮谁办事？”佐藤惠发话了。

“我父亲是被这个杀手刺杀的，谢运来和王胡子是被这个杀手刺杀的，钱老二也是被这个杀手刺杀的，梁延敏也是被这个杀手刺杀的，这四起刺杀事件似乎都与一个人有着千丝万缕的关系……”

“这个人是魏成栋吧？”

裘风一脸迷茫的样子：“你似乎认准是魏成栋了，但又抓不住他的把柄，触摸不到他的一鳞半爪，就像喉咙里哽着一根鱼刺，感觉得到但又摸不着。”

“是有点神龙见首不见尾的味道。那你打算怎么办？”

“魏成栋曾任军统上海法租界情报组组长，后兼任淞沪警备司令部侦察大队少校行动组组长。如果这个杀手是魏成栋的人，也一定是魏成栋从上海带来的特工。你能不能通过上海的梅机关，从变节的军统人员中调查一下，当年魏成栋身边有没有使用铸有‘涛’字飞镖的军统杀手？”

“这应该不是个问题。”

裘风一副凶神恶煞的样子：“父子天恩，我一定要替家父报仇雪恨。”

“魏秋红也应该在调查之列。其实，我们早该如此……”

就在这时，电话铃响了。裘风接完电话，道：“刚才，冯骥给彭辉打了一个电话，啥事没说，只是让彭辉马上去茂源绸缎庄一趟。彭辉就开车去了，但不一会儿就走了。这与梁延敏的死是不是有关系？”

“看来冯骥已经知道茂源绸缎庄的电话被监控了，至于彭辉这次去茂源绸缎庄是不是与梁延敏的死有无关系，那就不得而知了。”

“冯骥是如何知道茂源绸缎庄的电话被监控的呢？”

“特高课的监听组应该没有问题，或许特高科里有奸细呢。”

“这也难说。在这个乱世之秋，敌中有我，我中有敌，敌我难辨，笑脸背后有圈套，鲜花下面有陷阱，这都不是什么新鲜玩意儿。”

“在他们的阵营里有你的人吗？”

“还没有。因为我刚来徐州，就千头万绪地忙乎开了，这你知道。等我静下来，我会做这个方面的工作的。”裘风继而笑着道，“在他们的阵营里有你的人吗？”

“有！”佐藤惠回答得很干脆，丝毫不拖泥带水。

“可也没见发挥什么作用啊？”

“闲棋冷子。非重要情报，绝不染指。”

一阵沉默之后，裘风道：“冯骥是如何知道茂源绸缎庄的电话被监控的呢？我还真得好好地查查呢。不怕出山狼，就怕藏家鼠。”

彭辉回到办公室不一会儿，魏秋红就过来了，坐下后一副心事重重的样子。彭辉给魏秋红倒了一杯茶，然后比肩坐下：“刚才还好好的呢，这是怎么了？”

“刚才我听说特高科侦缉队副队长梁延敏和他的两个随从被谁暗杀在悦来酒家附近了，你听说了吗？”

“刚才听李新志说了。”

“听说那个梁延敏就是驻扎在孙家小院监视茂源绸缎庄的头头，也就是你今晚要采取行动刺杀的人。”

“对。”彭辉已感觉魏秋红是来兴师问罪的了。

“你不是说今晚行动嘛，怎么提前了？”

“梁延敏根本就不是我们的人刺杀的。”

“那是谁刺杀的？”

“我还在纳闷呢。”彭辉倒是说了句实话。

“梁延敏是被飞镖所杀，过去跟踪我的谢运来和王胡子也是被飞镖所杀，而且飞镖上都铸着一个‘涛’字。你说这个杀手是何方人士呢？”

“刺杀跟踪你的人，要么是你的人，要么是成栋的人，反正不是我的人。”

“我的人之中就没有使用飞镖的。”

“那就是成栋的人了。”

“梁延敏过去可是新四军徐州情报站的人，与我哥远日无怨，近日无仇，我哥为什么要刺杀他呢？”

“这我哪里知道。解铃还须系铃人，你去问成栋不就得了？”

“我倒是想问问你为什么要刺杀梁延敏呢？”魏秋红用一种颇为玩味的眼神看着彭辉。

“你八方鸣镝，四海摇旗，归根结底这才是你来我这儿的目的吧？”

魏秋红岔开话题，迂回作战：“那天冯骥来你办公室，我说你和冯骥有什么事在瞒着我，你不但矢口否认，还说我神经兮兮地犯职业病。不一会儿，王勤刚、于保全和李新志来你办公室，我问你他们三个人来干什么的，你说他们是来聊天的，在我的逼问下你才说要对孙家小院采取行动。我说如果夫妻同床异梦那就没有意思了。你当时说下不为例可好，听你这么一说，我当时还高兴得不得了。可是，半下午你要出去，我问你这要去哪里，你说到街上有点事。我问你啥事，你又不说，结果你去了茂源绸缎庄。我没说错吧？”

彭辉没好气地道：“你跟踪我了？”

魏秋红穷追不舍，又回到原来的话题：“你为什么要刺杀梁延敏？”

“那天不是给你说了嘛，我感觉裘风那小子欺人太甚，就想教训一下他。”

“这附和我哥的性格，但不附和你的性格。”

“那我是啥性格？”

“现在不讨论你是啥性格。你和冯骥肯定另有隐情。”

“另有隐情？你想当然了吧？”

“如果我没猜错的话，冯骥就是新四军徐州情报站站长渔翁，而你已经是渔翁的外围工作人员。徐州情报站的二号情报站和三号情报站惨遭破坏，冯骥想锄奸，却力不从心，而你重兵在握，想刺杀梁延敏，可谓不费吹灰之力。于是，冯骥那天来这儿找你了，也就有了对孙家小院采取行动的计划。”

彭辉笑了笑:“你何时变得如此富有形象力了？刮目相看，刮目相看了。”

“真相已经大白于天下，你还想抵赖吗？”魏秋红言之凿凿。

“既然你认定冯骥是新四军徐州情报站站长，那你为何不去佐藤惠和裘风那邀功请赏呢？”

“因为佐藤惠和裘风是国共的共同敌人。”

“我就奇怪了，你为什么这么关心冯骥是不是地下党呢？”

“你现在或许还是地下党的外围工作人员，或许过段时间你就是地下党的一员了。我曾经给你说过，一旦日本人被打跑了，国共合作的局面就会被彻底打破，就会兵戎相见。到那时，我们两个人该面临怎么样的选择呢？”

彭辉笑道：“政见不同私谊在嘛。”

“到时候，你就不会嘴角上扬，笑得这么开心了。或许不是你死就是我亡呢。”

“说得这么吓人干什么呢？你就不怕一语成谶了？”

“为了避免那一天，我才如此苦口婆心。”

“你用心良苦，我知道。不过呢，你的确想多了。你不要因为裘风去茂源绸缎庄查过电台，就顺势认为冯骥就是渔翁了，其实是风马牛不相及。我和冯骥之间的交往，与和成栋之间的交往没什么两样，亲兄热弟，能不交往过密嘛！所以，你没必要神经过敏。”彭辉说到这儿，把魏秋红揽在怀里，“至于你和我，只能是举案齐眉，闺女儿子一大群，白头偕老。”

魏秋红满是柔情蜜意：“养鸡养鸭呢，还闺女儿子一大群，你真敢想。”

“等把日本人打跑了，我们俩就解甲归田，从此倦鸟归林，养鸡养鸭养闺女儿子一大群，过世外桃源的小日子。至于国共合作的局面是否会打破，是否会兵戎相见，就都与我们无关了。你也不要担心我们俩什么不是你死就是我亡的了。”

魏秋红一脸严肃："自古华山一条道，进了军统的门，不干就丢魂。你以为是小孩子过家家呢？"

彭辉默默地回到办公桌，坐下，点燃了一支香烟，脸色凝重："这么说我是上了贼船了？"

"看你说得多难听。"魏秋红为了缓和一下沉闷的氛围道，"谢运来和王胡子被飞镖所杀，是因为他们俩跟踪了我，由此可以推断这个杀手不是我的人，就是我哥或你的人。现在梁延敏又被刺杀，裘风是不是该怀疑杀手是冯骥的人了？要是把我们的老同学裘风给活活地累死了，我们几个人可就罪莫大焉了。哈哈！"

魏秋红的笑声并没有改变彭辉低迷的情绪，不咸不淡道："梁延敏已死，我们今晚的行动自然就取消了，你呢？"

"如果不打掉电台测向车，今后还怎么和戴老板联系？"

"需要我配合吗？"

魏秋红蛮有信心地道："应该不需要。"

傍晚，魏秋红开车去了文亭街三十六号。陈川、高志典和刘传钦见魏秋红去了张亚菲的房间，就都过来了。魏秋红一脸严肃："都准备好了吗？"

张亚菲道："电台正常，拍发的内容也已经准备好了。"

"我和志典、传钦的伏击地点也选好了。"陈川说着掏出一张草图展开，手一指，"这是伏击地点，这是两条撤离路线，这是汇合的地方。"

魏秋红看了看草图："三者都选得不错。"

高志典道："电台测向车三四个手雷就够它喝一壶的了，可我们准备了九枚，防止有其他跟进的车辆。弹匣也都压得满满的。"

魏秋红一挥手："出发！"

五个人上了轿车，片刻就开往云龙山方向了。陈川、高志典和刘传钦到了伏击地点下车后，魏秋红就把轿车开到了云龙山下。张亚菲在车里架设好电台，接通电源，调整好波段，就给总部的电台发出呼叫信号了。

此刻，裘风和佐藤惠正在佐藤惠的办公室里密谈。这时电话铃响了，佐藤惠接过电话，片刻道："我知道了，你马上让电台测向车出发。"然后对裘风道，"有人在云龙山附近发报呢。我们跟电台测向车看看去吧？"

裘风却道："梁延敏下午被刺杀，这一定是渔翁在向我们的郭世举老师邀功请赏呢。我们俩兵分两路吧，你带人尾随电台测向车，我带人去茂源绸缎庄那儿守候。”

“这样更好。”佐藤惠说完就给宪兵队的小林队长打了一个电话。

等佐藤惠放下电话，裘风过来给特高科也打了一个电话，之后就急急忙忙地出去了。不一会儿，裘风就带着人马去了茂源绸缎庄，把两辆轿车分别停在茂源绸缎庄两侧的巷口里，严阵以待。

杨培山道：“裘科长，过去我们经常和特高课的人联合行动，最近几次都是我们特高科的人单打独斗的，怎么不见特高课的人影了？”

“特高课的人都外出执行一项特殊使命去了。”

“如果让我猜……”杨培山话说到半截，是想看看裘风的态度。

裘风饶有兴致地道：“你猜猜我看看。”

“特高课的人是去新四军驻地刺探情报了，然后军方根据各方面的情报制定一个行动计划，再取个响亮的名字，离大扫荡的日子也就不远了。这又不是第一次了。”

就在这时，一个黑影战战兢兢地来到了茂源绸缎庄的大门口，四下看了看，刚要去敲茂源绸缎庄的大门，蓦然发现三个黑影飞快地跑过来，就拼命往回跑，但没跑多远就被那三个人逮住，五花大绑塞进了裘风的轿车里。

就在这时，远处接连响起了爆炸声和一阵枪响，但见裘风无动于衷，杨培山道：“裘科长，这是怎么回事？”

裘风懒洋洋地道：“刚才电台测向车监测到有人在云龙山下发报呢，佐藤惠小姐就带人过去了，看来是交火了。”

“我们要不要过去增援一下？”

“佐藤惠小姐的人估计还用不完呢，我们就在这儿守株待兔吧。”裘风心情好，有问必答。能不心情好嘛，眼看着冯骥就要原形毕露了，不但心情好，而且还有点激动呢。

“我明白了，在云龙山下发报的是茂源绸缎庄的人，如果不被佐藤惠小姐拿下，就会上我们的套入我们的网。”

裘风点了点头：“算你小子聪明。”

在伏击地点的高志典忽见电台测向车过来了，就有点激动和兴奋，又见后面跟来了两辆卡车，就问身旁的陈川：“这下不好玩了，怎么办？”

陈川道：“什么怎么办？不打阻击，秋红和亚菲就会有危险。”

高志典道：“我不是这个意思，我是问怎么打？”

陈川道：“你还想和后面车上的人对打？炸掉电台测向车，我们就撤。”

刘传钦道：“你们俩炸电台测向车，我炸后面的那辆车。”

三个人刚合计好，电台测向车转眼就来到了跟前，陈川一声“打！”，就有几枚手雷砸到了电台测向车上，电台测向车也就趴窝了，且血肉横飞。

此刻，刘传钦甩开膀子，使劲把三枚手雷投向了电台测向车后面的那辆卡车，随着爆炸声，那辆卡车趴窝、起火了。

陈川见从那辆卡车上有人跳下来了，一声撤，三个人就拔腿开溜了。但有嗖嗖的子弹从头顶掠过。在一个巷子里，陈川见有鬼子追上来了，就道：“迭次撤退。”

三个人打枪的打枪，跑的跑，在一个曲里拐弯的小胡同里交替着撤退，不一会儿就到了汇合的地方。此时，魏秋红和张亚菲已经在那儿等候了，三个人上了车，魏秋红就把车开走了。

张亚菲坐在副驾驶的位置上扭头关切地问：“伙计们，没伤着吧？”

陈川道：“我没事。”

刘传钦道：“我也没事。”

“我也没……我的肩膀疼。”高志典一摸肩膀，黏糊糊的，就道，“我的肩膀受伤了，娘的，光顾着跑了，连疼都没感觉到。”

张亚菲道：“也只能回去给你包扎了，你先按住吧。”

魏秋红道：“任务完成得怎么样？”

陈川道：“不但电台测向车被我们炸趴窝了，电台测向车后面的一辆卡车也被炸趴窝了。至于死了多少人，那就不知道了。”

魏秋红道：“新四军徐州情报站的叛徒梁延敏，今天下午不知道被谁用飞镖除掉了，佐藤惠那娘们一定以为我们是新四军徐州情报站的人在给上司报喜呢。特高课的电台测向车被我们炸了，佐藤惠那娘们一定以为这是新四军情报站的人干的，就会把仇恨记在他们身上。想到这儿，就感觉此举极其耐人寻味。”

佐藤惠是坐在最后一辆卡车的副驾驶位置上的，虽然没有受伤，但看到电台测向车被炸得粉碎，前面的卡车被炸趴窝了，而且死伤了十几个人，居然连人家的一根毫毛都没有碰到，自然是怒火万丈高，可也没地方撒气去，只能寄希望裘风有所斩获了。

裘风等了一个多小时也没等来冯骥，也想着突审到手的猎物，就把监视茂源绸缎庄的任务交给另一个车上的花勇，开车回特高科了。

特高科审讯室。

猎物被捆绑在了十字木架上。

裘风坐在椅子上，跷着二郎腿，抽着烟，声音慢吞吞地道："这位先生，你叫什么名字？"

"杜谦。"受审者回答得很勉强。

"哦！原来是杜先生。头次见面就以这种方式招待你，真的不好意思了。不过，这也叫缘分，你说是吗？"裘风想从受审着的状态中做出某种判断。

杜谦喘了口粗气，骂咧咧地道："奶奶的，今天我倒霉死了。"

"倒霉死了，怎么回事？"裘风表现得很有耐心，大有想促膝谈心的架势。

"我操他奶奶的，本打算进城找点活干，挣点钱养家糊口的，今天下午刚进城，身上的一块银圆就不知道啥时候被人偷走了，这咋吃饭睡觉了？真他奶奶的急死个人，没办法，也只能去偷了。可咱哪里做过贼啊！就害怕得不得了，走路都能抖掉虱子。这刚到了一个大门口吧，就被你们给逮着了，人家偷鸡不成也就折把米，我却进了大牢，你说他奶奶的倒霉不倒霉？"

"人家那可是大门，你能进得去？"

"要是那户人家只是把大门严上的呢？"

"你碰见过这样的好事？"

"不怕你笑话，还真遇到过这样的好事呢。那是个他奶奶的夏天，半下午的光景，我去本村的五哥家借把斧头，五哥是个木匠，经常在外面揽活干，十天半个月回一次家。我见他家门没上锁，就推门进去了。你说咋了？五嫂正光着个屁股擦澡呢。那个时候俺还没娶婆娘，哪里见过这般光景，上去就把五嫂抱住了，五嫂先是一惊，接着就说，你等俺擦好。我放下五嫂就去栓门了。嘿嘿！"

"你可真有艳福。我们还是谈正事吧，要是那户人家在里面把大门拴上了或锁上了呢？"

"要是推不开，那只能是另换一家了。奶奶的，人还能让尿憋死。"

"看你穿戴是个挺斯文的人，听你讲话吧，是个粗鲁的汉子。在我看来，你其实是个挺斯文的人，粗鲁是你刻意伪装的。你想用粗鲁装饰偷，再用偷掩饰你去茂源绸缎庄的真实目的。既然你的伎俩已经被识破，还是从实招来吧。"

“我就是想去那家顺点东西，想吃饱饭，想睡好觉，这不是真实目的吗？你说我穿戴挺斯文的，我的个奶奶来，我这不是进城嘛，要是穿得邋里邋遢的，谁家还给活干？”受审者一副可怜兮兮的样子。

“杜先生，你还是先看看这里的刑具再回答我的问题吧。”

杜谦看了看墙上挂着的刑具，再看看铁锅里的木炭火正旺，烙铁已经被烧得通红，就浑身筛糠了，一副可怜兮兮的样子：“老总，我身上可是有良民证的，说的也句句是实话，说错一句天打五雷轰。”

裘风也斜了一个行刑者：“马不吊不肥，人不打不招。还愣着干什么，先让他品尝一下皮鞭的味道。”

行刑者李玉柱便对杜谦抽起来了皮鞭，就有了鬼哭狼嚎声。

裘风见杜谦已是遍体鳞伤就叫停了：“杜先生，你是不是去茂源绸缎庄和冯老板接头的？”

杜谦有气无力地道：“什么冯老板马老板的，我都不认识。我要认识一个老板，也不会被你们抓这里来了。接头？接头干什么？”

“装，你继续装，看你还能装多久。”说到这儿，裘风站了起来，慢腾腾地走到铁锅前，缓缓地拿起烙铁，把嘴上叼着的香烟燃着，就走到了杜谦的面前，“一旦这把烙铁贴到你的胸口上，随着吱吱的声音，就会有腥臭的烟雾飘出来，你想不想体验一下？”

杜谦痛苦地摇了摇头。

“我再问你一句，你是不是去和茂源绸缎庄的冯老板接头的？”裘风见杜谦再次摇了摇头，就把烙铁烙在了杜谦的胸口上，杜谦马上就是一声撕心裂肺的号叫，之后就昏死了过去。

裘风放下烙铁：“用水把他浇醒。”

李玉柱就往杜谦的身上泼了一盆水，杜谦就慢慢地苏醒了过来。

“趁我们吃饭的工夫，你好好考虑考虑招还是不招吧。”裘风说完就出去了，就有两个行刑者跟了出去。杨培山蹲下系鞋带就慢了几步，回头对杜谦低声道：“你很聪明，说自己是小偷。”

杜谦眼珠一转，立马读解了杨培山话里渗透出来的信号，有气无力地道：“人生自古谁无死，留取丹心照汗青。”这哪里是粗鲁人说出来的话，显然是斯文人释放出来的悲壮情怀，“恳请您帮我解脱了吧，与其置身于这种残酷的炼狱，还不如一死了之呢！”杜谦的声音游丝般微弱。

杨培山摇了摇头走掉了。

杨培山出了门，见心直口快的李玉柱在等他呢，就煽风点火道："这个小偷真他妈的是个倒霉蛋，居然撞到我们的枪口上了。"

"人要是点子背了，喝口凉水都塞牙。倒是害得我们狗咬尿泡瞎欢喜了一阵。奶奶的！"

第二十三章　里应外合

“报告。”杜宪民和苏兴权站在了淮北区党委城工部徐州市工委书记郭世举的办公室门口。

“请进。”郭世举见是杜宪民和苏兴权，就道，“你们俩来得挺快的。”

“报告郭书记，接到您的通知我和宪民就过来了。”

“好！好！请坐。”郭世举起身招呼两个人坐下，然后提瓶倒水。

杜宪民道：“郭书记，有什么工作您就直接安排吧，别这么客气。”

“我这儿只有白开水招待人，若不给你们俩倒杯水的话，可就没有点人情味了。”

三人坐定，郭世举道：“是这样的，前期我们为了策反苏淮特别区保安司令部保安处长彭辉，已经通过徐州情报站站长冯骥同志做了一定的工作，收效还是不错的。但彭辉的未婚妻是个死心塌地的军统特工，这就需要我们继续做彭辉的工作，防止彭辉滑到国民党那边去。为了玉成此事，组织上决定派两名同志到彭辉身边工作，经过再三考虑筛选，认为你们这两个同志政治思想觉悟高，自身素质好，党性强，有能力完成这项光荣而艰巨的任务。今天请你们俩过来，是想征求一下意见的。”

杜宪民站了起来，敬礼后道：“报告郭书记，谢谢组织上对我的信任，我愿意。”

苏兴权也站了起来，敬礼后道：“报告郭书记，谢谢组织上对我的信任，我愿意。”

“好！好！你们俩请坐。”等杜宪民和苏兴权坐下后，郭世举道，“彭辉是我的学生，彭辉的未婚妻魏秋红、徐州警察局局长魏成栋、特高科科长裘风，特高科副科长刘喜子、特高科侦缉队队长花勇，还有茂源绸缎庄的老板冯骥，以及冯骥的妻子林丽都是我的学生，正应了中国神话，一龙生九子，九子各不同。让你们俩见笑了。哈哈！”

杜宪民道：“这也很正常。龙蛇一窝，杂乱不辨，一声雷动，登天的登天，入地的入地，各显其形呗。”

“你们俩一旦去了徐州,那就是我们新四军的地下党了,也叫特工。记住，你们俩所代表的不仅仅是你们俩的个人和家庭，还代表着我们新四军的全体官兵，我希望你们俩，勇于做一个敢向死亡挑战的人，耐得住孤独和痛苦，不辱使命，在看不见的战线上，胜利完成党和组织交给你们的光荣而艰巨的任务。”

杜宪民立马站了起来，声音洪亮：“请郭书记放心，我一定不辜负党组织多年的培养，经得起生与死的考验，做一个顶天立地的英雄，而不是狗熊。”

苏兴权也站了起来，敬礼之后：“请郭书记放心，我宁死不弯腰，誓死捍卫新四军的荣誉。”

“这我就放心了。”郭世举示意他们两个坐下后，语重心长地道，“在敌占区工作，环境恶劣，人际关系错综复杂，敌情瞬息万变，稍微不注意，没准就会酿成大祸。这就需要你们俩不仅要有不怕牺牲的硬骨头精神，也要学会保护好自己，注意安全，注意隐蔽，时刻不忘警惕性，事事小心谨慎，慎言敏行。同时，还要学会取舍藏拙。”

杜宪民和苏兴权点了点头。

郭世举又道：“我之所以让你们和冯骥同志直接接触，一是一号情报站的同志在家养病呢，二是出于对你们俩的绝对信任。冯骥同志是位经久考验、富有斗争经验的老地下党了，为徐州情报站的建设殚思揭虑，历尽艰辛，立下了汗马功劳，给新四军根据地提供了大量有价值的情报和物资。徐州情报站对我们新四军来说，可是个宝贝疙瘩，不可或缺，也不能有丝毫闪失。”

杜宪民道：“谨记郭书记的教诲，我们定不辱使命。”

次日一早，杜宪民和苏兴权就踏上了徐州之旅。进了徐州城，已是傍晚，两人又累又饿，本打算第二天上午去茂源绸缎庄和冯骥接头的，可杜宪民腰包里的路费不见了，以致吃饭和睡觉都成了问题，万般无奈，这才决定去和冯骥接头的。因不了解茂源绸缎庄现在的情况，为了谨慎起见，只有杜宪民一个人去。两个人约定，如果杜宪民一个小时之内回不来，那就是出事了，苏兴权当从速撤离。万没想到，因魏秋红对电台测向车采取行动，误导了裘风，造成了杜宪民被捕。真是城门失火，殃及池鱼了。

苏兴权看看时间，杜宪民已经去了整整一个小时，马上就撤离了。但也没走太远，依稀还能够看到刚才离开地方的情况。又一个小时过去了，仍不见杜宪民的人影，毫无疑问，杜宪民确乎出事了。这十有八九是因茂源绸缎庄出事造成的，而自己在徐州城里又是两眼一抹黑，该当如何呢？当下摆在自己面前的只有两条路可走，一条是哪来的回哪去，虽然这样最安全，可连杜宪民是个啥情况都没搞清楚就回去，又感觉不是那么回事，于心不忍。另一条路就是明天去茂源绸缎庄那儿看看情况，但此举无异于飞蛾投火，厝火积薪。

是走是留，他真的拿捏不准了。即便是走，今天晚上也走不了了，于是，找一个草垛就躺下了，虽然饿着，但比杜宪民要幸运得多。

裘风回到办公室就让人去伙房催饭了，然后才给佐藤惠打电话，佐藤惠正在办公室里舔伤，听说抓了一个去茂源绸缎庄和冯骥接头的人，马上起身过来了。李玉柱出去买烟回来，在警察局的大门口碰见了佐藤惠，就道："佐藤惠小姐，这么晚了，你这是？"

"听说你们抓到了一个去茂源绸缎庄和冯骥接头的人，过来看看。"

"哪里是和冯骥接头的人啊！就是一个倒霉蛋小偷，点子背，撞到我们的枪口上了。"

佐藤惠的心顿时凉了半截："走，带我去审讯室里看看。"路过裘风的办公室也没进去。到了审讯室，但见奄奄一息的杜谦已被皮鞭抽得遍体鳞伤，胸口上的烙铁印还在滴血水呢，佐藤惠仍不善罢甘休，拿起皮鞭沾着凉水，猛地就给了杜谦一皮鞭，杜谦一声惨叫后，就又昏死了过去。一盆凉水浇身，杜谦又苏醒了。

裘风正在办公室等佐藤惠过来吃饭，忽听审讯室里一声惨叫，就跑过来了。见是佐藤惠手里拎着个皮鞭，这才放下心来。

杨培山正在伙房吃饭，撂下饭碗也跑过来了。

佐藤惠在杜谦面前挥舞着皮鞭，凶神恶煞地道："说，你去茂源绸缎庄找冯骥干什么？”言外之意是受审者去茂源绸缎庄的目的是为了找冯骥。

杜谦断断续续地道：“我……是去……偷东西的……”

“你和冯骥认识多久了？”佐藤惠仍然不依不饶，在引诱受审者说和冯骥的关系。

“我……头次来……徐州，两眼……一……抹黑。”

“你是来和茂源绸缎庄的老板冯骥接头的啊！”

“接啥头……你们……是想……让我……死……就别再……扯了。”

这时，杨培山道：“这家伙要么是铁了心的不交代，要么就他妈的是个小偷。”杨培山是在提醒佐藤惠，这个家伙就是个小偷，也是在给佐藤惠设置台阶。

“那就先把他扔到监狱里去吧，过段时间再说。”佐藤惠借坡下驴，扔下皮鞭，转身走了。

次日，天刚蒙蒙亮，苏兴权怕引起谁无端的猜疑，就及早地爬起来了，还把沾在身上的草收拾干净了。因断定杜宪民出事了，肚子咕咕叫了一夜，又因睡在草窝里，几乎一夜没合眼，就显得十分疲倦，无精打采的样子。离一般商铺开门还得好长时间呢，就只能是胡乱转悠了。虽然饥肠辘辘，碰到几家卖早点的，依然拉不下脸来去讨吃的。

见太阳树梢子高，大部分商铺都开门营业了，这才敢去茂源绸缎庄。

在他看来，要么是冯骥被捕了，要么是冯骥叛变了，如果是前者，那到茂源绸缎庄自然就见不到冯骥了，郭书记把冯骥都捧上天了，会叛变吗？经过一个晚上的思虑，他还是决定去茂源绸缎庄碰碰运气，即便是九死一生，也算不虚此行了。如果遇见冯骥，就对暗号，否则就开溜。他拿定了主意！

离茂源绸缎庄还有一段距离，他就开始观察周围的情况，见没有可疑的地方，又见茂源绸缎庄已经开门营业了，就直接进去了。

就冯骥和黄献两个人在。黄献见来了客人，就问道：“先生，你需要点什么？”

郭世举给苏兴权和杜宪民交代过冯骥的长相，于是，苏兴权一眼就看出来那个坐在沙发上饮茶的男人就是冯骥了。于是道：“你这儿有杭州产的鱼白色丝绸吗？”

冯骥立马就把警觉的目光投向了客人。

黄献道：“对不起！缺货有两个多月了。不！应该是有三个多月了。”

苏兴权质问道：“那为什么不进货？”

“主要是销量小，所以也没当回事。”

“萝卜白菜各有所爱，销量小也不能断货啊。”

“你说得有道理，晚些时日我们就进货。”

暗号对上，苏兴权就有些激动。

这时，冯骥站了起来：“请跟我来。”就径直地去后院了。苏兴权紧跟其后。

林丽刚吃完最后一口饭，正准备收拾桌子上的残羹剩羹呢，见冯骥后面跟来一个陌生人，点了点头就要收拾桌子。苏兴权眼睛直勾勾地盯着所剩寥寥的早餐道：“我从昨天中午到现在水米还没打牙呢，前胸都贴到后脊梁了。我能不能……”苏兴权依然目不转睛。

正拿着水瓶准备给苏兴权倒水的冯骥道：“林丽，快去做饭。”

“您稍等，马上就好。”林丽说完就去厨房了。

苏兴权却坐下吃了起来：“真是大丈夫万死敢当，一饿难挨啊！”

冯骥望着狼吞虎咽的客人道：“怎么过来的只有你一个人？”

苏文东放下碗筷就把事情的来龙去脉讲了一遍。

此刻，林丽把做好的早餐端了过来，苏文东却没食欲了，坐在那儿唉声叹气。

“只要杜宪民同志是被特高科的人抓去的，很快就会有消息的。”冯骥见苏文东愣在那儿不吃饭，就道，“人是铁饭是钢，你先吃饭。”

等苏文东吃过饭，冯骥道：“这样吧，我先把你的工作安排好，有了工作也就有了安身之地。至于杜宪民同志的事，你就不要问了，我会想办法解决的。至于今后我们之间如何联络，那是今后的事。你现阶段就做个闲棋冷子吧。”和彭辉打了一个电话之后，从口袋里掏出一叠钞票：“我这个地方已经被特高科盯上了，杜宪民同志出事大概就因为这个原因，所以不是久留之地，你这就去彭城茶馆五号房间等候，会有人去找你的。记住，不见不散。”

苏文东点了点头就出去了。

苏文东进茂源绸缎庄大概有四五分钟后，花勇就让一个手下也去了茂源绸缎庄。见苏文东不在店铺里，就回去报告了。当苏文东出来后，花勇就让两个手下跟上了。苏文东已经感觉到有两个人在跟踪他了，可几次想甩都没甩掉，就有些着急。这时，李新志跑到了两个跟踪者的前面，相向而来，一肩膀就把前面的高个撞倒了。那家伙爬起来就气冲冲地道：“你他娘的瞎眼了？”

李新志掐腰道：“你他娘的才瞎眼呢，你走这么快去抢孝帽子呢？”

矮个过来对高个道：“算了，算了，正事要紧。”

“回来老子再给你算账。”高个说完就要走，却被李新志飞起一脚踢倒了，“你他娘的是谁老子？”这下激怒了高个，爬起来就和李新志打了起来。矮个见苏文东已经逃之夭夭，就迁怒于李新志，挥拳便打。但这两个人哪里是李新志的对手，不一会儿就都被打得七荤八素，躺在地上不动弹了。

李新志整整衣衫，扬长而去。

彭辉随冯骥进了小楼就道：“你或许还不知道吧，刚刚从你这出去的一个男子被人跟踪了。”

冯骥愣了片刻才道：“是吗？”

彭辉坐下，跷着二郎腿：“不过你放心，我已经让人跟过去了。”

冯骥一边给彭辉倒茶，一边道：“郭世举老师派来的两个人，一个叫杜宪民，昨天晚上他来找我，到现在音信皆无，估计被特高科监视我的人抓去了。你刚才见的叫苏文东，我本打算是让你从这儿把他接走的，又怕被特高科的人发现给你惹麻烦，这才让他去彭城茶馆等候的。”

“如何搭救杜宪民？”

“我还没想好呢。”

“夜长梦多，这事拖延不得。你现在安然无恙，说明他现在还没有叛变。老虎凳、皮鞭、电击等，这种对肉体及意志的摧残，让人求生不得，求死不能，不是谁都能经受得了的。”

“谁说不是呢。”

“昨天晚上听到枪声和爆炸声了吗？”

“当然听到了，是怎么回事？”

“秋红把特高课的电台测向车报销了。”

“这可是个不错的消息。”

彭辉笑了笑：“是啊！可是惠及八方了。”

在佐藤惠的办公室里，裘风踱来踱去，情绪极其低落：“本以为昨天晚上在云龙山下是渔翁在向郭世举邀功请赏呢，可冯骥和林丽都没出门，电台测向车却遭到了毁灭性的袭击，这显然是个阴谋，意在摧毁电台测向车。虽然在茂源绸缎庄门口抓到了一个可疑分子，可又没审出个所以然来。刚才一个男人去了茂源绸缎庄，可又没在店铺里面，显然是去了后院，半个多小时后才出来，花勇派了两个人去跟踪，却被人揍了一顿。之前冯骥给彭辉打了一个电话，也就是让彭辉过来一下。不一会儿，彭辉就过来了，和被跟踪的那个人几乎是前脚出后脚进。我现在不明白的是，是谁摧毁了电台测向车？又是谁打了我的人？还有那个叫杜谦的人真的是小偷吗？”

佐藤惠想了想道：“据说袭击电台测向车的是三个男人，一个是矮个，一个是大块头，还有一个是瘦高个，个个训练有素……”

裘风抢过话来：“一个是矮个一个是大块头？你还记得吗，在汪先生要来徐州之前，有两个曾经在晚上去过河清公寓的人，也是一个是矮个一个是大块头，如此巧合说明了什么？”

佐藤惠为之一振：“你怀疑他们是魏秋红的人？”

“在我看来，即便冯骥想打掉电台测向车，即便他手下又添新丁了，他也没这个魄力。是魏秋红的人袭击的电台车测向车确定无疑了。”

“杜谦昨天晚上去茂源绸缎庄接头，却撞到你的枪口上了，以至于接头失败，而刚才去茂源绸缎庄的人属于前仆后继。这也就是说，杜谦根本就不是小偷。”

“那就是说那个打我手下的人，仍然是杜谦的同伙？”

“或许是彭辉的人呢。被跟踪的那个人不是前脚出茂源绸缎庄，彭辉后脚就进了茂源绸缎庄的嘛，这就有了交叉，当彭辉发现那个人被跟踪后，就让他的手下下车尾随过去了。”

“如果我们的判断正确的话，冯骥这个时候打电话叫彭辉去茂源绸缎庄，说明彭辉与去茂源绸缎庄接头的两个人有关系。那接下来我们该怎么办呢？”

“没有直接证据，彭辉的身份在那儿呢，只能是凉拌了。不过，如果杜谦是和冯骥一伙的，那冯骥能不搭救杜谦？估计冯骥刚才让彭辉过去，或许就是商量这事的。这对我们来说，杜谦就成了诱饵。做好这篇文章，或许直接证据就出来了。到那时，才是我们痛下杀手的时候。”

裘风冷笑道：“你让我想起了守株待兔的故事。”

“如果特高科里有内鬼的话，他们指定会里应外合采取行动的，所以，不管是谁涉及杜谦的问题，也不管是谁要靠近杜谦，你都要多问几个为什么。也就是你不能放过任何细节，任何蛛丝马迹，内紧外松，牢牢把握控制权，确保此次钓鱼行动大获全胜。”

“是啊！细节决定胜败。”裘风略一沉吟，“我突然想起来一件事，那天晚上我带人去茂源绸缎庄搜查电台，头次去因为魏成栋没能搜查小楼里的沙发，当我和小林队长再次去茂源绸缎庄搜查沙发时，魏成栋和张亚菲不在了，彭辉和魏秋红在门口呢，伙计黄献也不在了。而沙发里面啥也没有了。我敢说，就是在那个空当里，冯骥把电台转移走了。冯骥是不可能让魏成栋用车带走的，因为有张亚菲在。冯骥也不可能放在彭辉的车里，因为有魏秋红在。只有一种可能，电台是被黄献转移走的。”

佐藤惠道：“你这个判断很有道理，可为时已晚。”

“亡羊补牢，犹未为晚，或许电台仍然在黄献家呢。”

佐藤惠倒了两杯红酒，递给裘风一杯：“祝你好运。”

晚上，魏成栋和张亚菲去了红玫瑰舞厅。两个人跳了几支舞，就找了个座位坐下了。刘喜子见状，连忙过来，并让服务员送来了一瓶酒和三个杯子。魏成栋呷了一口酒道：“我看生意还不错，刘老板经营有方啊。”

刘喜子道：“不是我经营有方，关键是你经常来这儿，谁还敢来捣乱！自然跳舞的就越来越多了。”

魏成栋道：“亚菲，知道不，我们的刘喜子同学就是嘴甜。所以裘风很喜欢跟他玩。”

张亚菲只是笑了笑。

刘喜子笑道：“亚菲，知道不，我们的魏成栋同学就是嘴损。所以裘风很喜欢跟他玩。”

张亚菲抿嘴一笑：“你们两个老同学开玩笑，我不参与。”

刘喜子抿了一口酒道：“我可不是开玩笑哈。”

魏成栋哦了一声，算是在等待下文。

“我们特高科侦缉队的副队长梁延敏昨天下午在悦来酒家附近被刺杀了，你们听说了吗？”

“别忘了，我可是徐州市警察局局长，下面设有分局，分局下面设有片警，所以，还有什么事能瞒住我？”

“这倒是，这倒是。不过呢……”刘喜子端起了酒杯。

“有话就说，有屁就放。给我卖什么关子？”

“甭说死一个梁延敏，就是死两个梁延敏也无所谓，可是呢，梁延敏是被飞镖刺杀的，这在裘风那儿，我估计问题就来了。”

“原来是你估计的啊，我以为是裘风有什么问题呢。”

“我和裘风相处这么久了，肯定比你更了解他。我能想到的问题，他肯定也想到了。”

“这我相信。”

“谢运来和王胡子被飞镖所杀，是因为他们俩跟踪了魏秋红，裘风会怀疑谁干的，我想你应该清楚。梁延敏被飞镖所杀，是因为梁延敏在带队监视茂源绸缎庄，裘风又会怀疑谁干的，我想你也清楚。这两起凶杀案应该都是一个人所为，因为所用飞镖上都铸有一个‘涛’字。而且，”刘喜子的眼睛有些狡黠，一瞬不瞬地盯着魏成栋的眼睛，“而且，之前裘风的父亲也是被这个铸有‘涛’字的飞镖所刺杀。一旦裘风把这三起凶杀案联系起来……”刘喜子说到这儿，戛然而止。

“你是这样认为的，你相信裘风也会这样认为对吗？”

“我这样提醒你，你不会认为我有什么恶意吧？”

“裘风若怀疑那个杀手是我的人，我也能够理解，因为这三起凶杀案似乎都与我有着千丝万缕的联系，那就让裘风对我痛下杀手好了。”刘喜子是善意提醒，还是来搞火力侦察的呢？魏成栋思考着这个问题故意站了起来。

张亚菲见魏成栋拉出要走的架势，也站了起来：“希望裘风能尽快把那个杀手缉拿归案，因为那种没有直接证据的猜疑会惹麻烦的。”魏成栋的话很硬气，张亚菲的话里依然夹着骨头。

刘喜子一把把魏成栋拉住坐下，笑道：“你怎么还是过去的吊脾气呢？”然后对张亚菲道，“张小姐，你也坐下吧。”

张亚菲坐下后道：“刘老板，依你之见，裘风会怎么对付魏局长？”

“裘风怀疑杀手是魏局长的人，那是显而易见的，可是，他手里没有直接证据，也只能是磨刀霍霍。”

张亚菲一针见血：“刘老板，你这是在麻痹魏局长，也是在误导魏局长。”

“张小姐，你这话我可就承担不起了。”

魏成栋道：“喜子，既然裘风怀疑杀手是我的人，就会认定杀手是我从上海带来的，就会派人去上海调查。其实，也用不着这么麻烦，只要佐藤惠小姐往梅机关打个电话就可以了。”

“魏局长一语道破天机，想不让我佩服都不行。来！我们干一杯。”

魏成栋饮过酒，态度极其诚恳：“喜子，我拜托你一件事如何？”

“只要兄弟我能办到的，在所不辞。”

“你把我们三个人刚才的谈话内容，一字不漏地告诉给裘风如何？”

刘喜子嘻嘻哈哈道:“有点意思,有点意思哈。难怪裘风屡屡败在你手下，我领教了。”

魏成栋放慢语速，几乎是一字一顿地道：“确切地说，我只是不怕裘风罢了。”

这个时候，杨培山从警察局大院里溜了出来，拐了几道弯确定无人跟踪了才去黄献家。黄献两口子刚放下饭碗，黄献的老婆见杨培山过来了，收拾一下桌子就去厨房了。杨培山端着黄献给他倒的茶水就把杜谦被捕的前前后后说了一遍。

黄献道：“和杜谦同志一同从根据地过来的还有一个同志，杜谦被捕的事，今天一早我就知道了。渔翁正在想办法搭救杜谦同志呢。我感觉，你对杜谦同志的暗示很有必要。”

“需要我做点什么呢？”

“渔翁还没发话，需要你的时候，我再联系你吧。”

“还有一件事，听裘风的口风，特高课的人好像都去根据地搞情报了，或许不久就会有次大扫荡。”

“你这个情报很重要。”

“要是没啥事，那我回去了。”

杨培山刚离开黄献家不远，就发现裘风带人杀进了黄献家，便是一身冷汗。是去抓黄献还是去黄献家搜查什么？想到裘风曾经带人去茂源绸缎庄搜查过电台，估计裘风去黄献家也是搜查电台去的。杨培山难免要为黄献捏把汗。

杨培山刚回到特高科不一会儿，裘风就带人回来了，见黄献没被抓来，又把心直口快的李玉柱拉到一边问了问情况，一颗悬着的心才落下来。

次日早上，冯骥坐在小楼里的沙发上，对黄献道：“幸亏你多了个心眼，否则，我们多年经营的徐州情报站就毁于一旦了，后果可想而知。”

“船夫可是前脚刚走,裘风后脚就过来了,好险啊!”黄献依然惊魂未定。

“可不是嘛。鉴于目前的情况,你和船夫的联系理应中断。可是,离开船夫,杜宪民同志在牢房的情况我们就不得而知,没有里应外合,那搭救可就困难多了。虽然佐藤惠相信船夫的话,把杜宪民同志打入牢房不再审讯了,可我怕裘风拿杜宪民同志做文章,而暴露了船夫。”

“可不是嘛,裘风可是惯于下套的。”

“估计杜宪民同志已被折腾得半死不活了,还是等他恢复一下身体再实施搭救吧。”

这个时候,在裘风的办公室里,裘风假惺惺地对刘喜子道:“说真的,我还真没把魏成栋和杀手联系起来,倒是魏成栋此地无银三百两,不打自招了。”

裘风心里明白,聪明的人往往会把自己置身在怀疑圈内,这样反而让人产生错觉。看来魏成栋深谙此道,就是别有用心地想让自己产生错觉,从而改变自己调查他和那个杀手的初衷而蒙混过关,简直是痴心妄想。可是,自己一方面想让刘喜子亲密接触魏成栋,摸到他的死穴,让他死无葬身之地。但对刘喜子又不得不防,在这个风雨飘摇、动荡的时局里,生怕刘喜子身在曹营心在汉,或脚踏两只船,而坏了自己的事。刘喜子有点滑头,这是他知道的。

刘喜子不动声色道:“当时是我出于旁敲侧击、火力侦察的目的,才提醒他的,并不是他主动谈及此事的。他给我的感觉就是依然霸道,依然没把我们当回事。”

裘风口吐一口冷气:“他依然霸道,他依然没把我们当回事,我认为这是好事,而不是坏事。刚愎自用的结果就是出错,给人可乘之机。我一旦抓到了他的辫子,搂到了他的后腰,看我如何收拾他。”

刘喜子咬牙切齿道:“我身上的刀口,阴天下雨的时候还隐隐作痛呢。”

“君子报仇,十年不晚,你耐心等着吧,这一天会来到的。”裘风在安慰刘喜子的同时,也是在安慰自己,更是在给自己打气。

傍晚,魏秋红给魏成栋打了一个电话,不一会儿,魏成栋就来到了彭辉的办公室。魏秋红给魏成栋倒了一杯茶,然后道:“哥,你和亚菲相处得怎么样?”

“还行吧。也就是在一起吃吃饭,跳跳舞。”魏成栋不想多谈他和张亚菲的关系，就道，“叫我来什么事？”

“今天我们在座的三位可都不是外人，那我就开门见山了。是这样的，前天晚上我跟戴老板联系了一下，戴老板听说你们俩要加入军统甚是欢喜。鉴于你们俩的特殊身份，他为了安全起见，加入军统的手续以后补办。其级别同等。”

魏成栋道：“在徐州，我和彭辉算是重量级的人物吧，能被你策反过来，他当然高兴了。这么大的功劳，他给你封官许愿了吗？”

魏秋红笑道：“很遗憾，还没有。”

魏成栋笑道：“你是军统徐州情报站站长，我和彭辉又是你策反过来的，我和彭辉自然是受你的节制了……”

彭辉抢过话头，脸色凝重：“成栋的话很有道理。不过……”

魏秋红马上问道：“不过什么？”

彭辉笑道：“就看今晚你请我和成栋吃什么了？”

魏秋红抿嘴一笑道：“今晚我哥吃什么都不是个问题，不过呢，我请客你买单。”

秋风发轫，寒气肃杀，几个回合下来，就把马路两边槐树上的叶子扫得所剩无几了，枝丫露出筋骨，像无数瘦骨嶙峋的手指，簌簌地指向天际。

经过几天的思考，一个行动计划在冯骥心里成型了，说不上来有多大的把握，就想让彭辉过来评估一下。彭辉放下冯骥的电话就过来了。等彭辉坐下，冯骥就道：“裘风不是怀疑杜宪民是和我接头的嘛，如果哪天我找个理由去了裘风的办公室，你想一下，裘风会不会拿我做文章？”

彭辉呷了一口茶：“你是不是想对我说，裘风会让你欣赏一下他是如何审讯杜宪民的？”

冯骥甚是开心，用右手打了一个清脆的响指：“我可是遇到知音了。你说有这种可能吗？”

“依裘风的性格，我看有个七八成。如果我没猜错的话，那就是裘风想从你和杜宪民的眼神交流中发现问题。你是不是有搭救杜宪民的行动计划了？”

“杜宪民被关在大牢里，裘风是不可能把我请到监狱里，看他如何审讯杜宪民的，只能是把杜宪民从大牢里提出来拉到特高科的审讯室。从监狱到特高科要拐两道弯，我准备在这两道弯中间地带下手。”

“特高科里不是有你的人嘛，来个里应外合应该没有多大的问题。到时候我给你提供车辆和人手。”

“这么说这个行动计划有可行性了？”

“可以操作。如果裘风不上钩，我们不是也没什么损失嘛。就当一次演练了。”

“这我心里就有底了，也踏实了许多。”

彭辉笑道：“看来这几天你没少研究我们老同学裘风的性格。”

“知己知彼方能百战不殆。还有点事，据说特高课的人这段时间都被佐藤惠秘密派遣到新四军根据地去了，要是情报准确的话，估计不久就会有次大扫荡，你注意一下吧。”

“好的。”

三天后的傍晚，冯骥给裘风打了一个电话，说去找他有点事。裘风答应下来放下电话后，心想：他找我能有啥事呢？会不会与杜谦被抓有关，若是的话，岂不是自投罗网？

不一会儿，杨培山敲门进来了：“报告裘科长，你的老同学冯骥在门口呢，你见还是不见？”

“刚才约好的，当然见了。”当冯骥进来后，裘风连忙起身，喜笑颜开道，“老同学，你可是稀客啊！”

冯骥笑道：“我是无事不登三宝殿，叨扰了。”

“跟老同学还客气，快坐。”冯骥坐下后，裘风又连忙给冯骥倒茶。

冯骥接过茶杯：“裘风，我今天是来惹你不高兴的。”

裘风也坐下了：“老同学，看你这话说的，我高兴不高兴都是次要的，只要能帮你解决问题。”

“那我就不客气了。是这样的，我和林丽订婚的时候，买了一对婚戒，前不久你带人不是去我那儿搜查什么电台了嘛，林丽的那只婚戒就不见了。估计是被你的哪个手下趁火打劫给顺走了，当时林丽就想来找你，我说算了，这样会让裘风不好看的，我们还是去金店再配一只吧，没想到这一款断货了。而且，金店老板还说，即便这一款不断货，也不单卖一只的。这下林丽不愿意了，非要来找你不可。怕林丽说话没分寸，我只好自己过来了。”

裘风脸一寒：“你这是来特高科问罪的。”

冯骥苦笑道：“我来特高科问罪？这要不是老同学你在特高科里当科长，

别说丢一只婚戒，就是再丢几只我也不敢来啊。”

“这话你没说错。”裘风这样说也是想给冯骥一个下马威。

“如果能够物归原主那不能再好了，即便不能如愿以偿，我回去也能交差了。其实，当我进了特高科的大门就后悔了，如果我到街上转悠一圈，或到哪里下一盘象棋，然后回去给林丽说我来过特高科了不也能交差嘛。我这脑袋瓜……”冯骥说完就拍了几下脑袋。

“如果哪天我再去你店里，林丽问起来这事，那不就穿帮了吗？”

冯骥一副如梦方醒的样子，傻傻地笑道：“可不是嘛。看来我还是来对了。”

“会不会掉到哪个犄角旮旯了？”

“家里都翻腾几遍了。”

“既然你们两口子怀疑是我的人顺走的，那我只能是帮你们两口子查查了。不过，这也不是一时半会儿的事，因为这得逐个人排查。”

“是这个理。”

“老同学，你呢还是第一次来我这儿呢，而且也快到饭点了，我让伙房弄几个菜，我们俩在这儿好好喝几杯。”

“裘风，这不太好吧，我来求你办事，理应我请你，怎么能……我家斜对面有个小饭店，菜的味道还是很不错的，我们就去那儿吧。”

“这顿晚饭就在这儿吃定了，要是哪天我给你们找到婚戒了，我们再去你家斜对面的小饭店也不迟。”

冯骥傻傻地笑道：“那我恭敬不如从命了。”

“跟我还客气。”裘风说完就给伙房打了一个电话，放下电话，灵光一闪，就又道，“离吃饭还有一段时间呢，不妨让你了解一下特高科的工作。老同学，意下如何？”

冯骥笑道：“特高科不就是抓人嘛，你不会带我去抓谁吧？”

“这哪能劳驾你呢。我是想让你看看特高科是如何审讯人的。”裘风说过就按了一下按钮。片刻后，就过来一个人，“裘科长，什么事？”

“杨培山刚才不是在这儿嘛，你把他叫来。”

“是。”

片刻，杨培山就进来了，一副毕恭毕敬的样子：“裘科长，你找我？”

“你带两个人把杜谦提到审讯室里来吧。”

“这得需要你亲自给监狱打个电话。”

“我知道的，你去吧。”裘风说完就给监狱打了一个电话。裘风放下电话，喝了一口茶，“老同学，我也喜欢下象棋，与其在这儿干等着，不如我们杀一盘？”

“恭敬不如从命，那就杀一盘吧。”

裘风就从茶几下面拿出了象棋盘。两个人刚摆好棋子，佐藤惠过来了。冯骥战战兢兢地站了起来：“佐藤惠小姐，你好。”

“你好，冯老板，哪阵风把你吹来的？”

“路过这儿讨杯水喝。”

“知道了。你们快下棋吧，我在一旁看。”佐藤惠坐在了冯骥的旁边。

冯骥道：“佐藤惠小姐，你来下，我来看。”

裘风道：“老同学你就别客气了，她刚学。”

冯骥这才坐下，楚河汉界，先红后白，马走日字象走田，车走直路跑翻山，两个人便杀了起来。

佐藤惠道：“虽然我刚学下象棋，但对这项博大精深、魅力无穷的智力运动有所了解。车的冲杀，炮的遥控，马的盘曲，兵的摆动，士相的错落有致，将帅的运筹帷幄等，在阵形的联合行动中得到充分发挥……有助于意志、品质及耐力的锻炼与养成，对增强记忆和理解能力及思维逻辑性的形成，乃至创造性思维的培养，均大有益处；还能培养人的战术思想意识和全局观点。”

冯骥抬起头来，恭维道：“看来佐藤惠小姐是个有心人，很善于总结，我只是闲暇之余偶尔为之，真的没考虑象棋会有如此妙处。”

“根据我的观察，冯老板可是个学识渊博，思维缜密，运筹帷幄，城府极深的人。”

冯骥笑道：“佐藤惠小姐，你这哪里是夸我，是想让我输掉这盘棋啊！”

“对不起！我不说了，你们下，你们下。”

杨培山带着李玉柱和老方开囚车去监狱。监狱长带着他们三个人来到了杜谦的牢房。但见杜谦蓬头垢面正躺在那儿呢，还戴着脚镣手铐。监狱长让杜谦站起来，杜谦摇摇晃晃、很吃力地站了起来，目光呆滞。杨培山偷偷地给杜谦使了一个眼色。监狱长说 了句走吧，杜谦刚一迈步就跌倒了。

“不把脚镣去掉，他怕是走不出监狱的门。”杨培山在征求大家的意见。监狱长就掏出钥匙把杜谦的脚镣去掉了。杨培山又道：“把手铐钥匙给玉柱吧，说不定会有用呢。”监狱长就把手铐钥匙给了李玉柱。

杜谦几乎是被杨培山和李玉柱架到车上的。囚车开到半路抛锚了。杨培山下车就把车头的盖子打开了，正在检查检查这儿检查检查那儿，突然就被一枪口顶住了后脑勺，只好乖乖地听令举起了双手，但见李玉柱从副驾驶的座位上也被拉下车，腰间的枪片刻也被人下了。

秦大江道：“走！把后车门打开。”李玉柱掏出钥匙就把囚车的后车门打开了。

罗培新让李玉柱和老方把杜谦架下来打开手铐后，又让杨培山、李玉柱和老方上了囚车，秦大江就把车门锁上了。这时，一辆无牌照的轿车开了过来，等秦大江和罗培新把杜谦架上车，李新志就把轿车开走了。

第二十四章　午夜爆炸

这个时候，佐藤惠拿着水瓶分别给裘风和冯骥的杯子续了水。冯骥说了声谢谢，而裘风依然沉迷在棋局里。突然，裘风就傻傻地盯着冯骥了。

冯骥笑道：“这下象棋，你怎么改成相面了？”

裘风这才回过神来，道：“我去下厕所。”

裘风出门后就去花勇的办公室了：“花勇，刚才杨培山带人去接杜谦了，怎么还没来。你赶快带人去看看。”

花勇点了点头就出去了。

裘风从花勇的办公桌上拿起一包香烟，抽出一支点燃，在依稀缭绕的的烟雾里，裘风越想越感觉不对劲。难道冯骥的到来是个阴谋？意在杜谦？可冯骥一个字也没提杜谦啊！是自己要把冯骥留下来，想在审讯杜谦的时候看端倪的啊！和冯骥下象棋也是自己提出来的啊！大概是自己神经过敏了，想到这儿，裘风起身回到自己的办公室，又和冯骥在棋局里对杀了起来。

花勇开车出大门不一会儿就发现囚车停在那儿了，见驾驶室敞着门却不见人，就知道出事了。刚把车停在囚车一旁，就听见囚车里有人叫唤：“来人！来人……”

花勇命人把囚车上的锁砸开，但见囚车里是杨培山、李玉柱和老方，就道：“怎么回事？”

李玉柱哭丧着脸道：“囚车被劫了。”

花勇问清情况就开车走了。到了裘风的办公室，但见裘风正在和冯骥下象棋呢，和冯骥打过招呼，就报告了囚车被劫的事。裘风缓缓地站了起来，迷糊了片刻，马上回过神来：“你马上带人封锁所有路口，全员出动查找杜谦。”

“是！”花勇走了。

冯骥站了起来道：“老同学，你们有事，我就不打扰了。”

裘风把冯骥按住坐下后，扫了一眼棋局，一语双关道：“老同学，你这盘棋下得不错啊。”

冯骥揣着明白装糊涂道：“老同学，是你让我了。”

“哪里啊！是你把我研究得很透彻，不佩服都不行。不过呢，塞翁失马，焉知非福。”

冯骥笑道：“但愿你能峰回路转，扭转败局。”

“失之东隅，收之桑榆。”裘风突然掏出手枪，咔擦一声上了顶门火，就对着冯骥了。

冯骥愕然道：“老同学，你这是啥意思，下象棋居然……”

佐藤惠犹如一个旁观者，但放在口袋里的手紧紧地握着手枪。

裘风一阵大笑：“冯老板，你不把杜谦交出来，怕是走不脱了。”

“杜谦？杜谦是谁？”冯骥一脸糊涂状。

“老同学，你的演技再好，在我这儿也不管用。我早知道你是新四军徐州情报站站长渔翁了。”

冯骥苦笑道：“这真是天大的笑话，滑天下之大稽。老同学，你有直接证据吗？”

裘风狞笑道：“到了审讯室，要什么有什么。”

“你这是想刑讯逼供，屈打成招？”

就在这时，彭辉和魏成栋进来了。魏成栋见状，立马掏出手枪对准了裘风的脑袋：“裘疯子，你想干什么？把枪给我放下！”

佐藤惠发话了：“裘风在跟冯老板开玩笑呢。”

裘风见风使舵，来了一个一百八十度的大转弯，笑道，“我在考验我们老同学冯骥的胆量呢，还行。”裘风把手枪插回枪套，“你们两位怎么来了？快坐，快坐！”

冯骥道：“我和裘风在下象棋玩呢。是啊！你们俩怎么来了？”

魏成栋把手枪插回枪套：“我和彭辉去找冯骥喝酒，林丽说他来你这儿有点事，可一等二等不见他回去，我们就过来看情况了。”

这时，伙夫端着托盘送来了四盘凉菜和两瓶酒。

裘风笑道："本来我是招待冯骥的，结果，佐藤惠小姐来了，这你们俩又来了。来的都是客，都快坐吧。"然后对伙夫道，"再加几个菜吧。"

彭辉道："在这儿下象棋都差点下出人命来了，在这儿喝酒可就更不好说了。煮豆燃豆萁，豆在釜中泣。本是同根生，相煎何太急！"

魏成栋一脸的骄横之气："上帝要让谁亡，就先让谁疯狂。对不起裘疯子，林丽已经做好菜了，而且，秋红和亚菲也在那儿呢，我们三个得回去了。"

冯骥不失时机地站了起来："裘风老同学，谢谢你的盛情款待，改天我请你和佐藤惠小姐。"

三个人和佐藤惠告别后，就扬长而去了。

裘风气急败坏地道："妈的！彭辉和魏成栋来得真是时候。"

佐藤惠阴沉着脸道："可不是嘛。这显然是一场精心策划的阴谋，杜谦虽然被他们劫走了，可也让我们确认冯骥就是渔翁了。得大于失。"

裘风一脸怒火："煮豆燃豆萁，豆在釜中泣。本是同根生，相煎何太急！他娘的！老子的老子是谁杀的？"

夜幕降临，轿车在路灯的逆流中行进。魏成栋开着车："冯骥，你也真是的，去特高科里找婚戒，我看你是虎口拔牙昏了头了。"

冯骥偷偷地抓住彭辉的一只手，轻轻地握了一下，笑道："现在想想真的是昏了头了。"

彭辉赔笑道："可不是嘛。"

吃过晚饭，魏成栋开车去送张亚菲。魏成栋道："亚菲，我们已经相处一段时间了，和我在一起的时光感觉如何？"

张亚菲随口道："不错啊。"

"谢谢。下午我在你单位附近看好了一个小院，想给你租下来。文亭街 36 号人多，太嘈杂了。"

"我已经习惯在那儿居住了。"

"可我们在一起就不方便了。"

张亚菲望着车窗外："好像为时尚早吧？"

"我都同意跟随你参加军统了，还有什么障碍？"

"这只能说明我们志同道合，有一定的感情基础了，至于能不能升华到爱情，这得看缘分。百年修得同船度，千年修得共枕眠。五百年的回眸，才换回今生的擦肩而过。茫茫人海，两个人相遇相识到最终相守，要经过多少风吹雨打，上苍才会把人间最美好的东西恩赐给你？让你修成正果？这就不得而知了。”

“你的意思是说，我们俩要在一起还有很长的一段路要走？”

“至少有一段路吧。如果你没有这个耐心，就不要勉强自己了。天涯何处无芳草！”

“我有足够的耐心，并坚信我们俩会走到一起的。”

“我很喜欢蝴蝶，每当我面对翩翩起舞的蝴蝶，就会想到它轻盈背后的那份执着。能够破茧成蝶，完成生命本质的飞跃，就会重获生命的欢愉和快慰，让生命得以绚烂无比，这也是人生的一种境界。”

魏成栋就有点纳闷：“这个时候你怎么会想到蝴蝶？你不会让我变成一只蝴蝶吧？”

张亚菲淡淡地笑道：“或许。”

这时，前面出现了路卡，魏成栋只得把车停在了路边。下车后，却见刘喜子过来了，就问：“你们几个人在这儿干什么呢？”

刘喜子道：“报告魏局长，我们在进行全城大搜查。”

“搜查什么呢？”

刘喜子就把有关杜谦的事一五一十地讲了一遍。然后道：“哎！我到现在还没吃饭呢，苦差啊！”

“你何必这么认真，吃饭皇帝大，天大的事，饭后再说。”魏成栋说完就上车走人了。

想到傍晚在裘风办公室的那一幕，魏成栋心里已经明白，杜谦是被冯骥救走的。原来冯骥去裘风那儿找婚戒是假，引诱裘风提审杜谦，半路打劫囚车救出杜谦才是他真正的目的。想到当时是彭辉约他到茂源绸缎庄喝酒的，就又感觉这是冯骥和彭辉事前谋划好的。自己和彭辉去裘风那儿，去的也太是时候了。冯骥下的这盘棋真的是太有水平了，可谓滴水不漏，想不佩服都不行。而自己呢，只不过是冯骥的一枚棋子而已，想到自己刚才又是给裘风急赤白脸地动枪，又是骂冯骥去特高科里找婚戒是虎口拔牙昏了头了，就有些老羞成怒。冯骥是地下党那是确定无疑的了，那彭辉呢？是被冯骥策反了，还是和自己一样被冯骥利用了？

张亚菲道：“成栋，你在想什么呢？”

魏成栋笑道：“我在想我小时候养蚕的事。”

次日，吃早饭的时候，林丽道："昨天晚上我做梦了。"

冯骥道："是嘛。说来我听听。"

"我梦见宝塔山、延河，还有一起战斗过的同志们了。"

"看来你是想家了。特高科的电台测向车被秋红打掉了，那你晚上就给延安发份电报，给同志们报个平安，问个好吧。"

"李部长只知道我在徐州潜伏着呢，这次我得告诉他我潜伏的地点。"

冯骥笑道："最好让他知道你已经是这里的老板娘了。"

林丽挖了冯骥一眼："可我不会告诉他谁是这里的老板。"

"我知道我现在是空有其名，不过……"冯骥坏笑了起来。

"不过什么？"

"下次见到郭书记，我会向他争取的。我坚信郭书记会成人之美的。"

"我是延安李部长的人，李部长把我借给新四军用几天就成他郭世举的人了？"

"你怎么不说你是国际共产党的人，这样名头岂不更大了！"

"哼！狗嘴里吐不出象牙。"

晚上，黄献把电台从他姐家拿到冯骥的小楼后面，一声鸟叫之后，于黑暗中，冯骥放下一根绳子，黄献把电台拴上，电台就徐徐上楼了。不一会儿，小楼里就有电台的嘀嗒声。一阵忙碌之后，林丽关上了电源。等林丽把电台收拾好，冯骥又把电台缒下楼去给黄献了。

林丽译好延安发来的电文就交给冯骥了。

代号"夜莺"在徐，将令她与你联系。接头暗号三。晚安！

冯骥看了看电文道："从字面上看，夜莺是个女同志。"

"但愿是个漂亮的女同志。"

"漂亮不漂亮又有什么关系？革命还分丑俊？"

林丽莞尔一笑："若是个漂亮的女同志，或许能解决你单身的问题呢。"

"我早就被你坏了名声，谁还要我！"冯骥一副苦大仇深的样子。

"啊呸！半夜里抱着沙缸啃，你咋光知道脆咋就不知道碜呢？"

"林丽同志，我知道我们是一对假夫妻，可在周围人的眼里呢，我们是一对实实在在的夫妻，可是，如果你老不怀孕生孩子，或许会有人产生怀疑的。”

“这好办啊！哪天我征得李部长的同意，回延安。你呢，就说我们俩脾气不和，已经分道扬镳了。十步之内必有芳草，百步之遥定有佳人。然后，你再顺理成章地找个漂亮女人结婚，问题不就解决了嘛！”

冯骥一脸严肃：“你若这样，我将终身不娶。”

“我佩服你的智商，可你的情商就让我不敢恭维了。本来我对你已经有点感觉了，你如此施压只能是适得其反，事与愿违。天不早了，我该休息了。晚安。”林丽说完，起身进自己的房间了。轻倚房门，进入一种自我陶醉的状态。

这是个明丽的午后，张亚菲打扮入时，款款地走进茂源绸缎庄。正在柜台里理货的林丽抬头看见张亚菲进来了，连忙打招呼。张亚菲就说是来做件棉旗袍的。此刻，林丽一闪念：张亚菲会不会是“夜莺”？就把张亚菲招呼到小楼里了，然后提瓶倒茶。两个人扯过几句闲篇，张亚菲道：“最近不知道是怎么回事，就想读点古诗词，你家里有这类书籍吗？”

“你想读谁的诗词？”

“宋朝岳飞的《满江红》。这是首千古传诵的爱国名篇。可以说，在我国古代诗歌中，没有一首像它那样有这么深远的社会影响，也从来没有像它那样具有激奋人心、鼓舞人们杀敌上战场的力量。每次读我都会有不同的感慨。怒发冲冠，凭栏处、潇潇雨歇。”

林丽就有些激动，吟道：“三十功名尘与土，八千里路云和月。”

张亚菲眼睛里放光，吟道：“靖康耻，犹未雪；臣子恨，何时灭。”

林丽慷慨激昂吟道：“壮志饥餐胡虏肉，笑谈渴饮匈奴血。”

两个人异口同声吟道：“待从头、收拾旧山河，朝天阙。”

接头暗号三就是吟岳飞的《满江红》，隔一句吟一句，合吟最后一句。

对上暗号，张亚菲就紧紧地握着林丽的手了：“云雀，你好！”

林丽也紧紧地握着张亚菲的手：“夜莺，你好！真的没想到会是你。”

张亚菲笑道：“我没让你失望吧？”

“看你说的，我可是巴不得是你。有魏成栋和冯骥的老同学关系，我们接触起来可是再正常不过了。”

“昨天晚上，我给延安发报，当知道你也是延安的人后，激动得一夜都没睡。恨不能马上就来和你接头。”

正在这时，冯骥过来了，礼貌性地和张亚菲打了个招呼。

“冯骥，亚菲就是夜莺。你没想到吧？” 由于内心的激动，林丽的语速快了些许。

冯骥握着张亚菲的手：“真是做梦都没想到。”

张亚菲笑道：“你就是传说中的渔翁吧？”

冯骥淡淡地一笑：“不好意思，只是名头大了些。”

“从现在起，我就是新四军徐州情报站的一员了，向站长同志敬礼！”张亚菲说完就给冯骥敬了个军礼。

冯骥还了一个不怎么标准的军礼，然后笑道：“只是我这庙小得很，怎么能够容得下你这尊大神？”

“渔翁同志，你就不要客气了。有什么工作嘛，请布置。”

冯骥展开右手：“坐下说，坐下说。”

张亚菲坐下：“我可是有段时间没有为党工作了，手都痒痒了。”

“我这儿暂时没有什么工作。你在医院会碰到形形色色的人物，注意收集情报就行了。”

张亚菲马上就提供了一条信息：“前天，新四军和小鬼子不知道在哪里干了一仗，彭城医院就来了二十多个受伤的日本兵。”

冯骥随口一句：“那他们还不得大量用消炎药？”

“那是当然的。”

“你们彭城医院的药都是从哪里进的？”

“都是去火车站旁的日商医药株式会社进的。”

冯骥忽然灵光一闪：“量那么大，一定得用汽车拉吧？”

“一般都是星期六下午开一辆卡车去拉，还有六七个全副武装的士兵护卫。”

“他们应该是由青年路经黄河故道上的济众桥去火车站吧？”

“这个我就不清楚了。”

顺着冯骥的思路，林丽道：“冯骥，你是不是要干一票？”

“日本人都受伤那么多，可以想象新四军得有多少伤员，他们同样需要医治，同样需要消炎药。”冯骥说罢，想了想，就拿出来了一套完整的方案。林丽和张亚菲听罢，都感觉切实可行。片刻，冯骥就把一份电报底稿写了出来。

这天下午 3：00，从彭城医院驶出一辆卡车，在全副武装的士兵护卫下，由市青年路经黄河故道上的济众桥，驰往东火车站旁的日商医药株式会社。在那里提取了十套外科手术器械、五箱磺胺嘧啶钠注射液和几箱外科药品。当装着货物的卡车正要过济众桥，一辆独轮车从桥上像失去控制一般，猛冲了下来，一头撞到了卡车上，独轮车立马翻车了，两框梨滚得满地都是，挡住了汽车的去路。司机下车后，抽手就给了那个汉子一巴掌：“你他娘的是怎么掌把的？”那汉子连声说对不起。

车厢里的几个士兵下车后，见地上满是梨，就都捡起一个啃了起来。一个士兵还道：“哪里的梨都吃不过砀山酥梨。”

此时，太阳已经落山了。这一带又不是居民区，行人很少，属荒凉地带。突然从大桥下窜出来几个手持短枪的虎彪大汉。一个汉子厉声道：“不许动！谁先动就先打死谁！”

那几个押车士兵，此时，眼仁儿都直了，粗粮细粮全不想吃，光顾筛糠了，就被缴了械。那几个虎彪大汉丢下那几个士兵就开车走了。偏偏这个时候，裘风带着一队人马正好从济众桥路过，就看到那辆挡道的独轮车和满地的砀山酥梨了。下车一问路边站着的那几个士兵，就带领车队追过去了。

而此时，三道哨卡上的日伪军都被那几个虎彪大汉的同伙控制住了，这等于给劫持过来的那辆卡车开了一条绿色通道。可是，冯骥的如意算盘，也有不如意的珠子。偏偏那辆卡车过了第二道哨卡时没油抛锚了。车上的人只得下车把药物搬下来，准备扛着走。这时，十几辆摩托车的灯光如一条火龙神游了过来。劫持者们只得就地设埋伏，一挺轻机枪架在了路边，个个队员的手枪机头也都张开了，严阵以待。那条火龙伴着轰鸣声刚接近，就遭到了致命的打击。前面的两辆摩托车车手相继中弹，摩托车就开到路边的沟里去了，后面的摩托车队见状，就都刹车了。

一阵枪声大作。

裘风见对方有机枪，且火力凶猛，已方显然不是对手，哪里还敢恋战，就下达了撤退的命令。片刻，所有的摩托车调转屁股溜了。

裘风刚回到特高科，佐藤惠就过来了。佐藤惠道：“一辆独轮车，两筐酥梨，有点意思哈！我们绑架魏秋红用的就是这个路数，如今被人复制了。这也叫以其人之道还治其人之身。”

裘风眨巴眨巴眼：“会不会是冯骥干的？”

“这谁说得准呢。”

“会不会是里应外合？”

“你是说彭城医院里有冯骥的人？”

“彭城医院可是彭辉一手组建的，这不是不可能的。”

这天，张亚菲正在上班，来了一个被打得头破血流的伪军病号，是由一个伪军架着过来的。这个伪军病号叫苏建权，当张亚菲听说他在九里山军火库当差，心里为之一动，边处理伤口，边道：“这是谁这么狠心啊！怎么把你打成这样？”

苏建权黑着脸一声不吭。

陪护伪军赵武叹了口气，小声道：“还能有谁，日本人呗！”

本来这个病号是不需要住院治疗的，可张亚菲却把他留下了。中午下班后，张亚菲就去茂源绸缎庄了。在小楼里，张亚菲道：“九里山军火库一个叫苏建权的伪军被日本人打伤了，我看他满脸怒气，很有个性，说不定会有文章可做，就把他安排住院了。”

“你可是把握住了一个难得的机会。应该有文章可做，说不定还是篇大文章呢。现在特高课的特工都下到新四军驻地去了，在为徐州日军冬季扫荡新四军驻地捕捉情报呢。”冯骥把并拢的双手做了个开放性的动作，“要是能这样，就能迟滞日军的扫荡计划。”

“那我就给苏建权开展工作了？”

冯骥想了想：“为了你的安全，还是把这项工作交给便于撤离的同志去做吧。”

“正好今天晚上我值夜班，这可是个不错的机会。”

“一旦我们的人住进苏建权的病房，你就找个理由请假休息吧。剩下的事就交给我好了。”

“我明白你这是为了我的安全着想，可是，一旦换了床位医生，苏建权或许要不了一两天就会被撵出院的。到那时，我们可就没机会做苏建权的工作了。”

“你说的也是。不过，你和我派去的人不要发生除医患关系之外的其他关系，做个地地道道的局外人。”

张亚菲走后，冯骥就把彭辉叫来了，说了说苏建权的情况，以及准备让苏文东住进苏建权的病房做苏建权的工作、搞掉九里山军火库的构想。

说是让彭辉给苏文东准个假，其实是想取得彭辉的支持。

“冯骥，你可真会见缝插针啊！而且胆识过人，这可是大手笔啊！想不佩服都不行。”

冯骥不以为然道：“这有什么可佩服的，成不成还两说呢。”

“谋事在人，成事在天。”继而，彭辉大胆地问，“张亚菲是不是也姓共？”

冯骥也是为了进一步策反彭辉，就道：“不但姓共，而且是延安潜伏在军统的人。”

彭辉惊愕了一阵：“那林丽也指定是延安的人了？”

冯骥点了点头：“她们俩刚刚接上头。”

彭辉想了想，浅笑道：“两千年前，妖冶的埃及女王克莉奥佩特拉对一代枭雄尤利马斯·恺撒说过这样一句话：‘秘密战中不能没有女人，除非这个世界上光剩下了男人。’”

冯骥赔笑道：“秘密战，光凭这几个字本身所闪烁的玄光就足以使人目眩神曳，而由于女人的参与，秘密战更被涂上了一层神奇、斑斓的色彩。”

彭辉感叹道：“魏秋红做梦也想不到张亚菲会是延安的人。这对积极响应反共的魏秋红真是莫大的讽刺。”

“真是人算不如天算啊！”

彭辉突然笑了起来，冯骥问笑什么，彭辉就说魏成栋和张亚菲可是在谈情说爱呢。

彭辉走后，冯骥就把黄献叫来了，说明事情的原委后：“你告诉苏文东，这事切勿急于求成，要水到渠成。要是把握不准苏建权的脉搏，千万不要暴露意图。”

傍晚，黄献按约定地点见到苏文东，说明来意，苏文东道：“周瑜打黄盖是一个愿打一个愿挨。我做梦都没想到这苦肉计会在我身上发生。兄弟，你爱在哪里下手就在哪里下手吧，我可下不了自残的狠心。”

黄献苦笑道：“关键是我也下不了手啊！”

“兄弟，就算我求你了行不？”苏文东说得情真意切。

“兄弟，不是我不帮你，你看，咱们兄弟往日无怨近日无仇的，又是革命同志，再说了，临来的时候渔翁又没安排我帮你，你就饶了我吧，我真的下不了手。”黄献一脸苦相。

“你是不是想让我请你喝一顿小酒？”

“你想哪里去了。”

“你不帮，我让谁帮去？”

“也是。打你个鼻青脸肿？”

苏文东没好气道：“这住不了院。”

“也是。把你的腿打骨折了？”

“万一落了残疾，我还怎么为党工作？”

黄献从身上掏出一把匕首：“要不把你的肩膀攮伤？”

“行！到了医院我就说是日本人用刺刀攮的。”

“你当然得这么说了。唉！这得攮多大的口子？”黄献皱着眉头。

苏文东有点不耐烦了，没好气道：“你看着办。”

“这得找个黄包车过来抓紧把你送到医院去，不能失血过多啊！”

“兄弟，你真啰唆。攮过我，你丢下匕首就走，剩下的事就不要你管了。”

黄献这才横下心来，握紧匕首，对着苏文东左肩膀就猛刺了过去。苏文东轻叫了一声，赶紧用右手捂住刀口，说了一声谢谢就跑走了。

望着苏文东远去的背影，黄献眼泪流了下来。

苏文东是坐一辆黄包车去的彭城医院。到了外科医生办公室，张亚菲检查了一下苏文东的伤口，喊来一个护士把苏文东送到了手术室。手术完毕后，苏文东就被安排到苏建权的病房住下了。

赵武见苏文东一个人打点滴，就道：“你怎么没有人陪护啊？”

苏文东道：“家人都在乡下呢。”

“你这是怎么回事啊？”

“我开了一个小卖部，刚才有几个日本兵去买烟，拿到烟就走了。我拉住后面的一个日本兵要钱，就被那个日本兵用刺刀攮成这样了。奶奶的！当亡国奴的滋味真不好受啊！”

“你胆子还真不小，敢跟日本兵要钱，这不是与虎谋皮嘛。”

“奶奶的！有仇不报非君子，看我哪天……”苏文东故意做了停顿。

赵武竖起了大拇指：“你是个爷们！”

苏文东明知故问道：“这位兄弟是这么回事啊？”

苏建权黑着脸，依旧一声不吭。赵武叹了一口气才把苏建权挨打的事讲出来。

九里山军火库戒备森严。四周几个光秃秃的山头上设有岗亭和警报器，山头之间电网相连，一到晚上，探照灯把山头照射得通亮。由一个日军中队和一个伪军中队驻防，唯一一条山道，设有三道关卡。

苏建权是个小队副，那天正在岗亭上值班，偶尔发现山底跑过来一只野兔子，开枪就打中了。伪军中队长王亚鹏爱吃野兔子，谁会放过这个讨好的机会呢！当苏建权提着野兔子高高兴兴下山时，半路上迎面过来两个日本兵，扭着他就往回走。

日军小队长黑泽龙准尉正在剃光头，苏建权那一声冷枪把剃头匠吓了一跳，刀子就在黑泽龙的头上划了一个血口子。这还得了！黑泽龙甩手就给剃头匠一巴掌，之后就让人上山捉拿开枪者了。

黑泽龙见苏建权被押来，手里还拎着只野兔子，兜头一拳就把苏建权打倒了，又踢又跺，穿的可是皮鞋啊！其中两脚把苏建权踢得头破血流。这事惊动了王亚鹏，可也拿黑泽龙没办法，正好有一辆车去市里，就让赵武陪着苏建权去医院了。

苏文东气愤地道："奶奶的！这个黑泽龙也太歹毒了，居然下如此狠手，畜生都不如！"

苏建权叹了口气："如今是日本人的天下，有什么办法呢！"

"奶奶的！真的是没有天理了。"

"这也怨不了谁，谁叫我是跟日本人混饭吃的呢！也算是活该倒霉了。"

"你这话我就不爱听了，难道你就没有一点血性？"苏文东是个政工干部，做思想政治工作自然是他的拿手好戏。

"日本人这么强大，有血性又能怎么样？"

"兄弟，这话可就丧气了。要不是那么多有血性的将士刀头饮血、浴血奋战，怎么会有现在的抗日局面？"接着，苏文东小声道，"私下听说日本人快完蛋了。"

苏建权和赵武异口同声道："是吗？"

"日本人就那么个弹丸之国，就那么多人口，那么多资源，如今投入这么大的一场战争，真的消耗不起。昨天被国民党正规军消灭一个大队，今天被八路军的游击队端掉一个炮楼，明天被新四军的大刀队砍死八九个，积少成多，可就够日本人受的了。有人给日本人算了一笔账，这几年下来，日本人死了百十万。难道你们没看出门道吗，现在的日本兵不是老的老，就是小的小？”

苏建权道：“可不是嘛。”

“只要大家都为抗战出把力，小日本何愁打不跑！”

苏建权道：“是这个理呢。”

“听老兄口音不是本地人，府上哪里的？”

“远着呢，河北省石家庄那边的。我早就想脱掉这身狗皮回老家了，可自己身无分文……”苏建权说到伤心之处，泪珠儿滚出了眼窝。

苏文东豪爽地道：“谁叫我们是病友呢，一笔写不了两个苏字，谁叫我们又是一家子呢！如若兄弟真想回家，兄弟我替你解决盘缠，多了不敢说，十块八块大洋还是拿得出来的。”

“真的？”苏建权惊喜地瞪大了眼睛。

“谁让我们哥俩同病相怜呢！君子一言，驷马难追，你尽管放心就是了。”

苏建权情不自禁地伸出了一只手，苏文东见状，就把一只手伸给了苏建权。苏建权抓住苏文东的手：“老兄的情意我没齿不忘，若有机会我当加倍报答。既然有老兄慷慨相助，我养好伤就脚下抹油开溜。”

苏建权似隐似露地用话激苏建权：“奶奶的！我受了这么大的窝囊气，此仇不报，可就是脑袋插进裤裆里，往后再没脸见人了。”

苏建权黑脸儿顿时变得紫茄子一样：“老子也不是好欺负的，是得给黑泽龙那狗杂种点厉害再走。”

“你能轻易得手？”

“谁说不是呢。九里山军火库戒备森严，到时候即便得手了，怕也难以脱身。”苏建权面有难色。

苏文东安慰苏建权道：“不急！不急！只要兄弟你横下一条心，办法肯定会有的，人还能让尿憋死！”

苏建权信誓旦旦地道：“不报此仇，我誓不为人。”

这天晚上，苏建权见病房里只有他和苏文东了，就道：“兄弟，眼看着你我就要出院了，你帮我拿好主意了吗？”

“主意倒是有一个，就不知道你有没有那个胆量？”

“老兄，只要掂量可行，你就擎好吧，我苏建权不是孬种！”

经过几天时间的工作，苏建权的思想有了较大转变，也认清了抗战形势。苏文东见火候已到，压低声音道：“九里山军火库不是戒备森严嘛，想刺杀黑泽龙肯定不易，想脱身怕是更难。我认为最好的办法就是把九里山军火库炸掉，趁乱刺杀黑泽龙，然后趁乱脱身。”

苏建权眼珠子转了几圈，猛抽了几口烟，眼睛里掠过一抹凶光：“我看这个办法行！就让他娘的黑泽龙做土飞机回老家吧。”

“事成之后，你立即到郑集好再来客栈找我，不见不散！到时候可就不是十块八块大洋的盘缠了。”

苏建权横下一条心：“那就这样定了。”

“切不可莽撞行事，要先摸清内情，看准机会，行动利索，确保万无一失。”

苏建权连连点头：“兄弟我记下了。”

苏建权头天出院，苏文东第二天拿着渔翁转来的五十块大洋，出院后就去了好再来客栈。

几天过去了，冯骥虽然是个沉着的人，可见九里山方向老没动静，不免有些着急。他不担心苏建权变卦，只是担心苏建权一时找不到合适的机会下手而莽撞行事。一旦事情败露，苏文东可就在劫难逃了……

这天晚上 9：00，人们大都上床休息了。突然，“轰！”的一声巨响，直震得房屋上的窗棂格格作响。紧接着各种爆炸声连珠炮似的响了起来。西北方向的天空中窜起一股股冲天烈焰，一瞬间照亮了夜空。那滚滚浓烟，夹带着刺鼻的火药味，铺天盖地向市区弥漫而来。

昏睡中的徐州城顿时陷入惊恐之中，警报器发出刺耳的尖叫声，一辆辆警车、装着消防器材的卡车驶向西北……整个城市一片混乱。

冯骥和林丽都还没睡，冯骥正坐在沙发上看书，林丽坐在旁边织毛衣。两个人正担心苏建权，就听到爆炸声了，冯骥立马打开二楼的窗户，当两个人看到西北方向的情景时，就都蹦跳了起来，用兴奋而又低沉的声音道：“成功了！我们成功了……这无疑会在我党的地下斗争史上留下浓墨重彩的一笔。”

林丽道：“会的，一定会的。”

蓦地，两个人就拥抱到一起了。当冯骥用滚烫的唇吻向林丽时，林丽接纳了，缠绵而火热。可片刻，林丽就把冯骥推开了，斥责道：“你……你这是浑水摸鱼，趁火打劫。”

冯骥一副羞愧难当的表情：“对不起！我是被胜利冲昏了头脑，真的没想赚你便宜。”

林丽厉声道：“这是你蓄谋已久的，还强词夺理！”

“我们因有把小鬼子的军火库爆炸了的拥抱作铺垫，我对你又钟情这么久了，情到深处自然浓，吻你也就变得情不自禁了。”

“刚刚还说是被胜利冲昏了头脑呢，这又变得情不自禁了，过一会儿是不是要变成理所当然了？”虽然仍是斥责，但声音温柔了许多。

冯骥苦笑道:“反正你是被我吻过了,你要是承受不了,你要想出这口气,就去报告给郭书记吧，我接受组织对我的任何处分。”

林丽用指头点着冯骥的脑袋：“你不嫌害臊，我还嫌害臊呢。”

冯骥用一副快刀斩乱麻的悲壮口吻道：“那你说怎么办吧？要杀要剐随你行不？”

“你这不是废话嘛！我能杀你能刮你吗？”

“岁月经不起太长的等待，很多东西让人等得太久，就会变成不是当初想要的那个样子，即便让人得到或许会失去原本的意义，抑或沧海变成桑田。”冯骥说完就回自己的房间了，然后关门躺下。

林丽赌气道：“你还没让我感受到我们之间的契合点呢，这能怪我吗？”

今天是九里山军火库最高长官武者小路大尉的生日。夜幕降临，日军和伪军的头头脑脑就去参加武者小路大尉的生日宴会了。五桌酒席，鸡鸭鱼肉满桌，很是丰盛。

苏建权是个小队副，自然也在参与之列。

武者小路大尉首先陈词：“感谢大家为我举办和参加这个生日宴会，我感到不胜荣幸。所谓三十而立，就是人到了能坦然地面对一切困难，并能够独立承担自己应承受的责任的年龄了。今天要不是我三十岁的生日，我会让这个生日在静默中溜走的，也就不会如此奢侈了。儿女的生日是母亲的受难日，此刻，身在异国他乡的我就更加思念我的母亲了。在我狂妄而又叛逆的懵懂岁月里，母亲仍然努力地维护着我自以为是的自尊，就像铺路的石子，身陷泥土却无悔。而今无从报答母亲，我只能努力报效国家与民族了……”武者小路大尉讲完，酒席就开始了。

这几天，虽然苏建权一直在寻找机会下手，可运气不佳，有一次还差点露馅。苏建权心里明白，今晚可是个难得的机会，怕是过了这个村再没有这个店了，一定得拿下。等酒场到了中场，酒过三巡菜过五味，感觉吃喝得差不多了，他就溜出去了。

夜色正浓。

苏建权喝酒时就把两瓶酒偷偷地掖在了口袋里，这又从一个送菜的伪军手里接过两盘烧鸡，就躲躲闪闪靠近了二号库。二号库是弹药库，库房大门旁有两间房子，四个荷枪实弹的日本兵驻守着，伪军可是近前不得的。四个日本兵见有动静，就把手电筒照射过去，见一个伪军端着两盘烧鸡，腋下还夹着两瓶酒，这才让过来。这些日本兵平日里可是没酒喝没烧鸡吃的，苏建权还没到，他们的口水早流出来了。当苏建权放下烧鸡和酒瓶，四个日本兵就抢着大吃大喝了。

看着四个日本兵吃喝了一阵子，苏建权就给每人敬了一支香烟，并逐个给点着。

片刻，四个日本兵就都倒下了。

原来这盒香烟是经过张亚菲加工过的，每只烟头都用针管注入了少量的氰化钾。

苏建权在伍长的口袋里找到钥匙，就把库房的大门打开了。库房里弹药箱堆积如山。

苏建权照着手电，找到了香瓜手雷的堆放处，打开一箱，装口袋里两颗，然后打开五个香瓜手雷的保险盖，用早已准备好的细绳子和引线连接好，就开始放线了。为了自身的安全，苏建权把线放得很远，并躲藏在了几间兵营房子的后面。

苏建权倚墙坐下，稳了稳神，猛一拉绳子，就用手指塞严耳朵了。

“轰！”的一声巨响，随之爆炸声就响成一片，接着弥天大火把天都照亮了。

苏建权为了不留痕迹，把绳子都拽到自己的跟前，然后用砖头块盖上了。

武者小路大尉虽然没喝醉，可也喝了个六七成了。当听到爆炸声之后，他就从烟雾弥漫、混乱不堪的房间里跑出来，立刻组织救火。但因火势太猛，各种燃烧物还不时爆炸，偌大的火场，仅靠两辆消防车喷射出的区区水柱显然无济于事。

武者小路大尉自知罪不可赦，仰头长叹一声，抽出指挥刀剖腹自杀了。

最高指挥官一死，一时间群龙无首，多数人都在恐慌中眼睁睁地看着火势逐渐蔓延开来。三号军械库着火了，不远处的几辆载重汽车也着火了……

苏建权见黑泽龙正在挥舞着指挥刀指挥两个消防兵往一辆汽车上喷水呢。仇人相见格外眼红，苏建权握紧匕首跑过去，对准黑泽龙的后心就猛刺一刀。黑泽龙当即委顿下去。

苏建权把两颗香瓜手雷扔到五号汽油库上后，跑到了自己所在的小队里，煽风点火道："武者小路大尉都怕追究责任剖腹自杀了，咱们再不趁乱脚底下抹油溜掉，等太田中将派人过来，能有咱们的好果子吃？"

大家都认为苏建权说得在理，就都跟着苏建权行动了。没想到四个看大门的日本兵说什么也不让他们通过，苏建权见自己人多势众吃不了亏，使了一个眼色，过去几个伪军一拥而上就把那四个日本兵解决了。出大门后，苏建权见从徐州方向来了许多车辆，火龙一般，就带人上山了。

半路上，大家各自散去，苏建权于后半夜在好再来客栈找到了苏文东，像讲神话故事一般把炸九里山军火库的全过程讲了一遍。最后道："兄弟，你是个地下党吧？"

苏文东拍了一下苏建权的肩头："兄弟，你没看走眼，我就是个地下党。你可是为我们新四军立大功了。"

"要不是你引导，我哪里有这魄力！功劳簿上可是少不了你。"

"这里离九里山不远，不是久留之地，你休息一下，就上路吧。"苏文东说完就掏出了五十块大洋。苏建权喝了两杯水，换了一身衣服，就和苏文东依依惜别了。

佐藤惠听到爆炸声，就和裘风一起去九里山军火库了。

虽然有为数不少的人在冒死救火，可也无济于事，九里山军火库仍在爆炸之中，大火弥漫。想到这起爆炸案让日军损失惨重，太田中将也要给华北日军陆军司令部一个交代，佐藤惠可就不管救火的事儿了。在调查清楚武者小路大尉剖腹自杀的原因之后，她就把注意力放在黑泽龙身上了。黑泽龙显然是在军火库爆炸后被杀的，这会是谁干的呢？最后她才把注意力放在大门口那四个被刺死的日本门卫兵身上。佐藤惠明白，这一定是有些人想逃跑，而那四个日本兵不让，才被刺死的。出逃的伪军当中有刺杀黑泽龙的凶手那是确定无疑的了。如今建制乱了，一时半会儿还真不好调查都是哪些伪军出逃了呢。她让人把伪军中队长王亚鹏找来："最近谁跟黑泽龙准尉结了梁子？"

王亚鹏见佐藤惠少佐官阶，口气生硬，既不敢怠慢也不敢马虎，又怕把自己牵扯进去，就把苏建权挨打住院的事一五一十地讲了。于是，佐藤惠就知道这起爆炸案的大致真相了。不知道是因为激动还是弥天大火的照耀，佐藤惠的脸颊通红。她立刻带人去了彭城医院，很快就查出来了苏建权所住过的病房，以及在苏建权住院期间同病房的病人孙大宝和床位医生、护士。

按照孙大宝的地址，佐藤惠抓捕落空，也就更加相信苏建权的胆子来自彭城医院了。张亚菲是苏建权的床位医生这件事，自然就浮出了水面。

第二十五章　天狼计划

佐藤惠和裘风从医院回到住处。佐藤惠道："裘风，从九里山军火库回来到现在，你好像没说几句话，怎么回事？"

裘风倒了两杯红酒，递给佐藤惠一杯："这起九里山军火库爆炸案，显然是苏建权所为，可又不仅仅是他一个人。你想啊！苏建权被黑泽龙打伤这是事实，可是否有必要住院治疗呢？或许苏建权是被有心人留下的也未可知。如果苏建权是被人怂恿作案的，那怂恿者抑或是紧跟着住进苏建权病房的孙大宝，也有可能是某个医务人员和孙大宝是同谋。我认为是后者。那孙大宝的刀伤又是怎么回事呢？伤的可真是个时候。或许是为了能和苏建权住一个病房，而有意被人或被自己弄伤的。如此一来，那个孙大宝就堂而皇之地、顺理成章地被安排到苏建权的病房了。至于孙大宝伤的是否需要住院，那就是另一码事了。"

佐藤惠把杯中酒饮干："你不说则已，这一说还真让你说到骨头里去了。去了彭城医院，我第一感觉就是张亚菲与九里山军火库爆炸案脱不了干系。"

"感觉也好，推理也罢，可都代替不了直接证据。如果这起军火库爆炸案是张亚菲所为的话，张亚菲只需要把孙大宝安排到苏建权病房就可以了，剩下的事就交给孙大宝了。或许孙大宝只知道张亚菲是他的床位医生，直到现在都不知道张亚菲是这起九里山军火库爆炸案的始作俑者，更别说是苏建权了。也就是说，张亚菲自始至终都把自己撇得很清，隐藏得很深，给我们的只是感觉而已，让我们拿她没办法。"

"九里山军火库损失惨重，难道白炸了？"

"那倒不是。可以让护士们提供孙大宝的长相、年龄和受伤时间，以及受伤的部位，请画师画像，然后张贴布告悬赏捉拿。重奖之下必有勇夫，或许就把孙大宝给挖出来了呢。然后层层剥皮挖出幕后操纵者。”

“也只能这样了。”佐藤惠叹了一口气。

“孙大宝把九里山军火库炸了，也算是功德圆满了，或许现在正全身而退呢。”

“孙大宝好不容易潜伏了下来，不到万不得已是不会轻易撤离的。谁没有侥幸心理呢！”

“你的意思是孙大宝现在在城里？”

“即便他想全身而退也得等到天明吧。”

“或许，孙大宝和苏建权正在城外的某个地方喝庆功酒呢。或许，苏建权是重赏之下的勇夫，孙大宝正在给苏建权兑现奖金也未可知。即便如此，他们俩现在离九里山也一定有段距离。咱们的又不知道在什么方位，这又是晚上，只能是望洋兴叹。”

“不管孙大宝现在是在城里还是在城外，明天一早，严把各个哨卡，从进出城的人当中查找孙大宝。悬赏布告呢，也要张贴，说不定真就找到孙大宝的蛛丝马迹来呢。”

“还要明察暗访。”

佐藤惠点了点头，继而苦笑道：“孙大宝不好找，张亚菲可是现成的，既然我们已经怀疑到张亚菲头上了，这些办法是不是笨了些？”继而恶狠狠地道，“如果我们找不到孙大宝，只能抓捕张亚菲了，管她是谁的女人！因为我们必须对上峰有个交代。”

次日一早，徐州城的各个哨卡都加派了两名宪兵队和两名特高科的人，对三十岁左右的男人皆进行左肩膀大检查。而且，大街小巷张贴了相应的悬赏布告。于是，大家都清楚了，昨天晚上九里山军火库的爆炸案一定与这个三十岁左右、左肩膀受伤的男人有关。

彭辉忙完手中的活就去茂源绸缎庄了，冯骥和彭辉进了小楼，就欢欣鼓舞了一阵。冯骥道：“九里山军火库爆炸之前我就考虑到，一旦爆炸后佐藤惠和裘风就有可能对里出外进人员进行大检查，苏文东就不那么容易回城了。考虑到这一点，现在苏文东应该在王家湾王秋明老大爷家等着我们去接他呢。之所以急着把他接回来，是怕他的同事对他起疑心。这得需要你派人派车了。”

“冯骥，你可真是运筹帷幄，决胜千里之外啊。”

“你这就过奖了。不过，不考虑周全能行？”

“从佐藤惠和裘风张贴的悬赏布告和哨卡检查对象来看，他们俩的触角已经伸到彭城医院了，怀疑张亚菲与爆炸案有关那是在所难免的。可是呢，他们俩又没有直接证据，而张亚菲又和成栋是那种关系，这大概是他们俩没有抓捕张亚菲的原因吧。可是呢，九里山军火库损失惨重，又不能无动于衷，只能是拿孙大宝做文章了。死马当活马医。”

“太多的时候，人们总喜欢站在自己的角度一厢情愿地思考问题，而懒得换位思考。佐藤惠和裘风一旦查找不到苏文东会不会拿张亚菲说事呢？”

“这不是不可能的。九里山军火库可是损失惨重，佐藤惠和裘风必须得给日本人一个交代，能轻易放掉张亚菲身上的疑点？”

“所以彭辉，我想让张亚菲告知秋红，九里山军火库爆炸是张亚菲鼓动苏建权所为，这自然也就成她秋红的功劳了，秋红肯定会上报军统邀功请赏的。张亚菲呢，再以佐藤惠和裘风的触角已经伸到彭城医院为由，让军统发布一条有关九里山军火库爆炸案的假消息做掩护，或许能让张亚菲摆脱干系呢。”

“孤胆英雄苏建权，九里山上显神威。这条新闻的题目如何？”

“很切题。”

“等苏文东回来了，我们再根据苏建权爆炸九里山军火库的具体情节，写一篇新闻报道，假借军统的手发布出来。佐藤惠和裘风一听和自己了解的情况差不多，也就误以为真了。这样不但能让张亚菲摆脱干系，也能让苏文东顺利过关而不落下把柄了。”

冯骥沉思了一会儿：“我们所能做的后续工作也只有这些了。”片刻，又道：“彭辉，说句不客气的话，你也是九里山军火库爆炸案的功臣，也会被载入史册的。”

彭辉笑道：“等我派人把苏文东安全接回来，再听这话就心安理得了。”

下午，李新志开着一辆卡车，带着一个班的士兵出发了。到了一个检查路口，卡车被拦住。两个特高科的人过来，看过李新志的证件后要求车上的人都下车接受检查左肩膀。李新志下车后，给几个岗哨每人上了一支香烟：“警察局局长是魏成栋，保安处处长是彭辉，特高科科长是裘风，他们三个人又是老同学，我们这些在他们手下当差的还不得相互照应着点？”

警察局的岗哨杨越新喜笑颜开道：“可不是嘛。”

特高科的岗哨钱伟宁黑着脸道：“还是例行公事吧。”

李新志敞开左肩膀后，也让车上的士兵敞开左肩膀了。那两个特高科的人没发现问题，就让卡车通过哨卡了。李新志从王家湾王秋明家把苏文东接出来，换上保安服装就折回来了。到了哨卡已是夕阳西沉，钱伟宁又把卡车拦下了。李新志下车后：“兄弟，你又要干什么？”

钱伟宁依旧黑着脸道：“例行检查。”

李新志满脸怒气：“你们刚才不是检查过了嘛？”

钱伟宁一脸不屑：“刚才是刚才，现在是现在。”

李新志凶神恶煞道：“这大冷天的，你光光膀子给我看看？”

“如果你们不从这儿过，自然就不需要光膀子了。”

李新志挥手就是一巴掌：“放你娘的狗屁！军人以服从命令为天职，从这儿过不从这儿过，能是我决定的？”

钱伟宁刚掏出手枪，却被李新志飞起一脚踢倒了，手枪也被踢飞了。另一个特高科的人掏出家伙，对着几个警察局的人斥责道：“你们怎么不掏家伙？”

倒是卡车上的士兵反应快，都把家伙从腰间抽了出来，咔嚓嚓就上了顶门火。

杨越新慢腾腾地道：“这大冷天的，他们刚被检查过，又都是自家兄弟，我们这不是没事找事嘛。”其他几个警察局的人附和道：“可不是嘛。”

两个日军宪兵大概是见势不妙，又不知道如何是好，端着枪不停地大叫着：“八嘎！八嘎！”

李新志对两个特高科的人道：“听见了嘛！日本人在骂你们俩八嘎呢。给脸不要脸，不是八嘎是啥？”说完，上车就把车开走了，掀起一阵狼烟土雾。

钱伟宁爬起来恶狠狠道：“老子和你们没完！”

杨越新递给钱伟宁一支香烟道：“你和谁没完啊！刚才人家不是说了嘛，警察局局长是魏成栋，保安处处长是彭辉，特高科科长是裘风，他们三个人又是老同学，啥事到了他们三个人那儿，那还叫事嘛！砍的不如镟的圆，今后你得灵活点。这个乱世道，一旦得罪人了，死都不知道怎么死的。”

钱伟宁怒形于色，却没吭声。

在一个三岔路口，裘风的车和李新志的车擦肩而过。裘风来到哨卡：“没啥情况吧？”

钱伟宁道：“裘科长，没啥情况，一切正常着呢。”

裘风开车走人了。

次日下午，在快哉亭公园里，张亚菲和魏秋红坐在同一个条椅上，张亚菲道：“九里山军火库爆炸你知道是怎么回事吗？”

“又不是我们的人干的，这我哪里知道。”

“你知道现在佐藤惠和裘风为什么要查找一个左肩膀受伤的人吗？”

魏秋红摇了摇头。

“那我来告诉你。前不久九里山军火库有个叫苏建权的伪军，被日军官佐打伤后来彭城医院就诊，我看他满脸怒气，血性十足，就把他收入我的病房了。傍晚，又来了一个左肩膀受伤的人，他叫孙大宝，被我安排到了苏建权的病房。在我多次耐心的鼓动下，苏建权决心复仇。我又劝他：一旦你干掉了那个打你的日军官佐，怕是跑不出九里山军火库，不如引爆九里山军火库，在混乱中干掉你的仇人，这样也便于跑出来。虽然他答应得很痛快，可我感觉这事不那么容易，就没向你汇报。好多天过去了，我几乎都把这事给忘记了，没想到前天夜里九里山军火库居然爆炸了。这真是有心栽花花不开，无心插柳柳成荫，我那个高兴劲就别提了。”

魏秋红满脸狐疑：“真是你鼓动苏建权爆炸的九里山军火库？”

“我什么时候哄过你！你接着往下听就相信了。大概是因为苏建权住过彭城医院的缘故，佐藤惠和裘风在九里山军火库炸后，就来到彭城医院调查苏建权的床位医生、护士和住过的病房。他们根据孙大宝瞎编的家庭住址去找孙大宝，当然找不到了，于是，他们就怀疑孙大宝是苏建权的同谋了，也就有了悬赏布告和各个哨卡的大检查。”

魏秋红喜形于色：“这么说九里山军火库真的是你谋划的？”

“千真万确。”张亚菲的话掷地有声。

魏秋红紧握着张亚菲的手，面孔鲜艳：“亚菲，这段时间以来，我们军统徐州情报站毫无建树，你此举可是为我们军统徐州情报站的脸面上贴金了，戴老板也肯定会重奖你的。哪天弄个酒场，我们好好庆贺一下。”

张亚菲却心事重重地道："这事先别急于考虑，我现在还有麻烦呢。"

魏秋红可是个冰雪聪明的女人，一点就通："可不是嘛，佐藤惠和裘风能光怀疑孙大宝？你是苏建权和孙大宝的床位医生肯定也在他们的怀疑之列，说不定还是重点怀疑对象呢。"

张亚菲这才拿出自己抄写的彭辉的新闻稿子。魏秋红看完："你怎么知道苏建权是趁九里山军火库最高长官武者小路大尉举行生日宴会之际成功引爆军火库的？苏建权又和你联系上了？"

"这两天九里山军火库的人能少了住院的？还不是听他们说的。苏建权估计在回石家庄老家的路上呢。"

"好一个孤胆英雄苏建权，我明白你的意思了，那我们就赶快把九里山军火库爆炸案的真实情况和这份新闻稿子拍发给重庆吧。"

两天过去了，没有查到孙大宝的蛛丝马迹，裘风在佐藤惠的公寓里就有些垂头丧气。佐藤惠便幽幽地道："通过张贴悬赏布告和哨卡检查等方式想找到孙大宝，看来是有困难了。找不到孙大宝，九里山军火库爆炸案就无法告破。傍晚时分，太田中将还打电话问情况呢。事到如今也只能是抓捕张亚菲破题了。"

裘风叹了一口气："要不要争取一下太田中将的意见？"

"真要给太田中将要尚方宝剑，那可就贻笑大方了，我这个特高课课长也该让贤了。裘风君，看来魏成栋在你心里留下阴影了。"

裘风一脸不屑道："嘁！怎么可能！张亚菲正在上夜班，你说什么时候抓捕我马上带人去。"

"你还记得彭城医院进货卡车在济众桥那被劫持的事吗？"

"这才多少天，怎么会忘！当时我就怀疑彭城医院里有冯骥的人。张亚菲这段时间可是频频去茂源绸缎庄的，看来张亚菲就是那个里应外合的'应'，也是九里山军火库爆炸案的元凶。"裘风一脸的自信。

"事不宜迟，马上抓捕。不过，还是由特高课的人抓捕张亚菲吧。"佐藤惠说完就去打电话，偏偏这个时候电话铃响了。佐藤惠放下电话就把收音机打开了，然后坐回原位。

是重庆电台一个娇滴滴的声音："现在播报一篇令人欢欣鼓舞的新闻，题目是孤胆英雄苏建权，九里山上显神威。我军统特工苏建权，孤身潜伏徐州九里山军火库已有三载，于前天晚上，趁九里山军火库最高长官武者小路大尉举行生日宴会之际，终于成功引爆了军火库，接二连三的爆炸映红了天际，使日军损失惨重。武者小路大尉自知罪不可赦，已剖腹自杀。苏建权将不日回到重庆受奖，受重奖。祝孤胆英雄苏建权一路顺风。”

一遍又一遍。

这时，佐藤惠有气无力地道：“关掉吧。”

“鹤飞云端，只留几点踪影。”裘风起身把收音机关掉，倒了两杯酒，递给佐藤惠一杯，又坐回原处，把玩了一会儿酒杯，然后一扬脖子喝干了。佐藤惠坐在那儿，闭着眼睛发呆，好一会儿才睁开眼睛阴沉沉地道：“九里山军火库爆炸案越发变得扑朔迷离了。”

窗外，飘下了入冬以来的第一场雪，纷纷扬扬的有点热闹。不一会儿，地面上就有了一层积雪，几颗柳树上已是银装素裹。

接下来的几天里，佐藤惠十分忙碌，因为下到新四军驻地的特高课特工们都陆陆续续地回来了，她在逐一摸情况。九里山军火库爆炸案自然就搁置到一边了。虽然因为冯骥的情报有几个特高课的特工落网了，通过汇总，佐藤惠还是摸清了新四军根据地的基本情况。比如，各级领导的姓名、驻地，各部队的人数、装备和防区等。不久，一份十六页的汇总报告放在了太田中将的案牍上。

这天傍晚，杨培山在街上碰到了特高课的魏三，两个人虽不在一个部门，但因特高课和特高科经常有联合行动，彼此是认识的，而且，两个人还能聊上来，且有一定的好感。两个人见面握了握手，杨培山略带煽情地道：“魏哥，我可是好久没见你了。”

魏三道：“可不是嘛。”

杨培山很豪爽地道：“魏哥，走！我们找个酒馆喝几杯去，我请客。”

“好的！下次我请你。”

“咱哥俩谁跟谁呢，跟我还客气。”杨培山说完，就和魏三搬脖子搂腰去了悦来酒家。

两个人找个单间坐下，店小二拿着菜单过来，杨培山点了几道菜、两瓶酒和两包香烟。等菜上来后，两个人就称兄道弟喝了起来。酒过三巡，菜过五味，杨培山感觉魏三有些许醉意了，就道：“魏哥，这段时间，我们特高科没有你们特高课的支持，可是忙坏了……”

魏三随口道：“都忙什么了，说来我听听。”

"肯定比你们特高课忙多了。"杨培山故意刺激魏三。

"不见得。"魏三有点不服气。

杨培山点燃了一支烟，一阵吞云吐雾后就把姚远程、梁延敏、桑洪瑞等的事说了遍："怎么样，比你们特高课忙吧？"

魏三哼了一声："你们这是在家门口，虽然忙了点，可不受罪啊。我们可就惨了，被派到新四军的根据地收集情报，经常是饥一顿饱一顿的，而且，小命就在裤腰带上别着，不知道哪会儿就命断黄泉了。我的搭档大老纪就被人家抓了去，要不是我反应快了点，今晚可就不能和你在一起喝酒聊天了。"说到这儿，就用手掌做了一个切脖子的动作。

"吉人自有天相，魏哥今后必享大富大贵。"

魏三说了句掏心窝子的话："大富大贵不敢想，能够善终就不错了。"

"你回来几天了？"

"四五天了。给佐藤惠小姐汇报过，洗了个澡，可谓一身轻松。"

"可以想象。"

"走！陪我去趟茅房。"魏三说完就站了起来。

两个人刚出门，迎面碰到了佐藤惠和裘风。杨培山马上道："佐藤惠小姐，裘科长，你们俩还没吃啊？"

裘风道："我们刚忙完。你这是和谁在这儿喝酒呢？"

魏三道："裘科长，我是特高课的魏三，刚才我和杨培山在街上碰到了，就来这儿喝两杯了。"

裘风道："你们喝完了？"

杨培山道："还没吃饭呢，出去方便一下。"

"那你们去吧。"裘风说完，就进酒馆了。

佐藤惠一声没吭跟随裘风也进去了。

在茅房里，魏三小声道："佐藤惠小姐见我们俩在这儿喝酒好像有点不高兴？"

"能在一起搞行动，就不能在一起喝点小酒了？佐藤惠小姐和裘科长不也来这儿吃饭了嘛。魏哥多虑了。"

魏三压低声音道："刚才，我可是什么也没说。切记！切记！"

"魏哥，你本来就没说什么啊！只是在听我絮叨。"

魏三拍了拍杨培山的肩膀，笑意写在脸上："这就对了，这就对了。"

杨培山吃过饭拐了几个弯，见没有尾巴，又在黄献家附近观察了一阵，才去黄献家。

这天，吃过早饭不一会儿，冯骥就给彭辉打了一个电话，等彭辉过来，冯骥就和彭辉去后面的小楼了。林丽连忙沏茶，之后就坐在一边了。

冯骥道：“是这样的，据我所知，佐藤惠派到新四军根据地搞情报的人都陆陆续续地回来了，可以想象，日军不久就要扫荡新四军根据地了。”

彭辉呷了一口茶：“应该是这样的。估计太田和大龟正在制定扫荡计划呢。”

“你要想方设法搞到日军的扫荡计划，否则，根据地可要遭殃了。”

“这我知道。”

“昨天傍晚，我去火车站接一个朋友，看到宪兵队队长小林和特高课课长佐藤惠开着好几辆小轿车和一辆卡车，带着一帮人也去了，原来他们也是去接人的。一时间，火车站里军宪警林立，如临大敌。他们接的是一位四五十岁穿便衣的矮胖子，身后跟着四个保镖。大龟参谋长亲自去接，看来这个人级别不低，应该是个重量级的人物。你最好查一下，看看这个人是何方人士，干什么来了。”

“好的。”

林丽冷然插言道：“这个人这个时候来徐州会不会与日军扫荡新四军根据地有关？”

冯骥盯了林丽片刻：“你这个猜想很大胆。”然后才转过脸来，“彭辉，你怎么看这个问题？”

“冯骥,林丽居然能看到我们俩看不到的东西,可谓眼光敏锐,见解高超,慧眼独具。想不佩服都不行。”

林丽不拿彭辉的恭维当回事，更进一步地道：“这个人会不会是太田和大龟请来制定扫荡新四军根据地计划的？”

冯骥脱口而出：“有这个可能。”

彭辉道：“如果如林丽所言，那这次日军扫荡新四军根据地可要出重兵了。”

冯骥点了点头。

片刻的沉默之后，冯骥道：“《孙子兵法》上说：‘是故百战百胜，非善之善也；上兵伐谋，其次伐交，其下攻城。不战而屈人之兵，善之善者也。’

如果我们能让日军的扫荡计划流产，岂不就避免了两军兵刃交锋？”

彭辉道：“理是这个理，可这容易吗？”

林丽道：“九里山军火库不是刚被报销了嘛，即便日军鼓捣出再好的扫荡计划，可没有弹药供给，岂不是巧妇难为无米之炊？”

彭辉道：“是啊！若枪支没有弹药支持，可就成烧火棍了，那扫荡计划也就成一纸空文了。你的意思是说，搞掉日军运送弹药的列车？”

林丽道：“成事在天，谋事在人。”

彭辉点了点头。

冯骥笑道：“今天林丽可是灵光闪了又闪啊！”

林丽乜斜了冯骥一眼，只是哼了一声，那神态不乏几分娇媚。

冯骥笑道：“从延安过来的人个个是精英，我等只有望其项背的份儿。”

林丽道：“你不提张亚菲我还想不起来呢。佐藤惠和裘风可是把这儿当成新四军情报站的，一旦扫荡计划制定完毕，还不得把这儿盯得死死的，这里的活动自然就会受到限制，即便我们搞到了日军的扫荡计划，怕是也没机会给郭世举老师发报了。所以，给郭世举老师联系的密码本副本和频道就得交给张亚菲。”

冯骥道：“是啊！狡兔三窟，我们至少要做好两手准备。”

片刻的沉默之后，彭辉道：“对了，忘记告诉你们一件事了。昨天苏文东告诉我，前天上午他的同事王庆利，偶然间拍了他一巴掌，偏偏就拍在他左肩膀的伤口那儿了，他就哎哟了一声。片刻两个人就都愣在那儿了。他说他那一下午都在观察和监视王庆利，惶惶不安。晚上他约王庆利出去喝酒，虽然王庆利信誓旦旦地说不会告密，他还是把王庆利干掉了。今天一早他开车出城，就把王庆利埋在荒郊野外了。他问我做得对不对，我说当然对了，谁让王庆利是个倒霉蛋呢，总不能因小失大吧。”

冯骥悠然道：“你看见我的真面目了，所以，就得遇祖杀祖、逢佛杀佛，不是你死就是我亡。这就是地下工作的残酷性，无可厚非。即便是来自自己阵营的小角色倒在你的刀锋之下，也是允许的一种铁血代价。”

彭辉回到保安处，停下车就去郝鹏举的办公室了。彭辉道：“郝司令，古人云：‘知己知彼方能百战不殆。’我们是不是该设立一个情报机构了？在重庆，在上海，在南京，在新四军驻地，在八路军驻地，在徐州的各个要害部门，是不是都该有我们的耳目？”

郝鹏举坐在办公桌那儿不动声色道："你今天这是……"

"昨天傍晚，大龟参谋长在佐藤惠小姐和宪兵队队长小林的保护下，亲自去火车站接了一个重量级人物，你知道这事吗？"

郝鹏举眨巴着眼睛："我还真不知道呢。"

郝鹏举肚子里有牙，不是一般人能把握准他的脉搏的。彭辉旁敲侧击："我是刚刚知道大龟参谋长亲自接站的事，尚不知道接的是何方人士。"

"你所言极是，我们是该设立一个情报机构了。"郝鹏举神色淡然，如是说。

彭辉见郝鹏举这个老狐狸没有下文，又扯了几句闲篇就离开了。出门碰见了郝鹏举的司机大马，就道："昨天晚上，郝司令在哪里喝的酒，到现在还没醒酒呢？"

"在花园饭店。"

"一定是太田司令官灌的他，通常他是不会喝这么多的。"

"太田司令官也没少喝，下楼时都打晃了。"

"佐藤惠小姐可是有些酒量的，她没事吧？"

"应该没什么事吧，走路还是那么轻盈。"

彭辉怕再问下去会引起大马的警觉和怀疑，就插科打诨道："你观察得还挺仔细的，不会是喜欢上她了吧？"

大马咧嘴笑道："嘁！你以为我是谁呢？"

彭辉回到自己的办公室，给自己沏了一杯茶，就坐在那儿抽烟了。一阵烟雾缭绕，他想起来了一个人——伪淮泗绥靖军总司令部驻徐办事处中校主任石春风。

新四军根据地是扎在日军腹背上的一颗大钉子，不仅牵制日军很多兵力，而且严重威胁津浦、陇海两大铁路的运输安全，日军一直认为是个心腹大患，决心下最大赌注，一举荡平。

经过太田司令长官、大龟参谋长、华北方面军作战课课长山崎多棱和特高课课长佐藤惠等几个人的三天密谋，一份扫荡新四军根据地的绝密计划形成了，代号天狼计划。他们决定出动高健、河野、鹫津三个驻徐部队，以驻徐日军为主要力量，东海和蚌埠的日军部队配合，连同刘汉的伪淮泗绥靖军，郝鹏举的地方部队总计约八千人，出动飞机十二架，坦克八辆，大炮百门,汽车百余辆,另有骑兵七百多,由太田司令官和大龟参谋长统一指挥,其战术是……

这天上午，大龟参谋长召开了一个大型军事会议，部署扫荡湖西根据地的天狼计划。

石春风是从连云港赶来参加会议的，会议结束后，就被彭辉约去喝酒了。在一个酒馆里，几杯酒下肚，彭辉道："就这么小的一块湖西根据地，需要出动这么多兵马弄出这么大动静吗？依我看，这是劳民伤财。"

石春风笑道："抑或是制定计划的人太害怕失败了。"

"听说大龟参谋长为了制定这个扫荡计划，还请来了一个高人，并亲自去火车站接站，你听说了吗？"彭辉的神态既神秘又有些许优越感。

石春风就有些不服气了："请来的是华北方面军作战课课长山崎多棱，进攻中条山的计划就是此人策划的，卫立煌苦心经营的马其诺防线，就惨败在此人手中，因而此人已在日本军界声名鹊起，已经从少佐升至大佐。"

"收拾巴掌大的这么一块根据地，把他请来，岂不是大材小用了？"

"或许这里面有什么玄机也未可知。"石春风一副神秘莫测的样子。

"诸葛亮羽扇纶巾，运筹帷幄之中，决胜千里之外，那山崎多棱是个什么模样？"

"特高课的人把他看得死死的，他可不是我等能见到的人。他刚来的那天晚上，你们的郝司令，我们的刘司令都参与接风洗尘的晚宴了。"

"是吗？你是刘司令面前大红人，自然消息灵通了。"

"是刘司令看得起兄弟我。事了拂手去，千里不留名。这个……这个，听说山崎多棱坐明天晚上九点的火车回北平。"

"如果此次扫荡湖西根据地，能给八路军以重创，山崎多棱在日本军界可就享有盛誉了。"

"这是肯定的。"

吃过饭，彭辉就去茂源绸缎庄了。冯骥、林丽和彭辉三个人在后面的小楼里坐定。彭辉道："前几天大龟参谋长从火车站接来的人叫山崎多棱，进攻中条山的计划就是此人策划的。此次来徐，正如林丽所言，是大龟参谋长请来制定扫荡新四军根据地计划的。可今天上午，大龟参谋长召开了一个大型的军事会议，让沛县、丰县、单县、鱼台、砀山等湖西根据地周边县的宪兵队队长也参加了会议，却他娘的假惺惺地部署了扫荡湖西根据地的'天狼计划'。"

冯骥道："还他娘的天狗计划呢。沛县、丰县、单县、鱼台、砀山等湖西根据地周边县的宪兵队队长也来参加会议，显然是来走过场的，也可以说是来帮场子的。所谓扫荡湖西根据地的计划，只不过是天狼计划的一小部分，这是声东击西，遮蔽和转移别人视线的障眼法而已。其实，今天的会议就是让参战部队做好战前准备。"

林丽道："日军进攻中条山是个什么样的计划？"

彭辉道："一是运用闪击战法，集中大优势兵力，以多数纵队寻求中国军队接合部，以多数空军诱导掩护，突进直入，首扑各级司令部；二是运用快速小部队，化装成难民，潜袭各司令部，占据后方要隘，配合其野战军作战；三是除炮、空协攻外，还使用大量毒瓦斯；四是对中国军队阵地后方锁钥部，用伞兵降落，以威胁中国军队之侧背；五是利用伪军，着中国军队制服，冒中国军队番号，混入中国军队后方，实施扰袭与间谍工作。"

林丽道："我感觉天狼计划一定受进攻中条山计划的影响，或是翻版，大同小异而已。同样会是战斗尚未开始，日军就已经将特种部队空降到新四军腹地的指挥部附近了，一旦战争打响，他们首先瘫痪其指挥系统，然后集中大优势兵力跟进，从而起到乱中取胜的目的……"

冯骥道："感觉总归是感觉，我认为还是尽量拿到天狼计划为好。"

彭辉道："那天我问郝鹏举大龟参谋长亲自接站的事，以及接来的是谁，郝鹏举却三缄其口，一定是佐藤惠给他点了眼药。所以，从我这儿就不好拿到天狼计划了。这几天，佐藤惠光忙着山崎多棱的保卫工作和参与制定天狼计划呢。一旦送走山崎多棱，腾出手来，那佐藤惠对茂源绸缎庄肯定如林丽所言，盯得死死的。"

林丽道："鉴于佐藤惠还没有对我们这进行严密监控，我认为还是尽快把情报拍发给郭世举老师为好。即便情报有点出入，但问题也不会太大。"

冯骥道："也是。彭辉晚上来吃饭，然后开车拉着你到远处拍发去，以免惹出不必要的麻烦。"

彭辉道："可以。据可靠消息，山崎多棱坐明天晚上九点的火车回北平。"

冯骥道："这可是个不错的消息，或许山崎多棱会带走一份天狼计划呢。"

彭辉道："我更想把他干掉，以此祭奠在中条山战役上牺牲的兄弟们。"

冯骥道："山崎多棱一行五人，来时包坐的是最后一节车厢，我估计走的时候也会这样做的。火车站的王副站长是我的好朋友，让我们的人化装成工作人员带着武器及早上车，见机行事，应该不是个大问题。”

林丽却说：“这似乎存在一个问题……”

第二十六章　栽赃陷害

在冯骥和彭辉疑问的目光里，林丽道："如果我们的人把山崎多棱一行五人干掉了，天狼计划也搞到手了，还是存在一个问题。徐州的日军很快就会获得此消息，那扫荡新四军根据地的天狼计划势必要取消，他们就会出台一个新的扫荡计划，而我们能否获得那份计划还是个未知数呢。现在，即便我们搞不掉日军运送弹药的列车，可我们已经知道天狼计划的大致内容了，那就让其进行吧。知己知彼，我方还不能胜券在握嘛！"

彭辉道："你的意思是让山崎多棱活着回去？"

冯骥道："林丽可不是这个意思。她是要让山崎多棱和山崎多棱随身携带的天狼计划，随着一声巨响，一起化为乌有，这样，徐州的日军就不会怀疑天狼计划泄密了。"

林丽抿嘴一笑，带着几分调皮的味道："然也。"

冯骥笑道："知林丽者，冯骥也。"

林丽道："山崎多棱一行上车前，佐藤惠和裘风还不得对列车和所有上车人员进行大检查？所以，让我们的人在沙沟站上车为好，免得碰个脸熟。可也得有个人提前上车，以便搞清楚山崎多棱上车时的情况。"

彭辉道："林丽可是心细如发啊！想不佩服都不行！"

冯骥道："正所谓巾帼不让须眉。"

林丽："彭辉那是恭维，你冯骥可就叫拍马屁了。"

第三天，晚上 8：00 刚过，佐藤惠和裘风就带着特高课和特高科的一帮人来到了火车站，立马对火车站进行了戒严，并对一列开往北平的列车进行了大检查。尤其对最后的一节车厢，也就是第九节车厢进行了更为细致的检查。杨培山上了列车后就去了锅炉房，磨磨蹭蹭，等佐藤惠和裘风检查完列车他才离开。佐藤惠对列车上的服务员一一检查过才让上车。过了一会，才让接受过检查的旅客上车。

邢满福刚才是穿着工作服在列车的锅炉房里待着的，等杨培山离开后，提着一个行李包，去了第八节车厢。不一会儿，宪兵队队长小林送一个日军大佐一行上了第九节车厢。

一声汽笛之后，列车启动了，很快就离开了徐州火车站。

下一站是沙沟火车站，李新志带着两个人上车后，在第八节车厢找到邢满福。邢满福道："山崎多棱是个矮胖子，可去第九节车厢的五个人当中没有矮胖子，要么是山崎多棱没上这辆列车，要么是他化装成一般旅客上车的。"

李新志果断地道："应该是后者。"用眼睛扫了一下车厢，又道，"这个车厢里有几个四五十岁的矮胖子？"

邢满福眨巴一下眼睛："三个。"

"山崎多棱应该是这三个人当中的一个。只要我们仔细观察一下这三个矮胖子和他们周围的人，就能发现他。"

"你怎么就能确定他就在这节车厢里呢？"

"想去第九节车厢的人，必须经过这节车厢，一旦有什么情况，山崎多棱和他身边的人岂不尽收眼底！而且，第八节车厢和第九节车厢紧挨着，也可以相互照应。"

"可是，即便我们发现了他，可也不好下手啊。"

"那就耐心地等机会吧。东西都带上来了吗？"

邢满福点了点头。

经过一阵细致的观察和分析，李新志和邢满福便知道哪个是山崎多棱了。

列车在这个寒冬的深夜里风驰电掣，飞驰向前。

列车到达济南火车站已是后半夜了，又上来一些人，车厢里已是人满为患。山崎多棱是又累又困，也是感觉安全了，就带着四个随从去了第九节车厢。

这也就意味着行动开始了。

罗培新化装成列车服务员，推着盛满吃食和带着定时炸弹的小车去了第九节车厢，可是，把门的不让进。过了一会儿，秦大江带着两桶煤油过来了。此时，李新志已经调整好定时炸弹爆炸的时间。罗培新把列车员的棉袄脱下，放在第九节车厢门口，圈成一个弧形，李新志和秦大江打开桶盖，就把煤油顺着门缝倒进了第九节车厢。两桶煤油刚倒完，就听到车厢里一阵哇哇乱叫。有一个日军刚打开一个门缝，就被邢满福甩手一枪干掉了。李新志掏出火柴划着，一声撤，片刻，就把火柴棒扔到了棉袄上。棉袄立马燃着了，也把倒进车厢里的煤油引燃了……

李新志刚跑进第八节车厢片刻，放置在第九节车厢门口的定时炸弹就爆炸了。

已被炸得粉碎的第九节车厢，在熊熊燃烧的火焰中脱离了列车，渐渐远去……

次日上午，佐藤惠去了裘风的办公室，进门就道：“裘风君，我刚从大龟参谋长办公室回来，山崎多棱出事了。”

裘风惊诧道：“怎么了？”

“山崎多棱所坐的列车刚过济南，第九节车厢因定时炸弹爆炸脱离了列车，并着起了大火，山崎多棱及他的随行人员都被烧成了碳人。”

裘风听后，非常震惊：“查出来是谁干的了吗？”

“现在还没有结论，但已确定是四个人所为。华北方面军特高课责成徐州特高课尽快破案。”

“列车是过了济南才出事的，为什么要责成你破案？”

“他们认为问题出在徐州，是新四军特工为了获取天狼计划所采取的行动。”

“这也在理。山崎多棱并未带走天狼计划，新四军特工算是白忙活了。”

“大龟参谋长也这样认为。”

“山崎多棱不是化装成一般旅客坐的第八节车厢吗？怎么去了第九节车厢？”

“要么是放松警惕了，要么是感受到某种威胁了。而新四军特工大概是感觉没机会弄到天狼计划了，才气急败坏地炸掉了第九节车厢。”

裘风深思了片刻：“是不是也有这种可能，进攻中条山的计划不是山崎多棱策划的嘛，或许是重庆方面为报一箭之仇，派特工从北平尾随来徐州的。或许是他们行动之前没有做好充分准备，也就是没有随身携带炸弹，而到了徐州，通过某种途径弄到了炸弹……”

“虽然有这种可能，但有点牵强附会。彭辉不是参加过中条山战役嘛，会不会是他为了给在中条山战役中死去的弟兄们报仇所为？”

“有这种可能，的确有这种可能。可是，我们的保密工作做得那么严密合缝，彭辉又是如何知道山崎多棱的底细呢？”

“郝鹏举不是知道山崎多棱的底细嘛。”

“可不是嘛。那你打算从哪里入手？”

“考虑到郝鹏举和彭辉那么铁的关系，想从郝鹏举那儿打开缺口，我感觉不容易。”佐藤惠突然灵光一闪，“那四个人已经功德圆满，也该回来了……”

裘风立马道：“可不是嘛。每天下午1：00就有一辆从北平过来的列车，这四个人应该在这趟列车上。那就从这趟列车入手吧。”

“成败在此一举，把你的人多派出些，或许就能认出彭辉手下的某个人来了呢。”

“但愿吧。最近忘了问你了，那个使用飞镖的杀手，上海梅机关查出来了吗？”

“我前几天问过，还没有。”

裘风哼了一声才道：“他们的办事效率也太低了吧，还梅机关呢。”

“我了解你的心情，可时局动荡，人员更迭，不是说查就能查出来的。你放心，他们会尽力的，一旦有消息会第一时间通知我的。”

时钟刚过12：00，特高科几乎是全员出动去了火车站，当列车停站，在徐州站下车的旅客全部下来后，突然从隐蔽处杀出来，立马团团围住，铁桶一般。之后对每一个旅客进行了大检查，搜身，搜行李，并让每一个特高科的人进行逐一辨认。可是，无人从中辨认出彭辉手下的人，只是有几个带枪的倒霉蛋被抓了起来。

次日，朝霞灿烂，旭日东升，大地从黑暗中苏醒过来，接受着金黄色晨光的洗礼。这时，报童就在大街小巷里嚷嚷开了：“号外！号外！中条山战役策划者山崎多棱，于前天晚上在回北平的列车上被炸死……”

冯骥买了一份报纸，拿到店里看去了。

佐藤惠和裘风仍不死心，又对下午1：00在徐州火车站下车的旅客进行了一次大检查，其结果，依然如故。裘风只得偃旗息鼓，鸣金收兵。

下午，魏秋红去了彭辉的办公室：“彭辉，我昨天找李新志有点事，没找到，刚才又去找，仍没找到，他去哪里了？”

“你找他有什么事？”

“你应该先回答我的问题。”

“让我派出去了。”彭辉想敷衍了事。

“哦！我知道了，难怪佐藤惠和裘风到火车站去查找保安处的人。彭辉，你出手不凡啊！”

“你想说什么就直接说吧，别拐弯抹角。”

“山崎多棱是来制定天狼计划的，你派李新志跟过去是为了获得天狼计划吧？”

“我又不参与天狼计划，要它干什么？”

“为了冯骥。”

“冯骥做的是绸缎生意，又不是倒腾情报的贩子。”

“冯骥可是新四军徐州情报站站长渔翁，而天狼计划的对象是新四军，冯骥当然要想方设法搞到天狼计划了。可他又没有这个能力，于是，就找到了你。”

“你的想象力越来越丰富了。既然你已经认定冯骥就是新四军徐州情报站站长渔翁，你怎么不去佐藤惠那儿打小报告去？既能铲除异己，也肯定是金票大大的，何乐而不为！”

“如果我想铲除异己，那也是我和冯骥的事。彭辉，你把我当成什么人了？”

“别说冯骥不是新四军徐州情报站站长渔翁，即便是，你也不能动他一根手指头，否则，我彭辉将和你一刀两断，老死不相往来。”

魏秋红泪盈于睫：“彭辉，这话我记住了。真的是老话说得好啊，兄弟如手足，女人如衣服。”

“你也别这么说，我们和他可是发小，且都是吃你家的饭长大的，所以，不论在何时何地，不论是什么原因，你都不能伤害他。我敢说，假如有一天你危在旦夕，不论是我还是冯骥，都会毫不犹豫舍生忘死救你的。”

魏秋红无言以对，便掏出手绢抹泪。

彭辉又有些不忍心了，给魏秋红倒了一杯茶，端过去：“我的确派李新志等人去刺杀山崎多棱了。虽然山崎多棱被炸死，但由于李新志他们还没回来，是不是李新志他们所为还两说着呢。我之所以派李新志他们去刺杀山崎多棱，不是像你说的是为了冯骥去搞天狼计划，而是为了祭奠在中条山战役上牺牲的兄弟们。因为山崎多棱是中条山战役的策划者。”

“今后再有类似的行动，你一定要告诉我，免得误会。再者说了，我们站里的那几个人哪个也不比李新志差。”

彭辉笑道：“夫人，小婿知道了。”

魏秋红哭笑不得，站起来，赌气一般：“我们还未婚。”说完就走了，足音跫然。

傍晚，彭辉派人去王家湾王秋明家，把李新志、秦大江、罗培新和邢满福接了回来。原来，他们四个人昨天是在沙沟车站提前下车的。

第三天，彭辉去了郝鹏举的办公室，气愤填膺：“郝司令，连续两天特高科的人全部出动去火车站抓人，抓谁？抓保安处的人。原来是裘风怀疑山崎多棱是被我的人杀的。这是啥意思？在我看来，这是栽赃陷害，想达到他不可告人的目的。娘的！上次他绑架秋红我还没跟他算账呢，他可是越来越蹬鼻子上脸了。郝司令，你要不给我做主，我可要……”彭辉说到这，就把手枪抽了出来。

郝鹏举过来，把彭辉手里的手枪插回枪套：“娘的！区区一个特高科科长，还反了他呢。不过彭处长，狗咬人一口，人总不能咬狗一口吧！你应该清楚我的心思，那就是忍辱负重，把主要精力放在建军上，一切为建军这个主题思想让路。一旦有了令人倚重的军权，任何时候就有了我们自己的话语权和讨价还价的本钱、筹码。所以，我们应该营造一个良好的外部环境，而不是惹没必要的麻烦，因小失大。裘风不过是佐藤惠圈养的一条只会咬人的疯狗，鼠目寸光，成不了什么气候。你等着吧，到时候他会落得很惨。”

彭辉这才缓过气来：“要不是我拦着，保安处的兄弟们已经把特高科的窝端掉了。郝司令，我听你的。”

“这就对了。昨天晚上，运输军火的列车已经秘密到站，一旦军火配给到位，天狼计划也就开始了。你有兴趣带一支部队随他们练兵去吗？”

“保安处这么一大摊子，我哪里能离得开啊！郝司令，我有句话不知道当讲不当讲？”

“你在我面前有什么话不能讲！你且讲便是。”

“建军是为了扩军，而减少没必要的伤亡，保存我们的实力，不也是另一种形式的扩军嘛！所以，有些行动能不参加就别参加，实在拖不过去了，做做样子，敷衍一下便是，没必要消耗我们的元气和来之不易的本钱。”

郝鹏举点了点头：“人不为己，天诛地灭。彭处长，此话甚合我意。”

彭辉离开郝鹏举的办公室后就去茂源绸缎庄了。果然不出林丽所料，茂源绸缎庄附近有几个特高科的人在活动，彭辉一笑而过。

天狼计划如期进行。

这天晚上，当一个排的伞兵部队在淮北区党委所驻扎的村庄附近降落时，遭到了致命的打击。当大龟参谋长得知这一消息后，便知天狼计划泄密了。可各个参战部队已经在路上，只能是按原计划分区域扫荡和反复扫荡新四军根据地了。

郭世举在接到渔翁的电报后，立刻向淮北区党委做了汇报。区党委同四师召开紧急会议，要求各地部队轻装出发，向西南方向转移，而后绕道向洪泽湖东转移，把主力部队跳到敌人合围圈以外，在外线打击敌人。同时，留下小股部队和地方武装打游击战，就地同敌人周旋，以分散敌人的兵力，打乱敌人的部署。并要求各地组织，组织群众，发动群众，坚壁清野，埋藏粮食，有计划、有组织地转移。

尽管敌人杀气腾腾，大炮隆隆响，飞机、坦克嗡嗡叫，但到处扑空，找不到新四军部队，反而由于后方空虚，遭到了突袭和夜袭，损失惨重。

日军一场经过精心策划，历时半个月，轰轰烈烈的大扫荡，终以千余日伪军被歼，三百多日伪军被俘虏，一大批军用物资被缴获的代价结束了。而新四军伤亡不到二百人。鉴于此，大龟参谋长恼羞成怒，责成特高课和特高科追查天狼计划泄密案件和山崎多棱案件。

佐藤惠随袭风回到办公室，佐藤惠道：“此次参与扫荡的部队有高健、河野、鹫津三个驻徐部队，东海的小岛和蚌埠的吉野部队，还有刘汉和郝鹏举的部队。在这几支部队里，唯独蚌埠的吉野知道天狼计划的全部内容，因为是要他们派出伞兵部队用于瘫痪新四军的首脑机关。而且，高健、河野、鹫津、小岛、刘汉和郝鹏举也不知道要动用吉野的伞兵部队。由此看见，很有可能是在蚌埠的吉野那儿泄密的，但也不排除是在徐州泄密的。这样吧，我去蚌埠查，你在家查。”

“好的。”

“如果谁给你出难题，你就去找大龟参谋长。”

“好的。”

佐藤惠含情脉脉：“裘风君，我真的有点舍不得离开你了。”

“不是小别胜新婚嘛，我等你回来。”

佐藤惠就倒在了裘风的怀里。

送走佐藤惠，裘风从飞机场回到办公室，就考虑该从哪里入手了。如果这两起案子都是彭辉所为，那彭辉又是如何知道天狼计划是针对新四军根据地的呢？是不是从特高课参与新四军根据地摸情况的人那儿得知的？

裘风立马就想起来了那天晚上，他和佐藤惠去悦来酒家吃饭，见到特高科的杨培山和特高课的魏三一起喝酒的事。如果是杨培山主动找魏三喝酒的，在杨培山的诱导下，魏三又谈及自己去新四军根据地摸情况的事，那杨培山也就成了被怀疑的对象。

杜谦被半路打劫时，杨培山在场，梁延敏驻扎在孙家小院监视茂源绸缎庄时，杨培山也参与了。电台测向车被炸那天晚上，他带人去监视茂源绸缎庄，杨培山就在自己的车里，而且，他和杨培山还有过一段对话，这样想来杨培山就更加可疑了。

当他想起那段有关茂源绸缎庄伙计黄献的电话录音时就更加激动了。如果录音里的另一个人是杨培山的话，那冯骥也就知道特高课的人去新四军根据地摸情况的事了，彭辉自然也就知道了。当彭辉知道中条山战役的策划者山崎多棱是来制定天狼计划的，而彭辉又参加了中条山战役，自然知道日军当时所采取的行动，就会想到天狼计划一定受进攻中条山计划的影响，也就知道天狼计划的大概内容了。哪里还需再窃取天狼计划！而彭辉之所以对山崎多棱下手，正如佐藤惠所言，是彭辉为了给在中条山战役中死去的弟兄们报仇。

裘风经过一番调查就下令把杨培山抓了起来。这在特高科无疑成了一个爆炸性的新闻。

审讯室里，杨培山已被绑在十字架上。裘风坐在那儿黑着脸一支接一支地抽烟，好半天才道：“杨培山，真的没想到我会在这种地方，以这种形式和你谈话。说谈话那叫客气了，其实是叫审讯。既然我已经把话说得如此明白了，那我们就开始吧。当我感觉茂源绸缎庄的冯骥，知道茂源绸缎庄的电话被监控的事，我就怀疑我们特高科里有内鬼了，也叫藏家鼠。没想到这个藏家鼠就是你。”

杨培山淡淡地一笑：“裘科长，咱们特高科里有没有藏家鼠我不知道，但要说我是，这可就贻笑大方了。”

“杨培山，你心态不错啊！一副视死如归的样子。”

“裘科长，不做亏心事，不怕鬼敲门。”

“好一个不做亏心事，不怕鬼敲门。那好！我们就打开天窗说亮话吧。在你随梁延敏在孙家小院监视茂源绸缎庄的那几天里，你曾以肚子疼的名义单独出去了好大一会子，你回来后，梁延敏问你去了哪家医院看的，你说哪家医院也没去，半路上拉了一次就好了。其实，你去和茂源绸缎庄的黄献接头了。对不对？”

“请问裘科长，我和黄献在哪里接头的？谁见到了？”

裘风就让花勇把那段电话录音放了一遍。杨培山听后马上意识到问题的严重性了。裘风肯定让兴盛商店的老板辨认出他来了，可自古华山一条道，于是他道：“既然你们认定那是我的声音了，这事都过去那么长时间了，你们当时怎么不把我抓起来，居然等到现在？”

“当时，虽然我们已经听出来那是在用暗语对话的，因为你用的是一种假音，所以就没有听出来。智者千虑，必有一失，不知道为何，当时我们就没想到和黄献接头的有可能是特高科的人。否则的话，你当时就露馅了，而不是等到现在。虽然你不是因为这件事暴露的，但这件事却证实了你就是藏家鼠。”

“裘科长，我真的有点糊涂了。请你点拨，我洗耳恭听。”

“你是用兴盛商店的公用电话给茂源绸缎庄的黄献打的电话，刚才兴盛商店的老板过来了，已经证实那个电话就是你打的。既然你不承认，更说明你心里有鬼了。你还要自作聪明继续给我抵赖、继续给我兜圈子吗？”

“裘科长，这并不能成为我打那个电话的佐证。我用兴盛商店的公用电话打过好多次电话呢，其中也给特高科里打过电话。那老头对我有印象那是再正常不过了。可要说那个电话是我打的，他就是不怀好意了。我不就欠过他几次电话费嘛！娘的！要是我欠他几顿饭钱了，说不定梁延敏就成我杀的了，山崎多棱就成我炸死的了。”

“杜谦被打劫，你是内应。和魏三在一起喝酒，你是为了证实魏三是否去新四军根据地摸情况了，然后你又通过黄献告诉了冯骥。也就是说，你是潜伏在特高科里的新四军徐州情报站特工。”

“裘科长，你怀疑茂源绸缎庄里藏有电台，我们掘地三尺却没搜查到；你怀疑黄献家里藏有电台，可仍然没有搜查到。你这又怀疑我是新四军徐州情报站潜伏在特高科里的特工，真的是疑神疑鬼了。裘科长，你是在查天狼计划泄密的事吧？”

“可以这么说。”

“裘科长，在我眼里你一直是个很精明的人，今天怎么犯糊涂了？”

“我犯糊涂了？请指点，我洗耳恭听。”

“那天和魏三在一起喝酒，我说我们特高科这段时间忙死了，他不买账，就说了他去新四军根据地摸情况的事，还说他的搭档大老纪被新四军抓了去，要不是他反应快了点，就不可能和我在一起喝酒聊天了。说到这儿，他还用手掌做了一个切脖子的动作。裘科长，你想啊！特高课去新四军根据地摸情况的人，被抓着的好像不光是魏三的搭档老纪一个吧，那新四军不也就知道了特高课去摸情况是为了日后扫荡！说天狼计划扫荡的是湖西根据地，新四军傻吗？一旦新四军弄清山崎多棱是中条山战役的策划者，此次来徐州，肯定会被认为是来制定天狼计划的，那天狼计划能不受进攻中条山计划的影响！新四军自然也就知道天狼计划的大概内容了。也就是说天狼计划早已是一个公开的秘密了。”

裘风想不佩服杨培山的狡辩能力都不行！但仍然讥笑道：“杨培山，如此说来没你什么事了？”

“此次扫荡新四军根据地，偷鸡不成蚀把米，严重受挫，大龟参谋长肯定会找个替死鬼的。可没想到你会让我当这个替死鬼。裘科长，培山鞍前马后地跟随你这么久，值了！”

此刻，心直口快的李玉柱可怜巴巴道：“裘科长，你就拿天狼计划是个公开的秘密来交差不行吗？培山可是个好兄弟啊！”

裘风怒火乍起：“李玉柱，你他娘的可真是一堵挡风的墙。我来问你，那天杨培山带着你和老方开囚车去监狱接杜谦，怎么那么巧囚车开到半路抛锚了，而且正好停在杜谦的同伙那儿？”

李玉柱就愣在那儿了。

杨培山道：“裘科长，这能说明什么？天空中飞来一只鸟，拉的屎正好落在了秃子头上，这只能说明是个偶然事件。再说了，你是临时安排我们三个人去监狱接杜谦的，即便我想搭救杜谦，可也没机会没时间找人配合啊！”

“这很好解释，搭救杜谦是冯骥和你事先谋划好的。”

“即便是冯骥和我事先谋划好的，可你不让我去接杜谦，不也是白谋划吗？”

“这件事是偶然事件，那件事是偶然事件，如果把这些事件一一像串糖葫芦一样串起来，并排考虑问题，还能是偶然事件吗？”

“我以前听过一个典故，说是有人丢了一把斧子，心里怀疑是邻居的儿子偷去了。看他走路的姿态，像是偷了斧子的样子，看他脸上的神色，也像偷了斧子的样子，看他讲话的神情也像是偷了斧子的样子。不久，这个人去山谷里掘地，找到了自己丢失的斧子。隔了几天，再看邻居的儿子，一举一动，面目表情，都不像偷斧子的样子了。这则寓言说明，以主观成见看问题处理问题，必然导致歪曲和谬误。”

“杨培山，这个审讯室里的刑具和气味，你是熟悉的，而且你也知道，没几个人能经受住肉体极限的考验，所以说，你想靠要小聪明靠要嘴皮子蒙混过关的可能性应该没有。识时务者为俊杰，如果你老实交代，看在我们曾经是兄弟的份儿上，我会给你一条生路的，而且绝不食言。如果你一味地胡搅蛮缠，醉死不认那壶酒钱，等待你的只能是死亡。何去何从，你自己考虑吧。”

“裘科长，捉贼捉赃，捉奸捉双。如果你不按套路出牌，自以为是，一意孤行，可就叫草菅人命了。我死在你手里，物伤其类，寒的可是特高科兄弟们的心。”

裘风一阵大笑：“杨培山，你可真是舌灿莲花，伶牙俐齿，能言善辩啊！既然我苦口婆心不管用，那我就不客气了。”

此刻，魏成栋拨通了张亚菲办公室里的电话，把杨培山因何被抓捕的，以及杨培山正在被审讯的事告诉给了张亚菲。张亚菲说了句忙着就把电话挂了。魏成栋放下电话就开车去茂源绸缎庄了。当冯骥和林丽听黄献说杨培山就是渔夫后，都大吃一惊。但冯骥片刻就镇定了下来：“成栋，这里电话被裘风监控了，我不方便打电话，你马上打电话让彭辉带一个排的兵力过来，然后我们去特高科捞人。”

魏成栋才不怕把事惹大呢，更何况是去跟裘风干仗，心里就有种难以言状的狂热。他拨通了彭辉的电话："彭辉，我现在在冯骥这儿呢，刚才，裘风以特高科的杨培山是冯骥的卧底为由，对杨培山实施了抓捕，正在审讯。娘的！这不是刑讯逼供想置冯骥于死地嘛！你马上带一个排的兵力去特高科，我回警察局召集人马，把杨培山抢回来。"

"娘的！还反了他呢。好的！我们警察局大门口见。"彭辉放下魏成栋的电话就拨打李新志的电话。魏秋红正在彭辉的办公室呢，自然听了个明白，当彭辉放下电话后，摸了摸腰间的家伙，道："我也去。"

彭辉感觉挡是挡不住魏秋红的，就一挥手："走！"

彭辉和魏秋红下楼后，李新志已经把人集合好了，彭辉一声令下，三辆卡车就跟随彭辉的轿车出发了。到了警察局的大门口，但见魏成栋已经带着十几个警察在特高科的大门口等候呢。

冯骥在魏成栋的轿车里，给彭辉摆了摆手，彭辉就上了魏成栋的轿车。冯骥道："该如何把这汪水搅浑，这个就不要我说了吧？"

"我明白你的意思。"彭辉说完就下车了，然后一挥手，"行动。"立马，保安处的人都像饿狼一样扑向了特高科，警察局的十几个人紧跟其后。

有几个特高科的人不知道怎么回事，想挡哪里挡得住。李新志带人直扑特高科的审讯室。此刻，杨培山已经被打得遍体鳞伤，奄奄一息。裘风见李新志带着一帮人过来了，就大喝一声："干什么的？"

李新志道："裘科长，我们在奉命执行任务。"然后一转脸，"把杨培山解下来。"

裘风大喝一声："你敢！"

李新志见花勇要掏家伙，搂头就是一拳，要不是后面有人挡着，必倒地无疑。

杨培山刚被解下来，魏成栋、彭辉、魏秋红和冯骥就过来了。彭辉道："裘风，杨培山是我们保安处的人，我要把他带走了。"

裘风道："彭辉，你这样做考虑后果了吗？"

彭辉笑道："裘风，不计后果的事你干得还少吗？走！我们到院子里说道说道去。"

"走就走，我看你有什么可说的。"裘风也想摆脱被挟持的危险，说完就到院子里了。特高科的几个人就跟过去了。

彭辉这才小声道："李排长，你让人把杨培山送到王秋明家吧。别忘了带点药。"

李新志就安排三个去过王家湾王秋明家的人把杨培山架着出去了。

裘风见有人要把杨培山带走，这还得了，大吼一声："杨培山是新四军徐州情报站的特工，不能带走。"

彭辉道："裘风，你这叫栽赃陷害，别有用心。"

魏成栋咄咄逼人的气势尽显眉宇之间："裘疯子，我看你是站在树上说鸟语。依我看，你他娘的才是新四军徐州情报站站长渔翁呢。"

此刻，特高科的人也都围过来了，但见保安处和警察局的人人多势众，光棍不吃眼前亏，况且杨培山在特高科里口碑不错，就眼睁睁地看着三个保安处的人把杨培山带走了。

裘风站在那儿脸色铁青，几乎要吐血了。

这时，彭辉道："特高科的兄弟们，或许有的人还不知道呢，你们特高科的裘风、刘喜子、花勇，与我、魏成栋、魏秋红，还有茂源绸缎庄的老板冯骥及老板娘林丽，都是沛县中学的同学。按说一辈子同学三辈子亲，可是呢，因为裘风和魏成栋都看上了林丽，就发生了裘风和刘喜子、花勇一边，我和魏成栋、冯骥一边的群殴。其结果是魏成栋和刘喜子被魏成栋攮伤，我和冯骥、魏成栋被迫背井离乡，魏成栋的家被裘风的父亲毁了半拉。求百事之荣，不如免一事之辱；邀千人之欢，不如释一人之怨。按说这么多年过去了，裘风也该释然了，可裘风小心眼子，念念不忘复仇。前段时间，把我的未婚妻魏秋红绑架到了安泰公寓，这段时间又在不断地找茂源绸缎庄的麻烦。抓个小偷小摸吧，就刑讯逼供让人家承认是去和冯骥接头的，这又把杨培山抓起来刑讯逼供说是冯骥的卧底。其目的就是想置冯骥于死地，从而达到霸占林丽的目的。关于这个问题，在裘风带人去茂源绸缎庄搜查电台时，我们已经给佐藤惠小姐说清楚了。还有，你们特高科连着两天去火车站搜查保安处的人，就是想把山崎多棱爆炸案诬陷到我头上，其目的就是想搞倒我。裘风这叫什么？叫不择手段！叫公报私仇！要不是我拦着，保安处的弟兄们早把特高科的窝给端掉了。"

裘风仰天大笑："彭辉，冯骥是不是新四军徐州情报站站长渔翁，大家心里都跟明镜似的。我现在告诉你彭辉，杨培山已经承认他是新四军徐州情报站的特工，就要交代他的上线了。你居然在光天化日之下，在这个时候从特高科审讯室里把他抢走，其目的就是为了保护渔翁，真是胆大包天。有道是：不怕你现在闹得欢，就怕将来拉清单。”

彭辉哈哈大笑：“裘风，为了我们几个人不再受到你的伤害，防患于未然，我才买通杨培山做卧底的。杨培山怎么就成新四军的特工了？真是司马昭之心路人皆知。”

这时，冯骥发话了：“各位兄弟，我叫冯骥，是茂源绸缎庄的老板，这段时间由于特高科的兄弟们对茂源绸缎庄进行了布控，严重影响了我的生意。你们再这样下去，我只能关门歇业回家种地去了。裘风，当年魏成栋攮了你两刀不是嘛，这样吧，他攮你哪个地方了，你就攮我哪个地方吧，免得你老感觉吃亏了。哎！冤冤相报何时了啊！”冯骥说到这儿，就把棉袄脱掉了。

裘风笑道：“冯骥，你没必要给我演这出戏，我再小气，也不会小气到念念不忘我们少年时期的轻狂。咱也别说谁吃亏谁赚便宜，现如今也都不在话下了。可我在乎的是立场问题，毕竟我拿的是大日本皇军的俸禄，拿人钱财替人消灾。”

魏成栋给冯骥穿上棉袄，浑身带着一种玩世不恭的味道：“裘疯子，你说得冠冕堂皇，可你肚子里拧的是啥麻花，大家都心知肚明。都是老中医，你就别开什么偏方了。”

好汉架不过人多，裘风见没有便宜可赚，且事已至此，就道：“冯骥，在魏成栋和彭辉的武力帮助下，杨培山被成功搭救，你们是不是该散去了？”

“裘风，我用人格担保，我来这儿之前都不知道你们特高科里有个叫杨培山的人，更不知道他长什么样子。我之所以跟彭辉和魏成栋过来，是因为你老是对过去群殴的事耿耿于怀，似乎不闹出人命来你就过不了这个坎！这段时间你可没少闹腾，也该闹腾够了吧！都是老同学，也该冰释前嫌了吧！也是因为你老是对林丽旧情难忘，纠缠不休，我现在明确告诉你，作为一个有血性的男人，这能让那能让，唯独老婆不能让。再者说了，佐藤惠小姐那么漂亮，就是西游记里的唐僧见了她，也会心猿意马神不守舍的，你也该心满意足了。而且，人家还是你的上司，也该给人家留点面子了。吃着碗里的看着锅里的，你就不怕伤了胃口！”冯骥说完气呼呼地走人了。

望着冯骥渐行渐远的背影，裘风声嘶力竭道：“这汪水可是被你们搅浑了，可我坚信，会有澄清的那一天。”

魏成栋从鼻腔里喷出一股冷气，目光里充满着挑衅、不屑和轻蔑，讥笑道：“裘疯子，你拉倒吧！我看你狗小子已是鬼迷心窍、走火入魔了。上帝要让谁亡，就先让谁疯狂。善不积不足以成名，恶不积不足以灭身。”

彭辉一声令下：“收队！”

保安处的人或嗷嗷叫着，或吹着呼哨走了。

警察局的人跟着一哄而散。

已是夕阳西沉。

在茂源绸缎庄的大门口下了车，魏成栋笑道：“冯骥，今晚你可得弄几个硬菜、几瓶好酒，好好地慰劳一下我和彭辉。”

魏秋红道：“还有我呢。我虽然没说什么，可也起到了助威的作用。而且，我的手一直在兜里握着手枪呢。”

冯骥一声不吭地进茂源绸缎庄了，魏秋红就给魏成栋做了一个鬼脸。

几个人进了小楼，但见张亚菲正帮着林丽端盘子端碗呢。于是，魏成栋也就找到张亚菲对他不冷不热的原因了。林丽简单地问了问情况，就张罗大家入桌吃饭了。

冯骥忧心忡忡地道：“刚才我们虽然成功地把杨培山解救出来了，可裘风会善罢甘休吗？肯定不会的！”

彭辉道：“佐藤惠今天乘飞机不知道去哪里了，回来肯定会向我要人的。”

魏秋红道：“可不是嘛！裘风不是说杨培山已经承认他是新四军徐州情报站的特工，就要交代他的上线了嘛！那佐藤惠肯定会穷追不舍的。”

彭辉听出了魏秋红的弦外之意，马上道：“他那是胡咧咧的，是别有用心。杨培山是我的人，我能不清楚他的底细。”

魏秋红旁敲侧击道：“或许杨培山既是你的人，也是新四军徐州情报站的人也未可知。”

林丽笑道：“看来秋红也怀疑这里就是新四军徐州情报站了……”

魏秋红笑道：“你这儿要真的是新四军徐州情报站，我给佐藤惠打个小报告可就发财了。可我宁愿当穷光蛋在这里蹭饭吃。”

魏成栋一向心态好，跟没事人似的，入桌后就没放下筷子，什么好吃吃什么，还自斟自饮了几杯。彭辉看不下去了，就讥笑道：“成栋，吃得差不多了吧？”

魏成栋这才放下筷子，然后点燃一支香烟，吐了个烟圈才道：“自古华山一条道，一不做二不休，我们乘佐藤惠不在家，干脆把裘风干掉算了。有道是先下手为强，后下手遭殃。”

冯骥道：“我们刚去特高科闹腾过，如果裘风死了，即便不是我们的事，一腚坐在黄泥上，不是屎也是屎了。那佐藤惠还不得发疯发狂？”

在烟雾缭绕中，魏成栋凶相毕露，恶狠狠地道：“既然到了不是你死就是我亡的地步了，那就连佐藤惠一起干掉吧！”

大家都愣在那儿了，好半天谁也没说一句话，空气格外沉闷。

第二十七章　箭在弦上

在送张亚菲回家的路上，魏成栋道：“亚菲，我有些秘密想告诉你，不知道你是否感兴趣？”

“谢谢你对我的信任，我会守口如瓶的。”

“或许你已经知道了，梁延敏曾经是新四军徐州情报站三号情报站站长，后来叛变到了特高科，前不久被人干掉了。你知道是谁派去的杀手吗？”魏成栋一副讳莫如深的样子。

张亚菲摇了摇头，之后就摆出一副愿听下文的样子。

“是我派去的杀手。”魏成栋掷地有声。

张亚菲愕然道：“是吗？你为什么要干掉他，你又不是新四军徐州情报站的人？”

魏成栋不假思索地道：“可冯骥是新四军徐州情报站站长渔翁。”

张亚菲又是一惊：“你确定吗？”

“我还帮过冯骥一次呢。那次冯骥为了搭救被裘风关押在监狱的杜谦，以林丽少了婚戒为由去了裘风办公室，没想到裘风聪明反被聪明误，上了冯骥的当，结果杜谦被搭救成功。裘风正要对冯骥下手，我和彭辉赶到了，裘风只得收手。初闻不识曲中意，现在已是曲中人。虽然我现在还不是共产党，可也脱不了干系了。”

“你和冯骥那么好的兄弟，当然不能袖手旁观了。”

“我之所以帮冯骥，是为了兄弟间的感情，也是为了跟裘风过不去，杀杀裘风的威风，但这都是秃子头上的虱子明摆着的事……”魏成栋丢包袱，意在勾起张亚菲的浓厚兴趣，也是为了凸显重中之重。

“还有其他原因？”

“亚菲，虽然我对共产党了解不深，但我们郭世举老师是共产党，冯骥也是共产党，而这两个人又都是正派之人，那共产党肯定错不了。”

“好一个逻辑推理。冯骥是不是共产党我不清楚，但你刚加入了国民党的军统，这又想加入共产党的地下组织，你不会是这山望着那山高、见风使舵的投机主义者吧？”

“我之所以加入军统，是为了甩掉汉奸的帽子，并不是旧情复燃。军统在我眼里就像个黑社会组织，而国民党烂泥扶不上墙，是没什么前途的。我想加入共产党地下组织的另一个原因，是感觉彭辉已经先前一步了，这更说明共产党是深得人心的。哪天我喝二两小酒，非得收拾收拾冯骥和彭辉不可，居然拿我当外人了。”魏成栋一副气哼哼的样子。

“这个想法你给秋红透露过吗？”

“秋红是个一条道走到黑的人，我才不去触那个霉头呢。”

“成栋，”张亚菲加重了语气，“你太精明了，也太会投机取巧了。”

“你这是什么意思？怀疑我加入共产党地下组织的诚意？”

“或许你知道我经常往茂源绸缎庄那儿跑，就以为我和彭辉一样亲共了，为了获取我的芳心，才使出要加入共产党地下组织这一招数的，对不对？”

魏成栋嘿嘿一笑：“志同才能道合，才能举案齐眉，才能结为连理枝。”

张亚菲峨眉舒展，笑道：“你还一套一套的呢。”

“我这是在彭辉那取到的真经。”继而，魏成栋正经八百地道，“不过，我的确想和你们一起干大事了。而投奔共产党未尝不是一条杲杲日出的前程！”

虽然从魏成栋的神态和语气可以断定魏成栋是诚心诚意的，可张亚菲哪敢掉以轻心，还是把话题岔开了。

轿车缓缓地行驶在街道上。

次日一早，彭辉去了郝鹏举的办公室，状告裘风为了达到不可告人的目的，借追查天狼计划泄密和山崎多棱遇害的案子，刑讯逼供保安处卧底杨培山为冯骥新四军徐州情报站的人。最后道：“看来我和裘风不是他死就是我亡了。”

“彭辉，你是我的左膀右臂，我还指望着你帮我干大事呢，你万万死不得。这个裘风，的确是个祸害，可真要把他干掉，佐藤惠能放过你们几个？到时候就怕我都控制不住局面。”

彭辉感觉郝鹏举说得的确是肺腑之言，就道：“那你去大龟参谋长那儿吹吹风吧，免得裘风恶人先告状，先入为主。”

“大龟参谋长刚才打电话让我过去呢，或许就是这事。让杨培山远走高飞吧，免得佐藤惠回来后让事情更加复杂化。”郝鹏举说到这儿就站了起来。

“不就是拼个鱼死网破嘛。”彭辉赌气说完就走人了。

昨天晚上，佐藤惠接到了裘风的电报，今天吃过早饭又接到大龟参谋长的电报就往回飞了。在从机场回来的路上，佐藤惠听完裘风的汇报，思考了一会儿道：“彭辉是保安处处长，魏成栋是警察局局长，郝鹏举又是个护犊子的人，我们要想让他们把杨培山交过来，必须取得大龟参谋长的支持。可是，因为你和他们那点破事，他们就有理由继续说你公报私仇，而你又没有坐实杨培山是新四军徐州情报站的卧底，这事就是到了大龟参谋长那儿估计也是个难题。”

“难道这事就这样不了了之了？特高科的兄弟们会怎么看我？”

“这事也怪你操之过急，如果你等我回来再审讯杨培山的话，或许就不是这个结局了。”

“娘的！难道又让他们胜了一局？”

佐藤惠见裘风脸色铁青就有些心疼：“或许是，或许不是。”

把佐藤惠送到司令部，裘风就在车里抽烟了。不一会儿，当看到佐藤惠一脸寒霜地从司令部的大门出来时，就明白个大概了。佐藤惠上了轿车就道：“郝鹏举个老家伙果然在大龟参谋长那儿，果然拿你和他们的那点破事说事了。”

裘风一副很无奈的样子，懒懒地道：“这汪水可是让他们搅浑了。”

“裘风，你给我说句实话，你现在心里头还有林丽吗？”

裘风凶相毕露，恶狠狠地道：“有啊！我想把她连同彭辉、魏成栋、冯骥、魏秋红一起碎尸万段。”

佐藤惠就欣喜地道：“那我现在告诉你，经过我和大龟参谋长磋商，决定免除彭辉保安处处长的职务，并让彭辉三天内必须交出杨培山，否则，军法处置。”

“彭辉可是郝鹏举那老家伙的左膀右臂，他会同意吗？”

“我给大龟参谋长也提出了这个问题，大龟参谋长说他去跟郝鹏举交涉。”

“那魏成栋呢？”

“大龟参谋长说，一旦坐实彭辉的问题，再收拾魏成栋也不迟。我们回去吧，好好谋划谋划，做好充分的准备，争取打一场漂亮的歼灭战。”

“有山崎多棱遇害案和天狼计划泄密案在那儿摆着，又有大龟参谋长撑腰，这么好的机会，要是再扳不倒他们，只能说明我们俩是一对笨蛋了。”裘风说完就把轿车开走了。

“这么好的机会？难道他们会坐以待毙？你就不怕他们狗急跳墙？”

傍晚时分，彭辉和魏秋红开车去了茂源绸缎庄，不一会儿，魏成栋和张亚菲也过来了。几个人坐定，彭辉就道：“刚才郝鹏举找我谈话了，说大龟参谋长把他叫了过去，经大龟参谋长和佐藤惠磋商，决定免去我的职务，并限三天内必须交出杨培山，否则，军法处置。郝鹏举不同意免去我的职务，两个人吵了一会儿，才达成如果三天内不交出杨培山，就免去我保安处处长职务的协议。”

冯骥眉峰蹙起，面色严肃，声调深沉地道：“山雨欲来风满楼，黑云压城城欲摧。估计佐藤惠和裘风是想通过杨培山坐实彭辉的问题，置彭辉于死地，之后才是成栋和我。这样，裘风就报群殴之仇了。”最后一句显然是在定某种调子。

彭辉心领神会：“可不是嘛。”

魏成栋道：“佐藤惠和裘风打着追查山崎多棱遇害案和天狼计划泄密案的幌子来整我们，可谓名正言顺，这就跟领了圣旨差不多，想不配合调查都不行。佐藤惠和裘风已是箭在弦上，如果我们不提前出手的话，只能是死路一条。”

“哥，我赞同你的说法。佐藤惠和裘风肯定会去保安司令部要杨培山，那我们就在半路上解决掉他们。”魏秋红也动了杀心。

彭辉道：“已是短兵相接，针锋相对，不是你死就是我亡，难道佐藤惠和裘风没有防范？”

“吃饭皇帝大，天大的事，饭后再说。”魏成栋说完，摸起电话就给饭店打电话了，因为他已经决定动用杀手张涛了。若不是冯骥要维持双方的“均势”，他早就对裘风下手了，以免后患。

魏成栋刚放下电话，冯骥就道：“这事非同小可，还是饭前说吧，我怕酒后脑子不清醒。”说到这儿，端起茶杯，拿起茶杯盖轻轻地打了打漂浮的茶叶，啜饮了两口，再把茶杯放下，才条分缕析地道，“我们现在要考虑两个问题，一是佐藤惠和裘风跟彭辉要杨培山，彭辉该怎么应对？二是如何对佐藤惠和裘风同时下手？必须是同时下手，防止另一个拼命反扑。所以要做周密的谋划，既要确保万无一失，还要能摆脱干系。千万不要蛮干，切记！切记！”

一阵鸦雀无声，彭辉道：“那天在特高科，裘风不是说这汪水被我们搅浑了，并坚信会有澄清的那一天嘛，我感觉这汪水还不够浑，我要佐藤惠和裘风更加被动，即便浑身都是嘴也说不清道不明。”

大家都把目光投向了彭辉，彭辉清了清嗓子才道：“我要自残。”

在场的人无不惊讶，都瞪大了眼睛。

魏秋红可是个冰雪聪明的女人，一点就懂：“彭辉哥，我明白你的意思了。在这个节骨眼上，你是想上演一幕被袭击的大戏，让佐藤惠和裘风跳到黄河里也洗不清，从而达到方方面面给大龟参谋长施压的目的。也是为了以空间换时间，而一旦把佐藤惠和裘风干掉了，即便大家断定是我们干的，也能获得谅解。对吗？”

彭辉满意地点了点头。

魏秋红侠骨柔情：“彭辉，这个时候你不能受伤，不就是肩膀上挨一枪嘛，我能顶得住。”

这把彭辉感动得眼圈都红了，声音沙哑：“秋红，患难见真情，你的心意我领了。不过，你的分量不足以让佐藤惠和裘风引起公愤。我就不同了，保安处的处长，又是郝鹏举的左膀右臂，一旦我被袭击受伤了，肯定会引起轩然大波。到那时，佐藤惠和裘风就会成为过街老鼠，人人喊打。他们还敢向我要杨培山吗？”

魏秋红泪盈于眶，蓦然投到彭辉的怀里：“彭辉哥，你还没受伤，我就心痛得难以承受、无法呼吸了……”

彭辉无比感动，但拍了拍魏秋红的肩膀道：“起来吧，这么多人在呢，别让人家看笑话。”魏秋红这才抹着眼泪坐起来。

“秋红，李新志他们五个在外面暗中保护我们呢，等大家吃饱喝足，就在我们回去的路上行动吧。”彭辉的声音里略带些许悲壮。

魏秋红艰难地点了点头。

吃过饭，魏成栋带着张亚菲去红玫瑰舞厅了。刘喜子见魏成栋带着张亚菲进来了，连忙笑眯眯地迎上去，又见魏成栋带着酒气，就道：“魏局长，这是在哪里喝的酒，也不叫上兄弟我？”

“还能在哪里？冯骥家呗。”

“肯定少不了彭辉。”

“那是。彭辉被裘风那狗小子陷害，大龟参谋长要撸他的处长，能不喝点小酒！你是裘风鸟毛根上的人，让你去陪，还嫌添的堵不够吗？”

刘喜子解嘲道：“魏局长，醉了，醉了。”

“你是不是为了省瓶酒才这样说的？我付钱就是了。”

“看你这话说的，我请你喝个够还不行吗？”

魏成栋拍了拍刘喜子的肩膀道：“这才是好兄弟。”

刘喜子给魏成栋和张亚菲安排好座位，就让服务员上来一瓶白兰地和几个小菜。两个人喝了两杯酒，刘喜子道：“张小姐，我和魏局长有点私事，你看？”

张亚菲笑着站起来，就去不远处的一个座位坐下了。刘喜子这才小声道：“那天我从裘风的办公室门口经过，无意中听到了裘风和佐藤惠小姐的一段对话……”

“有话就说，有屁就放。”在裘风、刘喜子和花勇面前，魏成栋的神态不乏习惯成自然的傲慢和满不在乎。

“裘风问：‘那个使用飞镖的杀手，上海梅机关查出来了吗？’佐藤惠小姐回答道：‘我前几天问过，还没有。’裘风哼了一声才道：‘他们的办事效率也太低了吧，还梅机关呢。’佐藤惠小姐道：‘我了解你的心情，可时局动荡，人员更迭，不是说查就能查出来的。你放心，他们会尽力的，一旦有消息会第一时间通知我的。’”刘喜子之所以告诉魏成栋这事，是为了套近乎，更是为了火上浇油。他想让魏成栋对裘风下手，一旦裘风殁了，他就有可能当上特高科科长。要是魏成栋殁了，裘风就有很大可能当上警察局局长，而他就有可能当上特高科科长，还可以独自经营红玫瑰舞厅，再不需要给魏成栋二一添作五地坐地分赃了。他想轻抚下巴看戏。即便哪天日本人倒台了，手里有黄金白银，就隐身江湖，来个云深不知处。刘喜子把小算盘打得哗啦啦响。

魏成栋乜斜了刘喜子一眼：“看你神神秘秘那熊样子，我当是啥事呢，关我屁事！”继而道，“不对！裘风为了置冯骥于死地，栽赃陷害冯骥是新四军徐州情报站站长渔翁，难不成裘风为了置我于死地，想栽赃陷害我是杀害他爹的凶手？”

刘喜子把头摇晃得如拨浪鼓一般：“这事我可不敢乱说。”继而，“你还是防范点为好。”

“我什么时候怕过那小子！虽然如此，我还是谢谢你的美意了。”

“我还要告诉你一个秘密……”

“有话就说，有屁就放。”

“给老子倒杯酒。”

“要是个狗屁秘密，小心老子打掉你的下巴。”魏成栋说完就给刘喜子倒了一杯酒。

刘喜子把酒干了，小声道：“今天下午在彭城茶馆，我偶然发现你们警务科科长姚树进和佐藤惠有一次单独约会。姚树进是不是佐藤惠在警察局的卧底，那就要靠你来判断了。”

就在这时，传来了几声枪响，魏成栋立马站了起来：“喜子，走！过去看看。”

魏成栋和刘喜子、张亚菲跑到了大门外。见枪声更加密集了，三个人就上了轿车，片刻，魏成栋就开走了。

枪声有点断断续续。

当魏成栋把车开到出事地点时，枪声已经停了。但见彭辉轿车的前玻璃被打碎，魏秋红正在给彭辉包扎肩膀，就急切地道：“怎么回事？”

魏秋红道：“我们在这儿遭伏击了。”

张亚菲道：“别废话了，快把彭辉哥送医院去吧。”

魏成栋道：“可不是嘛。”

彭辉对着特高科的方向，大声骂道：“小人！小人！狗日的小人！”

几个人上了轿车，不一会儿就到了彭城医院。张亚菲招呼着，就把彭辉送到了手术室。魏成栋在张亚菲的办公室里，分别给郝鹏举、毕书文、刘伯阳、茂源绸缎庄、保安处和警察局挂了电话。不一会儿，彭城医院人满为患。

魏成栋在医院的大门口把郝鹏举、毕书文、刘伯阳接到张亚菲的办公室里。魏秋红解释道："晚上我们几个老同学在茂源绸缎庄喝酒，吃过饭后，我哥带他女朋友去红玫瑰舞厅了，我和彭辉又坐了一会儿才走，没想到在回保安处的路上被人伏击了。幸亏我和彭辉都带着家伙呢，一阵枪战后，那四个人开一辆轿车跑了。"

郝鹏举气呼呼地道："娘的！居然敢对我的保安处处长下手，胆大妄为！狗胆包天！查！给老子查！一定要揪出来幕后手。"

毕书文和刘伯阳跟着附和了几句。

中队长于保全对着特高科的方向气愤地吼叫道："娘的！就会干这卑鄙的勾当。"

魏成栋黑着脸："郝司令，这还需要查嘛，秃子头上的虱子明摆着，肯定是特高科的那帮孙子干的。"这等于说裘风是幕后手。

郝鹏举道："这小子最近是有点嚣张。"

魏成栋恶狠狠地道："哪里是有点嚣张，自以为抱着佐藤惠的大腿，简直是逞性妄为，肆行无忌，穷凶极恶。郝司令，你要拿他没办法，我们就不指望你给我们做主了。血债血还。"

郝鹏举道："明天我找大龟参谋长去，看他是个啥态度再说吧。"

这时，冯骥和林丽满头大汗地进来了。冯骥看到魏成栋就急切地问道："成栋，彭辉伤得厉害吗？"

"不清楚，张亚菲正在给他做手术呢。"

郝鹏举道："这两位大概就是传说中的茂源绸缎庄的老板和老板娘吧？"

魏成栋介绍几个人相互认识后，郝鹏举看着林丽笑道："老板娘如此楚楚动人，这就难怪当年魏成栋和裘风大打出手了。"

林丽脸一红，怯生生地道："郝司令，让你见笑了。"

这时，张亚菲回到了办公室，告诉大家彭辉的手术已经完毕，虽没有伤筋动骨，但是个穿透性的伤口，而且失血过多，已进病房挂水了。

魏秋红立马流着泪出去了，大家紧跟其后。

佐藤惠和裘风正在裘风的办公室里喝酒，就听到外面枪声乍响。当他们俩组织人到达出事地点时，魏成栋他们刚刚离开。裘风看看车牌号竟然是彭辉的轿车，见车前的挡风玻璃已是粉身碎骨，便纳闷道："看来彭辉在这儿遭伏击了，谁会对彭辉下手呢？没听说彭辉和谁结梁子了啊！"

裘风的话点醒了佐藤惠："你真是聪明一世糊涂一时，彭辉和谁结梁子，和他自己啊！"

裘风就愣在那儿了，好一会儿才缓过神来："歹毒啊歹毒！这汪水让他们搅得更浑了。不要说这会儿彭辉已经到彭城医院了。"

"不信你等着瞧，他不是胳膊受伤就是大腿受伤，肯定不是致命的位置。"

"位置不重要，只要受伤就行。谁对他开的枪不重要，只要能栽赃陷害就行。刚才我们还商量着明天去保安处，找彭辉要杨培山带多少人为好呢，还要个逑！"

就在这时，警察局方向，保安处方向，传来了嘈杂声，间或有汽车的喇叭声。裘风就道："这将是一场轩然大波。"之后就恶狠狠地用脚踹了一下彭辉的轿车。

"我们要不要去彭城医院凑凑热闹？"

"到了那儿，我们还不得成人家的眼中钉，肉中刺！还是别自找没趣了。"

佐藤惠慢条斯理地道："那我们就当到此一游，回去睡觉吧，天塌不下来。"

"天塌不下来？上帝把智慧洒满人间，你非得撑把伞。"裘风又用脚踹了一下彭辉的轿车，"这就是他们要对我们下手的理由和借口。说明他们也起了杀心！"

"你分析得很有道理。"

"现在看来，我们想通过杨培山置他们于死地的办法太笨拙了。乌龟除了会缩脖子防范，不也有攻击性嘛！何况是人。"

"可不是嘛。"

"先下手为强，后下手遭殃的道理，没有谁比我理解得更深刻了。"裘风说完就上车了。

佐藤惠和裘风刚回到特高科，刘喜子坐着黄包车也过来了。当听到彭辉是左胳臂受伤时，佐藤惠就笑了："这说明彭辉不是左撇子。"可当听到郝鹏举、毕书文、刘伯阳和于保全的中队人马也去了彭城医院，嘴角的笑容顿时化为乌有，且感到问题的严重性了，这需要通过大龟参谋长对郝鹏举施加压力。

次日一早，报童就在大街小巷里嚷嚷开了："特大新闻！特大新闻！保安处处长彭辉，昨晚遇刺……”

佐藤惠刚到大龟参谋长的办公室门口，正好碰到郝鹏举从里面出来，便知道郝鹏举是来干什么的了，于是讥笑道：“郝司令好早啊！”

“佐藤惠小姐不也一样嘛。”郝鹏举怕佐藤惠纠缠，笑着说完就走了。

佐藤惠对着郝鹏举的后背，做了个打枪的手势，进了大龟参谋长的办公室就道：“郝鹏举是来告状的吧？”

“因为彭辉昨晚遇刺的事，这一会儿我的电话被方方面面的人都快打爆了，或直接或间接地谴责你和裘风太过分了。”

“大龟参谋长，如果三天之内彭辉不交出杨培山，不但要免去他的保安处处长，还要军法处置，我和裘风有必要行刺他吗？”

“我也是这样给他们解释的。可几乎所有的人都说裘风因为过去群殴的事，和彭辉他们斗出油来了，还把你拉了进去当靠山。”

“说这话的人显然是别有用心。再说了，我的智商会这么低下吗？”

“那是谁对彭辉下手的？”

“是他自己。三人成虎，他就想造成现在这个局面让众人对你施压，让你相信裘风是公报私仇，从而达到不想交出杨培山的目的。这也是他们要对我和裘风君下手的理由和借口。”

“有一定道理。那你打算怎么办？”

“言必信，信必行，行必果。也就是如果三天之内彭辉不交出杨培山，不但要免去他的保安处处长，还要军法处置。”佐藤惠为了把大龟参谋长逼到墙角，又道，“否则，大日本帝国的威严何在？你大龟参谋长的威信何在？”

“那就按既定方针办吧。”

魏成栋在外面吃过午饭，刚到办公室门口，特务队队长杨越新就道：“魏局长，我上午听人说，最近有一头野猪，二百斤左右，极其凶悍，老去云龙山东南山脚下那个叫小陈庄的村子里作怪，今天咬死几只鸡，明天咬死几只鸭，还伤过两个人呢。”

一旁的姚树进道：“你给魏局长说这事是什么意思？”

“我们何不去把它收拾掉，既能美餐一顿，也是在为民除害。”

魏成栋笑道：“照你说这叫一举两得了？”

杨越新嘻嘻哈哈道：“正是。”

“有这样的好事体，何乐不为，你去召集几个弟兄，准备好车辆，等我喝杯茶就出发。”魏成栋进了办公室就把门关上了。

当杨越新把人召集好，把车辆准备好，来叫魏成栋时，魏成栋也喝足茶水了，也把手枪的弹匣填满了。魏成栋出了办公室的门，却见姚树进正在去茅房的路上，就道：“姚科长，这就要出发了，你怎么才去茅房啊？”

姚树进就抱着肚子道：“魏局长，我怕是去不了了，大概是昨晚吃坏了肚子，今天都去茅房好几次了。”

“也罢，那你就留下来看家吧。”

片刻后，魏成栋开着轿车，后面跟着一辆卡车，一行十人就出了警察局的大门。

裘风正在佐藤惠的寓所里，卸开他爱用的毛瑟 M712 型手枪擦拭。这种手枪是从大型军用手枪毛瑟 M1899 型改进后的全自动手枪，弹仓内可装 20 发子弹。因为他的手下已经查出来，秦大江和罗培新是保安大队李新志特务连的人，这会儿正准备配合小林队长去抓他们俩呢。一旦他们俩归案，彭辉也就死到临头了。

这时，有人送来一份上海梅机关的电文：经查，魏成栋在任上海法租界情报组组长时，手下曾有一位叫张涛的飞镖手。

佐藤惠看过电文就装进了口袋。裘风见佐藤惠有些反常，过去一把就掏出了电文，看过就道：“我爹果然是被魏成栋杀害的。”继而凶神恶煞地道，“血债血还。”

佐藤惠劝解道：“裘风君，我很能理解你此刻的心情，可也不能乱了方寸，乱了阵脚，尤其在这个节骨眼上，等我们拿下彭辉再收拾魏成栋也不迟。”

“魏成栋说出手就出手，既不拖泥带水又不瞻前顾后，敢作敢为，毫无忌惮。相比之下，我就有点迟疑不决，优柔寡断，患得患失了。当谢运来、王胡子和梁延敏被飞镖所杀后，我就该当机立断把魏成栋干掉，报杀父之仇，可我非要等这张破纸不可。如今这张破纸等来了，可也错失良机了，现在魏成栋能不防范？”

“此言差矣！魏成栋性情顽劣，桀骜不驯，自命不凡，想干掉他，何愁没机会！”

就在这时，电话铃响了。是姚树进打来的。

佐藤惠放下电话："我在警察局的卧底刚刚告知，魏成栋一行十人，刚刚乘一辆轿车和一辆卡车去云龙山东南有个叫小陈庄的村子附近打猎了。"

裘风转忧为喜："我刚想打盹，就有人送来了枕头。这可是个不错的机会。"

"要是捅了娄子我可就没办法向大龟参谋长交代了。"

"我可是去报杀父之仇的！别说到大龟参谋长那儿，就是到天皇裕仁那儿也能说得过去。"裘风说完就开始穿衣服了，意思是你不去我也得去，而且非去不行。自然把抓捕秦大江和罗培新的事抛在一边了。

佐藤惠见裘风固执己见，怕是三头牛也拉不回来，只好道："我不去能放心？也罢，先把魏成栋干掉，再收拾彭辉就利索多了。"说完就开始换衣服了。不一会儿，裘风带着特高科二十余人，佐藤惠带着宪兵队三十余人，乘轿车或卡车出发了。

在一个路口，张涛上了魏成栋的轿车。魏成栋手握方向盘，目视前方："杨越新，这位可是个神秘的人物，你猜一下他是谁？"

杨越新皱了皱眉头："神秘人物？会不会是裘风悬赏缉拿的飞镖手？"

"想不到你小子脑袋瓜子还挺灵活的，一猜就猜中了。"

坐在副驾驶位置上的张涛转过脸来："我叫张涛，很荣幸和弟兄们认识。"然后和后排座位上的三个人一一握手。

杨越新道："张涛兄可是难得一见啊！今天可是让兄弟们开了眼界了。"

张涛客气道："小弟不才，让兄弟们见笑了。"

在离小陈庄有半里的一个路口，魏成栋刚把轿车停下，魏成栋秘密集结过来的警察都从森林里走出来了。魏成栋清点了一下，五十个人一个不少。接着，魏成栋就让人把空车开到小陈庄村西了。

小路西边约三十米远的森林边上，有一个南北约一百米长的小山包，像长龙一样卧在那里，小路和小山包之间，是在凛冽的北风中飘来荡去的荒草丛。小路东边是个大斜坡，有稀稀疏疏的灌木。魏成栋的人马就埋伏到了小山包的后面。

一大早，天空就黑沉沉、阴森森的，此刻终于酿成了一场大雪。不是纷纷扬扬的那种，也不是飘飘洒洒的那种，而是像雨滴那样冷飕飕地斜射下来，打在人的脸上有明显的痛感。一时间，天空被风雪搅拌得混混沌沌，迷迷茫茫。

此刻，佐藤惠和裘风的人马依然在路上。

佐藤惠望着森林边上的一个小山包道："裘风君，魏成栋打完猎还不得原路返回，我们何不在这儿设下埋伏，守株待兔？"

"这条小路是通往山下的，万一他不原路返回呢？"

前方有零星的枪声传来，裘风就把轿车开得更快了。佐藤惠见裘风报仇如此心切，就沉默不语了。突然间，佐藤惠打了一个寒战："裘风君，这不会是个阴谋吧？"

"你是说魏成栋在前面设了埋伏？"

"这不是不可能的！"

裘风却笑道："我看你是神经过敏，把简单的问题想复杂了。魏成栋又不知道你在警察局安插卧底了，去小陈庄打猎又是突发行为，自然就不是个圈套了。"

佐藤惠心里依然七上八下的，却幽幽地道："但愿如此吧。"

佐藤惠的话刚落下，轿车就遭到手雷的袭击，被炸趴窝了。紧接着，密集的枪声响成一片。裘风和佐藤惠连忙跳下轿车。佐藤惠见后面的五辆卡车也被炸趴窝了，且狼烟四起，可也没对裘风发火，立马组织人还击。

一时间枪声大作，手雷的爆炸声此起彼伏。

战斗虽然呈胶着状态，佐藤惠和裘风毕竟处于劣势，可是吃大亏了，手下伤亡惨重。裘风虽然怒发冲冠，恨得咬牙，可也无计可施，只能盼望着宪兵队小林队长尽快带人来增援了。

小林队长说来就来，在离事发地点约二百米的地方，就停下车指挥手下用掷弹筒炮击魏成栋的阵地了，而且命人包抄了过去。佐藤惠见救兵到了，立刻组织人进行反扑。这下魏成栋受不了了，见大势已去，连忙下达了兵分两路，他带一路，杨越新带一路，且打且退，向云龙山第八节山西边的土地庙聚拢的命令。

此时，云龙山的森林里，已是雪雾茫茫，可见度极低。

一阵混战后，跟随魏成栋的人大都被打散，身边也就八九个人了，还迷失了方向。这时，魏成栋发现佐藤惠和裘风带着十几个人迎面过来了，想躲都躲不了了，连忙躲在一棵大树后面命令手下开火。佐藤惠和裘风也发现了魏成栋，连忙躲在一棵大树后面举枪射击。片刻，枪声大作。

这时，裘风见魏成栋已经处于劣势，就大声道："魏成栋老同学，别来无恙！”

魏成栋答道：“裘风老同学，承蒙挂念，一切安好！”

“魏成栋老同学，我现在已经查明，是你指使飞镖杀手张涛杀害的我爹，你也太凶残了吧！”裘风说完就给手下做了一个手势。

事已至此，索性开门见山，魏成栋声音高亢嘹亮：“仇人相见分外眼红是吧？那年我出走上海的时候，曾给你爹写过一封信，让你爹不要加害我爹，否则，我早晚要复仇的。有道是吃打不吃罚，吃罚不吃打。可你爹还是让我爹承受了牢狱之灾，还把我家毁了半拉。我们是少年轻狂不懂事，没想到你爹也不懂事，这能怪我嘛！”魏成栋说完也给手下做了一个手势。

“要是我看过你写给我爹的那封信，你怕是早就成我的刀下之鬼了。现在是我们该做个了断的时候了。请问，张涛来了吗？”

“裘风，你爷爷张涛在此。”张涛说完就刷的一声把飞镖打出去了。

说时迟那时快，佐藤惠飞身把裘风扑倒了，但为时已晚，张涛的飞镖已经击中裘风的咽喉。就在裘风口喷鲜血倒地的瞬间，就有几颗手雷在空中相向飞过，分别落在魏成栋、张涛以及佐藤惠、裘风和花勇的身边爆炸了。

魏成栋、张涛、佐藤惠、裘风和花勇均在浓厚的硝烟里驾鹤西游了。

大雪纷飞，天宇茫茫。

第二十八章　敲山震虎

1945年8月6日，美军一颗原子弹让日本广岛顿时受到毁灭性打击。

8月9日，苏联对日宣战，并迅速出兵中国东北，向日本关东军发起猛烈攻击。当天，两架美国B-29飞机飞临日本重要工业城市长崎上空，投下了第二颗原子弹，三分之一的城市毁于一旦。

眼看着日本主子正走在一条迅速奔向万丈深渊的路途之上，不可逆转的结局就在眼前，伪淮海省和徐州绥靖公署的军政头目急得如同热锅上的蚂蚁，惶惶不可终日。

霜天月落夜将半，谁共澄潭照影寒。

此时的伪淮海省省长、徐州绥靖公署主任郝鹏举的心境自然也少不了一种密云欲雨、人生何处是归程的惝恍之感。他把彭辉叫到办公室，有关他这个团体今后的出路，争取彭辉的意见。彭辉反问他是什么态度，郝鹏举就说他内心倾向于投靠蒋介石，认为国民党力量强大，又是正统，投靠蒋介石可以做官。但他又心存疑虑，且心有余悸，深知蒋介石为人阴险狠毒，一贯口是心非，两面三刀，排斥异己，只给空名，不给实权不给钱，利用完了就过河拆桥，落井下石。他也想过要投靠共产党，但又认为共产党不是正统，力量不大，国际上孤立无援，虽有群众拥护，但不是执政党，无官可做。而且过不了共产党的艰苦生活，左顾右盼，实在拿不定主意。

冯骥早就让彭辉循序渐进地做郝鹏举揭竿起义的工作了。彭辉抓住有利时机道："当今时局，日本、国民党、共产党，三足鼎立，唱的是'三国演义'。但日本人已是日薄西山，气息奄奄，兔子的尾巴长不了了。战后时局，将是国共两党争霸，鹿死谁手一时还很难说。我们这个几万人的团体，处在夹缝之中怎么做算上策，才有远大前途，是得好好考虑考虑。不过愚下之见，古人说：‘得人心者得天下，失人心者失天下。’在大后方，蒋介石政府腐败不堪，大失人心。在华中、华北的广大地区，除大城市和交通要道外，大片国土已入中共之手，他们治理有方，深得民心。看来，共产党代表中国的未来，只有和共产党合作，将来才有光明的前途。”

郝鹏举听后，眉头紧锁，低头深思，一言不发。

8月10日下午6：00，重庆中央广播电台传出了这样的声音：“日本政府通过瑞士向我国及盟军宣告无条件投降！”这一惊天动地的声音连续数小时反复播送，通过电波迅速传向全国、传向全世界。

听到日本乞降的消息，徐州市民欣喜若狂，奔走相告，纷纷涌上大街，尽情高喊“日本投降了！我们胜利了！”连珠炮似的鞭炮声，连绵不断的锣鼓声，盆盆罐罐的打击声，响彻整个古城的上空。许多柴草垛被点燃，火光把夜幕下的古城照得明亮通红……

8月15日正午时分，日本天皇正式宣布无条件投降。

郝鹏举立即召集毕书文、乜延斌、李兴民、曾季华、彭辉等人开会。与会人员都是一副愁眉苦脸、无精打采的样子。郝鹏举道：“刚才日本天皇已经正式下令，宣布无条件投降，蒋介石通电，要我们听候改编。陈公博到目前没有任何说法，大家对改编有什么意见？”

多数认为，接受改编那是肯定的。对部队如何改编，郝鹏举道：“我们不扩大也不缩小编制，全军两万余人，以可靠的部队编成四个师，一个特务团。每个师三个团，每个团三个营，不要旅一级编制，每个师五千多人。”接着就任命乜延斌为第一师师长，彭辉为第二师师长，李兴民为第三师师长，曾季华为第四师师长。

8月16日下午，郝鹏举接到蒋介石来电：兹任命郝鹏举为第六路军总司令，除任命状另发外，希即遵照，并于原地待命。郝鹏举立即复电：遵命办理。他马上组织第六路军总司令部，任命毕书文为副总司令，刘伯阳为参谋长。

8月19日，第三集团军司令冯治安部到徐州接防，兵车开到离徐州五十里处就停止不进了。派人到徐州进行一番侦察后，次日才开进徐州城，而且，即便是一些团长、营长在郝鹏举面前也是一副趾高气扬的派头。郝鹏举对此非常反感，私下对彭辉道："人不防虎，虎防人，我们也应该格外小心才是。"

彭辉又趁热打铁、火上浇油道："我已经听下面的弟兄们说了，他们以八年抗战的功劳自居，横着身子走路，看着沦陷区内一切无所不'伪'，甚至学生是'伪学生'，老师是'伪老师'。可他们想过没有，这还不是蒋介石抗战不力，把人们抛在沦陷区的吗？这个责任该谁来负？"

郝鹏举听后大伤脑筋，道："可不是嘛！"

彭辉又道："蒋介石改编我们，早晚会使出他的老手段。用得着你时花言巧语，加官晋爵，用不着你时，一脚踢开，落井下石。这方面郝司令该是深有体会的吧？"

"应该说是感同身受，有长期、深切的体会。"郝鹏举锁眉沉思了好大一会儿，又道，"我虽然被蒋介石任命为新编第六路军总司令，但我也深知蒋介石的为人，恐怕这是一种临时过渡的办法，因为中央军系统早已取消了'路'的番号，我们这个'路'以后也不知会怎么样。我们这个团体要生存，就不能放弃同任何一方建立联系的机会。"

彭辉听出郝鹏举的弦外之音，就直截了当地问道："郝司令，你的意思是不是我们要同八路军、新四军和解放区党政领导机关取得联系，以便为六路军多找一条出路？"

郝鹏举点了点头："裘风活着的时候，就认定你们那个茂源绸缎庄的同学冯骥是新四军徐州情报站站长渔翁，当年如果我点点头，即便没拿到证据，他也活不到今天。我之所以没点头，主要是我怕伤了我们之间的感情，也是不想和新四军断了后路。现在看来，我当年的决定是正确的。"郝鹏举说到这，咬了咬牙，"这样吧，彭辉，你通过冯骥秘密地和新四军陈军长接触一下，看看陈军长的态度。如果有一天，我们跟蒋介石实在过不下去了，就他娘的脚底下抹油，开溜。谁愿意在一棵歪脖子树上吊死！"

彭辉参加忻口战役时是个上校团长，中条山战役结束时已是代理师长，可是和武装到牙齿的日军打过硬仗的，而郝鹏举在西北军中的最高职务是上校团长，实战经验很少，更缺乏弩马陷阵的将才，这也是他对彭辉优渥有加并倚为股肱的原因。

"郝司令，冯骥是不是新四军徐州情报站站长渔翁，我还真不好说呢。我和冯骥的老师郭世举是淮北区党委城工部徐州市工委书记，如果通过他和陈军长联系，应该不是个问题。”

郝鹏举就有点不高兴了：“彭辉，杨培山当年是新四军徐州情报站潜伏在特高科的地下党，杨培山被你从特高科审讯室抢走后，是送到王家湾王秋明家的。现如今可是你们郭世举老师身边的得力干将。你以为我是聋子的耳朵摆饰！我对你如此信任，你却给我藏着掖着的，是不是有点不够意思了？”

在郝鹏举灼灼的眼光里，彭辉道：“郝司令，杨培山当年是不是潜伏在特高科的地下党我不知道，杨培山现在是不是我们郭世举老师的得力干将我仍然不知道。当年杨培山在特高科审讯室接受审讯，是魏成栋拉我去的……”

郝鹏举讥笑道：“这不成死无对证了嘛！”

“你这样说，不无道理。但的的确确是魏成栋拉我去的。我们和裘风他们之间的矛盾由来已久，而且势不两立，可谓斗红了眼，这你是知道的，魏秋红被裘风绑架，这你也是知道的。所以，只要有机会能和裘风对着干，心里就有种难以言状的狂热。浑身就像打了鸡血，即便是枪林弹雨也在所不辞。魏成栋不是已经和裘风同归于尽了嘛！难道这还说明不了问题吗？”

郝鹏举好一会儿才道：“你以为我处在这个位置上天天在打憨呼噜呢！我早知道你和共产党不干不净了。要不然我怎么会要你和新四军陈军长接触！彭辉，你老实告诉我，你是不是已经是共产党了？”

彭辉一本正经地道：“郝司令，我现在真的不是共产党。如果我哪天想加入共产党了，也一定拉上你。谁让你是我的教官呢。”

郝鹏举笑了笑：“有点意思，有点意思哈！”

离开郝鹏举的办公室，彭辉就去茂源绸缎庄了。当冯骥听说郝鹏举要和新四军建立联系，格外开心：“这可真是个不错的消息。争取敌军起义，这可是件一本万利的事儿。古人云：‘我虽百战而胜人，人虽屈而我亦劳。’对敌人要是用武力攻打，消灭他，我们还有伤亡，还要消耗枪支弹药，还要打烂城市村庄的坛坛罐罐，老百姓要受损失。如果敌人起义了，我们一无损失，面对敌人来说，下边，动摇了他的军心，上边，打乱了他的部署，意义非常重大。如果郝鹏举能率部起义，对进一步分化、瓦解国民党军队，尤其是西北军会起到意想不到的积极作用，那意义可就重大了。”

“当时郝鹏举问我是不是已经是共产党了，我回答他不是。冯骥，我现在想加入共产党了，不知道党组织能否满足我的要求？”

“我们党欢迎一切志愿加入党的行列、立志为共产主义事业奋斗终生的人，对于你提出入党的要求，我马上向党组织反映。”

“依你之见，党组织会满足我的要求吗？毕竟我……”彭辉深深地叹了一口气。

“彭辉，对这一点你不必多虑了。我们的朱老总，彭老总这些高级将领，不都是从旧军队里杀过来的嘛。再者说，两年来，你为我们党做的工作还少吗？我相信党组织会同意你的申请的。”

彭辉有些激动：“那我太荣幸了。”

“就目前你的情况来看，即便党组织同意你的申请，也只能是批准你为中共特别党员。”

“特别党员？”

“所谓特别党员，是由工作的特殊性质所决定的。只和党组织单线联系，不得与其他党组织发生横的关系，一般也不过组织生活，以免遭到意外损失。党要求每一个特别党员意识到自己肩负的特殊使命，以加倍的努力完成党和人民交给的每一项任务。”

彭辉十分庄重地道：“我一旦成为一名特别党员，会按照党组织的要求，努力完成各项任务的。”

在冯骥家吃过午饭，彭辉刚回到云龙山半山腰的山西会馆——二师师部，魏秋红就过来了。她告诉彭辉：“戴老板刚刚来电，让军统徐州情报站立刻挂牌开展工作，主要任务就是挖出徐州市里的地下党，查处各战区部队的不轨行为。”

彭辉蹙着眉头，轻蔑地哼了一声：“抗战刚刚胜利，举国满目疮痍，支离破碎，哀鸿遍野，蒋介石就迫不及待地要打内战了？”

魏秋红不以为然地道：“抗战时期，国共尚且貌合神离，同床异梦，如今日本人战败了，没有了共同的敌人，国共合作的基石自然就轰然倒塌了，兵戎相见那是自然而然的事。我过去就给你讲过，一个国家只能有一个领袖，一种主义。”

彭辉愤然道：“说白了就是一山不容二虎。可到那时，岂不又是天下大乱，生灵涂炭，民不聊生？”

魏秋红理直气壮地道：“军人以服从命令为天职……”

彭辉义正词严地道："可也要做一个有政治头脑的军人，而不是盲目服从。如果不顾劳苦大众的根本利益，而是为某一个人的一己私利去打仗，或出生入死，我认为这样的军人是愚蠢的。"

"彭辉，我提醒你，你现在的思想很危险。"魏秋红的声音虽然很小，但很有力道。

彭辉反唇相讥，声音高昂："恰恰相反！在我看来，思想危险的是你。"

魏秋红呆呆地望着彭辉，好一会儿才道："彭辉，你如果不是我未婚夫的话，就你这一番言论，足够逮捕的格了。"

彭辉望着魏秋红眼前的空茶杯，讥笑道："对不起，我忘记你是军统徐州情报站站长了，真的有点不知天高地厚、忘乎所以了。失敬！失敬！魏站长，你喝水。"

魏秋红眼里噙着泪水，努力不让泪水流下来，事与愿违，不争气的眼泪还是没有控制住。魏秋红压低嗓音软声绵气地道："彭辉，首先一条，我到你办公室来不是和你吵架的，更不是来遭受冷嘲热讽的，是想让你帮衬我一把，助我一臂之力的。现如今徐州的局势很复杂，各种势力盘根错节，我生怕掌控不了局面，而辜负了戴老板对我的厚望……你是我的未婚夫，我不指望你指望谁！"

彭辉慢吞吞地把桌面上的烟包拿起来，抽出来一支，在烟包上顿了顿，才把顿实的那端塞进嘴边，然后划根火柴燃着。隔着浓浓的烟雾，他看见的是魏秋红不容置疑和深情款款的眼神。可是，他却道："不管你是我的沛县老乡，还是我的老同学、未婚妻、顶头上司，我都实话告诉你，我宁愿回家种地去，也不参与打内战！"彭辉把话说得掷地有声，之后就把头转向窗外了，神情专注地看着眼前一片错错落落的青黛色的屋脊，丝毫不在乎魏秋红的感受和态度。

魏秋红看着彭辉，一任泪水汩汩流淌。因为彭辉异常坚定的态度，已经不是对她的工作支持不支持的问题了，是他不惜牺牲他们未婚夫妻关系的一种野蛮表白。虽然这让她无法容忍，可面对这个她深爱的男人，却又无可奈何。当她感觉再在这儿待下去已经毫无意义时，起身悄无声息地走了。下了云龙山，她开车回到了军统徐州情报站的所在地——夹河街公寓。陈川、高志典、张亚菲、刘传钦和她打招呼，她只是象征性地点了点头就上二楼她的办公室了。她的办公室两间相通，一间办公，一间是临时休息室。这一夜，她没有回她和彭辉的住处，而是睡在了临时休息室里。

彭辉那强硬态度，以及对她离去无动于衷的无礼态度，让她辗转反侧不能入睡。他不愿意参与打内战，仅仅是怕天下大乱，生灵涂炭，民不聊生？还是另有隐情？一直以来，他和冯骥的交往那是过密有加的。是不是受冯骥的影响？虽然她没有直接证据证明冯骥就是新四军徐州情报站站长渔翁，可她仍然认为冯骥就是渔翁。看来，他和共产党已经是说不清道不明了。或许，他现在已经是共产党的一分子了，这或许就是他不愿意打内战的最根本原因。如果是这样的话，她和他自然就是背道而驰的了，那未婚关系也就名存实亡了。他或许已经看到了这一点，所以才用强硬的态度提醒她。如果，她想和他顺理成章地结婚的话，除非她跟着他干共产党，别无选择！

可她的手上却沾着共产党的鲜血！而且，她还差点被共产党干掉！她怎么可能跟他干共产党呢？

次日中午，彭辉在办公室里懒散地抽着烟。这时，电话铃响了。他慢慢腾腾地拿起了话筒，对方就道："是彭辉师长吗？"

"是我，请问你是哪位？"

对方的声音有种难以抑制的激动："彭师长，我是韩大栓啊！您还好吗？"

"韩大栓，原来是你小子啊！我就说感觉声音有点耳熟呢。你这会儿在哪里呢？"

"彭师长，我是昨天才到徐州的，刚才听冯治安司令说你是郝鹏举司令的二师师长，就打电话给你了。我这就去你的驻地。"

"那我去山下接你。"彭辉说完放下电话，就带着副师长王勤刚、一团团长于保全、特务连连长李新志下山了。这三个人都是保安大队的老班底，也都是彭辉的心腹干将。

彭辉等人下山不一会儿，韩大栓就开车过来了，下车后快步来到彭辉面前："彭师长，第三八六团二营营长韩大栓向您敬礼！"说完就规规矩矩地行了一个军礼。

彭辉立马眼圈红了，还了一个礼，笑道："你小子现在可是个少将了，混得不错，出息了。"

韩大栓言之凿凿："没有彭师长，就没有我的今天。"

"也是你自己打拼出来的。"

跟随韩大栓过来的两个人也向彭辉敬礼，其中一个道："彭师长，第三八六团二营三排排长张立新向您敬礼。"另一个道，"彭师长，三八六团二营二排副排长万明乾向您敬礼。"

彭辉给两个人还了礼："我记得你们两个，现在也都是上校了。不错。"然后就把王勤刚、于保全和李新志介绍给了韩大栓他们三个。

之后，七个人拾阶而上，往山西会馆而去。

这一切都被开车从此路过的陈川尽收眼底，并听了个清清楚楚，回到夹河街公寓，就一五一十地汇报给了魏秋红。陈川道："看得出，彭辉和他们三个的关系亲热着呢。"

魏秋红幽然道："岂止是亲热，他们可是过命的交情。虽然我还没见过那三个人，但那三个人的名字我早已耳熟，都是跟着彭辉在忻口和中条山战役中经过血与火考验的弟兄。尤其那个韩大栓，不止一次当敢死队队长，而且……还起到了更改彭辉命运的作用。"

"那中午他们几个还不得开怀畅饮，喝个东倒西歪！"

"那是。"魏秋红继而却道，"陈副站长，你去查一下韩大栓的具体职务，如果是少将师长的话，你派专人秘密地把他的电话监听起来。"陈川是副站长兼行动队队长。

陈川一脸糊涂状："这是为什么？你刚才还说彭辉和韩大栓是过命的交情呢！而你和彭辉……"

"两码事。你给我记住了，这事不能让多一个人知道。"魏秋红神态很严肃，不容置辩。

"我明白。"

傍晚时分，彭辉去了茂源绸缎庄。冯骥一边给彭辉泡茶一边道："看样子中午没少喝。"

"可不是嘛，差不多有一瓶。"彭辉解嘲地笑了笑道。

"你平时可没喝过这么多酒。酒逢知己千杯少，和哪位在一起喝的？"冯骥把茶杯放到彭辉面前，然后坐在了沙发上。

"岂止是知己，是过命的交情。就是那个韩大栓，现在是少将师长了，跟随冯治安也来徐州了。"

"难怪。"冯骥灵光一闪，"彭辉，如果，我说是如果……"

"我俩想到一起了，我就是为这事来的。我感觉争取他起义有很大的可能性。”

“你先私下和他交流交流，看看他是什么反应。即便他断然拒绝，反正也不会出卖你的。”

“这是肯定的。只怕我缺乏说服他的能力，别弄得事倍功半了。”

“其他人也说不上话啊！只要他有这个倾向，问题就好办了，因为我们不缺政工干部。彭辉，你设想一下，如果真的把他拉到我们的阵营上来了，那意义可就重大了。对还留在国民党阵营内，又不愿意跟随蒋介石一同打内战的杂牌军或西北军，至少起到了暮鼓晨钟的作用。而且，对进一步分化、瓦解国民党军队和促成国民党军队起义，都会起到一定的积极作用。也会对蒋介石的内战阴谋无疑是当头一棒。”

“这是可想而知的。”彭辉呷了一口茶就把昨天和魏秋红闹翻的事一五一十地说了出来。

冯骥饮着茶水，深思了好一会儿才道：“徐州这个地方，处于江苏、安徽、山东、河南四省之交，又有津浦、陇海两条铁路干线交汇，既是交通枢纽，又是战略要地，自古以来就为兵家所争。日军投降后，蒋介石就两眼牢牢地盯着徐州了，并下令收编伪军郝鹏举部，以便在他的嫡系到来之前，阻止新四军接收。接着蒋介石又下令成立徐州行营，由顾祝同坐镇，各路中央军亦相继开抵此地。目前徐州周围聚集了十万以上大军，准备向山东解放区进攻。作为军统徐州情报站，其任务不仅是挖出徐州市里的地下党，查处各战区部队的不轨行为，我认为更重要任务就是看牢你们这些杂牌军或西北军，防止异动。作为站长的魏秋红，潜伏了两年多，现在正是舒展筋骨、春风得意、踌躇满志的时候，你给她泼一盆冷水，估计难以奏效，这或许就是她昨晚没回去住的原因。”

“这你没看错，秋红是一条道走到黑的人，估计再给她泼第二盆水也是徒劳的。日军投降那天晚上，我就给她做工作了，希望她能脱掉军装，走相夫教子的路线，可她却说应以党国大业为重，相夫教子那是以后的事。所以，昨天我才借故跟她闹翻的。她悄无声息地走，而且，晚上也没有回来住，这让我切身感觉到，想说服一根筋的魏秋红和我一起干共产党无异于痴心妄想，这就意味着我和她的未婚关系已是名存实亡，劳燕分飞已成定局。这虽然残酷，但必须面对。”

“彭辉，虽然秋红是一根筋，是一条道走到黑的人，而且现在还春风得意，可你们毕竟是青梅竹马、两小无猜，还好了那么多年。如果就此劳燕分飞了，岂不太可惜了？”

彭辉叹了口气道：“你以为这是我想要的结局？”

“既然这不是你想要的结局，那就不能让秋红越走越远，要拯救她，要挽留她，把她拉到我们的阵营上来，只有这样才能留住你们的爱情和婚姻，而不是就此放弃和顺其自然。就秋红而言，她也肯定会考虑你们这么多年的感情，而不会轻易放弃。”

彭辉好一会儿才道：“真羡慕你和林丽啊！志同道合。”

冯骥苦笑了笑：“羡慕我和林丽？彭辉，我现在应该告诉你了，其实，我和林丽是假夫妻。”

彭辉瞠目结舌：“什么？假夫妻？”

冯骥点了点头：“是这样的。当年郭世举老师为了及时传送情报，他给情报站搞来了一部电台。说发报员是从延安刚过来的一位女同志，为了掩护我的工作，我们俩以假夫妻的面目出现在世人面前，没想到这个发报员是林丽。当林丽知道她的工作对象是我后都哭了，她对我们当年精心筹划的‘英雄救美’依然耿耿于怀，说一想到我塞进她嘴里那条毛巾的味道就想吐，而且还认为我就是一个歹人，说我想绑架她，想糟蹋她，可没得逞！”

彭辉笑道：“那你真的比窦娥还要冤了。”

“谁说不是呢。当年我们和裘风他们群殴杀人的事她也是如鲠在喉。”

“即便如此，按说你们同在一个屋檐下，又在一个锅里摸勺子，日久生情，也早该成为夫妻了？”

冯骥甜蜜地笑了笑：“现在已有些感情了，离修成正果指日可待。”

“我做梦也没想到你们俩竟然是假夫妻，岂止是我，秋红也没发觉。你们伪装得真像啊。”

冯骥意味深长地道：“要是伪装得不像，怕是早就掉脑袋了。”

彭辉解嘲地笑了笑：“魏秋红是我的未婚妻，林丽是你的假妻子，我们兄弟俩真有点同病相怜的味道了。”

“言归正传。你想过没有，秋红即便不干军统徐州情报站站长了，军统徐州情报站会撤销吗？显然不会。与其让别人当这个站长，还不如让秋红当呢。至少秋红不会把枪口对准我们吧？”

“秋红可是个事事顶真的人，还真的不好说呢。”彭辉一副忧心忡忡的样子，继而又道，“今天上午，秋红以汉奸的名义把正要潜逃的刘喜子抓了起来。”

“刘喜子虽然是特高科科长，可这近两年多是在经营他的红玫瑰舞厅，也没听说他做过什么坏事啊？而且还一再示好我们，难道她在敲山震虎？”

“敲山震虎？”

“秋红以什么名义把刘喜子抓起来不重要，重要的是她在向你我表明，她没把同学这层关系放在眼里。你不愿意打内战，并和她闹僵，秋红一定会把这笔账算到我头上。敢以汉奸的名义抓刘喜子，难道就不敢以共产党的名义抓我冯骥吗？”

“她把刘喜子抓起来，估计有为成栋复仇的意思！”彭辉多多少少有为秋红辩解的意思。

“这有可能，过去刘喜子毕竟和裘风是一伙的。秋红把佐藤惠的奸细姚树进挖出来后，可是活埋的。由此可见，她狠着呢。”

彭辉就不吭声了。

冯骥长叹一口气，半天才道：“所以，争取韩大栓的工作要格外小心，尽量不要在电话里说事……”

“嗯！苏文东已被我弄到副官处任上校副官了，就让他负责与韩大栓联络吧。”

两人又聊了几句，彭辉站起来刚出门，林丽过来了：“吃过晚饭再回去吧？”

彭辉笑了笑：“我晚上还有应酬，再见嫂子。”

林丽勉强地笑了笑：“再见！”

等冯骥送走彭辉，林丽就板着脸道：“冯骥，我们之间的事你是不是告诉给彭辉了？”

冯骥赔着笑脸道：“他又不是外人，所以……”

“他的确不是外人，可你事先经过我的允许了吗？这毕竟是我们之间的隐私，隐私你懂不懂？”

看着林丽急赤白脸的样子，冯骥知道惹麻烦了，就小心翼翼地道：“事出有因……”

“我不想听你的解释，我现在郑重其事地告诉你，”林丽稍作停顿才道，“看在你多次死皮赖脸地向我表白我们又生死与共多年的份儿上，我心头一软才应承的，没想到你居然忘乎所以、得意忘形了。你让彭辉怎么看待我们的婚姻？是啊！地基不牢，怎么能建高楼大厦！那你说，我们还有必要结合在一起吗？显然不能了。”林丽说过，就气愤地上楼了。

望着林丽的背影，冯骥仍柔风细雨道：“林丽，你这就小题大做、钻牛角尖了！”

“此刻，我又想起来你塞进我嘴里那条毛巾的味道，这让我隔夜饭都快吐出来了。再说了，就你那副皮囊，掉在人堆里都找不到你，到时候我不是抓瞎了嘛！所以，你就没有理由怪我了。”林丽说这话时，脸也没转过来。

冯骥小声小气笑道：“林丽，你快活成林黛玉了。”

“哼！”

这天，郝鹏举把彭辉叫到了办公室，口吻严肃：“彭辉，那天我拜托你的事，就不麻烦你了。我考虑来考虑去，还是跟老蒋稳妥。”

“拜托我的事？哦！你是说和新四军陈军长联络的事吧？”

郝鹏举点了点头。

彭辉就有点着急了：“为什么？我已经在做这项工作了啊！”

“彭辉，我就实话给你说吧。佐藤惠和裘风活着的时候，就传言魏秋红是军统的人，我将信将疑。现在呢，魏秋红堂堂正正地是军统徐州情报站站长了，她的工作对象，无疑是共产党和我们这些杂牌军。别说我带领兄弟们要投靠共产党了，就是你要投靠共产党，魏秋红也不会愿意啊。”

“郝司令，你从未拿我当过外人，所以，我对你更没什么好隐瞒的。秋红刚来徐州的时候，是带着五人小组来刺杀汪精卫的，汪精卫未来徐州，她就被戴笠任命为军统徐州情报站站长了。可这是我后来才知道的。现在军统徐州情报站由地下转到地上，正如你所说，她的工作对象就是共产党和我们这些杂牌军。前两天，我和她还因为我不想跟着蒋介石打内战而闹了一场呢，到现在她也没回来住。郝司令，我认为夫妻是讲缘分的，缘来缘去那是老天爷注定的，也就是说，我和她只能是顺其自然了。郝司令，我用人格担保，我不会做对不起我们这个两万余人的团体的。”

郝鹏举喜上眉梢：“彭辉，有你这个态度我就放心了。”

几天后的一个下午，彭辉来到了茂源绸缎庄，和正忙乎的林丽、黄献打了个招呼就随冯骥去后院了。彭辉坐下就兴奋地告诉冯骥，通过几次长谈，韩大栓思想觉悟日益提高，但想直接会见共产党的高级代表，商谈某些具体问题。冯骥把刚沏好的茶杯放在彭辉面前，欣然道：“你这几天可是功劳不小。”和彭辉对面坐下后，又道，“韩大栓是个少将师长，我们必须派相当一级的干部来才显得对他的重视，而且这个干部既要具有丰富的对敌斗争经验和较高的政策水平，还要有一定的风度，才能消除韩大栓的种种疑虑，确保起义成功。问题是我们如何安排好这次会晤，以确保我方代表的安全。”

彭辉毫不避讳道：“不安全的因素只能是来自秋红的军统徐州情报站。”

“这话你没说错。所以，这得需要张亚菲的配合。等我方代表确定过来的时间，我们再商讨会晤地点和具体细节吧。”

彭辉点了点头，须臾道：“冯骥，我入党的事党组织回话了吗？”

“我正要告诉你呢，上级党组织已经批准你为中共特别党员了。”

彭辉站了起来，带着无比激动的口吻道：“我一定不辜负党组织对我的信任。今天是我迎新送旧的日子，值得庆贺，晚上把张亚菲叫过来吧？”

“我还没问你呢，这几天秋红回去住了吗？”

“没有。”彭辉回答得很干脆，丝毫不拖泥带水。

“这可不是个好现象。这样吧，晚上在我家弄个酒场，以庆祝抗战胜利为由，把秋红和亚菲约来，借此缓和一下你和秋红的矛盾。”

“这不跑题了吗？我得当着林丽和张亚菲的面，感谢你这个入党介绍人啊。”

“心里有，啥都有。还是以大局为重吧。”冯骥一副不容置辨的样子。

拨通电话，魏秋红却以工作繁忙为由，婉言谢绝了。冯骥手持话筒，拨通魏秋红的电话，听着嘟嘟的声音，好一会儿才放下电话。

在烟雾缭绕之中，彭辉铁青着脸，一声不吭。

第二十九章　大义灭亲

魏秋红放下电话后，心情并不轻松。

这是她来徐州之后，第一次拒绝冯骥的宴请。而她和冯骥可是情同兄妹啊。

她能感觉到，这个电话的背后一定有彭辉的影子。或许彭辉就在冯骥身边呢，或许这是彭辉电话授意的也未可知。不管怎么说，这一定是在彭辉同意后，冯骥才给她打的电话。那这个酒场意味着什么呢？肯定不是为庆祝抗战胜利。要么是他彭辉想通过这个酒场来缓和一下他们之间的矛盾，要么是冯骥在知道他们之间的矛盾后想出面调解一下，抑或兼而有之。

可她和彭辉的矛盾能是通过调解解决的吗？这可不是个小夫妻间言差语错造成的矛盾，而是个大是大非的矛盾！在她看来，冯骥是个共产党，会做工作让彭辉跟她干国民党吗？显然不会！只能是做工作让她服从于彭辉的选择和志向，也就是他冯骥的志向，让她跟着彭辉干共产党，也就是跟着他冯骥干共产党。而不管是彭辉还是冯骥，都不会明目张胆地要她干共产党，而是以调解矛盾为由，让她臣服于感情，从而达到让她躺在感情的温床上，跟着彭辉干共产党的目的。

难道冯骥就不怕她魏秋红用感情的纽带，把彭辉捆绑着继续留在国民党的阵营里吗？从那天彭辉对她的强硬和冷漠的态度来看，冯骥已经把彭辉掌控和把持得很稳妥了，显然不怕。也就是说，在这场争夺彭辉的暗战中，冯骥似乎胜券在握了。

未必！魏秋红在心里恶狠狠地说了句，似乎不解恨，又追加了一句：

看谁笑到最后。

魏秋红可不是个轻易服输的人。如果输掉了彭辉，岂不是奇耻大辱！军统戴老板怎么看她？跟她干的伙计们怎么看她？就和彭辉这么多年的感情而言，也不能输，也输不起。她必须对她这么多年的感情负责。

可又如何把彭辉牢牢地把持住呢？老这样靠冷战，靠欲擒故纵就能把持住吗？既然感觉到冯骥的电话背后一定有彭辉的影子，就该答应下来，而不是拒绝。毕竟这是个台阶，毕竟自己还深爱着他彭辉。可一想到彭辉那说过话就别过脸的强硬态度，以及对她离去无动于衷的无礼态度就气不打一处出。电话是冯骥打的，而不是彭辉，不去也罢，没什么好后悔的。

就在这时，张亚菲敲门进来了，说："刚才戴老板发来电报，问徐州有没有什么异常的情况？"魏秋红就说："一切正常。"张亚菲点了点头就笑道："头，你和姐夫闹矛盾了？"

魏秋红不苟言笑道："你听谁说的？"

张亚菲白了魏秋红一眼："嘁！这还要听谁说吗？秃子头上的虱子明摆着呢。你这么多天晚上都睡在这儿，还不能说明问题吗？"

魏秋红敷衍道："情报站刚刚挂牌，徐州这么个大摊子，工作千头万绪的，忙啊！"

张亚菲不依不饶地道："头，我又不是三岁小孩好哄好骗的，说，姐夫是不是欺负你了？"

魏秋红不耐烦地道："我看你是咸吃萝卜淡操心。"

"魏秋红同志，我看你是半夜里跑了个驴不知道好人歹人。我这就给彭辉打电话，就说你病了，而且还病得不轻，见谁咬谁。"张亚菲边说话边拿起电话筒拨号。

"你还学狗叫唤呢。唉！你就别添乱了好不好？"魏秋红想按电话钮，张亚菲眼疾手快，却把电话抱一边打去了。

电话居然没人接。

张亚菲把电话放在桌上，笑道："是不是彭辉哥耐不住寂寞，去哪里沾花拈草去了？"

魏秋红没好气道："狗眼看人低，我们家彭辉是那样的人吗？"

张亚菲讥笑道："还你们家彭辉，彭辉哥明媒正娶你了吗？哪儿还没哪儿呢就厚着脸皮跑彭辉哥被窝里了，也不嫌害臊！"

“做人要分清自己与他人的界限，不是分内之事不管，他人的私事非邀请不管，是修养。历史上最有才华、最多管闲事、死得最可惜的人莫过于杨修了。曹操平汉中，连吃败仗。想进兵，怕马超拒守。想收兵，又恐蜀兵耻笑，心中正犹豫不决。适逢庖官进鸡汤，有人入帐禀请夜间口令，曹操随口答曰：‘鸡肋。’杨修见令传鸡肋，便让随行军士收拾行装，准备归程。结果，曹操以妄测圣意、扰乱军心之名，将他杀了。杨修恃才放旷，才自作聪明做了不该做的事，说了不该说的话，落得个英才早逝的结局，难道不是多管闲事之祸吗？”

“曹操是个白脸奸臣，你也想落此名声？你就在这僵着吧，就不怕彭辉哥哪天一脚把你蹬了，或一纸休书把你休了，再找一个？”

魏秋红凶巴巴地瞪了张亚菲一眼：“找你？”

张亚菲嘻嘻哈哈地道：“秋红，这话可不能这样说，万一一语成谶了呢？”

“嘁！半夜里抱着沙缸啃，你怎么就知道脆不知道碜呢？你也不撒泡尿照照自己……”

张亚菲翕动着鼻翼四处嗅了嗅：“这是从哪里飘过来一股醋味，还老陈醋呢。万一你醋意大发，可就没我的好果子吃了。走了！”说完，飘然而去。

张亚菲刚出门，正要把门带上，抬头见陈川过来了，就道：“陈副站长，这几天连个鬼影都没有见到你了，忙什么呢？”

陈川敷衍道：“瞎忙，瞎忙。”

张亚菲望着擦肩而过的陈川的背影，就在心里打了一个问号。

陈川进门后，把门关死，坐在沙发上，点燃了一支烟。魏秋红看着陈川一脸严肃的样子，边给陈川沏茶边道：“看来是有收获了？”

“的确如此。”

魏秋红过去，把茶杯放在陈川面前，回到自己的座位上：“说吧。”

陈川清了清嗓子道：“最近一段时间，彭辉和韩大栓没少见面，但他们从来不在电话里谈论什么，多数是相约喝酒去。即便如此，电话打得也是很少，多数是彭辉的副官苏文东和韩大栓手下的第三八六团团长张立新替他们联络的。而苏文东和张立新更是频频见面，而且，一聊就是几个小时，这又不是情人之间的卿卿我我，显然不正常。我敢说，彭辉和韩大栓之间肯定不是简单地在一起吃吃喝喝和叙旧，里面肯定有文章。”

冰雪聪明的魏秋红马上意识到，这是在冯骥的怂恿和撺掇下，彭辉在拉拢韩大栓一起投靠共产党呢。可她却轻描淡写地道："能有什么文章？"

陈川斩钉截铁道："异动！"

"严重了吧！这个结论可不能轻易下,要有根有据,要铁板上钉钉。否则，会草菅人命的。所以，你还是继续监视吧。"魏秋红勉强地笑了笑，"不过，你能有见微知著的嗅觉这很好。"

陈川却一本正经地道："依我看，不如把苏文东抓起来，审问一下不就水落石出了？"

魏秋红摇了摇头："这太草率了，很容易事倍功半。"

"你不会是因为苏文东是彭辉的副官吧？"陈川说完笑了笑，想缓和一下他话里的火药味。

"我魏秋红是什么样的人，你陈川难道不知道吗？党国的利益高于一切！我提醒你一下,可是我魏秋红让你秘密地把韩大栓的电话监听起来的。"

陈川苦笑了笑："这我知道。魏站长，要是没什么事的话，我走了？"

"我再重申一遍，你给我记住了，这事不能让多一个人知道。"魏秋红神态很严肃，不容置否。

"当然。"

陈川走后，魏秋红陷入了沉思。

几天后,冯骥和郭世举敲定了接头的时间和地点。时间是9月20日傍晚，地点是云龙山东南山脚下小陈庄陈老三家。

魏秋红决定抓捕苏文东，是在9月18日晚上接到一份电报之后。半年之前，魏秋红把一个代号叫"老黑"的特工，打入了郭世举领导的新四军四师邳睢铜办事处。晚上10：00，魏秋红按照和老黑约定的时间，进入了电讯室。得到的情报是郭世举下午从淮北区党委回来后，傍晚不知道去向。联系到彭辉和韩大栓近期频频接触，魏秋红似乎感觉到郭世举是来徐州拉拢彭辉和韩大栓一起投靠共产党的。如果是的话，这说明彭辉在冯骥的怂恿和撺掇下已经滑得太远了，而且也没把她魏秋红这个军统徐州情报站站长放在眼里。是可忍孰不可忍！魏秋红回到办公室，几乎没怎么犹豫，摸起电话就给陈川下达了秘密抓捕苏文东的命令。

可是，当魏秋红躺到床上后，却心乱如麻地辗转反侧不能入睡。她很清楚，抓捕苏文东之后所要付出的代价。在沛县中学读书时，郭世举给他们上课的画面，如电影一般闪现，还有小时候和彭辉、魏成栋、冯骥一起玩要的画面。郭世举是她的恩师，彭辉和冯骥是她和魏成栋一样亲的两个哥哥，而彭辉又是她的未婚夫。这个时候，她格外想念已是生死契阔、鸿飞冥冥的魏成栋了。她不停地在心里念叨着：哥哥，我该怎么办？泪水打湿了枕巾……

魏秋红很清楚，一旦抓捕了苏文东，这就意味着她已经迈开了大义灭亲的第一步。那第二步，第三步呢？她不敢往下想了。她之所以派陈川监听韩大栓的电话，就是怕出现今天这个局面，而一旦出现苗头了，也好加以制止，以免走到不可收拾的地步。

凌晨5：00，魏秋红拉亮电灯下床了，她在办公桌前踱来踱去，终于把话筒拿在了手中，她几乎用颤抖的手拨响了陈川的电话，可没人接。于是，魏秋红感叹一声："天意。"

其实，陈川就在电话机旁边躺着呢，他知道这是魏秋红打来的，可他故意没接。他之所以没接，是怕魏秋红改变了抓捕苏文东的主意。因为他能感受到魏秋红在下达抓捕苏文东的命令之前所下的决心，毕竟这对谁来讲都不是一件容易的事，即便朝令夕改也是可以理解的。

秘密抓捕苏文东的行动正在进行中。

云龙山脚下不远的一个小巷子里，有一家包子铺，这家的猪肉粉条大包子，小有名气。而苏文东就爱这一口。本来他是和一个叫李文本的上尉一起去吃早餐的，可李文本上厕所半天没出来，他等得不耐烦就想先走一步了。可刚到包子铺门口，就被人套上麻袋架上了一辆轿车，转眼就没了踪影。李文本来到包子铺，正有人议论刚才的一幕，不见苏文东，一打听才知道被绑架是苏文东，调头就跑了。

彭辉刚爬起来，正在刷牙，听到苏文东被绑架的消息，想也没想，就断定是魏秋红干的。他把牙刷和牙缸一扔，用毛巾抹了一把嘴，到办公桌前，捞起话筒就拨魏秋红的电话。电话拨通了，他满腔怒火道："魏秋红，你好大的胆子，居然把我的副官给绑架了，你马上把人给我放出来。"

魏秋红虚张声势道："彭辉，大清早的你找我什么事？我什么时候绑架你的人了？还什么副官！"

"魏秋红，在徐州城里，也只有你们军统的人才会干这种下三烂的事。"

"彭辉，你别忘了，你也是军统的人。"

"这也是你拉我下水的。魏秋红，我现在郑重其事地告诉你，如果一个小时之内你不把我的副官苏文东放出来，完璧归赵，你我的一切关系也就到此为止了，我们老死不相往来。你不仁就别怪我不义！”彭辉说完，就把电话狠狠地卡下了。

彭辉坐下后，点燃了一支香烟，狠狠地抽了几口，就摁死在烟灰缸里了，然后打电话把李新志叫来：“苏文东刚刚被军统情报站的人绑架了，你马上带几个便衣去夹河街公寓，只要有人出来，就秘密跟踪。一旦发现苏文东的踪迹，就给我抢回来。是动刀还是动枪，你随便。”

李新志衔命下去后，彭辉就下山去了茂源绸缎庄。

东方天际鱼肚白，街上行人很少，徐州城似乎还没有醒透！

彭辉飞车来到了茂源绸缎庄，店门开着，冯骥刚扫过地，正在洒水呢，店里弥漫着一股泥土的味道。店里一暗，冯骥见彭辉怒气冲冲地进来，便知道有麻烦事了。但依然平静地道：“吃饭了吗？”

见店里只有冯骥，就黑着脸道：“苏文东刚刚被绑架了。”

冯骥一愣神：“是被秋红绑架的？”

“不是她能是谁！可她就是不承认。真是个混蛋！”

这时，林丽进来了，当听说苏文东被绑架后，大吃一惊，然后道：“彭辉，你赶快派人去夹河街公寓，看看能发现情况不。”

“我已经安排特务连连长李新志带几个便衣去了。”

林丽满意地点了点头，然后道：“是不是发份电报取消这次约见？”

彭辉道：“我就是为这事来的。万一苏文东经受不住刑讯不就麻烦了嘛。”

冯骥道：“林丽，那你去吧。我在这照看门市。”

不一会儿，林丽就又过来了，说郭世举昨晚就出发了。冯骥深思了一会儿道：“我相信苏文东不会叛变，即便叛变了，徐州军统情报站就那几十个人又能解决什么问题呢？秋红会把这事汇报给顾祝同吗？秋红不承认绑架了苏文东这便是答案。我们现在要做的就是尽快找到苏文东。林丽，你马上和张亚菲取得联系，看看她知道苏文东的下落不。彭辉，你抓紧时间回去，派人查绑架苏文东所用车辆，以车找人。”

中午时分，彭辉正在办公室里吞云吐雾。魏秋红没有放出苏文东，这就意味着魏秋红已经决定和他分道扬镳了。那么多年的感情就这样被信仰击垮，付之东流了。他想笑，可笑不出来，想哭可也哭不出来，就不停地抽烟。办公室里已是烟雾缭绕，呛人。

就在这时，冯骥来电话了，说是魏洪烈来他店里了，他已经通知魏秋红了，让彭辉马上过去吃饭。彭辉放下电话，在心里念叨着：这魏叔来得还真是个时候。

彭辉磨磨蹭蹭好一会儿才去茂源绸缎庄，当他到达后，魏秋红已经到了。见到魏洪烈之后便是一阵嘘寒问暖。魏洪烈片刻就感觉到了问题：秋红见彭辉进来后吊着个脸一言不发，彭辉呢，似乎懒得看秋红一眼。饭店送来饭菜了，冯骥请他入桌，他却装聋作哑，仰着头，眼睛依然直直地看着天花板。即便是林丽请他入桌，他也一声不吭。

此刻，魏秋红站了起来，入桌后才道："爹！先吃饭吧。"

这个时候，魏洪烈才发话："我活这么大岁数了，不差这顿饭。"

显然是在找茬。

魏秋红皱皱眉头道："爹！有什么话您就说吧，这样什么问题也解决不了。"

魏洪烈清清嗓子开言道："我来这儿就一件事，代表你爷爷和你娘想问问你和彭辉，这日本鬼子都打跑了，你们俩也都老大不小了，什么时候结婚啊？"

魏秋红道："最近我和彭辉都忙，等忙过这阵子再说吧。"

魏洪烈见彭辉低头不语，就道："彭辉，是吗？"

彭辉这才抬起头，铁青着脸道："魏秋红，你就给魏叔实话实说吧。"

魏秋红怒目圆睁，恶狠狠地道："彭辉，你什么意思？"

彭辉没好气道："我能有什么意思，只是不想欺骗魏叔罢了。你要张不开嘴，我来给魏叔说。"然后把目光投向魏洪烈，"魏叔，魏秋红已经和我一刀两断了，这婚结不成了。"

魏洪烈虽然感觉彭辉和魏秋红出问题了，但没想到会到这一地步，难免一惊，道："这是什么时候的事？"

彭辉答道："今天。"

魏洪烈又道："怎么回事？"

彭辉就把今天发生的事一五一十地讲了。魏洪烈听后，一拍茶几，凶巴巴地道："秋红，彭辉说的是真的吗？"见魏秋红默不作声，就用手指敲打着茶几道，"秋红，你长本事了，居然敢绑架彭辉的人了！彭辉是你什么人？你难道不知道吗？他是你的未婚夫啊！即便不是你的未婚夫，可也是伴随着你一起长大的兄长啊！你这叫什么你知道吗？叫六亲不认！”

此刻，魏秋红已是泪水洗面，抽泣了好一会儿才道：“彭辉、冯骥哥、林丽嫂子，当着我爹的面，我给大家说清楚是怎么回事。我是党国的军人，军人以服从命令为天职。我身为军统徐州情报站站长，在徐州的主要任务就是挖出徐州市里的地下党，查处各战区部队的不轨行为。苏文东是彭辉的副官不假，可他是共产党，是共产党我就得抓。我总不能违背自己的组织和党性，误党误国吧！”

彭辉气愤地道：“你怎么知道苏文东是共产党的？”

魏秋红道：“几天前，我的副站长陈川就想抓捕他了，可考虑到他是你的人，我就没同意。昨天晚上，我得到一个情报，淮北区党委城工部徐州市工委书记郭世举，这两天要来徐州做策反工作，我才下令抓捕他的。可到了今天早上，我想阻止陈川对他的抓捕行为，可为时已晚。我放下你的电话就去陈川那儿了。到那儿后，苏文东正在受审，已被打得皮开肉绽。当我发现他左肩膀有一个伤疤时，便断定他就是九里山军火库爆炸案的始作俑者，也就是当年特高课课长佐藤惠和特高科科长裘风悬赏缉拿的地下党。也就是说，我抓他没抓错。”

彭辉道：“既然你断定他就是九里山军火库爆炸案的始作俑者，怎么就不考虑他是个抗日英雄呢？抗日英雄你也抓？”

“他是抗日英雄不假，可他是共产党的人。”

“即便他是共产党的人，你和他只是信仰不同，这你就抓？别忘了，现在还是国共合作期间呢，蒋介石和毛泽东尚且没有撕破脸皮，你当什么的反共急先锋？”

魏秋红讥笑道：“国共合作？现在国军已经大军压境，要不了多久就会进攻山东，谁的心里不都跟明镜似的？”

“魏秋红，你敢在报纸上把你这个观点抖搂出来吗？”

“有必要吗？”

“他承认他是共产党了吗？”

“这重要吗？”

“就因为他左肩膀也有一个伤疤你就认为他是共产党，就乱抓无辜？就刑讯逼供？魏秋红，你太让我失望了。我和你话不投机半句多。你好自为之吧。”

魏洪烈见彭辉站起来要走，发话了：“彭辉，你给我老老实实坐下。”见彭辉坐下了，转向魏秋红，“秋红，你这样对共产党大打出手，兔子急了还蹬鹰呢，就不怕共产党对你下手？成栋没了，你再没了，你让我和你娘怎么活人？当我和你娘百年之后，谁给我们披麻戴孝？这你考虑过吗？”

魏秋红五味陈杂，红着眼睛道：“爹！自古忠孝不能两全。”

“那你和彭辉的婚事还要不要？”

“我想要。”魏秋红回答得很干脆。

“既然你想要，那你为什么还抓捕彭辉的人？这于情于理说不过去啊，闺女？”

“你以为我想这样嘛！”魏秋红说完就趴在桌子上痛哭了起来，后背一抽一抽的。

此刻，彭辉眼睛潮湿，走到魏秋红跟前，拍了拍魏秋红的肩膀：“秋红……”

魏秋红扭身抱住彭辉，把头深深地埋在彭辉的身上，泣不成声道：“彭辉哥……”

就在这时，西北方向传来了几声枪响。魏秋红立马站了起来，呆呆地望着西北方向，好一会儿才道：“彭辉，这是你的人把苏文东搭救走了，我的人……算了不说了。爹，你过来吃饭吧。”

魏洪烈过去，就在上首坐下了。彭辉和冯骥、林丽也坐下了。魏洪烈望着身边空位上的碗筷就知道是怎么回事了。摸起酒瓶，把魏成栋的酒杯斟满，泼洒在地上，复又把酒杯添满，这才给饭桌上的人斟酒。清了清嗓子才道：“彭辉、冯骥、秋红，还有成栋，你们四个可以说是在魏楼我的眼皮子底下长大成人的，过去你们四个亲如兄妹，如今成栋没了，你们三个更应该团结好，好好地活着。这不仅仅是你们三个人的事，也是我们三个家庭的事。今天发生的事，让我心里好难受，我回去都没办法给你们的爷爷说。我希望类似今天的事情再不要发生了，你们三个人都当着我的面表个态吧。”

彭辉道：“魏叔，刚才秋红也说了，现在国军已经大军压境，要不了多久就会进攻山东，这就意味着蒋介石要发起内战了。八年抗战，我们的国土到处都是废墟，哀鸿遍野，民不聊生，战争带来的创伤尚未愈合，一旦内战的硝烟再起，最遭殃的还是贫苦老百姓。所以，我坚决反对打内战。如果秋红跟着蒋介石打内战，魏叔，类似今天的事情肯定不会发生了，因为我和秋红已经一刀两断了。”

魏洪烈道：“秋红，你呢？”

“彭辉，一旦内战的车轮高速旋转起来，只要你不脱掉军装，肯定要二选一的。要么你跟着国民党打共产党，要么你投靠共产党反戈一击打国民党。从你刚刚的表态来看，你指定要投靠共产党反戈一击打国民党了。你也知道，凡背叛军统的人，都要上‘密杀令’的，没几个人能幸免于难。也就是说，进了军统的门，不干就丢魂。你让我怎么办？”魏秋红把皮球踢给了彭辉，也不仅仅是彭辉。

魏洪烈道：“谁挑起内战谁就不得人心！秋红，得人心者得天下，难道这个道理你不懂？你怎么办？好办啊！有个老理摆在那儿呢，嫁鸡随鸡，嫁狗跟狗走。”

魏秋红苦笑了笑：“爹！难得的一次团圆饭，有些事，我们还是吃过饭再议吧。”

冯骥道：“魏叔，吃饭皇帝大，秋红说得对，吃过饭再议，吃过饭再议。”

在这沉闷的空气里，这顿饭几个人都吃得很压抑。几个人刚撂下饭碗，郝鹏举的副官就过来了，说是郝鹏举有事要彭辉过去商量。彭辉刚走，魏秋红说是到单位看看就回来，也走了。魏洪烈吃饭时酝酿的一肚子话，伴随着酒劲，老往头上蹿，让他感到从没有过的烦躁和憋屈。不论冯骥和林丽如何劝阻他，他还是骑上马，歪歪斜斜地走了。

彭辉到了郝鹏举的办公室，还没坐下，郝鹏举就开门见山道：“我刚刚听说你的人和魏秋红的人火拼了，是怎么回事？”

“我现在还不知道是怎么回事呢。”彭辉说完就去摸电话，却被郝鹏举止住了，然后道，“那我告诉你吧，军统站的副站长陈川抓了你的副官苏文东，你的特务连连长李新志过去把正在审讯苏文东的几个人干掉，搭救了苏文东。陈川那会儿去茅房了，才幸免于难。而你刚才却在茂源绸缎庄里和魏秋红一起吃饭呢，你们两口子演的是哪一出？”

“中午时分，秋红的爹去了茂源绸缎庄，冯骥打电话让我去吃饭。此次老爷子过来，是催我和秋红结婚的，我和秋红却因为今天的事吵了起来。我们刚刚放下饭碗就被你叫到这里来了。”

“魏秋红为何抓苏文东？”

“她大概怀疑苏文东是地下党吧。”

“苏文东是不是地下党你应该清楚吧？”

“我真的不清楚。就是秋红也只是怀疑，你要是不相信，可以去问陈川。听秋红说，陈川对苏文东可是用了大刑的，都皮开肉绽了。”

“这段时间你和韩大栓打得火热，是不是在做他的工作？”郝鹏举说得很含蓄。

彭辉也不知道郝鹏举投靠新四军的决心有多大，就道：“有这个意思，可还没开口。一旦把他拉过来，那就是你郝司令的人了。”

“彭辉，我们的事你进行得怎么样了？”

“我在想，是不是让他们那边派一个人过来和你具体商量商量？”

“现在徐州城里这么多人,万一走漏了风声,猫没抓着鱼,倒惹了一身腥，还是不找这个麻烦为好。”

“你说的也是。”

“彭辉,我告诉你一件事。蒋介石最看重的是军事实力,陈璧君、陈公博、林柏生、梅思平、褚民谊这些人，是汪精卫手下的文人，没有枪杆子，老蒋用汉奸的罪名已经把他们抓起来了。孙良诚、吴化文、张岚峰、孙殿英、庞世勋和我，不都是汉奸吗？可老蒋却封我们为司令。说穿了，还不是因为我们手里都有枪杆子，还有利用价值，可以替他守备城市，可以替他打共产党。将来利用完了，还不是一脚踢开。”

在彭辉眼里，郝鹏举是个很机敏精灵的人，这也是他在郝鹏举面前不敢多说话的原因。于是他附和道：“飞鸟尽，良弓藏，狡兔死，走狗烹。”

“这个成语出自《史记·越王勾践世家》，越国大夫范蠡是个聪明人，看得开啊！”略一沉吟，郝鹏举又道，“我们这个六路军由第三集团司令冯治安指挥，冯治安由徐州行营主任顾祝同指挥，现在徐州城里和周边有十几万人，我想动弹动弹，喘口气都难。徐州城已经不是我们待的地方了，还是早一天离开为好。”

“我看也是。”

“人无远虑，必有近忧。所以啊！你得尽早给我们这个两万多人的团体铺好路，以防万一啊。”

“郝司令，彭辉一直唯你马首是瞻，我会的。”

魏秋红出了茂源绸缎庄就去审讯苏文东的地方了，陈川、高志典、张亚菲和刘传钦都在。陈川见魏秋红过来了就黑着脸道：“魏站长，李新志来搭救人就搭救人呗，居然把我们三个审讯苏文东的人都干掉了，太嚣张。

是可忍孰不可忍！”

“志典，你负责把这三个兄弟掩埋了吧，其他人回站。”魏秋红说完就走了。

魏秋红刚进办公室坐下，陈川就尾随过来了，道：“魏站长，我们是不是请示一下顾祝同主任，让彭辉把李新志和苏文东都交出来？”

魏秋红没好气道：“陈副站长，你动动脑子再说话好不好？”

“魏站长，我咽不下这口气！”

魏秋红一脸怒火：“你咽不下这口气，我还咽不下这口气呢。可你让我怎么办？”继而，“去！你去！你去把刘喜子给我枪毙了。”

“他不是你的老同学吗？”说话间，陈川站了起来。

“可他是个汉奸！”魏秋红没好气地道。

陈川就诡异地笑了笑：“同学，只代表曾经同窗共读过，并不一定是友谊、友情、友爱的代名词，和我们周围的其他关系并没有什么不同。一旦在情感、利益、信仰等方面有了冲突，那种看似亲密的关系就会被打破，同学的旗号也不再是一块遮羞布……”

“可同学之间的关系也分三六九等，我和冯骥不也是同学，可我们是那种打断骨头连着筋的亲情关系，谁敢动他一指头，那就是往我枪口上撞了。”

陈川笑着出门后，魏秋红的眼泪都下来了。

魏秋红心里明白，李新志敢对她的人下手，一定是彭辉给他的胆子，也就是说，对于苏文东，彭辉是急红了眼志在必得的。肯定是因为苏文东掌握郭世举来徐州做策反韩大栓工作的具体细节，而一旦苏文东架不住酷刑，那问题可就严重了。

魏秋红之所以咽不下这口气，是因为彭辉的人杀了她的人，她却对彭辉无可奈何，而且，彭辉还是策反韩大栓的关键人物。绑架彭辉手下的副官，彭辉就要和她一刀两断，而且还大打出手，要是她阻碍了策反韩大栓的进程，更别说是抓捕韩大栓和郭世举了，彭辉和她反目成仇事小，敢赤膊上阵和她拼命也未可知。她太了解彭辉的牛脾气了，为了朋友可以两肋插刀，置生死而度外。太多的时候，她都拿彭辉毫无办法。

她咽不下这口气，陈川更咽不下这口气，也只能拿刘喜子出气了。这不光是给陈川，也是在给彭辉和冯骥表达自己的态度。除此以外，还能干什么？

现在爹还在冯骥那儿呢，只要去了，肯定又是谈论和彭辉的婚事。爹的头发几乎全白了，还大老远地跑来，这让她又感动又无可奈何。好久没有见爹了，真想好好给他老人家唠唠家常，亲热亲热，可又不知道如何回答他老人家的问题。

她在办公室里磨磨蹭蹭好大一会儿，才打算去冯骥那儿。临出门的时候，又折回来跟冯骥打了个电话。电话通了，接电话的是冯骥，冯骥告诉她，老爷子被气走了，临走的时候撂下话了，希望她和彭辉年前结婚，明年他好抱外孙子。她默默地放下电话，一任泪水滑落。

就在这时，张亚菲拿着一份电报过来了，见魏秋红的眼睛红红的，就道："头！你怎么了？"

魏秋红顾左右而言他，道："念！"

张亚菲就念道："魏秋红，鉴于徐州复杂之情况，即派副师级大校特派员钱明飞到你站指导工作，望密切配合。戴笠。"之后就把电文放到魏秋红的案牍上了。

魏秋红扫了一眼电文，用鼻腔哼了一声，道："这是给我派个婆婆来了。"

张亚菲煽风点火道："这是怀疑或不相信你的工作能力了。"

魏秋红深思了片刻："这也不怪戴老板，偌大的徐州古城，表面上风平浪静，暗地里各种势力盘根错节，而我们的工作对象主要是郝鹏举。郝鹏举是个啥样子的人？此人一贯投机取巧，多疑善变，冯玉祥对他有知遇之恩，中原大战后他却叛冯投蒋。西北军将领中有的人就是翻手为云，覆手为雨，倒戈成性，石友三、韩复榘不都是这样嘛！郝鹏举也差不多，很有可能叛变投敌，拖走他的两万多兵。郝鹏举的两万多人马，不能不说是一支不算小的力量。但是，也没有什么了不起。最困难的还是，对郝鹏举部的处理方针是否妥善，关系到吴化文、冯治安、刘汝明、孙良诚。他们的眼睛也都看着我们对郝鹏举的态度。我们要对他下手，采取武力改造，或者将郝鹏举扣起来，使他群龙无首，再分而治之，改编和改造他的部队，都易如反掌。可是这样做的后果，就会把一大批西北军将领吓跑，就会使他们对我们离心戒备，不仅是西北军，还有东北军、川军、桂系、滇军、粤军，所有杂牌军都会增加离心倾向。而彭辉又是郝鹏举手下的一个得力师长，估计是戴老板怕我为情所困，掌控不了局面才派钱明飞来的。"

“徐州军统站可是我们不畏生死，潜伏这么长时间打下来的江山，你说什么也不能把指挥权拱手相让，否则，也对不起跟着你拼死拼活的弟兄们。”

“我自有分寸。”魏秋红把后半句咽下去了。

张亚菲知道魏秋红的性格，但依然道：“婆婆不是娘！该听的听，不该听的坚决不听。”

魏秋红会心一笑。

“头！你放心，我张亚菲只认你这个头。若钱明飞恣意妄为，我都不答应。”

“谢谢！谢谢！”

“为情所困？头！你刚刚是不是在为此揉碎眼泪？”

“也是，也不是。好了，你下去忙吧。”魏秋红不好回答张亚菲的问题，只好下逐客令。

“给我还藏着掖着的。哼！”张亚菲说完就走了。

魏秋红把电文拿起来看了看，自言自语道：“树欲静而风不止。”片刻又念道，“山雨欲来风满楼。”

倒是彭辉去了冯骥那儿，听说老爷子被气走了，心里难过了好大一会儿。又听说魏秋红不过来了，两个人就谈起了郭世举明天晚上过来策反韩大栓的具体细节。两个人经过反复考虑，决定冯骥不去见郭世举，老老实实在家待着，以免刺激魏秋红。鬼知道在茂源绸缎庄的周围是否有魏秋红的耳目呢。

人情有味在此时，月唇未启笑先闻。吃过晚饭，林丽收拾好厨房就上楼了，见冯骥沏好两杯茶坐在沙发上，就笑道：“看架势要长谈一次了？”

冯骥一副十分友好的样子：“你真是个明白人，坐下吧。”

林丽坐在沙发上，莞尔一笑：“是不是受魏叔的影响，又要给我谈论男大当婚女大当嫁的事了？”

冯骥喜笑颜开：“不枉相处这么长时间，你已经成我肚子里的蛔虫了。所谓默契，不过如此。”

林丽深情款款地道：“魏叔走后，我也在考虑这个问题，给你洗衣服做饭都这么久了，可谓相濡以沫，要说没感情那是瞎话，正所谓日久生情。”

“说句实话，在我心里，早就把你当成至亲至爱的人了，我的生活中不能没有你。林丽，我们结婚吧？”冯骥说完，眼睛里有些潮湿。

“过年吧！我们又不能热热闹闹地大操大办，就把家家户户的喜兴，融入我们简单而又意义非凡的婚礼上吧。”

“不经一番寒彻骨，怎得梅花扑鼻香。太好了，真的是太好了。我好激动，心跳得厉害……”冯骥有点语无伦次了。

林丽却莞尔笑道：“这么多年的死缠烂打，终于如愿以偿了，可以理解，可以理解。”

冯骥扭过身来，把双手搭在林丽的双肩上，风趣道：“结婚那天，谁要让我介绍恋爱经过，我就说送货上门加死缠烂打。”

林丽笑容可掬：“倒也妥帖。”

既然是郎有情、妾有意的一种情状，冯骥就把林丽揽在怀里了，林丽便是一种亲嗲地偎依。喁喁情话，绸缪恩爱。

窗外，一轮浅浅的新月，好似一朵白莲花，静静地绽放在蓝绒布般的夜空中。

这时，楼下的电话铃响了。

冯骥苦笑着摇摇头，站起来，下楼去接电话了。等他接完电话，用右手打着清脆的响指上楼后，却见林丽房门已关，就去敲门。林丽发话了：“未婚夫，明天见！晚安！”

9 月 20 日傍晚，彭辉带着李新志等几个人，从后山丛林里去了云龙山东南山脚下的小陈庄。已经有一辆轿车和两辆满载着荷枪实弹官兵的卡车在那待命了。彭辉他们和张立新会合后，张立新说他在小陈庄周围布置了警戒，没发现什么情况，于是，彭辉就去了陈老三家。见到郭世举后，彭辉说了一声郭老师好，就把郭世举抱住了。两个汉子紧紧地拥抱了好一会儿才松开。等郭世举换上军装，和陈老三告别后，几个人就出发了。张立新仍然没撤掉在小陈庄周围布置的警戒。在去张立新团部的沿途，每个路口都设置了岗哨，口令也是必不可少的，如临大敌。

可是，当车队到达扬州路与新建路交叉路口时，三辆车均遭到了手雷的突然袭击。几枚手雷把轿车炸翻了，车上的人全都罹难。两辆卡车也被炸趴窝了。李新志反应灵敏，跳下卡车，就带人向袭击者发起了围攻。

袭击者是陈川的行动队队员。当所有的手雷全部扔出去后，陈川就命令撤退了。在树林里，他们对围攻过来的人，且打且退。有一个队员腿部受伤跑不动了，他就一枪把那人撂那儿了。穿过一片树林，他们便上了两辆轿车逃之夭夭了。

苏文东经受不住酷刑，就交代了9月20日傍晚，淮北区党委城工部徐州市工委书记郭世举将去韩大栓的第三八六团团部与韩大栓会晤，游说韩大栓投诚的事。陈川再想让苏文东交代问题，苏文东却咬口说就知道这些了。陈川正要用刑，肚子却一阵子疼痛，痛得直冒汗，就去茅房了。没想到就在这个时候，李新志带人冲过来，打死了三个刑讯者，搭救走了苏文东。陈川之所以没有告诉魏秋红苏文东已经交代的问题，是担心魏秋红不会对郭世举下手。可也不想报告给顾祝同而把事情闹大，不然，可就把魏秋红给彻底得罪了，这还了得！魏秋红眼里可揉不进沙子，也不是个心慈手软的人，杀起人来眼都不眨。他可不想做魏秋红的刀下之鬼。

彭辉和郭世举从小陈庄出来后，两个人本来已经上了轿车，且车队已经启动。最前面是辆卡车，最后面的是另一辆卡车，中间是轿车。可没走多远，彭辉却叫司机把车停下，让郭世举也下来了。彭辉让张立新上了前面的那辆卡车车厢，然后和郭世举一起上了后面的那辆卡车车厢。这就让彭辉本人和郭世举、张立新躲过了一劫。

当李新志回来汇报说偷袭者已经上两辆轿车逃跑，落下了一具尸体后，彭辉在滚滚的硝烟里黑着脸道："李新志，你马上派四个人回去把苏文东控制起来，然后对那具尸体进行拍照，以尸体找人，一定要查出来是谁干的！"

在步行去张立新团部的路上，张立新道："彭师长，你今晚可是神机妙算了，要不是你半道上主张换车，我和郭先生可就没命了。"

"彭辉，为何要把苏文东控制起来？"郭世举纳闷地问道。

彭辉就把苏文东被军统站副站长陈川绑架后，被打得皮开肉绽，以及后来被李新志搭救出来的事说了出来，又接着道："从小陈庄出来，当我上了轿车后，不知道为何，就想起来昨天我去看望苏文东时的情景，感觉他看我的目光有点奇怪，是他跟随我以来不曾见到的目光，好像有点胆怯和游离。当时感觉他这是因为受了酷刑，就没多想。刚才联系到陈川没有死，就感觉这是个问题了。鬼知道苏文东在刑讯时，会不会挺不过去呢？刚才我们被偷袭，我就感觉问题出在苏文东那儿了。因为您去立新团部会晤韩师长的事是个绝对的机密，也就几个人知道。"

郭世举叹了一口气道："每个人身上都有骨头，但不一定都有骨气！"

彭辉猛然感觉到，如果苏文东真出了问题，那偷袭事件一定是魏秋红所为。可魏秋红为何不提前去陈老三家守株待兔抓捕郭世举呢？他暗下决心，只要这事牵扯到魏秋红，他决不心慈手软！

第三十章　嫁祸于人

在张立新团部，韩大栓见彭辉领着一个气宇非凡的中年人走了进来，就有几分好感，自报家门道："我是韩大栓。"

彭辉道："韩师长，这位就是我的郭世举老师。"

两位高大的身影紧紧地握着手寒暄起来，韩大栓兴奋地道："幸会！幸会啊！卑职早就盼望您来了！今日相见三生有幸。"

郭世举热情地道："韩师长不必客气，这次我受淮北区党委和张爱萍师长、邓子恢政委的委派，特来与你见面，希望我们开诚布公、各抒己见好吗？"

寥寥数语，顿使韩大栓心中涌进一股暖流，感到共产党干部的热诚坦率，他连忙道："不急！不急！郭先生远道而来，一路受惊，韩某当尽地主之谊，略备酒水，先为郭先生接风洗尘。"早有人跑过来给韩大栓汇报郭世举半道被偷袭的事了。此刻，勤务兵已经将一桌丰盛的宴席摆好。韩大栓道："我这军营之地，也没有山珍海味，一点薄酒聊表寸心，请郭先生不要见外。"

郭世举爽朗地笑道："我们共产党人是吃小米饭、南瓜菜长大的，不讲究这些。"

三个人分宾主落座后，举杯畅谈，大有酒逢知己千杯少的意味。

魏秋红正要休息，这时张亚菲敲门进来了，报告说："徐州行营副官处刚打来电话，说在扬州路和新建路交叉路口发生了枪战，要我们去查一下是怎么回事。徐州行营副官处也真是的，问问那是谁的防区，打个电话过去不就搞清楚了嘛。我们是搞情报的，又不是负责治安的。娘的！拿我们当丫鬟使了。”

魏秋红什么也不说，捞起电话就拨行动队的电话，可无人接。她放下电话，看了看墙上的地图道：“这应该是韩大栓的第三八六团防区，叫上高志典和刘传钦马上出发，去张立新的团部。”

张亚菲面有难色，嘟嘟囔囔道：“徐州行营副官处懒得去才打电话让我们去的，我们给张立新打个电话问问情况不就得了，黑灯瞎火的，何须鞍马劳顿？”

魏秋红冷脸道:“你不想去,可以不去。”说完就把枪佩的皮带扣在了腰间。

“哎！端谁的碗服谁管。”张亚菲先走一步了。

张亚菲把轿车开到第三八六团团部的大门口，下车后对门卫道：“我们是军统徐州情报站的，你们团长呢？”

“我这去给你通报。”门卫说罢去了。

张立新听完门卫的报告，就去会客厅了。彭辉听完张立新的报告就愤恨地道：“这是贼喊捉贼来了。”

郭世举道：“不会是秋红过来了吧？我可是好多年没见到她了……”

彭辉对张立新道：“你把他们带到案发现场吧。”

“还是让郭老师躲一躲吧。”张立新说完带上几个人就去大门口了。见门口停着一辆轿车，站着身穿军装的两男两女，就道：“我是第三八六团团长张立新，请问……”

张亚菲道：“我们是军统徐州情报站的，刚才徐州行营副官处打电话说你的防区内发生了枪战，要我们过来查查是怎么回事？”

张立新道：“我团的一个副排长，因没能当上排长而怀恨在心，纠集几个人，对我进行了报复，乘我外出，炸坏了我的轿车，当时我没在轿车上，这才幸免于难。走！我带你们看看案发现场去。”

魏秋红点了点头就上车了。

酒过数巡，郭世举转入正题，他道：“现在第二次世界大战已经结束，中国人民经过八年抗战的磨难，迫切地希望和平，可是国民党反动派无视人民的愿望，蓄意挑起内战，妄图对抗战有功的共产党实行法西斯专政，把四万万同胞再次抛入战争的劫难，这违背了历史的潮流，违背了人民的意愿，肯定是要失败的。八年前的西安事变就是最好的例证，八年后的今天，反动派如果再蹈覆辙，一意孤行，也必然会被历史的车轮碾得粉身碎骨。”

韩大栓内心受到极大的启发和鼓舞，兴奋地道："听君一席话，胜读十年书，郭先生的见解的确是高瞻远瞩，切中时弊。我们这些西北军的将士也是坚决反对内战的。"他稍顿了顿又试探道，"不过国民党的力量也是不可等闲视之的。要实现您刚才的预言，不知得多久？"

郭世举敏锐地察觉到韩大栓对国民党还抱有幻想，将来鹿死谁手，胜败未卜，思想深处还有顾虑，就接着道："毛主席对此已经做了论断，万一内战打起来，我们用五年时间即可解决，大不了再来个八年抗战。韩师长，十年前红军长征二万五千里，到达陕北时仅剩三万多人，反动派不仅没有吃掉我们，我们反而一天天壮大起来，如今我们已有一百二十万军队，更有全国人民群众作我们的强大后盾，将来战争的胜败不是很明显吗？韩师长，我还有一句忠告，蒋介石一贯阴险毒辣，排除异己，打起内战必定要把你们这些杂牌军和西北军推到前面当炮灰，这样既打了共产党又削弱了你们的实力，总有一天会把你们解决掉。毋庸置疑，他玩的是一箭双雕的伎俩。作为你们，要和共产党打，可谓以卵击石，必定被共产党的军队吃掉。不打，蒋介石就会依法严惩，这就让你们处在了进退维谷的困境。所以，跟着国民党前途一定是凶险的。"

韩大栓听了这些话深思良久，深有感触地道："郭先生对时局的分析精辟高明，打中我的要害，我所顾忌的正是这些，所以急于求见贵军代表，还望郭先生继续指点迷津。"

"现在只有共产党代表着历史的潮流，她受人民所拥护，也最有生命力。古往今来，哪代王朝不是人民起来推翻的？这是最起码的历史知识了。共产党顺潮流而进，前途是光明的，现在是历史的重要关头，识时务者为俊杰，你要果断抉择。我们共产党热诚地希望你能率部加入我军行列，共同反对内战，协力共进，建设一个光明的新中国。"

韩大栓听了这些热情洋溢的话语，不禁心潮起伏，坦诚地道："您可真的说到我的心坎里了，不瞒您说，经彭师长几次点拨，我对此事已考虑很久，早有投诚之心，但一直未下决心，对国民党还存有幻想。您刚才一席话恰似迷途指航，使我茅塞顿开。"

彭辉笑道："我的嘴笨了些。"

郭世举道："韩师长你放心，你带过去多少人马，我们还让你率领多少人马，共产党人说话算数，绝不食言。"

郭世举的话音刚落，韩大栓霍地站起来，朝着郭世举咔地敬了一个礼，神情严肃，斩钉截铁地道："既然贵党如此宽宏，那我韩大栓也定下决心，从现在起摆脱国民党，和彭师长一起参加你们的队伍，一切听从共产党的指挥。"

郭世举连忙起身，紧紧地握着韩大栓的双手，万分欣喜地道："好！韩师长在关键时刻能深明大义，迷途知返，毅然投入人民的怀抱，我代表淮北区党委表示最热诚的欢迎。"

两双大手紧紧地握着，两颗激动的心融合在一起，一个为自己终于找到光明的归宿而庆幸，一个为圆满完成党交给的任务而欣慰。

此刻，彭辉斟满了三杯酒，道："来！为了我们未竟的事业干一杯！"三个酒杯相碰了一下，三个人都是一饮而尽。三个人相谈甚欢，直到鸡叫头遍，彭辉才把郭世举送走。

彭辉回到师部，已是破晓时分。彭辉刷牙洗脸后，正要躺下休息一会儿，李新志就过来了，说是苏文东不见了。于是，彭辉就明白了，是苏文东叛变后才被李新志搭救出来的。也就是说，偷袭事件系魏秋红所为。可魏秋红为何不提前去陈老三家守株待兔抓捕郭世举呢？而采取半路打劫的办法，这岂不是太笨拙了吗？他挥挥手让李新志退下后，还是躺在了床上。他知道魏秋红冰雪聪明，肯定不会干如此笨拙的事，一定是另有原因。难不成苏文东只交代了郭世举昨晚要去张立新的团部会晤，而没交代小陈庄陈老三家是接头地点？如果是这样的话，苏文东为了保活命不得不供出一点实质性的东西，又没有把事情做得太绝。难道陈川得到这点情报就满足了？显然不可能！一定是李新志坏了陈川的好事。除此之外，还会有哪种可能？但这个问题已经不那么重要了，重要的是偷袭事件系魏秋红所为，他该如何面对和处理这件事呢？想来想去，也只能是装不知道了。

又一想，他可以息事宁人，不想把事折腾大，那魏秋红呢？魏秋红就不怕那辆轿车里有他彭辉吗？想到这儿，对魏秋红已是恨得咬牙。

下午，彭辉去了冯骥那儿。等冯骥沏好茶，他就道："我有两个消息要告诉你，一好一坏，你想先听哪个？"

望着彭辉说高兴不高兴，说难过不难过的样子，冯骥心里说不出是个什么滋味，就道："先苦后甜吧。"

彭辉就把昨晚发生的事一一讲了出来。冯骥听后就道："好悬啊！幸亏你有先见之明和郭老师上了卡车，否则！后果不堪设想，我们也无法向上级党组织交代了。不过，我感觉这事不应该是秋红干的，如果她知道轿车里有你和郭老师，不会这么干！如果她不知道轿车里是谁，那就更不会干了。”

彭辉摇了摇头，道：“一定是徐州军统情报站的人干的。军统情报站的人为何干这事？是因为苏文东经受不住酷刑，交代了郭老师去说服韩大栓投诚的一些细节，想阻止呗，可又感觉势单力薄，不够斤两，也只能采取这种偷袭的办法了。而军统情报站站长是魏秋红，她不发号施令，谁会去干这事？”

冯骥叹了一口气道：“你分析得不无道理，可是，还是不要急于下结论，问问张亚菲也不迟。”继而，“那好消息呢？”

“今天上午，郝鹏举把我叫到了他的办公室，他说他乘第三集团军司令冯治安要向贾汪、台儿庄推进时，自告奋勇，愿为先驱。冯治安居然答应了他的请求。他跟我商量，希望我能和他率先带领二师向台儿庄开进，徐州呢，留副司令毕书文料理。并决定将徐州所存各种武器、弹药、通信器材、大米面粉以及兵工厂的各种重要机器、材料等全部运走。我感觉他已有脱离蒋介石，投奔共产党的意向，就爽快地答应了。”

冯骥兴致勃勃道：“这真是个不错的消息。看来我们党通过各种渠道做郝鹏举的工作，已经有了成效，可喜可贺。”

“郝鹏举可是个老滑头，还需要进一步做工作，而且，还不能放松。”

“这是当然的。对于郝鹏举，我们要针对他的想法有的放矢地去做工作，做到他的心窝里去。要不，光在口头喊‘你要起义呀，快过来呀’，浮皮潦草，或者卖狗皮膏药，光讲一些不着边际的空道理，人家肯定不会自觉自愿地跑过来。”

“我现在考虑的是，我去台儿庄后，你又不能直接出面，如何和韩大栓保持联系？”

“这不难。东升烟酒店是我们的一个联络站，让东升烟酒店做个中间环节，联络员也可以去根据地。如果有什么情报需要紧急传递，还可以通过电台嘛。”

“我离开徐州后，你和林丽更应该小心谨慎些。”

“听亚菲说，军统徐州情报站马上就要过来一个叫钱明飞的特派员，副师级大校军衔。”

“这可不是个好消息。所以，你最好把电台收起来，没准是个祸害。”

“知道了。”片刻，冯骥道，“你还是促使郝鹏举尽快去台儿庄吧，小心夜长梦多。”

彭辉点了点头。

冯骥好一会儿道：“你离开徐州之前，是不是把秋红叫过来，我们给你送送行？”

“那天魏叔来，她的态度很坚决，没有更改的余地，所以，不必了。”

冯骥能够感觉到，彭辉的声调有微微的颤抖，是在用全力压抑着内心的苦痛，就用商量的口吻道：“你们是不是需要坐下来，再谈一次？”

“这两年，我们已经谈过多次了，每次都谈不拢。再谈一次，肯定也是徒伤劳神。树叶，不是一日黄的；人心，不是一日凉的。无可奈何花落去。”彭辉略一沉吟，“就算我和魏秋红没能走到最后，我也不心存遗憾，毕竟相爱过。她有她的酸甜苦辣和人生追求，我有我的喜怒哀乐和人生方向。既然相恋的时间不足以让我们为彼此停留和眷顾，剩下的也只有彼此祝福了。”

冯骥见彭辉心情如此惆怅，也就不好再说什么了。端起茶杯，拿起茶杯盖轻轻地打了打漂浮的茶叶，间或啜饮两口。空气格外沉闷。

好一会儿冯骥道:“你此去台儿庄,还真的不知道啥时候再能见到你呢。”

彭辉实话实说：“我也不知道。”

陈川用了一天的时间，通过各种途径，费了不少周折，终于查出来了，昨晚被炸的那辆轿车里坐的是三个士兵。独自走在昏暗的路灯下，他难免有些垂头丧气，正要去一家酒馆喝几杯呢，这时，一只大手拍了一下他的左肩膀，他在扭头的同时，麻利地也把手枪掏了出来。转眼一看，原来是他息烽特务班的老师钱明飞，连忙把手枪插进枪套里，惊讶地道：“钱老师，你什么时候到的徐州啊？怎么不让我们去车站接你啊？”

钱明飞用低沉的声调道：“这里离你的行动队太近，不是说话的地方，我俩一前一后去个酒馆吧。”

不一会儿，两人进了一家酒馆，点好酒菜就进包间了。酒过三巡，菜过五味，钱明飞道：“我之所以没有让你们去接站，是怕你暴露了我们之间的关系，否则！工作起来容易落人口舌，就被动了。”

陈川恭维道：“还是钱老师想得周到。”

“从即刻起，你就不能再叫我钱老师了，别一不注意，当众叫出来了。就叫我钱特派员吧。”

陈川立即道：“好的，钱特派员。”

“我这次来的主要工作对象就是郝鹏举，这是戴老板反复叮嘱的。你就先给我谈谈郝鹏举吧。”

“此人一贯投机取巧，多疑善变，这是我们情报站的几个人对他达成的共识。给你举个例子吧。去年冬天，一个大兵去一家丝绸店抢劫，郝鹏举判他死刑。在云龙山下早早搭起台棚的广场上，召开全部队大会，表示要杀一儆百。郝鹏举所有的将领和幕僚都站在台上。两个大兵将犯人架到台前，犯人给郝鹏举行了‘点头礼’后说了一句话：‘二十年后再来报效省长。’然后被拖走。郝鹏举的脸上露出了笑意，他的中将参谋长看透了他的心思，就请求郝鹏举饶恕。结果，这个已经判了死刑的抢劫犯，挨了几棍后被当场释放归队，万人大会就此结束。”

钱明飞笑了笑：“挺滑稽的。”继而一本正经地道，“你认为郝鹏举会投奔共产党吗？”

天上满是睡意蒙胧的星辰。

这个时候，魏秋红和张亚菲正在魏秋红的办公室里谈天论地。张亚菲道：“头！这接到戴老板的电报都好多天了，钱明飞也该到徐州了，是不是给戴老板发个电报问问情况？”

魏秋红懒懒地道：“既然戴老板没发电报让我们什么时候去接站，我们操那份心干什么？”

这让张亚菲感觉到魏秋红对钱明飞的到来，有明显的抵触情绪，就道：“我感觉这里面有猫腻。”

魏秋红笑笑：“你也感觉到了？”

“我感觉钱明飞已经到徐州了，正躲在哪个角落里暗访呢。”

“英雄所见略同。不过呢，我们该干什么还干什么，和过去一样就是了。”

“那是！那是！就当他不存在便是。”继而，张亚菲又道，“头！即便你说我六个指头挠痒痒多一道子，我仍要说道说道。谁让我们俩是生死患难的姐妹呢。”

“今天我心情不坏，你说什么都可以，反正是闲来无事，唠嗑。”

“那我可就说了。这么久了，你也不回去住，长此以往，会是个什么后果，你想过没有？”

魏秋红幽幽地道：“能不考虑嘛。”

“难道你已经做好了和彭辉哥分道扬镳的思想准备了？”

“怎么可能！”魏秋红回答得很干脆。

“彭辉哥呢？”

“我不知道。”

“你们俩个性都太强了。”

魏秋红解嘲地笑了笑：“的确如此，我们都不是服输服软的人。”

张亚菲明知故问：“难道你们俩有不可调和的矛盾？”

望着张亚菲双臂环抱，一副静听下文的样子，魏秋红却站起来，到酒柜那儿倒了两杯威士忌，一杯给了张亚菲，一杯自己端在手中，举了举，做过示意性的动作后，就一饮而尽了。

张亚菲干了杯中酒：“是感情出了问题，还是身份出了问题？”

“你多想了。不过，你是如何看待感情与身份这一矛盾的？”

张亚菲举起酒杯，笑了笑：“这酒味道不错，口感也好，再来一杯可以吗？”

魏秋红把酒瓶拿来，给张亚菲斟了一杯，也给自己斟了一杯，就又坐到办公桌那儿了。张亚菲抿了一口酒，道：“说实话，我到现在还是个黄花大闺女呢，在你面前谈感情，无疑是班门弄斧了。”

“不识庐山真面目，只缘身在此山中。”

“或许吧。当初我入军统的门，是因为感觉比较刺激。但是，经过这么多年的打打杀杀，生生死死，我真的有点厌倦了。你问我是如何看待感情与身份这一矛盾的，那我明确地告诉你，我现在特别想过那种老婆孩子热炕头的日子。为了我所爱的人，我可以放弃一切，可以跟着他去流浪，即便是去讨饭也在所不辞。可是，我的那个真命天子在哪里呢？”张亚菲一副忧伤、无奈的样子。她既是在潜移默化地做魏秋红的工作，也是在抒发自己的真情实感。

“做女人难！做个事业型的女人更难。”魏秋红说完已是泪光莹然。

此时，在酒馆里，钱明飞和陈川相谈甚欢。钱明飞道：“你绕了这么个大弯子，是想告诉我，一是佐藤惠和裘风在死之前，一直在怀疑茂源绸缎庄的老板冯骥，就是新四军徐州情报站站长渔翁；二是彭辉在冯骥的引导下已经加入了共产党，魏秋红这么久了之所以没回去住，是因为他们俩政见不合；三是徐州工委书记郭世举昨天晚上去做韩大栓投诚的工作了，你采取了行动，但未奏效。对吗？”

陈川点头称是。

“昨晚的爆炸案，各方面都有什么反应？”

“据说爆炸案后，徐州行营副官处让魏秋红去查，魏秋红带人去了现场。回来上报说是韩大栓麾下第三八六团的一个副排长，因没能当上排长而怀恨在心，纠集几个人，乘张立新外出，炸坏了张立新的轿车，当时张立新没在轿车上，这才幸免于难。各方面也就相信了这个结果。这明明是……可我又不能站出来说是我干的，怕引火烧身啊！”

“看来徐州这汪水深着呢。”钱明飞说完，先给自己斟了酒，然后给陈川也斟了酒，举杯示意了一下，两个人就都把酒杯干了。放下酒杯，钱明飞道，“陈川，今后就看你的了。”

陈川立刻站了起来，肃然起敬，信誓旦旦道：“陈川唯钱特派员马首是瞻，不敢有丝毫懈怠。”

“好的！好的！这我就放心了。你且坐下。”等陈川坐下，钱明飞道，“临来之前，戴老板还给我交代了一个任务。他说，据可靠情报，延安有两名女特工在徐州已有一段时间了，一个代号‘夜莺’，另一个代号‘云雀’，让我务必挖出来。”

“夜莺？云雀？真的还是第一次听说呢。”陈川从来不抽烟，此时，拿起饭桌上的烟包，抽出一支，燃着，只抽了两口就咳嗽了起来，然后就在饭桌上按灭了。

“看来她俩隐藏得很深。你在徐州也两年多了，仔细想想，是否听说过或接触过她们？”

“听说过？接触过？你得让我好好想想。她俩一定是神出鬼没，神龙见首不见尾，要不然……”陈川说，便陷入沉思。

“不急！不急！来日方长。”

“钱特派员，我猛然间就想起了一个女人……”

钱明飞往前探了探身子，惊喜道：“是吗？”

“林丽。”

“林丽？魏秋红的同学，茂源绸缎庄的老板娘？”

“据说林丽原来在淮北一个叫陶庄的村子里当小学老师，因校长对她起了歹心，她就不辞而别来徐州找工作了。正巧在街上碰到冯骥，就被招聘到店里来了。日久生情，他们就结婚了。据说那个叫陶庄的村子三年前遭到日本人的血洗，全村人都死了，就她幸免于难。她是不是在陶庄当过小学老师也就成一谜难说了。你想啊！冯骥若是新四军徐州情报站站长渔翁，那林丽呢？”

“你这个推测很大胆也很有道理，能站住脚。全村人都死了，就她幸免于难，这不是死无对证了嘛，值得怀疑。或许她就是夜莺和云雀其中的一个呢。”

“那夜莺和云雀都在徐州，能不联系？”

钱明飞大喜过望：“通了！通了！一切都通了。你说得太有道理了，那我们就按照冯骥这条线索查吧。按图索骥。”

陈川点了点头，继而道：“钱特派员，我又想起了一个女人，不过……”

钱明飞兴致勃勃地道：“陈川，我们若能把夜莺和云雀挖出来，那你可是立头功了，戴老板肯定会重奖于你的。”

陈川立马又站了起来，肃然起敬，信誓旦旦道：“陈川不才，愿在钱特派员的麾下赴汤蹈火，在所不辞！”

次日下午，张亚菲来到了魏秋红的办公室，道：“头！我有个问题。”

魏秋红放下案牍上的工作，道：“坐下说吧。”

“钱明飞到现在还没露面，我们昨天晚上认为他正躲在哪个角落里暗访呢，可你想过没有，他初来乍到，人生地不熟，对徐州可谓两眼一抹黑，能暗访个什么出来？”

冰雪聪明的魏秋红马上道：“你是说他正在和某个熟悉徐州情况的人……”

“岂止是熟悉徐州情况的人，而是我们情报站的人。”

“你是说我们情报站出了内鬼？”

张亚菲点了点头。

“你是说陈川吧？”魏秋红一语道破天机。

“不是他是谁。你想啊！这段时间，陈川是住在行动队的，很少来情报站。如果我是钱明飞的话，也一定找个情报站的人了解情况，找其他人，能熟悉徐州地下斗争的事吗？”

魏秋红点了点，以示同意张亚菲的看法。

“我们工作的对象是郝鹏举，钱明飞来了不也是郝鹏举嘛。而郝鹏举又把彭辉哥倚为股肱，就怕到时候……”

魏秋红不假思索地道：“他敢碰一下彭辉，我敢要他的狗命！”声音恶狠狠的。

“我刚才听说，第三集团军司令冯治安要向贾汪、台儿庄推进时，郝鹏举自告奋勇，愿为先驱。冯治安答应了他的请求，郝鹏举已经开始做准备工作了。我还听说，郝鹏举首先带彭辉师进驻台儿庄。万一彭辉跟着郝鹏举投奔了共产党……”张亚菲这是在给魏秋红阐明两个问题，一是到时候钱明飞会如何对待彭辉，二是你魏秋红该怎么办？

魏秋红却轻描淡写地道：“郝鹏举主动请缨向贾汪、台儿庄推进的事，我昨天就知道了。要是郝鹏举有投靠共产党的嫌疑，冯治安会答应他吗？徐州行营主任顾祝同会答应他吗？”

“头！我们是不是到茂源绸缎庄给彭辉哥弄个场，送送行呢？择日不如撞日，就今晚吧？”

“等彭辉确定行程再说吧。”魏秋红表面上说得冠冕堂皇，其实，心里已经开始恨彭辉了：我倒要看看你彭辉主动来不来我这儿！我就不相信胳膊能拧过大腿！

“军令如山，彭辉可是说走就走的。我现在就去茂源绸缎庄张罗张罗这事，我们几个可是好久没在一起热闹热闹了。”没等魏秋红同意，张亚菲已经站了起来。

魏秋红却冷脸道：“钱明飞来了，能少了你的热闹？”

晚上，魏秋红从“老黑”那儿得到情报：郭世举已经回到驻地了。回到办公室，喝了一杯酒，她就躺下了。她很清楚，郭世举已经做过韩大栓的策反工作了。而一旦韩大栓带着一个师的兵力投靠了共产党，那她这个军统徐州情报站站长也就当到头了。如果现在对韩大栓下手的话，彭辉敢为朋友两肋插刀的脾气她很清楚，韩大栓曾是跟他一起出生入死的兄弟，肯定不会袖手旁观，到那时，让人隔岸观火看笑话不说，和他的关系也就走到头了。从上次在一起吃饭时，他的劲头就可以看得出。想到那天张亚菲给她开的玩笑，什么一语成谶，什么老陈醋，她在心里念叨：老天爷啊！你可真的给我出了一个大难题！

次日，魏秋红吃过早饭，刚回到办公室沏好一杯茶，突然就把郭世举来做韩大栓的策反工作，和扬州路与新建路交叉路口的爆炸案联系在一起了，时间吻合，案发处也正是韩大栓的防区。如果此联系成立的话，那就是有人想干掉郭世举了，是何方力量呢？张立新又为何撒谎呢？郭世举又是如何全身而退的呢？郭世举来做韩大栓的策反工作，一定是彭辉导演的一出大戏，案发时，彭辉又在哪里呢？现在看来彭辉是安然无恙的，否则，她早知道了。心是放下来了，可爆炸案是何方力量所为呢？这才是最关键的问题。想来想去，也只能是冯治安所为了，郭世举可是挖他的墙角呢，更何况郭世举还是新四军的人呢。想来想去，这里面牵扯着她的未婚夫彭辉，牵扯着她的老师郭世举，既然爆炸案已经定性，而且也没有人提出质疑，她又何苦去彻查追究而引火烧身呢？更何况钱明飞来了，还查什么查，究什么究呢。一个彭辉，一个郭世举，即便他俩使出十八班武艺，浑身解数，即使翻起百千浪，对党国又能造成多大的伤害呢？于是，她释然了。

隔天下午，张亚菲来到了魏秋红的办公室，坐下后，就一声不吭地用眼睛直勾勾地盯着魏秋红了。魏秋红放下手头上的活儿道："眼神怪怪的，怎么了？"

张亚菲用一种嘲讽的口吻道："魏秋红，你瞒着我是不是干了一件很了不起的事？"

魏秋红很诧异地道："瞒着你？还很了不起？你这不是胡说八道嘛！怎么回事？"

"你就装吧。我也没指望你能承认。算我多嘴。"张亚菲说完，站了起来，"我走了。"

魏秋红掏出手枪，拉枪栓就上了火："给我说清楚再走，否则，我打断你的狗腿。"

张亚菲赌气坐下了，没好气道："彭辉哥差点死在你手里你知道不？"

魏秋红把枪放在办公桌上，讥笑道："张亚菲，你有没有脑子，我会害我男人？"

"彭辉哥差点死在扬州路与新建路交叉路口，你知道不知道？"

魏秋红腾地站了起来，急切地道："你说那起爆炸案？"

张亚菲点了点头。

魏秋红走过去，坐在了张亚菲身边，急切地道：“到底怎么回事啊？”

“那天晚上彭辉哥去张立新的团部和韩大栓喝酒，本来是坐在那辆轿车上的，没走多远，他改上了后面的卡车，这才躲过那一劫，幸免于难的。”

“我的个天！你听谁说的？”

“我刚从茂源绸缎庄回来，你说我听谁说的？”

“彭辉在那儿？”

张亚菲摇了摇头，然后道：“今天上午，彭辉哥带着部队随郝鹏举去台儿庄了。对了，彭辉把你的东西放到了茂源绸缎庄，刚才冯骥让我给你捎过来还放在我的车上呢。”

魏秋红回到办公桌，坐下，幽幽地道：“我知道是谁干的了。”

“谁？”

“冯治安。”

“这可能吗？也就我们军统会干这偷鸡摸狗的事，你这是嫁祸于人。”

“张亚菲，我们俩交往这么久了，我是那种敢做不敢当的人吗？再说了，我啥事瞒过你？”

张亚菲想了想：“也是哈。”

“难怪彭辉不辞而别，原来把账算到我头上了。我比窦娥还冤。”魏秋红说完，眼泪泫然而下。鳌鱼脱却金钩去，摆尾摇头再不回。魏秋红心里明白，彭辉投奔共产党已成定局，她再无回天之力了。冤枉不冤枉事小，和彭辉分道扬镳已成定局了。

“改天，你打个电话给彭辉哥解释一下不就完了嘛。”

魏秋红抹了一把眼泪道：“没必要用解释来获取别人的信任。”

“那你和彭辉哥的关系不就更僵了吗？”

魏秋红有气无力地道：“得之我幸，失之我命。顺其自然吧。”

“你们俩个性都太强了，都是不服软的人。”

“不提这事了，堵心。”

片刻，魏秋红道：“张亚菲，你刚才说也就我们军统会干这偷鸡摸狗的事，扬州路与新建路交叉路口的爆炸案，会不会是钱明飞干的？”

“我怎么没想到他，还真有这个可能呢。”张亚菲一脸恍然大悟状。

“什么叫有这个可能，就是他指派陈川干的。”魏秋红的话掷地有声。

“我们和陈川刀尖上舔血这么长时间了，生死与共，他也真能下得了手，彭辉可是你的未婚夫啊。”

“人往高处走，为了攀高枝，这是陈川在向钱明飞纳投名状呢。你说我该怎么办吧？”

“怎么办？还能怎么办，一旦落实了这个问题，就该是我们出手的时候了。我张亚菲别的不会，就会杀人。我都替你咽不下这口恶气。”

“患难见真情，亚菲，谢谢你。”

“即便彭辉哥要投奔共产党，要杀要剐那也是你魏秋红的事。他俩算老几？”

张亚菲的话着实让魏秋红吃了一惊。

第三十一章　赴汤蹈火

魏秋红神色肃然道："亚菲，你是不是怀疑彭辉要投奔共产党了？"

"没有啊！我只不过打个比方而已。不过，万一彭辉哥……"

正在这时，电话铃响了。魏秋红拿起话筒，就传来三声手指对话筒的弹击声。魏秋红说了声我知道了，就把电话放下了，然后站起来，道："我出去有点事，一会儿就回来。"

魏秋红刚把车停在接头地点，一个汉子就上车了，坐稳后就道："魏站长，我向你汇报一个情况。"魏秋红点了点头。

"这几天我没见邱胜贤，就把邱胜贤的老表李来好拉出去喝酒，几杯酒下肚，我问邱胜贤干什么去了，李来好就哭了，说 9 月 20 日傍晚，他和邱胜贤跟随陈川开两辆轿车去执行一个任务，他们在扬州路与新建路交叉路口，用手雷把一辆轿车和两辆卡车炸趴窝了。卡车上的人反应很快，马上就对他们开火了。他们在撤退的过程中，邱胜贤腿部受伤跑不动，就被陈川一枪撂那儿了。回去的路上，陈川对他们几个下了死命令，说任何人都不能把那晚的行动情况说出去，否则就死路一条。他向陈川要抚恤金，陈川说过段时间给。我问陈川那天晚上袭击的是谁，陈川只是说在执行魏秋红的命令，也不知道是谁。李来好还说，那天晚上去执行任务的人都是陈川发展的队员。"

"你提供的这个情报很重要，辛苦你了。"魏秋红说着就把一沓钞票递过去了，然后又道，"据我所知，陈川最近在和某一个人秘密接触，你尽快把这个人的住处给我查出来。"

“谢谢魏站长，你放心，我会不遗余力的。”

“也尽快把李来好争取过来。”

“我明白。”

接头完毕，在回去的路上，路过茂源绸缎庄时，魏秋红远远地把轿车停下了。看着茂源绸缎庄出出进进，人来人往，一如往常，犹豫了好一会儿，终究没有下车。当轿车从茂源绸缎庄门口经过的那一瞬间，她已是泪眼模糊了。

回到情报站，魏秋红就把张亚菲叫到办公室了。当张亚菲听说扬州路与新建路交叉路口的爆炸案真的是陈川所为之后，就道：“头！他钱明飞不是还没来情报站报到嘛，我们就不可能认识他对不？”

魏秋红饶有兴趣地道：“抓共产党那可是我们情报站的首要任务。蒋委员长不是说了嘛，宁可错杀一千，也不放过一个。”

张亚菲神采飞扬：“这就是我们的行动纲领。找到钱明飞的住处，冲进去，要死的不要活的，问题不就解决了吗？”

“我已经安排人查找钱明飞的住处了。我之所以这样做，”魏秋红略一沉吟才道，“不论我和彭辉的关系到哪一地步，我都得给他个明明白白的交代：我是深深地爱着他的。”

张亚菲竖起大拇指：“头！这才是你一贯的风格。我举双手赞成！”

此刻，魏秋红已是潸然泪下。

夜幕降临之后，陈川开车把钱明飞从云逸旅馆里接出来，去了一家小酒馆。两个人喝了几杯酒后，陈川道：“钱特派员，我有一个不成熟的想法，想突查茂源绸缎庄，你看如何？”

“有点铤而走险了吧。现在就突查茂源绸缎庄，能抓到证据那是再好不过了，如果抓不到证据，那也得把冯骥和林丽秘密抓捕吧，如果一时半会儿又审问不出个所以然来，魏秋红知道那是早一会儿晚一会儿的事，到那时我们可就被动了。虽然我也想不虚此行，建功立业，报答戴老板的知遇之恩，可也得有个万全之策吧？”

“你说得不无道理，可是，如果不这样办，想获取茂源绸缎庄就是新四军情报站的证据，以及林丽的身份，几乎不可能。纲举目张，也只有在冯骥和林丽身上打开突破口，彭辉和韩大栓才能浮出水面。而想从韩大栓身上找到冯骥和林丽就是策反韩大栓的幕后手，可谓难于上青天。或许到如今韩大栓还不知道冯骥是谁也未可知。过去，佐藤惠和裘风之所以没有抓捕冯骥和林丽，那是有彭辉和魏成栋罩着呢。魏成栋已成故人，今天上午，彭辉带着部队随郝鹏举又去台儿庄了，没有了保护伞，冯骥和林丽岂不是囊中之物？”

“魏秋红可不是等闲之辈，她的态度不可小觑。”

陈川立功心切，就煽风点火道：“一旦彭辉和韩大栓投奔了共产党，又抓不到夜莺和云雀，那你在戴老板那儿可就无法交差了。”

此话正击中钱明飞的要害，而且，他来到徐州后正愁如何破局呢。于是，他点着头道：“的确如此。”

这对陈川无疑是个鼓舞，于是他趁热打铁道：“如果你下定了决心，那我明天就去找秘密审讯冯骥和林丽的地方。”

钱明飞心一横，凶相毕露，恶狠狠地道：“不入虎穴焉得虎子，那就突查吧。”

次日夜晚，可谓月黑风高。几个黑影翻墙头，进入了云逸旅馆。乘老板去茅房的空隙，悄悄来到了二〇三房间的门口。几个人同时发力，踩开了房门，然后一拥而上，用安装过消声器的手枪，对着床铺就是一阵乱射。可是，当手电筒照过去后，却发现是一个伪装好的人形在那儿睡觉。领头的一声撤，几个人片刻消失在茫茫的夜色里。

原来，钱明飞在二〇三房间的斜对面也开了个房间，这才躲过了一劫。二〇三房间的动静他听到了，自然是一身冷汗。望着窗外正在撤退的人影，他举起了手枪，但还是放下了。他是怕偷袭者再次登门造访。他来到了二〇三房间，用手电筒照了照，但见床上被他隆起的被子已是千疮百孔。这要是打在他的身上，还不成了马蜂窝！他回去后，躺到床上，就开始思考这是谁干的事了。他很清楚，他的身份暴露了，他的到来会对谁造成致命威胁，无疑就是谁干的。显然，不是韩大栓的人干的，就是渔翁的人干的，可他更相信是渔翁的人干的。因为他看出来了，那几个黑影在撤退的时候，那形态显然是受过专业训练的，可谓训练有素。更何况他们用的枪都带消声器，韩大栓的人不可能有这个装备。他刚刚动了杀机，可人家先他一步，先发制人，麻利地出击了。是谁暴露了他的身份？无疑是情报站的人。也就是说，情报站有内鬼那是确定无疑的了。陈川不是怀疑张亚菲不是夜莺就是云雀吗？现在看来，不是小有可能，而是大有可能！而陈川将要实施的突查行动是必要的，也是切实可行的。况且，先下手为强，后下手遭殃。

次日9：00，有一辆从南方过来的火车到徐州站。钱明飞赶着这个点来到了火车站，然后用公用电话给情报站打了电话。接电话的是张亚菲，她放下电话就上楼去魏秋红的办公室了。魏秋红冷笑道："人生如戏，这句话一点都不假。你不是说我不在站里嘛，你一个人去接吧，让他坐坐冷板凳，杀杀他的威风。"

"杀杀他的威风？倒不如……"

"光天化日之下不好吧？"

张亚菲笑了笑："那你什么时候回站里？"

"好久没有回魏楼了，抽这个空看看去吧。下午五六点钟回站里。"

两个人一同下了楼，各开各的轿车离开了情报站。魏秋红到街上买了些吃的用的之后，开车去茂源绸缎庄，想问问冯骥有什么事需要她代办，却发现张亚菲的轿车停在了茂源绸缎庄的附近，便知道张亚菲去了茂源绸缎庄。这就在她心里打了一个大大的问号，这个节骨眼上张亚菲去茂源绸缎庄干什么呢？仅仅是去告诉冯骥和林丽，发生在扬州路与新建路交叉路口爆炸案的谜底吗？把轿车开走后，她就在心里泛起了嘀咕，过去的一幕幕也就浮现在了她的眼前。尤其是最近几天张亚菲的表现，似乎在合情合理地帮助她的情况下，另有一个不可告人的目的，是不是也在帮助茂源绸缎庄呢？如果是的话，会不会也和彭辉一样，成了冯骥的同谋？行进在杂木相傍的土路上，魏秋红的心里越来越没有底了，而且，一种从未有过的孤独感油然而生。

下午，魏秋红回到市里后先去了茂源绸缎庄。把轿车停在门口后，按了几声喇叭，等冯骥出门后才下车。魏秋红道："冯骥哥，我今天回魏楼了，两个老人家给你捎来了一袋面粉、三个南瓜、两个大冬瓜，还有十几个茄子呢。"

"魏秋红，走的时候怎么不过来给我说一声呢？也不考虑我有事没事？"

魏秋红嘻嘻哈哈地道："到半路上了才想起来，可为时已晚。"

冯骥用手指戳了一下魏秋红的脑袋："你这个死丫头，真没办法说你了。"

林丽也出来了，和魏秋红打过招呼，帮着把东西搬到店里，然后道："秋红，辛苦你了，快到后院喝杯茶吧。"

“嫂子，我还真渴了呢，中午小鸡炖南瓜，贴的大锅饼，真好吃。”

冯骥和林丽陪魏秋红去了后院，魏秋红端起茶杯，喝了几口笑道：“冯骥哥，今后我可不能轻易回魏楼了。”

冯骥笑道：“是不是挨骂了？”

魏秋红笑道：“可不是嘛。”

冯骥哼了一声：“你啊！就该挨骂，活该！自找的。”

“这么说我是放着好日子不过拉枪攮牛了？”

“难得！难得！你这个死丫头终于认识到位了。不过，亡羊补牢，犹未为晚。”

“哪天,我找彭辉去,在战场上跟他举行婚礼,你们说这样浪漫不浪漫？”魏秋红喜笑颜开地说完，放下茶杯站了起来。

林丽笑着举起了手：“我赞成！我拥护！”

冯骥道:“这就对了。金花配银花，西葫芦配南瓜。你们俩可是郎才女貌，两小无猜,令人羡慕的一对,说什么都不能劳燕分飞,否则,别说几位老人了，就是我也不答应。”

“谢谢你们两口子的关爱，我得回站里了。”

冯骥站了起来：“吃过晚饭再回去吧，也把张亚菲叫过来，聚聚。”

“上面给我派来了一个特派员，好像过来几天了，今天上午居然跑到火车站，给站里打电话，要我们去接站，我有点气不过，这才回魏楼的。不能老躲着他吧，好歹是个婆婆，晚上我还得给他接风洗尘呢。”

冯骥道：“这人可就有点阴险了，和他相处你得多长几个心眼子，否则，会吃亏的。”

“上午张亚菲过来，估计啥都给你们说了，我就不重复了。我走了。”

送走魏秋红，回到后院，冯骥道：“从刚才和秋红的谈话中，我感觉她变了，你说呢？”

“她敢对钱明飞下手,说明她还深深地爱着彭辉;她能主动提及钱明飞，我感觉她是在给我们提醒呢。”

“我也是这样认为的。你上楼检查检查去，看看还有什么不安全的因素。”

“上午张亚菲走后，我就把我们俩的床铺合在一起了，哪里还有什么不安全的因素？”林丽说完，满脸通红。

冯骥过去就把林丽抱在怀里了。林丽挣脱冯骥后，羞答答地道："老鸹不等椹子黑。这大白天的，别让人看见了，晚上吧。"

"晚上……这个晚上，晚上……"冯骥语无伦次地说着，已是两眼泪水。

魏秋红刚从轿车里下来，张亚菲等好几个人就从公寓里走出来了。张亚菲道："魏站长，两位老人还好吗？"

"还是老样子，这位是？"

张亚菲道："正想给你介绍呢，这位就是钱特派员，上午到徐州的。"

魏秋红立马道："钱特派员，真的没想到你今天会过来，否则，我就在家等着接站了。对不起！怠慢了。"

钱明飞客客气气地道："魏站长有所不知，我是个不拘小节的人，没那么多讲究。"

"钱特派员，那屋里请吧。"魏秋红转脸问张亚菲，"晚上给钱特派员接风洗尘的饭店安排好了吗？"

"安排在庆合园饭庄了。"

"钱特派员的住处和办公的地方呢？"

"这里有住的地方就没有办公的地方，有办公的地方就没有住的地方。行动队那儿地方大，经过和钱特派员、陈川协商，钱特派员决定去行动队办公和住宿。行动队的人已经给钱特派员准备就绪了。"

"陈川，你要是怠慢了钱特派员，我可饶不了你。"魏秋红话里夹着骨头。

陈川笑道："怎么可能呢。"

魏秋红又道："亚菲，你马上给戴老板发份电报，就说钱特派员于今天上午安全抵达徐州站。"

"好的！我马上去。"

钱明飞自然明白魏秋红的意思，但也不好阻止，就道："久闻不如一见，魏站长真的是不简单啊！"

"徒有虚名，今后还得请钱特派员多多关照呢。"

说话间，几个人都进了公寓，魏秋红道："钱特派员，我埲了一身土，得上楼洗洗去，你先和他们几个聊着，熟悉熟悉这里的情况。你有什么新精神，一会儿我们饭桌上谈好吗？"

"魏站长，别客气，请便。"

魏秋红上楼洗洗是真，想继续让钱明飞坐坐冷板凳也不假。等她到楼上磨磨蹭蹭洗好头，拖拖拉拉化完妆，慢慢腾腾换上军装，太阳已落西山，夜幕四合了，她这才下楼。片刻，几辆轿车鱼贯而出，去了庆合园饭庄。情报站之所以车辆如此多，是因为情报站负责登记和没收伪职人员资产的工作，近水楼台先得月。

送走最后一拨客人，已是夜色如染，冯骥正要打烊，猛然间闯进来十几个军统情报站的人，把他和林丽、黄献控制住，关上大门，就开始对茂源绸缎庄翻箱倒柜进行突查了。冯骥很清楚，魏秋红和张亚菲没来，即便他们查不出什么来，可这种没有由来的突查，也会让他在劫难逃了。他从林丽绝望的眼神里也似乎读到了这一点。可他从黄献的眼神里读到的却是惶恐不安。难道昨晚黄献没有把装有发报机的皮箱送到他姐家去？

果不其然，半个小时后，这帮人虽然没有搜查到什么东西，锁上大门，还是把冯骥、林丽和黄献带上了轿车。不一会儿，三辆轿车就停在黄献家附近了。下去几个人，一袋烟的工夫，就把黄献的媳妇绑过来了，而且，一个壮汉手里还提着一只皮箱。是冯骥最熟悉的一只皮箱，里面装着发报机。

冯骥最为担心的事还是发生了，大事不好，这让他暗自叫苦不迭。虽然他和林丽不在一辆轿车里，但他相信，林丽也一定看到那只皮箱了，她该如何面对刑讯呢？

黄献也看到那只皮箱了，昨天晚上，他带着那只皮箱确是去了他姐家，可他姐家没人，等了半天还是没人，只好无功而返。想今晚再送到他姐家的，可为时已晚。他一声叹息，就把泪眼闭上了。

三辆轿车开了足足有半个小时，一路颠簸，终于在一个小山头上的四合院里停了下来。四个人被关进了四间小屋里。最先接受审讯的是黄献的媳妇小娥：

问：你知道皮箱里装的是什么吗？

答：黄献说是茂源绸缎庄的账本。

问：那是账本吗？

答：他说是，我就相信了，他又没当着我的面打开过。

问：那你说皮箱里装的是什么？

答：我一个妇道人家哪里知道是什么？

伴随着一阵棍棒的是一阵哀号。

问：皮箱里装的是什么？

答：你们就是打死我，我也不知道是什么。

又是一阵棍棒，号啕声在这个寂静的夜晚，越显得凄惨了。

黄献就在小娥的隔壁，每一次击打声，他都听得清清楚楚。小娥的每一次哀号都撕裂着他的心。他突然大叫了起来："一人做事一人当，老子在这里等着你们刑讯呢。"

此时，在庆合园饭庄的一个包间里，一阵觥筹交错之后，钱明飞道："大家注意了，我现在宣读一份委任状。"说完，从口袋里缓缓掏出一张纸来，用严肃的目光扫了扫在座的各位才念道，"委任状：鉴于魏秋红同志自潜伏敌后以来，不畏牺牲，领导军统徐州情报站建功立业，可圈可点，兹委任魏秋红同志为军统徐州情报站上校站长（正团级）之职。此状。国民政府军事委员会军统局戴笠。中华民国三十三年十月。"读后，把委任状郑重其事地交到魏秋红手里，然后道，"魏秋红同志由少校擢升为正团级上校，大家鼓掌祝贺吧。"一阵热烈的掌声。

魏秋红站了起来，端起一杯酒："承蒙戴老板的抬爱，我干了这杯酒。"干完杯中酒，又把酒杯倒满，然后举起杯，"军统徐州情报站是由我们五人小组发展而来的，大家一路走来，患难与共，生死相依，真的不容易。我建议我们五人小组共同喝一杯。"

陈川、高志典、刘传钦和张亚菲立马都站了起来，跟魏秋红碰过杯，又相互碰过杯，就都一饮而尽了。

等他们几个人都坐下了，钱明飞又道："陈川、高志典、刘传钦和张亚菲，你们四位也都擢升一级，军统局已经备案。"

魏秋红带头鼓掌，就有一片掌声。

钱明飞道："各位，我临来之前，戴老板……"

吃过饭，陈川和钱明飞去行动队了。

在回来河街公寓的路上，坐在副驾驶座位上的魏秋红道："真累啊！"

张亚菲手握方向盘，目视前方道："由少校擢升为正团级上校还不开心？戴老板才少将呢。"

"正团级上校不也得听钱明飞的吗？面对仇人还要赔笑脸，你会开心？"

"钱明飞不也在赔笑脸吗？"

"他那是笑里藏刀。他在谈'夜莺'和'云雀'的问题时，我感觉他的眼睛在盯着你。还有陈川，也在观察你的表情。”此时的魏秋红也在用眼睛盯着张亚菲。

此时的张亚菲也只能是顺杆子往上爬了，否则，只能是激怒魏秋红于事无补，就轻描淡写地道：“是有点异样，当时我也发觉了，可到现在我也不明白他们是何用意。这两个人太阴险了，这与狼共舞的日子何时是个头啊！”

“真累啊！我真想寻一古刹剃度出家了。”魏秋红说完，长出了一口气。

在魏秋红的眼里，张亚菲过去可是个没心没肺、吊儿郎当的人，没想到她居然在自己的眼皮下隐藏得这么深，还居然是延安特工，可是出乖露丑、贻笑大方了。现在不但不能揭穿她的身份绳之以法，还要和她友好相处，共同对付钱明飞和陈川。彭辉又让她如此揪心，她能不累！

张亚菲听出了弦外之音，勉强笑道：“太悲观了吧？”

魏秋红不作声，却是一副耐人寻味的表情。

回到夹河街公寓，魏秋红洗漱完毕，正要上床睡觉，这时，电话铃响了。她走到办公桌前拿起话筒，就传来三声手指对话筒的弹击声。她道：“你说。”

“报告魏站长，半个小时前，我见到李来好了。他把我拉到一边说，傍晚他们行动组去茂源绸缎庄进行了突查，虽然没有查出什么来，还是把冯老板和他的夫人，以及伙计黄献都带走了。到了黄献家，搜出来一部电台后，连同黄献的媳妇一同押到了东南方向的清逸山庄。胡组长让他回来，是向陈副站长报告情况的。陈副站长和钱特派员刚刚开车出去了，应该是去清逸山庄了。”

“我知道了。”

魏秋红放下电话，把军装穿上。此刻，她只有一个念头，那就是今晚必须把冯骥他们搭救出来，这与冯骥是不是新四军徐州情报站站长渔翁已无关紧要了。一句话，她无法接受冯骥和林丽从她的视野里消失，即便赴汤蹈火也在所不辞。这一切可都是她让陈川监视韩大栓造成的恶果啊！她现在肠子都悔青了。

刚要出门的时候，她折回来一个电话就把张亚菲叫了过来。她感觉此次行动能有张亚菲相助更好，虽然她不怀疑自己的能力。她相信张亚菲会支持她的。虽然这个自信的由来让她有些许尴尬。

魏秋红没有隐瞒张亚菲，连同在黄献家搜出发报机的事也讲了出来，然后问张亚菲怎么办？张亚菲道：“你能把事情原原本本地讲给我，这是对我最大的信任。说实在的，我对‘立场’两个字不怎么感兴趣，但对‘情谊’两个字看得却特别重。过去，在茂源绸缎庄屡屡聚餐时，我喜欢那种闲适湛然的温润气氛，就凭这我也不能见死不救。”

魏秋红一脸痛苦状：“如果我不把冯骥和林丽搭救出来，今后，可就没脸见彭辉哥了，也没脸回魏楼了。”

“你不是穿戴好了嘛，那我们去行动队就是了。不过……”

“你是说如何行动对吧？”

“不仅如此。如果强攻，如何避免伤着冯骥他们？其次，如何给兄弟们解释这次的行动呢，总不能出师无名吧？第三，救出冯骥他们，我们何去何从？”

“的确存在这三个关键性的问题。一旦救出冯骥他们，我别无他路，只能是带着冯骥他们去找彭辉了。”在魏秋红眼里，这才是至关重要的问题，然后才道，“你呢？”

张亚菲苦笑了笑：“凑个数吧，我已经习惯跟你干了。”

魏秋红还是没有忍住，幽幽地道：“你可真会涂脂抹粉、乔装打扮、装模作样啊！也是我眼拙，这么多年居然看走眼你了。请问，你是云雀还是夜莺？”

张亚菲嗔怪道：“都到这个节骨眼了，你还有心思琢磨这事，真是的！”

“你说的也是。”魏秋红话锋一转，“至于强攻不强攻，到那儿视情况再定吧；至于如何给兄弟们解释这次行动，还真的不好解释呢。不过，我相信他们会义无反顾地听从我指挥的。”

“我也相信。那我们就赶快出发吧。”

可当魏秋红带着人马到达清逸山庄时，却见两个老头正在往新挖的一个土坑里安放一具女尸呢。一问才知道这是黄献的老婆，再问才知道，钱明飞押解着冯骥他们去飞机场了。魏秋红连忙命令车队火速赶往飞机场。

可当魏秋红他们赶到飞机场时，一架飞机伴着轰鸣声，刚刚脱离跑道，腾空而起，飞向天际，不一刻便淹没在寂寥的夜空里，无影无踪了。

原来，钱明飞回到行动队，听完李来好的汇报后，就给他的老乡徐州行营主任顾祝同打了一个电话，顾祝同放下钱明飞的电话就亲自给飞机场打了一个电话。

张亚菲望着远去的飞机，便知大事不好了，必须尽快把这情报发给延安，发给郭世举，以便动用各种力量进行营救。

胡组长没有上飞机，见到魏秋红后就有些尴尬，苦笑道：“魏站长，你怎么过来了？”

魏秋红笑了笑：“钱特派员真不够意思，闹了这么大动静，也不让我这个情报站站长知道，这是怕我跟他抢功呢。”

“那就是你们领导之间的事了，与小的无关。”

魏秋红见胡组长想撇清自己，也懒得和他理论，就虚与委蛇道：“那是。”片刻，面对着飞机隐去的方向，淡然道，“他们这是飞往哪里啊？”

“南京。”

“哦！带我去清逸山庄看看好吗？”

“当然可以。”胡组长的声音有点发飘。

于是，车队去了清逸山庄。在颠簸的路上，胡组长望着魏秋红的车屁股起起伏伏，心里越来越发毛了。既然钱特派员已经飞往南京了，再去清逸山庄是什么意思？而且，他带来的车辆被魏秋红的车辆前后裹挟着。于是就命令他的手下人等枪上膛，随时听候他的号令，对付突发事件。

胡组长带的十几个人刚下车，随着一阵枪声，就都倒在了血泊之中。不一会儿，又都被掩埋在附近的一个土坑里。

回到魏秋红的办公室，张亚菲着急地道：“这事怎么办？”

魏秋红有气无力地道：“回来的路上就打算好了，明天我就去南京。”

“我跟你一起去营救。”张亚菲抹着泪道。

“没必要。”魏秋红回答得很干脆。

“你一个人去能解决什么问题？”张亚菲有点着急上火了。

“这不是人多人少的问题。”魏秋红略一沉吟，“冯骥和林丽是我的同学，是我的亲人，我想离他们近点，再近点……”魏秋红说不下去了，一阵哽咽后，竟号啕大哭了起来。

徐州城依然在惯常的沉睡之中。

1945 年 12 月 26 日，冯骥、林丽和黄献在南京提篮桥监狱英勇就义。

1946 年 12 月 26 日，陈川在一家商场门口，被一枪击中眉心，暴死街头。

1948 年 12 月 26 日，钱明飞在一家饭店门口，被一枪击中眉心，暴死街头。

夕阳下，寒风里，荒野中，一个孤独而疲倦的背影，渐行渐远……